廖四平 著

YOUTH PARTNER

人民日报出版社

图书在版编目（CIP）数据

青春合伙人/廖四平著. -- 北京：人民日报出版社，2017.4
ISBN 978-7-5115-4712-5

Ⅰ.①青… Ⅱ.①廖… Ⅲ.①长篇小说—中国—当代 Ⅳ.①I247.5

中国版本图书馆CIP数据核字（2017）第116311号

书　　名：	青春合伙人
著　　者：	廖四平
出 版 人：	董　伟
责任编辑：	陈　红
封面设计：	主语设计
版式设计：	大有图文
出版发行：	人民日报出版社
社　　址：	北京金台西路2号
邮政编码：	100733
发行热线：	（010）65369509　65369527　65369846　65363528
邮购热线：	（010）65369530　65363527
编辑热线：	（010）65369844
网　　址：	www.peopledailypress.com
经　　销：	新华书店
印　　刷：	北京鑫瑞兴印刷有限公司
开　　本：	700mm×1000mm　1/16
字　　数：	460千字
印　　张：	28.5
印　　次：	2017年6月第1版　2017年6月第1次印刷
书　　号：	ISBN 978-7-5115-4712-5
定　　价：	58.00元

同学少年都不贱
——廖四平《同学少年》序

◎张志忠

廖四平的长篇新作《同学少年》书稿摆在我的案头，让我捧读再三，兴味盎然。

同学少年，是一个丰富的人生和文学的母题，颇堪玩味和吟咏。孔老夫子灵感偶发，要弟子们敞开心扉各自讲述自己的人生志向，于是有《子路、曾皙、冉有、公西华侍坐》的千古名篇，让众多的学子心生仰慕（近年来，在谢冕老师的召唤下，我们一班弟子就每年会聚于阳春二月，在温榆河畔踏春赏花，体验"暮春者，春服既成，冠者五六人，童子六七人，浴乎沂，风乎舞雩，咏而归"的意境）。苏秦张仪同出于鬼谷子门下，他们的各自选择影响了数百年乃至更为久远的历史走向；设想苏秦的连横大计能够善始善终，中国的后来将会走向何方？《世说新语·德行》记载了两个同席读书的朋友割席断交的故事，堪称励志的教材："管宁、华歆共园中锄菜，见地有片金，管挥锄与瓦石不异，华捉而掷去之。又尝同席读书，有乘轩冕过门者，宁读如故，歆废书出观。宁割席分坐，曰：'子非吾友也。'"及至现代，鲁迅、周作人、许寿裳、钱玄同、朱希祖等一起在章太炎门下学习古文字学，他们后来大都成为新文化运动的风云人物；鲁迅戏称活泼好动的钱玄同"爬来爬去"，而钱玄同正是鲁迅创作《狂人日记》的催产妇。还有蜚声中外的黄埔军校，国共两党的高级将领出自其中者夥矣，学兄学弟曾经在战场上兵戎相见，同窗好友也有"渡尽劫波兄弟在"之把手言欢……

"同学少年"成为一个固定的词组，则来自杜甫的《秋兴八首》之三：

千家山郭静朝晖，日日江楼坐翠微。信宿渔人还泛泛，清秋燕子故飞飞。匡衡抗疏功名薄，刘向传经心事违。同学少年多不贱，五陵裘马自轻肥。

承接杜甫文脉，前有毛泽东在橘子洲头愤慨激昂地写下"恰同学少年，风华正茂；书生意气，挥斥方遒，指点江山，激扬文字，粪土当年万户侯"的盖世名作，后有张爱玲借用杜甫的诗句，写出《同学少年都不贱》，对20世纪三四十年代教会学校女生的校园生活，以及她们后来各自的人生轨迹，进行深度刻镂。时下的影视剧《小时代》《奋斗》等，也做足了同窗学友之施展抱负打拼人生或者勾心斗角恩怨情仇的文章。

继续发掘开去，同学少年的题材之所以受到人们的青睐，是因为读书阶段的莘莘学子具有近乎无限的可成长性，在文艺创作中，则演化出时代与人生的无穷变数、曲折波澜，具有充分的戏剧性冲突。同学少年，不仅是长知识求学问，也是人生中幼稚与纯洁同在的阶段。因为幼稚与纯洁，会葆有童真的心灵和诚挚的友谊，会充满理想和浪漫气息，永远让人怀念。因为幼稚与纯洁，它需要接受丰富复杂的外来信息，需要关注自己的心灵世界，需要寻找自己的社会角色和未来道路，经历过独特的生存与精神的危机而成长起来，人生、信念、爱情、友谊、事业、社会承担，凡此种种，都具有充分的可能性和矛盾性。何况，在现代中国，每一代人都会因为与大转折时代的互动而形成各自的精神特征，就像今天人们常说的"70后""80后""90后"，在我这样的"50后"眼中，他们都还年轻，可是已经有更为年轻的"00后"浮出水面了。巴赫金在论述"成长小说"的主人公时说：这里的成长，不仅是指人物由少年生长为成年人的生命历程——这是每一个人的生命都会经历的，不能看作是什么人的独特性，而是说，当一个人的成长中，恰逢历史变迁的重要节点，新旧时代的交替，新世界的成长，带来了很多的机遇和挑战，也面临不断的选择和思索；这就是"人与世界一起成长，他自身反映着世界本身的历史成长。他已经不在一个时代的内部，而处于两个时代的交叉点，处于一个时代向另一个时代的转折点上，这一转折寄寓于他身上，通过他来完成。他不得不成为前所未有的新人"。这些特征，和当下方兴未艾的同学少年叙事大体吻合。

廖四平是一位教授作家，曾任中央财经大学中文系教授、系主任，现为北京第二外国语学院中文系教授、文艺学研究中心教授、汉语国际化研究中心教授，中国现当代文学专业学科带头人。他在中国现当代学科，特别是中国现代诗论研究、台湾现代文学与西方影响研究、袁可嘉研究、文艺批评等方向，学术造诣颇深，而且也创作过"亲友琐忆"系列散文和长篇小说"反思教育三部曲"——《招生办主任》《教授变形记》《大学校长》，在学术界与教育界引发热议。在这三部长篇小说中，廖四平主动承担起一个知识分子的良知与责任，聚焦于高等教育界和高等知识分子，从不同的维度直面教育腐败现状，不仅予以严厉批判，写出一系列的"高等学校目睹之怪现状"，更重要的是寻求精神的超越，反思现有教育制度，积极探寻教育界变革之路。

《同学少年》是廖四平新的青春校园系列长篇小说的开篇之作，镜头一转，把写作的焦点聚集于20世纪90年代的大学生。20世纪90年代，在邓小平南巡讲话的激励下，中国大陆市场经济乍然兴起，金钱、财富、欲望、利润等过去羞于谈论的话题，赫然成为全社会大规模袒露的新风景。炒股、下海、经商成为时尚。时人戏称，十亿人民九亿商，还有一亿在帮忙。这成为牛瑧昱、孟爽、史玉婷、周瑾等"九十年代新一代"探索人生与成长的时代背景。校园早已不是象牙之塔，大学生也难以称得上是天之骄子。一次偶然的机会，在牛瑧昱的提议和率领之下，他们组成了"创业小组"，并将零花钱凑在一起炒股，从此就卷入时代的大潮流之中，经历了大喜大悲，是非成败，朋友交恶，欲爱不能，时而峰顶，时而谷底，饱经世事沧桑。小说以锦都和牛家大湾、岳家店为背景，以牛瑧昱"创业史"与"爱情史"为明暗两条情节线索，时空与情节交错，草蛇灰线，伏脉千里，反映了广阔的社会生活，全景式地再现了时代风貌——既描写了大都市，又描写了乡村；既描写了达官富人的奢靡骄纵，又描写了乡村平民的生活；既描写了大学生的意气风发，又描写了农村留守老人和儿童的弱势。在此基础上，塑造出一个新时代新青年形象牛瑧昱，他经历过艰难的心灵蜕变，化蛹为蝶，敢于承担时代与社会赋予他们的职责，堪当重任。

牛瑧昱这样的人物，在现实中具有充分的生活依据。回想20世纪80年代，我们曾经为尚在读小学和初中的独生子女一代忧心忡忡，认为这些孩子是"小太阳""小皇帝"，娇生惯养而吃不得苦，习惯于"吃独食"而不善于群体合作，为他们的将来感到焦虑。事实上，他们长大成人走向社会，奋力打拼，在各行各业干得并不比我们差，已经或者正在成为社会中坚。再往前推移，我们这一代，不也曾被前辈们看作是"迷惘的一代""怀疑的一代"吗？长江后浪推前浪，一代新人换旧人，这条古训，不可淡忘。

在小说的艺术上，《同学少年》具有鲜明的特色。概而论之，一是切中时代脉搏，具有当下性、时代性；二是对文本的精心营造，具有浓郁的学者小说、教授小说的神韵。

改革开放以来，以经济建设为中心，我国经济快速发展，社会也发生日新月异的变化。

现如今，在互联网思维、"大众创业、万众创新"热潮下，全民要不断地创新、创业。当然，教育体制也要创新，于是学校要求教师创新，鼓励学生创业。《同学少年》就是紧切时代脉搏，以大学生创业为题材，无论是成立"创业小组"还是股票创业，都与全民创业以及2015年的股市风波有着千丝万缕的关系，具有当下性与时代性。

牛瑧昱则是富有时代气息的新一代大学生的鲜明形象。他英俊、帅气、足智多谋、宅心仁厚；既积极向上，又温柔多情，既信守仁义礼智信的传统美德，又是一个与时俱进的时代青年。更重要的是，他是启蒙者、思考者、实践家。当理想与现实发生冲突时，他没有消极避世，而是主动承担起时代赋予的责任，积极想办法解决。他看到乡村的困境时，他没有退缩，而是一步步规划并实施行动，如参加创业小组等。虽然他的想法略显幼稚，如寄希望自己挣钱改变乡村困境等，但他是积极乐观，敢拼、敢闯、有活力、有理想与情怀。小说聚焦新一代年轻人，不仅为文学史提供了一种年轻知识分子的新形象，而且也紧切时代潮流，特色鲜明。

此外，作为文学博士、大学老师，廖四平不乏文学理论与文学的修养。他常常在文本中穿插中外文学名著的导读与理解，如孟爽与牛瑧昱关于沈从文《边城》的探讨，周瑾的心理直白用到了《德伯家的苔丝》，史玉婷的心理直白则用到了老舍的《骆驼祥子》。尤为重要的是，每个女同学似乎都对应了一个前人作品中的女性形象，如史玉婷，作为一个富二代，她是飞扬跋扈的，泼辣、执着、豪爽、任气，就像老舍笔下的"虎妞"。再如周瑾，则是"苔丝"，同苔丝一样，周瑾作为一个水乡农村姑娘，与父母是大学老师的牛瑧昱相爱，最终不得不选择分手。尽心尽力地与前辈大师作品形成互文关系，成为《同学少年》的重要标识。

2017 年 2 月 28 日

（作者系首都师范大学文学院教授、博士生导师）

注：本书原名《同学少年》，出版时改为现名。

励志·温暖·向善
——《青春合伙人》序

◎赵京华

廖四平兄是我的"同僚",他在大学里教授中国现当代文学,同时也搞小说创作。这在有些人看来好像不大务正业,而我则以为文学教授在研究学问和讲授知识之外还能身体力行搞创作,乃是相得益彰的事情。这样,才能从理论和实践两方面把文学的道理传授给学生。不过,这回廖兄嘱我为他的新作《青春合伙人》写序,可难倒了我。因为,虽然是主张研究与创作并行为好,但我自己却是文学写作的才能为零的刻板研究者,对当代文坛的那些事也所知甚少。然而,我在时不时地瞭望一下这小说的部分章节和故事梗概后,渐渐地有了写几句的决心。为了证明自己的不懂文学,也为了替廖兄呐喊几句。

《青春合伙人》以当今中国大学校园生活为题材,这是作者身在其中最为熟悉的领域。小说的主题为创业和爱情,描写一群20岁前后风华正茂的青年如何在大时代里依靠所学的知识出入于商场与情场、堪称波澜起伏的生活。作者似乎在强调小说世俗性的一面——其主题似乎也可以叫作"金钱"与"美女"。然而,我读过后感觉这还是一个向上励志的故事。因为，这里的青年特别是主人公牛臻昱终归是仁心宅厚、与时俱进而有人性光泽的人物。他们在当今这个急速发展的大时代里上下浮游，难免遇见总总的"恶"与不公或繁华与凋敝，时而也有颓丧、沉沦，但励志创业以实现人生的价值，同情弱小以扶危济贫则是深潜的主流。就是说，表面的"俗"终不能掩映内里的"圣"。从而让我们感到文学里应有的一股人性温暖，一种向善的力量。

　　文学要给人以温暖，要有一种向善的力量。仿佛一个人生的故乡，一片静怡的港湾，让你时而流连、回忆和憧憬，时而甚至有回归的冲动。这恐怕就是"文学"在今天已然失去了崇高尊贵的地位而依然有其存在理由，依然为社会所需求的原因吧。或者，此乃古今中外所谓文学——故事的终极价值所在，也说不定。记得十几年前翻译日本批评家柄谷行人的名著《日本现代文学的起源》，其中在写给中国读者的"中文版序"中作者写道：在1970年代后期的日本，"赋予文学以深刻意义的时代就要过去了"。"文学似乎已经失去了昔日那种特权地位。不过，我们也不必为此而担忧，正是在这样的时刻，文学的存在根据受到质疑，同时文学也会展示出其固有的力量。"这段颇具哲理的话给我留下了深刻的印象，至今还在思索着它的丰富意味。前一句"赋予文学以深刻意义的时代就要过去了"，不难理解。1970年代后期，正是日本从工业社会向大众消费社会转型的时刻，与现代国家同时诞生的那个"现代文学"——被赋予了过剩的社会意义和政治内涵的精英文学，即将随着工业社会的后退而渐趋淡出人们的视野，随之而来的是与大众消费社会相适应的各种娱乐性文学的盛行。这种"文学转型"的现象在中国的出现，大概是1990年代后期的事情。可是，后一句的"文学的存在根据受到质疑，同时文学也会展示出其固有的力量"，则一直让我感到费解而把握不到其清晰的蕴涵，柄谷行人所言"文学的固有力量"究竟所指何在呢？

　　今天想来，这前后两句话中的"文学"应该是分别指涉两种不同的东西。前一种乃是福柯所说的诞生于19世纪中叶的那个与现代民族国家相伴而生的大写"文学"，它被赋予了凝聚民族想象国家的过剩意义和使命，其历史也不过一个多世纪而已。后一种则是一般意义上的文学——故事，古往今来不分中外一直存在着。那么，遭到"质疑"的应该是精英化的"现代文学"之存在意义，而展示出固有的力量者则是广义的文学故事。我认为，古往今来的文学其固有的力量，就在于它能给人以温暖而有一种向善的力量。有了这样的温暖和力量，文学就会伴随人类始终，即使不被社会政治所特别关注，那也没有什么关系。

　　读廖四平兄即将出版的小说而胡思乱想到文学的存在意义，实在是证明了我的不懂文学创作。其实，《青春合伙人》绝非单纯的"娱乐文学"，其中有丰饶的社会问题和人生苦恼，更有社会变迁和人格弱点所带动起来的对于普遍人性的思索。如今的文学，不必再像五四以来的新文学那样刻意的"呐喊"与"彷徨"，但追寻文学的固有力量并带给人们以温暖，应该是其中的应有之义。《青春合伙人》所反映的生活虽然大致局限于大学校园，但这里一样是中国当下社会的一个缩影，其中有总总的人生和对世态炎凉的感悟，更有励志向上对未来的憧憬，读来温暖而有力量。这正是不懂文学的我，勉力来写这篇序言的动力所在。

　　据悉，廖兄已在着手构思他的下一个长篇小说三部曲，依然是以校园生活为背景，其旺盛的创作热情实在让人敬佩不已。我愿不揣浅陋为他"呐喊"几句，就是希望今天的中国文场能够生产出更多的给人以温暖和力量的文学来。而这篇序言的文不对题，还请廖兄和广大读者多多谅解。

2017 年 3 月 11 日

（作者系北京第二外国语学院文学院特聘教授、
　中国社会科学院文学研究所研究员、博士生导师）

同学在歧路，多故少年时

◎沈立岩

我与四平先生仅有一面之缘，那还是在多年前北师大的一次学术会议上，虽然交语无多，但四平先生的热诚爽朗令我心有戚戚。所谓"倾盖如故"，或是之谓欤？日前四平先生发来长篇小说《同学少年》书稿，且以书序相托，令我既感且愧。所感者四平先生之真诚信任，所愧者我于小说创作素无心得，唯恐评骘失当以至佛头着粪，是以踌躇者再三。怎奈四平先生勖勉有加，使我再无逡巡顾盼之理由。况且文学作品，原本即为阅读而作，一旦问世，面对的将是各种各样的读者，其中自有斫轮老手、月旦名家。

大抵一个词语，总是牵连着一片联想的义域，仿佛冰山露出的尖顶。"同学少年"，很容易唤起对青春、探索、梦想、成长的记忆。用社会学家库利的话来说，学校是家庭之外的一个极为重要的"首属群体"，是人性形成与发展的最初土壤，个人情感在其中"获得共鸣而被社会化"；更为重要的是，人与人交往的目的通常都是从中获取某种资源，而只有首属群体的人际交往才不具有这种功利的属性，首属群体的人际关系是友谊关系而非利益关系。这正是同学少年时代最为可贵也最难以令人忘怀的特质。

但是，少年总要长大，同学终将分离。同学少年又正是人生中一个极为关键的转折期，因此也充满了动荡与变化。懦弱的少年可以变成强悍的领袖，纯净的书生可以变成老练的市侩，同学少年之时又正是对周遭社会变化最为敏感也最具接受性的时期，因此羽化成蝶、蜕变为虫的可能性同时存在。而这，也正是同学少年时代最为奇妙也最令人感慨之处。尤其是当个体的变化与社会的变化交叠纠缠之时，其中的意味更是涵咏不尽。

四平先生的《同学少年》，便是在这个敏感纠结之处打下了一根钎子，撬开了一个口子，让我们从中看到一个五色斑斓、五味杂陈的世界。学校，作为不同地域、不同阶层、不同性别的学子汇聚交集之所，绾结了复杂的社会关系，折射着微妙的社会脉动。

记得好像有人说过，每个人都生不逢时，他们不是出生得太早，就是太晚。这话如果用来指涉小说中以牛瑧昱为核心的这群青年人，倒是比较贴切。对于他们来说，田园牧歌的乡村与高歌猛进的都市都已经非复当年，他们不得不面对一种进退两难的困境：前瞻都市，向上攀登的社会流动阶梯越发地狭窄与险峻，财富与地位的社会资源日益稀缺，留给青春浪漫与激情的空间已经非常有限；回望乡村，杨岳两家横霸乡里，杨志才这种新生代的村长俨然已沦为资权交易的新种，他们将乡村社会中残存的伦理秩序和道德温情腐蚀殆尽。在这两难的困境之中，同学少年的成长之路注定坎壈异常。

作为小说的核心人物，牛瑧昱被赋予了一种理想人格。他是幸运的，父母的奋斗已经为他奠定了一个中等阶层的家世，而且他自幼聪慧，少年老成，性格温润，品德高尚。不过他的精神世界似乎就像一座斜塔，他的心灵为《边城》式纯净的乡土社会所牵引，脚跟却不得不站在充满利害关系的现实之中。这个人物因而可以恰当地隐喻当代青年矛盾纠结的心路历程，并成为一个可以剖解时代症候的微观个案。在这个斜塔式的精神映射下，物质的都市和精神的乡村成为充满张力的两极世界，传统农业社会的道德理想与现代商业社会的利益角逐构成了此起彼伏的精神变奏。

环绕他也同样形成了两个阶层的力量撕扯：一个是以柳成丝、史玉婷为代表的官二代、商二代，一个是以谢海福等为代表的平民子弟。前者凭借着前辈缔造的优势颐指气使、任性挥洒，后者渴望着通过炒股之类的创业活动博取向社会上层流动的机会。作者用大学里狭小的人际圈凝缩出大时代的阶层图谱，使得同学少年的爱恨情仇转化为社会关系的微妙隐喻，而他们的兴衰沉浮也就成为作者对社会变迁的文学预言。无论如何，在这样一个复杂多变的时代里，青春恋曲已经很难保有其浪漫主义的纯美而抵御向青春挽歌的衰变。

小说的结局意味深长。同学少年的青春梦想在都市与乡村的两难困境中终究无枝可依，他们或者要为资本与权力的原罪付出代价，或者要为位势与资源的先天匮乏透支人生。在生长于斯的故土上无法获得的东西，在遥远陌生的异国是否能如愿以偿？掩卷遐思，我们感受到的究竟是希望还是无奈？这些问题，不知道作者四平先生是何看法，但是不同的读者肯定会有各自不同的意见。

（作者系南开大学文学院院长、博士生导师）

注：本书原名《同学少年》，出版时改为现名。

人物表

牛瑧昱  20—21岁。大一、大二学生、班长。小时因随父母在国外而延迟上学。英俊潇洒、多才多艺,集"仁义礼智信情"于一身。无论在何种场合都是"鹤立鸡群",都是靓妹们所心仪的对象。

谢海福  21—22岁。大一、大二学生。因高考"屡试屡败"而推迟进大学。有较丰富的人生经验和颇为突出的炒股天赋。重义气。举止欠佳,贪财好色。在股灾中一败涂地。

陆　地  20—21岁。大一、大二学生。小时因家境贫寒而延迟上学。举止欠佳,贪财。在股灾中一败涂地。

柳　赛  20—21岁。大一、大二学生。小时因随父母在山区军营生活而延迟上学。举止欠佳,贪色。在股灾中一败涂地。

杨雪莲  17—18岁。农村女孩。高三肄业生。惠外秀内。外柔内刚。最终去美国继承其父亲的遗产，并在美国接受教育。

柳成丝  18—19岁。大一、大二学生。锦都市副市长的千金，单身亿万富翁唯一的外甥女。

史玉婷  19—20岁。大一、大二学生。亿万富婆的千金。

周 瑾  18—19岁。大一、大二学生。农家闺女。惠外秀内。外柔内刚。因家遭洪水而辍学。

孟　爽  18—19岁。大一、大二学生。教授的闺女。惠外秀内。柔情似水。姣美。与牛瑧昱一起去伦敦政治经济学院做交换生。

汪　强  58—59岁，教师中的败类。

牛汉卿  59—60岁。集中国传统美德于一身的农民。

杨志才  60—61岁。农村恶势力的代表。

目录

第一章　牛家大湾　　　　　　　　　// 001

第二章　初识雪莲妹妹　　　　　　　// 013

第三章　"物是人非"的蛟龙湾　　　　// 022

第四章　才子佳人争奇斗艳　　　　　// 028

第五章　"卧谈会"　　　　　　　　　// 036

第六章　"天之骄子"　　　　　　　　// 043

第七章　花痴　　　　　　　　　　　// 050

第八章　出名要早，创业也要早　　　// 059

第九章　顾影自怜　　　　　　　　　// 071

第十章　第一次亲密接触　　　　　　// 080

第十一章　教授与阴谋　　　　　　　// 089

第十二章　一醉解千愁　　　　　　　// 100

第十三章　醉人的雪莲花　　　　　　// 105

第十四章　人算不如天算　　　　　　// 112

第十五章　拼一把　　　　　　　　　// 121

第十六章　谁的春天更妩媚　　　　　// 128

第十七章　不仅仅"冲动是魔鬼"　　　// 139

第十八章	我不是一个坏女孩	// 151
第十九章	恐梦成真	// 161
第二十章	一入股市深似海	// 167
第二十一章	"股神"	// 173
第二十二章	人并不能做自己的主	// 181
第二十三章	故乡的云	// 190
第二十四章	又一次亲密接触	// 201
第二十五章	挣钱了	// 211
第二十六章	乡村啊乡村	// 218
第二十七章	祖爷爷走了	// 227
第二十八章	梦回伊甸园	// 240
第二十九章	乡村并不欢迎保时捷	// 246
第三十章	岳家店恳谈会	// 256
第三十一章	乡村愿景	// 266
第三十二章	还得继续"创业"	// 276

第三十三章	少女心思	// 286
第三十四章	再起航	// 294
第三十五章	突如其来的山洪	// 307
第三十六章	留守女大学生	// 318
第三十七章	失学者，也是拯救者	// 328
第三十八章	永远在你身边	// 340
第三十九章	那一团乱麻	// 354
第 四 十 章	"来生债"	// 362
第四十一章	梦境如此真实	// 373
第四十二章	有一种爱叫放手	// 385
第四十三章	恶有恶报，罪有应得	// 397
第四十四章	你一定要幸福	// 408
第四十五章	我唯一的爱人	// 418
	后　记	// 428

第一章　牛家大湾

经过一夜的奔驰，列车终于穿过黑暗，驶进了江汉平原；大地豁然一片光明，也一片平畴、一片葱绿。牛瑧昱揉了揉惺忪的睡眼，脸没洗，口也没漱，便坐到车窗旁，眼光像警察追逐通缉犯一样追逐着眼前的这一片光明、一片平畴、一片葱绿，心儿则像长了翅膀一样地飞向在平畴、葱绿另一头翘首盼望着他的奶奶、三伯、三伯母……

是啊！长年生活在雾霭弥天、高楼大厦遮望眼的大都市，长时间地应付各种各样、没完没了的考试，一下子遇到如此明媚的景色，一下子再也不必为任何考试忙乎了、特别是再也不必为高考忙乎了，无论是谁，都不会还紧闭双眼、紧绷心弦的！

无论是谁，如果他曾像宝贝一样被爷爷、奶奶、伯伯、伯母呵护过四年，却有三年的时间不曾去看看健在的奶奶、伯伯、伯母，或给去世的爷爷、伯伯扫墓，此时此刻，都不会只是心如止水、悠悠然欣赏这眼前的一片光明、一片平畴、一片葱绿的！

牛瑧昱出生在锦都。

20多年前，牛正甫、傅玉林夫妇俩双双从江汉师范大学考入锦都师范大学，牛正甫攻读比较文学博士学位，傅玉林攻读中国现当代文学博士学位。那个时候，博士虽然还是紧俏货，很抢手，但是用人单位一般都重男轻女，对一些需要解决生育问题的女博士"另眼相待"；傅玉林便在读博二之际生下了牛瑧昱。牛瑧昱没过半岁时便被送回老家牛家大湾，由爷爷、奶奶及伯伯、伯母们抚养。

牛家大湾位于江汉平原的腹地。一代一代的老人都说，牛家大湾是因村后的巨潭蛟龙湾而得名的，这个说法应该是可靠的，也应该是合理的。不过，牛家大湾如果叫汉江村或汉江湾，似乎更合适些——一千多户人家断续依汉江北岸蜿蜒排开；世世代代，牛家大湾人一直主要是吃汉江里的鱼和汉江滩上产的粮，喝汉江里的水，柴火也是取自护堤树上的枯枝和汉江滩上生长的农作物的秸秆……加上汉江沿岸实际上再也没有规模如此之庞大、配得上叫汉江村或汉江湾的村落……

牛家大湾虽然名为牛家大湾，但杂姓也不少——"百家姓"中排在前面的几姓，如赵、钱、孙、李、周、吴、王均有；杂姓中的大姓为岳、杨——他们约占全村人口的百分之五，主要是从临近的岳家店和杨家院迁入的。

岳家店和杨家院分别位于牛家大湾的西北边和东北边。据说，两村原本是毗邻，但后来出现了意气之争：起先，岳家店人自称是岳飞之后，标榜自家千百年来都是精忠报国的；杨家院人自称是杨令公之后，标榜自家千百年来都是保家卫国的，各自还请戏班打擂台似地唱戏，宣扬自家祖先的忠烈之事。之后，两姓人含沙射影地对骂：岳家店人说杨家将最后只剩下寡妇了，杨家院人说岳飞父子部将均屈死于风波亭。最后，两姓发生械斗，两姓中不愿卷入械斗的人一部分远走他乡，一部分迁入牛家大湾。牛家大湾人既与杨、岳两姓均有姻亲关系，又尊奉和为贵的传统思想，便竭力劝岳、杨两家和好。最后，在牛、岳、杨及官府的共同努力下，岳、杨握手言和了——后来，还与牛瑧昱的祖爷爷牛东海所领导的江汉义勇军一起配合新四军消灭日军的一个中队。不过，两村之间也出现了一片宽一公里、颇有点儿安徽桐城"六尺巷"意味的空地。

牛家大湾虽然堪称规模庞大、姓氏庞杂，但民风淳朴——重孝戒淫、尊老爱幼、互帮互助、互敬互谅、和睦相处等均属村里不成文的村规民约。也许正因为有这样的村规民约，所以，村里的老人是人见人敬，没有子女的老人常常是好多家争着供养，子女不在身边的老人则是好多家争着照看；男男女女之间虽然交往相当随意甚至有点儿无拘无束，但村里从无桃色新闻，更无西门庆、潘金莲之类的"千古名人"。一家有喜，邻近的二三十户人家必定会登门道贺；一家有难，凡是知晓的人家都会尽力帮助，像孩子生病需要请医生或送医院、孩子上学有困难之类的事，更是"闻者有份"；如有外难，举村人必定同仇敌忾,如在抗日战争时期,牛家大湾人齐心协力地伏击日伪军、支援新四军打击日伪军,数十名妇女自觉策应只身闯入日军司令部索要自家骡子的牛大嫂……

牛大嫂即陈达敏,是牛瑧昱的曾祖母,出生于武举之家,十五岁时嫁给牛东海。牛东海在燕京大学读书时参加了中共地下党,不久,辍学回牛家大湾组织成立了江汉义勇军,并率部出入于汉江及其两岸的湖汊,袭击日伪军。新四军成立后,牛东海任特务连连长。渡江战役之后,牛东海失踪……

牛瑧昱在仅有模模糊糊的认知能力时,爷爷牛声扬、奶奶杨金环就常常指着牛东海、陈达敏的画像教他叫祖爷爷、祖奶奶;牛瑧昱稍稍有知晓能力时,爷爷、奶奶又给他讲牛东海率部在蛟龙湾伏击日伪军、陈达敏大闹日军司令部的故事。不过,爷爷、奶奶也给他讲过其他故事——讲得最多的是杨家将、岳家军的故事。牛瑧昱稍有领悟能力时,爷爷、奶奶更是带着他看有关杨家将、岳家军的连环画;同时,在通过幼儿识字卡片教他识字或与他玩识字游戏时,也有意识地围绕着牛东海率部伏击日伪军、陈达敏大闹日军司令部及杨家将、岳家军的故事来进行……于是,牛瑧昱在不到三岁并不真正明了其义时就认识了牛、东、海、陈、小、敏、率、部、伏、击、大、闹、日、伪、军、司、令、部、杨、家、将、岳、军等并不太普通的汉字。

牛瑧昱是四岁时离开爷爷、奶奶从牛家大湾到锦都的。那时,牛正甫、傅玉林夫妇已从锦都师范大学毕业并留校任教三年了。本来,牛正甫、傅玉林夫妇在刚毕业留校时就打算把牛瑧昱接到锦都的,但是,临近开学时,学校一外派在美国任教的教师突然病倒,便派牛正甫接替那教师——后来,又在美方的要求之下延聘了二年,而傅玉林既有教学任务,又承担了烦琐的学科评估材料的收集、整理工作,加上牛瑧昱的爷爷、奶奶舍不得他,不希望他离开他们,大伯、大伯母、三伯、三伯母也都觉得当时牛家大湾的环境对牛瑧昱的成长并没有什么不利的,于是,牛瑧昱便留在牛家大湾,直到牛正甫完成了国外的教学任务回国才到锦都。

在牛家大湾那几年,牛瑧昱虽然没吃锦都幼儿一般都会吃到的精美食品,如价格高得吓人的进口奶粉、鱼油等;没有进锦都"高资"家庭的幼儿常进的学费昂贵的幼儿园,但是,其身心的成长却丝毫不比那些幼儿差——

牛家大湾除了前有汉江后有蛟龙湾外,周围还有为数众多的湖泊、沟渠,一望无垠的水田、藕塘，而有水便有鱼，因此，牛家大湾人如果要吃鱼的话，那简直可以说是"信手拈来""手到擒来"，而且，自古以来，鱼一直都是牛家大湾人主要的食材之一。

牛瑧昱的爷爷牛声扬是捕鱼高手，凡是坑塘河湖，他只要下水动一动，便知道那里会有什么鱼。他认为甲鱼的营养胜过其他所有的鱼类，便总爱捕甲鱼给牛瑧昱吃。同时，他还有点儿迷信地认为：鳝鱼光滑机灵、身材修长，常吃鳝鱼将来在为人处世方面也会"光滑机灵"，个儿也会长得高高的，于是，也常弄鳝鱼给牛瑧昱吃。

牛瑧昱的三个伯伯，也都是捕鱼高手，特别是三伯牛汉卿，简直是捕鱼之王——他能在河里赤手空拳地捕到鳡鱼；他特爱牛瑧昱，并且，他的"思想很解放"——认为人不必专吃甲鱼和鳝鱼，其他鱼也有营养，也应该吃，而且只有这样才能获得足够丰富的营养，于是，有意识地弄除甲鱼、鳝鱼之外的鱼给牛瑧昱吃，而且每天必换一种鱼吃，这样，从吃鱼这一点来说，牛瑧昱可谓"杂取种种""博采众长"。

也许是爷爷、伯伯们的这种特殊调养真的起了作用，牛瑧昱小时身心都成长得非常好——

他在四岁离开牛家大湾时身高达130厘米，脸色红润光泽，像化了妆似的，有一种迷人的魅力，真正是人见人爱。

同时，他也非常聪明伶俐：牛正甫从美国寄回的幼儿英语识字卡片、图画书、有声读物，傅玉林从锦都寄回的中文幼儿识字卡片、图画书、有声读物，不仅是有多少就看多少，而且掌握了不少，他在离开牛家大湾时，虽然只有四岁，可认识的汉字多达近一千个、英语单词有近百个，还会简单的英文日常用语、会算加减法、会背诵近百首儿歌儿童诗和古诗、会讲不少童话故事……对一些"突发性"的"事情"，他也很能随机应变。比如，他刚满三岁时，有一天，爷爷逗着他玩时问他："牛瑧昱，爷爷对你好不好？"牛瑧昱不假思索地高声道："好！"爷爷又打趣地问："你说的是真话吗？"牛瑧昱又高声道："当然是真话！"爷爷再进一步地问："那你是喜欢爷爷，还是喜欢你爸爸？"问完之后，爷爷微笑着盯着牛瑧昱，以为他会语塞的，可牛瑧昱却笑了笑，不慌不忙地说："各人喜欢各人的爸爸——

我喜欢我爸爸，我爸爸喜欢他爸爸。"尤其难能可贵的是他在小小的年纪就很善于观察问题、思考问题，比如，在他刚满三岁时，有一天傍晚，他爷爷带着他玩，在路过一堆煤时，他忽然拉住爷爷的手停下来，睁着一双童话里天使才有的眼睛问道："爷爷，为什么煤是黑的却能被看见，而天黑了却什么也看不见？"

也许是吉人天相吧！牛瑧昱一到锦都，他那超常的"身心"就派上了用场——

那年，锦师大开始在锦师大附小办旨在发现和培养智力超常儿童的实验班——巨人班。凡进入该班的学生，都要经过一番严格的、科学的考试——既笔试又口试，既测试知识技能又测试随机应变的能力。结果，牛瑧昱不仅笔试得了满分，而且以一篇《美猴王大战奥特曼》的即兴"演讲""征服"了在场的所有"考官"，也得了满分；加上他个儿高挑、长着一副鲜嫩得似乎可以掐出水来、永远泛着微笑、十分符合中国人审美心理的脸蛋，因此，"考官"们对他简直是有点儿"目不转睛"，恨不得在满分之外再给他加点儿分！

在"巨人班"学习期间，牛瑧昱各科均在全班第一。在"巨人班"学习一年后，牛瑧昱随其父母到美国——由于牛正甫在美国任教时成绩卓异，美国方面便"点将"牛正甫去任教；同时，按照学校的外派原则，轮到派傅玉林外出任教，于是，牛正甫夫妇便一起到美国去任教，并把牛瑧昱带到美国；在接受了三年的美国教育之后，牛瑧昱回国进锦都师范大学附小读书。就年龄而言，牛瑧昱应该读三年级了；就知识水平而言，牛瑧昱完全可以读小学五年级或六年级了，但按学校的规定，牛瑧昱还是得从小学一年级读起。牛正甫夫妇认为如果牛瑧昱还是得从小学一年级读起的话，那太浪费孩子了，便找到学校领导理论，想让牛瑧昱插入四年级或者五年级。但学校校长是一个贪得无厌的角儿，而牛正甫又没给校长送礼，于是，牛瑧昱最后还是不得不从小学一年级开始读起。由于老师的授课内容不用再学习了，牛瑧昱便在牛正甫夫妇的指导下大量地阅读书籍——中国的一些主要的经典名著和国外的一些主要的文学经典，牛瑧昱几乎都读了。

牛瑧昱在读小学、初中时，由于课堂里老师讲授的那些知识对于他来说不在话下，因此，他并没感到有什么学习压力，每个寒暑假都雷打不动地回牛家大湾看爷爷、奶奶、伯伯、伯母。但一进入高中，他就觉得学校一下子变成了一座军营似的——他像其他所有的学生一样，从早晨进教室到上完晚习后出教室，都得严格地遵守一套规章制度；父母亲虽然还是牛正甫、傅玉林，可好像一下子变了一个人、不再相信他了似的——早晨他还没睡醒，他们就把他叫醒，晚上该睡觉了，他们却还要他汇报当天的学习所得，有时，他们还对他的学习"指手画脚"；在读小学、初中时，平常总是牛瑧昱直接与他爷爷、奶奶通话，但一进入高中，牛正甫或傅玉林就"越俎代庖"地代他与爷爷、奶奶通话，甚至爷爷去世后，牛正甫、傅玉林回牛家大湾奔丧时也没带着他回；后来，他大伯病故时，牛正甫、傅玉林回牛家大湾奔丧时仍然没带他……

列车还没在江汉站停稳，牛瑧昱就提起行李走到车门口，眼盯着窗外来接他的奶奶、三伯、三伯母，在心中大声喊道：

"奶奶！三伯！三妈！我回来了！我回来看你们了！"

一下车，牛瑧昱就边奔向杨金环边大声叫道："奶奶！"同时，下意识地放下行李包，张开双臂抱住了杨金环，眼泪也随之簌簌而下。

见牛瑧昱那么旁若无人、那么动情地抱着杨金环，站在一旁的三伯牛汉卿一边拾起地上的行李包一边笑着说，"好了！回去再亲热吧！别把奶奶憋坏了！"

听牛汉卿那么一说，牛瑧昱赶紧松开手，转身朝牛汉卿、艾玉洁道："三伯好！三妈好！"

"我们都好！"艾玉洁道，"你爸爸、妈妈也都好吧！"

"很好！"牛瑧昱还礼道，"我爸、我妈让我代他们向您、三伯、大妈、奶奶问好！他们还让我捎了一点儿东西……"边说边把手伸向牛汉卿提着的两个超大的行李包。

"回去再说吧！"艾玉洁牵着牛瑧昱的手笑着说，"几年没见，没想到长这么高了！"边说边仰视着牛瑧昱。

"高吗？"牛瑧昱也笑着说，"才刚过一米八……"

"还不高吗？"杨金环笑得嘴都合不拢地说，"你看，你比你三伯快高出一个头了！"

……

牛瑧昱与奶奶及牛汉卿、艾玉洁等你一言我一语、边走边聊，一会儿就走到了车旁。牛汉卿让牛瑧昱坐在副驾驶座，牛瑧昱执着地要与奶奶和艾玉洁坐在一起，最后，为了保持车的平衡，艾玉洁便坐上了副驾驶座。

车行驶一会儿后，便上了汉江大堤。

汉江又称汉水，古时也曾叫沔水，发源于陕西省宁强县，全长一千五百多公里，是长江最长的支流；年复一年的洪水不断地给河床带来淤积的泥沙，为了牢牢地圈住洪水，大堤也年复一年地被加高。牛家大湾所在的江段，江面特别宽阔，浩大的洪水带来的泥沙使这里的河床比其他许多江段都要高，因此，这里的大堤也比其他许多江段的大堤要高出许多，加上这段江堤是一个弧度很大的弯，因此，车行驶在大堤上，宛如行驶在盘山公路上。

为了不影响牛汉卿开车，车一上大堤牛瑧昱就没再与奶奶、艾玉洁交谈，而是把眼光投向大弯内的江滩上。也许是长时间地生活在干旱少雨的锦都、触目所及的天空多数时候都是灰蒙蒙的、所看到植物多半是带黄的——即使是绿色植物也是绿中带黄或泛黄的——缘故吧，牛瑧昱觉得目光所及简直全是绿——绿树、绿草、绿庄稼……连远处在江滩上吃草的牛、玩耍的孩子也似乎是绿的！绿得非常纯粹、非常本真，特别是防洪护堤的树林，如果世上真有墨绿的话，这应该说是一种真正的墨绿——远看黑黑的，像浓浓的墨汁一样；近看绿绿的，绿得没有一丝杂色！

汉江大堤的坡面上也散布着三三两两的孩童和牛群。

孩童有的在玩"溜溜板"——顺着坡面从大堤顶部往下滑；有的在捉蚂蚱；有的在捕蝴蝶……

牛虽然被缰绳拴着，但缰绳是由一个大铁环套在一起的两根绳子组成的——其中，一根绳子由铁环垂直地套在另一根绳子上，两个缰绳也都是长长的，加上无人看管，因而，似乎不但没有丝毫的被束缚之感，反而颇为无拘无束、自由自在的——时而在堤坡的中部有一口没一口地吃草，时而慢悠悠爬上大堤上部，时而迅速地跑向大堤底部。偶尔也有牛吃草吃到大堤的顶部，见有人或车辆走近了，也不避不让，或者直到人或车发出声响才不慌不忙地避让一下。有一头小牛衔着一头母牛的奶头吮着，母牛边吃草边向大堤底部走，小牛也随着母牛往大堤底部走。走了一段后，母牛走到直向拴着大堤顶部和底部的缰绳的另一侧，小牛也跟着走向缰绳的另一侧。

牛汉卿为了不惊扰牛，也是为了交通安全，平常在大堤上开车时，总是减速行驶，也不轻易鸣笛。这天，车上坐着老少三代，加上也没有什么十分着急的事要办，牛汉卿更是把车速放得尽可能的低；在车驶近一头牛时，牛汉卿见它似乎不愿让道，便干脆把车停下来，直到那头牛慢悠悠地从堤面离开，才挂挡前行。

看着无忧无虑的牛，牛瑧昱无形中产生了一种特别放松的感觉，也莫名其妙地想起了与此情此景似乎并不太搭界的诗句——"牧童归去横牛背，短笛无腔信口吹"。而当他把视线从牛移向大堤坡面及江滩上玩耍的孩子时，牛瑧昱又油然想起自己儿时在沙滩上玩耍的情景——他由爷爷、奶奶、伯伯、伯母或大哥、二哥带着，或跟着三哥、四哥、五哥，在沙滩上"挖渠道""修碉堡""捉螃蟹""捉乌龟""捡鹅卵石"，但给他印象最深的则是三伯牛汉卿在一次狠狠地训斥并责罚他之后带着他在沙滩上尽情玩耍的情景——

牛瑧昱三岁时，个儿比村里四岁的儿童还要高；从知识、智力等方面来说，他也远远超过了村里四岁儿童：

一次，邻居家四岁的小朋友胖胖听他妈妈讲故事，胖胖的妈妈在讲宋代文豪"三苏"的故事时，胖胖忽然问："他们哪一个是哥哥？"胖胖的妈妈说："苏洵——他排在最前面，是大哥！""不对！"在一旁的牛瑧昱把嘴巴凑到奶奶的耳旁，小声说："苏洵是爸爸，苏轼、苏辙都是苏洵的儿子！"牛瑧昱的声音虽然是小小的，但还是被胖胖的妈妈听见了——她在查证确认牛瑧昱所说的是正确的后，第二天一见到牛瑧昱就自我解嘲地说："我活了三十几岁，还不如一个三岁小孩！"

又一次，奶奶在拖地时，电视里正播放着"奥特曼"，牛瑧昱看得如醉如痴；奶奶为了不影响他看电视，便在拖完卧室后就挂着拖把站在一旁。牛瑧昱意识到后立马拉过一旁的藤椅，非常麻利地坐上后，一边看电视一边对奶奶说："奶奶，您拖！"

平时，牛瑧昱常自个儿放录有童话的磁带听，或者自个儿看连环画；有时，也在自家院子里用网兜捕蜻蜓、蝴蝶，或去邻居家与胖胖玩。但是，爷爷、奶奶、伯伯、伯母严禁牛瑧昱独自到马路、坑、塘、河、湖等周边地区玩，更不允许他在没有爷爷、奶奶、伯伯、伯母看护的情况下江滩上玩。但是，有一次，牛瑧昱还是违反了禁令——

那是在牛瑧昱三岁半的时候。一天，他吃完晚饭后就离开了家；爷爷、奶奶以为他在隔壁胖胖家玩，就没太在意。可好一会儿后，发现胖胖家并无孩子们玩耍时发出的声响，爷爷便去胖胖家，想看看孩子们在玩什么，可一去，却发现胖胖家空无一人，爷爷大吃一惊，本能地大声呼喊牛瑧昱。听到爷爷的呼喊后，奶奶也急了，大声地呼喊起来；远隔几家的牛汉卿正在给所养殖的鳝鱼换水，听到喊声后也大吃一惊，急忙放下手中的活，四处寻找。在村头坑塘里采菱的戴奶奶看到牛瑧昱和一群孩子到江滩上玩去了，便在听到牛汉卿的喊声后，大声地告诉牛汉卿牛瑧昱的去向；牛汉卿得知后飞也似的跑到江滩，找到牛瑧昱后什么也没说就在牛瑧昱的屁股上抽了两巴掌，接着又让眼泪簌簌的牛瑧昱立正，并声色俱厉地教育牛瑧昱……牛汉卿之所以如此大发雷霆，是因为江边很危险，而且前不久，还有几个孩子被江水冲走了……

牛汉卿在大怒之后担心吓着牛瑧昱了，便和牛瑧昱在沙滩上补偿似地玩一番——抓蜻蜓、捉蝴蝶、筑碉堡、挖渠道、掷飞盘……什么方便就玩什么，几个带着孩子在江滩上玩的家长也带着孩子加入牛汉卿、牛瑧昱玩耍的行列。夜幕降临时，不宜再玩了，牛汉卿才带着他和其他玩伴及其家长说说笑笑地回家。

牛瑧昱正沉浸在对往事的回忆之际，忽然看到几个从江滩上走近大堤底部的孩子，便下意识冲身边的奶奶说："孩子们怎么这么早就玩够了？"

"早上太阳光不太强，天气不热。"奶奶说，"不过，他们也不都是来玩的——他们有的是把牛牵到沙滩上放牧的，有的是到树林中找蝉蜕的；当然，也有不少是太小了独自待在家里不安全而被哥哥姐姐带出来的。"

"全是孩子——这安全吗？"牛瑧昱有点儿纳闷地问，"怎么不见一个大人？"

"大人？"奶奶语义复杂地说，"大人都出外打工去了——怎么见得着？"

"嗨！现在村里是孩子没人带——像放散羊散牛似的，地也没人种——你看，江滩上几乎全是野草，庄稼即使有也是隔年生的，而且总是黄不拉几、自生自灭。"坐在副驾驶座的艾玉洁说，"村里还待在家里的青壮年人几乎没有了——像我和你三伯这样五十多岁的人也不多，大人多数是六七十岁或像奶奶这年纪的！"

"啊！原来是这样！"牛瑧昱若有所悟地说，紧接着又在心里说："这些儿童或老人大概就是所谓的'留守儿童''留守老人'吧！"

随后，牛瑧昱又信马由缰地"胡思乱想"起来——

时而想起"四面荒凉人住稀"之类的诗句，时而想起因病去世的爷爷、大伯、二伯，时而想到大妈到锦都随大哥生活后，年迈而又独自一人住在偌大一个院落的奶奶的孤寂，时而想到三伯、三妈既要忙养殖业又要忙种植业还要为他们这六个在外的孩子操心……

牛瑧昱想着想着，思绪还没终了，车已在牛汉卿的楼房前停了下来；村里知道牛瑧昱要回来的人不约而同地来到牛汉卿家。牛瑧昱从行李包中取出礼物分发给到场的每一位。在牛瑧昱给一个高挑、清秀、洋溢着一种莫名魅力的少女发礼物时，杨金环说：

"给莲儿两份———一份给她，一份给祖爷爷。"

牛瑧昱照办之后，杨金环又对那女孩说："莲儿，你先回去照看祖爷爷，等一会儿，我和你哥去看他。"

"奶奶，莲儿是谁？"乡亲们刚一离去，牛瑧昱有点儿迫不及待地问。

"莲儿是谁？就是雪莲——你文丽姑姑的女儿！"杨金环说。

"那文丽姑姑又是谁？"牛瑧昱接着问。

"文丽姑姑就是文丽姑姑嘛！"杨金环笑道，"也就是你翠兰奶奶的女儿——你小时候，你文丽姑姑一有空就来看你、抱你，帮你洗衣服……"

"文丽姑姑……"牛瑧昱朦朦胧胧地记得是有一个人经常来看他、抱他，但不知道她是否就是奶奶所说的那位"文丽姑姑"。

"就是那个个儿高高的、特别爱亲你、还常常爱用辫梢摩擦你的脸蛋的姑姑。"杨金环笑着说，"你爸爸、妈妈接你回锦都时，文丽姑姑还给你爸爸、你妈妈送过手织的毛衣，给你送过手织的书包呢！"

"书包！啊！记起来了！"牛瑧昱好似豁然开朗地说，随后便想起了被爸爸收起来与他那宝贝似的书搁在一起的一面织着荷花一面织着莲蓬的书包；他还想起，当初他要用那书包，爸爸说那是女孩子用的，不让他用，为此，他还生过爸爸的气……

"祖爷爷是谁？"在稍稍明白雪莲、文丽是谁之后，牛瑧昱略带好奇地问，"怎么要莲儿照看？"

"祖爷爷是你文丽姑姑的伯祖父。"

牛瑧昱忽然记起他爸爸牛正甫让他带两本书给杨显珍先生之事，便脱口问道："是不是杨显珍先生？"

"是的！"杨金环略带惊讶地问，"你怎么知道的？"

"瞎猜的——"牛瑧昱笑道，接着，把牛正甫让他带书给杨显珍老人之事说了一遍。

"瑧昱，和奶奶去洗洗手后吃饭吧！"在牛瑧昱与杨金环说说笑笑之际，牛汉卿便端着一碗热气腾腾、香气四溢的鸡蛋从厨房走向堂屋，边走边说，"应该很饿了吧！"

"不太饿！"牛瑧昱边起身边说，"这么快就做好了——我去端饭吧！"

"不用——你三妈马上就端来！"牛汉卿说，"鸭场还有一些事要做——捡鸭蛋、给鸭子喂食等，这些事虽然都不是太急，但早做比晚做要好，所以，饭做得比较简单——下午的时间多一些，晚餐做丰盛一点儿！"

"这很好——没有必要弄得很烦琐！"牛瑧昱说，"好香！"

"当然香——这是正宗的土鸡蛋！"杨金环说，"你三伯、三妈专门为你准备的——一粒饲料也没喂的鸡下的蛋，能不香！"

"三伯、三妈真好！"牛瑧昱说，"太谢谢三伯、三妈了！"

"谢什么！"艾玉洁说，"你们兄弟五六个，就你记着要回来看看我们——我们高兴都来不及呀！"

"大哥确实很忙——我是知道的！"牛瑧昱说，"要不是大妈在他那儿帮他，他可就要累坏了！唉！锦都人总是很忙的！"

"都说忙——二哥、三哥在上海，要不是到武汉来出差是不会回来一下的！四哥、五哥在武汉——不需要专门到武汉来出差，也就没有机会回来！"

艾玉洁笑着说，"只有你——才想到专门回来一趟……"

"别说了——吃饭吧！"牛汉卿又端着一碗菜走进堂屋，边走边说，"你说孩子们没回来看你，你怎么也没去看他们——都忙嘛！"

"是我们这些做孩子的不对——我以后一有空就回来！"牛瑧昱笑着说，"奶奶，吃饭吧！我们抓紧吃，吃完我也去鸭场干活——捡鸭蛋这活我是会干的！"

牛瑧昱边说边牵着杨金环的手走向餐桌。

"不用！你和奶奶先去照顾祖爷爷吃饭——我们今天实在腾不出手，就只好辛苦你和奶奶了！"艾玉洁说，"祖爷爷也常念叨你！"

"那……也好！"牛瑧昱略带犹豫地说，随后又说："等祖爷爷吃好饭后，我就去鸭场，看看能不能做点儿什么——祖爷爷吃饭应该要不了多少时间！"

"鸭场臭烘烘、脏兮兮的——你别去！"艾玉洁语气很坚定地说，稍顿之后又说："我们昨天送蛋到蛋厂去了，回来得太晚；奶奶力气不够，没法把祖爷爷弄到轮椅上到外面走走，你今天先协助奶奶给祖爷爷洗澡、换衣，然后用轮椅把他推到外面走走——这天气潮湿溽热，老躺在床上或坐着都会生褥疮的；祖爷爷身体状况已经有所好转了，多让他在户外走走看看也利于他进一步康复。"

听艾玉洁这么一说，牛瑧昱便没再说什么了，帮杨金环夹了一些菜后就自个儿吃饭。

第二章 初识雪莲妹妹

吃完饭后,已是上午十点半了。艾玉洁准备了两份饭菜,嘱咐牛瑧昱与杨金环送给杨雪莲和杨显珍吃,之后,就与牛汉卿到鸭场去了。

"奶奶,我虽然知道祖爷爷是杨显珍先生,但并不知道杨显珍先生是谁。他怎么了?怎么要雪莲照看——雪莲才多大?"牛汉卿、艾玉洁走后,牛瑧昱边起身将饭和菜放到饭盘里边说,"对翠兰奶奶我也不太清楚。"

"我刚才说过,祖爷爷是文丽姑姑的伯祖父,也就是文丽姑姑的妈妈——翠兰奶奶——的伯伯,是我父亲的远房堂兄弟;他在我们这个地方遐迩闻名。"杨金环说,"早年,祖爷爷在外读书,读完书后去省政府工作。据说,你自家的祖爷爷牛东海当上特务连长后不久到省城执行任务,不幸被国民党特务盯上了,最后,就是在这位祖爷爷的帮助下才摆脱特务的;你自家祖奶奶在大闹日军司令部后之所以安然无恙,也与这位祖爷爷有关——你小时总爱追着我和你爷爷刨根问底地问你祖爷爷、祖奶奶的事,嫌我们讲得不够清楚时还吵吵闹闹的,这次你可以好好地问问这位祖爷爷,他比我和你爷爷知道的多多了。"

"你问翠兰奶奶是谁?我刚才也说过了,她是祖爷爷的侄女——她因为是独生女,便留在家里和文丽姑姑的爸爸结婚;文丽姑姑又是独生女,便又留在家里和莲儿她爸结婚。"

"新中国成立后,祖爷爷先在省里的'革命大学'工作,后来下放到县里来工作;退休后又到省里的一所大学里上班。前年,祖爷爷中风了,可他的亲生儿女都不管,翠兰奶奶就把他接到自家奉养;平时,文丽姑姑也经常回来侍候祖爷爷,还请一些民间名医给祖爷爷治病,从锦都、省城给祖爷爷邮购特效药……"

"在翠兰奶奶、文丽姑姑的精心照顾下,祖爷爷便慢慢地好起来了——能清楚地说话了，胳膊、腿都能动了，能自个儿翻身了，手也能松松地拿东西了……今年春上，文丽姑姑去世后，翠兰奶奶悲伤得病倒了，后来精神出了问题，便被送进康复医院，于是，照顾祖爷爷的事就归莲儿做了……"

"雪莲不上学吗？"

"上学呀！怎么会不上学呢！在莲儿上学的时候，侍候祖爷爷的事就由你三伯、三妈和我轮流着做，莲儿每天骑自行车上学——早出晚归的，但只要莲儿在家，她就抢着侍候祖爷爷……听说翠兰奶奶病好得差不多了，如果翠兰奶奶回来了，莲儿就不会再这么累了……唉！这些日子来，不仅莲儿累够了，你三伯、三妈也累够了——他们自己的事都忙不过来，可把祖爷爷抱上轮椅、抱上床这事我和莲儿都做不了，只得靠你三伯、三妈做……"

"那我们赶紧把饭送给祖爷爷和雪莲吃吧！"牛瑧昱说，"别把他们饿着了！"

"不用急，早晨我们去接你之前，三妈给祖爷爷做过早餐了，刚才，你又给莲儿和祖爷爷糕点了——祖爷爷应该饿不着！"杨金环说，"祖爷爷长时间地生活在大地方，现在虽然行动不方便，但头脑还是清醒的——总保留着在大城市里养成的一些习惯，吃饭、睡觉等很守时，我们一般都是十一点半左右去侍候他吃。"

"啊！……"牛瑧昱若有所悟地答道，随后又问："那文丽姑姑是怎么去世的？"

"文丽姑姑？"杨金环说，"嗨！真是可惜——春节过后，她去上班；在路过岳家店村西边那大藕塘时，她听到藕塘对面有孩子大声啼哭着呼救，便停车循声赶过去，结果发现两个孩子掉到冰窟窿里去了——原来，一家两小姐妹去藕塘边找民工们挖藕时舍弃的残藕剩藕；家里没人看弟弟，两姐妹便把弟弟也带上了；弟弟很调皮，见藕塘结着冰，便跑到冰上去了，大姐喝止时，冰已现裂痕，便伸手去拽弟弟，但她不但没把弟弟拽上，反被弟弟拽进了冰窟窿，二姐吓坏了，便大声地啼哭，边啼哭边呼救；也许是藕塘离村远了点，来不及叫人施救，也许是觉得藕塘不会太深，没危险，文丽姑姑便下水施救，结果，两个孩子得救了，文丽姑姑却没了。"

"藕塘不就是比水田深一点儿吗？"牛瑧昱有点儿纳闷地说，"前几年暑假时，我每次回来三伯都下水帮我摘莲蓬——水深好像不超过他的腰……"

"一般来说，藕塘是不会有多深的，那藕塘也确实没多深——文丽姑姑很可能也是这么认为的！"杨金环说，"可那孩子掉下去的地方却偏偏很深——那是一个挖过藕的地方，可能那地方的藕长得很深的缘故，所以那地方挖得很深；不过，文丽姑姑也可能是被冻僵了，上不了岸才被淹死的——据说，那地方水深也不超过文丽姑姑的脖子……两个孩子都掉进去了，文丽姑姑那么瘦弱，捞了一个还要捞另一个，可能救起第二个孩子时就没劲了，也冻得受不了……唉！文丽真可惜……"

杨金环边说边用手背拭泪，牛瑧昱赶紧掏出纸巾给她拭，边拭边说："是啊！真可惜！"牛瑧昱顺着杨金环说。

"莲儿也可怜！"稍稍停了一会儿后，杨金环又说："莲儿的爸爸到美国去后就没回来过——这么多年来，都是由文丽姑姑带着，可现在文丽姑姑也不在了……"

"那她爸爸怎么不把她接到美国去？"

"听说她爸爸在美国又结婚了——可能又有孩子了吧……莲儿也懂事了——可能是怨恨她爸爸的缘故，她从来都不提她爸爸……"

"啊……"

"过去总听人夸莲儿，说她长得俊俏、心灵手巧，成绩也好——总排在快班的前几名，不知现在怎么样——过去有文丽姑姑护着，她能一心一意地学习，可现在她不但没人护着了，而且还得把很大一部分精力花在侍候祖爷爷的事情上——只要她在家，端茶、送水、喂饭、喂药、洗衣服、晒被子、做清洁，什么都做；而且，一有空就去帮三伯、三妈做鸭场里的事……"

"莲儿才多大——这怎么行？"

"莲儿马上就读高三了——应该快十七岁了吧？"

"十七岁？读高三？这么小怎么就读高三？"

"咱们这里的孩子都上学早——家里没有专门看孩子的人，就尽可能早地把孩子送进学校；你爸爸当年上学也很早——你爸爸小时由你三伯看，你三伯上学时就把爸爸带到学校，放到教室外不安全，你三伯就把你爸爸带进教室，于是，你爸爸就和你三伯一起上了学，当时，你爸爸很小——才四岁……好像你也是四岁多一点儿开始上学的嘛！"

"我是五岁就上学的——但上的是'试验班'，不是正规的小学一年级；再说，我就在家门口上学——我们家和附小都在师范大学校园里，两个地方相距就三四百米……"

"莲儿也是在家门口上学——岳家店小学和中学就一墙之隔，文丽姑姑在岳家店中学教书，你到锦都后，我闲着没事，加上文丽姑姑刚生莲儿，而莲儿的爸爸在锦都读研究生，我便去照看过莲儿一段时间；当时，我常抱着莲儿到小学里闲逛……"

"啊……"

"莲儿小时就和别的孩子很不一样——我去照看她时她就三四个月吧，可她会牙牙地说话；不过，她给我印象最深的是干净——像她那么大的孩子，很多都常常是鼻涕兮兮、眼泪汪汪，可莲儿却好像没有鼻涕和眼泪似的——她从来都没鼻涕兮兮、眼泪汪汪过；她也从没尿湿过裤子或尿过床，我给她洗澡的时候总觉得她像刚洗过似的，而且她身上总有一股特别好闻的香气——她浑身都是香的，甚至连腋窝的气味都是香的；她的衣服总是干干净净的……"

"真的？！"

"当然是真的——我说的还会是假的吗？莲儿还非常乖巧伶俐——"

"怎么乖巧伶俐？"

"怎么乖巧伶俐？莲儿三岁那年的暑假，你文丽姑姑去省里阅高考试卷，便把莲儿放在我这里，她当时虽然才三岁，但就会自己穿衣服；你爷爷在睡凳上午睡时没用枕头，莲儿见状后就拿了几本书搁在你爷爷头底下；我背上痒，伸手去挠，莲儿见状也给我挠；莲儿第一次见到鹅时，兴奋地拉着我的手叫道：'奶奶！鹅——快看！'接着，就用稚嫩稚嫩的声音悠悠地念道：'鹅鹅鹅，曲项向天歌。白毛浮绿水，红掌拨清波。'……"

"如此说来，她真是乖巧伶俐！"牛瑧昱情不自禁地说，接着脑海里浮现出刚刚见到的雪莲——

非常自然地从奶奶手中接过奶奶脱下的衬衫后，随手把一把蒲扇递给奶奶；不声不响地给来人端座椅；微笑着用眼神制止小孩子的叽叽喳喳；好像怕伤着糕点了似的接过他给她的糕点；一声轻柔而又清晰的道谢从微微翕动的像抹了一层淡淡口红似的唇吻间发出；道谢声发出时，一种充溢着迷茫神情的眼风与他的眼风相向略过，同时，她那嫩稚瓷白的脸上泛上了一抹水莲花红一样的红色；她离去时步履飘逸、衣裙飘逸、长发飘逸、回眸一笑也飘逸……简直像但丁的贝雅特丽齐一样美丽！

"真美！真可爱！"牛瑧昱在内心深处自语道，"我要是有这样一个妹妹，那该多好呀！"随后，他又进一步地问杨金环道：

"刚才三妈说祖爷爷常叨念我——他从来没见过我，怎么会叨念我？"

"啊！祖爷爷是没见过你——可他见过你爸爸呀！"

"见过我爸爸？"

"岂止见过——还帮过你爸爸！祖爷爷也非常喜欢你爸爸！"

"啊？"

"恢复高考那年，祖爷爷给村里每个可能有孩子要参加高考的家庭都免费寄赠了一套高考复习资料。你二伯、三伯照常理来看是会参加高考的，于是，祖爷爷也给我们家寄了一套。可是，你二伯、三伯上中学时基本没上过课——不是在这个村支农就是在那个村上劳动课，而且你二伯根本就没上过高中，所以，他们都没参加高考，于是那套资料就归你爸爸了。你爸爸当时才十三岁，但已经读高一了……"

"十三岁读高一？"

"是的，我刚才说过了，你爸爸是随你三伯一起上学的——最初是你三伯读书，你爸爸只是跟着，并不是读书；当时，上完课后是不考试的，所以，你三伯升学你爸爸就跟着升。那个时候，小学五年、初中两年、高中两年，所以，你爸爸十三岁就读高一……不错！你爸是十三岁读高一的。"

"啊——是这么回事！"

"你爸爸虽然有了一套复习资料，但觉得自己是第二年考试，考试的内容会变，于是就写信给祖爷爷，请他帮忙弄一套更新了内容的复习资料……这样，你爸爸就和祖爷爷联系上了。你爸爸很勤奋、刻苦，也虚心好学，祖爷爷很喜欢他……祖爷爷恢复说话能力后，经常说到你爸爸；听说你爸妈有你后，祖爷爷又不时说到你——说是很想看看你，看你是不是也像你爸爸那样努力、上进……听说你要回来了，祖爷爷说你就说得更勤了……"

"那我们现在就去祖爷爷那儿吧——饭菜都快凉了！"

"啊！你说的也是！光顾闲谈——忘了还有正事！"

杨金环边说边起身，牛瑧昱连忙把手伸过去搀了奶奶一把，并顺手背上了小皮包。

牛家大湾虽然总的来说是沿汉江北岸朝南一字排开的，但实际上又是由若干单元组成的——一般来说，小则五六十户人家为一个单元，大则七八十户人家为一个单元。"文革"结束之前，"单元"以"队"相称，比如，"第一单元"称作"第一队"，"第二单元"称作"第二队"；"文革"结束之后，"队"改称"村"。一个单元内的人家基本上属同一族，是由同一个祖先繁衍而来的，但是，也间或掺杂着一些他姓，比如，牛瑧昱的奶奶这一单元就掺杂着杨、岳、敖、韩等姓。一个单元内的人家，一般来说是前后两排平行朝南，但有的单元也可能是三、四、五排平行朝南。单元与单元之间，或以坑、塘、河、堰相隔，或以农田相隔……

牛瑧昱的奶奶所在的村为牛家大湾的第八村，通常，人们径直以"八村"称之。

"八村"为大村——八十多户人家，其中，杨姓、岳姓各四户，敖姓、韩姓各两家，其余的为牛姓；雪莲家姓杨。八十多户人家分五排平行朝南排开，牛瑧昱的奶奶家位于第一排的东部，杨雪莲家位于第二排的西部，两家直线距离大概有六七百米。牛瑧昱提着饭篮，牵着杨金环的手，出后门后，穿过两排房子之间的街道，绕过一个一米多高的土堆后，再绕过一滩浑浊的积水。与积水相隔二三米的是一个积满了水的房屋台基，台基的西边是几间彼此相连的破败的房屋，紧挨着积水的那间房屋，其东墙上爬满绿黄相间的野生植物；其正面是用树枝搭建而成的棚架，棚架上缠绕着丝瓜藤，丝瓜藤上结满了丝瓜，有的老得枯黄了，但更多的是处在正当食用的时期；棚架和丝瓜藤上有不少蜘蛛网。走过丝瓜棚架时，杨金环提醒牛瑧昱猫一下腰、低一下头，以免碰着蜘蛛网了，可牛瑧昱还是碰着了，头发上还粘上了一些蜘蛛网丝——一米八的个儿，他要想不碰着至多也就一米五六高的纷繁的蛛网，确实有点儿难，加上他是第一次走这种险道，没经验，碰着蛛网丝也在所难免。

"奶奶，这路怎么这么难走了？"走过破败的房屋后，牛瑧昱舒了一口气后，有点儿纳闷地问杨金环道，"我记得小时候，这路是好好的——爷爷、您，还有伯伯、伯母们经常带着我从村东头走到西头，我还一边走一边唱儿歌呢！"

"你小时候这路确实很好！"奶奶悄声道，"可这些年，村里能够出去的人都出去，只有岳宝、岳强、杨志、杨财等人没有出去；出去的人很少回来，他们走这路的时候不多，眼不见心不烦，当然不会管这路！"

牛瑧昱和杨金环低着头小心翼翼地走着，边走边闲聊，忽然一群硕大的老鼠从街心长满了将近一米高的草丛中"嗖"的一声蹿了出来，牛瑧昱吓了个趔趄，差点儿摔倒。正在那时，一声饱含着担心的提醒飘然而来："小心——哥哥！"

牛瑧昱抬头一看，只见在十米开外的杨雪莲正向他和杨金环走来，边走边说："我在晾晒祖爷爷的衣服和毛巾，见奶奶和哥哥来了，我便来了……"

"你又洗衣服了？"杨金环说，"我不是说了，祖爷爷的衣服、毛巾让我洗吗？祖爷爷年纪大，衣服上有股难闻的味，你们孩子很难受得了。"

"没关系——自家的祖爷爷嘛，有什么受不了的！再说，也不能总让奶奶洗嘛！"

"唉！你这孩子——"

"奶奶，祖爷爷今天像忽然好多了——能独立地扣扣子、吃药、吃东西……还能在我的帮助下起床了！"

"真的吗？"

"真的！我告诉祖爷爷哥哥回来了后，祖爷爷一下子就坐了起来，后来，我搀扶着他的一只胳膊，他用他的另一只手按着床沿下床了——嗨！今天真是太高兴了！"杨雪莲满脸兴奋地说，"哥哥回来了！祖爷爷也好起来了！真是双喜临门！"

杨雪莲边说边在前头匆匆地走，走到家门口时，她冲屋里叫道："祖爷爷，奶奶和哥哥来了！"

"祖爷爷好！"牛瑧昱走到杨雪莲家门口时，还没进屋，就冲坐在堂屋靠近大门口的杨显珍老人问好道，"我是牛瑧昱！"

"好！好！"杨显珍老人用他那一点儿也不显苍老的声音还礼道，接着又非常兴奋地说，"小伙子长得好高呀——比你爸爸高多了！真是'一代比一代强'呀！"

"是高一些，但并不能说是'一代比一代强'——主要是生活条件好，营养跟得上，才比我爸爸稍稍长高了一点儿！"牛瑧昱笑道，"我爸爸常说，他当初要是有当今这么好的生活条件，他说不定可以长得像姚明那么高呢！"

牛瑧昱说完，杨显珍、杨金环、杨雪莲都大笑起来，牛瑧昱跟着也大笑起来。随后，杨雪莲走到门外去晾晒刚才没有晾晒完毕的衣服、毛巾，晾完之后又赶紧返回堂屋与牛瑧昱、杨金环一起侍候杨显珍老人吃饭，并将本是属于自己的那份饭菜中的一块蛋饼夹到杨显珍老人的碗里。

"高考考得怎么样？"杨显珍老人一边吃饭一边问牛瑧昱，"还行吧？"

"感觉还行！"牛瑧昱小声答道，"不过，感觉未必可靠。"

"应该可靠——将门出虎子嘛！"祖爷爷笑道，"你爸爸、妈妈怎么样，都还好吧？你爸爸过去每年都要送我一本书，可这几年没送书给我——大概已经忘掉我了！"

"没有！我爸爸没忘记您！"牛瑧昱急忙说，"我爸爸让我带给您他刚出版的两本书……"

牛瑧昱说着，连忙从小皮包中取出两本由锦都大学出版社出版的书，恭恭敬敬地搁在杨显珍老人用餐的简易桌子上。

"我爸说，祖爷爷应该以静养为主，所以，这几年没寄书给您。"搁好书后，牛瑧昱又解释道，"临走前，爸爸还特地交代我，如果我觉得您适宜看书了，才可把这两本书送给您……我现在觉得您可以看书了……"

"啊！看来是我错怪了你爸爸！"杨显珍老人笑道，在瞟了一眼书的封面后又笑道，"两本都是锦都大学出版社出版的——看来你爸爸当初没上锦都大学，现在还在记锦都大学的仇呀！"

"我爸哪敢记锦都大学的仇！"牛瑧昱笑道，"他是向往、崇仰锦都大学！"

"你爸爸现在也很好嘛——"杨显珍老人又说，"村里后来也有几个人考进锦都大学，可都不如你爸爸干得好！当年，我帮他们买复习资料，录取时又找过人，可至今没听说他们干出了多大的成绩，也没收到他们一句半句的问候！看来，人是否有出息，并不取决于你读多少书，也不取决于你上哪一个大学——像你三伯，没有上大学，可比我那几个上过大学的儿子都强！"

"我三伯确实很了不起……"牛瑧昱顺着杨显珍老人的话说，接着想起了自己一会儿前说过的要到鸭场帮牛汉卿、艾玉洁干活的话，同时，见杨显珍老人把饭菜都吃完了，便对杨金环说："奶奶，我刚才对三妈说见过祖爷爷后就去鸭场的，现在祖爷爷吃完饭了，我就去一下鸭场——一干完鸭场那边的事，我就来陪祖爷爷。"

"我也去！"正在收拾杨显珍房间的杨雪莲说，"三伯、三妈太辛苦了——忙里忙外，没完没了；我现在放假了，一时也没什么十分急着要办的事……"

"你还是在家做功课吧！"杨金环说，"马上就要进高三了，要高考了，你得在功课上多花点儿时间。"

"我的功课没问题。"

"这些日子来，每天早出晚归的，功课没受影响？"

"没有。"

"这次期末成绩怎么样？"

"比上个学期进步了一点儿——由第四名升到第三名了。"

"啊……"杨金环还没把话说完，杨雪莲已经拿起了草帽，走向大门口，牛瑧昱也赶忙跟着杨雪莲向大门口走去。

第三章 "物是人非"的蛟龙湾

牛汉卿家的鸭场依蛟龙湾大堤的南坡而建,离村里大约有一千五百米。从村里去鸭场,沿途坑坑洼洼、时干时湿的。杨雪莲在村里生活的时间长了,知道徒步去的最佳路段,便在出大门后折进自家的巷道,准备走一段第三排房屋的前台阶再走一段第四排的前台阶,最后走牛汉卿出资修的一条通往鸭场的水泥路。

杨雪莲小时候是徒步上学,而且因为学校近在隔壁,总想掐着点去,可很多时候点掐得并不准,于是上学时总是连走带跑的,久而久之,便形成了步行速度总是很快的习惯;加上最近一段时间来,既要上学又要做家务,所以,干什么都速度偏快。于是,她一会儿就穿过巷道来到了第二排房屋与第三排之间的街道,正折向第三排房屋的台阶时,发现牛瑧昱落在自己身后好几米,便放慢了脚步。

"雪莲,你走得好快呀!"牛瑧昱走近杨雪莲后,笑着说,"我真笨,还得你等我,真不好意思!"

"哪里是你笨呀,哥!"杨雪莲颇为善解人意地说,"你是太累了——你刚参加完高考,昨晚又坐了一夜火车,今天忙乎到这个时候也没有休息一下,应该真够累的了!"

"呵呵——累,我确实有点儿累!但归根结底还是我笨了一点儿!"牛瑧昱再次笑道,"奶奶说,这几个月,你既要上学又要侍候祖爷爷,里里外外一把手,实际上你比我更累哟!"

"我平时是有点儿累,但今天不累——今天没上学,既没起早,又没有耗力气骑自行车,所以嘛,不累!"杨雪莲一副轻松愉快的样子说,"更何况,今天早餐是三妈做的——奶奶、三伯、三妈去接你前,三妈就把早餐做好送给我和祖爷爷了。"

"啊！三妈够累的！"

"是的！三妈很累！三伯、奶奶也很累！啊！我们得抓紧点儿——去迟了，三伯、三妈就把鸭场的事做完了！"杨雪莲一副忽然醒悟的样子说，接着便加快了脚步。

"好！"牛瑧昱应声道，随即也加快了脚步。

一会儿，牛瑧昱便随着杨雪莲走上了牛汉卿私家出资修建的水泥路，眼前豁然出现了一片堪可用"辽阔"一词来形容的藕塘：藕塘里荷叶田田，密密麻麻，远看像一张硕大无朋的绿毯悬在半人高的空中；在视线的尽头，荷叶与绿树相连，绿色便变成了一片飘浮在半空的绿雾；清风吹拂荷叶，荷叶泛动，露出朵朵红白夹杂的荷花，荷塘霎时好似出现了无数身着绿装、婆娑起舞时步调一致地显露隐藏着的花朵的舞女……乍见此情此景，牛瑧昱情不自禁地说：

"啊——真美！真壮观！"说话间，牛瑧昱无意识地停住了脚步。

"哥哥，我们先去鸭场吧！"见牛瑧昱停住脚步而忘情地凝望着荷塘，杨雪莲轻轻地扯了扯牛瑧昱的衣角，轻声地说，"把鸭场的事做完了，我们再来看荷叶荷花。"

"嗨！我有点儿'忘乎所以'呀！"牛瑧昱如梦初醒地说，接着又好似自我解嘲地说，"我真是太多情了——真是'多情应笑我'哟！"边说边随杨雪莲往前走。

"不只是你多情——好多人经过这儿时都会停下来观赏！"杨雪莲好似安慰牛瑧昱地说，"那些人也有的会摘荷叶、莲蓬——摘荷叶是为了遮雨或遮太阳，摘莲蓬是为了吃莲子。如果你喜欢，等一会儿我们也来摘几片荷叶、几个莲蓬吧！"

"那好！"牛瑧昱认同地说，接着又给杨雪莲做了个手势，说，"走！咱们抓紧一点儿去鸭场！"

"你们怎么还是来了？"牛瑧昱和杨雪莲还没走进鸭场，艾玉洁就走出鸭屋，高声冲他们说，"快回去——这里太脏！快回去——我们已经把活干完了！"

"我们还是来晚了！"杨雪莲语带遗憾地说。

"都怪我！"牛瑧昱很懊恼地说，"要不是我磨磨蹭蹭的，我们早就到了！"接着又冲艾玉洁说："没事！"边说边随杨雪莲走进了鸭场。

鸭场由鸭屋、鸭食场、水塘等组成。

鸭屋是一排平房，房顶为水泥板，水泥板上覆盖着厚厚的稻草。鸭屋的上空是一根根从鸭屋后面树上伸出的树枝，树枝绿叶繁密，像一只只平伸出的硕大的猿猴胳膊，荫蔽着鸭屋。

鸭屋的正前方是鸭食场。鸭食场为露天场地，长度与鸭屋相等，宽约一二十米。鸭食场上整齐地摆放着一排排食槽，有的食槽里放的是鸭食，有的放的是鸭子的饮用水。

水塘是鸭子的游泳池，与鸭食场的南边毗邻，由一块窄长的水田改成，面积有十多亩。池水半浑浊，水面散布着一些水草，青蛙常常跳上叶片较大的水草上蹲着；有的水面也会出现鱼群。

牛瑧昱与杨雪莲走过水塘时，水塘边沿睡莲上蹲着的青蛙，好像欢迎他们似的叫着；成群结队的刁子鱼或鲫鱼在没有水草的水面时而浮出、时而潜沉；蜻蜓在水面上快速掠过……要是小时或者闲时，牛瑧昱肯定会驻足赏玩，但此时此刻，他无暇此顾。

"还真是有点儿臭！"走近鸭食场时，一股浓烈的鸭粪臭味飘然而至，牛瑧昱笑着说，边说边捂着鼻子。

"这个时候肯定会臭的——"杨雪莲朝鸭屋方向指了指说，"你看，三伯、三妈正在从鸭屋清除鸭粪，我们现在过去还可以帮他们一下。"

杨雪莲边说边加快脚步，牛瑧昱也自然而然地加快脚步跟上。

"唉！这么臭——你们来做什么呢？"艾玉洁嗔怪道，"快回去！"

牛汉卿正抖着一捆塑料，拟散开把鸭粪覆盖着，边抖边说："已经弄完了——你们到那屋里休息吧！"牛汉卿边说边用嘴努了努鸭屋西边二三十米处的一间小屋。

艾玉洁扯住塑料的一端，将塑料拉着展开。杨雪莲迅速走向艾玉洁，自然而又娴熟地帮着艾玉洁，牛瑧昱也想帮一下牛汉卿，但插不上手，正不知如何是好之际，杨雪莲冲他努努嘴说："把那几颗鸭粪撮到粪堆上来。"

牛瑧昱还没太明白杨雪莲说的话，杨雪莲便把塑料的一角固定在鸭粪堆上，拿起近旁的一把锹，朝鸭屋门口的几颗散粪走去。

"现在真的没什么事了。"艾玉洁也把塑料的一角固定在鸭粪堆上后冲牛瑧昱、杨雪莲说，"你们回去照料一下祖爷爷吧！"

"我们来时照料祖爷爷的事就都做好了。"杨雪莲说，"奶奶在祖爷爷那儿——我们回去也做不了什么。"

"那你带瑧昱哥哥到别的地方转转。"艾玉洁说，"这儿太脏，空气也很不好！"

"那好！"杨雪莲满脸高兴地说，随后，转向牛瑧昱说："哥，我们去荷塘边玩一下吧——刚才你不是恋恋不舍吗？"

"哥，你没有哪里不舒服吧？"见牛瑧昱脸色凝重，不言不语，杨雪莲关切地问，"天气这么热，要不我们先回去休息，明天再去荷塘边玩。"

"啊！没有哪里不舒服！"听杨雪莲这么问，牛瑧昱强颜欢笑地说，"我很好——只是看到三伯、三妈这么辛苦，工作的环境这么恶劣，心里有点儿不舒服……"

"嗨！原来是这么回事——我还以为你是哪里不舒服呢！"杨雪莲笑道，"没有哪里不舒服，那我们就到荷塘边玩玩，放松放松——我前段时间很累了，或遇到什么不高兴的事了，就到荷塘边溜达；轻风送来的阵阵清香，沁入心脾，疲劳或烦恼被一扫而光！"

"真的吗？"牛瑧昱也笑道，"荷塘还有如此功效？"

"当然是真的！"杨雪莲一脸认真的神情说，"荷叶、荷花、莲蓬都会散发出清香，都有药用功能——奶奶说，它们都能清热、解暑、解毒，去年夏天，我发烧时，奶奶还用荷叶煮水给我喝呢！"

"那太好了！"听到杨雪莲的这些话，牛瑧昱精神为之一振，喜形于色地说，"那我们赶快去，好好地玩玩，以后再一心一意做其他事……"

牛瑧昱和杨雪莲边说边走，很快就走到了荷塘边。见几个花蕾上都歇着蜻蜓，同时还有几只彩蝶在荷叶丛中翩翩穿飞，牛瑧昱忽然来神，边掏出手机拟拍照边说：

"雪莲，你别动，让我先拍张照！"

刚拍下一张照，一阵轻风袭来，荷叶翻动，花蕾摇曳，歇在花蕾上的蜻蜓像荡秋千似的时上时下，牛瑧昱抓拍了一张，随后又冲杨雪莲道："快——雪莲！站过去，我也给你拍一张！"

牛瑧昱说着，给杨雪莲拍了一张以翠绿欲滴的荷叶、泛着晶亮光彩的蜻蜓和色彩斑斓的蝴蝶为背景的照片，在抓拍的刹那间，牛瑧昱在脑海里忽然闪现了"绿波仙子"这一个词语，也忽然觉得已经在荷塘边看到自己最想看到的东西，一股充分的满足感流贯全身，随即下意识地收起手机。

"别，别收手机——哥！"杨雪莲带着有点儿着急的样子说，"我给你也拍一张吧！"

杨雪莲说着，把手伸向牛瑧昱。

"也好！"牛瑧昱笑道，"在锦都是找不到这么'别致'的景色的！"

"在我们这儿像这种景色也不多——这莲藕也从来没挖过，是'原生态'的！"

"为什么不挖？"

"奶奶说，这藕塘是杨志、杨财两兄弟承包的，他们懒得连饭都不做，所以这莲藕也从来没挖过！"

"别人可以挖呀——总不挖出来那岂不浪费了，多可惜！"

"他们那么凶，别人谁敢挖？！"

"那他们可以卖给别人挖嘛！"

"这儿到处都是莲藕，谁会买来挖？再说，挖出来也没人要——也是浪费！"

"唉！锦都要是有这么多莲藕就好了——那儿的莲藕可贵了！"

"贵吗？你买过吗？"

"肯定贵——我喜欢吃莲藕，可如果不是特别要求，妈妈是不买的！"

"那这次你多带点儿回去，吃完之后，我再给你邮过去！"

"邮过去——那岂不更贵了！"

"这莲藕不花钱或花钱很少——就一点儿邮费，能贵到哪里？"

"锦都的东西贵，主要是贵在运输费上，再说，不贵，也不用邮——开学了，我住学校，不在家里吃饭。"

"那你以后一放假就回来，回来后专吃莲藕。走，咱们找个水浅的地方，我去弄一节嫩藕你吃——脆脆甜甜的，非常好吃！"

"我知道——过去，爷爷、伯伯都弄给我吃过！但今天就不弄了——我刚才说好了，把鸭场的事做了，就去陪祖爷爷；再说，奶奶今天从早忙到这个时候，我们现在回去，可替替她，让她休息一会儿！"

"对！对……我们只顾自己玩，忘了奶奶和祖爷爷，真不该！"杨雪莲突然醒悟似的说；接着又说："你从昨晚到现在也没好好休息，也得休息一下了！"说着，便起步回家。

一路上，牛瑧昱与杨雪莲边走边聊——奶奶、祖爷爷、三伯、三妈、学习、理想……聊到什么就是什么。但两人好像还没聊够就到家了，见杨显珍孤坐着，牛瑧昱和杨雪莲异口同声地道："祖爷爷！"

随后，杨雪莲接着问道："奶奶呢？"

"去后屋了。"杨显珍回答道，"刚去。"

"奶奶肯定在收拾后屋。"杨雪莲猜想着说，"我刚才只收拾了祖爷爷的卧室，还没来得及收拾后屋——本想从鸭场回来后再收拾的。"

"哥，来！"杨雪莲接着又说，"咱们一起把祖爷爷搀到轮椅上，然后，你把祖爷爷推到巷道口那儿——那儿既有荫又通风，很凉爽的；我去收拾后屋！"

杨雪莲边说边打开轮椅，并两手握着轮椅使之固定不滑动，牛瑧昱则把杨显珍搀扶到轮椅上，随后将杨显珍推向巷道口，与杨显珍闲聊……

第二天吃完早餐后，牛瑧昱与杨雪莲去鸭场"支援"牛汉卿和艾玉洁；忙完鸭场的事后，杨雪莲便回家收拾屋子、洗衣服……牛瑧昱则如前一天一样与杨显珍闲聊。之后，牛瑧昱虽然仍然会与杨雪莲到汉江沙滩、护堤林或蛟龙湾岸、藕塘、田野等地闲逛，但是，与杨雪莲一起去鸭场"支援"牛汉卿与艾玉洁、与杨显珍或杨金环聊天基本上是每天都会做的两件事。

在与杨显珍或杨金环闲聊的过程中，牛瑧昱知道了好多过去不知道的事情，也弄清了许多过去没有清楚的事情——一个暑假就在这种周而复始的活动中不知不觉地过去了。

第四章　才子佳人争奇斗艳

对于所有高校新生而言，金秋九月都是一个值得高兴的时节；对于牛臻昱而言，更是如此——他不仅如愿以偿地成了锦都大学的一名学子，而且进入了耀华管理学院。

锦都大学是一所年逾百年的学府，师生均是精英荟萃——教师多为硕学鸿儒，不少还是学科领军人物；学子都是百里挑一，不少为"各种各样"的"状元"。一百多年来，锦都大学既是世人向往的精神家园，又是学子向往之至的学府。改革开放后，为了适应国家发展新的需要，锦都大学成立了旨在培养高端经济人才的耀华管理学院。学院虽然侧重经济，但也很注重基础教育、注重全方位地培养学生，所培养的学生不仅具有过硬的专业知识和能力，而且综合素质很高，非常符合人才市场的需要，因而非常抢手，学生在走上工作岗位后的发展状况也非常好——年纪轻轻就成为决策机构的智囊人物或当上 CEO 或 CEO 助理的大有人在，因此，倍受锦都大学学子的青睐——如果说，锦都大学是荟萃了全国学子中的精英，那么，锦都大学耀华管理学院则荟萃了锦都大学学子中的精英。

锦都大学不仅"人杰"，而且"地灵"——它位于西山东脚之下，由西山泉水汇聚而成的锦河横贯整个校园，河上横跨着为数众多、形态各异的石桥。

锦河南岸为教学区：耸入云天的高楼大厦与古色古香的小楼或平房院落相间散布；高楼大厦为教学楼，四周均有开阔的场所；小楼平房为行政机构所在地，全都掩映在绿树丛荫之中；高楼大厦与小楼平房或由林荫曲径相连，或由水泥大道相通；教学楼前排列着一排贴满五颜六色的海报或通知的布告牌；主干道上，两边古松参天，树上或缠绕着彩灯，或悬挂着彩色标语；平常虽然总人来人往的，但绝无嘈杂或喧哗之声，总体上笼罩着一种庄严肃穆的氛围。

锦河北岸为活动区：河坡坡度很小、坡面很大，坡面的上半部为修葺整齐的草坪；在草坪的底部，石桌、石椅、石凳沿河相间排开，大小不一的彩色棚屋穿插其间。岸面为一条宽约十米的大道，大道两边长着高大挺拔的法国梧桐。朝阳升起时，阳光洒在树梢上，树梢像被涂抹了一层金粉，熠熠生辉；阳光洒在河面，水汽蒸腾，空气清新如洗如滤。夕阳斜照，树身仿佛披上了一层金纱；晚风吹拂，树叶哗哗作响，树影摇曳生姿。岸面大道往北是几排高高低低、大小不一的土丘，土丘上灌木藤蔓蓊蓊郁郁。土丘与西山之间是一个硕大的盆状地，盆状地底部平整，形成一个天然的运动场；运动场上棋布着各种露天球场和健身房——露天球场也常常用作露天电影场和师生集会的场地；运动场周围环绕着一条可容纳十人平行跑步的跑道。西山坡面上修建了数十级水泥台阶，人们上下山、观看电影或观看比赛、谈天说地、谈情说爱都少不了那些台阶。台阶顶部是依山而建的围墙，围墙上虽然有多扇门，但除非是国家或学校举行重大的庆典，所有的门都是开着的，因而，对师生上下山并无实质性的影响。

牛瑧昱虽然自知晓要上大学之日起，就决意要上锦都大学，但那只不过是一种理想而已；虽然过去曾多次到过锦都大学，但每次都不过是一个游客或访客。因此，当他揣着流光溢彩的入学通知书踏进锦都大学校门时，他的那种高兴就不言而喻、可想而知了，并很快就完成了角色转换——办完入学手续后，他便找到辅导员汪强，加入了迎新的队伍之中。当他从迎新大客车上接下一个神情颇似杨雪莲的新生的行李箱时，一个熟悉而又充满惊奇的高声从近旁一辆半开着车窗的宝马车内传出：

"牛瑧昱——你怎么在迎新？！"随后一个身穿蓝花格子连衣裙的少女从驾驶室中走出；牛瑧昱循声看去，见是高中时的同班同学史玉婷，不禁一愣，在心中纳闷道："咦！怎么在这里碰到你了？你不是说去上香港大学的吗？怎么没去？……"

"你没想到会在这儿碰到我吧？学霸同志！"牛瑧昱还没有从纳闷中缓过神来，史玉婷便笑嘻嘻走向牛瑧昱，边走边说，"我也是来上学的！"

"是吗？"牛瑧昱颇感惊诧道，"你来这儿上学？"

"不错！我来这儿上学！"史玉婷一边走近牛瑧昱一边一副得意洋洋的样子说，"而且也上耀华管理学院！"

"啊！那太好了！"牛瑧昱兴奋地说，"祝贺你！"

"其实我也没想到！"史玉婷一副颇为欣慰的样子说，"不过，终于能再次与你成为同班同学，我感到很高兴！"

"与我同班？"牛瑧昱惊讶地说，"啊！……"

"不错！与你同班——我查过了，我俩都在金融一班！"史玉婷满脸喜悦地说，"从此，咱俩就有双重关系了——既是老同学，又是新同学……"

史玉婷正说着，一位身材高挑、脸色白皙、闪烁着的眼光中透着几分羞涩的少女一肩背着一个人造革包，一肩挎着一个编织袋走向牛瑧昱。史玉婷忽然想起牛瑧昱是在迎接新生，同时也想到自己得赶紧报到后去机场接妈妈，便转换神情说："我的新老同学，你先忙吧！我得赶紧去报到，报完到后我得去接我妈——我妈从美国回来，飞机在一个多小时之后就要到机场了！唉！要不是得去接我妈，我就和你一起迎新了！"

史玉婷说完便一边向牛瑧昱挥手一边向自己的宝马走去。

史玉婷是在读高一下学期开学时从山东转入锦师大附中与牛瑧昱同学的，其母亲韩丽花是一个手能通天的富婆。一般来说，插班生最初多少会有一点儿"异乡人"的感觉的，同学们对插班生多少会有一点儿欺生的，但是，史玉婷由于性格外向，热心于班集体活动，出手大方，于是，很快就融入班集体中，与同学们打成一片。像班上其他同学一样，牛瑧昱最初对史玉婷的感觉很不错，甚至很支持她所主持的一些活动，如十一晚会、给地震受灾同学捐款献爱心，牛瑧昱都积极地参与了。但是，一段时间后，牛瑧昱对史玉婷的感觉发生了变化——最初是一次交数学作业的时候。当时，学校正准备着开运动会，史玉婷负责组织班上的同学参加运动会，于是，在牛瑧昱做完数学作业后，她不由分说地让牛瑧昱把作业给她抄，理由是她要组织运动会，没时间做作业。在抄作业的过程中，她非常认真仔细、小心翼翼，稍不清楚的地方就问牛瑧昱，字也写得工工整整、一笔不苟。结果史玉婷那次数学作业不仅得了满分，还受到了老师的表扬。得了满分和表扬后，史玉婷不仅毫无愧意和羞报，反有理所当然、得意洋洋之意。为此，牛瑧昱在心中对史玉婷颇不以为然。之后，史玉婷总变着法子找借口抄同学们的作业，也常常得满分和受表扬。期末成绩评定时，史玉婷尽管考试成绩并不怎么好，但每科成绩的总评却在全班前五名，全部成绩的总评位列全班第二，受到了学校的张榜表扬。为了庆贺史玉婷获得好成绩，她母亲韩丽花宴请了各科老师，也给全班同学每人发了一张电影票。牛瑧昱为人低调，生性谨慎，因而对史玉婷的这种张扬心生反感。再后，史玉婷每个学期都故技重施，每个学期全部成绩的总评总在全班前三名；最后，凭着排名优势参加了锦都大学自主选拔并被录取；同时，她又故意地对外宣称自己将去上香港大学。牛瑧昱对史玉婷的所作所为心知肚明，认为她是一个阴谋家，对她也总是敬而远之，所以刚才对她只是"打哈哈"。

"咦！我们班上耀华的是孟爽和我嘛，怎么还有她呢？"史玉婷走后，牛瑧昱不由自主地想，"啊！今天还没见孟爽，该不会是史玉婷的妈找关系让史玉婷替换了孟爽吧？……"

想到这儿，牛瑧昱下意识地掏出手机，准备给孟爽打电话；身旁刚迎接的那名新生见机地向一旁快走几步，与他拉开距离，牛瑧昱则忽然意识到应该先办"正事"，便冲那新生道："不好意思——耽误你的事了……"

"没关系。"新生若无其事地说，"报到嘛——早一会儿迟一会儿没多大的关系！"

牛瑧昱觉得新生的声音很有点儿像杨雪莲，便定睛看了她一眼，忽地觉得她不仅声音、外表颇似杨雪莲，而且举止神态也颇似。她见牛瑧昱定睛看她，颇有点儿不好意思，绯红着脸低下了头，提着编织袋往前走。牛瑧昱随即意识到自己有点儿不礼貌，也见她提编织袋提得有点儿吃力，便紧跟上几步说：

"来——把编织袋放在这箱子上，提着太累！"

"不必了——就两件棉被而已！"那新生推辞道。但牛瑧昱已经提住了新生手中的编织袋，手也轻触了那新生的手一下，那新生下意识地松开了手。

"啊！忘了问你——怎样称呼你？"牛瑧昱看了那新生一眼，笑道，"不介意吧？"

"不介意——我们本来就应该互报姓名嘛！"那新生也笑道，"我叫周瑾——你呢？"

"周——瑾——"牛瑧昱拖长语调说，"周瑜再世——有内涵！我叫牛瑧昱——'王秦''瑧','日立'的'昱'。"

"嗨！你的名字也很有内涵嘛！"周瑾笑道，"'瑧'就是'玉'，与周瑜也有关系！"

"哈哈……照你这么说，还真像有这么回事的呢！"牛瑧昱也笑道，接着又问，"什么时间到锦都的？"

"早晨五点。"

"那怎么这个时候才到？现在快十一点了呀！"

"接新生的车八点多才到，当时人多，都好像很着急，我便没上……这趟车在路上又堵了好一会儿……"

"啊！你饿了吧？我们先找个地方吃点儿东西吧！"

"不用——我已经吃过了，你饿吗？我包里还有火烧饼和咸鸭蛋！"

"咸鸭蛋？"牛瑧昱忽然把周瑾与牛汉卿、艾玉洁及他们家所生产的咸鸭蛋联想在一起，脱口而道，"你是江汉市人吧？"

"啊！是的！你也是江汉市人吗？可听你的口音又觉得你不是江汉人！"

"我出生在锦都，读书也在锦都，但我小时在江汉市生活了五年——我老家在江汉市，后来又多次回过老家——这个暑假也是在老家度过的……"

"江汉市的哪个地方？"

"牛家大湾。"

"牛家大湾？！我是岳家店人！"

"岳家店？我知道——与牛家大湾是邻居，我姑姑是岳家店中学的老师，我妹妹现在还在岳家店中学读书！"

"你妹妹？你妹妹还在江汉市？"

"是我姑姑的女儿——不过，我那姑姑不是爸爸的妹妹，但我叫她姑姑……"

"啊……"

"你是岳家店中学毕业的？认识我姑姑吗？杨文丽——杨老师，你认识吗？"

"杨文丽——杨老师？！我是江汉中学毕业的，听说过杨老师——她是为救落水儿童牺牲的英雄老师……"

"嗨！你怎么知道得这么清楚！"

"杨老师牺牲后电视台播过她的事迹——她可以说是一个家喻户晓的人，我们那里的人都把她看作是英雄老师；我表妹是她的学生，说杨老师什么都好——人长得好，课讲得好，对学生好……"

"我也听人说我姑姑很好很受学生爱戴——唉！真可惜，她不在了！我妹妹也可怜——十几岁就没有妈了！好在我妹妹也很争气……"牛瑧昱还没把话说完，耀华管理学院就到了。

随后，牛瑧昱带着周瑾报名，协助周瑾办完各种手续后，又送她去她宿舍。

"我只能送你到这儿了——你们这儿禁止男士进入！"将周瑾送到其宿舍楼下后，牛瑧昱不无遗憾地说，"现在你得自个儿辛苦了！"

"嗨！今天辛苦的是你呀——我没什么辛苦的！"周瑾笑道，"我在家里干过农活，这点儿东西我本是拿得动的——只是坐了一晚的火车，确实有点儿累……真得感谢你——不然，我就真得辛苦一下了……"

"不用谢！同学嘛——谢什么！"牛瑧昱很真诚地说，"以后有什么事用得着我就只管招呼！"

说完，牛瑧昱带着一丝依依不舍之情与周瑾道别。

牛瑧昱赶回迎新车停靠处时，一个声音从迎面开过来的迎新车上传出：

"牛瑧昱——你来得好早呀！"

牛瑧昱听出是老同学孟爽的声音，不由得精神一振——他虽然并没有看到孟爽，但还是语带兴奋地说："啊！孟爽——你来了！"

孟爽与牛瑧昱家庭背景相同——孟爽的父母均为锦都师范大学历史学院的教授；孟爽与牛瑧昱性情也相似——两人都很沉静，都属"学霸型"，所以，两人在高中期间走得比较近，互相帮助的时候也不少。不过，虽然牛瑧昱比孟爽大两岁，但孟爽的日常生活能力比牛瑧昱要强多了，所以，总的来说，孟爽帮助牛瑧昱的时候要多一些。两人虽然相互帮助，但也暗中相互较劲——本来，两人都可作为"推免生"上锦都大学的，但都想在考分上"一决雌雄"，于是，都参加了高考。高考结束之后，两人都觉得自己考得不错，都认为自己会比对方要强，所以都很"矜持"——结果，虽然两人都很"惦记"着对方，通过不同的途径打听对方，但谁也不愿自己首先"打破沉默"，谁都希望能突然接到对方打来的电话或收到对方发来的短信……因此，两人尽管本来是好朋友，但整个暑假都没有联系过。

"嗨！我在这儿！"孟爽从车的后窗伸出手，朝牛瑧昱一边招手一边说，"这儿……"

牛瑧昱循声看去，看见孟爽后，用力地向她挥了挥手，说："看见你了——就在那儿，我来接你！"

牛瑧昱说着便赶紧上车，孟爽则迎了过来，在车门口接过孟爽手中的提包时，牛瑧昱好像一块石头落了地："嗨！你终于来了！"

同时，牛瑧昱也觉得孟爽长得比过去更漂亮了——白净的脸色上透着红润；长发飘飘与一袭白色的连衣裙相配，使本来就一米七的身材显得更加颀长、高挑……

"我还以为你到国外留学去了呢！"牛瑧昱凝视着孟爽说——其实，他本想接着说，"我还以为你被人替换了——不来了呢！"

"怎么会呢？我如果去留学的话，肯定会告诉同学们的！"孟爽语气恳切地说——其实，她的后半句在说出口之前是"肯定会告诉你的"。

孟爽还没等牛瑧昱答话，便接着说："不过，我假期我去了一趟美国——刚回来；在美国，我参观过几所大学，感觉不错——我确实有点儿想留学！去美国之前，我几次给你打手机，但你总不在服务区！"

孟爽说完，脸上绯红——因为她撒了一个谎，她只是几次想给牛瑧昱打电话，但几次都是欲打即罢。

"我暑假在老家——那儿的信号不好……"

"老家？你老家在哪里？"

"江汉市。"

"嗨！我一直都以为你是锦都的'土著'呢！"

"哪里，哪里——我只是在锦都出生、在锦都上学而已，实际上骨子里是'乡下人'！"

"'乡下人'？咱们的语文老师汪老师在讲《边城》时说沈从文也总爱称自己是'乡下人'——你是说你是当今的沈从文？"

"偷换概念——我怎么敢说自己是当今的沈从文？尽管汪老师说沈从文的

早期作品还不如我们的作文，但我还是很崇拜沈从文的——他从一个小学生变成一个北京大学的教授、一个写出《边城》的作家，着实令人钦佩！"

"我也很钦佩沈从文——非常喜欢他笔下的翠翠！"

"翠翠——谁都喜欢！不过，沈从文笔下的翠翠只是一个小说中的人物——总让人觉得有点儿虚无缥缈！而我这次在老家遇到了一个生活中实实在在的'翠翠'！"

"真的吗？！"孟爽睁大眼睛看了牛瑧昱一眼，然后将视线从牛瑧昱脸上挪开，心头掠过一丝莫名的醋意，语带揶揄地说，"你大概是想留在那里做'傩送'吧——难怪总联系不上你！"

"嗨！你怎么才放了一次'洋'就变了——你过去不是这样的嘛！"牛瑧昱笑道，"刚才说我自比沈从文，现在又说我想做'傩送'！"

"谁变了？你才变了呢！"孟爽还击说，"看你这种'恋恋不舍'的样子，能说你没变？"

"翠翠是我姑姑的女儿，其实，很不幸的！"牛瑧昱一脸严肃地说，接着，他对孟爽简单地讲了一下杨文丽与杨雪莲的事情。

"啊！真对不起——刚才把玩笑开过头了！"牛瑧昱话音刚落，孟爽就颇有歉意地说，"真不该！"

"没什么！"牛瑧昱说，"你也不是有意的！"

"等几天，我给她买点儿学习资料，你寄给她！"孟爽说，"我要尽我的力量帮助她……"

"那太感谢你了！我会把你的心意告诉她的！"牛瑧昱很感激地说，"我妹妹知道你这么关心她、帮助她，她一定会很感动，会更加努力地学习的！"

牛瑧昱与孟爽边走边聊，话犹未尽，耀华管理学院就到了。牛瑧昱正带着孟爽办报到手续时，汪强给他打来电话，让他尽快赶往火车站迎新点。孟爽得知是辅导员找牛瑧昱，加上觉得报到这种事也用不着牛瑧昱帮忙——要是过去，应该是她帮他做这种没有"脑力"含量的事的，于是，催牛瑧昱赶快去见辅导员；牛瑧昱觉得孟爽言之有理，同时，也以为辅导员那边可能会有急事，便匆匆地走了。牛瑧昱走到楼梯口时，孟爽赶出来，塞给他一包从美国带回的巧克力和一个苹果。

第五章 "卧谈会"

晚上八点，牛瑧昱终于结束了一天忙碌的迎新工作，回到学生宿舍8号楼206室。进宿舍时，牛瑧昱先敲了敲门，然后推开门向室友们道："诸位好！"

"啊！你是牛瑧昱吧！"三位半躺在床上聊着什么的室友几乎是同时坐起身来，异口同声地说。

"鄙人正是！"牛瑧昱戏谑着说，"嗨！现在还这么早——'卧谈会'开始了吗？"

"我叫柳赛！"下铺的一位室友起身向牛瑧昱伸出手说，"我们现在'升级'了，'卧谈会'当然可以比以前提前一点，不过，'卧谈会'还没有正式开始——人到齐才正式开始！"

柳赛清瘦清瘦的，头发上竖，因此，虽然身材并不高——与牛瑧昱的视线相齐，但看起来却很颀长。刁子鱼形的脸，脸色也呈刁子鱼白。不说话时，眼睛像睡眼惺忪似的，眯着一条线，说话时，眼睛合拢，像一道手术过后愈合的伤痕。说话时语音、语调都有点儿女性化。

"你好！"牛瑧昱握住柳赛的手笑着说，"'卧谈会'也弄得这么'正式'——未免太严肃了吧！"

"我叫陆地。"另一下铺的室友也起身与牛瑧昱握了握手，自报家门；接着又说，"只有'卧谈会'才是真正严肃的会——我们过去所参加的那些会，凡是看起来很严肃的，实际上一点儿都不严肃——会上说的全都是假话，能说那会是严肃的吗？"

陆地身高与柳赛相仿，但因身体的宽度比柳赛的要大，所以，看起来不如柳赛高；脸呈"亚""正方形"；眼睛大大的，但因上眼皮耷拉得太厉害，因此，看起来并不大；眼睛瞅人时眼白过多，让人觉得那眼是"斗鸡眼"。说话时声音沙哑低沉。

"我叫谢海福。"上铺的那位室友与牛瑧昱挥了挥手,也自报家门;随后,冲着陆地说,"会上说的是不是假话并不重要——能解决问题的会就是严肃的会,比如,赈灾演唱会,会上说话的人不管说的话有多假,只要最终圈到钱了,那会便是严肃的了!"

谢海福盘腿坐在床上,半截床被他塞得满满的。脑袋大大的,颇像一个机器人的头;脑袋扭动时好像很吃力——整个人也因此好像一个机器人。眼睛看牛瑧昱时眼光游移不定。嗓门粗粗的,声音像浑浊的水一样。

牛瑧昱因刚进宿舍,对室友一无所知,便含含混混地说:"呵呵——各位都是英雄高见哟!我现在赶紧冲个澡,再来聆听各位的高见。"

牛瑧昱说着就走向盥洗室。

洗漱完毕之后,牛瑧昱一边登上自己铺位一边说:"太累了——我也'卧着'参加'卧谈会'。"

"太累——今天做什么了?"谢海福斜睨了牛瑧昱一眼,说,"炒股了吗?"

"炒股?"牛瑧昱乍听谢海福那么一问,有点儿丈二金刚摸不着头脑,但很快就明白了,说,"没炒股——学生嘛,炒什么股?"

"现在是以经济技术为中心的时代,全民都在追求经济效益,都想快富暴富,而炒股又是快富暴富最有效的手段,所以,全民炒股理所当然。"谢海福不以为然地说,"你没听说,有小学生用压岁钱炒股成了百万富翁之事吗?我们家所在的小区好多人辞职炒股呢!关于辞职炒股的新闻也随处可见。再说,我们这专业不就是专门弄炒股的吗?唉!我这个假期差点儿累死了——白天炒股,晚上打工,真他妈够累的!"

"干吗要这么累?"陆地颇感纳闷地问。

"干吗?"谢海福饱含怨气地说,"为了挣读这破书的学费!"

"为了学费?"陆地更是大感不解地问,"有钱炒股,还愁学费吗?"

"我自己哪里有钱呀?钱是东拼西凑弄来的!"谢海福说,"我妈妈病倒后,我决定不再读书了,可我爸爸妈妈都不干,整天唠唠叨叨、愁眉苦脸的,我大姨、小姨也不同意,最后,大家达成协议,我的两个姨姨帮助我家,供我的学费和生活费,我好好读书……最后,参加了高考。我收到这儿的入学通知书后，我的两个姨姨比我本人还要高兴，恨不得我立马就学业大成，并随即把一年的学费、生活费给我了，同时，又殷殷叮嘱我要好好学习；我的一个堂哥也非常高兴，送给我一万块钱，也殷殷叮嘱我要好好学习。为了不让我父母、姨姨、堂哥们失望，我便决定提早进入咱们专业的学习，同时，也想自食其力，于是，白天学习，晚上打工。我在学习咱们专业的过程中阅读了一些与咱们专业相关的大众读物，如《股民宝典》《股民须知》，也阅读了一些专业性较强的书籍，特别是在阅读了本杰明·格雷厄姆的《聪明的投资者》、罗伯特·亚雷的《道氏理论》等书后，便决定'学以致用'，于是，就把我姨姨给的生活费和学费全部用于炒股，后来，拿到打工所得的一个月的工资后，也用于炒股……唉！炒股，炒股——比打工还累！"

牛瑧昱接了一整天的新生，疲惫极了，因此，他原本是打算回到宿舍后好好地休息一下的。可室友们谈兴正浓，他不好意思扫室友们的兴，便强打起精神应付着室友们的"神侃"，可室友们越"侃"越出格，担心最后会不欢而睡，便岔开话题道："唉——我说各位！咱们新来乍到，彼此互不了解，能否借这首次'卧谈会'先搞个自我介绍，以后的'卧谈会'，再换其他的内容，比如，模仿《十日谈》搞个'十夜谈'……"

"再后，整理成书。"谢海福打断牛瑧昱的话说，"如果能够出版的话，那咱们的书说不定会成为畅销书，大赚一把呢！"

"嘿嘿！那就得谈一些读者想听想看的事情。"柳赛戏谑着说，"书只有读者想看才能有好销路，才能成为畅销书……"

"那咱们就谈各自最'刻骨铭心'的事，比如说，情场韵事——只有那些能打得动自己的故事才能打动读者！"陆地兴致很高地附和道，"最好与咱们的专业联系在一起，来他一个'爱情+金钱'——两手都抓，两手都很硬……"

"那咱们现在就开始吧！"牛瑧昱接过话题，"谁先说——要不，咱们按序齿，谁年纪大谁先说。"

"那就该谢海福先说。"陆地说，"你来之前，咱们已经排过序齿了——他二十一，是老大；柳赛和我同一年出生，都满二十了，但我是三月出生的，他是四月出生的，因此，我是老二，柳赛是老三；你嘛，看样子显然大不过老谢，也比柳赛和我要小，应该是老幺。以后咱们就以排行相称！"

"我也老大不小了——这个月满二十了，也属于大龄青年。"牛瑧昱笑道，"我原以为咱们班只有我是大龄青年，没想到咱们这几个都是大龄青年！"

"我们班实际上是按年龄分配宿舍的，所以嘛，咱们这伙大龄青年分在同一个宿舍！"谢海福说，"不过，这样也好，同龄人共同的语言多，说话也方便一些！"

"不过，诸位都是我的大哥，以后还得请大哥们多多关照！"牛瑧昱说，说完便睡意袭来，上眼皮也随之耷拉下来，迷迷糊糊地听着室友们神侃。

"呵呵——你别谦虚了！"谢海福说，"你最小——发展后劲最足，将来发达了，可得多多关照我这老哥哟！"

"老谢，你要想将来得到老幺的关照，那现在就得先听老幺的话！"柳赛笑道，"老幺刚才让你先讲你的情感经历，你就好好地讲一讲吧"

"老幺是说我们各自搞个'自我介绍'——别偷梁换柱！"谢海福打断柳赛的话说。

"那你就'自我'介绍吧！"陆地顺着柳赛的话说，"讲精彩一点儿。"

"讲就讲——还有什么怕讲的吗？"谢海福一副大义凛然的口吻说，"我出生于一个工人家庭——我祖爷爷和爷爷都是八路军，都牺牲在抗日战场；我祖奶奶在日寇大扫荡中死于日寇的屠刀之下；我爸爸在随我奶奶流浪的过程中长大；新中国成立后，我家成了'光荣烈属'，奶奶被安排进锦都纺织一厂，成为一名光荣的纺织工人，好多次被评为先进工作者，有几次还被评为全国劳动模范；我妈妈是我奶奶的徒弟，她很崇拜我奶奶，后来便嫁给了我老爸；我十岁时，我老爸遭遇车祸致残；前年，我妈妈患胃癌……唉！可以说，我家从来都很不幸，但我家不幸的根源是日本鬼子——我祖爷爷、祖奶奶、爷爷都死于日本鬼子之手，所以，老子恨死日本鬼子了！本来，我是不想读书的，可我爸、我妈都要我读，我被迫读；后来又想，老子还是好好地读书，读好书后将来到日本去留学，去为我祖爷爷、祖奶奶、爷爷报仇……唉！真烦——老子总不顺：大前年高考时老妈做手术化疗接二连三，前年高考时老爸生病且一病几个月，去年高考时我生病——高烧得差点儿死了，今年总算顺利地参加了高考——好在总算捞了个'秋葫芦'……"

"不是捞了个'秋葫芦',而是拣了一个'大西瓜'——咱们锦都大学的这耀华管理学院,是多少人梦寐以求的!"柳赛纠正谢海福的话道,"虽然俗话说'事不过三'——你参加四次高考,确实可能会让人对你产生误解,而且你二十一岁才上大一,这也确实让人对你产生误解……但是,你这种'锲而不舍'、'屡败屡战'的精神,这种'走自己的路让别人去说'的精神,实在令人佩服!同时,你虽然参加了四次高考,但毕竟考进了锦大,这比起我老爸当年的两个同学来,不知要强多少——我老爸当年有两个同学,都是我家的邻居,一个叫梅自由,参加了八次高考,最后考取了鲁州大学;另一个叫岳能儿,参加了七次高考才考取锦都卫校!另外,你进锦大也应该心满意足——锦大不仅满足了你上大学的心愿,而且也给你提供了一个报仇的战场:咱们锦都大学有好多日本女留学生,这些人中说不定有不少没安好心呢……"

谢海福的确接触过一名来自日本的留学生,名叫千惠子。

在谢海福家附近,有个"源氏酒店",专门提供日本料理。因为中日客人都很喜欢这酒店,酒店的生意火爆极了,晚上的生意尤其火爆,需要的服务人员也相应地要多一些,于是,谢海福便每到晚上就去做服务生。一对在锦都外国语大学留学的日本青年男女由于经常光顾酒店,于是,对酒店的情况很了解。在得知酒店食客过多,工作人员时常忙不过来,便打起了酒店的坏主意——他们扮成男女侍者服务客人,在一桌客人吃饭即将完毕时,以受客人之托为由,先从前台打出餐费明细,然后找客人收款,收款后溜之大吉。第一次事发后,老板为了不影响生意,便没有声张,而与客人私了了;但在当晚向全体职工进行了通报,并要求职工提高警惕,注意防范类似的事件再次发生。第一次事件发生大约有半个月之后,酒店里的其他工作人员都以为不会有类似的事件再次发生的,便放松了警惕,可那对日本男女再次光顾酒店,如法炮制,在即将得手之际,被谢海福发现了,于是,他们拔腿就跑,谢海福便紧紧追赶;后来,日本男青年跑掉了,日本女青年则在森林公园的密树林被谢海福逮住了——谢海福要扭着那个日本女青年去见老板,那女青年想挣开谢海福逃走,于是,两人纠缠在一起,但在纠缠在一起的过程中,两人都似乎产生了一见钟情之感,从此便开始了交往。

柳赛的感情生活里也有一个洋妞,她是来自美国的留学生,名叫爱丽丝。

柳赛的父亲为一军工企业的机要人员,挣钱不多,但承担的责任不小;母亲为一工厂下岗女工——患有严重的抑郁症,长年服药;因此,柳赛从童年到青年,不但没有享受过同龄人享受过的呵护和欢愉,反而还得付出同龄人一般都会付出的艰辛——做家务、照料母亲、牵挂父亲、打工挣钱贴补家用……什么需要做就做什么,堪称一个苦孩子。同时,柳赛父母的工作单位原先在偏远的山区,柳赛到了该上学的时候没法上学,直到他八岁那年,他父母的工作单位搬到锦都,他才上学。柳赛高考一结束,就到一所给拟出国留学的学生提供服务的培训学校打工——开始是打杂工,后来是教课;在教课的过程中,柳赛认识了在该培训学校教课的美籍留学生爱丽丝。开始时,两人只是见面打打招呼,后来,柳赛陪爱丽丝练习汉语口语,爱丽丝陪柳赛练习英语口语;在练习口语的过程中,柳赛用英语介绍了自己身世,爱丽丝用汉语介绍了自己身世;之后,爱丽丝多次造访柳赛的家,并在每次造访柳赛的家时总多少会带点儿礼物,有几次,爱丽丝还特地在柳赛的父亲下班之后才离去。渐渐地,两个人就产生了感情。

牛瑧昱因为太累,因此,在室友们神侃的时候,虽然最初强支撑了一阵子,但很快迷迷糊糊地进入了梦乡……

"老幺睡着了!"陆地若有所悟地说,"我说怎么这长时间没见老幺的动静呢!"

"啊!没有呀!"听到柳赛的呼喊,牛瑧昱还没完全醒来就本能地说,"我在静静地听着呢!"

"那你现在做'自我介绍'!"谢海福很武断地说,"你最后说——所以是压轴戏,应该要讲精彩一点儿!"

"嗨!我的人生经历很简单,不可能比大哥们讲得精彩——我爸、妈都在锦都师范大学教书;我上学以前,我爸妈因为要忙于工作把我送回老家,于是,我便像现在的留守儿童一样跟爷爷、奶奶生活;四岁那年,我离开老家到锦都上学,之后,顺风顺水地从小学读到高中。"牛瑧昱说,"不过,我这个暑假在农村度过,有一些见闻、感想,可以说出来与大哥们分享一下。"接着,他便较为详细地把牛家大湾留守儿童和留守老人的问题,杨雪莲的自立自强等说了一通;最后,谈了一下自己对农村的忧虑以及自己对农村发展前景的一些想法。

牛瑧昱的"自我介绍"虽然不像谢海福等的那么煽情，但室友们却听得很认真——整个过程中谁都没有戏谑、调侃；在讲到杨雪莲时，牛瑧昱本以为会引起室友们的"胡思乱想"或"胡说八道"，但室友们却都很严肃，并且还表示愿意给杨雪莲提供帮助。

　　牛瑧昱在做完"自我介绍"后，忽然想起新生将于第二天晚上到军营军训之事，便说："现在时间已经不早了，明天上午开班会，下午学院进行军训动员，事情很多，今天的'卧谈会'就到此结束吧！"

　　也许是时间确实不早了，也许是确实太累了，牛瑧昱说完，谢海福等没有表示异议，各自调整了一下睡姿后，准备入睡。牛瑧昱虽然刚才"忙里偷闲"地"小憩"了一会儿，但还是很快就进入了梦乡——在梦中，他梦见了奶奶、三伯、三伯母，也梦见了杨雪莲……

第六章 "天之骄子"

为期三周的军训终于结束了。

三周来,同学们翻来覆去地练习立正、稍息、齐步走、正步走……不免感到单调乏味,也着实感到疲惫不堪;跑步、匍匐前进、突如其来的半夜拉练等更是让同学们感到筋疲力尽;不过,偶尔的拉歌也让同学们感到兴奋和愉悦,而同学们在高声合唱《打靶归来》《大刀向鬼子们的头上砍去》《我是一个兵》《爱我中华》等时更是感到精神抖擞、斗志昂扬……在军训的过程中,同学们朝夕相处,由不熟悉而熟悉,再由熟悉而产生友谊,最后亲如兄弟姐妹——说说笑笑、打打闹闹;一个人身体稍有不适或碰伤、摔伤、擦伤,全班同学为之揪心;一个人在某一项训练中取得了好成绩,全班同学为之欢呼雀跃……最后,同学们在取得了优异的军训成绩之后,依依不舍地离开了军营。

军训之后就是国庆节、中秋节,加上还有一个每届新生入学后都要上演的"节目"——迎新联欢会——还没有上演,于是,耀华管理学院团委、学生会便决定在"十一"举办一个集欢庆国庆节、中秋节与迎新于一体的联欢晚会。

本来,军训结束之际,同学们就很有联欢的意愿,但当时由于时间太紧,加上军营的整体气氛很严肃,同学们多少感到有点儿受拘束,老师及师哥师姐们也没法参加,于是,未能如愿地联欢。因此,同学们在得知联欢晚会之事后都颇为兴奋、颇有"期待心理",不少同学更是"摩拳擦掌"、跃跃欲试。

联欢晚会的具体时间、地点公布之后的晚上,陆地从图书馆回到宿舍,见柳赛倚在床上,边看着手机边尖着嗓音哼着周杰伦的《青花瓷》,而对自己"视而不见",便戏谑道:"老三,这么聚精会神,是不是在准备联欢晚会上的节目?"

"啊!老二回来了!"柳赛一副娘娘腔地说,"我既不会唱歌,又不会跳舞，能准备什么节目？"

"那可以说个单口相声嘛——老三这嗓音说相声，一定很能逗乐观众的！"坐在电脑桌前的谢海福一边敲击着键盘一边语带嘲讽说，"实在不行，就讲个故事——讲讲你和那美国女孩'亲密接触'的故事，一定很动人！"

"老大大概是想讲自己和那日本女孩'亲密接触'的故事吧！"柳赛反唇相讥，"要是想讲的话，就好好准备一下吧——可不要给咱们宿舍丢脸哟！"

牛瑧昱见室友们话中带刺，担心影响宿舍的和谐，便赶紧打圆场道："各位大哥都说得很对——联欢晚会是新生入学后最正式的一次集体活动，也是正式开始学习生活前最后的一次集体活动，咱们确实得好好准备一下！"

"老幺说得不错——咱们确实得好好准备一下！"谢海福说，"不过，该准备些什么，怎么准备，咱们也得好好讨论一下。"

"对，不能总贫嘴贫舌的！"陆地说，"老幺很有见解——就让老幺先谈谈自己的看法吧！"

"哪里哪里——大哥们都很有高见！"牛瑧昱笑道，"还是各位大哥先说！"

"老二说得不错——老幺很有见解！"柳赛难得正经一回地说，"老幺你就别谦虚了！"

"老幺你就说吧！"柳赛的话音刚落，谢海福也一本正经地说，"你先说说，然后，大家集体定夺！"

"那我就恭敬不如从命了——也算是'抛砖引玉'！"牛瑧昱笑道，"我觉得我们应该来一个合唱——这样，一是气势会雄壮些，二是可以较好地展示我们的集体力量……"

"我完全同意！"谢海福还没等牛瑧昱把话说完，就笑着插话道，"三是我可以滥竽充数、浑水摸鱼！"

"我也完全同意！"陆地看着柳赛笑道，"四是可以'藏拙'——老三再也不用担心自己不会唱歌和嗓音不好了！"

"老二，你比我也强不到哪里去！"柳赛乜着陆地道，然后又冲牛瑧昱道，"老幺也可来个独唱或诗朗诵之类的节目你'身段''嗓音'都不错嘛！"

"对！对！……老二说得不错！"谢海福很认真地说，"老幺可搞个独唱或诗朗诵——我看最好搞个诗朗诵！"

"老幺的嗓音颇具磁性,朗诵一首诗,效果一定不错!"陆地认同谢海福的话,"就朗诵一首诗吧,时下,文学备受冷落,'文学青年'成了一个贬义词,老幺朗诵一首诗,有一种'反潮流'的味道,肯定能成为联欢晚会的亮点!"

"谢谢各位兄台的厚爱!"牛瑧昱推辞道,"可我从来没有在大庭广众之下朗诵过诗歌……"

"那又有什么关系——凡事总得有个第一次嘛!"谢海福鼓励道,"你朗诵,我们三位大哥为你吆喝助威!"

"朗诵一首青春热血点儿的诗——为咱们即将正式开始的学习生活鼓鼓气!"陆地也鼓励牛瑧昱道,"现在当红的要么是周杰伦,要么是李玉刚,要么是赵本山……实在让人提不起精神来!"

"二哥说得不错!"柳赛说,"现在流行的确实是太低俗、太萎靡,老幺整一个阳刚一点儿、气势宏大一点儿的节目!"

"老幺就不要推辞了!"谢海福一副决断的口吻说,"就这么定了——我们宿舍准备两个节目:一个合唱,一个诗朗诵!都弄个阳刚一点儿、气势一点儿的!"

"最阳刚的合唱当属《黄河大合唱》——那就唱《黄河大合唱》!"柳赛建议道,"这首合唱大家都很熟悉……"

"不行——《黄河大合唱》太长了,没有足够的时间准备,晚会总的就那么一点时间,根本没有足够的时间上演这个节目!"陆地还没等柳赛说完,就否定道,"再说,那合唱需要女生参与……"

"要女生参与那还不好说——咱们班那么多女生!"柳赛笑道,"军训的时候,老幺高中时代的那几个女同学三天两头地跑来咱们这儿找他——老幺发话,还愁有问题吗?"

"有女生也不行!"谢海福断然否定道,"还是来首别的——像《纯真年代》《怒放的生命》《同桌的你》《明天会更好》《我相信》等都可以!"

"那就选《我相信》!"陆地建议道,"这首歌很阳刚,也很有气势!"

"确实很阳刚、很有气势!"牛瑧昱认可道,"合唱起来效果一定会不错的!"

"那合唱就定这一首！"谢海福"拍板"似地说，"老幺的诗朗诵就由老幺自己定内容！"

"啊！那可不行！"牛瑧昱谦让道，"我虽然是独自朗诵，但我是咱们206的一员，因此，我朗诵的成败也关乎咱们206的形象——大哥们还得帮忙把关！"

"这个忙我是帮不了的——我家从祖爷爷开始就没人有多少文化，对诗更是一窍不通！"谢海福很坦然地说，"要帮的话，看老二老三能否帮得了！"

"我更帮不了——我家世代农民，比老大家更没文化！"陆地说，"与诗也更加绝缘！"

"我也帮不了——我老爸既是军人又是理工出身，母亲为工人，都没给我一点儿诗人的遗传基因！"柳赛说，"我自己自小就为生活而疲于奔命，生活中也毫无诗意……"

"那老幺就只能'独立自主，自力更生'了！"没等柳赛说完，谢海福就说，"老幺也别怕——你老爸、老妈都是弄文学的，生活环境的文学氛围可想而知，你的文学素养也可想而知，你就大胆地'独立自主，自力更生'吧！"

"各位大哥如此谦虚，那我就冒昧地说说我的想法了——"牛瑧昱笑道，"我觉得诗朗诵首先得选一首'恰当'的诗。所谓'恰当'，其一是指要符合我们的身份——怀揣理想的青年；其二是指要符合我们朗诵的场合——是在联欢会上朗诵；其三要是指适合我自己——我不是那种很阳刚、很有气势的……"

"那你就自己定吧！"谢海福还没等牛瑧昱把话说完，就打断他的话道，"我们可以用来准备的时间只有两三天，时间很紧，你得抓紧定——你觉得哪首诗合适就定哪首！另外，合唱也得抓紧练习——我建议我们从现在就各自准备，然后集体练习。"

谢海福说完后，牛瑧昱等均表示认同，然后，各自准备起来……

虽然在许多地方，春天都是一年四季中最美好的时节，但是，在锦都，一年四季中最美好的时节却是秋天——

日均气温在摄氏19度左右，非常宜人：人们既不会因高温酷暑而难以入睡，又不会因低温严寒而恋床懒起，从而能自自然然地作息；既不必被迫暴露身体，又不必被迫给身体套上厚装，从而有一种实实在在的轻松自在；既可以穿着得体时髦的服饰，又不必矫柱过正地梳妆打扮，从而能显现出一种不是天然胜似天然的俏美。秋雨既不像江南的那样绵绵难绝，让人虽处秋天却不禁会产生冬天的寒意，又不像黄河流域的那样，能导致"百川灌河。泾流之大，两涘渚崖之间，不辨牛马"，而是大小、"节奏"均相当适宜，并静悄悄地推进时序，让人在不知不觉中进入冬天。树木生长达到了其最高值——长得粗得不能再粗了、高得不能再高了，青枝绿叶再青一点儿再绿一点儿就要泛黄了；树上如果有果子，果子一定会是熟到不及时摘就会"蒂落"到地上；如果是枫树，一定会是满树红叶；如果满山是枫树，山便会变成了一片红色的海洋。花朵像是生命力最为旺盛之际的春猫发情一样尽情绽放自己。青草渐趋变老，遥看泛黄近却无……

　　锦都大学背倚风景堪称锦都之最的西山，除了具有一些天然的美景之外，还有不少巧夺天工的人造美景，因此，实为锦都景点中的景点——外地的游客往往把游览锦都大学校园作为自己到锦都旅游的必选项目之一；每到秋天，到锦都大学观赏红叶的游客堪比八月十八观赏钱塘潮的游客，或堪比在樱花盛开时节在日本上野公园里观赏樱花的游客；锦都大学的师生也往往会找各种借口在校园里游玩赏秋——因此，师生们在得知耀华管理学院将在"十一"那天举办联欢晚会后，不禁一阵窃喜，许多人还在那天早早地结束自己手中的活计，在校园溜达着走向联欢晚会的场地——中心球场；联欢晚会本是晚上八点正式开始，但环绕着中心球场的西山坡面却在七点不到就聚满了观看的人群。

　　晚会的第一个节目为歌舞《耀华欢迎你》，演出者为耀华管理学院大二、大三、大四的部分学生，演出者歌声嘹亮婉转、舞姿婀娜妙曼，赢得了观众的阵阵掌声和欢叫。随后，男生独唱、相声、小品、乐器串烧、传统戏曲选唱、模仿秀等依次表演，每一个节目都让观众欢呼雀跃、兴奋不已。当主持人宣布由牛瑧昱朗诵何其芳的《预言》后，全场鸦雀无声，观众屏息凝视着舞台；牛瑧昱西装革履、健步走到舞台中心，在向观众行鞠躬礼之后，以雄浑而又嘹亮的声音伴着低缓优雅的音乐朗诵道：

　　　　这一个心跳的日子终于来临！
　　　　呵，你夜的叹息似的渐近的足音

> 我听得清不是林叶和夜风的私语，
> 麋鹿驰过苔径的细碎的蹄声！
> 告诉我，用你银铃的歌声告诉我，
> 你是不是预言中的年轻的神？

……

牛瑧昱的朗诵声刚落，一阵山洪暴发般的掌声骤起，不少观众甚至站起来一边鼓掌一边给牛瑧昱送去飞吻。一向文静的孟爽也情绪激动，随身旁的同学站起来鼓掌。与此同时，参加晚会演出的史玉婷从幕后袅袅娜娜地走到前台，郑重其事地将一束鲜花献给牛瑧昱，牛瑧昱暗自一愣，接着，下意识地接过史玉婷手中的鲜花，同时向台下观众挥手致谢。

牛瑧昱的配乐诗朗诵之后，联欢晚会又上演了女声独唱、舞蹈、哑剧、魔术、情歌对唱、武术、时装表演等节目，最后，在牛瑧昱等的《我相信》的合唱声中落幕。当牛瑧昱等第三遍唱到"我相信伸手就能碰到天"时，全场观众不约而同地高声合唱起来——"我相信伸手就能碰到天／有你在我身边／让生活更新鲜／每一刻都精彩万分，／I do believe"，歌声回荡在校园里，似乎整个校园在歌唱！

是啊！锦都大学的学子素有"天之骄子"之称，而耀华管理学院的学子又有锦都大学的"骄子"之称——此时此刻，他们站在锦都大学这一令无数学子仰慕欣羡的舞台上，相信自己"伸手就能碰到天"十分顺理成章！他们有十二载寒窗苦读的知识积累；他们作为大江南北、四面八方的精英学子汇聚在耀华管理学院，内蕴着核聚变一样的能量，完全有资本相信自己"伸手就能碰到天""让生活更新鲜／每一刻都精彩万分"！

合唱完毕之后，史玉婷与同宿舍的柳成丝、孟爽、周瑾按事先的约定走上舞台给牛瑧昱等献花。本来，按约定，史玉婷等是应该将鲜花一一对应地献给牛瑧昱等的，可在献花时，史玉婷把花献给牛瑧昱后，柳成丝等也把花献给牛瑧昱——不，实际上是塞进牛瑧昱的怀中；史玉婷正要说什么时，柳成丝等已经离开了舞台。

面对这种突如其来的"集约型"献花，牛瑧昱和谢海福等都颇感尴尬，不过，牛瑧昱随即又自自然然地化解了这一尴尬——他一边把鲜花分发给谢海福等一边笑着说："她们想让我给你们代劳——可这个劳我是代不了的！"然后，牛瑧昱又冲身边的史玉婷说："谢谢你们的鲜花！"

晚会结束，牛瑧昱刚走进宿舍，就提出了一个建议——与史玉婷等人的宿舍结成友好宿舍。

"这个主意好！"牛瑧昱的话音刚落，陆地使说，"结成友好宿舍之后可以开展一些联谊活动……"

"对！和她们搞一些联谊活动！"柳赛笑着说。

"结成'友好宿舍'之事，老幺就辛苦一下吧！"谢海福说，"史玉婷、孟爽都是你的老同学，周瑾是你迎进咱们耀华来的，那个柳成丝，看她那给你献花的样子，嘿嘿，似乎对你很有点儿'意思'，因此，你做这事最有条件——你也一定会做好这事的！"

"大哥如此抬爱，推却有失敬意——我就来做这事吧！"牛瑧昱说，"不过，我们这几天都为这联欢会忙个未停，今晚更是全身心地投入，够累的了——先好好休息一下再说吧！"

牛瑧昱也许是太累了，说完后不久自便酣然入梦——在梦中，他回到牛家大湾，时而与杨雪莲、奶奶、祖爷爷聊天，时而与杨雪莲在荷塘边游玩，时而在帮牛汉卿、艾玉洁收拾鸭场……最后，牛家大湾变成了全国的模范新农村，牛汉卿、艾玉洁变成了大老板，成了全国劳动模范……

第七章　花痴

就在谢海福等为史玉婷等而唇枪舌剑之时，史玉婷等也在为牛瑧昱而唇枪舌剑——

史玉婷等的宿舍为学生宿舍7号楼307室，与谢海福等的学生宿舍8号楼206室大致遥遥相望。

晚会结束后，史玉婷一回宿舍就语带怒气地冲正准备去洗漱的柳成丝叫道："哎！柳成丝！我说你呀——刚才是怎么回事呀？……"

柳成丝比史玉婷小一个月，虽然并不"人如其名"——苗条如"丝"，窈窕多姿，但也堪称美女：身高一米七五；虽然长得很丰满，但因身材有足够的长度，因而，看起来一点儿都不肥壮；"用"字形脸，丹凤眼，嘴型偏大，嘴唇偏厚，脸上总浮着淡淡的微笑。每当走在街道上时，总有很高的回头率；每当出现在稠人广众之下，总会引起"众目睽睽"。其母柳晓琴身材窈窕，眉目姣好，善解人意，八面玲珑，于是，从街道办事处主任、区妇联主任、副区长、区长逐步做到副市长。由于是在年近四十才生柳成丝的，所以，自柳成丝出生之日起，柳晓琴就非常宠爱她，但对她也要求甚严，特别是在为人处世方面，决不允许柳成丝耍小姐或公主派头。同时，柳成丝一方面相当充分地遗传了柳晓琴机灵乖巧的基因，另一方面耳濡目染了柳晓琴为人处世的做派，因而，很小就练就了"粉面含春威不露，丹唇未启笑先闻"的本领。因此，她平常在骨子里总是自信满满的；在乍听到史玉婷的责问时，她虽然很莫名其妙，也非常反感，但并未稍显惊慌窘厄，也无逆反表现，而是柔声细语地说："婷姐，什么'怎么回事'？有话好好说嘛！"

四人按序齿排列，史玉婷为老大、柳成丝为老二、孟爽为老三、周瑾为老四，所以，柳成丝称史玉婷为"婷姐"。

正准备洗漱的孟爽、周瑾听见史玉婷的嚷叫，闻声从洗漱间走了出来，小心翼翼地看了史玉婷一眼，正不知如何是好时，忽然听到史玉婷也向她俩大声叫道："还有你们——孟爽、周瑾！你们刚才是怎么回事？"

孟爽、周瑾被吓了一大跳，不约而同地退回洗漱间。

"婷姐，别生气了！"柳成丝柔中带刚，"我刚才已经说过了，有话好好说！"

"怎么'好好说'？"史玉婷语带怨气地说，"我们昨晚说好了的——在给牛瑧昱他们献花时，由我给牛瑧昱献花，可是……"史玉婷话还没说完，眼泪就掉出来了。

原来，在"十一"前夕，作为晚会的组织者之一，史玉婷与柳成丝、孟爽、周瑾等开"卧谈会"时，提议在牛瑧昱等合唱完毕之后，史玉婷等上台给牛瑧昱等献花，把晚会推向一个高潮；她一提出这一建议，柳成丝等人便异口同声地表示赞同——这使她颇感大喜过望：

史玉婷提出这一建议是带有私心的——她是私生女，从来都没见过爸爸，她也没有哥哥和弟弟，因此，在她的生活中，男性是先天性缺席的。而从心理学的角度来说，人往往是越缺少什么便越渴望什么，因此，史玉婷从小就有一种对男性的渴望。在最初见牛瑧昱时，史玉婷因牛瑧昱的丰仪而对他一见倾心，进而"钟情"，再后是一种偏执的爱，并采取各种方式向他示爱。但牛瑧昱似乎"情窦未开"，对史玉婷一点儿都不"礼尚往来"。而史玉婷生性执着，往往所欲必所得，加上"财大气粗"，便对牛瑧昱不仅不"善罢甘休"，而且大有"必得之而后快"之势——从高中追到大学；在入学那天见到牛瑧昱时，她非常兴奋，也非常冲动，恨不得一把把他拉进车里，和他一起去机场接她母亲，但当时他有"迎新"的任务，加上当时周瑾等着他接送，她欲"拉"不能。在军训时，史玉婷总找各种机会去见牛瑧昱，但无论何时去见他，他身边总有人，因而总不能对他"诉衷肠"。因此，在得知学院要举办迎新晚会时，史玉婷便琢磨出给牛瑧昱"献花"这一"高招"。

不过，柳成丝等人异口同声地赞同史玉婷的建议也是各怀私心的——

两年前，柳成丝曾在锦都高中生辩论赛决赛上见过牛瑧昱，并对牛瑧昱留下了十分美好的印象——当时，柳成丝与牛瑧昱分别作为各自团队的主辩手对决,柳成丝虽然最终输给了牛瑧昱,但对牛瑧昱的口才、仪态等心悦诚服。之后,柳成丝又与牛瑧昱同获锦都市五四青年奖,并同台领奖;当时,虽然两人并无交谈,但柳成丝对牛瑧昱堂堂正正的仪表、落落大方的举止,涌起了一种由衷的欣赏之情。因此,在新生第一次见面会上,柳成丝一见到牛瑧昱,就产生了一种"众里寻他千百度。蓦然回首,那人却在,灯火阑珊处"的感觉,并急欲向他"一吐衷肠",但随后就是军训,加上牛瑧昱又是辅导员的助手,总是忙忙碌碌的,所以很少有与牛瑧昱单独"面对面"的时候,于是,当史玉婷提出自己的建议后,她便不假思索地表示赞同。

至于孟爽与周瑾,一个与牛瑧昱既是青梅竹马的玩伴,又是高中三年的同窗,且对牛瑧昱心仪已久;一个与牛瑧昱是"老乡",且是由牛瑧昱"迎"进耀华的;因此,都与牛瑧昱有一种"根深蒂固"的关系。于是,像柳成丝一样,当史玉婷提出自己的建议后,她们便不假思索地表示赞同。

在征得柳成丝等人的同意后,史玉婷又提出逆向按序齿分别给牛瑧昱等献花,即史玉婷等人中年龄最大者给牛瑧昱等人中年龄最小者献花,柳成丝等人又不假思索地表示赞同。但史玉婷同样是出于私心提出这一建议的——她可以"名正言顺"地向牛瑧昱"抛绣球"。

"献花"之事定下之后,史玉婷暗自高兴不已;入睡后,史玉婷又梦见牛瑧昱接受了自己的献花和拥抱……也许是因为自己的如意算盘打得太好、梦做得太圆满,所以,当现实不完全是自己所打算或梦想的那样的时候,史玉婷便恼羞成怒……

"啊!你是为这事呀!没有必要生气!"柳成丝一副淡然的样子说,"我当时跟在你后面,见你把花献给牛瑧昱了,便惯性地把花献给他!孟爽、周瑾在我的后面,也可能是惯性地把花献给他的!"

"对对对……"孟爽应和着柳成丝道,"我当时都是惯性动作而已——并没有其他的考虑!"

"我也是……"周瑾应和着孟爽。

"惯性?"史玉婷哽咽道,"我看是'醉翁之意不在酒'……"

"哎!我说婷姐呀!你就别往深处想了!"柳成丝走过去挽着史玉婷的胳

膊坐到史玉婷的床铺上，半是劝慰半是开玩笑地说，"大家新来乍到的，能有什么'醉翁之意'？要不咱们再找个机会，给他们重新献一次花！"

"是啊！来日方长——将来机会有的是！"孟爽顺着柳成丝的话说，"婷姐没有必要为这事生气！"

"要不，婷姐你与他们联系一下，我们以后搞些联谊活动……"孟爽话音刚落，柳成丝又提议道。

"搞联谊活动？那好！"柳成丝还没把话说完，史玉婷便说，"我们可以与他们的宿舍结为'友好宿舍'——这既是一种联谊活动，又可以为以后其他的联谊活动打基础！"

站在一旁静观静听的周瑾见气氛缓和了，便大着胆子说："婷姐的这个建议好！"

"将来结成友好宿舍了，我们就不仅仅搞些联谊活动而已——咱们以后要是遇到困难了，也可以要求他们帮助！"柳成丝笑道，"谁叫他们是爷们呢？"

"以后也要找机会让他们给我们献花！"孟爽也笑道，"来而不往非礼也！"

"那我明天就与他们联系！"史玉婷有点儿迫不及待地说，"国庆长假才开始，我们可以好好地利用一下这个长假。"

"那好！"柳成丝说，"我们可以向他们提议，搞个秋游之类的活动。"

"那太好了！"周瑾喜形于色，"听说锦都的秋天非常美，我真想见识见识！"

"我也很想去秋游！"孟爽说，"过去每年的'十一'我都会和父母或同学秋游一次的！"

柳成丝等人一致赞同史玉婷的意见后，史玉婷第二天一大早就与牛瑧昱联系，接着商定于十月三日去植物园游玩。

植物园位于西山西南角。

西山位于锦都的西部，"横看成岭侧成峰"——横看山岭宛如一条静卧的巨龙，绵亘于锦都的几个区县，侧看山峰耸立，山势挺拔；大锦河贯穿其中，将其分为南北两段，沿河两岸风光无限、美不胜收；一年四季葱葱郁郁、林海苍茫，参天古树、奇花异草怪石等随处可见；因此，古往今来，高人名士对西山情有独钟，有的甚至从他国异乡定居于此，从而留下了为数众多的名人故居、名人墓园、古寺名刹，进而增加了西山的魅力。

植物园位于巨佛寺附近，面积1000公顷，北、西、东北、西南环山，冬暖夏凉，雨水充足而不过量，非常适宜于植物的生长。园内既建馆收集、保藏了丰富多彩的植物资料，又有许许多多原生态的植物，还"拾遗补缺"地移植了为数众多的外来植物。同时，园内还建有专对游人开放的"植物大观园"，包括奇花异草园、树木园、竹园、盆景园、木兰园、海棠园、梅园、菊园、桃园、梨园、苹果园等诸多专类园，彼此之间，或以小溪相隔，或以篱笆相间；每一个专类园都是植物常年不败，洋溢着旺盛的生命气息。与"植物大观园"毗邻的是名胜古迹游览区，每一个景点，既有别具一格的风采，又有浓郁的文化气息。每逢节假日，植物园都装饰一新。因此，一年四季，植物园都是游人如织，有的节日，像中秋节，因为人太多而不得不控制游客数量。

十月三日，时值国庆长假的第三天。一般来说，这一天，植物园的游客会达到一个峰值，因此，牛瑧昱等人一大早就前往植物园。大家同学已有一个月了，在军训基地拉过歌，在联欢晚会上见过面，加上大家都有集体出游的强烈愿望，因而，坐进由史玉婷的母亲提供的豪华商务奔驰后，大家毫无拘谨感。

作为这次出游的组织者之一，史玉婷首先冲牛瑧昱发话道："牛瑧昱，我们今天的出游既是我们两个宿舍的首次联谊活动，又恰巧赶在锦都最美好的时节，我们应该尽情地玩，但不应该傻玩——你们准备了什么节目没有？"

"节目？我们不是刚表演过节目了吗？"牛瑧昱笑道，"再说，这次游玩本身就是我们的一个节目，还要另行准备吗？"

"我们今天的节目就是陪美女！做你们的保镖！"牛瑧昱话音刚落，谢海福就大声道，"要不是要做你们的保镖，我今天就会'秋眠不觉晓'了！"

"不错！听说要和你们这些美女一起出游，老谢兴奋得不得了——昨晚好晚了也没有入睡！"柳赛笑道，"今天天还没有亮，老谢就起床噼噼啪啪地洗漱起来……"

"柳赛，你别光说我——你昨晚不也是兴奋得不亦乐乎吗？像是要娶亲似的！"谢海福反唇相讥道，"今天一出门就嘟嘟嘟地往前跑，车一到，又像抢座似的第一个钻进车里！"

"老大误解老三了！"陆地打趣道，"老三是想多亲近一会儿这豪车！"

"我们今天能坐豪车秋游，得亏韩总慷慨相助！"牛瑧昱不想柳赛当着史玉婷等女生遭谢海福等的奚落，便赶紧转换话题道，"我们今天就尽情地玩吧，不要辜负了韩总的一片好意！"

"但更得亏史玉婷呀！"柳赛带有明显"倾向性"地说，"要不是史玉婷，韩总怎会慷慨相助啊！"

"那可未必！"史玉婷见牛瑧昱、柳赛都"恭维"她，虽然心里美滋滋的，但嘴里还是"谦虚"道，"没有我和我妈，我们今天也会有车坐——说不定还会有更好的车坐呢！"

"真的吗？"陆地不大相信似的问。

"当然是真的！"史玉婷一副认真的样子说，"成丝她妈昨天也打算派车的……"

"不错！"孟爽也说，"柳阿姨——也就是成丝她妈——昨天给成丝打电话说派车时，我们都在场！"

孟爽看出了史玉婷、柳成丝各自的真实意图，为了不伤和气，提出让史玉婷的妈和柳成丝的妈各自派一辆车；史玉婷、柳成丝各自都达到了显摆自己的目的，便都同意了孟爽的建议。周瑾担心自己不能和牛瑧昱坐在一辆车上，便以大家坐在一辆车上更便于交流为由提出只用一辆车，史玉婷、柳成丝也都担心自己不能和牛瑧昱坐在一辆车上，便也同意了周瑾的建议。最后，大家商定这次出游由史玉婷解决车的问题，下次出游由柳成丝解决车的问题。

"啊！原来两位大小姐的妈都是富婆呀！"柳赛戏谑道，"都有豪车！"

柳成丝在骨子里不愿与史玉婷为伍，同时也想显摆一下自己做副市长的妈妈，便立马回应柳赛道："我妈不是富婆！我家也没有豪车！"

孟爽听出了柳成丝的话的内在含义，同时又觉得既然是同学、既然是联谊活动，就应该友好相处，便和颜悦色地说："成丝她妈不是富婆，是咱们市的常务副市长，成丝她妈的秘书打算派的车也不是成丝家的车！"

史玉婷因为太张扬——开着红色宝马报到，开着红色宝马到军营参加军训，于是，同学们便都知道她妈是位富婆；柳成丝因为外柔内刚、外低调内高调，因而，除身边的人外，很少人知道她妈是副市长，于是，当柳赛得知她妈是常务副市长时，惊诧得眼珠子都似乎要蹦出眼眶，失声地"啊！"了一声。但他随即又意识到了自己的失态，便掩饰道："那太好了！以后我们搞郊游就不用担心挤公共汽车了！以后我们要多搞一些郊游活动，这样有利于我们的学习、成长！"

在得知柳成丝的妈是副市长时，谢海福也像柳赛一样惊诧，便立马附和柳赛道："我非常赞同柳赛的意见——最好每周搞一次郊游！"

周瑾对柳赛、谢海福俩说的话信以为真，担心影响学习，便说："那大概不行吧……"周瑾同时也因为在报到那天与牛瑧昱有过近距离的接触，对他有一种一见如故的感觉，便一边说一边看着牛瑧昱，好像要得到牛瑧昱的支持似的。

牛瑧昱明白了周瑾的心思，便一边用眼神回应她一边笑着说："怎么不行呀——市内的空气不好，如果真的每周都搞一次郊游，那对身体是非常有好处的！不过，老谢、柳赛都只是说说而已——他俩都是大忙人，如果真的每周都搞一次郊游，他们未必会次次都参加！"

"老幺你也未必会次次都参加……"谢海福说。

"对！老幺你也未必会次次都参加！"柳赛也说。

听牛瑧昱等这么说，周瑾的担心随之涣然冰释，同时，她在心里突然涌起一股强烈的对牛瑧昱的依赖感和信任感。

陆地本来在最初见到柳成丝时就对她颇为"动心"，在得知柳成丝有个做副市长的妈时，他也像谢海福、柳成丝一样感到非常惊诧；在看出了谢海福、柳赛对柳成丝的"垂涎"之意后，醋意顿生，本能地不认可他俩的提议，便顺着牛瑧昱的话说："是呀！老谢、柳赛都只是说说而已！不，他俩只是痴人说梦而已！"

"什么？'痴人说梦'？"谢海福条件反射似的说，"难道你在心底里不也是这么'痴人说梦'的吗？难道你想我把你的'痴人说梦'放给大家听听？"

"对！对！对！"柳赛推波助澜地说，"把他的'痴人说梦'放给女同胞们欣赏欣赏……"

"别！别！别！"牛瑧昱见柳赛等越说越"跑题"，便连忙制止道，"我们现在还是先聊聊今天活动的具体内容吧！"

"活动的具体内容不是昨天就定好了吗？"孟爽用肘顶了顶身边的牛瑧昱，小声问道，"还聊什么？"

"是啊！不是已经定好了吗？"周瑾也小声道，"我觉得现在还是先再说说安全事项——我妈刚才又发短信了，要我注意安全，我看，我们大家都得注意安全！"

"回复你妈让她放心——我们会注意安全的！"牛瑧昱看着周瑾很认真地说，然后又郑重其事地提醒大家一定要注意安全。

"放心吧——老幺！"谢海福也郑重其事地说，"大家会注意安全的——我们几个老哥也会保证你及几位公主的安全的！"

接着，大家天南海北地神聊，正神聊得起劲的时候，车在植物园门口停了下来。牛瑧昱正准备下车去买门票时，植物园园长后慧君在园长助理余晓娟的陪同下迎出门外——原来，柳成丝母亲的秘书前一天给后慧君打过电话，后慧君也给柳成丝打过电话……在双方相互寒暄一番之后，后慧君吩咐余晓娟带着牛瑧昱等进餐厅吃早餐。随后，在植物园讲解员的带领下游览了"植物大观园"。"植物大观园"绚丽多彩、生意盎然，讲解员声情并茂、口若悬河地讲解着各种植物，牛瑧昱等一边欣赏着眼前的姹紫嫣红或青枝绿叶，一边聆听着讲解员的讲解……

牛瑧昱等原计划上午游玩"植物大观园"，下午游玩名胜古迹游览区，可"植物大观园"还没游玩一半，一个上午就过去了。大家正感到有点儿遗憾之际，后慧君又在余晓娟的带领下向他们走来，边走边说："同学们，先去吃饭吧——吃完饭后好好休息之后再游玩吧！听说你们军训刚结束，还没有从疲劳中恢复过来，就悠着一点儿吧！"

"我们园长已经为你们做了安排——午饭后你们先在梅园宾馆休息一下，然后再开展其他活动。"余晓娟说，"梅园宾馆的条件比较好——那儿有游泳馆、娱乐室，也有会议室，你们想干什么就干什么！休息好了之后明天接着玩，明天如果时间不够，就后天接着玩！现在是长假——你们也还有时间，就玩个痛快吧！"

"啊！今天不回学校吗？"余晓娟刚说完，周瑾就眼里充满疑惑地看着牛瑧昱小声问道，"我妈还等着我回校后给她打电话呢！"

"我也是这个时候才知道这安排的！别着急，等一会儿看大家怎么说。"牛瑧昱小声说，"这几天咱们没什么特别必须要做的事，多玩一会儿也好——这儿环境这么好，空气也这么好！你妈那边，到时打一个电话解释一下应该就行了！"

"太好了！"在周瑾与牛瑧昱窃窃私语的时候，柳赛一副大喜过望的样子地说，"这么好的事，怎么不事先告知，让我们有个心理准备？"

"早点儿告知了，你就没法有这样的惊喜了！"史玉婷语带揶揄地说，"你可真如谢海福所说的——'像是要娶亲似的'！"

"老三，你看，不是我一个人说你了吧！"谢海福说，"史公主也说你高兴得像是要娶亲似的！"

"你们在说什么呀？"陆地涎着脸故作吃惊，"老三要娶亲？娶谁呀？"

"娶谁？"谢海福语带鄙夷地说，"你别像猫子闻不得鱼腥味似的！"

"我们还是先去吃饭吧！"牛瑧昱觉得后慧君在场不宜开过分的玩笑，便环视了一下，笑着说，"口水战饱不了肚子！"说着，牛瑧昱便走向余晓娟……

第八章　出名要早，创业也要早

吃罢午饭后，大家都觉得有点儿累，同时也觉得虽然同学一个月了，见面也嘻嘻哈哈、说说笑笑，但其实彼此了解得并不深，于是，决定先在梅园宾馆休息一会儿，然后聚在一起好好地聊聊。余晓娟得知牛瑧昱等的想法后，让会议室管理员把他们安排在梅园宾馆最好的会议室——八层六会议室。

本来拟定的是下午两点半到八层六会议室，但两点没到，柳赛等就到了。

八层六会议室一向只提供给一些"重要人物"，如政要、富商巨贾等用，柳赛一进会议室就产生了像柳姥姥进大观园一样的感觉，以至于情不自禁"哇塞"了一声，并蹑手蹑脚地走近"金碧辉煌"的缎面墙壁，一边用手轻轻地抚摸一边"啧啧"了两声。陆地坐上高背椅后闭上眼享受式地晃动着椅子，边晃动边"怪声怪调"地说"好舒服"。史玉婷就座后端起面前的茶杯喝了两口茶，并大声称赞茶的味道。孟爽、周瑾坐下后有点儿拘谨地相互看了一眼，然后无话找话地聊着。牛瑧昱在周瑾旁边坐下后，见谢海福还没到，下意识地向会议室门口看了一眼。柳成丝在牛瑧昱旁边坐下后，招呼大家吃水果，并从身边的牛瑧昱开始，给大家发橘子，橘子还没发完，谢海福慢悠悠地晃了进来，嬉笑着说："嘿嘿！刚才我还说我是不是来得太早了一点儿，没想到你们都来了！真是'莫道君行早，更有早行人'呀！"

"大家不仅早就到了，而且都发完言了！"史玉婷笑道，"下面该你发言！"

"是吗？"谢海福边就近坐下边说，"大家都说了一些什么？"

"现在是市场经济的时代，真可谓'天下熙熙，皆为利来；天下攘攘，皆为利往'，还能说些什么？"柳赛侧向谢海福道；接着，"浏览"了大家一眼，一边鼓掌一边一本正经地说："下面，请谢海福谈谈自己的炒股经验！"

"哎！我说哥们，你别一见面就拿我开涮，好不好？"谢海福有点儿生气地说,"再说,炒股那种事只能是自己边炒边体会,哪里有什么经验可谈!"

"老三是想跟着你发大财呢!"见谢海福有点儿生气,同时也想在女孩子面前好好地表现一下,陆地赶紧息事宁人道,"我们大家也想跟你学习学习!"

"嗨!跟我能学习什么!"谢海福略带谦虚地说,但紧接着又说,"不过,咱们是得好好地关注一下股市——一来咱们的专业是弄这玩意儿的,二来炒股也是咱们最方便简易的创业途径,现在政府不是大力提倡大学生创业吗?所谓创业实际上就是创收——我看咱们炒股吧!炒股最好创收!"

柳成丝觉得谢海福的话在贬损他自己的同时,也把她及在座的其他人贬损了,心里颇不以为然,便说:"你说的不完全对吧——我们的大专业是经济学,小专业是金融学,怎么是专门弄'炒股'的呢?大学生炒股也不是政府所大力提倡的大学生创业!"

史玉婷在心里也对谢海福的话颇不以为然,便认同柳成丝的话道:"成丝说得很对!咱们的专业是很神圣的专业,你怎么能把咱们的专业等同于炒股呢?政府也不是大力提倡大学生一进校门就创业,更不是大力提倡大学生一进校门就炒股!"

"是呀!我们还是得先学好知识,再运用知识!"孟爽觉得史玉婷、柳成丝都言之有理,便赞同道,"炒股是实际操作,是实践,实践应该有理论指导,或者有理论指导会更好一些!"

孟爽说的时候,周瑾一个劲儿地点头,陆地也面露认同的神色,牛瑧昱觉得谢海福有点儿窘,并担心周瑾也会说点儿什么,从而使谢海福感到更窘,便连忙接过孟爽的话说:"你们说的都不错,但我们老大说的也没全错——股市是咱们金融学研究的一个重要对象,股市经验也是股市理论的支撑性材料之一。我虽然没炒过股,但也认为,如果炒过股,有一些关于股市的经验,这对咱们的学习是有帮助的!另外,虽然政府并没有提倡和鼓励大学生炒股,也没有把大学生炒股等同于大学生创业,但是,如果我们大家好好学习金融知识,同时也留心一下金融市场,比如股市,对将来的创业显然是有帮助的。我们有了足够的理论知识和实践经验后,再争取一些社会力量的支持,创办一个金融类公司,比如,与证券相关的投资公司,那政府应该是鼓励和支持的,也应该被政府看作是大学生创业的。因此,老三刚才说请老大介绍一下炒股经验,虽然可能是开的一个玩笑,但如果老大真的能介绍一下自己的炒股经验,也应该是可以的!老大的炒股经验,大家如果觉得可取,一是可以把它运用于今后的学习中,二是大家今后如果炒股可以学习借鉴,三是对我们将来去证券公司工作或创办一个金融类公司有帮助——我们现在虽然没有足够的知识,也没有能力创办公司,但是,我们大家都应该有一点儿零花钱的,如果谢海福的经验可取,我们可以把零花钱集中起来,让谢海福帮我们炒股,如果赔了,就当我们没有那零花钱;如果挣了,谢海福留一部分钱后,我们按比例分成……"

牛瑧昱侃侃而谈的时候,大家起初并没有太在意地听着,稍后是屏气凝神地听,最后,还没等牛瑧昱把话说完,史玉婷就插话道:"对!对!对!我们可以把零花钱集中起来成立一个股份制公司!张爱玲说,'成名要早',我看创业也要早——干脆咱们现在就讨论一下成立公司的问题!我的零花钱有五十多万元,咱们如果成立一个什么公司的话,我愿全部拿出来入股!"

当史玉婷说出自己零花钱的数目时,谢海福、陆地、柳赛几乎不约而同地叫道:"哇塞!"

牛瑧昱没有"哇塞"地叫,但被谢海福等的"哇塞"吓了一跳;孟爽没叫出声,但做了一个叫的口型;周瑾既没叫出声,也没做叫的口型,但似乎不大相信自己的耳朵似地看着史玉婷;柳成丝好像什么也没听见似的看着手机。

"'哇塞'什么——这里面也包括了我多年来的压岁钱!"史玉婷解释道,"当然,只包括部分压岁钱——我妈单位的人所给的压岁钱我都没要……"

"哎呀!你怎么这么傻——怎么不要呢?"柳赛夸张地叫道,"那些人下次给你压岁钱时,你把我叫上!"

"叫上你也是白搭!"谢海福揶揄道,"你不是史公主她妈的儿子,别人有钱也不会给你!"

"老谢呀!你别五十步笑百步了!"柳赛反唇相讥地说,"你也不是史公主她妈的儿子!"

"可我也没让人把我带上呀!"谢海福做着一副咬牙切齿样子说,"厚颜无耻!"

"呵呵!你们俩别唇枪舌剑了!"陆地插科打诨地说,"干脆哪天方便的时候,我代你们俩给韩阿姨写个申请书,请她收你们俩做干儿子!……"

"我说各位大哥呀——我们还是说正经事吧！"见大家越说越跑题，牛瑧昱轻轻地敲了两下会议桌，语气较重地说，"史玉婷的话还没说完，还是请她把话说完吧！"

史玉婷被谢海福等人的玩笑弄懵了，听牛瑧昱那么一说，醒悟似的说："我还没说完吗？啊！是的！我是想说，我妈的公司是上市公司，今年股市形势好，我妈很高兴，我要是再向她要点零花钱，也应该是没有什么问题的！"

进会议室后，柳成丝虽然表面上是一直在看手机，但实际上是在用"心"观看各自的表演——她看到了史玉婷那种富二代爱炫富的嘴脸，看到了谢海福等的贪婪，看到了孟爽、周瑾那种"小家碧玉"式的神情，也看到了牛瑧昱那种虽然年纪轻轻，但稳重、大气、能掌控局面等特点，心想："我们将来如果能以牛瑧昱为主组建一个什么公司，我不仅把零花钱全部拿出来入股，我还会请我舅拿一部分钱来入股！啊！我们是可以试着成立一个什么公司呢——我妈我舅不是都总唠叨着要我不要傻读书吗？不是都说只要对我成长有利的事，无论是什么，他们都支持吗？……想到这儿时，恰巧史玉婷把话说完了，她便放下手机，语气很平静但很有力地说："大学生创业，政府确实是提倡和鼓励的；我们创建一个什么公司，也确实是有可能的——我妈是管金融的，我平常也没少听她说金融业的事，我选金融专业也是我妈定的，其实，我是更想学文学的！我舅舅的公司也是一个上市公司，他很支持我的学业；我们如果创建一个什么金融类公司，需要我妈、我舅帮忙，无论于公于私，他们都肯定会大力支持的！"

"太好了——柳成丝！有你这些关系，有史玉婷那五十多万，我们也凑一点儿，就可以成立一个公司了！"谢海福没等柳成丝把话说完，就迫不及待地打断她的话道，"我们干脆现在就研究一下成立公司的事情！……"

"对！对！对！现在就研究！"柳赛大声附和道，"咱们要说干就干——这次长假一结束我们就着手办公司！……"

"哎！别这么着急吧——这个事等一会儿再说吧！"牛瑧昱觉得谢海福和柳赛都对办公司过于感兴趣、过于着急，便"挽住"话头说，"柳成丝还没把话说完——等她把话说完了再说这事吧！"

"啊！我也没什么太多的要说了，只是想表个态：如果我们办公司，那么，我一定尽全力——找人、找钱，要是用得着我，我绝不会袖手旁观的！我家虽然不富有，但我自己却并不算太穷，我舅也不穷，而我舅又没有孩子，而且我姥爷、姥姥去世早，我舅是我妈带大的……因此，我如果开口，区区五六十万我舅应该是会给的……"

当柳成丝不动声色地"亮出"自己的"家底"时，谢海福、柳赛、陆地等虽然没有像一会儿前听到史玉婷介绍自己的零花钱时那样惊讶得叫出声来，但还是现出"瞠目结舌"状；史玉婷虽然很有一点儿"心虚"，但脸上并没有流露出丝毫的"低人一等"的神色；孟爽眼光游移地看着自己的前方；周瑾两手捧着脸低着头后悔参加这次郊游；牛瑧昱静静地听着，在意识到柳成丝话中的"含义"后，颇为担心地看了史玉婷一眼，同时，也不想让本来是增进友谊的座谈会变成相互攀比、炫富的场所，便没等柳成丝把话说完，就插话道：

"太好了——看来咱们如果响应政府的号召'创业'的话是'不差钱'的！不过，咱们创业仅仅'不差钱'还是不够的——我们现在刚进大学，连'初出茅庐'也谈不上，在专业方面，连入门知识也没有；我在老师那里看过培养计划，我们要学习的课程很多，能够用在创业方面的时间不会很多。因此，我觉得我们当下就创业是有困难的，我们的当务之急还应该是学习！我们既要好好地学习理论知识，也要充分地利用一些难得的条件，比如，我们可以利用史玉婷、柳成丝两位同学的'背景'搞一些能够促进我们学习理论知识、扩大知识视野的实践活动！不必讳言，创业就是发展经济，发展经济就是挣更多的钱，变得更富有。但是，富有不能仅仅是物质方面的富有，也还得有精神方面的富有！我父母都是人文社科出身的，家里有不少人文社科方面的书，我也浏览过一些，我曾在一本书上看到，晚清的时候，从经济方面来说咱们国家并不弱；从当时的世界富翁排行榜来看，咱们国家并不'落后'，但那个时候，咱们国家却被列强整得割地赔款、狼狈不堪！为什么会这样？在我看来最主要的是我们在精神方面贫穷、落后了——国人的整体思想境界低下！当时，慈禧太后沉溺于享受，甚至把军费挪作个人享受之用！上梁不正下梁歪，于是，群臣竞相攀比享受，贪污腐化之风盛行便在所难免了，民族利益、国家利益也便被人们置之脑后了，这样，国家不被列强整得割地赔款、狼狈不堪才怪呢！而国家稀里糊涂，个人要想'独善其身'，那只能是天方夜谭！反过来说，如果精神方面富有了，即使物质方面贫穷一点儿，落后一点儿，也未必就是致命的——抗日战争时期，我们国家从物质方面来说，比日本是要贫穷得多，落后得多，但我们却取得了抗日战争的最后胜利，这是为什么？个中原因固然是多方面的，但我们精神方面的'富有'无疑是一个很重要的原因——我们有根深蒂固的'威武不能屈'、保家卫国的传统；在我们国人的内心深处，日本是'小日本'，日本军人是'日本鬼子'，是'倭寇'，从遥远的古代开始，日本从文化方面来说就是我们的藩属国；我们的国人甚至是妇孺，在骨子里都是蔑视日寇的、不畏日寇的，我从我祖奶奶的身上深深地感受到了这一点：当年，我祖爷爷从燕京大学辍学参加了新四军，祖奶奶只身一人在家赡养我太祖爷爷太祖奶奶、抚养我爷爷——当时我家可谓名副其实的'老幼妇孺'！然而，当日寇强行拉走我家一匹骡子去拉车时，我祖奶奶孤身一人追到日寇军营索要，同时，村里几十个妇女声援我祖奶奶，最后，我祖奶奶生生地从日寇军营要回了我家的骡子。我的祖奶奶们之所以如此，并不是她们有多么雄厚的物质基础做后盾！因此，我想说几句也许我们很多人都不太爱听的话：我们这代大学生是可以想点儿'创业'的事，或打着'创业'的名号挣点儿钱，但不能总想着'创业'的事，或打着'创业'的名号挣钱！也应该有点儿理想、有点儿担当精神、有点儿高尚的精神境界、有点儿'精神贵族'的品质！也应该多想点儿国家大事！应该要多想点儿将来的事情！"

说到这儿，牛瑧昱停下来喝了一口水。

自从与牛瑧昱同住一个宿舍开始，一般来说，都是谢海福、陆地、柳赛等"掌握"着话语权，牛瑧昱总是听者——牛瑧昱即使参加"卧谈会"，也多是"打酱油"，或是做做"润滑油"而已，因此，谢海福等虽然也隐隐约约感到了牛瑧昱的"内涵"，但也没把那"内涵"太当回事，更没想到牛瑧昱会有高他们一等的思想境界和语言表达力，于是，在牛瑧昱发表自己的"真知灼见"时，他们先是暗暗吃惊，后是由衷地欣赏和钦佩，于是，当牛瑧昱停下来喝水时，谢海福等不约而同地鼓起掌来。

史玉婷与牛瑧昱在高中同学两年多。开始同学时，史玉婷一是虽然自己有"爱好男性"的倾向，对牛瑧昱有一种本能的好感，但她从根本上是恃"财"

傲物的，二是因为牛瑧昱年纪年龄要比她大一点儿，但实际上还是"乳臭未干"的，所以，总的来说，史玉婷对牛瑧昱并不是太关注的。但是，随着牛瑧昱总是很积极地参加史玉婷所主持的活动以及在活动中所表现出来的卓异才能，史玉婷便对他越来越关注甚至欣赏起来。在牛瑧昱"帮助"史玉婷"完成"数学作业并使她得到老师的大赞后，她非常高兴，并暗恋上了牛瑧昱。在高二、高三两年期间，牛瑧昱不仅越长越英俊，而且越来越成熟甚至有点儿少年老成，也越来越优秀，比如校内外的各种竞赛，他只要参加就一定获奖，并获校、市两级三好学生称号以及市五四青年奖等，于是，史玉婷越来越爱恋他，并且明确地向他示好。当牛瑧昱对她故意地"视而不见"后，她无怨无悔，并"锲而不舍"地爱恋他，以至于为了能与牛瑧昱同学而放弃去上香港大学。刚才，史玉婷亮出自己的"家私"之底，并表现得很"豪爽"，固然确实含有炫富的味道，但在潜意识中也是为了让牛瑧昱能"关注"她。在牛瑧昱发言的时候，史玉婷一开始就很虔诚地听着，并一边听一边做笔记；当牛瑧昱谈到那些"大道"时，史玉婷心悦诚服，并不时地点头认同；当谢海福等热烈鼓掌之际，史玉婷并没有鼓掌，而是"惯性"地期待着牛瑧昱的"滔滔不绝"，但当意识到了谢海福等人的鼓掌时，史玉婷立马也鼓起掌来，并比谢海福等鼓得更为热烈。

　　柳成丝本来在高中时代与牛瑧昱的两次偶然相逢中就对他产生一种很好的感觉；在军训、联欢晚会等活动中，柳成丝又进一步地加深了对牛瑧昱的美好感觉；在发现了牛瑧昱的内在魅力后，柳成丝更是暗自兴奋不已；当听到牛瑧昱"高谈阔论"时，她不由得涌起一股对牛瑧昱的倾倒之情，甚至有点儿忘情地凝视着牛瑧昱；当谢海福、史玉婷热烈鼓掌时，她便"醒悟"似的鼓起掌来。

　　孟爽与牛瑧昱在高中同学三年。由于两人的出生家庭、生活环境、成长道路均几乎相同，性情也相似，因此，孟爽与牛瑧昱过去可以说是很"心心相印"的。虽然过去曾暗自与牛瑧昱较过劲，但在得知牛瑧昱的高考成绩总分比自己高七分时，孟爽不但没有丝毫的嫉妒，反而由衷地为他感到高兴。在得知自己与牛瑧昱一同被锦都大学耀华管理学院录取后，孟爽最期盼的就是开学。整个暑假，孟爽虽然没有放松学习，几乎每两天就阅读一本中外文学名著，恶补自己的文学修养，以图不比牛瑧昱"略输文采"，但又时时留心关于牛瑧昱的任何信息，并期盼能收到牛瑧昱发来的短信或接到牛瑧昱打来的电话。暑假里，牛瑧昱对于孟爽来说是"音信全无"，这未免使她感到很失望，她也因此很怨恨他，可在报到那天乍见牛瑧昱时，孟爽又在心中好像有一头顽皮的小鹿乱撞一样，并情不自禁地叫喊牛瑧昱。军训、联欢晚会等活动让孟爽疲惫不堪，加上她曾好多次到植物园玩过，因此，她很想借"十一"长假好好地休息一下，但牛瑧昱组织两个宿舍到植物园游玩，她的"本能"告诉她不能放弃这次与牛瑧昱直接相处的机会，便毫不犹豫地参加了。在牛瑧昱侃侃而谈时，孟爽与其说在听，不如说是在"感受"——因为她对牛瑧昱的"说"太熟悉了，太知道他是多么"深思熟虑"、多么"高屋建瓴"了，她非常需要的是感受他！因此，虽然牛瑧昱的话音已经落了，但孟爽却还在心里用神经感受着他的话音、他的眼神、他的在她看来堪称"伟岸"的身躯，于是，她并没有想到要鼓掌——她虽然最终也鼓掌了，她的鼓掌只是随身旁的史玉婷等人下意识的动作而已！

周瑾虽然既不像谢海福等那样与牛瑧昱"朝夕相处"，又不像史玉婷、孟爽那样与牛瑧昱是老同学，也不像柳成丝那样与牛瑧昱早就有过"几面之交"，但是，牛瑧昱是她在锦都大学最早接触到的同学，又与她有"老乡"关系，加上牛瑧昱自与她相见之日起，只要见到她，就主动地给她打招呼，只要有机会，就尽其所能地帮助她，比如，她刚入锦都大学时，由于对锦都及锦都大学均知之甚少，加上又"举目无亲"，所以，一有疑问就向牛瑧昱请教，牛瑧昱对她简直是有问必答、有求必应；去军训时，牛瑧昱见她吃力地提着行李包便帮她提上；军训时，骄阳似火，牛瑧昱担心她被阳光晒伤，便把他母亲给他的防晒霜送给她……所以，她对牛瑧昱有很强的信任感和依赖感；在牛瑧昱发言时，她更是像一个虔诚的教徒听一个自己佩服得五体投地的牧师布道一样全神贯注地听着；当热烈的掌声响起之后，她才在那热烈气氛的感染下"惯性"地鼓掌，并在大家停止鼓掌之后，又鼓了两下掌。

"嗨！老幺真是'不鸣则已，一鸣惊人'！"在掌声完全停下来之后，谢海福半是玩笑半是认真地说，"咱们同室共屋这么长时间了，也没听到过老幺的如此宏论——今天真可谓'今夜闻君一席话，如听仙乐耳暂明'呀！"

"不！应该是'与君一席话，胜读十年书'！"柳赛大声笑道，"咱们以后的'卧谈会'老幺可要积极发言哟！"

"老幺的话还没说完呢！"陆地说，"咱们先还是听他说完吧！"

"对！"柳成丝赞同道，"先让牛瑧昱继续说——等他说完了之后，咱们再讨论！"

柳成丝说完便鼓掌，紧接着，大家也鼓起掌来。

"嗨！大家这么鼓励我，我真有点儿不好意思！"牛瑧昱脸上泛上一缕红晕，笑道，"不过，既然大家这么鼓励我，那么我就再说说我的一些拙见吧——

"我们不仅要有理想、有抱负，要'高瞻远瞩'，而且要脚踏实地、直面现实！这个暑假我是在我老家与我奶奶、伯父、伯母等一起度过的——我的老家是在江汉平原上的一个农村。我虽然是在锦都出生的，小学、中学都是在锦都念的，但是，我在上小学以前一直是在我老家与爷爷、奶奶、伯父、伯母等生活在一起的。我虽然不是鲁迅，也没有曾经沧海、饱经风霜之人那种人世沧桑的经验和体会，但我对老家却有鲁迅在其作品中所描写的那种感觉——农村虽然不是到处都是茅草房，农民们虽然不是过着绳床瓦灶的生活，但整个村庄给我的感觉是缺少生机的：青壮年人几乎全都进城打工了，留在家里的几乎全是老幼病残……现在，我们的国家是世界上第二大经济实体，大江南北，大城市星罗棋布，像锦都这样的大都市不输世界上任何一个国家的任何大都市，可我的老家却在某些方面在某种程度上落后了——这就是我们的国情、我们的现实！可很多人，尤其是很多像我们这样的年轻人并不知道，或者虽然知道，但并不敢直面。

"其实，我的老家应该是非常好的——我暑假之所以要回老家，除了要看望我奶奶、伯伯、伯母等外，还有一个很重要的原因就是在我童年时甚至是少年时的记忆中，老家非常好，简直可以用'美如画'来形容：平畴千里，沟、河、渠、坑、塘、湖、堰要什么有什么，物产丰富，绿树成荫，空气清新，无论是河水还是湖水、江水、溪水都干净得可以直接饮用……加上父老兄弟姊妹们的勤劳、刻苦、聪明、能干，如果有好的规划、好的投资、好的建设，一定会不是天堂胜似天堂的！……"

"真的吗？"陆地好似不大相信地插话道，"如果是真的话，将来咱们去规划、投资和建设！"

"当然是真的！"牛瑧昱非常肯定地说，"我三伯、三妈现在所搞的就是一个非常好的规划、投资和建设。我三伯、三妈家仅有他们这两个劳动力，过去要抚养我两个堂哥，加上农村的收入有限，所以积蓄也不多；于是，他们就只搞了一个小型的一体化养殖业和种植业——养了二千多只鸭子，承包了一个将近二十亩的鱼塘和近三十亩的农田；鸭子每天有规律地进入鱼塘里喝水和觅食，同时也让塘水波动，增加塘水的氧气，鸭子拉在水里的鸭粪也给塘水增加了养料，从而，养鸭和养鱼'相辅相成'；鸭场和鱼塘的侧面是农田，鸭场里的鸭粪为农田提供了非常好的有机肥料，农田生产的粮食留足人吃的后，其余的用作鸭子和鱼的饲料，从而种田也与养鸭、养鱼'相辅相成'——这样，养鸭、养鱼、种植'融为一体'。我三伯、三妈说，他们想搞更大一点儿的规模化种植业和养殖业，可是，村里雇不到人手，资金也不够充足！我想，我三伯、三妈如果有足够的人力、物力，再加上他们的聪明才智和勤劳刻苦，一定会做得更好的！我老家的人，如果都能像我三伯、三妈那样想、那样干，我老家便会不是天堂胜似天堂了！"

"那我们还是得赶紧响应政府的号召创业，挣点儿钱！"柳赛戏谑着说，"等挣够了钱，我们就去你老家投资！把你的老家建设成天堂！……"

"是啊！我们还是得想法挣钱——没有钱，什么都是空谈！"谢海福附和道，"再说，以我们这条件——要人有人，要启动资金有启动资金，要智力有智力，还愁挣不到钱吗？"

"那你谈谈挣钱的经验吧！"陆地顺着谢海福的话说，"你做过不少挣钱的事，也挣过不少钱，你说说我们怎么挣钱最方便、最直接？"

"以我切身的经验以及我们当下的条件来看，我觉得我们挣钱最方便、最直接的途径是炒股！"谢海福说，"炒股既不要办执照，又不要租门面，投资可大可小，灵活方便！虽然说炒股有风险，但更有机遇！而且以我这些年的切身感受来说，只要谨慎操作，基本上是没有风险或风险是很小的！"

"既然没有风险或风险是很小的，那你帮我炒股！"史玉婷很激动地说，"我的那些零花钱全给你，你爱怎么炒就怎么炒！"

"刚才，牛瑧昱建议我们把零花钱集中起来，让你做操盘手，我看这个建议可行！"柳成丝附和史玉婷说，"我觉得此事宜早不宜迟——这些日子来，我结合咱们的课堂知识留意了一下股市，觉得当下确实是牛市，迟了，牛市就有可能结束了！"

尽管史玉婷、柳成丝的话很合谢海福的心意，甚至是他梦寐以求的，但谢海福觉得自己应该"欲擒故纵"，便以一副决绝的口吻否定道：

"那不行——我可不愿意做操盘手！虽然我觉得没有风险或风险很小，但万一有风险了怎么办？再说，炒股比高考还耗体力、脑力……"

"那我们给你辛苦费！"陆地说，"你干什么不都是为了挣钱吗？"

"那如果炒股炒亏了呢？"谢海福继续"讨价还价"。

"牛瑧昱刚才不是说过了吗？如果赔了，就当没那些零花钱；如果挣了，你留一部分钱后，大家按比例分成……"柳成丝盯着谢海福。

"这……这……"谢海福一副犹犹豫豫的样子说。

"别'这这'了——你就辛苦一下吧！"柳赛说，"你给我一个账号，明天一回校，我就把所有的零花钱给你，我建议大家也尽快都给你！"

"没有必要这么急吧——现在只是随便议了一下嘛！"牛瑧昱不大认同地说，"再说，即使让老大为我们辛苦，资金也不能打到他的私人账号上——我们这事多少带有一点儿'公事'的性质，不能把公事和私事混为一谈……"

"谢海福，你干脆明天去银行开个专用账户吧！"史玉婷说，"开好户之后把账户告诉我们！"

"明天去行，后天去也行——这几天，哪天有空就哪天去吧！"柳成丝说，"不过，早点儿为宜！"

"是啊！早点儿为宜！"陆地说，"股市不等人——早点儿炒股早点儿发财！"

"早点儿挣到足够多得钱早点儿去牛瑧昱的老家投资早点儿把那里建设成一个天堂！"谢海福也戏谑着说，"然后，我们都住在那里做神仙！"

"其实，所谓天堂就是物质生活和精神生活都充分地丰富了的地方，所谓神仙就是物质生活和精神生活都充分丰富的人！我们在哪里都可以做神仙！"牛瑧昱笑着说，"不过，相对来说，精神方面的问题不好解决一些，因此，我们得更注重精神方面的问题——作为一个人，我们应该努力使自己成为一个有品位、有诗意的人，应该'诗意地栖居在大地上'！可现在世人却往往更注重物质方面的问题，缺少诗意——实在可惜！"

"你说的一点都不错！"史玉婷认同道，"就像我们吧！过去忙着高考，好不容易忙完高考上大学，可又得忙着为未来做准备——一点儿诗意都没有！……"

"那我们今天就来点儿诗意——好好地放松一下！"柳成丝笑着说，"我们等一会儿去娱乐室时就尽情地娱乐，晚餐时，我们就尽情地吃喝！……"

"我完全赞成！"柳成丝还没说完，谢海福就嬉笑道。

"我也完全赞成！"陆地和柳赛几乎是异口同声地说，"最好早点儿去娱乐娱乐！"

"那我们的座谈会就暂时到此为止！"史玉婷笑道，"我们现在就去！"

随后，史玉婷轻触了一下身边的孟爽、周瑾，边起身边说："走吧！我的两位好妹妹！"牛瑧昱、柳成丝等也起身相随。

第九章　顾影自怜

由于上午游玩得过于"尽兴",周瑾既觉得浑身有点儿黏糊,又感到有一点儿疲惫,加上她是在水乡长大,自小就喜欢游泳,便在去"娱乐"的路上小声地冲柳成丝说:"丝姐,我想去游泳,行吗?"

"当然行!"柳成丝不假思索地说,"其实,我也想去游泳——这儿的游泳馆非常好,我来游过好多次,昨晚,我在电话上还专门给后阿姨夸过这儿的游泳馆很好呢!"

"我也听说过这儿游泳池很好,但我还从来都没来游过!"史玉婷说,"我也想去游泳!"

"你们都去,那我也去!"孟爽好像被"撂下"单了帮似的说,"但我只能在浅水里游——我这个暑假才学会游泳!"

锦都常年干旱少雨,天然的河湖塘堰很少,"野泳"的地方几乎没有;因此,人们要游泳就只得去游泳馆。谢海福出生于穷人之家,从小到大,吃饭穿衣都是将就对付的,进游泳馆游泳他从来都没想过——他也不会游泳。但他还是表示,他愿意去。

"我也去!"谢海福刚说完,陆地、柳赛争先恐后地说——不过,他俩不像谢海福一样是旱鸭子:

陆地在锦都市郊区,那儿有一个水库,那水库虽然曾水势浩浩汤汤过,但在他成长的过程中,水库容水逐年递减,到最后,容水最深处也不过一米五六,基本被废弃;于是,附近的人常常到那废水库游泳,陆地也"从俗",便学会了游泳。

柳赛的姥姥家在冀州的冀河边上,他小时,父母由于无暇照看他,便把他送往姥姥家由姥姥看养;他被父母接回锦都上学后,寒暑假基本上是在姥姥家度过的，于是，他在那里学会了游泳。

"牛瑧昱也去吧！"柳成丝看着牛瑧昱，试探性地说，"这个时候游泳挺好的——无论是就人的身体状况来说还是就气温来说，都适合游泳！"

牛瑧昱小时在牛家大湾生活时，其三伯就曾把带到蛟龙湾的浅水里学游泳；读小学、初中回牛家大湾度暑假时，他常常随三伯到蛟龙湾里游泳，这次暑假回牛家大湾时只要不下雨，他就在太阳西下时到汉江里游泳，因此，他不仅会游泳，而且对游泳很有"偏好"；在起身随大家一起去"娱乐"时，他就很想去游泳，但又不知大伙的"情趣爱好"，便没有"吱声"；在周瑾提出去游泳时，他听后非常高兴，可当他正准备表示赞同时，大家都"争先恐后"地表示赞同——他"插不上嘴"。于是，当柳成丝建议他也去游泳时，他就"顺势"答应了。

梅园宾馆虽然只是植物园内的一个宾馆，但完全可以与国内任何一家五星级宾馆"媲美"——无论是就占地面积、建筑面积来说，还是就馆内设施、服务质量来说，都不比国内任何一家五星级宾馆逊色，其娱乐设施则更是要远远胜过国内任何一家五星级宾馆：舞厅、棋牌室、球馆、游泳馆等不仅应有尽有，而且设施齐全、设备一流，而其游泳馆又是所有娱乐设施中的"佼佼者"——游泳馆单独建馆，远看像一个硕大的雕塑，馆内设有更衣室、淋浴室、卫生间、游泳用品商店、休闲平台；游泳池是锦都市第一家采用光纤的游泳池；有专用的出入通道，入口处设有泡脚消毒池；池水每天净化，干净得可以直接饮用，水温保持在摄氏27至28度；每天自动补水，补水量在总水量的百分之二十以上；池底满铺着橙色、红色、粉红色的瓷砖，装有防爆照明灯，四周设防溢排水槽；池边铺着不浸水的地毯，并设躺椅、睡椅、餐桌等，大型盆景点缀其间……

牛瑧昱等说说笑笑地走到游泳馆，可到门前时，却发现门前电子屏幕上滚动着"内部维修，暂停营业"的文字。看到那行文字后，牛瑧昱暗自叫了一声："糟糕！"并回头看着柳成丝，想征询她怎么办，但还没来得及开口，就见一个身着工作服、脸色黑红的女子从游泳馆内走了出来，笑盈盈地说："啊！你们来了！我恭候你们多时了——还以为你们不来了呢！"

那女子叫石忠媛，是游泳馆馆长，后慧君昨晚交代她今天下午专门接待柳成丝等，于是，游泳馆便"内部装修，暂停营业"了。听完石忠媛的简单说明后，柳赛欣喜若狂地说："太好了！我们今天成贵宾了！"

牛瑧昱见柳赛太失态，面带愠怒地看了柳赛一眼，同时，轻轻地"嘘"了一声。谢海福更是横眉怒目地瞪着柳赛。

陆地、柳成丝也不约而同地侧目柳赛。

"没什么！"石忠媛见大家"围攻"柳赛，自己也觉得有点儿尴尬，便一副无所谓的样子说，"都是自家人嘛——怎么说都是可以的！"

随后，石忠媛又一副亲昵的神情问柳成丝上午玩得怎么样，同学们的游泳技能如何，边问边带着柳成丝等走进游泳馆。随后，牛瑧昱等在更衣室换上了由游泳馆提供的速比涛（Speedo）牌游泳衣。

游泳池如一面硕大的透明玻璃平铺在地上，水波不兴；泳池内虽然空无一人，但四周仍然有救生员，柳成丝觉得有救生员在场"不太方便"，便在小声地征得大家的同意之后，让石忠媛把救生员"撤走"了；接着，石忠媛也撤了。

"现在只有咱们几个人，都别拘谨了！"柳成丝轻轻地舒了一口气，语气欢快地说，"咱们都放松地玩，玩个尽兴！玩个痛快！"

"对！都放松地玩！"陆地戏谑着说，"我今天一定要尽情地游，直到游得筋疲力尽！"

"不只要游得筋疲力尽，还要把这游泳池游得水枯池烂！"柳赛附和着道。

"对！咱们要把这游泳池游得水枯石烂！"谢海福笑道，"最后，死在这里埋在这里！"

"哎！谢海福！"史玉婷一副颇为认真的口吻说，"你怎么胡说八道呀——你爱死在这里埋在这里你就死在这里埋在这里吧！"

"谢海福的确是有点儿胡说八道！"柳成丝也面带不悦地说，"这么大了——难道不知道'行船不说破口话'吗？！"

孟爽、周瑾也侧目谢海福。

谢海福本是想逗乐大家，没想到出言唐突，惹了众怒，便赶紧道歉道："对不起各位！请原谅我一时的胡言乱语！"

"没什么——老大不必介意！咱们都还没成家立业——都还是孩子！童言无忌嘛！"牛瑧昱笑道，"不过，童言不可过多——咱们现在开始游泳吧！"

周瑾看出了谢海福的尴尬，也看出了牛瑧昱是在有意识地替谢海福"解套"，同时，她在更衣室换上游泳衣后，既有一点儿"顾影自怜"，又暗自兴奋不已，很想体味一下穿那游泳衣游泳的滋味，便顺着牛瑧昱的话说：

"好！现在就开始——我早就想游泳了！"

"别！别！别！……"牛瑧昱以为周瑾立马就会下水，便一把拦住她，并急急忙忙地说，"还没做热身运动呢！另外，现在咱们没有救生员在场，还得特别强调一下安全的问题！"

"咱们女生与你们男生最好分开游！"孟爽小声笑道，"我们游浅水区，你们游深水区！……"

柳成丝想与牛瑧昱在一起游，同时也对谢海福刚才的话有所顾忌，便说："先在一起游，熟悉一下水性，然后再分开游——这样安全一些！"

牛瑧昱心里很明白孟爽是出于少女的害羞而不愿与他们混泳的，同时也觉得柳成丝的"安全"之虑很重要，便折中地说："我看这样吧——我们既不分开游，也不混在一起游，而是先在浅水区，一个一个地游，等大家熟悉水性了、安全了，再分开游！"

周瑾既很想游泳，又像孟爽一样不愿与男生混泳，同时，也很想展示一下自己的游泳技艺，于是，牛瑧昱一说完，她便立马道："这样很好——我非常同意！"

史玉婷、柳成丝、孟爽随即表示完全赞同。陆地、柳赛都认为自己的游泳水平比较高，想在女孩子面前一展身手，便也表示赞同。

但谢海福因不会游泳，担心会当众出丑，但又想借混泳"接触"一些女生，便半真半假地说："我可不愿意一个一个地游，而是想跟女同胞们一起游！'男女搭配，游泳不累'嘛！"

"少数服从多数！"史玉婷语气决绝地说，"谁爱跟你'搭配'你就跟谁去'搭配'吧！"

牛瑧昱不想让谢海福难堪，便赶紧说道："那我们现在就开始吧——时间不早了，咱们得抓紧一点儿！"

"等一等！"柳成丝说，"咱们排个序——要有条不紊！"

"啊！这个主意很好！"牛瑧昱说，"咱们来个'石头剪子布'吧！"

牛瑧昱说罢，大家均表示同意。

"石头剪子布"的结果是周瑾第一，于是，第一个游泳。

周瑾身高一米七三，体重五十六公斤；入校后除军训期间外，她总穿着粉红色底淡蓝花的衬衫，梳着长辫子……村姑的"韵味"很浓。但穿上品牌游泳衣，她如浴火凤凰一样变得全新了，简直比该品牌游泳衣的模特更"模特"——以至于她本人对自己也产生了"迷恋"，平时张扬自大的史玉婷、内心孤傲的柳成丝、宠辱不惊的孟爽等无不暗自深深地为她所折服，谢海福等更是恨不得干脆把眼珠子安在她身上……因此，当她下水游泳时，在场的每一个人都把眼光投向她——表面上来看是在看她游泳，但实际上是在欣赏美得让人心醉的她本人！游向泳道另一端时，她像鱼一样在水里得心应手地游，时而蛙泳，时而蝶泳，时而仰泳，时而自由泳，"切换"得十分自然得体；游回起点时，她潜泳，像潜艇一样沉潜在池底……当她露出水面时，在场的每一位都像欣赏了一场精美绝伦的游泳表演一样，不约而同地热烈鼓掌。

按"石头剪子布"的结果，牛瑧昱第二，所以，掌声一结束，他就下水游泳。虽然他在不到五岁时就学会了游泳，虽然他曾游过好多次泳——在牛家大湾时，坑、塘、河、湖、江他都游过了，锦都市里的好多游泳馆，如锦都师范大学游泳馆、锦都财经大学游泳馆、锦都市游泳馆，他都游过了，但他从来都没像今天这样兴奋、有表现欲——他在观看周瑾游泳时，既对她欣赏不已，又下意识地想在"游技"上超过她；于是，他在开始游泳时，先有意识地"比照"周瑾的游泳姿势游，并且力图每一个姿势都比周瑾做得更漂亮一点儿，而且确实也做得更漂亮一些了！然后，即兴做了几个鱼跃的样式；回游时，他也像周瑾一样潜泳，但在速度上比周瑾要快很多——好像刚沉下去就游回了起点！因此，当他露出水面上时，大家也不约而同地热烈鼓掌！

牛瑧昱之后，孟爽、柳成丝、史玉婷、陆地、柳赛依次游泳，每一位都尽了最大的努力，都力图超过周瑾和牛瑧昱，但每一位都逊色不少，不过，每一位对周瑾和牛瑧昱都心悦诚服，都毫无嫉妒和恨意。

谢海福"殿后"。本来，他根本不会游泳，但不愿意当众承认——觉得那太"丢人现眼",于是,借口浅水区的水太浅和时间不早了,不游了;同时强烈建议大家"自由"地游。

刚才,除谢海福外,大家都游了;大家虽然游泳水平有高低之分,但都是很会游泳的,于是,都没有反对谢海福的建议。

陆地、柳赛先后扑入深水区,接着,牛瑧昱、周瑾、孟爽、柳成丝、史玉婷等也先后扑入深水区。虽然是"自由"地游泳,虽然不是比赛,但大家还是暗自较劲,结果牛瑧昱和周瑾很快就赶上并超过了比他们先下水的陆地和柳赛。陆地和柳赛一是都自愧不如牛瑧昱和周瑾,二是都有点儿阴暗的心理,于是,不约而同地以保护女同胞为借口而"自甘人后",并最后游回起点。

牛瑧昱和周瑾上岸后,一边喘着粗气一边嬉笑着夸奖对方游泳技艺的高超;孟爽等游到终点后回游时,他俩又为她们"呐喊助威";孟爽等游回起点时,他俩同时向她们伸出"援手"——孟爽一改平时的文静典雅,一见到牛瑧昱伸过来的手,就一边冲牛瑧昱叫道"拉我一把"一边像攫取失而复得的宝贝一样抓住牛瑧昱的手,并有意识地用力抓紧,牛瑧昱则下意识地"回应"着孟爽的"用力";周瑾则抓住柳成丝的手用力地把她往上一拉,柳成丝由此借力上岸。牛瑧昱和周瑾都还没来得及腾出手来,史玉婷就语带幽怨地嚷道:

"你们谁也拉我一把呀!"

听到史玉婷的叫声,牛瑧昱赶紧松开孟爽的手,快步走向史玉婷。

"不用谁拉你!"柳赛大声笑道,"我来推你一把就行了!"

"我也来推你一把!"陆地也大声笑道。

听到柳赛和陆地的声音,史玉婷回头一看,见他俩正游向她,便像躲避水蛇一样往前一冲,一把抓住牛瑧昱的手;像孟爽一样,史玉婷也有意识地用力抓住牛瑧昱的手,不过,牛瑧昱并没有像刚才"回应"孟爽那样"回应"史玉婷,而是很快松开她的手去拉陆地。

谢海福为了掩饰自己的不会游泳,在大家都下水后,以上厕所为由离开了游泳池;他在远处见大家都上岸了,便赶紧走过来。当他刚走近游泳池时,柳赛刚好游到游泳池边,并向近在咫尺的正在叽叽喳喳的史玉婷、柳成丝、孟爽、孟爽喊道:"你们怎么谁都不拉我一把呀?别只顾自己说话呀!"

谢海福一是为了掩饰自己的"逃兵"行为,二是为了在女生们面前好好地

"表现"一下,便冲柳赛大声说道:"我来拉你!"

谢海福边说边向柳赛伸出手。

柳赛本来是想抓住女孩子的手的——任何一个女孩子的手他都很想抓,特别是看到牛瑧昱抓了孟爽的手之后又抓史玉婷的时候!可他抓住的偏偏是谢海福的手,于是,他本能地反感;同时,他也莫名其妙地对谢海福没下水不满,于是,用力把谢海福往水里一拉——结果,谢海福被拉下了水,柳赛顺着台阶上了岸。

由于是深水区,而谢海福又根本不会游泳,因此,他被柳赛拉下水后,就沉到池底了;在池底喝了几口水后好不容易挣扎着露出头,但随即又沉到池底——如此反复了几次。柳赛不知道谢海福不会游泳,因此,他把谢海福拉下水后头也没回就走向正在说说笑笑的牛瑧昱和陆地。周瑾等仍然在一起叽叽喳喳的,因此,也没有顾得上回头看谢海福一眼。

牛瑧昱发觉柳赛向他和陆地走来时,便回头看,见谢海福正挣扎着露出头,并本能地意识到谢海福溺水了,大叫一声:"谢海福——你怎么啦?"

牛瑧昱一边大声叫一边冲向谢海福,陆地、柳成丝虽都没意识到谢海福溺水了,但也本能地跟着牛瑧昱冲向谢海福。

在冲向谢海福时,牛瑧昱忽然想起其三伯曾多次说过的有关救溺水者要注意的问题:溺水者在溺水时,出于逃生的本能,往往会遇着什么就死死地抓住不放;施救者一旦被溺水者抓住就危险了。因此,施救者千万不要被溺水者抓住;如果被溺水者抓住,一定要想方设法挣脱溺水者,必要时拳击或抓或咬溺水者,迫使其松手。为了不被溺水者抓住,施救者要从其背后接近他,从其背后把他牢牢抓住,抓住他的下巴,使他仰面,也可从水下把溺水者往上顶。溺水者一旦被救上岸,要立马实施人工救治——或者抱起溺水者的双腿,将其腹部放在施救者肩上,快步奔跑使积水倒出或者将溺水者的腹部放在施救者的腿上,使其头部下垂,并用手平压背部进行倒水……

想到这儿时,牛瑧昱刚好冲到游泳池边,而谢海福正好再次沉到水底,于是,牛瑧昱瞅准谢海福的位置后一个猛子扎进水下,抓住谢海福的双腿使劲地把他往上顶,谢海福便顺势挣扎着露出水面,两只胳膊像发情的鸭子扇动翅膀一样拍打着水,嘴里一边喷出一大口水一边发出被呛着的声音。把谢海福顶出水面后,牛瑧昱露出水面准备喘口气,但由于在水底憋了好一会儿,头昏脑涨的,因此,他露出水面时没有想到要远离谢海福,而且很凑巧的是刚好在谢海福手能抓得住的地方,于是被谢海福不停地拍打着水面的一只手抓住了,牛瑧昱使尽了浑身解数也挣不脱谢海福,并且被他拽住一起往水底沉。牛瑧昱意识到了危险,同时,脑海里闪现了其三伯关于救溺水者的话,于是,双拳同时猛击谢海福,同时用脚踢他用身子撞他……最后,牛瑧昱挣脱了谢海福,也在无意之中把谢海福弄到了游泳池边……

　　发觉谢海福溺水后,孟爽和周瑾两人则"面面相觑"、六神无主。史玉婷先是大恐,稍后是向身边的柳成丝等提议赶紧去找游泳馆的施救人员或拨打急救电话。柳成丝断然否定了史玉婷的建议,认为那会造成负面影响,同时,呼喊着陆地、柳赛去帮牛瑧昱。陆地和柳赛见牛瑧昱和谢海福在水里纠缠成一团,不知如何是好;听到柳成丝的呼喊后,柳赛本能地把手朝牛瑧昱和谢海福伸过去,并在恍惚之间掉进了水里;见柳赛掉进水里,陆地无意间拉了一下柳赛,但不仅没拉住柳赛,反而被柳赛拉进了水里;随后,两人又失魂落魄地从水里爬上岸。陆地正要埋怨柳赛把他拖下水之际,谢海福被牛瑧昱弄到了水池边,陆地便下意识地一手抓住谢海福的头发,一手抓住谢海福的耳朵;柳赛也不假思索地伸出手并猛地抓住谢海福的下巴。史玉婷和柳成丝停止争吵跑向陆地和柳赛,帮助他们拽谢海福。孟爽和周瑾回过神来后也跑向谢海福,因为陆地等挡在她们的前面,她们无从下手,便象征性地拉了拉史玉婷和柳成丝的游泳衣。与此同时,缓过神来的牛瑧昱也从水里把谢海福向上顶……最后,在众人的齐心协力之下,谢海福被弄上了岸,随即,像一条死鱼一样躺在岸上。牛瑧昱立马将谢海福的双腿搭在自己的肩上,猛地蹦跳,一边蹦跳一边往前走;陆地和柳赛不约而同地提着谢海福的一只胳膊随着牛瑧昱往前走……几经颠簸之后,谢海福哇的一声吐了一大口黄水,接着又哇哇地吐了几口黄水——黄水铺满了一地,也溅了牛瑧昱、陆地和柳赛一身。

　　吐完水后,谢海福"啊啊啊"地叫了几声,接着,睁开了双眼。

　　"啊!"见谢海福发出了声、睁开了眼,柳成丝、史玉婷及陆地、柳赛等几乎不约而同地惊叫道,"谢海福醒来了!"

　　将谢海福平放在地上后,见谢海福脸色渐趋正常,眼珠转动如常,牛瑧昱觉得谢海福没问题了，便喘了一口长气道："没事了！"

"没事了就好！"孟爽轻叹一口气道。

"是啊！没事就好！"周瑾也轻叹一口气道，接着又说，"没事了——我们干脆回学校去吧！"

"回学校去？"柳成丝惊讶地看着周瑾，"那可不成——如果我们回学校去，侯园长会怎样想？如果她知道我们是因为刚才这事回学校去的又会怎么想？"

"是的！我们今天不能回学校去！"陆地附和柳成丝道，"我们还是按原计划行事！"

"对！我们还是应该按原计划行事！"柳赛轻拍了一下谢海福，嬉笑着说，"反正老大现在已经没事了！"

"我是没事了！"谢海福一边挣扎着坐起来一边故作轻松地说，"大家不要因为我而终止原计划。唉！我让大家扫兴了——真对不起！"

"没什么呀——老大！"牛瑧昱一边搀扶了谢海福一下一边语带安慰地说，"我们不会因这点儿小事而改变计划的！"

"别讨论这个事了——老谢没事了，我们就收拾一下准备吃饭吧！"史玉婷有点儿不悦地说，"时间不早了，我也够饿的了！"

"我也很饿了——我们赶紧准备吃饭吧！"柳赛戏谑道，"老大吃饭时注意一点儿，不要噎住了，不要再惹麻烦了！"

柳赛说着拉了谢海福一把。

"老大吃饭是不会有危险的！"陆地笑呵呵地说，"吃饭还有一会儿，我们出去走走，走一会儿，老大就完全恢复——吃饭也就完全没问题了！"

"我现在就完全恢复了——吃饭肯定没问题了！"谢海福强颜欢笑地说，随即率先迈开步子往游泳馆出口处走，柳赛、陆地在其左右紧紧相随，牛瑧昱、柳成丝等边笑边跟着往前走。

第十章　第一次亲密接触

虽然有过游泳期间谢海福溺水的"恐怖事件",但晚餐并没有受到什么影响——晚餐从晚上六点开始,到晚上十点一刻结束,前后持续了四个多小时;整个晚餐过程中洋溢着欢歌笑语、戏谑打闹;每个人都开怀痛饮敞开肚子大吃,最后,每一位都酒喝得达到了极限,饭也吃得达到了极限,以至于撑不住了,不得不斜躺或斜倚包间的沙发上,谢海福更是从席位上跟跟跄跄地跑到包间的卫生间吐了一番。

牛瑧昱在沙发上斜倚了一会儿,觉得不能总在沙发斜倚着,同时,也见时间不早了,便提议大家回房间去,孟爽和周瑾立马响应,并提出要牛瑧昱陪她们回去,其他人回答他的则要么是微酣,要么是呼噜。

牛瑧昱起身送孟爽和周瑾送回房间,但还没走出包间,史玉婷喃喃呓语着要水喝,于是,他便倒了一杯水,递给就近的周瑾喂给史玉婷喝——此时,孟爽已经走出了包间,同时,也觉得包间里也需要一个人看着一下,牛瑧昱便让正在喂史玉婷喝水的周瑾留下一会儿,等他把孟爽送回后再送她。

"孟爽!等一等!"牛瑧昱刚走出包间就冲孟爽道,"我来送你!"

牛瑧昱叫唤孟爽时,孟爽正走到一段正在维修的路上。由于路两旁的树过于枝繁叶茂以至于影响了路灯的照明度,而风又吹得树枝摇曳、树影婆娑,让人容易产生恍惚感,加上孟爽本来就喝了点儿酒有点儿恍惚感,于是,听到牛瑧昱的叫唤,孟爽一阵恍惚,一脚踏进了一个小坑洼,伴随着"哎呀"的一声摔倒了。

"孟爽,你怎么啦?"听到孟爽的"哎呀"声,牛瑧昱循声问道,接着跑向孟爽。见孟爽一手撑在地上坐着,牛瑧昱俯下身子去拉孟爽,孟爽却将两手箍在牛瑧昱的脖子上,牛瑧昱本能地把孟爽抱了起来。

孟爽身上虽然有一股较浓的酒气，但更有一股酒气没掩盖住的少女的体香；牛瑧昱本来就有一点儿晕晕乎乎的醉意，闻了那股香味后就晕晕乎乎了！他虽然与孟爽同学三年，两人单独相处的时候也有好几回，但像这样近距离的则从来没有过，他措手不及，同时又让他不能回避，于是，他用力地抱紧了孟爽。

尽管从孟爽身上获得了一种前所未有的美感和舒畅，并十分期盼那美感和舒畅经久地停留，但是，牛瑧昱在离开孟爽的房间返回包间时还是对自己刚才的"冒失行为"有一种内疚和悔意。

"嗨！你终于回来了！"牛瑧昱一踏进包间，正准备去找他的周瑾如释重负地说。

周瑾虽然是"脱口而出"的一句心里话，牛瑧昱却觉得自己刚才与孟爽的"亲密接触"像被周瑾看到了似的，目光游移不定地看着她说："回来了！"

紧接着他又转移话题道："啊！他们都睡着了！"

"都睡着了——我还以为你遇到了什么麻烦，正准备去找你呢！"

"不是我遇到麻烦了，是孟爽遇到麻烦了——她的脚受伤了……"

听说孟爽的脚受伤了，周瑾一惊，迫不及待地问："怎么受伤的？"

"被一个土坷垃绊了一跤——那段路正在维修。"

"伤得厉害吗？"

"不厉害，能瘸着腿走路，只是比较慢。要不然，我早就回来了。"

"啊！不厉害就好——不过，我还是得去看看……"

"那好——你去和她说说话，也能分散她对疼痛的注意力。"

"那我现在就去——看完孟爽就回来。"

"我送你去——你也喝了一点儿酒……外面刮风了，光线也不怎么好，加上那段正在维修的路坎坷不平……"

"不用了——他们都睡着了，需要人照看……"

"我还是得送你一下，不然，你也成为伤病员——那就更麻烦了！咱们快去快回。"

牛瑧昱说着无意识地轻触了一下周瑾的衣袖，并向门口走去。

虽然牛瑧昱只是轻触了一下周瑾的衣袖，但周瑾在心里却感到好像有一股电流贯穿了全身；同时，她又觉得牛瑧昱好像在她身上系了一根线似的，身不由己地紧走几步跟上牛瑧昱。

"小心一点儿，孟爽就是在这段路上摔跤的！"走到正在维修的路上后，牛瑧昱一边放慢脚步一边对周瑾说，"我在前面走，你跟着我走。"

"用得着这么小心吗？"周瑾笑道，但话音刚落，一阵疾风刮来，飞扬的尘土飘进了她的眼睛里，她下意识地"哎哟"了一声，并在用手揉眼睛之际，脚踏进了一个坑洼地，整个身子一个趔趄。

"怎么啦？"听到周瑾的"哎哟"声，牛瑧昱惊讶地问道，同时回头一看，正好看到周瑾的一个趔趄，于是，紧走两步搀住了她，并笑着说：

"刚提醒你要小心一点儿——你还像不相信似的！"

"我是很小心的呀！"周瑾也笑着说，"真是'天有不测风云'——我能'小心'这路，可没法'小心'这风呀！"周瑾边说边停下脚步揉眼睛。

"不要紧吧！"牛瑧昱关切地问。

"不要紧——只是眼睛睁不开。"

"那赶紧回房间去冲洗——别揉了，揉会把本来可能不会进入眼里的东西揉进眼里的！"牛瑧昱说着，搀着周瑾腋下的手用了用劲，周瑾顺势扭动了一下，乳房触了牛瑧昱的手，随即一阵晕晕乎乎，一股莫名的舒爽像潮水一样席卷全身，整个身子则不自觉地伴着牛瑧昱往前走。

进房间后，牛瑧昱一边把周瑾扶到沙发上坐下一边说："你先坐着，我去弄个湿毛巾给你先擦一擦！"

周瑾坐下后，牛瑧昱迅速用电热水壶里的温开水将毛巾蘸湿，在觉得毛巾的温度合适后将毛巾递给周瑾，边递边说："来——你自己擦一下吧！"

周瑾用温水毛巾擦了眼睛之后，不见好转，便有点儿纳闷地说："怎么还是很不舒服呀！"

"是吗？要不我烧一壶开水把毛巾烫一下后再擦。"牛瑧昱说，并从周瑾的手中取过毛巾。

"你再擦一下吧！"牛瑧昱一边将用开水烫过的毛巾递给周瑾一边说，"用开水烫过了毛巾更卫生一些，效果也应该更好一些的。"

"还是不行！"周瑾再次用毛巾擦后，仍不见有好转，便有点儿着急地说，

"干脆你帮我看看——可能有什么东西在眼睛里!"

"真的吗?"牛瑧昱很担心地问道,同时,用手撑开周瑾的眼睑,见有一块片状的东西粘在周瑾的眼白上,暗自一惊,随即道:"别动——"

牛瑧昱说着对着那块片状物吹了一口气,但那块片状物纹丝不动,牛瑧昱便只得用手去抾它——牛瑧昱屏住气全神贯注、小心翼翼地抾,最后终于将那块片状物抾了出来——原来,那片状物是一块黑色的塑料!

"好了——没事了!"牛瑧昱抾出那片塑料,如释重负说,屏住的气忍不住冲到了周瑾的脸上、鼻子上、嘴上;周瑾虽然眼里仍然是很不舒服的,但浑然不觉,而只感到了一股暖气扑面而来;虽然牛瑧昱吐出的那气里面混合着酒味和男性特有的气味,但周瑾却感到了那股气味好闻无比,并陶醉般地闭上眼尽情地吮吸着那股气味,鼻子则无意识地、慢慢地往前、往上"追寻"那股气味,最后触到牛瑧昱的下巴,紧接着,脸贴住了他的胸脯,两手不由自主地揽住了牛瑧昱的腰……

尽管牛瑧昱一会儿前还在为自己对孟爽的"冒失行为"颇感"内疚"和"后悔",但当周瑾重复类似于孟爽的行为时,他也重复了自己类似于对孟爽的行为,同时,脑海里不时闪现杨雪莲的身影,而杨雪莲的身影每闪现一次,他的行为的力度就要猛地加大……

安顿好周瑾后,牛瑧昱不禁在心里叹息道:"真是'冲动是魔鬼'呀!"

随后,牛瑧昱急急忙忙跑回包间。一走进包间,陆地就如绝处逢生一般惊喜地说:"老幺,你来得正好!"

"怎么啦?"陆地皱着鼻子一副非常厌恶的样子说,"你过来看一看、闻一闻就知道了!"

牛瑧昱走进一看,见陆地正在清理史玉婷面前的一摊吐物,柳赛面前也有一大摊吐物,略带惊讶地说:"啊!吐了——都吐了!"

说着,牛瑧昱便急忙走向洗手间,打算找一个拖把与陆地一起清理脏污,可洗手间里没有拖把,只得退了出来。他正要问陆地在哪里弄到的拖把时,陆地放下拖把走到离脏污较远的地方,长喘了一口气后说:"洗手间里没有拖把——我是在外面的公共卫生间里找到的!你用我那把拖把,我去再找一把来。"

陆地说完就走了——陆地口头上说是去找拖把，但实际上是找借口逃避清理脏污。

陆地走后，牛瑧昱迅速将史玉婷和柳赛面前的脏污全部清理干净，并把拖把也清洗干净了。他在刚放置好拖把并准备洗手时，柳成丝呻吟了一声。牛瑧昱一惊，赶忙走出洗手间问道："成丝，你怎么啦？还好吧？"

"水——我要喝水。"柳成丝声音轻微地说，"我口渴……"

"啊！你要喝水？"牛瑧昱说，"稍等——我洗一下手之后就给你弄水喝！"

牛瑧昱一洗完手就去给史玉婷弄开水，可包间里没有开水瓶——瓶装的矿泉水也没有了。牛瑧昱本打算找服务员，但转念又想起他们在九点钟的时候就告知过服务员，让她们去休息——实际上是让服务员别去打扰他们；加上当时已是晚上十一点半了，也确实不宜再劳烦服务员了。他正在为难之际，忽然看到角柜脚边有一个电热水壶，不由得一阵惊喜。

由于开水是刚烧的，水温过高，牛瑧昱便倒好一杯开水，用一只没人用过的勺子搅动水；当水温适宜可以喝了时，牛瑧昱又开了一瓶苹果醋，勾兑到温开水里。

柳成丝本是因为醉酒了身体不舒服而在睡梦中本能地发出一声呻吟的，但听到牛瑧昱关切的问声后，她醒了，并随口说了要水喝的事。可她没想到，她的随口一句话，牛瑧昱却那么当真，"执行"得那么"不折不扣"，她在心里感到高兴极了，甚至感到了一种从来没有过的幸福。随后，她又信马由缰地"胡思乱想"起来："牛瑧昱既才华出众又知书达理还能对人这么体贴入微，实在不容易！"

"要是将来找的那位能像牛瑧昱对我这样好就好了！"

"不！我就找牛瑧昱，就让牛瑧昱成为我将来的那一半……"

柳成丝"胡思乱想"未了，牛瑧昱端着一杯飘溢着苹果醋香的开水走到她的身边，轻柔地说："成丝，给你弄茶来了！"

"谢谢！"柳成丝从胡思乱想中"醒"来，试图用手支撑着身子坐起来。

"等等！"见柳成丝似乎很吃力，牛瑧昱急忙回身将手中的温开水放到餐桌上，然后，一手托着柳成丝腋下，一手托着她的后背，帮助她坐起来。

虽然牛瑧昱纯粹是一种"物理性""机械性"的行为，但是，柳成丝却感到一种从来没有过的舒畅：当牛瑧昱的手接触到她的身子时，尽管隔着一层ONLY牌连衣裙，但她却感到自己的肌肤好像直接接触了牛瑧昱的手一样，并觉得那手有一种莫名其妙的温柔与温暖；刹那间，那种温柔与温暖又化作一股不可言状的舒畅感，像闪电一样迅疾地流灌全身；她不由自主地闭上眼，在内心深处用感觉仔细地品味着那舒畅感，并渴望那舒畅感能多驻留一会儿。

"成丝，来——喝点儿水。"把柳成丝扶得坐稳后，牛瑧昱一边把水端给柳成丝一边说，"水里掺了一点儿苹果醋——苹果醋具有特别好的醒酒效果！"

"是吗？"柳成丝故作疑问地问——其实，她知道苹果醋有醒酒的功能，也知道这天的苹果醋是后慧君嘱咐工作人员"特供"的，质量是特优的，醒酒效果应该是特好的。

"我还能骗你吗？"牛瑧昱笑道，"我今天喝的酒并不比谁喝得少，可我没有醉倒，为什么？就因为我喝了不少这醋！"

"那你为什么不叫我也喝？"柳成丝佯装责怪地说。

"叫你喝了呀，可你没听！……"牛瑧昱辩解道——其实，进餐时，牛瑧昱确实是叫大家喝点儿苹果醋的，并特地强调了苹果醋的醒酒功能。但谢海福、陆地、柳赛等都戏谑着说"只有女人才爱吃醋"，他们不吃；柳成丝、史玉婷、孟爽、周瑾等一是怕酸，二是怕"坐实"男生们"只有女人才爱吃醋"的戏谑之言，便都没喝。

"你是叫大家喝的——不是叫我喝的。"柳成丝娇声娇气地说，"再说，我从来都没喝过这种醋，不知道你说的话是真是假。"

其实，柳成丝喝过好多次苹果醋了——她是在说谎。

"哈哈！不听好人言，吃亏在眼前！"牛瑧昱笑道，"不过，亡羊补牢，犹未为晚——现在喝还来得及！来！把这杯掺有苹果醋的水喝了，你就会彻底醒酒的！"牛瑧昱说着把茶杯递给柳成丝。

牛瑧昱本以为柳成丝会自己端着茶杯喝的，可柳成丝却冲牛瑧昱做了一个媚眼，娇滴滴说："你喂我喝吧，我浑身无力，胳膊更是一点儿劲都没有……"

牛瑧昱虽然与柳成丝早就见过几次面，但与她真正的接触是从进锦都大学才开始的——两人之间谈不上深交，更从来没有过"亲密接触"；虽然刚才扶她坐起来时与她有过肢体接触，但就牛瑧昱本人而言，那纯粹是出于对柳成丝的帮助；因此，当柳成丝提出要牛瑧昱喂水给她喝时，牛瑧昱颇感犹豫。但看到柳成丝样子楚楚动人——眼睛时睁时闭，顾盼生姿；脸色绯红，但又红里透白；胳膊浑圆白净，像刚被挖出的嫩藕一样；身子软绵绵的似乎力不胜支，颇有几分西子捧心之美……不由得暗生几分怜香惜玉之情，便去取勺子准备喂水给柳成丝喝。

"这水烫吗？"当牛瑧昱舀起一勺水时，柳成丝又给他抛了一个媚眼道。

"不烫了。"

"你又没尝过——怎么知道的？"

"嗨！还用尝吗？这水反复搅动了，又掺进了这么多醋……"

"你尝一下嘛——不烫我就喝……"

"唉……"牛瑧昱无奈叹息道，并喝了一勺。但刚喝完那勺，陆地就拿着一个拖把破门而入。

"啊！你已经弄完了！"陆地冲牛瑧昱半似惊叹半似赞叹地说，"你真牛——这么快就弄完了！"

"快吗？"牛瑧昱实话实说，"不是我快——只是你太慢了吧！"

牛瑧昱边说边把水递给柳成丝，柳成丝一边从牛瑧昱手中接过温开水一边面带愠怒地白了陆地一眼。

"啊！你醒来了！"陆地看到柳成丝面带愠怒，虽然颇有一点儿莫名其妙，但还是满脸堆笑地冲她道，"还要不要来点儿饮料？"陆地说着就向装着多种饮料的搁柜走去。

"不用了！"柳成丝语带生气地说，"我如果要的话自己会弄！"

牛瑧昱对柳成丝的"心思"心知肚明，便转移话题道："时间不早了——咱们把史玉婷、柳赛叫醒了回房间去吧！"

说话间，牛瑧昱忽然意识到谢海福不在，便颇为惊讶地冲陆地说：

"咦！怎么不见谢海福？他人呢？"

"啊！你说老大呀！"陆地语带轻蔑地说，"你那会儿送孟爽、周瑾她们回房间时，他像条件反射似的从沙发上爬了起来，又像逃命似的跑了——估计是回房间上吐下泻去了！"

"那好！我们现在也省事一点儿！"牛瑧昱一边将一张餐巾纸递给柳成丝

并接过她手中的茶杯一边冲陆地说，"你干脆把柳赛搀起来吧……"

"我不用他搀！"柳赛一边揉着眼睛一边说，"我自己能起来。"

柳赛虽然这么说，但并没有起来。

"那你去叫醒史玉婷……"牛瑧昱又冲陆地道，但牛瑧昱还没把话说完，陆地就走到了史玉婷的跟前，一边伸手去搀史玉婷一边叫她的名字。但手还没触到史玉婷，史玉婷便咆哮一般地吼道："干什么？"

史玉婷的那一声吼叫像炸雷一样把大家吓了一大跳，正在喝水的柳成丝更是吓得呛了一下。

史玉婷实际上早就醒了——她本来是可以去上香港大学的，但她最终还是选择了锦都大学。之所以如此，除了她有充分的条件上锦都大学外，还有一个重要原因就是她爱上了牛瑧昱。开学那天，她实际上向牛瑧昱暗示了自己对他的爱恋，虽然牛瑧昱并未"积极回应"，但她决定"锲而不舍"、"不依不饶"，同时，"排斥"任何人对牛瑧昱接近；因此，当她在睡梦中隐隐约约听到牛瑧昱回应柳成丝后，出于"排斥"他人的本能，她一下子就醒了，并暗中恨恨地道："小妖精！"

当牛瑧昱细心周到地给柳成丝弄茶时，她又暗自咬牙切齿："柳成丝，牛瑧昱是我的——你休想横刀夺爱！你想我种树你摘果，没那么便宜！柳成丝，我一定要比你先把牛瑧昱弄到手！牛瑧昱，你这没良心的东西——这些年来，你知道我对你一往情深，可你现在竟当着我的面移情别恋！牛瑧昱，我一定要把你弄到手！"

当牛瑧昱"俯首帖耳"地"执行"柳成丝的"喂水命令"时，史玉婷更是妒火中烧以至于"妒"不自禁，正想有所"表示"时，陆地回来了——陆地的回来，既破坏了柳成丝对牛瑧昱的美好"企图"，又让史玉婷没能如愿地发泄自己的醋意，因此，两人都对陆地不期而回感到很愤恨，但柳成丝已经借眼神和言语表达了愤恨，而史玉婷还将愤怒闷在心里，正寻找借口发泄之际，陆地"送上门来"了……

陆地虽然被史玉婷的吼叫吓了一大跳，并且因自己的好心被当作驴肝肺而感到很委屈很伤心，但还是低声下气地说："啊！对不起——吓着你了吧！"

牛瑧昱见史玉婷冲陆地发火，而陆地又是听他之言去叫史玉婷的，便赶紧走近史玉婷道:"啊!你醒了!对不起——我不知道你已经醒了,不然,我就不会多嘴让陆地来烦你了!"

"醒了——早就醒了!"史玉婷余怒未消地说,"对不起?你没什么对不起我的呀!"

牛瑧昱虽然听出了史玉婷话中的醋意,但佯装不知,而顺着史玉婷的话说:"我没什么对不起你的那就好!那——就回房间去休息吧!"

牛瑧昱刚对史玉婷说完,又立马转身对柳赛道:"老三,起来回房间去休息吧!"

"老三,我还是来搀你一下吧!"陆地很见机地说,边说边走到柳赛的跟前,并象征性地扶了柳赛一把,柳赛顺势站了起来。史玉婷也试图站起来,但由于"一动不动地静听"时间太久,腿麻木了,不大听使唤,她并未能顺利地站起来,便冲身旁的牛瑧昱道:"哎!牛瑧昱,你拉我一下呀!"

听到史玉婷的叫唤,牛瑧昱赶紧转过身来,一边向她伸出手一边说:

"哟!对不起——我太木了!对不起!……"

"你就会说'对不起'!"史玉婷用暗劲捏着牛瑧昱的手嗔怪道,"要不'对不起'就主动一点儿——明天活动的时候别再像这样!"

"啊!明天还有活动!"牛瑧昱一副恍然大悟的样子说,"那我们得赶紧回房间——时间不早了!"牛瑧昱说着便挣脱史玉婷的手去收拾一片狼藉的包间。

"别收拾了!"柳成丝说,"服务员走的时候不是说过不用我们收拾吗?"

柳成丝虽然叫牛瑧昱别收拾了,但她自己却随着牛瑧昱收拾起包间来;接着,史玉婷、陆地、柳赛也跟着收拾包间。一会儿,包间收拾好了,大家的精神状况也好了起来,一起说说笑笑地回房间;入睡后,各自好梦连连直至天亮;第二天,大家又继续着"玩程"——玩得高高兴兴、玩得昏天黑地、玩得人仰马翻人困马乏……

第十一章　教授与阴谋

"十一"长假后的第一个周五下午，金融一班进行了班委会和团支部的选举，牛瑧昱被选为班长，柳成丝被选为团支部书记，史玉婷被选为生活委员。

汪强以辅导员的身份见证了选举的全过程。

本来，汪强是拟让柳成丝做班长、史玉婷做团支部书记、牛瑧昱做生活委员的，并且事先分别找他们谈过话了，但在选举时，连柳成丝本人也投了牛瑧昱做班长的票，于是，牛瑧昱被选为了班长。

汪强本是文学院教授，曾主讲古代文学；尽管没有发表过一篇学术论文，但出版了几本关于宋词的书；尽管对英语连门都没入，但署名出版过一本关于管理学方面的译著；书法专学启功先生，并且学得有几分形似，因此，在锦都大学以才子和启功先生的弟子自居，也被许多人信以为真地视作才子，并且特受一些爱附庸风雅的外行领导和刚入学的大一学生的喜欢。同时，他十分贪财好色，最后，在勒索并性侵所邂逅的一名来自南方小城的女高中生时被她咬掉了半截舌头，他也因此身败名裂、家破人亡——老婆因他羞得精神失常，竟脱光了衣服在大街上奔跑；儿子羞得远走日本留学，遇到大地震、大海啸，并因受大地震、大海啸所引起的核泄漏的影响而患上严重的白血病，二年后不治而死；他自己也则被撤销了教师资格。在耀华管理学院成立时，一位爱附庸风雅的校领导被他蒙骗，以为他很有才，并出于爱才之心而把他安排到该学院做教辅工作，后转作辅导员。

在查看学生的档案后，汪强决定重点培养柳成丝和史玉婷——让她们一个做班长一个做团支部书记；同时，因为自开学报到之日起，他便支使牛瑧昱跑进跑出、干这干那，而牛瑧昱不仅干得圆圆满满、滴水不漏，而且毫无怨言，于是，他便决定让牛瑧昱做生活委员。虽然班委会和团支部的选举结果并没有完全如汪强所愿,但汪强总的来说还是满意的——因为自己所"相中"的柳成丝、史玉婷、牛瑧昱等三人毕竟都当选了嘛!

班委会和团支部选举完毕后,汪强以辅导员的身份对全班同学"谆谆告诫"了一番:全班同学要在班委会和团支部的领导下好好学习天天向上,班委会和团支部的每一位成员都要以身作则,起好火车头的作用……"告诫"完毕之后,汪强让牛瑧昱主持班会,自己则回办公室;途中,他分别给柳成丝和史玉婷发了一条短信:"班会结束之后到我办公室来一下。"

柳成丝因为那天要与其舅舅共进晚餐,并拟要她舅舅支持她"创业",便给汪强回短信道:"家中有事,明天见您。"

收到柳成丝的回复后,汪强本能地产生了一种踏空感,随即在心里猜疑道:"咦!她会不会是在躲着我?……"

汪强正在猜疑之际,其手机短信提示铃声响了,他赶紧打开一看,见是史玉婷发来的"遵命"二字。

史玉婷因为没能如愿当选团支部书记,心里甚是不快,在选举结果宣布的当儿就恨不得找人倾诉一番,因此,一收到汪强的短信,她立马做了回复。

收到史玉婷的回复后,汪强的心情稍稍好了一些。

"汪老师在吗?"下午五点一刻,史玉婷到达汪强的办公室门口,一边敲门一边问。

"请进!"一听到史玉婷的问话,汪强便脱口而道,并随即向门口走去。

"啊!玉婷——你终于来了!"开门后,汪强故作惊讶地说,"我还以为你不来了呢!"

"老师有召,学生敢不从命?"史玉婷笑道。

"那——你怎么这个时候才来?"汪强也笑道。

"因为工作嘛——您离开教室之后,我们班委会和团支部成员先一一向同学们介绍了自己的工作设想,然后班委会和团支部又开了一个联席会,商讨了近期工作计划和具体的实施方案……"

"啊!原来是这么回事——我还以为你因对选举结果不满意而对我有意见呢!"

"我哪敢对您有意见啊!我知道,您是很关心我爱护我的!"

"你知道就好！唉！只怪我工作做得还不够细……"

"不应该怨您——您已经尽力了……"史玉婷刚说完，眼泪便涌出了眼眶。

"不错！我确实尽力了——直接的间接的工作，我都做了！"汪强一边将办公桌上的餐巾纸递给史玉婷一边说，"但你也知道，我也只能做我能做的工作……好在来日方长，你也很优秀，机会有的是——你只要好好工作，下次改选时还是有可能当上班长或团支部书记的！"

"您不必太在意这事！"史玉婷一边用餐巾纸擦拭眼泪一边说，"其实，当不当班干部，我都不在意；当生活委员或班长、团支书，我也都不在意！"

"不在意就好！不在意我就放心了！"汪强笑着说，"早知你不在意，我就不会找你个别谈话了——嗨！看来是我是有点儿杞人忧天了！"

"我可没说您是杞人忧天！"史玉婷破涕为笑地说，"我是怎么也不会把您对我的关心和爱护看作杞人忧天的！"

"那好！"汪强说，"感谢你的信任和理解！……"

"我也感谢您对我的关心和爱护！"史玉婷语气相当诚恳地说，"我一定好好工作，决不辜负您对我的关心与爱护！"

"那太好了！"汪强很兴奋地说，"你有这态度、这决心——不，我相信其他班干部和团干部也会有你这样的态度和决心的！这样，我就不必担心班级工作做不好了！啊！现在时间已经来不及了，不然，我请你们吃个饭！"

"不！不……如果要请吃饭，也应该是我们学生请您吃饭！"史玉婷说，"啊！干脆我现在就请您吃饭吧——我还没吃饭，您也肯定没吃饭！"

"我确实没有吃饭，也确实有点儿饿了！"汪强说，"这样吧！我今天先请你吃饭，日后再请其他班干部和团干部吃饭。"汪强说着便起身了。

史玉婷以为就在学校餐厅吃饭，花不了多少钱，便既没推辞，也没争着请客，可下楼后，汪强却朝自己的车走去，史玉婷便有点儿纳闷地问："到餐厅吃饭还用坐车去吗？"

"咱们到西子庄园去吃——那儿离这儿有一段距离。"汪强边走边说，"你今天辛苦了一个下午，我这些日子来也够辛苦的了，咱们到那儿去吃饭，也在那里放松一下——那儿娱乐设施很好！"随后，汪强便给西子庄园的餐馆打电话订餐。

西子庄园位于西山西脚，前临西湖，与锦都大学隔山相望；庄园占地八百余亩，园内既有气势雄伟、耸入云天的大楼，又有"外表""古色古香"、内为全套现代化设备、自成一院的农家小舍，同时，还有种类繁多、设备一流的娱乐场所。

史玉婷在高考结束之后曾在西子庄园住过一周，对西子庄园的服务及其娱乐场所有过深度"体验"并欣赏有加，于是，当汪强提出要到西子庄园去吃饭、娱乐时，她竟忘情地说："太好了！那儿非常好玩！"

"你觉得好玩就好！"汪强盯着史玉婷说，"咱们今天就在那里玩个够！"

汪强的车在晚上七点一刻驶入西子庄园——此时，华灯已上，主楼楼顶上的"西子庄园"四个堪称"庞大"的字一闪一闪，"园旗"、彩旗在晚风中猎猎作响，半空中，悬挂着"西子庄园欢迎您"字样的气球飘来荡去，轻音乐时隐时现，松柏成荫的人行道上点缀着稀稀朗朗的行人……整个庄园弥漫着一种浓浓的喜庆、祥和、悠闲的味道。

汪强将车径直开往预订的桃园雅舍。

桃园雅舍位于西子庄园的西北角，由一座青砖瓦房和一个五十平米的院子组成；院子的西南角长着一棵堪称高大、实际上也是"舍标"的桃树。桃树上满挂着闪闪烁烁的彩灯，屋檐下挂着两个灯笼，一个灯笼上写着"桃"，一个灯笼上写着"园"。

汪强刚将车泊好，两个身着鲜红旗袍、身材高挑的女服务员迎上前去；汪强瞟了一眼，见是曾多次接待过他并与他有过"亲密接触"的姬小露和黎嘉珊，正要给她们打招呼时，黎嘉珊一边给他打开车门一边说："汪老师，您好！欢迎您的光临！"

"哟！是嘉珊呀！"汪强故作惊讶地说。

"啊！还有小露呀！"下车后，汪强又说，"辛苦了。"

"不辛苦！不辛苦！"黎嘉珊说，"您的光临是我们的荣幸！"

黎嘉珊说着便和姬小露把汪强和史玉婷迎进餐厅。

"我们按照您的吩咐已经把凉菜、酒水上齐了。"进餐厅后，黎嘉珊又说，"热菜在蒸笼里保温着——我们现在给您端上。"黎嘉珊说完便走向厨房去取蒸笼。

第十一章 教授与阴谋

"啊！谢谢！"黎嘉珊和姬小露将热菜全部端上后，汪强说，"辛苦你们了——你们现在可以去忙别的了！"

"那我们现在回办公室去！"姬小露说，"您如有什么需要，请随时召唤！"

姬小露说完便举步朝餐厅外走去，黎嘉珊紧随其后。

"慢走！"汪强说，"辛苦你们了！"

黎嘉珊和姬小露一走，汪强便冲史玉婷笑呵呵地说，"饿了吧！"

汪强边说边将拉开一把椅子，让史玉婷坐下；随后，他自己紧挨着史玉婷坐下，胳膊与史玉婷的胳膊"亲密接触"了一下。

"确实有点儿饿！"史玉婷坐下后说，"您也饿了吧！"

史玉婷边说边帮汪强从纸袋中取出筷子。

"我确实有点儿饿了！"汪强笑着说，"那咱们先吃点儿东西把肚子填饱！"

汪强说着便以相当夸张的"吃势"地吃了一块山药。

"汪老师，我敬您一杯！"饿意消除后，史玉婷与汪强碰杯道，"感谢您的关照！"

"谈不上什么关照，都是分内之事！"汪强斜着身子斜着眼睛撇着嘴说，"也做得很不够，请你原谅！"汪强说完便将一杯酩悦香槟一饮而尽。

"哪里！哪里！您做得非常好了！"史玉婷一副很真诚的样子说，"当然，我也非常渴望能得到您进一步的关照！"史玉婷边说边给汪强斟酒。

"那当然——只要有机会，我绝不会袖手旁观的！"汪强看了一眼史玉婷说，"不过，我也希望得到你们的帮助——我作为辅导员，要把工作应付过去，难度不大，但是，要把工作做得有点儿起色，难度就很大了！而就我个人的特殊情况而言，又必须把工作做得有点儿起色……"

"什么'特殊情况'？"听汪强说到自己"特殊情况"，史玉婷暗自一惊，脱口问道，但刚说完，又觉得自己的言语有打探隐私之嫌，因而有点儿后悔。

"唉！一言难尽！"汪强喝了一杯酒，唉声叹气地说，"也一言难'清'！"

"那就不说了！"史玉婷本来就有点儿后悔自己的唐突之言，于是，听汪强这么一说，便赶紧说，"我们说点儿其他的事！"

"说一下也好！"汪强看着杯中之酒若有所思地说，"想必你或者其他一些同学已经知道了一些关于我的传闻——现在说一下，你明白了真相，将来在方便的时候帮我'澄清'一下。"

"什么传闻?"史玉婷莫名其妙地说,"我可从来没有听说过!"

"没听说过?"汪强有点儿怀疑地看着史玉婷说,"那我就说给你听听——

"五年前,在'五四'学术讲座的活动中,我给学生做了一个题为'绝代才女李清照'的讲座;由于我对李清照深有研究,并出版过《绝代才女——李清照评传》,因此,我那次讲座的效果很好——讲座结束之后,学生们纷纷要和我合影留念,或要我签名留念,一个女生还拿着一本我的《绝代才女——李清照评传》让我签名,我见她身材娇小,面容稚嫩,以为是大一的学生,便打趣道:'你这么小就能上锦大——一定像李清照一样,也是一个才女吧!''才女?当然是!'她说,'不过,不是像李清照那样的才女——我也不想成为像李清照那样的才女!''是吗?那好——祝你心想事成!'我说着,便把签好名的书递给她,接着,我因忙着给另外的学生签名,便没再搭理她,回到家之后,也把她及给她签名之事完全忘了。可是,讲座之后的第二天晚上,也就是五四青年节的那天下午,那学生却给我打电话,说是要见我一面。本来,我因那几天既上课又做讲座还赶写了几篇稿子,非常累,很想拒绝,但脑子里忽然闪过她那童孩般的面影,觉得如果拒绝她的要求会给她幼小的心灵带来伤害,便答应了她的见面要求。可在见面细聊后,得知她不是咱们锦大学生,而是一个高二学生……"

"高二学生?"史玉婷十分好奇地插话道。

"是的!"汪强接着说,"她老家是南方小城云林。本来,她有一个在外人看起来很幸福的家庭——父亲创办了一个生产家电零部件的工厂,经济效益很不错;有一阵子,她的父亲甚至很想让自己的企业成为上市公司,但是,很不幸——她读小学三年级那年,她的父亲因疲劳过度而猝死。父亲死后,她母亲改嫁给她父亲的司机;后来,她的母亲与继父将本是属于她家独有的工厂改为股份公司,再后以公司之名非法融资,在融到一笔巨额资金后逃匿国外——她的母亲与继父在逃匿时也给她留下了一笔数目不小的生活和读书的费用。随后,她由她在锦都工作的姑姑监护,并转到锦都上学。在她考上锦都四中读高中后,她姑姑移民美国。她住她姑姑的房子——就在咱们锦大附近,我估计那房子是她父亲给她姑姑买的或借钱给她姑姑买的。她很有志气——从小就想上锦大,也很聪明很用功,不然也考不进锦都四中。进锦都四中之后,她一有空就来锦大听讲座,于是,那天去听我讲李清照。"

讲到这儿,汪强停下来喝酒、吃菜,史玉婷也跟着喝酒、吃菜。

"后来呢?"吃了几口菜后,史玉婷看着汪强问。

"后来?"汪强说,"后来,她先是不时打电话向我请教语文方面的问题,后是不时去听我所讲的课,再后是提出让我给她补习语文——你看,我一个堂堂的大学教授,而且还是著名的教授,怎么会愿意做一个中学生的家庭语文教师?但考虑到她的不幸身世,加上她反复请求,而且还提出给高额的补课费,我便答应了。由于她所住的那房子离咱们锦大近,且是一个大三居,而我的家又在沙河,离锦大太远,于是,在给她补习语文期间,如果第二天有课,或者补课补得太晚了,我便在她的要求下,住在她那儿。后来,她高考失利,而且恰恰语文考得最糟糕,结果未能如愿地考进锦大,便赖我——一会儿说我辅导她不到位,甚至误导了她,导致她作文跑题,一会儿说住在她那儿妨碍她学习了,要我承担责任,想方设法把她弄进锦大,并说她愿意花钱;对她的这一要求,我显然无能为力,便拒绝了。但她误认为是我不愿意帮忙,不依不饶地纠缠我。她最终仍然达不到目的,便说我骗了她不少钱,要我把所骗的钱还给她——你看,我一个堂堂的大学教授,怎么会骗一个小小的中学生的钱呢?她是给了我一些钱,可那些全是我给她补习语文的劳务费呀,而且是她在补课之前就说好了的!再后来,她便诬陷我,说我非礼她了——你看,她那么小,简直可以做我的女儿,我怎么会非礼他呢?!此事发生之后,一些嫉妒我的学问、家庭的人,或者是与我有过利害冲突的人,比如在评职称、评优等方面落败于我的人,推波助澜,结果,学校停止我的教职,让我改作辅导员……这些年来,我一方面竭尽全力地做好辅导员工作,另一方面牺牲自己全部的休息时间指导学生学习,同时,多次向学校提出申请,要求恢复我的教职,可是,直到现在,学校仍然没有批准我的申请!"

"为什么?"史玉婷纳闷地问。

"为什么?"汪强拿起一块羊排,一边咬着咀嚼着一边说,"原因多了,但最主要的原因是我上面没人——要是上面有谁帮我打一声招呼,学校早就批准我的申请了!"

"真的吗？"史玉婷不大相信似的问。

"当然是真的！"汪强信誓旦旦地说，"我原来在文学院时的一个同事，学问没我做得好，名气没我的大，可性侵了好多女学生，甚至还把一个女学生先奸后娶，最终也没事！"

史玉婷像听到了一个恐怖故事一样，惊得站起来，圆睁着双眼再次问道："真的吗？！"

"我还能说假吗？"汪强敛容道，"那个教授想必你也知道——他在锦大小有名气，他叫莫树豹，他先奸后娶的那个学生叫甄彤彤……"

"那他怎么就没事？"

"还不是因为他上面有人——不过，也不是什么大人物！"

"一个什么人物？"

"锦都新闻出版集团的总裁。"

"这个人权力大吗？"

"不大。"

"不大怎么管得了锦大的事？"

"哪里是管得了锦大的事！是能与锦大做交换——莫树豹半路出家研究出版，在一次会议上结识了新闻出版集团的总裁，之后把那总裁引介到咱们锦大做博士生兼职导师，再后来，又进一步地'穿针引线'，让总裁设了一个图书出版方面的项目，让咱们学校的一位副校长做项目负责人，于是，那副校长在关键的时候帮了莫老师一把，莫老师便最终无事。"

"啊！原来还有这么回事！"史玉婷像听完了一个天方夜谭一样的故事之后舒了一口气，随后又看着汪强，一副非常同情的口吻说，"对于你来说，确实有点儿不公平！"

"不是有点儿不公平，而是很不公平！"汪强相当愤愤不平地说，"那个女孩所说的全是谎话。"

其实，那女孩说的全是真实之言，汪强说的才全是谎话——

那个女孩子叫汪泽林。汪强在他所说的那次讲座上见到她后，便对她淫心荡漾，随后，他通过多方打探，弄到了她的手机号，与她取得了联系；再后，他主动地提出给她补习语文课，并信誓旦旦地说将来能帮助她上锦都大学……

在给她补习语文课的过程中诱奸了她；在得知她有一笔为数不小的存款后，他又一而再再而三地向她索要补课的劳务费……汪泽林身心受到摧残，学习成绩大幅度地滑坡，最后，连一个普通大学也没考取，可汪强却继续向她索要费用。在忍无可忍之际，汪泽林在汪强强行与之接吻时咬断了他的舌头……之后，汪泽林的姑姑把她带到美国去了。

"这我相信！"汪强说完后，史玉婷信以为真说，"像您这样的人怎么会做那种事呢？！……"

"不错——像你这样纯真善良的人都不会相信那种谎言的！"汪强如同遇到了一个知音一样兴奋地说，随后，汪强又唉声叹气地说，"要是世上的人都像你一样纯真善良像你一样不相信就好了！要是上面有个人能帮我说一句话也好了！……"

"啊！我想起来了——柳成丝的妈妈是副市长！"汪强还没把话说完，史玉婷便豁然开朗似的说，"要不——您找找柳成丝，让她的妈妈给您说说话……"

"是吗？"汪强欣喜地说，"如果小柳她妈能帮我一下那就太好了！"

但汪强紧接着又吞吞吐吐地说："这种事只怕有点儿不好说吧……"

"您如果不好说，那我帮您说——我今天一回宿舍就对柳成丝说！她今天要写工作计划，说好了不回家的！"史玉婷一副义薄云天的样子说，"学生帮老师，天经地义！再说，她对她妈说句话也不难——平常我对我妈就是想说什么就说什么！"

"你妈也是副市长？"汪强明知故问道。

"不是。"史玉婷"不卑不亢"地说，"但比副市长也差不了多少——副市长们甚至市长也找我妈办过事！"

"真的吗？"汪强故作惊讶地问，"你妈是做什么的？"

"大华集团的总裁。"

"啊！大华集团总裁？太好了！你妈也能帮我说得上话！"

"真的吗？"

"当然是真的——大华集团上个学期在咱校设了一个'大华'基金，既奖励教师又激励学生；基金设立之后，校领导们一有机会就大讲特讲，好像他们为师生们谋了一个大福利似的……"

"啊！……"

"你妈如果能在咱们学院设一个奖学金，那对你对我都大有好处！你将来要入党、评国家奖学金、保研等，我都可理直气壮地首推你！"

"在咱们学院设一个奖学金？那没有问题！"史玉婷一副毫无问题的口吻说，"我不仅要我妈妈在咱们学院设一个奖学金，而且要她支持我们创业——前一段时间我们初步商讨过了，我们决定成立一个投资公司……"说到这儿，史玉婷一本正经地把他们在植物园游玩时关于创办公司的初步设想说了一遍。

史玉婷的话音刚落，汪强便猛地拍着大腿大声说："太好了！太好了！我一定全力支持你们，让你们成为全国大学生创业的典范……"

"那我现在就对我妈讲……"史玉婷边说边拿手机。

"啊！不急不急！"汪强赶紧按住史玉婷的手说，"我们现在的任务是喝酒吃饭！来！来！我敬你一杯——感谢你对我的理解和支持！"

"应该是我敬您呢！"史玉婷从汪强手中抽回手，满脸红晕、醉眼蒙眬地说，说着，边说边端起酒杯一饮而尽，汪强也一饮而尽。

"好事成双——咱俩再喝一杯！"刚搁下酒杯，汪强就一边给史玉婷斟酒一边说，随后再次和史玉婷干了一杯……直到将两瓶酩悦香槟"干"得一干二净。史玉婷在喝完最后一杯酒后，忽地感到一阵眩晕，接着像全身的骨头一下子被抽掉似的窝在高背椅上。汪强见状后本能地叫了一声："小史，你怎么啦？"

在本能地惊叫的同时，汪强也本能地明白史玉婷是醉酒了，但他还是一副恐惧的样子接着说："小史，你没什么事吧？"

汪强边说边把耳朵凑近史玉婷的鼻子——他真真切切地听到了史玉婷均匀的呼吸声，但他却仍然自欺欺人地说："啊！怎么没听到你的呼吸声？"

汪强接着用两手捧着史玉婷的头、两腿夹着她的腿给她做"人工呼吸"。

"啊！你终于有知觉了——太好了！"汪强给史玉婷做够了"人工呼吸"后长喘了一口气后说，"今晚，咱们就别回了——就在这儿休息吧！"

汪强说着便拥抱一样地抱起史玉婷，像跳贴面舞一样和史玉婷一起缓缓地挪进房间，像将一个熟睡的婴儿放到床上睡觉一样把史玉婷放到床上，他极力克制肮脏的欲望，因为他在史玉婷的脸上看到了汪泽林的面影，忽地意识到史玉婷也会像汪泽林一样"撒泼"的；同时，汪强也想到了史玉婷的老妈是韩丽花——一个炙手可热的女人，她既可以随时像捏死一只臭虫一样捏死他，又可以小动唇舌就让校长重用他，于是，他便温温柔柔地帮她脱下了鞋，小心翼翼地帮她盖好被子，最后，蹑手蹑脚地走出了史玉婷的房间……

第十二章　一醉解千愁

在汪强给史玉婷做"人工呼吸"时，史玉婷在昏昏沉沉中以为自己是遇到了劫匪，惊恐万分，求生的本能使她在"意识"中使尽了浑身的解数反抗劫匪——她用嘴拼命地咬劫匪，使尽浑身的力量扇劫匪的耳光、撕扯劫匪的耳朵、抓劫匪的眼睛和面部，用脚猛踢劫匪……

汪强在给史玉婷做完"人工呼吸"后，松开了强加在她身上的嘴、手、脚，她身上的"牢牢束缚"解除了，她在昏昏沉沉中以为自己终于摆脱了劫匪，于是，在"意识"中兴高采烈不已！然而，她高兴得过早了——当汪强像拥抱她一样地抱着她挪向房间时，她在昏昏沉沉中以为自己又被劫匪抓住了；当汪强像给她盖被子一样地把他那虽然干枯但依然沉重的身子压到她的身上时，她在昏昏沉沉中感到自己像忽地变成了被如来佛压在五指山下的孙悟空，一阵窒息猛然袭来——一阵恐惧也随之而至！汪强从她的身上爬起来后，她虽然仍旧昏昏沉沉的，但还是真真切切地感到了一阵轻松；她本能地伸展了一下四肢，但四肢都像不是属于她自己似的，一点儿都不听使唤；她试图翻一下身，但怎么也翻不动；她想睁开眼看个究竟，但眼皮沉重得像压着一座山似的，怎么也睁不开……

"我该不会是被劫匪点了穴位吧！"史玉婷在昏昏沉沉中想，"要是那样的话，那我可就惨了——劫匪就可以对我为所欲为了！"

"不！我绝不能听之任之！绝不能让劫匪为所欲为！"稍顿之后，史玉婷又想，"我要想尽一切办法摆脱劫匪！"想到这儿，史玉婷再次努力伸展四肢、翻动身子、睁开眼睛，但无论是四肢、身子、还是眼皮，依旧一动不动。

"坏了！完了！肯定是劫匪点了我的穴位了！"史玉婷绝望地想，"要是劫匪再来袭击的话，那我可该怎么办？！"

第十二章 一醉解千愁

史玉婷想到这儿，忽然觉得一阵恐惧铺天盖地而来，接着，觉得那劫匪真的再来了——

他张大着嘴，一股黑雾从那嘴里喷出，像导弹一样喷向她；他圆睁着双眼，两股黑光从那两只眼里射出，像子弹一样射向她；他的脸上、胳膊上、手上伤口累累、鲜血泉涌……

"啊——"史玉婷吓得在心里尖叫起来，但劫匪不仅没有被她的尖叫吓退，反而好像借着她尖叫的力度似的顺势压在她的身上了，她竭尽全力地挣扎着、哭喊着……但一切均无济于事——劫匪那空空洞洞的嘴罩住她的嘴，那空空洞洞的双眼罩住她的双眼，那鲜血泉涌的双手把她的衣服撕得一干二净……劫匪要对她施暴了——但就在那一刹那，劫匪遭到了猛的一拳，随后，像一堵颓圮的墙一样轰的一声倒下了；她随即看到挥拳击倒劫匪的原来是牛瑧昱，那劫匪原来是汪强；接着，她又看到牛瑧昱像清除垃圾一样把汪强扔到房间外。

"哇——"史玉婷情不自禁地哭了起来，边哭边扑向牛瑧昱。

"别哭！"牛瑧昱一边扶住史玉婷一边安慰道，"别害怕——我已经把那家伙扔到垃圾桶里了！"

听到牛瑧昱的安慰，史玉婷不仅没有停止哭声，反而哭得更凶了——与此同时，双臂紧紧箍着牛瑧昱……她醒了——原来是南柯一梦，她的醉意也烟消云散了！

"咦！这是在哪里呀？"史玉婷一边吃力地挪动着四肢、翻动着身子，一边在心里纳闷道，"我怎么在这里？"

"啊！我记起来了——这里是西子庄园，我昨晚是和汪强一起来这儿的！"史玉婷完全清醒过来后自言自语道，"我昨天喝醉了——没有回！我昨天喝醉了？他该没……"想到这儿，史玉婷猛地一惊……

"唉——还好！"感觉到自己的"完好无损"后，史玉婷长长地舒了一口气，在内心庆幸地自语道，"这家伙还不是一个畜生——如果是的话，那么……"

"看来这家伙可能真的是有点儿冤——他大小是一个人，长短是一个教授，怎么坏也坏不到敲诈勒索和勾引一个中学生！"随后，史玉婷又想，"可能是那女孩子有问题……这家伙对我也确实不错——这些日子来，每每见面时，差不多总是先向我打招呼；只要有机会，总是抬举我；这次班上选干部，他先是主动地提出让我做团支部书记，然后是主动给同学们做工作……啊！我得好好地利用一下这家伙——我要通过这家伙把党票、学校奖、市级奖、国家奖等都拿到手！我要为未来的发展打好基础！我要像我老妈一样有出息！不！我一定要超过我老妈——我老妈白手起家都能成为一个响当当的人物，我现在有她做前驱、做后盾，岂有不比她更有出息的道理！我不仅在事业方面要超过老妈，而且在情感生活、家庭生活等方面也要超过老妈——我一定要找一个我爱的且爱我的人做人生伴侣，一定要有个完整的家！我也得好好地利用一下老妈——汪强想让她在我们学院设一个奖学金，我们创业需要启动资金……这些都需要她！我要马上见她，马上落实奖学金和支持我们办公司的事情！"

想到这儿，史玉婷下意识地握紧一下拳头、翻动了一下身子。

"我自己也要努努力！"调整好身体之后，史玉婷又自我告诫道，"一定要把学习搞好——一定要多拿奖学金！一定要和同学们搞关系——不管拿到什么奖金都捐作班费，反正我们家又不缺那一点儿钱！一定要和牛瑧昱搞好关系——他品学兼优、秀内慧外、又那么会为人处世，将来一定会大有出息的，和他搞好了关系，实际上就等于和许许多多人搞好了关系！实际上也是在为我的未来投资！他那天提出办公司的意见，实际上是可行的——我一定真的把全部零花钱拿出来和牛瑧昱他们一起创业！不！也一定真的对老妈说说，让她也支持我们创业！如果创业成功了，而我又在创业的过程中立下了汗马功劳，那么，大家就一定会对我另眼相看，牛瑧昱也一定不会还像现在这样对我总不冷不热的！我若再变得温柔一点儿、贤淑一点儿，他一定会喜欢上我的！如果他真的喜欢上我了，那我放弃香港大学而选择锦都大学就一点儿也不亏了！啊！我们创业也需要汪强的支持，我也得让他支持我们创业——虽然昨天在我说到创业之事时，他那么兴高采烈的，信誓旦旦地说全力支持，但假如我们真的创业，或我们在创业的过程中遇到了困难的话，他会不会真的支持，那可就难说了！因此，我得想想法子，让他真心实意、切实有力地支持我们创业！啊！他不是想我老妈在我们学院设个奖学金以捞点儿功绩吗？他不是想去掉自己头上的黑帽子吗？我让老妈帮他'玉成此事'，他岂不就会感激我吗？……实在不行……我……我就学学那中学生——诬陷他，迫使他就范！"

想到这儿，史玉婷打了个激灵，随即从手提包中取出了手机。

"汪老师，我们这是在哪儿？"拨通汪强的手机并按了一下手机上的录音键后，史玉婷娇滴滴地说。

"啊！玉婷——你醒了！"听到史玉婷的声音，汪强像听到了女神的召唤一样兴奋，高声道，"这是西子庄园呀！"接着，汪强又一跃而起，不假思索地推开了史玉婷房间的门。

"我好不舒服……"一见到汪强，史玉婷又娇滴滴地说，边说边努力地坐起来。

"哪儿不舒服？"汪强见状一边伸手去扶史玉婷一边一副关心而又亲昵的样子问。

当汪强的手就要触到史玉婷时，史玉婷像躲避马蜂一样躲开了汪强的手，同时说道："嗓子不舒服——"

汪强像受到了炮烙一样缩回了手，大感难堪，但随即一边将手挪向茶几上的茶杯一边说："啊！嗓子不舒服？那我给你倒点儿水喝！"

"谢谢！"史玉婷一边从汪强手中接过茶杯一边说，随后，又给汪强飞了一个媚眼说，"您坐呀！"

"真不好意思！"汪强语带歉意地说，"没想到你那么容易喝醉——否则，我就不劝你喝了！"

"没事！"史玉婷微笑着说，"这些日子来，好不容易能有机会放松一下——一醉解千愁嘛！"

"一醉解千愁？"汪强呵呵笑道，"我可没法做到'一醉解千愁'！"

"您也可以做到'一醉解千愁'！"史玉婷看了汪强一眼说，"再说，您的那些'愁'也容易解——我今天就对我妈妈说您交代的事……"

"那太好了！"汪强兴奋得站起来说，"也太感谢你了——你妈如果在咱们学院设立一个奖学金，那可是功德无量的事情！你也会成为第一个获得该奖学金的人的！你们如果能得到你妈支持创业，那可以说是开创了咱们学院的一种新的教学模式！……"

"您放心吧！这些——我妈都会支持的！"史玉婷说，"我们如果响应国家的号召创业，也得您的支持——我们虽然都不是小孩子了，但都没有足够的社会经验，同学之间的关系，也需要您出面协调……"

"那当然！支持你们，我责无旁贷！"

"那我先代表同学们感谢您！这个动议最初是由牛瑧昱提出来的，将来如果真的实施起来也可能是由他负责，我想，他如果知道您是如此支持我们，他一定非常高兴非常感谢您的！"

"用不着感谢——牛瑧昱的确很聪明很能干，将来一定会大有出息的！他能带领同学们干事，我作为辅导员，当然要大力支持！你和同学们也要积极主动地支持他——将来如果做出成绩了，实际上也是属于大家共同的！"

"那我和我妈谈好后便与牛瑧昱落实创业的事！啊！现在天也亮了，我们收拾一下，早点儿回吧！"

"你和你妈谈事要紧——你说早点儿回那咱们就早点儿回吧！唉，'良辰美景奈何天，赏心乐事谁家院'——只是可惜了这良辰美景！"

史玉婷从汪强的话中听到了"言外之意"，同时，也想进一步留下一点儿东西，便笑道："是啊！就这么回去，确实有点儿可惜了这良辰美景！要不，我们洗漱一下后，出去溜达溜达……"

"那好！"汪强说，"早晨空气就可能更好一点——我们现在就去洗漱吧！"汪强说着，便起身离去。

汪强与史玉婷到达西湖边后，沿着环湖小道溜达，同时也继续聊了一下关于创业的事情和拍了一些照片。早餐过后，他们各自怀着对未来的美好憧憬离开了西子庄园。

第十三章　醉人的雪莲花

就在汪强开始向史玉婷讲述自己与汪泽林的故事之际，牛瑧昱上完晚自习后回到宿舍。

"老幺！祝贺你！"牛瑧昱一踏进宿舍，正在笔记本电脑上浏览股市行情的谢海福抬起头来冲他高声道。

"啊！老幺回来了！"也在笔记本电脑上浏览股市行情的陆地抬起头冲牛瑧昱道，"你今天已经'登基'了，怎么不放松一下呀！"

"老幺，你是不是应该发点儿喜糖？"先后听到谢海福和陆地的叫喊声，刚洗完澡的柳赛从卫生间兼盥洗室走出来，笑嘻嘻地说，"要不明天请我们几个老哥吃顿饭也行！"

"感谢各位大哥的抬爱！"牛瑧昱笑着说，"不管是我今天的当选，还是我发喜糖或是请客，都是各位大哥对我的抬爱！我也会倍加珍惜各位大哥对我的抬爱！"

牛瑧昱说完便进盥洗室洗漱，洗漱完毕后正要上床睡觉时，谢海福语气相当和缓地说："哎！老幺！你先别急着睡觉——我还有几句话要跟你说！你今天走马上任了——成全班的共有财产了！但是，你回到咱们宿舍就是咱们宿舍的专有财产——当然，老二、老三和我，如果回到咱们宿舍了，也是咱们宿舍的专有财产！因此，你在为全班这个大集体服务的同时，也要为咱们宿舍这个小集体服务！"

"当然！当然！"牛瑧昱边上床边说，"大哥们无论什么时候无论什么事，只要需要我，只要我能够，我一定竭尽全力！"

"那好！"陆地不假思索地说，"你上次建议大家把零花钱集中起来，让老大帮我们炒股，我觉得你这个建议很好——你既然提出来了，就再辛苦一下，落实这个建议！最近一段时间，股市情况相当好，老大炒股经验丰富，我建议我们现在就把零花钱集中起来，让老大辛苦一下，做我们的操盘手——就按你上次说的，如果亏了，咱们就当没那些零花钱；如果挣了，咱们按比例付给老大劳务费……"

"我完全同意老二的这个建议！"陆地还没把话说完，柳赛就说，"老幺抓紧时间落实一下——早落实，早创业，早挣钱，早出名！"

"那你打算拿出多少？"柳赛话音刚落，谢海福语气阴阴地说。

"我呀？"柳赛吞吞吐吐地说，"没……没多少——二万五。"

"啊！"谢海福笑道，"你那天说你家多么困难，可你现在零花钱就有这么多！"

"我哪里来这么多零花钱——这是我一年的学费和生活费！"柳赛说，"我向学校申请因家庭困难缓期缴学费后，我姑姑和舅舅各自借了一点儿钱给我家，我父母把那些钱全都给我了，让我一部分做学费，一部分做生活费，如果你能稳挣钱，我全部拿出来！"

"我可不能打保票稳挣钱——股神也不能稳挣钱！"谢海福语带揶揄地说，"再说，你这么抠门——就是能稳挣钱，我也不愿帮你干这个活！"

"不替他干这活替我干——我不抠门，这你是知道的！"陆地说，"我有二十万，一分不留地拿出来炒股！"

"啊！你有这么多零花钱？"谢海福颇为吃惊地说，"你有这么多零花钱，怎么平时总哭穷？"

"这哪里是我的零花钱呀！"陆地哭腔哭调地说，"这是我全部的家当！"

"啊！你小子结婚了？"谢海福又是一惊地说，"结婚了怎么那天不讲讲你的'情场韵事'？"

"我没有结婚呀，"陆地莫名其妙地说，"我什么时候说过我结婚了？"

"没有结婚——怎么有家当？"谢海福咄咄逼人地问，"没有结婚——怎么有这么多钱？"

"啊！'家当'只是一种形象化的说法——它是指我的财产！"陆地笑道，"这些钱是我家的征地款——我家的地被一家房地产公司征用之后，那家房地产公司给了我家一笔征地款；我拿到锦大的入学通知书后，我老爸从中拿了这钱给我，说我已经长大了，他的年纪大了，不想再操我的心了——把现在读书及以后找媳妇成家的钱全给我了……"

"哇塞！你家一定是个土豪——你家的土地一定是卖了一大笔钱！"谢海福一副艳羡的语气说，"我怎么没出生在你那地方！"

"嗨！出生在我那地方有什么好？"陆地说，"世人都羡慕城里人——没有谁会羡慕乡下人的！"

"要是我家也在你那地方，那我家岂不也有一大笔钱了！"谢海福说，"现在股市行情这么好，我把那些钱用于炒股，一定会一夜暴富！"

"我不奢望暴富——我只希望让我这钱增点儿值！"陆地说，"可是，我又不像老大你一样炒股经验丰富，实战能力强，因此，我想劳驾老大你代为操盘——我想这样，你看行不行：我给你百分之一的操作费用，一年期内赚百分之二十以上的部分三七分成。"

"那赔了呢？"谢海福追问道。

"一般来说，出资人应承担百分之二十损失的风险，我愿意承担百分之三十损失的风险，超过百分之三十的损失部分你承担。"陆地很认真地说。

"那好！"谢海福有点儿迫不及待地说，"你明天把钱给我——早点儿给我，咱们发财！……"

"我明天也把钱给你！"谢海福还没把话说完，柳赛便抢着说。

"你嘛？稍等！"谢海福卖了一个关子说，"等老二试试我的本领后再说！"

"你的本领不用试，我完全相信！"陆地说，"老三也会完全相信的——你就让老三也转给你吧！"

"也罢！"谢海福一副很无奈的样子说，"也让他跟着咱们发一笔财吧！"

"还要让老幺和咱们一起发财！"陆地说，"老幺现在'登基'了——咱们送给他一个大礼吧！"

陆地说话的声音并不小，可牛瑧昱却没有丝毫的"反应"，于是，陆地冲他大声道："老幺——把你的零花钱也转给老大吧！你有多少零花钱？"

牛瑧昱由于太累，加上他不是太赞同在学习才刚开始时就把时间花在炒股上，便在躺下后不久就微鼾起伏地进入了梦乡——在睡梦中，他先是回到了牛家大湾，与杨金环、杨雪莲等一起帮其牛汉卿、艾玉洁在鸭场里拾掇鸭子产下的蛋,可鸭场里鸭蛋比长江边上沙滩上的鹅卵石还要多,他们拾掇的鸭蛋装满一筐又一筐,堆起来像小山丘一样的高……后是与杨雪莲一起在锦都大学图书馆上晚自习……再后是他和杨雪莲双双到美国宾夕法尼亚大学商学院留学……

牛瑧昱正做着美梦时被陆地从呼喊声中叫醒,朦朦胧胧的,因而有点儿丈二金刚摸不着头脑地问:"零花钱?要零花钱做什么?"

"老幺——你该不是在睡梦中吧?"谢海福笑道,"你上次不是建议我们把零花钱集中起来炒股吗?"

"是呀!"牛瑧昱模棱两可地说,"炒股这事老大你是内行,你觉得怎么好就怎么办吧!"

"谈不上内行——只是有点儿'实战经验'罢了!"谢海福说,"老二老三让我做他的操盘手,你如果信任我,我愿意做你的操盘手!"

"我当然信任你——你是我的大哥,我怎么能不信任你!"牛瑧昱笑道,"只是我的零花钱太少——只有八千多一点儿,不知是否太少了一点儿!"

"按比例分红嘛——钱多钱少无所谓!"谢海福说,"现在股市行情好——咱们这次稳赚!"

"好!咱们这次都托老大的福,赚它一把吧!"柳赛兴奋得拍着床沿说,"老大,上次大家说的那个专用户你开了吗?如果开了话就给我!"

本来,谢海福从西山归来后就想去开户,但是,回来之后,大家都像忘记了似的,同时,他也不想表现得太积极,以便将来有点儿什么事好推责任,于是,他便迟迟未去开户。但这是他的"隐私"——"不足为外人道也"。因此,当此时柳赛问及此事,他便搪塞道:"还没有——游玩之时说的话,我便没当真!"

"可我——不,应该是我们,是当真的!"柳赛说,"你明天就去开户吧——现在时间不早了,咱们就不谈别的了!睡吧!"

柳赛说着就关上了灯。一会儿后,柳赛便酣然入梦,谢海福、陆地也鼾声此起彼伏。

牛瑧昱由于刚才小睡一会儿了,加上不习惯谢海福等的鼾声,便迟迟不能入睡,意识也随意地流动起来——

这么长时间没见奶奶和雪莲了,今天忙得够呛,也没曾有暇想过她们,怎么刚才却梦见了她们？啊！她们还好吗？这几天所有的短信、微信，雪莲都说她和奶奶、三伯、三妈都很好，是真的吗？应该是真的！唉！老天呀！你怎么不对杨显珍老人好一点儿呢？！你对他不好不仅害苦了他，而且也害苦了我的奶奶我的三伯三妈——我奶奶那么大年纪了，本该是让人侍候的，可她却得侍候杨显珍老人得给他端茶送水、喂饭喂水！我三伯、三妈也年纪不小了，鸭场、鱼塘、农田的事情累得他们喘不过气来，可他们却还得把杨显珍老人抱到床上、抱到轮椅，还得给他洗澡穿衣、端屎端尿！老天呀！你也害苦了雪莲——你不仅让她小小的年纪就无依无靠，而且还让她侍候一个病残的老人！她那么小，本是要人呵护的！本是应该有一个欢乐的童年和少年的！本是应该能一心一意读书的！可是，这些你一样也没给他！为什么呀？为什么？！啊！雪莲，你还好吗？

想到这儿，一个疲倦、憔悴的杨雪莲闪现在杨雪莲的脑海里，牛瑧昱暗自下意识地叫了她一声，杨雪莲随即消失，牛瑧昱也翻了一下身。

"唉！时间不早了，我得赶快入睡！"牛瑧昱调整好睡姿后，自我告诫道，"明天上下午都有会——校学生会、校团委要布置本学期的工作，晚上班委会也得开个会，议一议近期将要开展的工作……"

想到这儿，牛瑧昱随后便"屏住"意识活动，一会儿，在朦胧中，刚才那个消失了的疲倦、憔悴的杨雪莲变成了一个嘴角泛着蒙娜丽莎式的微笑、脸色像水莲花一样白里透红的小姑娘飘逸轻快地向他走来，牛瑧昱赶紧迎上前去抓住她的手，颇为兴奋地说："雪莲——你来了！"

"我来看你的！"杨雪莲扑到牛瑧昱的怀里说，"这么长时间没见你，很想你！"

"我也很想你！"牛瑧昱抱紧杨雪莲说，"这些日子来，你怎么样？还好吧？"

"我……很好！"杨雪莲颤抖着说，"你呢？……也很好吧？"

"我也很好！"牛瑧昱抱紧杨雪莲说，"祖爷爷也好吗？"

"祖爷爷……也好！"杨雪莲犹犹豫豫地说，"不过，前几天摔了一下……"

"啊！祖爷爷摔了一下？！怎么摔的？！"

"这阵子奶奶三伯、三妈都很忙,我这个学期老师不准假……爷爷想自理,于是,在起床时摔了……腿断了……"

"那祖爷爷的状况比以前岂不更糟吗?"

"是的……所以,我来和你商量……我想休学或退学……"

"那可不行!你绝对不能休学或退学!"牛瑧昱跺着脚说,"实在不行,我休学回去照看祖爷爷也不能让你休学或退学!"

随着梦中的猛地一跺脚,牛瑧昱醒了。

"啊!雪莲该不会有什么事吧?"牛瑧昱在内心非常担忧地说,"怎么刚才做了这样的一个梦?"

牛瑧昱随即下意识地伸手摸手机,拟给杨雪莲打电话。

"不行!"刚拿到手机,牛瑧昱又在心中默念道,"这个时候给雪莲打电话,不管她在做什么,对于她来说都是一种打扰!再说,梦中之事,不可当真!否则,那便是庸人自扰!"

于是,牛瑧昱放弃了给雪莲打电话的念头。

"唉!要是能雇请一个保姆看护祖爷爷,那就好了!"调整了一下睡姿后,牛瑧昱暗暗地想,"这样,既可以减轻奶奶和三伯、三妈、雪莲的劳累,又可以让雪莲能一心一意地念书!"

"啊!给祖爷爷雇请一个保姆——这的确是一个好办法!"牛瑧昱在心里颇为兴奋地说,"我马上就对三伯说,让他去请——他在老家那么有威望那么有人缘,一定能请得到!"

"可是,请保姆得花钱呀!"随后,牛瑧昱又醒悟似的想,"三伯到哪里去弄请保姆的钱呢?"

"唉!我就那么一点儿零花钱,就是全部拿出来,也付不了保姆多少天的工资!我爸爸妈妈就那么一点儿工资,我让他们掏雇请保姆的钱,也不现实!"牛瑧昱翻了一下身后暗忖道,"我要是能想法挣钱给祖爷爷雇请保姆,那该多好呀!"

"啊!有了——刚才,老大不是让我把零花钱给他,让他帮我炒股吗?!"牛瑧昱豁然开朗,"现在,股市这么好,老大又有炒股经验,说不定真的能赚一把呢!要是真的能一本万利的话,给祖爷爷雇请保姆就不缺钱了!"

想到这里，牛瑧昱决定明天就把零花钱全部交给谢海福，参与他们的"'股'份公司"。

做出这个决定之后，牛瑧昱似乎了却了一桩心事，没来得及再翻个身，就进入了梦乡——在梦中，他不仅赚够了为杨显珍老人雇请保姆的钱，而且也为自己和杨雪莲赚够了留学所需的钱……

第十四章　人算不如天算

　　世界上也许真有所谓"心灵感应"或"托梦"、"报梦"之类的事情吧——就在牛瑧昱梦见杨雪莲以及梦见杨雪莲告知他有关杨显珍摔伤之事时，杨雪莲也在睡梦之中到锦都大学见到了牛瑧昱，并把有关杨显珍摔伤之事告诉了他：

　　自从在暑假里见到牛瑧昱之后，杨显珍好像醍醐灌顶一样地意识到，自己最担心的事情——杨雪莲的"终身大事"——再也用不着自己担心了，自己在风烛残年之际也许还能看到一片绚丽无比的晚霞，于是，精神状况也日渐一日地好了起来——能挪动四肢，能十分艰难地自个儿吃饭，能自然地入睡，入睡后不再总是噩梦连连……牛瑧昱返回锦都后，杨显珍考虑到自己的身体状况较以前好多了，同时，也考虑到杨雪莲不仅年纪小、体力弱，而且马上就要上高三了，不能像以往那样能抽出那么多时间来侍候自己了，而牛汉卿夫妇要同时在鸭场、渔场、农田三条战线作战，也不可能有太多的精力来照料自己；杨金环年事已高，平常来照料他实在是非常勉为其难；于是，他暗自决定"自立"——独立地脱衣穿衣、上床下床、吃饭吃药、转动轮椅……但是，由于身体状况还是不够好，他所有"自立"的努力均以失败告终——

　　国庆长假之前的周五，一大早，杨显珍醒来后所考虑的第一件事就是这天一定要把自己可以做的事情做好，以免给本来就紧张与疲劳得有点儿力不胜支的杨雪莲增添紧张与疲劳，让她能在周末轻松一下。

　　"祖爷爷，我现在上学去了。"早晨六点刚过，杨雪莲将做好的早餐装进保温饭盒后送进杨显珍的房间，向他告辞道，"面条和炖蛋在饭盒里，您再睡一会儿吧——到时三伯或三妈或奶奶没来，您就慢慢地起床、慢慢地吃早餐；这几天，鸭子下的蛋比较多，三伯、三妈奶奶比过去提前半个小时就开始拾掇鸭蛋，他们来迟一点儿或不来，您就担待一下。"

"啊！我知道——乖孩子！"杨显珍努力地抬起头来说，"你赶紧去上学吧！到学校后，要一心一意地学习，别惦记着我——你奶奶三伯三妈他们过去每天在吃饭时间都总会来一个人，今天肯定也会来一个人的！"

"那好！"杨雪莲说，"我这就去上学——再见！"

杨雪莲走后，杨显珍本来想再睡一会儿，但怎么也睡不着，思绪也像脱缰的野马，奔突不停，九十三年的人生所历之事随即像走马灯一样地闪现在他的脑海里——

九十三年前的农历六月十九日戌时，杨显珍在杨家院的首富之家诞生了。由于是家中的长子，他出生之后，杨家很是热闹了一阵子——从他出生之日起断断续续地热闹到家里为他举办百日宴。十五岁那年，杨显珍考入燕京大学国文系；一年后，七七事变爆发，杨显珍随即参加了北平大学生抗日宣传活动，并设宴送与自己一起在燕京大学读四年级的表兄牛东海参加抗日战争；随后，他参加了中共地下党组织。大学毕业，杨显珍到江汉省财政厅工作。杨显珍在财政厅工作期间，利用自己的公职人员身份为中国共产党及其所领导的抗日战争做过许多善事，比如，将自己所掌握的国民党的秘密传递给共产党地下组织，掩护遇险的共产党地下人员脱险，协助中共地下人员帮助新四军、八路军采购枪支、弹药、药品，协助有关方面营救被国民党当局关押的中共人员，帮助过一些抗日义士，参与营救因宣传抗日和反对当局暴政被捕的青年学生……杨显珍为老家也做了不少善事，比如，在抗日战争后期，他拨款给老家搞水利建设，几次减免了老家人的赋税；抗战胜利后，他更是免除了老家人一年的赋税；老家凡是在省城遇到困难的人，如果找到他，他总是竭尽全力地帮助——国民党从大陆溃败到台湾的那一年年关，老家几个在省城做买卖的人遭遇抢劫，有一个人还被打成重伤，他们找杨显珍寻求帮助，杨显珍毫不犹豫、毫不吝啬地出手相助——他把他们接到自己的家里，客厅、客房都安上了床，寝具不够，他便添置新的；家里的食品包括所置办的年货全部用完了……最后，他不得不向朋友告贷；同时，他还利用自己的人脉关系，找公安部门，帮助他们追索所失之物，最后追回了一部分，但那些人在离开他家要付给他食宿费、答谢他时，他却拒绝了。新中国成立时，由于介绍杨显珍参加中共地下党的人早已在抗日战争中牺牲了，过去与杨显珍单线联系的中共人员失踪了，对杨显珍知根知底的牛东海夫妇也失踪了，于是，本来应该是光明正大、堂而皇之地进入新政府的杨显珍，却最终只得以旧政府公职人员的身份进入新政府做公职人员，而在当时，像他这种人是属于有历史污点的人、是低人一等的。退休之后，杨显珍被楚州大学聘为临时工作人员；在此期间，适逢国家恢复高考，他便垫钱给老家那些有孩子参加高考的家庭购买和邮寄楚州大学编辑的高考复习资料；同时，他利用自己在省会的"地利"和数十年来所积攒的"人脉"给老家人做过许许多多好事，比如，帮老家人购买紧缺物品，为老家患病的人联系医院……其中，给牛瑧昱的二伯牛北卿联系医院之事，让牛瑧昱一家人一直感念不已——牛北卿患病后，杨显珍不顾自己年逾古稀的高龄为之四处奔波，并最终联系好了同济医院；牛北卿出院时，因家庭贫困，无法完全支付医疗费，杨显珍又反复与医院方协商，最终，医院方同意免除牛北卿无力支付的医药费……杨显珍最终在给老家人做好事的过程中中风，随后，失去了在楚州大学的工作。杨显珍在病倒后，他的三个儿子和一个女儿均拒绝赡养和照料他——大儿子的理由是杨显珍对他没尽教育之责，尤其是他在"文化大革命"中参加造反派组织时，杨显珍没及时制止他，让他的人生有不光彩的一页。二儿子的理由是自己没有工作，自顾不暇，要是当初杨显珍在退休时，让他"接班"（指在杨显珍退休时，杨显珍的工作单位安排他的一个孩子工作）而不是让小弟"接班"，那么，他现在就有工作了，就可以赡养和照料他了。小儿子在"接班"后，因贪污和挪用公款被开除公职并被判刑，对此，他不但不反躬自问，反而说，当初杨显珍如果不让他"接班"，他便不会身败名裂，并以此为由拒绝赡养和照料杨显珍。女儿的理由更简单明了："养儿防老""嫁出的女儿泼出的水"，她是女儿她出嫁了是泼出的水。最后，杨翠兰把杨显珍接到家中赡养和照料。

"真是'人生如梦''人算不如天算'呀！"往事从眼前幻灭之后，杨显珍在心里感叹道，"几十年的岁月，一眨眼就过去了！几十年里所做的事情，似乎都是在梦里做的，平生的一切努力，最终却只是徒劳——我在杨家出生，这对我来说，几乎是在睡梦中发生的事情！当年进燕大国文系，本是谨遵父命，抱着'修身齐家治国平天下'的理想去的，可是，刚踏进校园，卢沟桥的枪声就响了！本来想做一个纯粹的书生，可是，整个神州大地根本没有可以安稳地放下一张书桌的地方！本是因不满当局不积极抗日而参加几次同学集会，并在一次集会中填了一张登记表，却成了中共地下党员。本以为进入一个组织后仍然可以'我行我素'的，但随即发现组织的利益永远高于个人利益！参加工作后，本是想本着良心秉公办事的，可是，不管办什么事，不是对于职责来说是错就是对于组织来说是错。本是忠于组织，恪尽职守，可是却被组织视为敌对势力潜伏在组织里的特务！俗话说，'善有善报恶有恶报'，可是我终生行善，却无善报！俗话说，'养儿防老，积谷防饥'，可是，我却儿女一群，无一养老！最后竟寄食于侄女之家，不但拖累侄女一家人，还连累了乡里乡亲！"

"嗨！我虽然一辈子不如意，但是也没什么——毕竟活了九十有三，而这又是好多人梦寐以求的！"杨显珍稍稍中断了思绪后又自我安慰似的想，"老天对我也不薄——我虽然在新时代不怎么风光，但毕竟在旧时代风光过；旧政权里的人实际上应该有人知道我'通匪'或者就是'共匪'的，但他们却对我'熟视无睹'，让我无风无险；虽然我对家乡及父老乡亲并没有做多少事情，但父老乡亲一直视我如恩人，对我尊敬有加！虽然儿女不孝，但侄女侄孙侄重孙都对我至孝，牛家祖孙三代也对我如同至亲！而比起牛东海夫妇来说，我更可以说是幸运的——牛东海在学生时代就投笔从戎，一直生活在枪林弹雨之中，可谓九死一生；他妻子也算一位女中豪杰，两人都可谓为民族为国家立下了汗马功劳，可是在新旧政权交替之际，却突然失踪；虽然种种迹象都表明他们夫妇俩要么是潜伏在敌对阵营之中到海峡那边去了，要么是在渡江战争中牺牲了，可他们却被看作是有历史'疑问'的人，他们的子女也因他们而受到影响！要不是恢复高考，他们的孙子牛正甫也不可能上大学做大学教授。他们虽然子孙满堂，且个个知书达理、至诚至孝，但自己却无缘这天伦之乐、天伦之美！而这天伦之乐、天伦之美又被我享用了！嘿嘿！世人总说'李代桃僵'，没想到我却'李代桃开'，饱享春光！"想到这儿，杨显珍下意识地一阵兴奋，身子也挪动了一下。

"当年我做学生的时候，进化论流行，人们很相信'物竞天择''优胜劣汰'，但我并没有感到有多大的竞争所带来的压力。"躺稳之后，杨显珍又想，"现在虽然进化论不再像当年那么流行了，但'优胜劣汰'的程度却比当年大多了，竞争所带来的压力也加大了——像莲儿这样的中学生，不，小学生甚至幼儿园的幼儿,都要参与到'优胜劣汰'中去,都得面对激烈得近似残酷的竞争,都有山一样大的压力!唉!莲儿真可怜——出生之后没享受过一天父爱,小小的年纪又失去了母亲,现在还得在毫无外援的情况面对激烈的升学竞争,并且还要照料我这个行将就木的糟老头子!啊!我得'自立'——自己起床!自己吃饭!自己活动……尽量减轻莲儿的负担!过去'自立'时虽然失败居多,但毕竟也成功过。我'自立'了,不仅可以减轻莲儿的负担,而且可以减轻汉卿夫妇、母子的负担。我应该'自立'!我要'自立'!我从今天开始就'自立'!"

想到这儿,杨显珍随即向右侧翻身子;稍缓一下后,屏住气,头和肩同时用力,整个身子随即像一辆侧翻的卡车被千斤顶顶起来一样缓缓起来;在背倚床头架坐稳后,他缓缓地挪动臂膀,同时,嘴和下颌配合着穿衣服。

"我终于能自己穿衣服了!"穿好衣服后,杨显珍喘了一口长气后,颇感欣慰地想,"我终于开始'自立'了!"

"我还要进一步地'自立'——自己起床!自己坐到轮椅上去!"稍坐了一会儿,杨显珍又想。随后,整个身子努力地倾向床边的轮椅,两只胳膊也努力地伸向轮椅。虽然轮椅就在杨显珍的身边,仅有几寸之遥,但对于杨显珍来说,却似远隔千山万水!虽然对一般人而言,坐上近在不足咫尺的轮椅上是不费吹灰之力的,但对于杨显珍而言却似有"挟泰山以超北海"之难!杨显珍的整个身子趋向轮椅时趋向一百八十度,两只胳膊伸向轮椅时恨不得脱离身子,但轮椅还是离他有大约一寸之遥;他再进一步地努力了一下,结果,整个身子虽然最终接触到了轮椅,但随即随着一声钝响掉到了地上,一阵剧痛闪电一样快速地从腿部传遍全身;他强忍着剧痛试图坐起来,但尝试了好几次,每次身子都不听使唤,于是,他便索性静躺在地上。

"糟了——这下可糟了!"杨显珍躺在地上颇为沮丧地想,"本是想减少莲儿及汉卿他们的麻烦,这下却肯定会给他们添更多的麻烦了——我怎么这么成事不足败事有余呀!"

"唉!我怎么这么没用,可又怎么不死呀!"稍缓之后,杨显珍又暗自恼恨自己道,"活着不仅给别人添麻烦,而且自己也受罪呀!唉!死了吧!阎王爷呀!你把我收去吧!"

随后，杨显珍屏住气，以一种但求速死的心态躺着；一会儿后，他觉得昏昏沉沉起来，并以为阎王爷开始来接收他了，一种解脱感随即涌贯全身。然而，他并没有盼来阎王爷，而且相反，他等来了救星——

牛汉卿艾玉洁夫妇俩吃完早餐后，牛汉卿径直前往鸭场去拾掇鸭蛋，艾玉洁则前往杨雪莲的家，拟服侍杨显珍吃完早餐再去鸭场。

"爷爷，您醒了吗？"艾玉洁走进杨雪莲的家门后，柔声细语地说，"我给您送早餐来了！"

"咦！爷爷一般都是早醒的，怎么不见回音？"艾玉洁说过之后，不见回音，不由得暗自一惊，在心里纳闷道，"该不会有什么麻烦吧！"

艾玉洁随即急走几步，跨进杨显珍的卧室。见杨显珍躺在地上，艾玉洁下意识地松开手中的饭盒，同时，惊慌失措地叫道："爷爷，您怎么啦？"

艾玉洁边叫边俯身用手摸杨显珍的额头，并把耳朵凑向他的鼻孔；见杨显珍额头温暖、呼吸正常后，她心情平静了下来，并下意识掏出手机给牛汉卿打电话。牛汉卿赶到后，先在艾玉洁的帮助下把杨显珍抱到床上，然后，迅速弄来热水、毛巾等给杨显珍擦洗身子，边擦洗边呼唤；艾玉洁则打急救电话。急救车及医生赶到时，杨显珍已在牛汉卿的擦洗和呼唤下醒来了。在医生诊断发现杨显珍左腿骨折后，杨显珍被送往医院治疗，三天后回家休养。

下午五点整，下课铃声响了，杨雪莲一整天紧张的学习也结束了。此时，她虽然已疲劳不堪，但还是急急忙忙地收拾书包，接着，又急急忙忙地奔向自行车车棚，骑上自行车后就往家里赶。一路上，她一边快速地踩动着踏板一边想："我今天得赶紧回家，不然，三伯、三妈又会在我回家之前就侍候祖爷爷吃饭吃药了！唉！三伯、三妈真是的——他们自己的活都忙不过来，可总因担心我侍候祖爷爷会影响学习，因而总抢在我回家之前侍候祖爷爷！奶奶也真是的——她自己那么大年纪了，本来应该让别人来侍候的，可为了减轻三伯、三妈和我的负担，总抢着侍候祖爷爷，像端屎盆、端尿盆、洗内衣之类的活总是不给三伯、三妈和我做！昨天那么晚了，还在侍弄祖爷爷的轮椅，总担心轮椅哪儿有问题，总想使祖爷爷坐轮椅时更安全一点儿舒服一点儿！祖爷爷今天的身体状况精神状况如何？三伯、三妈、奶奶侍候得那么殷勤，祖爷爷最近的饭量也不错，因此，他今天的身体状况精神状况应该更好一点儿了吧！姥姥身体状况好多了——这几天要是姥姥能康复出院，要是祖爷爷也能站了起来，那可就好了！那可谓真的是双喜临门！"

杨雪莲想到杨显珍的康复，猛地一阵兴奋，脚则本能地更加用力踏动踏板，自行车随之飞快地奔驰起来。到家门口时，杨雪莲见大门虚掩，屋里既没传出牛汉卿或艾玉洁的声音，又没传出杨金环的声音，以为自己这天总算可以抢在牛汉卿或艾玉洁或杨金环之前侍候杨显珍了，一阵高兴，同时，兴奋地冲屋里叫道："祖爷爷！我回家了——今天我做晚餐给您吃！"

杨雪莲叫过之后，不见屋里有任何回应，本能地一惊；随后，又本能地冲屋里叫道："祖爷爷！您今天好吗？"

杨雪莲边叫边冲进杨显珍的卧室。见杨显珍并不在卧室里，杨雪莲以为是牛汉卿他们在她回来之前服侍杨显珍吃完饭后用轮椅把杨显珍推到屋外溜达去了，因而未免失望地想："真是'莫道君行早，更有早行人'啊！没想到我这么抓紧往家里赶，可还是落在三伯他们的后面了！"

杨雪莲边想边走出杨显珍的卧室，可当她走进堂屋时，她却发现杨显珍的轮椅斜横在堂屋的一角，于是，纳闷道："咦！怎么轮椅在这里呀？祖爷爷到哪里去了？"

杨雪莲快速地冲到屋外，高声喊道："祖爷爷，您在哪里？"

杨雪莲不见杨显珍应答，一阵莫名的恐慌涌上心头；随后，盲目慌乱地跑进厨房，随后又发现搁在灶台上的早餐一动未动。

"祖爷爷怎么啦？！"杨雪莲又是一阵恐慌，本能地想，"该不会出什么事了吧？"

"不会的——我早晨与祖爷爷告辞时，他都好好的嘛！"随后，杨雪莲又否定了自己的想法，自我安慰道，"祖爷爷不会有什么事的！"

"啊！真是'人紧无智'呀！"再后，杨雪莲恍然大悟地喃喃自语道，"给三伯、三妈打给电话问问不就清楚了吗？"

杨雪莲一边自语一边掏手机给牛汉卿打电话。

牛汉卿早就料到杨雪莲回家不见杨显珍时会给他或艾玉洁打电话的，于是，在接到杨雪莲的电话后，按提前所做的"准备"，不慌不忙地告诉杨雪莲杨显珍摔伤之事，末了，又郑重其事地告诉杨雪莲他会好好照料杨显珍的，反复嘱咐杨雪莲不要惦念，更不要到医院来看望，要好好学习。

"这可怎么办呀！"与牛汉卿通完电话后，杨雪莲非常沮丧地想，"姥姥还在医院里没出来，可现在祖爷爷也进医院了！而三伯、三妈他们的活又那么多，即使加上奶奶，人手也不够……这可怎么办呀！"

"唉！是祸愁不去！"随后，杨雪莲又自我告诫地想，"烦事再多再烦，日子也还得过！既然祖爷爷有三伯在侍候，那我就把家里的事做好把自己的事做好！"

想到这儿，杨雪莲不由自主地走进厨房，打算把早晨给杨显珍做的早餐热一下吃后再收拾屋子和做作业。但刚走进厨房，艾玉洁就来了。

"雪莲——你回来了吗？"艾玉洁人还没走进屋里就大声道。

"我回来了，三妈！"杨雪莲应声道。

"你三伯说你回来了，我担心你饿，便给你弄点儿吃的过来！"

"啊！太感谢三妈了！"

"没什么！今天，祖爷爷出了一点儿小问题，三伯一整天在医院里侍候祖爷爷，我忙着鸭场、鱼塘里的事，连奶奶也跟着我忙个不停，所以，也没来得及做点儿好吃的……"

艾玉洁边说边打开饭盒，取出热气腾腾的大米饭和炖鸡蛋、蒜薹炒腊肉。

"您别这么说了——您这么忙，还想着我吃饭这种小事，真的是太感谢您了！"杨雪莲边说边接过饭菜。

随后，杨雪莲一边吃饭一边与艾玉洁聊杨显珍、聊鸭场鱼塘和田地里的事。在聊的过程中，杨雪莲得知杨显珍摔折了左腿，意识到牛汉卿对她说杨显珍没什么大事实际上是一个善意的谎话，也意识到艾玉洁、杨金环这天实际上累得到了极限。

由于还有许多事要做，加上见杨雪莲精神状况尚可，艾玉洁便等杨雪莲一吃完饭就回家了。

"三伯、三妈这么忙，可还得侍候祖爷爷；他们做一天两天还行，时间长了肯定不行，这可怎么办？"艾玉洁走后，杨雪莲一边收拾厨房一边想。

"我作为杨家子孙，最有责任最有义务侍候祖爷爷，可我现在却要上学！"

随后，杨雪莲又想，"唉！要是我不上学就能一心一意地侍候祖爷爷，三伯、三妈、奶奶就不用这么累了！"

"对！我不上学专门侍候祖爷爷！"想到"不上学来侍候杨显珍"之事，杨雪莲似乎茅塞顿开，"不然把三伯、三妈、奶奶也累坏了，那可就更糟了！啊！最起码也得休学一段时间来侍候祖爷爷！"

想出这一主意后，杨雪莲似乎找到了解决时下乱麻一样问题的办法，一阵兴奋，随后，她便收拾堂屋，收拾杨显珍的卧室，平常本是由杨金环做的事，比如，给杨显珍倒屎盆尿盆、给杨显珍洗内衣洗毛巾等，由于杨金环这天一整天与艾玉洁在忙其他事，因而没有做，杨雪莲便全做了——她打算做完之后，第二天去医院替换侍候杨显珍的牛汉卿。杨雪莲做完所有事情时，时间已过晚上十点；加上一整天的学习和刚才好一阵子的惊吓，杨雪莲累透了，于是，马马虎虎地洗了个澡就睡了。在睡梦中，她梦见自己休学了，一心一意地侍候杨显珍，杨显珍则教她学习，最后，杨显珍康复了，她考取了锦都大学，与牛瑧昱成了同学……

第十五章 拼一把

梦见杨雪莲退学照料杨显珍之事后，牛瑧昱尽管自我安慰地认为梦中之事不可当真，但还是在早晨一醒来，就到宿舍楼下一个僻静的地方给杨雪莲打电话，但怎么也打不通了。

"咦！雪莲的手机怎么打不通！"牛瑧昱非常惶恐地想，"祖爷爷该不会真的有什么事吧！雪莲该不会真的退学了吧！"

牛瑧昱一边想一边下意识地给牛汉卿打电话。

在与牛汉卿的通话中，牛瑧昱得知杨显珍真的摔伤了，杨雪莲也真的退学照料杨显珍了。得知这些消息，牛瑧昱如闻晴天霹雳，不知所措。稍稍回过神来之后，牛瑧昱便恳求牛汉卿说服杨雪莲重返学校读书，而且好像是牛汉卿不让杨雪莲上学似的，或者好像是牛汉卿一定有能力说服杨雪莲重返学校读书似的，反复恳求牛汉卿说服杨雪莲重返学校读书。与牛汉卿通话一完毕，牛瑧昱又立马给杨雪莲打电话；打通杨雪莲的电话后，牛瑧昱情意切切地要求她放弃退学决定，并信誓旦旦地说自己会千方百计地解决照料杨显珍之事的。

"要解决照料祖爷爷之事的问题，就得先解决钱的问题！"与杨雪莲通话结束之后，牛瑧昱不由自主地想，"可我就只有几千元的零花钱，就是全寄给雪莲，也管不了多大的事！再说，我刚上大学，从本质上来说是一个剥削爸妈的剥削者！我总该不能在自己剥削爸妈的同时，还让雪莲也来剥削爸妈吧！"

"几千元至少能管点儿用——我今天就把它寄给雪莲，让她先用这钱雇一个人照料祖爷爷，然后，我再想办法筹款！"随后，牛瑧昱又想，"我虽然不能代雪莲剥削爸妈，但可以向爸妈借点儿钱寄给雪莲——等我将来挣钱了，再还给爸妈！对！我可以向爸妈借点儿钱寄给雪莲！我今晚就回家向爸妈借钱！另外，我还可以想点儿别的办法，比如，募捐，啊！不行！募捐绝对不行——那太丢人了！……"

牛瑧昱正沉浸在有关杨雪莲的事情之中时，正准备去晨跑的谢海福发现他后冲他大声道："老幺！你在干吗呀？走！咱们一起跑步吧！"

"啊！老大——你去跑步？"牛瑧昱抬头看着谢海福道，"你先去跑步吧——我还有点儿事！"

"有什么大不了的事——锻炼身体才是大事嘛！"谢海福走近牛瑧昱，语带戏谑地说，"身体是革命的本钱——咱们把身体搞好了，才能干革命！咱们马上就要'干革命'了，跑几圈鼓鼓劲或者放松一下紧张情绪，都是应该的！走——去跑几圈吧！"谢海福边说边动手去拉牛瑧昱。

牛瑧昱明白谢海福所谓的"革命"就是"创业"或者说就是"挣钱"，他所说的"马上就要'干革命'了"就是指马上就要做他们那几个人的操盘手了，忽然"心有灵犀"，暗自道："当下弄钱最快的方式也许是炒股！谢海福成天沉迷于炒股，每当谈起股票来也头头是道，说不定他对炒股真的有几下子呢！如果真的是这样，我何不搭一下他的顺风车呢？！"

想到这儿，牛瑧昱随即随谢海福小跑了起来。但由于心中想着杨雪莲及照料杨显珍之事，牛瑧昱有点儿"心不在焉"。谢海福明显地感觉到了牛瑧昱的"心不在焉"，冲他关切地问道："老幺——你是不是真的有什么事？"

"真的是有点儿事！"牛瑧昱语调低沉地说。

"为难吗？"谢海福盯着牛瑧昱，颇为关切地问。

"也——有点儿为难！"牛瑧昱回避谢海福的视线，犹豫地说。

"怎么为难？说来听听——看兄弟我能否帮得上忙！"谢海福语速很快地说，边说边停下脚步，非常关切地看着牛瑧昱。

牛瑧昱随着谢海福停下脚步；随后，为了给身后的人让道，他又与谢海福一起走到附近的一条小道上，边慢悠悠地溜达边闲聊。

一般来说，牛瑧昱是不把自己的心事说给外人听的，但考虑自己这次可能需要谢海福帮忙，同时，也见谢海福的确很诚恳，确实关心自己，他便把杨显珍摔伤以及杨雪莲退学照料杨显珍之事一股脑儿地说了一遍。

"啊！就这点儿事呀！"听完牛瑧昱的述说之后，谢海福轻描淡写地说，"这事好解决——咱们这次炒股挣了，抽点儿钱出来寄给你表妹，让她雇一个人照料你的祖爷爷不就得了吗？！"

"可我没有钱参与你们的炒股呀！"牛瑧昱沮丧地说。

"你昨晚不是说你有八千多元的零花钱吗？"谢海福盯着牛瑧昱说，"八千多元不少了！如果运气好，炒股是完全可以一本万利的！这次股市形势这么好，咱们即使不会一本万利，至少翻几番是完全可以的！"

"我是有八千多元的零花钱！"牛瑧昱看着谢海福说，"但我打算把它寄给我表妹……"

"嗨！你稍缓一缓，你今天给我，我明天或者后天就给你——一定给你比你给我的多！"谢海福信誓旦旦地说，"你缓一两天寄给你表妹应该不碍事的！"

"可救急如救火呀！……"

"不错！救急如救火！但救急并不只有这一种办法呀——你可以……可以向你父母要点儿嘛……"

"我也是打算向我父母借点儿，但我不能在把自己的零花钱用来炒股的情况下向父母借钱——我父母一向对炒股之类的事很不认同……"

"为什么？"

"他们认为炒股是赌博……"

"赌博？他们既然认为炒股是赌博，那又为什么还让你学习炒股？真是迂腐！再说，赌博有什么不好？！"

"赌博没有什么不好吗？难道赌博还是一件好事吗？你可不要做违法乱纪的事啊！"

"我能做什么违法乱纪的事情？我只是运用我的智慧充分地把握这次股市机会而已！放心吧！我不会做什么违法乱纪的事的！放心吧！你把那些零花钱全部给我——我一定'变本加厉'地给你！啊！对了——上次史玉婷、柳成丝不是都说咱们如果成立一个什么公司的话，她们愿意把自己的零花钱全部拿出来入股吗？咱们干脆现在就成立一个炒股公司吧！你是班长，史玉婷、柳成丝她们及陆地、柳赛等都相信你，这公司干脆你牵头来成立！公司成立后，你做董事长，我做总经理！我保证咱们公司只赚不赔！如果史玉婷、柳成丝她们真的把自己的零花钱全拿出来，加上陆地、柳赛及你的、我的，那有一百多万！如果咱们这次能把握好机会，那么，让这些钱翻几个筋斗完全是有可能的！如果真的让这些钱翻了几个筋斗，那给你祖爷爷请个保姆还用担心钱吗？你祖爷爷如果有保姆照料了，你表妹还有必要辍学或休学来照料他吗？"

"你的好意我领了，你的话我也相信，但是，让我牵头来成立一个公司，这事比较难办！"

"为什么？"

"为什么？一是我从来没有办公司的经验，二是史玉婷、柳成丝、老二、老三等未必会相信我……"

"经验？任何人第一次做任何事时都没有做那事的经验的！至于史玉婷、柳成丝、老二、老三嘛，他们肯定相信你！而且在我看来，史玉婷、柳成丝不仅会相信你，而且会盲从你！……"

听谢海福这么说，牛瑧昱似乎被他窥破了讳莫如深之事似的，暗自一惊，脸上掠上一缕绯红，连忙打断谢海福的话道："不会吧！不会吧！"

"怎么不会呢？"谢海福一脸认真地说，"我看完全会的——据我的感觉，史玉婷、柳成丝都对你别有深情，你就是要她们和你上床她们也会……"

"瞎说！……"

"我一点儿都没瞎说——我知道女人是怎么回事！我一点儿都没瞎说！史玉婷、柳成丝上次在植物园时说愿意把自己的零花钱拿出来与大家一起开公司，实际上是冲着你说的！"

"你的这个感觉显然有误——她们当时明明是冲着大伙说的！"牛瑧昱笑道，"再说，要说她们是冲着某一个人说的，也应该是冲着你说的——她们知道你有丰富的社会经验，尤其有丰富的炒股经验，肯定也相信如果让你主持开一个炒股之类的公司是能稳赚不赔的……"

"如果是冲着我说的，那就太好了——那我就可以顺理成章地让她们把钱交给我炒股！不！她们要是把钱借给我或者贷给我炒股也行——我最起码也能在一个月内让她们的资金增值百分之三十！"谢海福也笑道，"只是我觉得她们完全不是冲着我说的——而是冲着你说！要不，你去问问她们，看她们是不是冲着我说的，如果是冲着我说的，那就尽快把钱给我；如果是冲着你说的，那你就让她们尽快把钱给你，你再给我！不管是她们给我的还是你转给我的，我保证给她们以高额的回报！不过，要快——股市形势是瞬息万变，慢了，说不定机会就失去了！"

"机会应该有的是——既然股市是瞬息万变的，那么有变就应该有机会！"

"机会虽然有的是，但任何一个机会都是稍纵即逝的！我不是诗人，对诗也一窍不通，但很喜欢一首诗……"

"一首什么诗？"

"一首关于'机会'的诗——它这样写道：

　　你是谁，
　　看去又不像尘世的女人，
　　而天公竟把你装点得如此美艳？
　　你干吗不停留？
　　脚上为何有翅膀生成？

　　我是机会，知道的人少得可怜，
　　我终日劳碌不停的理由，
　　是因为我一只脚生在轮子上面。
　　任何飞翔都比不上我的行走。

　　……

"谁写的？"

"马基雅维里——文艺复兴时期的一位意大利诗人！"

"难怪写得这么好——原来是他写的！"

"你对他很熟吗？很崇拜他吗？"

"谈不上崇拜。暑假里，我在老家闲着没事时读过他的《君主论》《战争的艺术》《佛罗伦萨史》……"

"我也读过他的《君主论》，前几天才读的。在读他的《君主论》时，顺便读到了这首诗，觉得不错，便记下来了！"

"这首诗所说的道理的确很对——机会一旦错过了再去抓它，只能是'枉劳一场'！"

"所以嘛——咱们这次怎么都不能让机会错过！一定抓住这次牛市机会大赚一把！如果史玉婷、柳成丝真的把钱拿出来，我们的'基金'就不算太小了，大赚一把完全是有可能的——一百多万翻几个筋斗，这对于我们这些还没'初出茅庐'的大学生来说，无疑是大赚一把了！"

"当然——但是，史玉婷、柳成丝她们是不是真的有那么多零花钱？……"

"肯定有——她们一个是上市公司老总的千金，一个是大都市常务副市长的千金和上市公司老总的外甥女，不要说有几十万的零花钱，就是有百把万的零花钱，也应该不是什么稀奇！……"

"就算她们真有那么多钱，她们会不会真的愿意全拿出来，也是一个问题……"

"这绝对不是一个问题——只要你开口，她们不要说会给你几十万，就是给一百万也是没问题的！刚才我说你如果要她们和你上床她们也会的，这说的确实不好听，请原谅！但我现在还要说，你如果开口要她们把整个人给你，她们也会毫不犹豫地……"

"你还是异想天开了！……"

"我一点儿都不异想天开——据我的感觉，史玉婷应该是你的'老相识'或者是'老相好'，你们高中时同学，肯定要么是她暗恋你好久了，要么是你俩早就'暗度陈仓'了……"

"又瞎说了！……"

"我一点儿都不是瞎说——我和女人打过交道，对女人的心理和言行举止都很了解！我深信你只有进入了史玉婷的心里，她才对你总一副痴迷迷的样子！"

"老大你太高看我了——我没那么大的魅力！……"

"我一点儿都没有高看你——史玉婷、柳成丝不仅都喜欢你，而且还为你争风吃醋呢！……"

"是吗？……"

"当然是的——那天在植物园各自'晒'自己的零花钱，都声称愿意全部拿出来入股，很显然是一种争风吃醋！哎！我说老幺，你今天就试试，让她们把钱给咱们炒股，亏了是我的赚了是你的或者是她们的！你一定要试一试——就算是为了你那表妹，你也要试一试！"

牛瑧昱正不知如何回答谢海福时，见两个显然是晨跑完毕了的女同学说说笑笑地朝他们走来，便说："咱们是不是该去吃早餐了？"

"啊！咱们是该去吃早餐了！"谢海福看了看手表后说，"咱们赶紧去吃早餐！吃完早餐之后，你去找史玉婷、柳成丝，我去研究下周的股市对策——咱们争取'双赢'！"

第十六章　谁的春天更妩媚

史玉婷从西子庄园回到家中时，她母亲韩丽花正准备出门去参加一个捐赠仪式。由于彼此都"行色匆匆"，史玉婷便随口问候了一声韩丽花后就回到自己的房间；随后便去洗澡——她本打算梳洗一番后就与韩丽花谈汪强所托之事的，但韩丽花却有事出去了，她未免有点儿失望。洗完澡后，史玉婷刚把衣服穿好，手机微信提示铃便响了；她随手打开微信一看，见是谢海福发来的：

"史公主，牛瑧昱正到处找你呢。"

"牛瑧昱找我？"史玉婷看到短信后暗自一惊，"找我干什么？"

"牛瑧昱该不是知道我和汪强昨晚去西子庄园了吧？"搁下手机后，史玉婷一边梳头一边想，"啊！他找我说不定是他知道此事之后的'醋意'所致呢！嗨！有'醋意'就好——有'醋意'就说明他心中还是有我的！男人就是这么贱——你对他好，他不珍惜你；你对他不好，他才珍惜你！牛瑧昱，你也是这么贱——这些年来，我一直都对你好，而且为了你，我放弃了到香港去求学的机会！这些你也心知肚明，可你却总是对我不理不睬！当你怀疑我移情别恋时，你便来找我——可如果我真的移情别恋了，你就算是找到我了，那还有用吗？你现在不正在找我吗？我偏偏不让你轻易地找到我偏偏要让你着急偏偏要吊你的胃口！"

想到这里，史玉婷随手关上了手机，但刚关上手机，她又莫名其妙地打了一个颤，一阵恐惧袭上心头，随之，不由自主地想："啊！牛瑧昱找我该不会是有什么棘手的事情吧！他要是有什么棘手的事情需要找我而又找不到我，那他怎么办？那岂不会急坏他？要是急坏了他，那可就坏了——不仅我这些年来的一片苦心白费了，而且期待中的未来也会泡汤！啊！绝对不能急坏他！"

想到这儿，史玉婷又打开了手机。

第十六章　谁的春天更妩媚

史玉婷本以为一打开手机就会收到牛瑧昱发来的短信或接到他打来的电话，可手机开了好一会儿，她既没有收到牛瑧昱发来的短信，又没有接到牛瑧昱打来的电话，于是，她不由得有点儿失望；失望之余，她又有点儿担忧起来。

"牛瑧昱该不会出什么事吧？或者生了病吧？或者……"

史玉婷边想边不由自主地拿起手机来给牛瑧昱打电话，但还没拨通牛瑧昱的手机，她又想："不行！我现在主动地给他打电话，他会小看我的！"

于是，她放下了手机，但刚放下手机，她又拿了起来，边拿边想："不行！我还是得给他打电话——主动地给他打电话显然是我关心他，他明白之后只应该感激我而不应该小看我！不是吗？我关心他有什么错——他凭什么小看我？就算不给他打电话也应该给他发条微信——发微信也能表明我关心他！"

想到这儿，史玉婷不假思索地给牛瑧昱发了一条微信：

"牛瑧昱，听说你有事找我——我今天在家待命，你可随时找我。"

在给史玉婷发了"史公主，牛瑧昱正到处找你呢"这条短信之后，谢海福随即又将这条短信改为"柳公主，牛瑧昱正到处找你呢"发给了柳成丝。

谢海福给柳成丝发短信时，柳成丝还在酣睡中——昨天当选团支部书记后，她非常高兴，并特地发短信告知在外出差的母亲；回到家里后，她余"兴"袅袅，以至于上床之后，迟迟不能入睡。将近午饭时分，柳成丝醒来了，她打开手机，想看看时间，但刚打开手机，微信提示铃声便响个不停。她在发现谢海福所发的微信之后，本能地一阵惊喜，在心里笑道："嗨！牛瑧昱终于主动找我了！"

随后，柳成丝又胡乱地想："牛瑧昱找我有什么事呢？大概是想和我商量班级工作吧——班级工作当然得有一个计划，他虽然是班长，但也不能独自闭门造车地制定吧！总得与人商量一下吧！我是团支部书记，他要找人商量当然首先得找我呢！再说，假如不是找我谈班级工作，他也不会让像谢海福这种'旁人'知道！……他要是找谈班级工作，我除了提出一些关于'常规'工作的意见外，还要重点谈一下'合资'炒股的事——我们刚进大学，虽然应该把精力主要放在功课上，但是，我们的专业归根结底还是要落实到炒股这一实践上！再说，时下国家大张旗鼓地号召大学生创业，学校也积极响应国家的号召，鼓励学生创业，甚至以学生创业的业绩来评价学生和学科，而整个社会也往往以学生创业的成败来评价学生和学校，于是，学生都想成为马化腾、马云、刘强东，学校都希望能出一个或几个马化腾、马云、刘强东，因此，我们创业——'合资'成立一个公司炒股，实际上也是顺势而动、与时俱进！对！等一会儿牛瑧昱找我时我一定要重点谈一下'合资'炒股的事！我们一定要成立一个炒股公司！一定要趁这牛市大赚一把！也趁这个牛市打出我们的'品牌'！"

想到这儿，柳成丝下意识地握紧了拳头。稍后，柳成丝又下意识地想：

"如果真的成立一个炒股公司的话，我就力推牛瑧昱做董事长——牛瑧昱思路开阔、果敢、有魄力，且又稳重，一定能胜任董事长一职的！谢海福虽然有点儿轻浮，但是年纪大，阅历丰富，看样子也确实很有点儿炒股经验，做总经理也应该是没问题的——我就力荐他做总经理吧！我们所有出资人当然都是股东，但是，股东应该有大小之分，谁出的钱多谁就应该是大股东——如果我和史玉婷都出资五十万，其他人只出几万或几千，那么，我们就理所当然是大股东了！不行！如果史玉婷出资五十万，我就出资五十五万！我一定要超过她，成为比她更大的股东！谁出的钱多谁所拥有的说话权大，我一定要比史玉婷拥有更大的说话权！我所拥有的说话权更大了，对牛瑧昱的影响力会更大！对他的'魅力'也会更大！我一定要让他对我'心悦诚服'！啊！说不定他已经对我'心悦诚服'了！"

想到这儿，柳成丝脸上充满了自信和喜悦的笑容，并翻看手机短信，看是否有牛瑧昱发给她的，然而，在翻来覆去地看了一个够之后，她也没有看到牛瑧昱发给她的任何短信，于是，她在心头又浮上了一缕莫名的忧愁，并下意识地想："牛瑧昱该不会遇到了什么为难的事情吧！如果遇到了什么为难的事情，那将会是什么？该不会是班上有谁对他当选班长不满而找他的麻烦吧？……如果是这样的话，那么，我作为他的搭档，应该坚决地站在他的一边，做好他的'贤内助'——啊！不是的，是做好他的好帮手！……嗨！'贤内助'也说得过去——今后班上的工作，他作为班长作为男生'主外'，我作为团支部书记作为女生'主内'不是顺理成章吗？再说，他既聪明伶俐、活泼可爱，又和蔼可亲、善解人意、善于处理人际关系，也适合'主外'，因此，他'主外'也理所当然！……这样的人，班上也不应该会有谁对他不满，更不应该会有谁找他的麻烦！……啊！该不会是汪强找他的麻烦吧？……这极有可能——汪强曾许诺让我做班长可我最终又没有做班长，因而不好向我交代，不！是不好向学校领导或是我妈妈交代！因此迁怒于牛瑧昱找他的麻烦……不行！汪强要是因此而找他的麻烦，我坚决不答应！我要告诉我妈，我要我妈找校长！汪强讨好我不就是为了讨好学校领导讨好我妈吗？可是，他如果这样讨好就适得其反了！哼！一个小小的老辅导员、一个转岗人员居然想讨好我妈——真是不知天高地厚真是癞蛤蟆想吃天鹅肉！……嗨！要是真的遇到这样的事，那好说——我对我妈说一声问题不就解决了吗？唉！不知是否只是遇到这样的事？啊！打个电话问一下就清楚了……"

吃完早餐后，牛瑧昱本想与谢海福一道回宿舍，但想到谢海福要趴到电脑上研究股市，便与谢海福"分道扬镳"，独自前往图书馆。由于是周六，加上图书馆刚开门，因此，自习室仅牛瑧昱一人。坐到自己的座位上后，他随手从一摞书中取出自己昨天曾阅读过的《西方经济学史》，并习惯性地打开，但是瞟了一眼又无意识地合拢了书，两眼茫然地看着前方，一边用中指头轻敲着书本一边想："我本想先一心一意地读几年书后再创业的，看来只能是一个美好的愿望了。当下我最急需的是钱——是能帮祖爷爷雇请一个保姆的钱！如果不能帮祖爷爷雇请一个保姆，那么，雪莲就不会重返学校！如果雪莲不重返学校，那么，我就没法安心读书——暑假里，我离开牛家大湾时与雪莲相约，一定想方设法帮助她考进锦都大学……可我现在找一个人代替她照顾祖爷爷这点儿事都没法做到，我怎能安心读书呢？雪莲现在连学都没法正常上了，将来怎么还能考进锦都大学？我怎么能帮助她考进锦都大学？……我能安心读书吗？"

想到这儿，牛瑧昱不由得叹了一口气，并再次用中指轻敲了几下书本。

"我当下最急需做的事情是弄钱！可到那儿去弄呢？怎么弄呢？谢海福说能通过炒股帮我弄到钱来给祖爷爷请保姆，这话能相信吗？他还说我们成立一个炒股公司炒股，这可行吗？如果可行，那么，怎么操作为好？真的如谢海福所说由我出面来组建吗？如果真的由我出面来组建，那么柳成丝、史玉婷真的将自己的五十多万零花钱全部掏出来吗？……"

牛瑧昱还沉浸在紊乱的思绪之中时，一个同学走进了自习室，随后，又有几个同学走了进来；牛瑧昱似乎是为了掩饰自己"发呆"的"窘态"，本能地打开《西方经济学史》，但当那位同学坐到自己的座位上安静下来后，牛瑧昱又回复了自己的"发呆"状，思绪又回到了"杨雪莲"以及"炒股""炒股公司"等事宜上："雪莲的当务之急应该是回到学校去，我的当务之急是弄到钱雇请一个保姆照料祖爷爷，让雪莲能无牵无挂地重返学校！谢海福所说的'炒股''炒股公司'等事情哪怕只有一分可行性，我也应该试一试！是的——应该试一试！我现在就开始试一试，现在就给柳成丝、史玉婷打电话，试着问她们愿不愿意合伙开公司，她俩如果真的都有五十多万且真的都愿全部拿出，那么，合资开公司的问题就解决了一大半……"

想到这儿，牛瑧昱下意识从口袋里掏手机，并向图书馆外面走去，但刚走图书馆外，就远远地看到孟爽和周瑾边说边向图书馆走来，他本能地一惊，并本能地"撤回"图书馆；在走回图书馆时，他又偷偷地回头望了一眼，看见孟爽和周瑾走到图书馆前的主路后朝校南门走去，他便随即收住了脚步。

"嗨！我怎么像在做什么见不得人的事似的？！"再次走到图书馆外后，牛瑧昱一边拍着脑袋一边在心里自我嘲笑道，"为了帮助雪莲重返学校而找柳成丝、史玉婷帮忙，即使被孟爽和周瑾知道了，也没有什么丢人的，干吗要这么做贼心虚似的！"

随后，牛瑧昱一副大义凛然的样子准备给柳成丝打电话，但就在要按下柳成丝的手机号码时，手机微信提示铃声响了；他随手打开一看，看到了史玉婷发来的微信——他暗自一惊，默语道：

"我何曾对谁说过有事要找史玉婷？难道是她猜到了我有事要找她而'先发制人'吗？如果是这样的话，那她就有特异功能了！啊！谢海福不是让我找柳成丝和史玉婷的吗？肯定是这家伙捣的鬼！如果是这家伙捣的鬼，那也好——我可以把这家伙的'策划'和盘托出，并来他一个'借梯下楼'！"

想到这儿，牛瑧昱给史玉婷回复道："我的确是有事找你！"

牛瑧昱刚一回复，史玉婷的电话便打了过来；牛瑧昱随手按下接听键，手机里便传出史玉婷急促的声音:"牛瑧昱,有什么事找我?"

"电话里说不清……"牛瑧昱回答道,但牛瑧昱还没把话说完,史玉婷就急匆匆地说:"那见面说——告诉我,你在哪里,我来找你!"

"在图书馆……"牛瑧昱正说着,史玉婷便挂断了手机。牛瑧昱一愣,但随即意识到不能在图书馆见史玉婷:"这个人说话大声大气,办事大大咧咧……"

想到这儿,牛瑧昱便给史玉婷发了一条短信:"运动场边上的台阶上见吧!"

随后,牛瑧昱便进图书馆将书本收拾好。

虽然在世人的心目中,春天总是非常美好甚至是最美好的时节,古今中外赞美春天的格言或诗作难以数计,像"一年之计在于春""等闲识得东风面,万紫千红总是春""春眠不觉晓,处处闻啼鸟""春天,春天,爱情的季节"之类的诗句,简直可以说妇孺都耳熟能详,但是在锦都,秋天却是最美好的时节——风和日丽、天高气爽、山清水秀。牛瑧昱出图书馆后,沿校园主路穿过南区前往北区的运动场;主路两侧高大挺拔的法国梧桐一如盛夏时节一样枝繁叶茂,但树叶绿、红、黄相杂,从而比盛夏时节多了一分"姿色";校园小道两侧的松柏则一如盛夏时节一样蓊蓊郁郁;锦河河水潺潺,游鱼嬉戏欢跃;运动场上运动人员或欢蹦鱼跃或欢呼嬉笑,一展英姿……要是往日,牛瑧昱也许会像赏花一样欣赏触目所及的一草一木、一景一色的,然而,此时此刻,他一心所想的是如何弄到钱帮杨雪莲解困之事,因而,对触目所及的一切都"熟视无睹",急匆匆而又高一脚浅一脚地赶往运动场边上的台阶。

也许是同学们忙碌了一周太辛苦了无法早起的缘故,也许是周六同学们有校外活动的缘故,牛瑧昱到达运动场边上的台阶时,台阶上的人寥寥无几。牛瑧昱无意识地走到台阶的最高一级,在四周了无一人的一个座位上坐了下来。虽然时序已经进入深秋,加上山风一阵一阵的,因而凉意甚重,但是,由于刚才步履匆匆,加上"忧心忡忡",牛瑧昱还是感到有点儿燥热,因而刚坐下便又站了起来,将贴住后背的衬衫撑起,随后,又不时地扇动前胸的衬衫,同时,左右张望,以期能看到史玉婷那熟悉的身影,然而,进入他视野的全是一些陌生的身影，于是，他带着失望坐下，心存疑虑地想："史玉婷该不会没有收到我的短信吧？或者我的那条短信该不会没有发出去吧？"

牛瑧昱边想边查看手机。当确定自己给史玉婷的短信发出之后，他又抬头看了看前方，随后站了起来向前方眺望，就在此时，他的手机铃声响了，他瞟了一眼，见是史玉婷打来的电话，先是莫名其妙地一惊，随后不假思索地按下了接听键……

挂断手机后，史玉婷匆匆忙忙地梳了一下妆后就驱车直奔锦都大学。车刚驶出别墅小区大门，她便将车速提高到每小时70公里，但在驶入通往城区的主路时，遇上堵车；她心急如焚，想改走另外的道路，但车后紧跟的是一长串的汽车。

"唉！今天怎么出车不顺！"史玉婷一边两手轻轻地拍击方向盘一边暗自抱怨道，"真是'屋漏更遭连夜雨，船迟又遇打头风'！"

"堵车也好！"史玉婷又自我安慰地想，"堵一下车，迟一点儿到，让牛瑧昱也急一急——他不是有事要找我吗？"

史玉婷随即在心里"幸灾乐祸"地笑了起来。

"不行！还是应该早点儿到！"随后，史玉婷又想，"与牛瑧昱同学这么多年，从没见他主动地找过我，他这次主动地找我，肯定事情急或棘手！不过，他遇到了急事或棘手的事情找我也好——一来我可以尽全力地帮助他，并借此拉近我们的距离，二来也可以让他见识见识我的本领，不再对我视而不见！"

史玉婷正想着，前面的车慢慢行驶起来了，于是，她便收住思绪，行驶一会儿后便再次将车速提至每小时70公里。在锦都大学图书馆前一泊好车，史玉婷便拨通了牛瑧昱的手机。牛瑧昱刚按下手机接听键，手机里便传出了史玉婷急促的声音："牛瑧昱，我到了！"

"啊！你到了？"牛瑧昱由于没有看见史玉婷，便纳闷道，"到哪儿了？"

"到图书馆了……"

"我给你发短信了，请你到运动场这边来……"

"收到了——正往这边来呢！担心你着急，便给你打电话……"

"哦——那好！我在最上边的台阶上……"

第十六章 谁的春天更妩媚

牛瑧昱正说着，一群学生嬉嬉笑笑地向他所在的台阶走来，他便压低了声音，并向西北角挪了一点儿。

史玉婷一走到牛瑧昱的跟前，便一边擦拭着额头上的汗一边气喘吁吁地问："有什么事？要紧吗？"

"啊！其实没什么事！"牛瑧昱一副轻松的样子说，"也不要紧！……"

"不要紧就好！"史玉婷如释重负地说，稍顿之后又笑道，"就是要紧的事也没什么——咱们共同面对，再要紧的事也会不要紧了！"

"真的没什么要紧的事情！"牛瑧昱也笑道，"就是关于上次在西山游玩时大家所议过的集资创业的事……"

"啊！原来是关于集资炒股的事！"史玉婷再次笑道，"这的确不是一件什么要紧的事情——把大家的零花钱拢在一起试试运气，同时也测试一下咱们实践能力，不就是玩玩而已！……"

"不！不！……"牛瑧昱一敛笑容地说，接着把自己的真实想法以及谢海福的建议一股脑儿地对史玉婷说了。

得知牛瑧昱是想筹钱给杨显珍请保姆以解决杨雪莲上学的后顾之忧后，史玉婷也一敛笑容地说："看来这事的确不是玩玩！也就是说，咱们这次'集资炒股'之事只能成功不能失败，否则，既会影响杨显珍老人的生活，又会影响杨雪莲同学的学习甚至前途，同时，也会影响咱们的声誉！"

"但是……这么做，我会不会被大家认为是在假公济私……"牛瑧昱犹犹豫豫地说，"或者被大家误解为是在利用大家……"

"不会的！"史玉婷语气决绝地说，"集资炒股本是大家早就议定的事——当时还说立马动手的……再说，咱们一切自愿，而且按出资比例分红，谁还能说什么？！"

史玉婷说完后，没等牛瑧昱表示然否，就接着说："不过，这次由我来落实这件事——你也别再向其他人提你祖爷爷及表妹之事，这样，就不担心其他人会有想法了！另外，出资时，我把我的全部零花钱都拿出来，同时，不管你出资多少，我都另借给你二十万——你出了不算少的钱，将来就是有人知道了你的真实意图也不会说什么！你实际上是在做善事，我帮助你做善事也是在做善事，因此，我如果向我妈要二十万，她是不会不给的！"

"不！不！……"牛瑧昱慌忙说，"我决不能要你的钱！"

"不是你要我的钱，是我要借钱给你！"史玉婷提高嗓音，"我不是给你钱，而是借给你钱！"

"这，这……"牛瑧昱脸现窘色，吞吞吐吐地说。

"没什么'这，这'的！"史玉婷语带亲昵地笑道，"现在股市行情这么好，很可能我会沾你的光发一笔小财呢！"

"不是你沾我的光，而是我沾你的光！"牛瑧昱有点儿羞赧地说，"我就几千元钱，能让你沾我什么光发什么财？"

"这不是钱多钱少的问题！"史玉婷说，"上次在西山时，集资炒股之事要不是你提出来，我是不会那么积极地响应的——我家又不缺钱，我掺和这事干吗？！这次要不是你为了帮助无助的老人和失学的中学生而参与集资炒股这事，我也不会追加资金！因此，如果我这次赚了，那么，首功当然要归于你呀！啊！不再说这事了！就这么定了——我出资五十万，借给你二十万！我不仅自己会积极地参加这次活动，而且还要动员同学们积极！……"

"那不行！"还没等史玉婷把话说完，牛瑧昱便断然否定道，"这事最多只能限于咱们两个宿舍——最初也只是两个宿舍的同学在游玩时心血来潮提出来的嘛！"

"那我就动员咱们两个宿舍的同学都参加！"史玉婷也不等牛瑧昱把话说完就说，"谢海福、柳成丝都肯定会参加的，但其他同学可能还得动员一下！"

"何以见得？"

"谢海福很在乎钱——看他那样子似乎他完全是为钱而生，也会为钱而死！柳成丝不在乎钱，但很在乎你！……"

"柳成丝在乎我？别拿我开涮了！"

"她当然在乎你——上次在西山游玩时，她总好像担心有人和她争夺你似的！后来时时刻刻向着你——这次选班干部，她还暗地里动员大家选你，而且她没投自己的票，却投了你的票……"

"何以知之？"

"你只差一票就是全票，而我又没有投你的票"

"哦……"

"我觉得你当选班长是毫无问题——多一票少一票无关紧要，我便投了自己一票！"

"哦……"

"但我投自己的票也是为了你！"

"此话怎讲？"

"我想帮助你想为你分忧解难呀！当时，我料定你会当选班长的，而'一个泥巴三个桩，一个好汉三个帮'——你这个班长，在班委会里当然也应该有几个铁杆哥们呀！"

"哦……"

"我不仅会在班委会里坚决支持你，而且在任何场合都会坚决支持你的！也坚决支持你主持这次'创业'活动！等一会儿我就逐一动员咱们两个宿舍的同学，让大家都积极参加这次'创业'活动！集资之后，我提议咱们成立一个公司——你做董事长……"

"那不行！"

"怎么不行？不行也得行——你是班长，做董事长名正言顺！再说，董事长的发言权大——旦你祖爷爷和表妹那边真的急需钱，你可随时提出分红！当然，那边如果真的要钱，我也借给你，但我太了解你了——'分红'这种形式你也许还能接受……"

史玉婷正说着，牛瑧昱的手机响了，牛瑧昱一看，见是柳成丝打来的，便本能地快速按下手机上自动跳出的"抱歉，我现在不方便，稍后回电"的字样，脸上随即现出不太自然的神色。

"谁找你？"史玉婷看着牛瑧昱，关切地问，"有什么要紧的事吗？"

"一个朋友。"牛瑧昱掩饰道，"没什么要紧的事！"

"没什么要紧的事就好！"史玉婷说，"没事咱们就一起吃个饭吧——今天我请你！"

"吃饭……改天吧！改天我请你！"牛瑧昱说，"你今天本来应该在家好好休息一下的……等一会儿我父亲来接我回家……"

尽管是"被迫""灵机一动"撒的一个谎，但由于差不多是有生以来第一次撒谎，因此，牛瑧昱慌还没撒完，脸上便飞上了一片红晕。

"啊！刚才是你父亲打来的电话！那咱们现在就撤——免得你父亲等你！"史玉婷说，"我也得回家和我妈聊聊咱们'创业'的事！"

"那太难为你了！"牛瑧昱很真诚地说。

"没什么为难的！"史玉婷一副无所谓的样子说，"春节时，我妈说今年给我买一辆跑车，大不了我不向她要跑车，有什么为难的！"

"那太感谢你了！"牛瑧昱改口道。

"也不用谢——知道我对你真好就行了！"史玉婷压低声音说，"走吧！你父亲等着你呢！"

史玉婷说完便走下了一级台阶，牛瑧昱紧走两步跟上……

第十七章　不仅仅"冲动是魔鬼"

目送史玉婷的车驶入图书馆旁的主路上后,牛瑧昱忽然意识到自己确实也应该回一趟家——一者可以看看父母,一个星期来,牛瑧昱学习方面的事班级工作方面的事忙得不亦乐乎,不仅一次家也没回,而且一次也没想到过要回家,此时此刻,忽然意识到这一点,他忽地觉得自己很愧对父母;二者要和父母商量一下如何解决照料杨显珍老人的事以及让杨雪莲重返学校的事。

想到这儿,牛瑧昱决定径直回家。但刚走了几步,牛瑧昱又记起柳成丝刚才打来的电话,于是,不假思索地给柳成丝打电话。刚一拨通柳成丝的电话,牛瑧昱的手机里便传出了柳成丝听起来非常着急的声音:

"牛瑧昱,你在忙什么呀?怎么不接电话呀?"

"啊!刚才不太方便!"牛瑧昱笑道,"你刚才给我打电话,有事吗?"

"我没什么事呀!"柳成丝娇嗔道,"你不是有事找我吗?"

"谁说的?"

"谁说的?这你就别管了!你有什么事找我?要紧吗?"

"是有点儿事,不过,不是什么要紧的事!"

"没什么要紧的事就好!能说说究竟是什么事吗?"

"能!但电话不容易说清楚……"

"那见面说——现在能见面吗?"

"我在回家的路上……"

"那下午或晚上见面吧!告诉我,你家在哪里——我去接你……"

"我家……"

"别害怕!我不是去你家里!"

"我家在锦都师范大学南校区……"

"锦都师范大学校园我很熟——那我到锦都师范大学南门接你！我什么时候去比较方便？"

"我现在还没到家……"

"那我等你把回家要做的事做完后去——你回家多少总有点儿事嘛！这样吧！我下午六点到南门！"

"回家怎么对爸妈说祖爷爷和雪莲的事呢？"在锦都大学东门坐上回家的地铁后，牛瑧昱不由自主地想，"爸爸肯定比我更敬爱、更关心祖爷爷，一旦知道雪莲为照顾祖爷爷而退学了，一定会非常着急的！这些年来，爸妈就那点儿工资收入，可家里家外的事一大堆——二伯、爷爷先后生病去世，小姑及堂哥们读书找工作，爸妈多少得花点儿钱！我读了这么多年的书，家里换过几次房，这些一定没少花钱！家里一定没多少钱甚至没钱了！一旦知道了我想请保姆照料祖爷爷而让雪莲重返学校的事，为了不影响我的学习，他们一定会自己来处理这事的——可他们到哪里去弄钱呢？！"

想到这儿，牛瑧昱不由得一阵急一阵心酸。

"唉！还是别对爸妈说了吧！"稍顿之后，牛瑧昱想，"祖爷爷和雪莲的事看来还是得由我自己来解决！可我自己又能怎么解决呢？我既无资金做资本经商又无经商的经验和能力，因此不能通过经商来挣钱！我不是学理工科的，因此，我也既不能通过技术又不通过发明创造来挣钱！我现在仅有的就是一点儿初步的肤浅的金融知识，可以试一试的就是谢海福们所极力撺掇的炒股！但做任何事情都是有风险的——炒股更是一件高风险的事情！虽然时下股市行情的确不错，但股市行情也是瞬息万变呀！虽然史玉婷一副慷慨激昂、舍生取义的样子要参与大家的集资炒股，为了能让我也参加，还说愿意借钱给我，但是，假如我们不能如愿以偿地赚到钱，祖爷爷和雪莲的事情怎么解决？再说，祖爷爷和雪莲的事是迫在眉睫不能等的事，炒股就是能赚到钱，能像到银行取款一样快吗？假如我们炒股赔了怎么办？谢海福说炒股公司由我牵头，史玉婷也是这意思，那炒股如果赔了，当然由我负责！可我怎么负责？我负得起这个责吗？史玉婷说借给我二十万元入股，假如赔了，我到哪里去弄钱还给她？唉！我还是别掺和炒股公司这事了！……可如果我不掺和这事，到哪里去弄钱解决祖爷爷和雪莲的事呢？再说，我刚才实际上答应史玉婷了，如果又说不掺和这事，那她会怎么想怎么说？柳成丝今天见我时，肯定也要说这事的，那我怎么说？我能直接说不掺和这事吗？如果直接说不掺和，可这事最初是由我提出的呀！再说，我也不能对史玉婷说掺和，对柳成丝说不掺和！唉！我该怎么办？！……"

牛瑧昱沉浸在意识流般的"遐想"之中，以至于当他中断"遐想"时，列车早已过了锦都师范大学站了，他只好回过头来再坐地铁，并且坐上地铁后，眼睛一眨也不眨地盯着站牌指示灯，两耳则仔细聆听着列车的报站语音。

牛瑧昱回到家中时，父母均不在家。

"咦！吃午饭的时候，怎么爸妈都不在家？"牛瑧昱暗自纳闷道，"不会有什么事吧？！"

牛瑧昱随手拿出手机拨打牛正甫的手机。

"爸爸，你和妈妈都不在家——在哪里？"一拨通牛正甫的手机，牛瑧昱就迫不及待地说，"有事吗？"

"没事！"牛正甫回答道，"我们一会儿就到家——你如果饿了，就先到食品柜里取面包吃——那是我们今天早上买的！"

由于连续几天过分耗费精力，加上已经到了午饭时间，牛瑧昱确实感到有点儿饿，便随便洗了一下头脸后就从食品柜里取出一包达利园牌法式小面包，但才吃了两块，门口便传来了掏钥匙的声音，牛瑧昱赶紧放下面包去开门。

"儿子，你今天怎么知道回家呀！"门一打开，傅玉林就语带责备地说，"回来也不事先打一声招呼！"

"我不是想给您和我爸一个惊喜吗？"牛瑧昱给傅玉林做了一个怪脸，嬉笑着说，"我爸呢？"

"在后面。"傅玉林轻描淡写地说，"他应该马上就到了！"

"您和我爸去做什么了？怎么午饭也没在家吃？"

"去帮你祖爷爷弄了一点儿药。"

听傅玉林说他们出去是给杨显珍弄药，牛瑧昱暗自一惊，以为是杨显珍又有什么毛病了，脱口道："祖爷爷怎么啦？"

"什么怎么啦？"傅玉林纳闷道，"祖爷爷病了这么多年——你又不是不知道！"

"您是说祖爷爷还是那老毛病？"

"还能有新毛病？就那老毛病也把你爸愁得不得了了！前天晚上，电视上说东苑中医院今天上午有一个大腕中医做一个与你祖爷爷那毛病有关的讲座，你爸便要去听，并担心自己一个人听得不够清楚明白，便让我也跟着去。"

"讲得怎么样？"

"讲得确实不错！讲完之后，现场就诊，我和你爸便让那老先生给你祖爷爷开了一个药方……"

傅玉林正说着，牛正甫抱着一大包药走了进来，大声笑道：

"你们两个别只顾自己说话了——帮我一下吧！"

牛瑧昱闻声拿下了牛正甫怀里最上面的两包摇摇欲坠的药，同时，冲傅玉林嗔怪道："妈——您怎么没告诉我我爸有这么多东西要拿呀？"

"这些东西就体积大——一点儿都不重，用不着你去拿！"傅玉林笑道，"你爸难得有拿这么多东西的机会，让他拿一下，锻炼一下身体也好！"

"别说了——好不好？"牛正甫也笑道，"你不就心疼儿子吗？"

"是的——又怎么样？"傅玉林又笑道，"你还吃醋吗？"

"吃醋？我一点儿都不吃醋！"牛正甫说，"我想吃饭，儿子也没吃饭——你去弄点儿吃的吧！"

"有那么多现成的，放到微波炉里热一下不就得了吗？"傅玉林佯装愠怒地说，"你要我去弄吃的是假，你要和儿子说话是真！"

"好了！好了——别揭我隐私了，好不好？"牛正甫装出一副求情的样子说，"你和儿子说了这长时间话，现在也该让我和他说说话了——这顿饭简单一些，你做！晚上那顿饭，我做点儿复杂的给你们俩吃，好不好？"

"但愿你不是说说！"傅玉林嘟哝了一声，随后便走向厨房。

"今天我和你妈去了一趟东苑中医院——收获不小！"傅玉林刚走进厨房，牛正甫便喜形于色地说，"你祖爷爷说不定能完全康复了！"

"真的吗？"牛瑧昱面带惊喜地说，"那太好了！"

牛瑧昱同时又在心里说："看来爸爸还不知道祖爷爷摔伤和雪莲休学之事！爸爸既要忙教学，又要忙科研，每天没日没夜地工作，每年逢年过节也没曾休息过，还不时要为亲友的事情操心，已经够累的了，我不能让他知道祖爷爷摔伤和雪莲休学之事，更不能向他提给祖爷爷请保姆之事……"

"也许会是真的吧！"牛正甫说，"从那位老专家所讲的一般原理以及对你祖爷爷病情及康复状况的分析来看，你祖爷爷应该是可以康复的！"

"但愿如此！"牛瑧昱随口道，同时在心里说，"如果是真的，那雪莲就可以没有后顾之忧了！要是现在就能康复，那就更好了——雪莲就可以即刻返校了，我也可以不再为雪莲犯愁了！"

"不过也得试一试之后才能定！"牛正甫说，"这是三个疗程的药，那位老专家说，你祖爷爷的病情如果在三个疗程之后有好转，就继续服用这药，如果没有好转改用他药！吃完饭后我就把这些药寄回去……"

听牛正甫说要把药寄给杨显珍，牛瑧昱担心牛正甫会知道杨显珍摔伤和杨雪莲退学之事，急忙说："寄药之事我去做吧！……您和我妈出去累了一个上午，下午就在家休息吧！"

"你去寄药？也好！"牛正甫说，"我正好急需把一篇论文修改一下——刊物的编辑催过好几次了！"

"吃饭吧！"牛正甫正说着，傅玉林端着一盘馒头边走进客厅边说，"吃饭后再说你那论文的事吧！"

"咦！这么快就做好了！"牛瑧昱撂下牛正甫而冲傅玉林说，"我妈真可谓是一个'神厨'呀！"

牛瑧昱边说边进厨房端菜。随后，牛瑧昱与牛正甫、傅玉林边吃边聊，一顿简易的午餐竟吃了将近一个小时，但谁也没有丝毫的"冗长"之感。

吃完午饭，牛瑧昱考虑到牛正甫和傅玉林都需要休息一下，便迅速将餐桌和厨房收拾好后就去给杨显珍寄药。

晚饭过后，牛瑧昱正在协助傅玉林收拾餐桌时，手机微信提示铃声响了。他打开一看，见是柳成丝发来的短信："我现在从家出发，半个小时后师大南门见。"

"还真来接我呀！"牛瑧昱在心里笑道，"看来我只好'单刀赴会'了！"

"谁发给你微信了？"傅玉林看了牛瑧昱一眼，关切地问。

"一个同学。"牛瑧昱随口答道。

"没什么事吧？"

"她说班上有点儿事，要我返校。"

"那你就返校吧——我去给你收拾换洗的衣服，你爸送你！"

傅玉林边说边放下手中的餐具。

"没有必要这么急——我们先把碗筷收进厨房后再说！"牛瑧昱笑道，"也不用您帮我收拾衣服——我自己会收拾！我爸有我爸的事——不用他送我！"

虽然牛瑧昱说得很恳切，也说得合情合理，但是傅玉林还是进牛瑧昱的卧室帮他收拾衣服，收拾好后，又催牛正甫开车送牛瑧昱，但牛瑧昱坚决不同意，并从傅玉林的手里接过衣服就走了。

"牛瑧昱，我在这里！"牛瑧昱刚走到锦都师范大学南门口，柳成丝就从驾驶室窗户探出头叫道。

"啊！我就来！"牛瑧昱边说边向柳成丝小跑过去。

"辛苦你了！"一走近柳成丝，牛瑧昱又说，"其实也没什么要紧的事——没有必要专门辛苦你的！"

"不辛苦——反正我一个人待在家也没事！"柳成丝笑着说，"先上车吧——你站在外面更辛苦！"

"坐上车就不辛苦了！"牛瑧昱边坐进车边笑道，"你这车不仅外观漂亮雅致，而且内面也宽敞豪华，坐起来一定很舒服！"

"应该还行吧——你坐一下就知道了！"柳成丝有点儿自得地说，"我这车是舅舅送给我的——是'玛莎拉蒂总裁'最新的一款；除我妈之外，我谁也没让坐过。"

"那我就太荣幸了！"牛瑧昱笑道，"但愿哪一天也有人送我一辆哟！"

牛瑧昱接着也在心里说："我现在要是有一辆这样的车，我就把它卖掉，把卖得的钱用来给祖爷爷请保姆供雪莲读书！"

"你这么好的人，还愁没人送你？"柳成丝边开车边笑着说，"你这么优秀——也不用人送！"

"别这么夸我了，好不好？"牛瑧昱戏谑着说，"这些日子来，已经够累的

第十七章 不仅仅"冲动是魔鬼"

了,不要再给我加压力了!"

"是呀!这些日子来你已经够累了!"柳成丝侧过头看了牛瑧昱一眼,语带心疼地说,"咱们今天就好好地放松一下!"

柳成丝边说边将车开向背离锦都大学的路上——牛瑧昱原以为是要回锦都大学的,便有点儿纳闷地问:"我们现在是去哪儿?"

"去哪儿?去了你就知道了!"柳成丝神秘地说,"你不是说有事要当面和我说吗?咱们就找一个只有你和我两个人的地方说……"

"可我也告诉过你不是什么要紧的事情呀!……"

"不是什么要紧的事?那是什么事?说来听听!"

牛瑧昱担心如果柳成丝知道杨显珍和杨雪莲的真实情况后也会像史玉婷那样主动地"出谋划策""慷慨相助",便轻描淡写地说了一下集资炒股的事。听完牛瑧昱的话后,柳成丝如释重负地说:

"原来是这点儿事——这点儿事其实没有必要太在意!现在是周末,应该好好放松放松——不必为这种事劳神!"

"你说的不错——我确实有点儿庸人自扰了!"

"也不能说你是庸人自扰!这些日子来,你既忙学习,又忙工作,神经可能的确有点儿紧张,做事爱举轻若重,可以理解!不过,你也应该注意放松——咱们现在去的这个地方肯定能让你充分地放松!"

"那太感谢你了!"

"不用谢——我也是去那儿放松嘛!"柳成丝说话间,车驶入了通向山间的双向道上。

山路曲曲弯弯、上上下下,柳成丝不得不一心一意开车,牛瑧昱和柳成丝便彼此都没有说话,大约半个小时后,车在一座绿树掩映的四合院停了下来。

四合院院墙由青石垒成,墙顶为屋檐状的琉璃砖。院墙前面有三棵高大挺拔的槐树,后面和左右两侧均为葱葱郁郁的竹林所绕。院墙西北方有一棵干粗枝壮直冲云天的松树。左右两侧六十米左右之外是外观大致相仿的别墅。别墅小区的南边为自西流向东的锦河。

小车大约停了一两分钟,一个身着印有"雅洁"字样工作服的少女从里面打开院门,一边开门一边亲昵地说:"对不起,大小姐!我刚上楼上去了一趟——本来,我一直在门口恭候您的,但是,刚才一阵子风有些大,我便上楼把窗户关小了一点儿。"

"没事!"柳成丝边将车开进小院边和蔼地说,"你去忙你的吧!"

"好的!""雅洁"少女说,随后,关上小院大门后离去了。

"这是什么地方?"下车后,牛瑧昱一边环顾着古色古香、层层叠叠、曲径通幽的小院一边想,"该不会是《红楼梦》中所描写的那个大观园吧!"

柳成丝好像猜到了牛瑧昱的心思似的,解释说:"这是我舅舅的别墅——这个别墅小区叫杏林山庄。"

"啊——"牛瑧昱应答了一声。

"虽然是舅舅的,但我和我妈也可以随便来。"随后,柳成丝又补充道,"我舅舅平常很忙,很难得来这儿一次——今天更不会来!这儿今天完全属于咱俩——咱俩要怎么放松就怎么放松!"

"要怎样放松呢?不就是没有压力不用紧张吗?"牛瑧昱笑道,"再说,这儿也还有其他人……"

"你是说刚才给我们开门的那女孩子吗?她是'雅洁'物业公司的一个员工——别墅区的所有别墅都由该公司负责照料看管。平时,该公司的员工像宾馆服务员一样定时到这儿来做卫生,收拾屋子,打开窗户给屋子透气……我们来之前往往会通知她做一些准备的……"

"啊!我正纳闷她刚才说一直在门口等我们呢!"

"现在,她已经走了,明天上午十点才来……所以,我们可以完全放松……"

"啊……"

"来!我现在带你参观一下吧——这也是一种放松!"柳成丝说着,做了优雅的"请"手势。

四合院为一座"大号"的二进院,正房为一座三层的楼房,东西厢房为"阔大"的平房,房前各有一个粗壮挺拔的梧桐;正房和厢房都有浓郁的中国传统风味——雕龙画凤、飞檐翘角;左右跨院前面对称地摆放着几盆白玉兰、雪松、红叶石楠;游廊里散布着郁金香、菊花、腊梅等盆景。整个小院弥漫着一种清淡的芳香。

柳成丝带着牛瑧昱从宅门开始,依次参观了倒座房、影壁、垂花门、游廊、东西厢房、庭院、跨院、正房等，边参观边介绍，并介绍了小院的盆景和梧桐；介绍完毕后，又简单地介绍了小院外的树木和竹林以及别墅周边的环境。

柳成丝介绍得很平实，虽然没有有意地炫耀和自得之意，但也有一种溢于言表的由衷欣慰和欣赏。

牛瑧昱一边一副聚精会神的样子聆听一边暗自想：

"我要是有这么一座别墅，我就把它卖掉，把卖得的钱用来给祖爷爷请保姆和资助雪莲上学——不！还可以资助一些像老家那些上不起学的孩子们！或者把奶奶和祖爷爷都接到这里来——这里山清水秀，空气洁净，很宜于身体，如果住在这儿，奶奶肯定会身体更好，祖爷爷说不定能完全康复呢！我爸爸妈妈也就用不着再牵挂他们了，雪莲也可以安心读书了……"

"现在你对这儿大致了解了，应该觉得可以放松了吧！"

"当然可以——这儿环境优美，虽仍属锦都，但无'车马喧'，无论多么紧张劳累的人来到这里，都会产生一种放松感！"

"也许是这样吧！"柳成丝认同道，"我每次来都很有一种放松感，每次从这儿回家时都像刚泡了温泉刚做了全身按摩一样舒坦！我妈也不时来这儿——她可能也有与我一样的感觉！当然，我也希望你这次也有与我一样的感觉！"

"会有的！"牛瑧昱笑道，"我现在已经很放松了！"

"但愿是真的！"柳成丝也笑道，"走！咱们到娱乐室或健身房去——那儿更宜于放松！"

"好！"

"是娱乐还是健身？"

"随便。"

"那就娱乐吧——今天本来是来放松！走——到东厢房去！那儿有歌舞厅、影视厅、棋牌室、唱歌、跳舞、看电视、看电影、打牌、下棋都可以，你爱干什么咱们就干什么！平常，我妈来这儿时，她总爱在影视厅里一边喝着饮料一边看电影——啊！我估计我妈昨天也来过。"

柳成丝说着，就往东厢房走。走进歌舞厅后，柳成丝指了指里面的音响设备说："这儿音响设备很好——差不多是锦都最好的，经典歌曲舞曲，凡能搜罗到的这里都有！要不，我们唱唱歌跳跳舞？"

"唱歌跳舞我都不大会！"牛瑧昱说，"打牌人手不够，下棋太费脑力，我们就看看电影或电视吧。"

"也成！"柳成丝颇有点儿自鸣得意地说，"这儿的影视作品既多又全且有品位，更为难得的是，这儿有非常齐全的世界文学经典改编的影视片和中国现当代文学经典改编的影视片……"

说话间，柳成丝和牛瑧昱走进了影视厅。

"嗨！我妈昨天真的来过了的！"一走进影视厅，柳成丝就以一种"不出所料"的口吻说。

"真的吗？"牛瑧昱随口答话道。

"应该是真的！"柳成丝说，"这屋子里有我妈用的香水味！嘿！这儿还有我妈常喝的饮料——来！咱们也来学我妈边喝饮料边看电影！你想看什么？"柳成丝说着，递给牛瑧昱一听饮料。

"那咱们看一部由中国现当代文学经典改编的电影吧！"牛瑧昱说，"我这个学期选修了'中国现当代文学经典的影视改编研究'课，好像你也选修了这门课。"

牛瑧昱边说边接过柳成丝递过来的饮料，并无意识地看了一下饮料瓶。柳成丝以为牛瑧昱会见饮料没有商标就怀疑其质量，便解释说：

"这饮料绝对是非常好的饮料，它没有商标——因为是特供的；平常我也难得一喝——要喝也是我妈亲自拿给我。"

"啊！那太好了！"牛瑧昱笑道，"真没想到我今天有这么好的待遇！"

"也谈不上是多么好的待遇——不就是喝喝饮料看看电影吗？"柳成丝说，"你刚才说看一部由中国现当代文学经典改编的电影，那好，咱们就看吧——我也选修了那门课！不过，中国现当代文学经典改编的电影我看过不少了——老师所说的要讲的那些经典我基本上看过了……"

"我也看过不少。"牛瑧昱说，"不过，这可不仅仅是看电影——比如，我是带着问题看电影的，特别关注影视改编作品与原著各自的优劣短长，有时候老师的讲解能给我一种茅塞顿开的感觉，比如，老师对《伤逝》的讲解……"

"我也有同感。"柳成丝说，"过去读小说，看电影，我对该作品的理解停留在'妇女解放'的层面上，老师说也可以从对传统思想批判的角度来看作品,确实言之有理——子君和涓生虽都名为'新青年',但在骨子里实际上都是'老中国儿女',都是中国传统的封建道德伦理的牺牲品……"

"老师对张爱玲小说改编的影视作品的讲解也有一种画龙点睛、拨云去雾的作用。"牛瑧昱说,"比如,老师说,那些作品可以说有一个共同的主题——'人不能做自己的主',这一点,我读小说、看电影时都没有意识到……沈从文的作品我很喜欢——我也很想听老师深入细致地讲一讲沈从文的作品,可老师只讲了一个《边城》。"

"沈从文的作品改编成影视片的本来就不多嘛!"柳成丝说,"不过,都改得不错……"

"《边城》确实不错——很好地保持了原作的风致!"牛瑧昱说,"但其他我没看过。"

"这儿有《萧萧》和《村妓》——前者是根据短篇小说《萧萧》改编的,后者是根据短篇小说《丈夫》改编的。"柳成丝说,"要不看看……"

"看看也行。"牛瑧昱说,"一篇短篇小说就改成一部电影,还改得很不错——我还真想看看!"

"短篇小说成功地改编成电影的不少,像张爱玲的《色戒》也是一篇短篇小说,也改编得不错嘛——还获得过意大利威尼斯影展金狮大奖呢!"柳成丝说,"要不,咱们就看《色戒》吧?这儿有完整版的——比删节版的好看。删节版的情节有点儿不合逻辑——好像莫言也有类似的观点。"

"还是看《萧萧》或《村妓》吧!"牛瑧昱说,"《色戒》好歹看过删节版嘛!"

"那好!"柳成丝说,"我们先看《萧萧》吧!"

开始放映后,牛瑧昱把手中的饮料打开后递给柳成丝,然后,很自然地接过柳成丝手中的饮料并打开。

"这饮料确实与众不同——清新可口,沁人心脾!"牛瑧昱喝了一口后说,说完便两眼盯着屏幕,很认真地看了起来。

"是吗?"柳成丝应答道,"有这么好,咱们就多喝点儿!"

柳成丝虽然早就看过《萧萧》了,但见牛瑧昱看得很认真,便安静地陪着他看;不过,她看得不是很认真,并不时喝一口饮料,每每自己喝时也提醒牛瑧昱喝；柳成丝喝完一瓶后再开一瓶，并且给牛瑧昱也再开一瓶。

开始喝饮料时，柳成丝也觉得饮料"清新可口，沁人心脾"——其实，她过去喝时也有此感，只是没想到这两个词，但喝完一瓶后，体内有一种躁动，同时，脸发热，脑子有一种奇异的兴奋，她莫名其妙地看了牛瑧昱一眼，见牛瑧昱的第一瓶才喝了一点儿，便提醒他喝。听到柳成丝的提醒，同时也是为了喝完后好一心一意地看电影，牛瑧昱便把两瓶分两次喝净；柳成丝为了陪牛瑧昱，便把手中又开的那瓶一饮而尽。

牛瑧昱喝完两瓶饮料后，体内一片"沸腾"，脸部、耳朵均发赤发热，两眼朦胧迷糊，神智有点儿恍惚，内心充满了一种对异性的渴望；柳成丝与牛瑧昱有差不多相同的感觉，两个人对视了一眼，眼里藏着同一个疑问：这是怎么回事？

第十八章 我不是一个坏女孩

与牛瑧昱在锦都大学图书馆门前分手后，史玉婷径直回家。回到家中时，她母亲韩丽花正在一边接电话一边看电视；史玉婷因为要找韩丽花谈"创业"的事，便没有回自己的房间，而是将手提包挂到衣帽架后便紧挨韩丽花坐下。

"妈，您今天怎么有空看电视？"韩丽花一接完电话，史玉婷便两手搂着她的右胳膊，亲亲昵昵地说。

"今天日程上的事基本上做完了——我也确实很累了，想休息一会儿，便把可以推的事都推了。"韩丽花就说，"可刚一坐下来，电话就打进来了——好在没什么重要的事。"

"那好！您就可以稍稍休息一会儿了——我也可以陪陪您了！"史玉婷轻轻地摇着韩丽花的胳膊说，"不过，我也想向您汇报一件事！"

"什么事？"韩丽花看着史玉婷说。

"别这么紧张呀——我的好妈妈！"史玉婷娇嗔道，"是好事嘛！"

接着，史玉婷把"创业"的事以及要求韩丽花再给她一点儿零花钱，并捐资在耀华管理学院设奖学金的事对韩丽花简单地说了一下。

这些年来，韩丽花赚了许多钱——多得连她自己最初也没曾预想过，而有些钱又赚得不是那么心安理得，甚至是昧心昧理的，于是，她总找机会做"善事"，比如，江汉市的一山村没有公路，村民出行十分不方便，她便捐资帮助该村修建了一条公路；某地震发生后，她捐资支持抗震救灾和灾后重建；多次捐资用于贫困山区脱贫致富等工作；捐资修建多所希望小学……今天上午还参加了一个捐资三千万参与贫困山区综合扶贫工程的捐赠仪式。因此，在听了史玉婷所说的捐资之事后，她二话没说就答应了，并允诺日后还将会对史玉婷们的"创业"提供进一步的资助，不过，也郑重其事地叮嘱史玉婷要低调做人、谨慎做事。

"妈，太感谢您了！"韩丽花的话音刚落，史玉婷便一本正经地说，"我一定谨遵您的教导，决不辜负您的希望……"

史玉婷正说着，韩丽花的手机响了，韩丽花瞟了手机一眼，便一边接电话一边示意史玉婷回避一下；史玉婷也借机离开韩丽花，回楼上自己的房间去，但刚进自己的房间，韩丽花就冲她叫道："玉婷，我有事出去一下，晚餐你自己弄吧！"

"啊！您刚才不是说很累，想休息一会儿的吗？"史玉婷便关切地问，边问边走出自己的房间。

"唉！我也很想坐在家里的沙发上无忧无虑地看电视，可是，'人在江湖，身不由己'呀！"韩丽花既像是在发感慨又像是在回答史玉婷，"但愿你将来活得比我潇洒！"

在史玉婷的心目中，韩丽花一直是一个"女强人"的形象，因此，听韩丽花这么一说，她不由得心里"咯噔"一下，不知说什么好。但没等她想好说什么，韩丽花又语气一如平常地说："你好好地学习吧！别的事你什么也甭管——你刚才说的那点儿钱等一会儿就会到账，更不必惦记着这事！"

韩丽花说完便开门出去了。

听着韩丽花远去的足音，史玉婷不禁感叹道："唉！妈妈真累——一年到头，没日没夜地忙，连在家里看一下电视都是一种享受一种理想！妈也真可怜——挣了那么多钱，可真正属于自己的或用于自己的却极少极少！这么大一把年纪了，平常见她的或想见她的男人那么多，可没有一个同她一起回家一起串亲访友一起逛商场逛公园！"

"妈妈之所以成为今天这个样子，主要责任在她自己——她太看重世俗的事业却忽略了自己！"随后，史玉婷又想，"我这辈子一定吸取妈妈的教训，绝不能成为妈妈的复制品，我一定要两手抓两手都要硬——既抓事业又抓爱情且都要抓紧抓牢！而且从现在开始，要把这两件事同时提到议事日程上来——当下看得见的事业就是这次'创业'，看得见的爱情就是'他'，应该同时抓'创业'和'他'了！而对我而言，这两者又是密切相关的——我只有积极地参加这次'创业'，甚至在这次'创业'中发挥举足轻重的作用，比如，既出最大份额的资金又想法把各位的资金聚拢起来，让'创业'尽快地开始……才能让'他'对我另眼相待！但是，我又不能出风头，而要时时处处彰显'他'的主导作用，让'他'树立起自己的威信，有成功感和成就感！当务之急是集资，而妈妈已经答应给我钱了——我的集资'份子'和'他'的集资'份子'没问题了，那我接下来最应该做的是把他们的集资'份子'拢起来……现在，最急于把资金拢起来的可能是谢海福——从他平常的言行来看，他是一个十足的赌徒，他也最希望暴富！那我就鼓动他来负责把资金拢起来——不！我现在就把资金打到他的卡上……啊！不！我让他建一个专门的账户，办一张专门的卡……"

想到这儿，史玉婷给谢海福发了一条短信："谢海福：牛瑧昱已经找过我了——问题也解决了！大家上次议定的集资炒股之事开始做吧！那个专用户是否已经开了？如果还没有，你抓紧去办，办好之后，把开户行和账户发给我，我把我的资金打到那卡上——现在股市越来越牛，时不我待呀！你也让大家都积极行动起来，投身到咱们这次'创业'中吧！"

前一天晚上，柳赛要谢海福去开户时，谢海福没有搭腔——之所以如此，一来还是为了"留一手"，二来是柳赛实在"人微言轻"了。此时，谢海福口口声声中的"史公主"发短信来让他去开户，他就不能也不搭腔了——史玉婷财大气粗，自从她上次透露自己的"家私"后，他就一直期盼着能做她的操盘手，甚至还想成为她的家中一员，因此，他立即回复道："遵命！"

收到谢海福的回复后，史玉婷像是了却了一桩心事似的，自言自语道：

"我现在总算可以休息一下了！"

说完，史玉婷便将手机调成静音状态后上床睡觉。

也许是因前一天晚上在西子庄园太放纵而太疲劳的缘故，也许是一下子很放松的缘故，史玉婷上床后不久就酣然入梦了——在梦中，他们的"创业"首战告捷，接着，连连大捷，最终，赚了个钵满盆满；年底分红后，她趁韩丽花出差之际，把牛瑧昱带到自己的家里开庆祝宴，庆祝创业的成功……就在那天晚上，她成了牛瑧昱的新娘。

谢海福在收到史玉婷的短信时，正独自一人在宿舍里目不转睛地盯着电脑潜心研究着股市行情，但在收到史玉婷发给他的那条短信的一刹那，他却像在选股时选中了一个妖股一样，高兴得从座椅上猛地站了起来，同时下意识地叫道："太好了！世界上将会诞生另一位索罗斯了！"

叫完之后，谢海福便给史玉婷回复了那条短信；随后，他又夺门而出，但刚冲到楼下，忽然记起自己忘了拿身份证，于是，猛地返身，两级楼阶并成一楼阶地奔上楼奔向自己宿舍，但奔到自己宿舍门前开门时，钥匙怎么也捅不进锁孔，好不容易捅进锁孔后，他猛地一拧，虽然门是打开了，但钥匙也断在锁孔里了。进宿舍后，他拿到身份证后转身就再次冲出宿舍，连宿舍门也没关就冲下楼，冲向南门右侧的银行；进营业厅取上排队号后，他时而两眼盯住电子屏幕，时而仔细地辨认似地看着自己手中的排队号，时而坐在椅子上，时而起身走向柜台附近，最后叫号台叫到他时，他一听到自己的名字，便霍地站了起来，冲向柜台，人还没有走近柜台，手就将身份证递进柜台内。

"先生，请问您有什么需要我帮助？"工作人员"很职业"地问，边问边在谢海福和他的身份证之间看来看去。

谢海福以为工作人员会像他一样知道他要办什么，也不会核对身份证的，便在工作人员的话音刚落，就火药味很浓地说："开户！办卡！快办！"

"先生，您需要填写开户单！"工作人员看着谢海福，很礼貌地说，"请到大厅的单据台去填写，如有不清楚的地方，请找大厅里的工作人员！"

"填开户单？"谢海福圆睁着眼瞪着工作人员吼道，"要填开户单？那你为什么不早说？！"

谢海福说完便使劲地把椅子往旁边一挪，接着愤愤地快步走向单据台。

"开户要填哪一种单子？"走到单据台后，谢海福一边看各种空白单子一边冲工作人员道，"这么多种单子，我怎么知道要填哪一种？！"

"先生，填这一种单子。"工作人员快步走向谢海福，彬彬有礼地说，边说边将单据挑出来递给他。

谢海福接过工作人员递给他的空白单就填，填写身份证号码时，他少填了一位数字，便在一旁把那数字加上，将空白单上要填的地方填满后，谢海福疾步走向自己刚才离开的那柜台，工作人员正在帮一位身材粗壮的小伙子办业务；谢海福以为那小伙子是插队了，便非常生气地说：

"喂！你这人怎么插队呀？！"

那小伙子刚才目睹过谢海福的表演，对他的言行颇为鄙夷，便明知谢海福是在冲他说话，也没加理睬。谢海福以为他没听见，便用手拍了一下他的肩膀，他既不起身也不答话，而是一边继续办业务一边随手抓住落在自己肩上的手，稍稍用劲往旁一牵，边牵边说："你稍等，我办完你就办。"

谢海福像受到巨大拉扯力似的一个趔趄，站到旁边，脸上一片赤红，同时，手中的开户单掉到了地上。谢海福碰到了如此强有力的对手，便没敢吭声，而是掩饰困窘似地弯腰拾起地上的开户单。当谢海福把开户单从地上拾起单子时，那小伙子已经办完业务起身离去了。

也许是刚才受了那小伙子那一下子，谢海福没有再嚷嚷，而是老老实实地把开户单递给柜台里的工作人员。

"对不起，先生！"工作人员客客气气地说，"你的这开户单修改过——需要重新填写！"

谢海福虽然心中怒火万丈，但还是不声不响地再次到大厅单据台填写开户单；这次填写的时候，他不再那么急急忙忙慌慌张张了，最终把开户单填好了、把户开了。拿到银行卡后一走出"一米"的那条黄线，谢海福便停下来把开户行及卡号发给史玉婷，发完之后，他又仔细地看了看所发的短信是否准确无误，当发现所发的短信确实准确无误后，便长长地舒了一口气，暗自道："好麻烦！现在总算把户开了！应该可以稳坐钓鱼台了吧！"

谢海福随后便预想着会即刻收到史玉婷的回复甚至是资金入账的短信或微信提示声。接着，谢海福又忽地记起宿舍门没关，便飞也似跑回宿舍。跑进宿舍后，他没看宿舍是否"安然无恙"，便再次看手机是否有新收到的短信或微信，然而，手机像死了机似的——短信和微信箱都"纹丝不动"！他颓然坐下，但稍坐一会儿又站了起来，在宿舍里踱来踱去；来回踱了几趟之后，他停下来，自语道："不行！我不能坐以待毙！我要直接给她打电话，让她把钱存到这卡上——明天周一，说不定这个周有个开门红呢！"

谢海福接着就拨史玉婷的手机号，然而，无论谢海福拨多少次，等多长的时间，史玉婷的手机都无人接听。

"该不会有什么事吧？或者变卦了吧？"谢海福胆战心惊地想，"要是这样,那就把我坑惨了——不仅眼下那唾手可得的钞票会飘然而逝,而且我的索罗斯梦也会化为泡影!"

"嗨!天要下雨娘要嫁人——如果真的是这样,那就随他去吧!"随后,谢海福又想,"我也不能在一棵树上吊死嘛!"

想到这儿,谢海福的脑子里忽然闪现了柳成丝的名字和身影,大笑道:

"我要'以毒攻毒,以夷制夷'!"随即给柳成丝写了一条短信:

"柳公主:这是史公主命我为咱们'创业'公司开的银行账户及账号,史公主的出资马上到账……"

写完之后,谢海福点了一下"发送"图标,同时,在心里嘿嘿笑道:

"我要'坐山观虎斗,坐收渔翁之利'!"

笑完之后,谢海福忽然记起半截钥匙还在锁孔里,便从抽屉里找出螺丝刀,将钥匙拨出来;接着,他拿上那半截钥匙,拟在吃完饭后配一把。

史玉婷一觉醒来时,屋内一片黑暗,屋外灯光闪烁,她随手拿过手机,本是想看看时间,却看到了N条未接电话和N个未看电话的提示。她首先看了两条银行客服短信:

其一,"您尾号××××卡×日××:××工商银行收入(跨行汇款)××××××元,余额××××××××。【工商银行】"

其二,"×××于×月×日向您尾号××××的账户转账××××××元,本短信不表示资金到账成功,请向您的开户银行核查。【××银行】"

"太好了!我妈真是我妈呀!真的是说话算数!"

接着,史玉婷看到了谢海福所发的开户行名和卡号,偷偷地笑道:

"谢海福这家伙还真是一个猪八戒——真乖!"

随后,见其他的短信均是垃圾短信,史玉婷便看未接电话,但不看则已,一看便大笑起来——原来未接电话中有11个是谢海福打来的——边笑边在心里说:"这下肯定把这家伙急得差不多了吧!啊!也不能把这家伙急坏了——我们的'创业'一时还需要这家伙!"

说完,史玉婷便用手机给谢海福发来的银行卡转了50万,并发了一条

第十八章 我不是一个坏女孩

微信："谢海福：我刚才在外，手机没带在身上；已转50万。等大家的款收拢之后再细议炒股的具体操作之事。"

随后，又给牛瑧昱发了一条微信："把银行卡号发给我。"

发完微信之后，史玉婷便打电话叫外卖。

谢海福吃完晚饭配好钥匙后，便去锦河边散步；一边散步一边期盼着柳成丝的来电或短信或微信回复。可是，他散步了好一会儿——直至走到了锦河在锦大校园段的尽头，手机始终一声不响。

"咦！柳成丝该不会出了什么事或变卦吧？"谢海福再次胆战心惊地想，"干脆也直接给她打个电话！"

谢海福边想边掏手机，但就在他掏出手机的当儿，手机微信提示铃声便响了。

"终于回复了！"谢海福以为是柳成丝的回复，心中一阵窃喜，随即自语道，"我终于没有白等！"

但打开微信箱后，却发现短信是史玉婷发来的，便暗自庆幸道：

"真是'有意栽花花不发，无心插柳柳成荫'！"

看完微信后，谢海福更是欣喜若狂，并得意忘形地叫道："真是太好了！"随即使尽全身力气猛地往上一蹦，抓住头顶上的一根柳枝。

"咦！怎么柳成丝没理睬我？"随后，谢海福一边挥动着手中的柳枝一边在心里纳闷道，稍后，他又期盼似的翻看手机的微信箱，结果，发现自己给柳成丝的那条微信没有发出去——而是备份在草稿箱里，便笑道：

"啊！原来是这么回事！我怎么这么糊涂——没发出去，我却不知道！"

说着，谢海福便再次按了一下"发送"图标；发送完毕之后，他略作思忖，觉得应该修改一下后再发送，便撤回，但时间超过了2分钟，撤回不了——无可奈何，他便向柳成丝补发了一条微信：

"柳公主：史公主的部分资金已经到账，其余的资金随后到账。"

随后，谢海福又把史玉婷所发的微信"谢海福：刚才在外，手机没带在身上；已转50万"转发给柳成丝。再后，他把史玉婷发给他的几条短信编成一条，给牛瑧昱、陆地、柳赛、周瑾、孟爽等一一发送。发完之后，谢海福忽然想起"天高任鸟飞，海阔凭鱼跃"这两句古话，心中一片喜悦地回宿舍。

虽然与牛瑧昱的"冲动"之事纯属"荷尔蒙"作祟所致，但是，当事情开始之后，柳成丝却全心全意全身真心真意真情地投入——她陶醉般地闭上眼睛，心里充满了渴望。就在这时，她脑海里忽然涌起一个念头，于是自言自语道：

"该不会是饮料在作祟吧？"

"饮料作祟？"牛瑧昱似乎不大相信地回应道，接着也忽地意识到有可能是饮料作祟，不过，他嘴里还是说，"不会吧？……"

"对！应该不会的……"柳成丝附和道，但在心里却恍然大悟地说，"啊！我现在终于明白了为什么过去我要喝这饮料时，妈总要亲手递给我——她喝的饮料是勾兑了什么东西的……大概是人们通常所说的春药……我喝的则纯粹是饮料……"

随即，一股羞耻感流贯了柳成丝的全身。

"不过，不管是否是这饮料在作祟，你都要提醒你妈在喝饮料时要注意安全！"牛瑧昱"移花接木"地说，"你妈为政府高官，不管是于公还是于私，都得注意安全！"

"好！我一见我妈就提醒她。"柳成丝说，"我前不久和我舅说了咱们创业的事，他很支持，并给我的卡上存了一点儿钱；我还打算和我妈谈谈咱们创业的事情，让她也支持一下——要不我明天就回去和她谈这事，也顺便提醒她注意安全！……"

柳成丝正说着，牛瑧昱的手机微信提示声响了——由于是在听柳成丝说话，牛瑧昱便没有理睬微信。

"你的手机来微信了。"柳成丝提醒牛瑧昱道。

"现在的垃圾微信太多！"牛瑧昱笑道，"说不定又是一条垃圾微信呢！"

说话间，牛瑧昱手机微信提示声又响了一次，于是，牛瑧昱便打开短信箱，见两条微信一条是史玉婷发来的，一条是谢海福发来的；看完之后，牛瑧昱觉得两条微信都带有隐私性，便把它们删掉了。

就在牛瑧昱看微信的时候，柳成丝的手机微信提示声也响了，也是连响了两次；她便打开微信看了一下，随后笑道："真是'莫道君行早，更有早行人'呀！刚才我还只是跟你说我要和我妈谈咱们创业的事情，没想到有人已经开始行动了！"

说着，柳成丝把手机递给牛瑧昱。

"我就不看了吧！"牛瑧昱笑道，"我不想知道你的'隐私'。"

"'隐私'？"柳成丝也笑道，"要说是'隐私'，也不只是我的'隐私'——是我们共同的'隐私'！"

"嘿！真是'雷厉风行'哟！"看完谢海福发给柳成丝的两条微信后，牛瑧昱笑道，"看来'时不我待'呀——我明天也把我的那点儿零花钱转给老大吧！不然，我就显得太没有团队精神了！只是比起史公主这个天文数字的钱来，我那点儿钱实在拿不出手！"

"你的零花钱先留着——我帮你出资！"柳成丝说，"不过，你放心，我先打到你卡上，你自己转给谢海福。"

"那可不行！"牛瑧昱本能地拒绝道，"我可不能要你的钱！"

"什么你的我的！"柳成丝娇嗔道，"再说，钱也不是我的——不花白不花！"

"谁的？"牛瑧昱惊警地说，"别人的钱可不能随便要呀！"

"谢谢你的好意提醒！"柳成丝说，"我刚才说了——钱是我舅舅给的！我是不会随便要别人的钱的！"

"啊！原来是这么回事！"牛瑧昱说，"看来现在是'箭在弦上，不得不发'了！我也只得遵命了！不过，如果真的让谢海福操盘的话，咱们得对他有所制约！"

"怎么制约？"柳成丝说，"我觉得那家伙是个十足的赌徒——也是一个十足的野心家，能制约得了吗？"

"但他不是十足的坏蛋！"牛瑧昱笑道，"钱是大家的，怎么使用当然得大家同意——史玉婷出了那么多的资，可以让她来制约他！"

"你以为史玉婷的出资会最多吗？"柳成丝也笑道，"我出资五十五万——也给你出资二十五万。"

"你给我出资二十五万？那怎么行呢？！"

"怎么不行？我舅舅有的是钱——这点儿钱算什么？！你放心——我给你的出资是借给你的，但又是无限期无条件地借给你的！同时，我还要让你来制约谢海福！"

"让我制约谢海福？那可不行！"

"怎么不行？我们实际上是成立了一个股份公司——我把我的全部股权转给你，让你拥有最多的股权，你拥有最多的股权就拥有绝对的发言权，就可以制约他了！好了！这事就这么定了！"

第十九章　恐梦成真

周日晚自习结束后，谢海福一回到宿舍，就按照手机上的银行客服短信在电脑上统计了一下集资款：

柳成丝——500，000

史玉婷——500，000

牛瑧昱——458，000

陆地——100，000

谢海福——30，000

柳赛——25，000

孟爽——20，000

周瑾——3000

合计：1，636，000

"太好了！"一统计完毕，谢海福就下意识地大声道，"这次可要发了！"

谢海福刚说完，宿舍门就打开了，随即传出了柳赛的一声惊叫：

"老大你发了？"

谢海福吓了一跳，同时也因自己的失态而感到有点儿羞窘，便掩饰道：

"啊！老三，你回来了！不是我发了——是我们大家都要发了！"

谢海福刚说完，陆地就出现在门口，大声道：

"我们都要发了？说来听听——看我们将会怎么发？"

"怎么发？"谢海福兴高采烈地说，"当然是炒股发！现在，大伙儿凑在一块的钱这么多，咱们只要掌控好，要发不就是一件板上钉钉的事吗？"

谢海福边说边指了指电脑，陆地和柳赛不约而同地凑向电脑。

"哇塞！有这么多呀！"陆地瞟了一下"合计"数目后，惊喜地说，"太好了！咱们真的要发了！"

"咦！老二你不是说要出资二十万的吗？怎么只出了十万？"柳赛看了一下电脑后对陆地说，"是不是对老大的操盘水平不放心？"

"你别挑拨离间了好不好！"陆地乜了柳赛一眼说，"你才出了两万五——只有我的四分之一，那是不是对老大的操盘水平更不放心呢？"

"我只有两万五——我一分不留地拿出来了！"柳赛说，"不放心——我会一分不留地拿出来？！"

"哎！我说你们两位别吵了——好不好！"谢海福一本正经地说，"'家和万事兴'——出师在即，我们首先要做的事是团结！实干！而不是一开始就内讧！口惠而实不至！……"

"老大说得太好了！"牛瑧昱边笑边走进宿舍，"我们应该向老大学习！"

"不！我们应该向你学习！"谢海福一脸认真的样子说，"老幺你不仅说得好，而且也做得好！"

"我做得好？"牛瑧昱戏谑着说，"老大是在鼓励我吧！"

"啊！老幺你确实做得好！"柳赛恍然大悟似的说，"这次你出资那么多——是我们四个中出资最多的！可是事前却只字未提——真是实干家！"

"我出资最多？"牛瑧昱本想解释一下，但又觉得这事越解释越糊涂甚至会成为一坨浆糊，便含含糊糊地说，"那不全是我的……"

"当然不会全是你的！"谢海福戏谑着说，"你现在既没挣工资又没经商，哪儿能有这么多钱？"

"不全是你的——那是谁的？"柳赛好奇地问。

"没有必要刨根问底吧！"柳赛话还没说完，谢海福岔开话题说，"老三，你出资最少——想法再增加一点儿吧！"

"我出资最少？"柳赛不服气地说，"周瑾不是只出了3000元吗？"

"你真没出息！"谢海福语带生气地说，"你跟周瑾比——她是女生，又是来自农村，你怎么好意思？"

"可孟爽不是来自农村，家庭条件也比我的好，不也比我出资少吗？"柳赛说，"出身并不是理由嘛！"

"孟爽也是女生呀！"谢海福语带讥讽地说，"你怎么净和女生比呀！"

"你呢？"柳赛急了，红着脸说，"你也只比我多出了一点点！"

"我……我家庭困难嘛！"谢海福提高嗓音说，"我老妈病了——病了几年！"

"我老妈也病了几年呀！"柳赛也提高嗓音说，"就你妈是妈？"

牛瑧昱见谢海福和柳赛越说越来气语气越激烈，担心矛盾激化，便赶紧说："好了！好了！两位什么别说了——明天还有一整天的课，抓紧洗漱一下后休息吧！"

"老大明天还有另外的'战斗任务'——也得养精蓄锐！"陆地顺着牛瑧昱的话说，"去洗澡吧！"陆地边说边将谢海福推向盥洗室。

谢海福进盥洗室后，为了调节气氛，陆地推了柳赛一下后笑道："要不——老三也进去，和老大一起洗个鸳鸯澡！"

"你进去和他洗鸳鸯澡！"柳赛语带讥讽地说，"你出了十万，进去陪陪他，好好地巴结一下他——不然，他会让你的资金'有来无回'的！"

"嘿！我那点儿资金算什么？"陆地一副大度的样子说，"柳公主、史公主、老幺，哪一个的资金不是我的好几倍？他们都不担心我还用担心吗？"

"怎么会不担心呢？炒股有风险——谁炒股谁都会担心的！"牛瑧昱不无异议地说，"现在只是大家把钱聚拢起来了，怎么炒股投资多少钱炒股还得大家一起为老大出谋划策——不能让老大一个人劳神费力、担风险！"

陆地蓦然想起了柳赛刚才那"凶言"，忧虑顿生，便顺着牛瑧昱的话说：

"老幺说得很对——股市风云，变幻莫测，得慎重行事！等一会儿让老大给我们做一个有关股市形势的报告，我们给他参谋参谋！不然，如果贸然行事，有所闪失或损失惨重，不仅会对咱们当下的'创业'及声誉会产生负面的影响，而且对咱们未来的人生也会产生负面的影响。"

"是呀！我们虽说请老大帮我们操盘，但并不能撒手不管，等一会儿让他对我们说说他的操盘理念和打算，如果可取，我们就让他操盘，如果不可取，我们就集体商议，达成一个统一稳妥的意见后再让他操盘。"柳赛附和着陆地说，"即使让他操盘，我们也要对他严格限制，比如何时买进，买进多少，何时卖出，卖出多少，都要随时向我们通报甚至要征得我们的同意……"

"这可能不行吧！"牛瑧昱说，"我们既然请老大为我们辛苦，那就得信任他，给他足够的权力和自由，如果要他按照我们的意见操盘，并对买卖的数额、时间等均加限制，那等于是捆住了他的手脚而让他做事，这不仅是对他不尊重，而且他也不可能把事情做好！当然，我们也不是对什么都不管不问，做一个甩手掌柜——从现在起，我们每个人都要更加注意证券理论知识的学习，一些具有实用性的著作，比如，乔治·索罗斯的《金融炼金术》、本杰明·格雷厄姆等的《证券分析》、罗伯特·D·爱德华兹等的《股市趋势技术分析》等都要认真地研读一下；同时，也要密切关注股市行情，运用我们的知识对股市行情做出判断，并把我们的判断或想法如实而又及时地告诉老大，老大在对所获得的所有信息进行综合之后做出自己的理解和判断，具体操盘。再说，老大比我们都年长，人生阅历和社会知识都比我们丰富，对一些问题也会有独到的见解，加上他有炒股的'实战'经验，因此，他会把握好最佳股市行情，不失时机买进或卖出的……"

谢海福在盥洗室一边揉搓身体一边用尽耳力地把握盥洗室外的一声一响——在听到柳赛提醒陆地要巴结谢海福，否则谢海福会让他的资金"有来无回"之后，谢海福暗自骂道："柳赛，你这没良心的——我为你也为大家操盘，就算没有功劳也有苦劳，你却对我妄加猜测！我一定要让你的全部资金'有来无回'！"

在听到牛瑧昱的"股市有风险"那段话后，谢海福一方面觉得牛瑧昱所说的言之有理，另一方面又觉得牛瑧昱实际上是对他不放心，要对他有所限制，便在心里恨恨地说："老幺！我一直把你当作亲兄弟，视为知己，时时处处都向着你帮衬你维护你，你却对我心存二心！真是'人心隔肚皮''画龙画虎难画骨，知人知面不知心'呀！"

在听了陆地所谓的"谨慎行事"之言所包藏的"患得患失"之意后，谢海福暗自鄙夷道："你所担心的不是咱们当下的'创业'及声誉，也不是咱们未来的人生，而是你那点儿破钱！"

在听了柳赛实质上是要对他的操盘横加干涉之言后，谢海福恨不得冲出盥洗室对柳赛说："把你的臭钱收回去吧！"

在听了牛瑧昱对他充满诚意和信任的话之后，谢海福停止搓洗，披上浴巾，边走出盥洗室边说："老幺高见！现在咱们都坐到一条船上了，大家只有劲往一处使，船往一个方向开，才能到达成功的彼岸！除了老幺所说的那几本书外，还有一些书，如《随机漫步的傻瓜》《K线技术分析》《艾略特波浪理论》《巴菲特致股东的信：股份公司教程》《江恩华尔街45年》《高盛帝国》等书也可看看，看完之后好好地想一下，然后把宝贵的心得告诉我！我嘛，一定尽心尽力不辱重托，争取让大家的投资都翻一个或几个筋斗！现在时间不早了，我也需要静一静，所以就不向大家做所谓的'股市形势报告'或汇报我的'操盘理念和打算'了，不过，根据我这些年来的炒股经验和这几天对股市行情的密切关注，我老谢这次只会成功不会失败！这一点请大家放心，甚至可以放一百个心！"

"那好！我们现在赶快洗澡吧！"陆地说，"早点儿洗早点儿安静下来，让老大能全心全意地'运筹帷幄'！"说完，陆地便走进盥洗室。

牛瑧昱洗漱完毕走出盥洗室时，谢海福、陆地、柳赛都各自关上自己的台灯上床睡觉了，陆地、柳赛甚至微鼾起伏了。

"嗨！真是'鸟鸣山更幽'呀！"牛瑧昱在心里笑道；随即蹑手蹑脚地上床。

刚上床时，牛瑧昱以为谢海福并没有入睡，而是在"运筹帷幄"，准备第二天决胜于股市，所以，非常轻地躺下，躺下之后又一动也不动——牛怕打断了谢海福的思路，甚至打乱他的神机妙算，但是，一会儿后，谢海福的鼾声也响起来了。

"嗨！看来我是杞人忧天哟！"牛瑧昱暗自自我嘲笑道，"真是'皇帝不急太监急'哟！"

牛瑧昱虽然过去常常比谢海福等后入睡，也常常听他们的鼾声，但是，过去常常都是躺下后数数数不到一百就入睡了，即使偶尔有不能入睡的时候，也不太会觉得他们的鼾声是一种另外的存在，然而今晚，他却怎么也不能入睡，而且感到他们的鼾声像是三人一组的轮唱似的。

"看来老大是成竹在胸——不然，他们现在不会睡得这么香这么若无其事的！"牛瑧昱在心里笑道，"老二、老三对老大也应该是'成竹在胸'——不然，他们现在也不会睡得这么香这么若无其事的！"

"唉！我的三位好哥哥，你们可以睡得这么香这么若无其事，可是我却不能够呀！"随后，牛瑧昱又想，"最初是我提出大伙把零花钱集中起来炒股的，这次又是在我同意之后大伙才把零花钱集中起来炒股的——因此，此次炒股，成功则罢，如果不成功，那我将如何向大家交代？特别是柳成丝和史玉婷，她们拿出的那些钱，不要说是对于我们这些学生来说，就是对于许许多多已经成家立业的人来说，也是一个天文数字，一旦赔了，那我将如何向她们交代？还有，她们借给我的那些钱，一旦赔了，我将从哪儿弄钱来还给她们？就算我把自己卖了，也还不了呀！"

想到这儿，牛瑧昱暗自打了一个寒颤。

"现在是箭在弦上，不得不发了——大家已经把钱集中起来，如果再让大家把钱撤回去，显然说不过去，我也没有这个权力，而且钱也不在我的手里，我即使想把大家的钱退还回去也不能！"稍稍平静下来之后，牛瑧昱又想："再说，炒股虽然确实存在很大的风险，但是现在，我如果不冒风险，那我从哪儿弄钱拿给祖爷爷请保姆？如果不给祖爷爷请保姆，那又有什么办法让雪莲重返学校？就算让雪莲重返学校了，也是不能让她无牵无挂、一心一意地学习的！如果雪莲不能无牵无挂、一心一意地学习，那她将来怎么能实现考进锦大的理想？我将来何从兑现帮助她上锦大的诺言？她虽然年纪还小，但很显然情窦已开，并把全部心意放到我身上了；我俩虽然没有什么盟誓，但很显然已经把对方看作自己的另一半了——不然，她何以总进入我的梦中，还在梦中告诉我休学之事？我何以总牵挂着她？甚至为了她而非常不理智地卷入这次炒股之中？"

牛瑧昱基本上理清了自己的思绪，可谢海福等的鼾声依然像轮唱一样此起彼伏着；也许是思绪已经理清、主意已经拿定的缘故；也许是太累了的缘故，伴着谢海福等人轮唱一般的鼾声，牛瑧昱入睡了……

第二十章　一入股市深似海

那天吃完晚饭后，柳成丝和牛瑧昱从杏林山庄返回锦都大学。

接下来以后，柳成丝忽然想起饮料的事，正是那饮料，让她和牛瑧昱都差点儿把持不住自己。她想："真没想到，我妈会用这种饮料！我妈单身，怎么需要这种饮料呢？怎么会用这种饮料呢？"

想到这儿，柳成丝忽然感到脸上一阵发烧。

"唉！也难怪母亲！"随后，柳成丝又想，"我有记忆以来就没见过我爸——也没见过我家来过一个男人……母亲的情感一直被压抑着，但也不能总被压抑着——总得要疏泄一下！压抑得越久，要疏泄的欲望越强烈，于是用那饮料，完全可以理解！只是母亲疏泄情感的对象是谁呢？……记得小时候看见别的小朋友都有爸爸，我便问母亲我爸呢？她说我没有爸爸——我是她从路上捡回来的；后来我稍稍长大了一点儿再次问母亲我爸时，她声色突变，严厉要求我不要再在她面前谈及我爸以及与我爸相关的事情，这是为什么？不仅母亲对我爸以及与我爸相关的事情讳莫如深，我舅舅也如此！这又是为什么？我们家房子那么宽敞豪华，以母亲的身份来看，也不愁没有其他地方休憩，为什么母亲总要去杏林山庄？难道……难道就是为了在那儿喝那饮料？……喝那饮料应该有个伴，没有伴怎么受得了？母亲喝那饮料时的伴是谁呢？每次到杏林山庄时，除了舅舅和舅舅的一些朋友外，我也没见其他的男人呀！难道那伴是舅舅的某一位朋友？可舅舅的那些朋友都好像是舅舅的跟班似的——年纪都比舅舅要小，在舅舅面前总低眉顺眼、俯首帖耳的，怎么能和母亲一起喝饮料呢？怎么敢和母亲一起喝饮料呢？从心计、手腕等来看，母亲颇有点儿像武则天……难道母亲也像武则天那样找男宠……"

想到这儿，柳成丝又是脸上一阵发烧，随后又一阵哆嗦、一阵恐惧。

"我这辈子一定要有个完整的人生——决不像我母亲一样有事业没家庭有孩子没老公！"平静下来之后，柳成丝在心里自我告诫道，"一定要我的孩子不要像我一样没有爸爸！一定要我的孩子从小就有爸爸的呵护！……不过，当下我得利用这次'创业'的机会好好地拢住他——我不能仅仅帮他成为咱们这次'创业'的一个大股东，而且帮他树立威信，成为'学生王'，帮助他培养和发展领导才能，为未来的发展打好基础，从而切切实实地感觉到我的好，感觉到我是一个'贤内助'。"

想到这儿，柳成丝随即拿起手机，准备给谢海福打一个电话，一来对他表示"关心"，二来也明确告诉他要注意倾听和吸纳牛臻昱的意见，但还没来得及拨通谢海福的电话，史玉婷便开门而入——史玉婷和柳成丝彼此都暗自一惊，但史玉婷随即道："咦！成丝，你今天怎么回来这么早！"

"啊！玉婷！你回来了！"柳成丝欠了一下身说，"我今天有点儿不舒服，没去上晚自习。"

"不舒服？怎么不舒服？"史玉婷一副关切的样子说，"不要紧吧！"

"没事！就有点儿疲倦！"柳成丝笑道，"你平时总那么用功的，怎么今天也回来这么早？"

"我也没去上晚自习——我是从家里回校的！没想到你今天也做了逃兵！"史玉婷也笑道，"不过，现在见到你也非常好——我正想和你商量一件事……"

"什么事？"柳成丝暗自一惊，下意识地问道，"重要吗？"

"也没什么重要的事……上次咱们在西山游玩时说过集资炒股的事，现在股市行情好，我觉得应该立即动手……"

"是的！现在是大牛市——应该立即动手！"

"我已经动手了——把手中的零花钱都转给谢海福了……"

"是吗？你怎么对谢海福这么有信心？"

"谢海福既是一个老股民，又是一个'老'同志……再说，咱们现在是同学，因此，把钱交给他应该是没问题的！而现在又是牛市——赚一把应该是没有问题的！"

"牛市就一定能赚钱吗？如果牛市就一定能赚钱，那你干吗不自己去炒股而要别人去炒！"

"自己炒股有自己炒股的乐趣，让别人去炒股也有让别人去炒股的乐趣——我如果炒股，是在玩钱，当然有乐趣！如果让别人去炒股，是在玩人——谁想拿到我的钱去炒股谁就得听我的，谁拿了我的钱去炒股谁就得对我负责，对我诚惶诚恐、唯命是从！"

"你是想耍猴把戏？"

"我想耍猴把戏？啊！有一点儿想！不过，这与耍猴把戏也不完全相像——耍猴把戏目标单一，既明确又明白，我则不同……"

"怎么不同？"

"我既玩人也帮人，既自己乐也让别人乐，目标多，明确但不明显。"

"真的吗？"

"当然是真的——谢海福像一个乞丐，如果谢海福能用我或我们的钱赚一把，那我岂不是帮了他一把吗？做他的恩人又不让他觉得不好意思，让他对我俯首帖耳又不觉得有失人格，这岂不是'两全其美'？！不！不只是谢海福一个人赚了钱，而是大伙儿都赚了钱！大伙儿都赚了钱但又不劳神费力、提心吊胆！这多么好呀！"

"啊！这确实很好！看来我得向你学习，也把零花钱转给谢海福，加入这次炒股的'嘉年华'了！"

"不错！不仅你，而且上次我们去西山的那些人都应该立马行动起来，否则，牛市过去了才行动，那就太晚了！"

史玉婷正眉飞色舞地说着，孟爽推门而入。

"什么太晚了？"孟爽笑道，"现在还早——才刚下晚自习呀！"

"现在确实还早！"史玉婷顺口说道，"还早就好——我正好要对你说一件事，就是上次大伙儿在西山游玩时所说的炒股……"

"啊！你是说那事呀！"孟爽说，"我不是已经把零花钱都转到那个专用账号上了吗？"

"转到了就好！"史玉婷笑道，"没想到你这么积极！"

"不积极能行吗？"孟爽也笑道，"你出手既敏捷又大方——我能不积极吗？只是我的零花钱太少，实在不好意思！"

"有什么不好意思的——贵在行动嘛！"史玉婷说，"这种事重在参与——

有多大的力就出多大的力！出足了力就行了！"

"的确如此！"柳成丝插话道，"这次'创业'虽然是顺应时代潮流，但实际上又是咱们课堂学习的一次实习活动，同时也带有很强的娱乐性。因此，确实重在参与——尽力了就行了！"

"嗨！我刚才进宿舍之前，一直都担心你们会笑话我甚至是指责我呢！"孟爽笑道，"听你们这么说，那我就可以放心地睡觉了！"

"现在睡觉还早了一点儿吧？"史玉婷说，"周瑾那个夜猫子还没回来呢——过去是大家都回来得不太早，她一个人回来晚一点儿，谁想睡觉就放心地睡，今天可不行——你睡了也别想一觉睡到天亮！"

"我从来都不是一觉睡到天亮的！"孟爽笑道，"周瑾该不会吓得不敢回宿舍吧？"

"周瑾吓得不敢回宿舍？"柳成丝有点儿好奇地问，"什么东西吓她？"

"知道玉婷出资50万时，我吓了一大跳。"孟爽说，"周瑾也肯定也吓了一大跳吧！"

"我确实吓了一大跳！"周瑾笑着走进宿舍说，"但是我也不至于吓得不敢回宿舍——我现在不是回了吗？"

"哈！你这家伙在外偷听！"孟爽笑道，"幸亏我们没在你背后说你什么坏话！"

"只有坏人才被人说坏话！也只有坏人才背着别人说别人的坏话！"周瑾说，"我们是好姐妹，谁还会被谁说坏话！谁还会说谁的坏话！"

"嗨！周瑾真会说话——也说得很对！"柳成丝看着周瑾说，"不过，好人与坏人，要因时因地因人因事而言——但愿我们同心协力，'创业'成功，也因'创业'而变得更好！"

"丝姐也真会说话呀！"周瑾笑道，"我年龄最小，说话做事肯定是多有不周的！这次出资也太少——我包括生活费只有三千元，虽然全部拿出来，但对于婷姐那50万来说，也只是九牛一毛；对于这次'创业'来说，也不可能做出多大的贡献！"

"你说的这问题我们刚才已经说过了——这次'创业'，重在参与，也贵在参与！"史玉婷说，"你尽力即可——不必多想！尤其是现在——否则影响睡觉！你回来之前，我们的孟爽同志就说要睡觉——你抓紧去洗漱吧，早点儿洗漱早点儿安静早点儿睡觉！"说着，史玉婷亲昵地推了周瑾一下。

柳成丝早就洗漱过了，同时，大家都回宿舍了她不便再给谢海福打电话，于是，在史玉婷等洗漱时，她给谢海福发了一条长长的微信，对他和他的操盘表示关心，并叮嘱他密切关心股市风云，既要谨慎操盘，但也不要太拘谨——该出手时就出手，如果资金不够，可以追加资金。末了，她又特意叮嘱他注意与牛臻昱的沟通，并要注意听取牛臻昱的意见。

也许是实在太疲倦了的缘故，也许是没有什么太需要牵挂的事情的缘故，发完微信后，柳成丝忽然感到一阵浓浓的睡意袭来，便关上手机躺下了。周瑾从盥洗室走出时，见柳成丝已无声无息地躺下了，便蹑手蹑脚地上床睡觉，并很快就入睡了。

"嘿！这两个家伙说睡就睡了！"史玉婷还没走出盥洗室就听了柳成丝、周瑾起伏均匀的呼吸声，不禁在心里笑道，"我还以为她们会为明天的炒股辗转反侧呢——看来我是杞人忧天！我得赶紧睡觉，以免惊破了她们的美梦！"

虽然史玉婷这个双休日够忙的了，很累，她也很想早点儿入睡，但刚闭上眼，脑子就不由自主地想："这次炒股，我虽然不是发起者，但可以说是推动者——是我敦促谢海福去银行开的账户，是我最先将款打到那账户上的，孟爽、周瑾都是受我的直接影响而参与这次'创业'活动的，其他人显然也受到了我的影响……因此，这次'创业'活动的展开，与我直接攸关，一旦有什么闪失，我实际上应该负相当大的责任，也因此，我不能像柳成丝、周瑾那样无忧无虑地酣然入眠，我得紧紧地盯着这次'创业'活动……虽然是谢海福在操盘，但我是大股东甚至是最大的股东——上次柳成丝说她舅舅多么有钱对她多么好会给她多少钱，我看多少有点儿夸张！既然是大股东甚至是最大的股东，我当然有权也有责任盯紧一点儿！谢海福虽然年纪老大的了，但为人轻浮不太令人放心；虽然声称自己是老股民夸自己多么有炒股经验，但我不能只听其言还要观其行看其结果！因此，不盯紧一点儿不行！当然，'盯紧'也不意味着要越俎代庖地去操盘，而是要想方设法地让他全心全意地操盘，最大限度地发挥自己的操盘才能……啊！这家伙不仅贪财，而且好色……我要迷惑他，把他的全部才智调动出来！"想到这儿，史玉婷便给谢海福发了一条微信：

"海福：你好！大伙儿都把钱打到那账号上了吧？辛苦你了！这次的'创业'活动是咱们初出茅庐的第一仗，只能胜利不能失败！而你是操盘手，因此，咱们这第一仗的胜利与否最终取决于你！不过，你是我们的老大，既意气风发又老成持重；也是老股民，有丰富的实战经验；加上这些日子来又有过专业知识的学习，理论素养深厚了不少，因此，我深信你一定能稳操胜券——你也应该感到了我是信任你的，否则，我是不会总想到你的，有什么想法总先和你交流的……但愿你没让我看走眼，也不会让我失望！"

史玉婷刚发完微信，孟爽便走出盥洗室；似乎是出自本能的"做贼心虚"心理，史玉婷故意地发出均匀的呼吸声，佯装自己睡着了。也许是时间不早了，也许是太累了，佯装了一会儿，史玉婷真的睡着了。

周瑾年纪最小，又是从乡下到大都市的，因而，她尽管所学的是金融学，但对炒股实际上毫无感性认识，更谈不上有什么兴趣。牛瑧昱最初提出大家把零花钱凑齐了办个什么公司时，她以为只是说说而已，加上自己手里包括生活费总共才三千多元钱，对办公司而言显然起不到多大的作用，因而也没往心里去。于是，当收到谢海福所发的有关集资的短信时，她在心里着实吓了一大跳，但在回宿舍和大家说说笑笑了一阵后，她又觉得自己的"人微力薄"对这次"创业"是有则不多无则不少，于是，一洗漱完毕就上床睡觉，并很快就酣然入梦——在梦中，她拿到了国家奖学金，并把奖学金全部交给爸爸妈妈，爸爸妈妈用那笔奖学金购买了好多好多小鸭，小鸭长大后下了好多好多蛋，爸爸妈妈夜以继日地捡鸭蛋，可怎么捡也捡不完，她便请假回家帮忙。牛瑧昱得知后，也请假到她家来帮忙，并把杨雪莲叫来帮忙。鸭蛋一筐一筐地摞起来摞成了一座座小山似的；爸爸妈妈把鸭蛋做成松花蛋，并申请周记松花蛋商标；牛瑧昱帮忙联系到列车，把松花蛋运到锦都销售；周记松花蛋由于特别鲜滑爽口，色香味也均有独到之处，于是，锦都大小商店争相出售周记松花蛋，市民交口称赞周记松花蛋，周记松花蛋在锦都成了畅销商品，周瑾家因周记松花蛋致富——不仅修建了在岳家店首屈一指的楼房，而且还在周瑾的母校江汉中学设了"周记奖学金"，奖励那些品学兼优、勤奋好学的同学；周瑾高兴极了，特地从锦都大学赶到江汉中学参加首届周记奖学金的颁奖活动，与同学们联欢——在联欢会上，她与同学们欢歌笑语，兴奋不已……

第二十一章 "股神"

谢海福一觉醒来已是早晨六点半了。

尽管这一天是谢海福期待已久的，尽管这一天谢海福也暗自特别高兴，但是他还是像往常一样与牛瑧昱等一同去吃早餐，一同去上课；也像往常一样进教室后就快步走到最后一排，在紧靠门口的那个座位上坐下。牛瑧昱等对他的言行举止颇感纳闷，但老师一抽查完学生的出勤，牛瑧昱就接到了谢海福发来的短信："班长：我肚子突然剧烈疼痛，特请假。谢海福。"

牛瑧昱看完短信后回头一看，谢海福所坐的那个座位上已空无一人，不由得在心里笑道："嘿！老大真够贼精的——先进教室签到然后回宿舍炒股，真是上课与炒股两不耽误，学业与创业齐头并进！"

随后，牛瑧昱便将注意力转向了老师的讲课上。

趁老师考勤之后正盯着电脑显示屏打开课件之时，谢海福轻轻地打开门，轻轻地走出教室，然后，飞也似的跑回宿舍。进宿舍后，他一边喘着粗气一边反锁着门，接着又关上窗户、拉上窗帘。一会儿后，气喘匀了，门和窗户都关好了，窗帘也拉上了——他给自己建造的只属于自己一人的世界建好了！随后，他本能地看了看手机，见时间才八点二十，便长长地喘了一口气，暗自道："太好了！这个时候回到宿舍真是'恰到好处'——这个时候离开盘还早但又不是太早，正好让我运运气提提神集中一下注意力！如果再早一点儿，运气提神集中注意力的时间太早，那么，即使运好了气提好了神集中了注意力也保持不住！如果再迟一点儿，那么就来不及运气提神集中注意力了！在宿舍里炒股也真是'恰到好处'——如果在家里炒股，爸爸妈妈显然会唠叨着要我上学，我显然是无法安安静静全神贯注地炒股的！虽然图书馆、教室里都可以炒股，但是，这个时候，同学们可能大都去上课了，也可能都去上课了，图书馆里肯定人很少，或者就我一个人，那显然不适合炒股——如果管理员晃来晃去，那显然分散我的注意力；如果管理员多事，把我在图书馆炒股之事打小报告给领导，那就更麻烦了！至于教室嘛，这个时候，几乎所有的教室都有学生在上课，都有老师在头头是道唾沫四溅地传道授业，那显然也会分散我的注意力！嗨！这么'恰到好处'的时间、地点对于我来说简直是天造地设，我一定要好好地利用！一定要在最佳时刻捕捉到最佳股机实现股绩最优化大赚一把也好好地显摆一下我的才能！特别是给史玉婷、柳成丝看看我的才能！这两个尤物从来没正眼看过我从来对我都是颐指气使！凭什么？你们不就有个有点儿钱的妈有点儿权的妈吗？你们家有钱有势可我有才能呀！我会炒股能一本万利能化腐朽为神奇化顽石为宝玉你们能吗你们的妈能吗？我一定要比你们家更有钱更有权！一定……

想到这儿，谢海福无意识地咬了咬牙握了握拳头；随后，坐到电脑桌前动了动鼠标，处在睡眠状态的电脑随即醒了，屏幕上出现了"大智慧"炒股软件所显示的股市行情图。他虽然明知信息早已陈旧，但还是挪动鼠标翻来覆去地浏览，边浏览边想："今天《金融学概论》这门课的知识，就像这陈旧的股市信息一样，最多只有参考价值而无丝毫的实用价值！啊——不！听老王讲《金融学概论》还不如看这陈旧的股市信息——老王讲课不仅吐词不清啰啰唆唆，而且所讲的内容陈旧，既无理论深度，又无有价值的材料！唉！我真不知道他怎么那么没有自知之明——每次讲课不仅眉飞色舞、唾沫四溅，颇为自得，还要和同学互动，提什么问！我也真不知道同学们怎么那么虚伪装腔作势做得那么好——每次课后都把老王的讲课说得一钱不值，可每次上课时都争先恐后地坐在前面，都争先恐后地回答老王提出的问题，下课时还拿着笔记本去向老王请教！嗨！难道就因为他是副院长吗？都太虚伪了！……啊！缺课其实也没什么的——那天大家在一块聊天时说，现在大学盛行的是'必修课必逃，限选课限逃，任选课任逃'，我的缺课有什么值得太在意的！……"

谢海福正想着，"叮叮叮"的电铃声响了——第一节课下了；他忽然意识到股市开盘的时间快到了，便赶紧收住思绪，回到今天的"主题"，盯着"大智慧"上的股市行情图暗自思忖道："这段时间大盘总的来说是上涨的，但上周后两个交易日连续跌停，而当下又没有什么导致利坏的消息，很显然是在调整，今天肯定要回调甚至大涨，但很可能受惯性下跌的影响低开，我今天不管怎么说也要趁低开时买进！不！而且要大量买进——过去是资金不足，捉襟见肘，现在有一百多万，就一个散户而言，这已经够大的了，还用担心买进吗？！哎！有钱真好——长袖善舞多财善贾嘛！现在不愁买进不愁补仓！如果势头好我就大量地补仓！当然，菜不能都放在一个篮子里——我不能只买一只或几只势头好的股，而要把资金分成多个单元买多只股！现在这些资金按十万一个单元，也可以买十多只股！当然，不能只盯着买进，而应该预设一个目标卖价，一达到目标卖价就卖；同时，凡是连续三天涨停的股一有能卖出的机会就卖掉……"

谢海福正思忖着时，"大智慧"上的股市行情图上出现新的信息——股市开盘了！谢海福随即像一个潜伏狩猎好久的猎人突然发现了自己预想中的猎物似的，眼睛死死地盯着股市行情图，仿佛整个世界只有那猎物甚至整个世界就是那猎物似的！他极尽目力，一目十行——"大智慧"上所出现的行情分析、盘口分析、竞价分析、趋势分析、盘中选股、指标选股、基本面选股、基本分析上的每一个信息他都一览无遗，脑子也像电脑一样高速运转，凡是一丁点有用的信息他都不放过，最后，综合考虑股票所属的产业状况、公司经营的业绩和前景、发行公司的股东人数和结构、股票的市场流通性等多方面的因素后，按照"菜不能都放在一个篮子里"原则，果断地买进了这段时间一直密切关注过的五只自己认为最优良的股票，每只先买了十万，但刚一买进，所买的一只股就涨了百分之一，接着又涨了百分之一，于是，他不假思索地各追加了十万；刚一追加完毕，所买的那股就涨停了。随后，他再看所买的另外四只股票，发现其中两只都涨了百分之二，另两只都涨了百分之一，于是，再次不假思索地各追加了五万；一追加完毕之后不久，所买的四股均涨停了。对此，他心花怒放，得意洋洋。

谢海福正想着，"大智慧"上所显示的上周最后两个交易日涨停的几只热门股票开始"异动"；考虑到自己当下急需"业绩"来获得"同仁"的信任，因而要搞"短期投资"，加上自己打算这几天都"逃课"炒股，有时间盯着股市炒"差价"，于是，先后在四只接近跌停之际，各买了十万；买完之后，那四只股先后回升——有的在回升了百分之四五，有的在回升了百分之六七，但随后又开始下跌——有的接近跌停，有的干脆跌停。为此，他颇为沮丧地想：

"咦！这次的手气怎么这么背呀——居然所买的四只股票只只都跌甚至跌停！照理来说，不应该是这样的——这几只股都已经连续跌停了两个交易日了，如果今天再跌停就属于异动，那就需要停牌，上市公司要自查出公告！要是这几只股票全跌停的话，那今天就白忙乎了！"

谢海福边想边两眼死死地盯着那四只股票的行情图，希望有上涨的变动，可盯了好一会儿，那四只股不但全都没有上涨，而且其中两只刚才没有跌停的股票也跌停了。他愤怒地用左手使劲地打了一下右手后骂道："猪手！"然后，颓丧地昏昏睡去。

不知过了多久，谢海福猛地睁开眼，希望能突然看到那四只股票涨停的奇迹出现，可是，当他把眼睛睁得快要眼眶爆裂、集中全部眼力看向股市行情图时，他所买的那四只跌停股一成不变，他忽地一阵灰心丧气，但随后又在心里自我安慰道："没关系！等一会儿它们都会涨起来，而且一定会涨停的！"

也许真的是心诚则灵吧——谢海福再次猛地睁开眼时，股市行情图显示，他所买的那四只跌停股开始上涨了——有两只甚至接近涨停！他深信"心诚则灵"，反复折腾，最后，在上午最后一节课的下课铃声响起时，他猛地睁开眼睛，诚惶诚恐地把视力投向"大智慧"上股市行情图时，他简直不太相信自己的眼睛——所买的那四只跌停股全部涨停了！上午的股市也结束了！他欣喜若狂，在心里喊道："太好了！上帝保佑！"

随后，谢海福猛地站了起来，甩了一个响指后又做了一个欢跳的动作。但在谢海福做完欢跳的动作准备去吃午饭时，宿舍门上响起了钥匙开锁的声音，随后，传来了陆地低沉的声音："老大！我回来了！"

谢海福赶紧打开门，陆地随即闪身进屋，语带担忧地问道："老大——情况怎么样？战果如何？"

谢海福本能地皱了皱眉头，本想吓唬吓唬陆地一下，说一下"情况不妙"或"战果不佳"之类的话的，但随即又本能地想起"行船不说破口话"的古话，同时也本能地意识到此时此刻士气只可鼓不可泄，加上事实上情况甚好战果甚佳，便看着陆地慢悠悠地说："情况怎么样？——情况甚佳！战果——也甚佳！"

　　谢海福的最后一个"佳"字刚说完，陆地便跳将起来，满脸高兴地说：

　　"太好了！咱们旗开得胜了！"说着，陆地忽地给了谢海福一个熊抱，同时，感激涕零地说："太好了！太感谢你——老大！"

　　陆地边说边进一步地抱紧谢海福，谢海福感到有点儿"被挤压"，便语带不悦地说："哎！我说——哥们儿！我很受不了呀！该去吃饭了！"

　　"吃饭？"陆地好像是突然想起了一个被遗忘了好消息似的，非常兴奋地说，"啊！是该吃午饭了！但是，咱们不用到餐厅去吃——我已经叫了外卖，叫了四份！我上课时用手机在网上订的，也告诉老三、老幺了！应该马上就要到了——我没等下课就回宿舍就是为了早点儿来接外卖！"

　　"啊！太好了！嗨！老二，我原以为你只会惦记着你的股金呢——真没想到你也会惦记着老哥的饥饱！"

　　"哎！我说老大呀！"陆地一本正经地说，"你这么想就有点儿'透着门缝看人——把人看扁了'吧！你说说，咱们相识以来，我何曾有过像你所说的这么自私过？我对你何曾不是推心置腹、真心真意？就说这次'创业'吧！我何曾不是积极地支持你的——你看，我的全部家底才二十万，可我竟拿出十万！你可要知道，我这二十万是我这几年的生活费和将来买房子找老婆的全部款项呀！"

　　谢海福见陆地说的那么"一本正经"，同时，也意识到刚刚开始的"创业"大业还需要陆地进一步的支持，便没等陆地说完便也一本正经地说：

　　"哎！我说老二呀！怎么老哥说的是一句玩笑话你却这么当真！老哥何曾不知道你对老哥是推心置腹、真心真意的？！再说，老哥如果不知道你对老哥是推心置腹、真心真意，会帮你操盘吗？如果不知道你对老哥是推心置腹、真心真意的话，不要说你给我百分之三的操作费用，一年期内赚百分之十五以上部分三七分成，就是你给我百分之三十的操作费用，一年期内赚百分之十五以上部分七三分成，老哥也不会干！虽然我也在帮他人操盘，虽然他们的操作费用和分成比例与你的相同，但是，我打心眼里把你的事看得要重一些，甚至比我的事看得还要重——因为其他人以及我的那点儿股金只不过是各自当下的一点儿零花钱，而你的股金却是当下和未来生活甚至是生存的依凭！放心吧！老二！我会对你负责的！放心吧！老二！咱们的'创业'一定能成功，咱们一定能赚大钱的！"

谢海福话音刚落，陆地就满脸诚意地说："好了——老大！别说了！我相信你对我的真心诚意！我相信你的能耐！我相信我们的'创业'大业会辉煌的，我们这次一定能赚大钱的！等一会儿吃完饭后，你先好好地休息一会儿！休息好了——精神也好了，下午再接再厉再创辉煌！我们——不！是我，我将为你提供全方位的帮助——我把听课的笔记好好地归纳总结一下，弄一个'提纲挈领'发给你，也帮你把老师布置的作业认认真真地完成。总之，你一心一意地炒股，我全方位地为你分忧，确保咱们双赢！"

"我一心一意地炒股是没问题的！咱们双赢也是没问题的！"谢海福说，"但是，下午我就不再逃课了！上午买的几只股不管是涨还是跌今天都不能卖，再看它们也没必要！而今天已经进仓这么多了，没有必要再盯盘了！……"

谢海福正说着，柳赛回宿舍了，他一进宿舍门就劈头盖脸地问："怎么样？"

"什么'怎么样'？"陆地抢着回答道，"老大经验丰富，技能高超，还能'怎么样'——当然只会是'战果辉煌'呀！"

"太好了！"陆地话音刚落，柳赛就大声道。

"嗨！老三的嗓音真高——可唱男高音了！"牛瑧昱边走进宿舍边笑道，"老三如此高兴，肯定是老大旗开得胜了吧！"

牛瑧昱正说着，送外卖的到了——送外卖的因找错了地址，所以迟到了一会儿，正准备解释、道歉，但还没来得及开口，陆地就抢白道：

"哎！我说——哥们儿，你怎么迟到了！说好十二点一刻的，现在已经十二点二十分了……"

陆地正说着，柳赛帮腔道："就是嘛！迟到了五分钟！怎么做生意不讲诚信？！"

"对不起！对不起！"送外卖的满脸歉意。

牛瑧昱觉得送外卖的也很不容易，便圆场道："算了吧！我们也迟下课几分钟嘛！要是早点儿送来，我们也不能早点儿吃。"

牛瑧昱边说边接过送外卖的手中的外卖；将外卖搁到书桌上后，牛瑧昱又将他送到门外。

"吃吧——咱们抓紧点儿!"牛瑧昱一回宿舍,陆地就说,"不抓紧点儿——饭菜就凉了!"

陆地边说边给牛瑧昱等分外卖。柳赛一边接过陆地所递过来的外卖一边说:"咱们要不要以茶代酒,庆贺一下老大的'旗开得胜'?"

"没有必要!"谢海福推辞道,"等分红的时候再庆贺!"

"老大说的对——等分红的时候再庆贺!"陆地顺着谢海福的话说,"老大今天累了一上午,需要休息一会儿!咱们抓紧吃——吃完了就离开宿舍,让老大安安静静地休息一会儿!晚餐时间咱们都不回宿舍,晚自习后,咱们也迟点儿回宿舍——给老大尽可能地留出一个安静的能运筹帷幄的时间和空间。"

"那好!"柳赛附和着谢海福道,"咱们一吃完就赶紧离开宿舍!"

"没有必要离开宿舍!"谢海福说,"大家该干什么就干什么!"

谢海福虽然口头这么说,但对自己能受到大家如此的关心还是蛮受用的。

午饭一结束,陆地等真的离开了宿舍。由于刚吃完饭不便卧床休息,加上离下午开盘只有十几分钟了,没有时间躺下休息,谢海福便倚着床架眯了一会儿,就重新坐到电脑前,随后,下午的股市便开盘了,而且股市形势大好——"大智慧"上的股市行情图一片红,他所购买的那几只股更是全部涨停。

"太好了!太好了!"谢海福在心里大叫道。

接着,谢海福在确认自己所买的各股仍然涨停之后,才拿起手机,匆匆忙忙地离开宿舍;一出宿舍,他又飞快地跑向教室。

上课时,老师站在讲台上依着屏幕上所显示的课件抑扬顿挫地讲课,时而还颇为自得地笑一笑;讲台下的同学们大多看着老师凝神听讲,同时也时而低头做做笔记。谢海福则时而盯着老师,时而看一眼"大智慧"上的股市行情图;收盘后,他又时而"盯"一下老师,时而浏览一下新闻,看看有没有什么利好的消息;下课铃响后,他起身离开教室时,突然看到一条令他无比高兴的消息——中国人民银行官网发布消息,决定"双降"!他在心里呐喊般地叫道:"太好了!"

随后,谢海福决定不径直回宿舍,也不再边走边浏览手机上的新闻——而是关上手机，径直前往篮球场打球。打了两场球后，谢海福又到"学子餐厅"小酌几杯，从而使紧张的情绪获得了有效的缓解。

晚上八点半，谢海福回到宿舍，宿舍里空无一人，一片安静。他先上网浏览了当天的股市行情，接着，又浏览近期的股市行情以及国家有利于股市的一些政策，最后，在对各种信息进行反复研究后决定了第二天要买的几类股票。第二天开盘后，他又买进"兰宝重装""中飞集成""冠冕木业""华信证券"等股；第四天，他又将第一天所买的连续大涨或涨停了三天的股票全部出仓，改买"大营港""亿福生科""华科曙光"等股；再后，他又有好几番的卖出买进……

虽然谢海福也有"马失前蹄"的时候，但总的来看，他好像真的有神助一般——他所买的好几只股事后来看均属黑马股，而且多数堪称"涨"类的"妖股"！同时，他在绝大多数时候都能在绝佳时刻卖出，比如，"兰宝重装"前后总共有21天涨停，而他在买进之前已经涨停了2天，他在买进后又连续17天涨停，但是，到第17天涨停时，他觉得该股前后已19天涨停了，如果再涨停一天就等于4个整周的交易日涨停，而这种情况在股市史上是非常罕见的，于是当晚决定，不管第二天是继续上涨还是下跌，他一定出仓——而且第二天也真的出仓了！结果，出仓两天后就暴跌！正是因为能相当准确地选股买股，并且能在绝佳时刻买进卖出，到年末时，谢海福让"创业"专用账户上最初的一百六十多万变成近五百万，他本人则实际上成了一个"股妖"——他自认为成了一个"股神"！

第二十二章　人并不能做自己的主

真是如俗话所说，"光阴似箭，日月如梭"——对于紧张繁忙的锦都人而言，时间好像只是晃了一下就到了年末，而对于勤奋刻苦、善于与时间赛跑的锦大学子而言，时间则好似来不及晃一下就到了期末！

由于平时学习很扎实，期末复习又很到位，锦大学子几乎全都对自己的考试很满意。谢海福虽然平时把非常多的时间和精力都用于炒股了，但平时也争分夺秒地进行备考式学习，加上自己有过多次的高考经验，摸索出了一套非常实用有效的考试技巧，因而，在考试结束后，心情非常舒畅；当然更令他感到心情舒畅的则是他操盘的十分成功，他们"创业"的业绩十分突出——他在短短的几个月里就由一个普通股民变成了一个"股神"，就让一百多万变成了数百万，他难道不应该心情非常舒畅吗？！

由于自己太累了，非常需要歇一歇放松一下了；同时，也由于年末货币缩紧，股市开始有点儿疲软了；加上马上就要过春节了，应该让大家尝尝"创业"的甜头；于是，谢海福在寒假离校前的最后一次"卧谈会"上，提议暂时停止一下炒股——先退还各自的本金和应得的盈利，过完春节后，再根据股市行情及大家的意愿决定是否继续炒股。

自从把十万的资金打到"创业"专用账号上后，陆地就开始心神不定——他担心他那本来是用于当下求学和将来成家立业安身立命的资本的好大一部分会打水漂！但是自从谢海福正式操盘首战告捷之后，他便心神安定了一些；在谢海福买了几只黑马股后，他显得比谢海福更高兴；在确知谢海福让集资总额翻了一番后，他后悔没将手中的二十万全部集资；在确知谢海福让集资总额增加了不少后，他一方面非常高兴，另一方面又非常担心煮熟的鸭子会飞走，因而，很希望能早点儿分红甚至很想完全撤资，于是，当谢海福提议暂时停止一下炒股时,他像把话放在嘴边等了好久似的说:"我非常赞同老大的意见!"

柳赛的股金虽然比陆地的要少得多,但他比陆地更担心自己的那点儿股金——因为那是他的全部家当!当他得知谢海福像变魔术似的让他的股金增多之后,他虽说也像陆地一样高兴,但又不像陆地那样期盼分红或想撤资,而是希望他的那点儿股金像一个鸡蛋能孵出一个小鸡,再变成一群鸡……最后变成一群牛,因此,当谢海福提议暂时停止一下炒股时,他犹豫了一会儿后说:

"虽然我们的'创业'取得了阶段性的成果,但我们应该再接再厉再创辉煌——我建议,老大继续为我们辛苦,我们可适当提高老大的'辛苦费'!"

牛瑧昱虽然是这次"创业"活动的发动者,也是这次"创业"活动得以展开的主要力量,但是,他最初提议开展这次"创业"活动的动机一是为了学习,二是为了响应党和政府的号召,真心实意地想创业想像比尔·盖茨、任正非等人那样干一番事业;后来,他真的参加这次"创业"活动而且成为这次"创业"活动得以展开的主要力量,主要是为了杨雪莲——虽然一方面,他和牛汉卿尽了最大的努力劝说杨雪莲回到学校,另一方面,他违背自己的本性向柳成丝借了两万元钱寄给牛汉卿请让请人照料杨显珍,但是,杨雪莲最终既没有让牛汉卿请人照料杨显珍,自己也没有回到学校。为此,牛瑧昱怎么也不能释怀,甚至还几次想在学习期间请假回牛家大湾一趟处理杨雪莲复学的事情;期末结课后,他一弄清了具体的寒假时间就买了回牛家大湾的火车票。因此,他本人虽然并不在乎钱,但最初在得知谢海福的操盘首战告捷之后还是像陆地、柳赛一样高兴,后来也像陆地、柳赛一样关注谢海福的操盘,再后,他又非常期待"创业"活动暂时告一个段落以便能拿回本金和红利,以便将本金还给柳成丝和史玉婷,将红利做资本劝说杨雪莲复学;于是,在谢海福提议暂时停止一下炒股后,虽然柳赛明确地表示不同意,但他还是接着柳赛的话说:"不过,老大的提议也可考虑考虑!"

牛瑧昱的话音刚落,谢海福毫不掩饰兴奋之情地说:"好!很好!我的提议在咱们这里'三比一'通过!老三的意见虽然很好,用意也甚佳,但是,老三现在也只好委屈一下了——暂时保留!等一会儿,我再把我的这些想法发给柳成丝她们,如果她们之中有两个人同意,我的提议就算通过了!"

谢海福给柳成丝等发完微信后,很快就收到了柳成丝的回复:"随便!"

随后，周瑾回复道："同意！"

紧接着，孟爽也回复道："同意！"

一收到孟爽的回复，谢海福就说："行了——现在是'六比一'通过！"

谢海福正说着，史玉婷的回复来了："你问问牛瑧昱吧——如果他同意，我也同意！"

于是，谢海福又说："现在是'七比一'了！"

谢海福说完，陆地便说："那现在就是彻底通过了！"

随后，大家便东扯西拉、海阔天空地聊了起来。

寒假正式开始的那天，牛瑧昱等几乎同时收到银行所发的收款短信。牛瑧昱留下了自己八千元的本金及相应的"分红"后，其余的钱分别存入了史玉婷和柳成丝的银行卡里，可是当他坐上回牛家大湾的火车时，手机短信提示告诉他，他的银行卡里又存入了两笔与他分别存入史玉婷和柳成丝卡中的那两笔钱数额相等的钱。

牛瑧昱虽然自认为期末考试各科都考得很好，虽然他的卡上有了一笔对于一个普通大学生甚至是一个普通国人来说都是一笔数目不小的钱，但是，他还是心情很沉郁——杨雪莲的辍学始终让他难以释怀。列车启动后，城市的路灯一晃一晃地往后退，稍后，便快速地往后退，最后是飞速地往后退；牛瑧昱的思绪也随之飞扬起来，一下子就飞到了牛家大湾——

"老家这个时候怎么样？好像我幼时在老家时，这个时候是好冷好冷的——爷爷、奶奶、伯伯、伯母们总是有个人把我搂在怀里的！现在还是那么冷吗？奶奶怎么样？真的像视频上的那么康健矍铄吗？三伯、三妈怎么样？他们那么勤劳那么能干，一定挣了不少钱吧！哥哥们都说今年不回家过春节，那我这次就留在老家和奶奶、三伯、三妈一起过！啊！还有雪莲和祖爷爷，他们现在怎么样？祖爷爷是否康复了一些？雪莲是否接受了我的建议而一边照料祖爷爷一边自学功课？如果自学了功课，那么以她的智力来看，就应该掌握了大部分知识，这样，我这次帮她把疑难问题解决一下，她下个学期复学就应该跟得上老师的讲课了！……这次回去后，我无论如何也要说服雪莲，让她回到学校——卡上的这些钱，就是给祖爷爷请十个、二十个保姆也绰绰有余！而且，我要她亲眼看看卡上的这些钱，让她确信这些钱确实足够给祖爷爷请保姆甚至足够给祖爷爷请好多保姆！我还要动之以情、晓之以理——提醒她我们暑假里曾有过'盟约'：她尽最大的努力学习，我尽最大的努力帮助她，争取在我俩的共同努力之下，她也进锦都大学耀华管理学院，从而在家里她是我的小妹妹，在锦大她是我的小学妹！让她明白只有赶快复学而且加倍努力才能让我们的'盟约'成为现实！……我就不信我说服不了她！而且她是那么信任我——我就不信她不听我的劝说！……"

牛瑧昱正信马由缰地想着，列车员走近他，彬彬有礼地说："先生，请您出示车票——现在查票！"

牛瑧昱稍稍愣了一下，随后出示了车票。列车员在查票之后把车票收走，同时给牛瑧昱换发了卧铺席位卡；在离开时，又提醒他注意保暖和尽量早点儿回到卧铺上。列车员走后，牛瑧昱忽然感到有点儿冷且有点儿累，便回到自己的卧铺上。卧铺的下铺和对面两个铺位均空着，牛瑧昱便随手关上床头的灯，卧铺箱内随即一片黑暗。牛瑧昱躺稳后，随意将眼光投向车窗外，车窗外虽然不时也有几星灯光闪现，但总的来说是黑魆魆的一片。躺在黑暗中，看着车窗外的黑暗，听着列车高速行驶时所发出的均匀而有节奏感的声音，牛瑧昱忽生一种寂寥感，思绪也如野马一样无拘无束地游荡起来——

"唉！时间过得真快——真是一眨眼，大学生活便过去了八分之一！这个学期虽然总的来说收获不小，但实际上也是有诸多遗憾的——军训、参选班干部、到杏林山庄、参与'创业'、不时处理班上的一些杂务……这些'非学习性'元素掺杂在整个学期的'时间流'中，不时打乱我的学习秩序，扰乱我的学习心境，让我未能安安静静、一心一意地学习，这对我而言，不能不是一种遗憾！花了那么大的努力，可结果还是未能如愿地将雪莲劝回学校，这对我而言，也不能不说是一种遗憾！……下个学期，我一定要一心一意地学习，争取没有遗憾或把遗憾降到最少！谢海福说下个学期是否炒股要视情况而定，我就不视情况而定了——即使谢海福真的是股神，即使谢海福能给我挣一个亿我也不再参加炒股了！这次看望奶奶、三伯、三妈、祖爷爷、雪莲后，还是回锦都学习，以后再找机会回家陪奶奶、伯伯们过春节！还得劝服雪莲复学——雪莲一同意复学我就回锦都，一回锦都就再次把钱退还给柳成丝和史玉婷，也把上次向柳成丝借的那两万元还给她！虽然如果给祖爷爷请保姆可能也要花一点儿钱，但是应该花不了多少的……"

牛瑧昱正想着，柳成丝的电话打来了。牛瑧昱按下接听键，手机内随即传来了柳成丝的声音："牛瑧昱，你在哪里？"

"在火车上——我正在回老家看我奶奶的途中。"

"啊！你离开锦都了——离开之前怎么也不一声招呼？"

"怕打搅你呀！"

"怕打搅我？说谎！是怕我跟着你去你老家玩吧！"

"没有！没有……"

"什么时间回来？"

"没定……不过，也许很快就回来。"

"那好！注意安全！我等着你回来——你回来时我去车站接你！"

"好——谢谢！"

牛瑧昱刚与柳成丝通完电话，史玉婷的电话就打来了。牛瑧昱一接电话，史玉婷就语带埋怨地说："牛瑧昱——你的电话怎么总在通话中？"

"啊！没有呀——只是刚才在通话中！"

"你明天有空吗？如果有空的话，咱们出去玩玩？或者你到我家来玩玩？"

"我正在回老家看奶奶的途中……"

"也是在看你小表妹的途中吧——真是'归心似箭'呀！"

"别想多了——我只是想早去早回！马上就是春节了——现在不回去就有点儿晚了！"

"知道——我是逗着你玩的！快去快回！注意安全！"

"谢谢！"

"嗨！真是'说曹操曹操就到'！"挂断史玉婷的手机后，牛瑧昱在心里笑道，"怎么一想到她们，她们就打电话来了——难道真有所谓的心灵感应？"

由于暑假回过牛家大湾一次了，因而路也熟了，于是，牛瑧昱这次没有让牛汉卿去接站，而是下车后坐出租车回牛家大湾。

出租车驶出江汉站不久就驶上了通向牛家大湾的乡村公路。该公路是政府和沿路民众以及与该公路有关的人合资修建的，公路的入口有一块石碑，石碑上刻着一些人的姓名——凡是出资在一千元及以上，均碑上有名，且按金额多寡分等级铭刻。公路名为柏油路，但柏油和石子都很少——许多路段柏油薄如面纱、石子寥若晨星，更有一些路段柏油和石子全无而全是泥土，并且坑坑洼洼凹凸不平；公路沿小河而建，也随小河而九曲十八弯。出租车行驶至一段弧形路时遇到了一群人正将一辆桑塔纳从河坡上抬至路面，在坡顶与路面之间"胶着"着——好像抬不动了，司机赶紧停车，还没等牛瑧昱明白是怎么回事，司机就打开车门奔向那群抬车的人，随后，随着一声吆喝，桑塔纳被抬到了路面。

司机下车后，牛瑧昱无意间看了一下路面——路面一片泥泞，车前和左边均有小半轮深的坑，人群那儿的路边朝小河崩了一个缺口……牛瑧昱正无意识地随便看着，司机回到车内了。

"对不起——小兄弟！"司机看了看牛瑧昱，语带歉意地说，"耽误你的时间了！"

"没事！"牛瑧昱不好意思地说，"我刚才没意识到要下去帮忙，您就下去了……"

"啊！没什么！"司机一边小心翼翼地开车一边说，"看样子，你不像是咱们这地方的人——可能不习惯这事……"

"我是牛家大湾人。"牛瑧昱说，"不过，我很小就离开牛家大湾了——现在生活在锦都……"

"啊！你是从锦都回来的！"司机说，"你们长年在外，那就完全应该不习惯这类事了——你们锦都到处都是高楼大厦，街面是钢筋水泥做的，宽阔而又平整——可能比镜面还要平整，街道两旁不可能有这小河，当然见不到这类事，也不知道在遇到这类事的时候该怎么做……"

"咱们这儿这类事经常发生？"

"不经常发生——只是在下雨天或雨后刚晴的时候发生较多。"

"这路这个样子，怎么不维修维修？"

"维修？谁来维修？当初修这路时成立了一个专门的机构，路修成后，那机构解散了……"

"为什么解散？"

"不解散行吗？当初修着公路时，政府、沿途的村民以及本地一些在外的人士都出资了——当时的资金修这条路足可修成一条国道级的公路，可结果修的这路连一般的乡村公路都不如……"

"啊！……不过，我暑假里回来时，这路好像没有这么难走！"

"可能你回来时赶上了没下雨的时候——夏天气温高，即使下雨，路面也干得快；路是干的，当然要好走一些；这半个月，时雨时雪，路湿透了，还能那么好走吗？我们小时候——也就是三四十年前，雨水比现在要多，这个时候，或雨或雪甚至会一个多月，路更难走——村民们常常不出门，吃的菜都是腌菜或干菜……"

司机还没来得及说完，车便打了一个"趔趄"，牛瑧昱本能地双手抓住前面座椅的椅背。车驶平稳后，司机接着说："前面就是江堤，上江堤后，路就要好一些。"

牛瑧昱在看车前的路面时，车驶上了江堤，可刚一驶上堤面就熄火了。司机和牛瑧昱一起把车推到堤面边上，随后，司机修车，牛瑧昱站在江堤上向远处放眼望去，只见暑假里看到的烟波浩渺浩浩汤汤的江面变成窄窄的一条白带，葱葱郁郁的江滩则变成了掉尽了树叶的树林或白沙；北风阵阵，吹得枯草和落叶飘到半空……

"小兄弟，上车吧！"牛瑧昱正茫然地看着远方在内心感叹时，司机向他招呼道，"车修好了——点火线圈上的一点儿小问题。"

牛瑧昱上车后，司机随即启动车并很快提速，一会儿便到了牛家大湾。出租车从东往西行驶；由于路面凹凸不平或不时有泥浆或积水，车便开得很慢，牛瑧昱朝车窗外随意看去，时而见房屋的大门紧闭着，时而见房屋前有一两个孩子——有时，孩子们好似兴奋地向前走几步，指指点点他们；有时则不带任何希望似的头也不抬……出租车驶上一段较平坦的路后不久，牛瑧昱便看到他的奶奶杨金环正向出租车走来，他一阵兴奋，随即将头伸到车窗外大声叫道："奶奶！"

"果然是你回来了！"杨金环紧走几步迎上前来，"我昨天晚上梦见你回了——没想到这回的梦梦得这么准！"

出租车刚停稳，牛瑧昱就边塞给司机一百元打的费边打开车门下车。

"您很好吧！"牛瑧昱一手提着提包一手拉着杨金环的手道，"三伯、三妈都很好吧！"

"都很好！"

"三伯、三妈在家吗？"

"不在——你回时没告诉他们，他们也不知道你回来……"

"我怕耽误他们的工作……"

"他们这些日子也确实有点儿忙，每天早出晚归的……"

"怎么年底了还这么忙？……"

"这几年的收成都不是太好，今年比去年还要差一些，所以，外面的欠账得你三伯、三妈一家一家地去收——有时候，去了一整天，也收不回来；有时候，别人躲着不见你三伯、三妈，如果太远，他们只好住旅馆，第二天再去，不过，见到人了也未必要得回钱……"

"啊！那怎么办……"

"不好办——你三伯、三妈重感情，重话都不愿意说，只是赔笑脸……唉！他们真为难——银行的贷款需要还，村里土地的承包金需要交，可好多账又收不回来；今天去的这家去过几次了，听你三伯、三妈的那口气，估计今晚有可能住旅馆等那账……"

"银行的贷款多吗？那得按时还——否则，既要被罚款，信用也会下降……"说到这儿，牛瑧昱忽然想起自己卡上有一笔钱，便改口道，"不过，也不要紧——等三伯、三妈回来了，我和他们一起想办法！"

"那好！看你三伯、三妈好像很急的，你帮他们想想办法也好！他们这几天每天早出晚归的，幸亏有莲儿！莲儿真乖，也真能干——既帮你三伯、三妈出点子，又帮他们干体力活……"

"雪莲现在在家吗？"

"在收拾鸭场——已经收拾几天了，今天估计能收拾好！本来，我要和她一起收拾的，可她借口让我去照看祖爷爷而不让我去鸭场……"

"祖爷爷呢？"

"祖爷爷不怎么好——现在比你上次回来时见到的情况要差了不少……"

"那我先去看祖爷爷，看完后再去和雪莲一起收拾鸭场……"

"祖爷爷现在很容易激动，也爱多想、多说，你现在最好别去——我现在之所以没在他哪里，就是想让他安静一下……"

"那我先去鸭场，把鸭场的事做完了再去看祖爷爷。"

"你先吃点儿东西后再去，我这就去弄……"

"不用——包里有面包和牛奶；我给您和三伯、三妈、祖爷爷、雪莲带了点儿锦都的特产——刚才光顾说话……"

牛瑧昱边说边将所带的锦都特产取出来放到食品柜上。

"面包和牛奶都是冷的——那不行！"杨金环边说边往厨房走，"我去给你弄点儿热的——就煎几个鸡蛋，很快的！"

"也好！"见杨金环已经走进厨房了，牛瑧昱便顺着她说，随后进厨房和她闲聊；不一会儿，一碗香喷喷的鸡蛋煎好了。牛瑧昱还没走出厨房就吃，杨金环慌忙说："稍等——小心烫着！"

"没事！"牛瑧昱边吃边说边走出厨房，一吃完，就立即前往鸭场。

第二十三章　故乡的云

在前往鸭场的途中，牛瑧昱忽然心生悲凉——他在暑假里所看到了的生机勃勃生意盎然的大千世界变得一片肃杀：

树木只剩下暗黑色的树干和树枝，即使有树叶，也是只有几片点缀般的枯叶；树枝上的鸟巢在风中摇摇欲坠；旱田里虽有越冬的庄稼，但是庄稼并不是绿油油的，而是绿里泛黄，而且基本上都是趴在地上，像狗趴在地上睡觉一样；水田里或稻子枯死衰腐在地上，或耕翻过的土块东倒西歪地杵着，土块上生着杂乱的稻草根；路边的野草就剩下一点点被风刮残的枯根；藕塘里泥块朝天、枯荷梗横七竖八；沟河湖渠基本上干涸；湖泊水量大减水波几无——湖面像孩童剃掉周围头发的头顶；四野不见一个行人，也没听见鸡鸣狗叫……

牛瑧昱一边高一脚浅一脚地走一边茫然地看一边本能地想："如果是一个新来乍到的人，也许怎么也不会想到这里就是'鱼米之乡'吧！如果是一个稍稍向往现代文明的人，也许怎么也不会留恋这里吧……"正想着，一个清脆的声音从鸭场方向飘了过来："哥——"

牛瑧昱听出了那是杨雪莲的声音，并顺着那声音看过去，只见一个戴着红色头巾的人一边向他挥手一边向他跑来；他本能地大声回应道："雪莲——"

也许太激动了，牛瑧昱的声音大得连他自己也未曾想到过，把自己也吓了一跳——声音传出后在半空中飘荡了好一会儿才消失。

回过神来之后，牛瑧昱放开脚步，快速向杨雪莲走去；刚走到牛汉卿家的鱼塘边，杨雪莲就从鱼塘的另一边朝他大声道："哥——你回来了！"

"回来了！"牛瑧昱也大声道，随即站住了——像不认识杨雪莲似的打量着她，只见她比暑假里高了差不多半个头；虽然戴着红红的头巾，但长长的秀发却像不愿驯服似的挣脱头巾而随风飘拂；眼睛顾盼生姿，别有说不明道不白的味道；脸上洋溢着青春的神采，而毫无暑假时的那种稚气，笑容像要蹦向他似的……

杨雪莲见牛瑧昱不认识似的看着她，忽地一阵发毛，讷讷地说："哥……你怎么啦……"

受到了杨雪莲的提醒似的，牛瑧昱赶紧迈步走向杨雪莲，并将手伸向她。

"我在收拾鸭屋——没洗手！"杨雪莲向他摆了摆手道，"鸭屋还没收拾完……"

"那我现在和你一起收拾！"牛瑧昱抓住杨雪莲的手说。

"不用——我一个人就行了！"杨雪莲拒绝道，"那儿也有点儿脏……"边说边试图挣脱牛瑧昱的手，结果，手从灰白色的棉线手套中脱落了出来；接着，杨雪莲半低着头往回走。牛瑧昱随即跟上，边走边说：

"脏不要紧——你都不怕脏我应该怕吗？"

"那好！"杨雪莲向牛瑧昱微微侧了一下脸朝鱼塘边的粪堆努了努嘴说，"我把鸭粪弄到筐里，你把鸭粪弄到那粪堆上。"

说完，杨雪莲便加快脚步向鸭屋走去。

好像曾经多次做过搭档似的——杨雪莲在鸭屋里把鸭粪装进粪筐里，然后将粪筐提到鸭屋门口；牛瑧昱从杨雪莲手中接过粪筐，然后将粪筐提到鱼塘边的鸭粪堆上；鸭粪一筐一筐地从杨雪莲手中传到牛瑧昱手中，一筐一筐地被运到鸭粪堆上，将近一个小时后，鸭屋的鸭粪被收拾得一干二净了。随后，牛瑧昱和杨雪莲一起用锹将鸭粪堆拍紧，然后用塑料蒙上，最后，用木柱和砖块将塑料压住。

"这样应该行了吧！"压上一根小碗粗的木柱后，牛瑧昱看着杨雪莲说。

"行了——大功告成了！"杨雪莲说，"走，咱们去水井那儿洗手——洗完手后我去做饭，你歇一会儿，同时，也给奶奶打个电话，让她过来吃饭。"

杨雪莲边说边向鸭屋旁的水井走去。

"就在这儿做饭？"牛瑧昱随口问道。

"就在这儿做饭——我下午还要收拾一下屋子，在这儿做饭吃饭方便一些。"杨雪莲说，"三伯、三妈今天如果不回来——我晚上还得照看鸭场……"

"你照看鸭场？"牛瑧昱好像不相信似的说，"你……"

"我不行吗？咱们村里没读书的像我这么大的女孩都在外打工了！"杨雪莲笑道，"再说，我有狼犬做伴，怕什么？三伯说咱们这条狼犬不比藏獒差！"

"真的吗？"牛瑧昱也笑道，"如果是真的，那我就放心了——我刚才想去看祖爷爷，但又担心你一个在这里……等一会儿吃完饭后我去看一下祖爷爷……"

"祖爷爷午饭后要休息……祖爷爷身体状况不太好——平常即使能正常地休息，也总是无精打采的……晚饭后去吧！"

"那也行——那我现在给奶奶打电话让她来吃饭……或者，我干脆去叫她……"

"你还是打电话吧——过去我在这里做饭时，都是给她打电话的……"

"那好！"牛瑧昱说，边说边给杨金环打电话——杨金环告诉牛瑧昱，她已经做饭吃过了，也侍候祖爷爷吃过了，同时，嘱咐牛瑧昱和杨雪莲干一会儿活歇一会儿，不要干得太累了。

杨金环不来吃饭，也不需要给杨显珍准备特别的饭菜，杨雪莲做饭省了不少工序，于是，很快就把一顿饭做好了。随后，两个人一边吃饭一边闲聊，聊着聊着，牛瑧昱将话题引到了自己想谈的问题上，而且聊得没完没了——

"咱们抓紧时间吃饭吧！"牛瑧昱说，"吃完饭后我干活，你看看书——做一下下个学期上学的准备！"

"我跟你说过几次了，也让三伯给你说过了——我不上学了！"杨雪莲看了一眼牛瑧昱说。

"你是说过几次了，三伯也给我说过了，但是，你还是应该上学——你不能因小失大，顾眼前而失未来！"

"可是没有小哪来的大？没有眼前哪来的未来？现在最重要的是生活——姥姥和祖爷爷的状况越来越差……"

"啊！我暑假里回来时不是说姥姥快出院了？祖爷爷的状况本来就那么差——还能差到哪里？……"

"暑假那段时间，姥姥确实好得差不多了，但后来病情又出现了反复并加重，祖爷爷现在除了脑子和嘴是正常的外，其他的都不正常！不仅姥姥和祖爷爷的状况越来越差，而且三伯、三妈今年的收入也很不理想……"

"啊！三伯、三妈今年的收入很不理想？怎么从来没听三伯、三妈说？你也没告诉我？"

"他们大概是不想让你分心吧！这事我本来不应该告诉你，所以没告诉你——现在是觉得应该告诉你，我才告诉你！"

"三伯、三妈还是那么能干勤劳，怎么今年的收入大减？"

"三伯、三妈的确还是很能干很勤劳，但是，今年老天很不作美——夏天先是好长时间不下雨，后是好长时间下雨，庄稼要么是被旱死了，要么是被涝死了，老百姓不仅没有从地里收获什么，而且前期的投入也泡汤了；老百姓没有收入，三伯、三妈家的鸭蛋、皮蛋、鱼等先是很不容易销出去，后是销出去后收不回账……加上鸭子和鱼都生过病，死了不少，损失很大的……"

"啊！……"

"还有，村里的干部眼红三伯、三妈，经常找他们的麻烦，他们得给那些干部送礼；银行的贷款也得还……"

"啊！怎么会是这样——真是'世事难料'呀！……"

"过去，三伯、三妈收入不错，还能支付姥姥的费用，看样子明年就难说了……"

"唉！真没想到就这么半年，事情就变得这么糟了！……不过，也不要紧——我这次带了一点儿钱回来，先给祖爷爷请个保姆——祖爷爷有保姆照顾了你就能安安心心地去上学；如果三伯需要还银行贷款和姥姥那里需要费用，我带回来的这些钱应该也够……"

"你带了多少钱，够这么花？"

"一百多万……"

"啊！你在哪里弄来了这么多钱？"

"炒股挣的……"

"什么？你炒股？"

"不是我炒股——是我们炒股。我们学的是金融，与炒股直接相关。国家和学校都鼓励大学生创业，于是，我们成立了一个'创业'小组——我们几个同学把零花钱集中起来炒股，结果赚了……"

"你有多少零花钱？能一下子赚这么多吗？"

"我没有多少零花钱——就八千多一点儿,不过,我的几个同学是官二代、富二代,她们的零花钱多,她们借了我一点儿……"

"借给你多少?"

"一个借了20万,一个借了25万……"

"啊!是什么同学?他们/她们怎么有那么多钱借给你?"

"是一般的同学——她们都是富家孩子,这点儿钱对于她们家来说可以忽略不计……"

"真的吗?"

"本来,我最初只是在郊游时随便说了一下把大家的零花钱集中起来炒股,可后来大家把我的话当真了——真的要这么做,而且还要我牵头,做所谓的'董事长'……"

"你做'董事长'?……"

"名义上的——我只是负责协调一下,具体的操盘——也就是实际的炒股不是由我负责……"

"哦!"

"我们是'股份制公司',我股金太少,我的两位同学可能是为了让我多挣点儿钱,也可能是为了便于我做协调工作,便各自借了一笔钱给我……"

"你要了?"

"我本来不想要,但当时的情形,我又不得不要……"

"炒股这么好挣钱吗?"

"炒股是可以一夜暴富的,当然也可以一夜血本无归……"

"那假如血本无归了,你怎么办?"

"大家用的都是零花钱,首先讲明过——挣了大家按比例分红,赔了就像玩了一场游戏……"

"也就是说,你手里这些钱实际上并不是你的?"

"这些钱里面有三万元完全是我的——我自己有八千元零花钱,全部拿出来炒股了;其余的钱虽然不能说是我的,但也不能说不是我的——他们推举我做董事长,我为这次'创业'实际上也付出了不少心血……再说,前天收到款后,我把钱连本带利还给她们,她们又退给我了……这样也行——以后我找机会借钱加倍借给她们就是了……"

"你到哪里弄钱来加倍借给她们？"

"应该有办法的——我虽然不能自比为巴菲特、比尔·盖茨，但是，弄点儿钱还他们这个人情还是有办法的！再说，给祖爷爷请保姆、帮三伯还贷款、给姥姥支付费用，估计也花不了多少钱……"

"你不需要给祖爷爷请保姆——给祖爷爷请了保姆我也不会再去读书……"

"为什么？"

"为什么——原因多着呢！过去我只顾读书，所以对社会一点儿都不了解；但我妈去世后，我接触了一些实际生活，慢慢地有所了解了；这半年，我照顾祖爷爷，也帮三伯做点儿事，比如照看鸭场、鱼塘，和三伯一起买鸭食、鱼料，卖鸭蛋、皮蛋、鱼虾，接触实际生活更深入了，对社会的了解也更深入了——现在，不仅咱们牛家大湾，就是其他很多乡村，都差不多全是老幼病残，全都需要别人照顾，你到哪里给祖爷爷请保姆？"

"真的吗？"

"当然是真的——有劳动能力的都到外面去打工了，甚至有好多小学一毕业就到外面去打工了……"

"啊？"

"咱们这里素称'沃野千里''鱼米之乡'呢？可……

"啊！那怎么行呢？村里也不管管吗？"

"你所说的是村干部吗？那就别指望他们了——他们成事不足败事有余！这些年，咱们村由岳家兄弟和杨家兄弟轮番把持，前年，两姓兄弟群斗，岳宝、杨财残废了……现在是岳强做村主任，前几天都找三伯的麻烦了……"

"找什么麻烦？"

"他说要把三伯家承包的用来养鸭、养鱼、种果树的这块地收回……"

"为什么？"

"为什么？眼红三伯挣钱、勒索三伯嘛……"

"真的吗？"

"当然是真的！你如果不信，那等三伯回来后你问三伯……"

"我怎么一点儿也不知道——我爸好像也不知道，他如果知道，找一下他的同学不就得了吗？他的同学现在是咱们汉江市的市长……"

"三伯不会为这种事找你爸的，你在念书，三伯也不会把这事告诉你的……"

"那家伙太可恶了！简直无法无天！！……"

"谁说不是呢？！但现在只好忍——你和你爸在外，远水救不了近火！……"

"那家伙真的会收回三伯的承包地吗？"

"说不准——那家伙贪得无厌，心狠手辣的……"

"那该怎么办？"

"我也不知道，估计三伯也没办法；不过，估计他如果真的收回，也不是太容易——因为那家伙说把包括三伯的承包地在内一片地出租给一个公司，然后用那笔出租款把咱们的牛家大道维修一下……"

"那片地多少亩，估计出租费是多少？"

"具体的我也不太清楚，不过，我听说有三千多亩，出租十年，每亩一万块——那就应该有三千多万了……"

"唉！这么多钱我现在没法弄得到——要是弄得到，我就把这些地全部租下来给三伯，以三伯、三妈的能干和勤劳，干什么都应该能挣不少钱！"

"三伯现在恐怕没有承租这片地的想法——他现在最着急的可能是还银行的贷款，还有明年养鸭养鱼所需的经费也得着手准备……"

"这些钱好解决——我手里的这些钱应该够吧？"

"应该够——只是三伯他会不会要你的钱……"

"为什么不要？"

"三伯为人厚道，常常宁可自己吃亏受累为难也不给别人添麻烦……"

"如果是这样，那我来做他的工作——这个问题就这么解决吧！姥姥和祖爷爷的事也应该好办——姥姥那边所需的费用我来支付，祖爷爷所需的保姆我请，咱们牛家大湾请不到，那我就去市里的家政公司里请，市里应该有家政公司吧！实在不行，我从锦都的家政公司请……"

"真的不必请了——即使能给祖爷爷请到保姆，我也不会再去上学的……"

"为什么？三伯、姥姥、祖爷爷的事都解决了，你还有什么不放心的……"

第二十三章 故乡的云

"不是还有什么不放心,而是我觉得实在没有必要再上学——我刚才说过了,咱们这个地方人都跑到外地打工去了,咱们牛家大湾留守儿童有近百人,这些孩子有的是由他们的爷爷、奶奶带着,有的是由十岁左右的哥哥、姐姐带三四岁或五六岁的弟弟、妹妹,好多孩子应该去上学了,可都没有去上学……"

"为什么?咱们这儿不是有牛家大湾小学吗?听我爸讲,那是一所历史相当悠久的学校,教学质量相当不错的……"

"那是过去——过去的确如此,但现在不是这样的了——你可能也知道,乡下人差不多都向往城市,好一点儿的教师都调到市里去了,或到大城市里去了,现在差一点儿的教师也不够了,前一阵子,几个班的学生没人管,校长是我妈妈的老师,听说我在家照看祖爷爷,也帮三伯、三妈干点儿活,便用一个校工和我换工——他来干我的话,我去给学生教课;我给学生上了几次课,我觉得他们比我更需要读书——再怎么说,我也是快读完高中了,可他们却连小学也没读完!这些日子来,我觉得留守儿童中那些没有上小学的比我教过的那些学生更需要读书——可是,他们却连小学也没读,甚至不知道要去上学!而且,即使他们去上小学了,也可能没人教他们!唉!我要是能够的话,真想为那些孩子办一所学校!我办了学校,那些孩子就不愁上学了!孩子们不上学,不仅可能会荒芜人生,而且还有许多安全隐患,比如说,前不久,咱们这儿发生了一件轰动全国的事情——你可能也知道……"

"你是指孩子服毒的事……"

"是的!那哥哥之所以和他的一个弟弟、一个妹妹一起服毒而死,除了是感到太孤寂了之外,就是愚昧……孩子们当下太需要教育了!我想为这些孩子做点儿什么……"

"你这想法很好,但我不赞成!"

"为什么?"

"这不是你应该做的事——国家每年有专项的教育经费,也培养了不少师范生,师范生是全免学费的……"

"我也还想给留守老人们做一点儿事——咱们村里有个老人死了好几天都没人知道……"

"啊！有这事？！"

"当然有这事！不过，最初我也不相信！唉！留守老人也可怜！我也想给他们做点儿事，可惜，我没有能力！"

"你这想法也很好，但有关留守老人的事，应该由民政部门来做！"

"该谁做我管不了，但我管得了我自己！"

"你这话不完全对——现在谁也不能说管得了自己！比如，你现在想给孩子们做点儿事、给留守老人们做点儿事，可是，你一无财力二无能力三无权力，怎么能想做就做？！"

"那你说我该怎么办？"

"复学！好好学习，学好本领再说！"

"嗨！你怎么又扯到这事了！"杨雪莲笑道，"啊！我现在明白了——你原来是在引诱我中你的圈套呀！我跟你说得那么清楚了——我不再想读书了！"

"那不行！"牛瑧昱语气很决绝地说，"你无论如何也要上学！上次我回锦都时，你说了让我在锦大等你的！"

"我们现在不谈这事了，好吗？"杨雪莲笑道，"哟！你看，我只顾跟你瞎聊，可还有好多事要做！这样吧！我去收拾院子，然后再收拾屋子；你去看看祖爷爷！"

杨雪莲边说边起身。

"你不是说祖爷爷要睡午觉吗？"牛瑧昱说，"我先和你一起干活，干完活再去看祖爷爷！"

牛瑧昱边说边随杨雪莲去收拾院子，但刚从屋子里走出，就看到杨金环来了。

杨雪莲和牛瑧昱几乎是异口同声地说："奶奶！您怎么来了呀？"

"祖爷爷午睡醒了，我对他说瑧昱回来了，他说很想见瑧昱，我便来了……"

"您打个电话就行了……"杨雪莲说，边说边向杨金环走去。

"我来看看能不能做点儿什么事。"杨金环说，"不能做点儿什么事给你做伴也行……"

"哥，你赶快去祖爷爷那儿吧！"杨雪莲说，"祖爷爷现在不能急！"

第二十三章 故乡的云

"那好!"牛瑧昱说,"我去看看祖爷爷就来和你一起干活!"

"不用!"杨雪莲说,"你就在那里——祖爷爷也需要人照看。你赶快去,我赶紧干活,一干完就去前面——晚饭在那里做在那里吃!"

牛瑧昱一见杨显珍,两人就海阔天空地聊了起来;在聊到杨雪莲的复学问题时,杨显珍很激动,大声说:"我反复劝莲儿去上学,可她怎么也不听!唉!是我连累莲儿了!是我耽误莲儿了!我怎么不死!……"

见杨显珍如此激动,牛瑧昱赶紧把话岔开,聊着一些让杨显珍高兴的事,比如牛正甫又发表了一些什么文章,又在撰写什么著作……聊着聊着,杨雪莲就从鸭场回来了……

杨显珍吃完午饭后,杨金环陪杨显珍,牛瑧昱和杨雪莲一起去照看鸭场。但他们刚走进鸭场,牛汉卿和艾玉洁就回来了——原来,欠他们账的人不在家,左邻右舍说他好几天没回家了,可能到外面躲债去了;他们本和那欠账的人是朋友,觉得在那儿住着等实在不好意思,便回来了。

随后,杨雪莲回去陪杨显珍,牛瑧昱留在鸭场陪牛汉卿、艾玉洁闲聊,闲聊中,牛瑧昱知道牛汉卿还有三十万的贷款得还,也知道岳强确实如杨雪莲所说的那么坏,还知道牛汉卿仔细地做过杨雪莲的工作,让她去上学,但没做好……

牛瑧昱正与牛汉卿聊着时,周瑾打来了电话。

"班长,你现在在忙什么?"周瑾说。

"没忙什么——我在和我三伯、三妈聊天。"牛瑧昱回答道。

"你三伯?"周瑾吃惊地问,"你回牛家大湾了?"

"是的!"

"啊!你回牛家大湾了怎么也不告诉我一声?"

"我今天上午才到——你是什么时候回家的……"

"最后那场考试结束后我就回了——已经有好几天了……你告诉我详细地址,我去看你——也接你到我家来玩!"

"……还是我来看你吧!……不过,我可能要等几天后来看你……"

"那不行——你明天就来!你如果明天不来,那我明天来看你!"

"不行!不行!你到我这儿来要走好远的路……再说……"

"再说什么？你是怕我给你丢脸还是怕我给你添麻烦？"

"没有……"

"我明天就来！……"

"不行！我明天去看你……"

"那好！我把详细地址发到你手机上——你明天就来！"周瑾说完便挂断了手机。

"啊！我是应该去看看周瑾——回牛家大湾来了，当然应该去看看她！"与周瑾通话结束后，牛瑧昱豁然开朗似的想，"也让她来劝劝雪莲——她们年纪差不多一样大，又都是女生，她应该能说服雪莲，让她重返学校的！"

想到这儿，牛瑧昱心情开朗了起来，随后，离开了鸭场回前面的屋子。晚上，牛瑧昱与杨金环闲聊了一会儿后便去睡觉。牛瑧昱由于前一天晚上在火车上没有睡好，回牛家大湾后又马不停蹄地忙这忙那，因而实在很困乏；加上想到可以让周瑾来劝杨雪莲复学，心情轻松了不少，于是，一上床就入睡了。

第二十四章　又一次亲密接触

　　岳家店沿岳家湖北岸弧形展开，由三个较大的自然村组成；三个自然村平行而又错落，呈"品"字形排列；三个村彼此之间都隔着一个一二十亩大的潭；潭与潭由一条十多米宽的渠连着；渠上都架有桥——过去是木质桥，后来是钢筋水泥桥；人们习惯上把三个村中最靠近岳家湖北岸的那个称为"南村"，"南村"后面两侧的两个则分别被称为"东村"和"西村"。"南村"前面是一个二三十亩大沿岳家湖岸展开呈长方形的潭——人们习惯上称为"南潭"。

　　"南潭"本是一个野潭，据说，它原先非常深，也很大，潭底有一个巨大的暗洞与岳家湖心相连，暗洞里藏有蛟龙；蛟龙如果没有受到外物的惊扰，便安安静静地躺着，或者随心所欲、自由自在而又规规矩矩地活动着，但是，一旦受到外物的惊扰，轻则兴风作浪，弄得风不调雨不顺人心惶惶；重则降灾降难——或湖堤决口、洪水泛滥，或瘟疫大发，或直接伤人毁物；因而，岳家店的人对那潭很是"敬而远之"；后来，随着泥沙的淤积，"南潭"越变越浅，潭面也越变越小；在岳家湖遭遇百年大旱那年，湖水大减，湖面缩减了百分之七十，湖水最深之处仅三十厘米，大面积的湖床裸露干裂变成了马赛克似的，"南潭"也变成了一个水泊似的，水里也没见蛟龙，于是，人们不再对它"敬而远之"，并在湖水恢复原貌后，纷纷开发利用它——圈潭养鱼、养龙虾，盆养莲藕、菱果……开始，人们靠天而收，又不需要缴税，因而，或多或少总有点儿收入；后来，养殖业变得投入大产出小了，还需要缴税，于是，很多人便放弃了开发利用"南潭"，外出打工；最后，周瑾家承包了整个"南潭"，专门养鱼。

　　周瑾的家位于"南村"的中部，其右侧隔着两户人家便是一条沿着"南潭"通向湖岸的水泥路。

周瑾将自己的详细地址发短信告诉牛瑧昱,并叮嘱他到岳家店后给她打电话或发微信,或到岳家店后沿"南潭"边的水泥路到她家。

收到牛瑧昱第二天要来她家做客的微信回复后,周瑾非常兴奋,但又感到有点儿措手不及——她父母到楚南市卖鱼去了,家里就只有她一人,而她一整天都在忙这忙那的,因此,对于牛瑧昱第二天即将到她家做客,她感到有点儿措手不及很合情合理。但她随后便从"措手不及"的情绪中缓过神来——她从储物间找出渔具,打算等牛瑧昱到后去"南潭"捞点儿鲜鱼来款待他;接着又赶紧收拾屋子……晚上十点多,迎接牛瑧昱的各种准备都做好了,周瑾便洗澡睡觉,但一上床,她又想起了牛瑧昱,想起和牛瑧昱的相识和交往——

"入学的那天运气真好——一下子就碰上了牛瑧昱!要不是碰上他,我那天对那么多东西还真的是没有办法!"周瑾仰卧在床上,面带笑容地想,"他不仅减轻了我体力上的重负,而且减轻了我精神上的重负——我原以为大都市里长大的同学都会很傲气很难以接近的!要不是一下子就遇上了他,我还真不敢放松地和大都市长大的同学交往!也不会一进大学就和刚相识的同学跑到植物园去玩!嗨!那天玩的真爽——我有生以来第一次被那么视若上宾受到隆重的接待!第一次看到那么赏心悦目的奇花异草、珍禽异兽、古木大树……第一次在游泳馆游泳,而且还是穿着世界著名品牌的游泳衣!啊!那套游泳衣太好了!……那天的晚餐吃得真痛快——大家像大劫之后乍然重逢似的吃得那么无所顾忌喝得那么肆无忌惮!一顿饭居然吃了那么长的时间好像要吃到天荒地老似的!我居然还喝了酒甚至喝得有点儿晕晕乎乎的……啊!令我晕晕乎乎的还是他和我的'实实在在'的'接触'——他的手真是有一种神奇的'魔力',他的双臂是那么的有力,他的身子好温暖,他的嘴好有'吸引力'哟……"

胡思乱想一通后,周瑾身心放松平静,但并没有随即入睡,于是,思绪像渔网中的鱼儿东窜西窜——

"我给牛瑧昱打电话本来是想对他表示感谢的,嗨!没想到他能到我家来——那正好可以当面感谢他!没有他,我不可能有一万多块钱!我真没想到会有这么多钱,也真没想到这些钱能派上如此大的用途——要是没有这些,爸妈不能按时交足'南潭'的承包款,村主任杨志才一定会假借村政府的名义将'南潭'收回并据为己有;如果这样,那我们家在'南潭'这些年来的投资就会化为泡影了，我们家的损失就会惨重了！我们家以后的生活就更加艰难了——甚至我的大学生活也很可能不得不就此结束！嗨！多亏了牛瑧昱——要是没有他，我们这次'创业'就很有可能不能真正展开，我们家的这次困窘就无法得到这么及时、有效的化解！他简直是我的恩人哟！啊！也是我们家的恩人！我一定要感谢他！一定要好好地感谢他！但我真不知怎么感谢他才好！怎么感谢他呢？……啊！他明天不是要到我家来做客吗？那我就把我们家最好的东西弄给他吃！我们家最好的东西……我们家最好的东西当然是'南潭'里生长的无污染的鱼！我们家投资那么大以杜绝脏水进入'南潭'，那儿的水当然是没有被污染过！'南潭'里鱼是没有吃过人工饲料的自然生长的鱼，当然是无污染的鱼！啊！潭心的水最深、最干净——我要到潭心去弄鱼给他吃！而且我们家最好的鱼——桂花鱼——这个时候都在那里越冬，我要捞几条肥壮的桂花鱼给他吃！鱼贩子们说桂花鱼具有补虚劳、益脾胃的功效，那就弄这种鱼给他吃给他补补身子吧——这个学期，他既忙学习又忙班上的事情且为'创业'之事也没少劳神费力，也该好好地补补身子！我要留他在我家多玩几天，我多做点儿桂花鱼给他吃，把他身子补得更加健壮更加结实更有力量！啊！他的双臂真有力量他的身子结实而有弹性……"

周瑾想着想着便进入了梦乡——在梦乡中，她把牛瑧昱永远地留在了自己的家里，杨志才不再敢欺压她家了！她那平常总谨小慎微的爸妈扬眉吐气了！在春暖花开的时节，她和牛瑧昱在追逐蝴蝶时在海洋般宽广的油菜花里迷路了……后来，他俩又驾着划子在绿叶田田的藕塘里摘莲蓬；再后来，他俩又不知怎的掉进水里沉到了水底，水底忽地变成了一张床——他俩相互紧紧地搂抱在一起……

最后，周瑾在走出梦乡时，发现天已大亮了，于是，她赶紧起床赶紧洗漱赶紧做迎接牛瑧昱的准备……

就在周瑾驾着划子到"南潭"中心去捕桂花鱼时，牛瑧昱骑着自行车离开了牛家大湾朝岳家店驶去。

本来，周瑾是让牛瑧昱沿汉江大堤走沿江大道去她家的，但是，牛瑧昱考虑到沿汉江大堤去周瑾家，那是走弧线，路程要远多了；同时，他也想"开阔一下视野",领略更多的家乡风光,于是选取了一条能近距离观赏四野景物且是去周瑾家的捷径。

"捷径"从牛家大湾的"西村"西头起始,沿途穿过"西潭"及水田、沟、渠、河、湖、藕塘、鱼塘,虽然路面崎岖不平、时宽时窄,路形曲曲弯弯,但是,由于是牛家大湾和岳家店之间最近的路,所以,多年来,两村人特别是中老年人往来时多走此路;不过,家有拖拉机、摩托车、小汽车的人,还是常常沿汉江大堤往来。

牛瑧昱骑自行车沿"西潭"边驶至水田埂上时,由于路面太窄、太崎岖,便下车推行。水田埂上不时有颇大的泥块或扒开的稻草捆,于是,牛瑧昱也不时提着自行车步行。步行出水田埂后,牛瑧昱将自行车立住,一边擦拭汗一边在心里笑道:"嗨!李白说,'蜀道之难,难于上青天',我看,他当年如果走过这条田埂的话,大概要说,'田埂之难,难于上青天'吧!"

随后,牛瑧昱"浏览"了一下刚才艰难经过的那一片水田,只见水田里有的地方耕翻过,泥块横七竖八地矗着;有的地方稻草桩老高,好像只是被掐了稻穗似的;有的地方的稻子好像根本没被割过——东倒西歪地"棚"倚着,不时有麻雀之类的小鸟在那儿飞起或降落,有时还发出叽叽喳喳的声音;整片稻田不见一个人影。

"唉!记得暑假里回来时,这儿是满眼绿油油满眼生机的,怎么才过了几个月,就变得如此了!""浏览"完水田后,牛瑧昱暗自叹息道。

牛瑧昱还没收住悲凉的心绪,一群乌鸦伴随着一阵"哇——哇——"的叫声飞过,牛瑧昱忽地一颤,随即意识到应该继续自己的行程了,于是骑上自行车驶上了旱田间的小路——小路虽然比水田埂要宽不少平整不少,但是坑坑洼洼也不少,因此,牛瑧昱骑得非常小心翼翼,并且因自行车忽高忽低而整个身子都剧烈地震动,于是,在骑着自行车行驶了一段路之后,干脆下车推车而行,时而也"浏览"田野——田野趴着黄中带绿的越冬小麦,小麦趴得相当自由散漫,看起来毫不成行简直可以说是"马马虎虎"的,像一支毫无训练的杂牌军随意地卧倒在地一样。看着那些无精打采的小麦,牛瑧昱不由自主地想:

"这小麦怎么像野生的一样!种这小麦的人是怎么种的?!那些人到哪里去了——怎么也不管理管理?!这么黑黝黝的土地一定很肥沃,要是有人精心耕种，一定会有一个好的收获的！啊！这片地这么平展、这么广阔，很适合机械化耕作，要是有人承包下来搞规模化耕种，收获一定会很好的！"

牛瑧昱正随意地想着，一只野兔忽地窜过小路，飞一般地窜到另一块地里，牛瑧昱随即收住了"意识流"，骑上了自行车，经过败梗残荷的藕塘、浅小干涸的沟渠以及水量大减湖床裸露的湖泊……最后在午饭时刻到达了周瑾家门前的"南潭"。正当牛瑧昱在东张西望试图确认自己是否到达了"目的地"时，周瑾忽地跑到了"南潭"边跑向他，一边跑一边冲他叫道："牛瑧昱——你终于到了！"

牛瑧昱推着自行车快步迎上前去，一边走一边说："嗨！我终于找到你家了！"

两人刚一走近，彼此便不约而同地伸出手，自然而然地握住对方的手，一股暖流随即从对方的身上流灌进自己的身上；相互满足地看了一瞬之后，两人又自然而然地松开手，一边走一边聊——

"你怎么才到——我还担心你走错了路呢！"周瑾看了牛瑧昱一眼笑着说。

"嗨！在锦都那么大的城市我都没走错过路——在这儿怎么会走错路呢？"

"那怎么骑自行车最多一个小时的路你却走了两个多小时？难道是睡懒觉了？还是不想来就磨磨蹭蹭？"

"不是！路太不好走了——有些地方还得自行车'骑'着我走……"

"没有这么夸张吧！如果是这样的，那怎么每天都有车来车往——你听，在这儿都能听到汽车驶过的轰鸣声……"

"我没有走沿江大道……"

"那你走的是小路？"

"走小路是直线距离……我也想欣赏一下田园风光……"

两人边说边走，一会儿就到了周瑾家。

"我爸妈到楚南市卖鱼去了——他们没法欢迎你！"进屋后，周瑾说。

"啊！你爸妈这个时节也不休息一下！"牛瑧昱惊讶地说。

"农民哪里有休息的时候！"

"哎！我没想到这个问题——要不然，我就不来了！"

"为什么？"

"如果我不来，那你就可以帮帮你爸妈嘛！"

"现在没什么要急着做的事情了——我爸妈前天晚上临走交代我的事情我都做完了！"

"你爸妈前天晚上就去了？怎么还没回？"

"我爸妈今天下午回——咱们现在抓紧吃午饭，吃完后，我带着你在附近走走；我爸妈回来后，我们到汉江沙滩上玩；如果你愿意，我让他们明天带着咱们去汉江里捕鱼——捕鱼对于你来说，也许是一件好玩的事情！"

"不，我今天还得回去……"牛瑧昱说。本来，他还想说"我本来还想你跟着我到牛家大湾去玩一下，也顺便劝劝我妹妹上学……"之类的话，但看到周瑾的父母也很需要她帮忙，便把话咽下了。

"不行！你怎么也得玩几天！"

"下次来玩吧！不过，我今天会等你爸妈回来后再走——我来你们家吃喝玩乐了一番，总得当面向他们道一声谢！"

周瑾一边和牛瑧昱自由散漫地聊着，一边做饭，不知不觉间，香喷喷的清蒸桂花鱼、清炖甲鱼、油炸的藕夹以及温火熬的莲子汤都做好了。周瑾一边将做好的桂花鱼等端上餐桌一边冲牛瑧昱说："现在我爸妈不在，咱们将就着吃点儿；我爸妈回来了，我让我妈给饭做菜——她做的饭菜可好吃呢！"

"你做的这菜味道应该也会很好的——从这香味就能断定！"牛瑧昱笑道；在吃了一口清蒸桂花鱼后，牛瑧昱又说，"味道的确不错——比那天咱们游植物园时吃的菜还要可口！"

"别夸大其词了！"周瑾笑道，"我的烹调水平我知道——不过，我肯定能把饭菜做熟！"

"不止如此——真的是很好吃！"

"真的很好吃？真的很好吃你就在我们家多玩几天——我天天做饭做菜给你吃！"周瑾笑道，但刚说完，她浑身猛地一阵燥热，脸上一阵绯红，并不太自然地看了牛瑧昱一眼。牛瑧昱也不太自然地看了周瑾一眼，并词不达意说：

"我……当然愿意天天吃你做的饭菜……不过，那会把你累坏的……"

"我爸妈常说，做事是累不坏人的——做饭做菜就更累不坏人了！"周瑾笑着说，"来！咱们喝一点儿汤吧——我以汤代酒敬你，欢迎你！"

第二十四章 又一次亲密接触

周瑾说完，便喝了一勺莲子汤，接着，牛瑧昱也喝了一勺莲子汤；随后，两人边吃边聊，不知不觉中，一个多小时过去了，三菜一汤也吃得只剩下一点点"残羹冷炙"了！

午饭之后，周瑾带着牛瑧昱沿"南潭"边溜达。

虽然是冬季，潭水大减，但"南潭"潭面看起来相当大，不时有银飘鱼之类的小鱼游过；潭水很清澈，但即使靠近潭边的地方，也不是清澈见底；由于岳家店及其周边地区均无大型现代化工厂，加上水气的作用，因此，潭边的空气均格外纯净；牛瑧昱由于长期生活在雾霭弥天的锦都，平常所呼吸的空气大多是污染超标的，而每当雾霾来袭时，空气更是重度污染，人们出门时总要带"厚重"的防雾霾口罩，在家里总要使用空气净化器，否则，眼珠子疼、咽喉疼肺部像是被什么东西堵塞了似的，因此，在饱和地呼吸到潭边的空气时，牛瑧昱简直有一种"沁人肺腑"的感觉，并发自肺腑地说："这儿的空气真好！"

"是吗？"周瑾笑道，"不过，我只是刚回家那会儿才有这种感觉！"

"你是'久入兰室不闻其香'！"牛瑧昱也笑道，"现在城里卖瓶装的纯净水，等几年说不定城里会卖纯净空气，如果真有那天的话，那你们家可要发财了！"

"如果真有那天的话，这儿的空气也许没有现在这么纯净了——咱们这里现在虽然没有大型的现代化工厂，但小型的还是有的，而且说不定过不了多长时间，大型的也会有的！"

"最好别办大型的现代化工厂——如果办，那也得先想好如何保护环境！"

"咱们这儿的人还没有环境保护的意识——再说，咱们这儿的事都是由村主任杨志才一个人说了算，而他又专横霸道、唯利是图，如果办一个大型的现代化的工厂他能捞到好处，那他就会办，即使村民想阻拦也是徒劳！"

"如果要办现代化的工厂，那就先得解决好废气、废水的处理问题，否则，这儿不仅空气不会像现在这么好，水也没法像现在这么好！"

"那我家可就惨了——你刚才夸我的饭菜做得好吃，其实，不全是我做得怎么好，而是水好，桂花鱼是咱这潭里长的，水也是这潭里的……"

"是吗？"

"当然是的——鱼是我今天早晨到潭心捕的……"

"真的吗？你能独自捕鱼？"

"当然是真的——你看，我早晨就是驾着那划子去捕桂花鱼的；潭心水深，桂花鱼这个时节聚集在那里越冬；那儿的水几乎没有丝毫的污染，鱼当然也不会有污染，加上桂花鱼本来是咱们这儿的名贵鱼，肉鲜美，所以你觉得好吃……"

"啊！那你家可以大量地喂养桂花鱼，给它注册一个商标，也到媒体上做做广告。"

"桂花鱼主要吃小鱼，没法大量地喂养；再说，现在养殖成本高，很难盈利，如果遇到洪涝灾害，血本无归，所以村民们都放弃了养鱼而外出打工……"

"那你爸妈正好多承包一点儿水面，搞规模化养殖。"

"承包的水面越大所需要的资金也越多，搞规模化养殖更是需要大笔的资金，可我家根本无从弄到资金——嗨！这次多亏你，要不然，我家可就麻烦了！"

"什么麻烦？"

"这整个'南潭'都是我家承包，虽然这几年有一些收入，但收入并不多，可是村主任杨志才却认为我家收入很多，因而心怀嫉妒，很想将潭据为己有，于是，限我家在近期缴纳今年的十万元承包费，否则，收回我家的承包权。可我家的鱼还有不少没卖，凑不够钱，我爸妈非常着急，我回来得知后，把分红所得的一万多块钱给我爸妈了……"

"你们村的村主任也是这么坏？"

"那家伙本来就横行霸道欺男霸女——是一个坏家伙！"

"啊！我原来以为就我三伯村的村主任坏呢！我真不知道村民怎么会选这种人做村主任！"

"杨志才心眼特别坏——这'南潭'最初是不让我家承包的，只是实在没人承包了，他才让我家承包！我们这儿还有'东潭''西潭'——你看，前面就是'东潭'——都荒着，我爸想少花点儿钱承包，可那家伙怎么也不同意！"

"承包那两个潭得花多少钱？"

"我也不太清楚，但从我爸的口气来看，每个潭至少也得十万……"

"也就是说二十万肯定是够的？"

"二十万哪里能够呀？还得有其他的投资——鱼苗、鱼料、渔具……都得花钱，也就是说总共至少也得三十万！"

"三十万一定能够吗？"

"应该能够！"

"那好说——我这次的分红比较多，虽然不能说全是我的，但我可以说是有使用权的，我给你爸妈三十万，算是我的投资……"

"那不行——我爸妈怎么能花你的钱！"

"不是你爸妈花我的钱——而是我在搞投资，就像咱们投资股市一样……"

"那亏了怎么办？"

"凡是投资都有风险——投资股市风险更大！亏了就亏了！"

"我还是不想你因我爸妈而冒险……"

"这有什么冒险的——潭里养鱼只是收获多少的问题，总该不会一点儿收入都没有吧？再说，我这次也打算在我三伯、三妈的鸭场上投资呢——现在政府鼓励发展养殖业，规模养殖投资超过五十万还可以得到政府的扶植！"

"真的吗？"

"当然是真的！"

"那太好了！你是一个福人——但愿你三伯、三妈家沾上你的福气，发一笔财！也但愿我爸妈能沾上你的福气发一点儿财！"

"你爸妈养鱼也属养殖业，政府应该大力扶植——如果你爸妈养鱼投资五十万也能得到政府的扶植，那我也投资五十万！"

"那我先代我爸妈谢谢你！不过，我爸妈能力有限，现在迫于生活，就承包这三个潭——将来我毕业了，成家了，我就让他们不再承包这潭了，让他们随着我生活！"

"哎！你真有孝心——我从来都没想到将来要赡养父母！我真应该感到惭愧！"

"你爸妈有养老保障不需要你赡养嘛——你怎么会想到这个问题呢？"

"……"

牛瑧昱和周瑾边溜达边聊天，不知不觉间，他们沿着潭边把"南潭""东潭""西潭"溜达了一圈,时间也接近下午四点了,牛瑧昱忽然想起周瑾的父母应该要回来了,自己也应该回牛家大湾了,便提议回周瑾家;周瑾也觉得有点儿累了,便接受了牛瑧昱的建议。

进屋后,周瑾说:"走,到我房间去——那儿有电视、电脑、书,你爱干什么就干什么;我去做饭——我爸妈应该快回来了!"

"你先休息一会儿!"牛瑧昱说,"咱们刚才溜达了那么长的时间,你应该有点儿累了吧!"

"那看来你肯定有点儿累了吧!"周瑾笑道,"你如果累了就休息一会儿!"

周瑾刚把话说完,她爸的电话就打过来了——他在电话上对她说,他们的车在回家的途中坏了,现在正在汽车维修厂修理,他们最早也得第二天午饭时才能到家,让她早点儿休息,注意安全。

接完父亲的电话后,周瑾颇感放松地对牛瑧昱说:"看来我没有必要急着去做饭了——我爸妈明天才回!"

"既然你爸妈今天不回来,那我就改天再来看望他们吧!"牛瑧昱边起身边说,"我现在得回了——否则,回到牛家大湾就得天黑了!"

"不行!我不是说过了你怎么也得玩几天的吗?"周瑾好像怕失去牛瑧昱似的抓住他的手说,接着又下意识地搂抱主牛瑧昱的腰,将脸贴着他胸脯说:

"你今天怎么都不能走……"

牛瑧昱本能地回应着周瑾的搂抱,随即,双方不约而同地把嘴凑向对方……

第二十五章　挣钱了

"嗨！这次总算走一次鸿运了！"接到银行所发的分红到账的短信后，谢海福简直欣喜若狂，在心里大叫道；接着，又像发了狂一样地冲出宿舍冲向操场冲上锦山，在冲到没人的地方后，气喘未定便放声地叫道：

"发财了！"

有钱了，忽然想起了千惠子，谢海福就给千惠子打电话；谢海福的手机在"嘟——嘟——"响过两声后，便传出了千惠子娇柔圆润的声音：

"海福——好久不见，你好吗？"

"很好——好极了！"谢海福声高气粗地说，"你也很好吧？"

"还好！"千惠子吞吞吐吐地说，"啊！也不……不怎么好……"

"怎么不好？"

"一言难尽……"

"那咱们就见面慢慢地聊……"

"在哪儿见面？我现在就来！"

"现在不行——我正忙着呢！"

"那明天吧……"

"明天？明天也不好说——这个学期忙于功课，好多其他事情搁着没做，等我把几件不能再搁着的事情处理一下后再说……不过，如果明天抽不出时间那后天肯定是能的——我非常想你……我一定好时间、地点就告诉你！"

"那好！"千惠子说，"我现在也刚好在忙一件事——我等你的消息！'失礼します'（告辞了，失礼了）！"

第二天早餐过后，谢海福便开始寻租房子，但直到午饭时刻才在森林公园附近找到了一套房子——

房子位于森林公园的东北角。虽然是深冬，但是，房子四周却依然是松柏墨绿；房子前面有一个半亩左右的水泊；水泊虽然不深，但由于受森林公园湖水的滋养，泊水一年四季总是满得好像要溢出似的，且清澈见底。房子是一幢三层的小洋楼，房主移居澳洲后将房子交房屋中介公司代为出租。中介公司考虑到房子周边都是大学，而好几所大学又都有不少来自日本、韩国的留学生，于是，在征得房主的同意后，将房子命名为"金屋"，将第一、二层和第三层分别按韩国和日本的风格进行了装修，出租给在锦都语言大学留学的韩国和日本学生。由于放寒假了，承租第一、二层的韩国学生回国了，而承租第三层的日本学生则因病退租回国了；因此，整幢楼空无一人、一片寂静。

看完小洋楼的周边环境及第三层那套日式风格装修的房子后，谢海福心想："嗨！这次运气真好——要赚钱就一下子赚大钱，要找房子就一下子找到了上好的房子！千惠子应该对这套房子满意——今天就把她约到这儿来！……啊！不行！这房子虽然好，但好像有一股霉味，还需敞一敞；也得添一点儿装饰性的东西，弄一点儿情调，营造一种氛围来……但要想今天弄好可能太赶……这些日子来确实太累，干脆今天慢慢地弄，明天叫千惠子来……不过，今天得告诉她明天见——不能把她晾得太狠，也应该吊吊她的胃口……"

想到这儿，谢海福随即掏出手机给千惠子打电话，刚一拨通千惠子手机，千惠子就问："海福，什么时间见？"

"明天吧——明天下午六点！"

"在哪儿见？"

"在哪儿——在一个你一定会满意的地方！"

谢海福随后把自己看中的那套房子的详细地址告诉了千惠子。

与千惠子通话完毕后，谢海福便与中介公司签了承租合同；随后用手机从网上订购了毛巾、牙膏牙刷、鲜花等……第二天早餐过后，谢海福从网上订中餐和晚餐，并要求餐馆在下午五点半将晚餐准时送到；随后，点开了网上的电影正看得高兴时，门铃响了；他颇感扫兴，大为不悦，便边起身去开门边不耐烦地说："谁呀？！"

"您的订餐……"门外一个声音回应道。

"我不是让你们五点半送来的吗？"谢海福边说边打开门。

"我们在门外等了一会儿了。"站在门口的服务生说,"现在正是五点半……"

"已经五点半了?"谢海福好像不大相信似的说,并下意识地看了看墙上的挂钟,见确实是下午五点半了,便改口说,"对不起!我失礼了!"

谢海福边说边从服务生手中接过的饭菜盒,但在饭菜盒放到餐桌上后正准备去电脑上"再接再厉"时,门铃又响了。谢海福以为是送外卖的再次按门铃,便很生气,同时用力将门打开,但打开门后所见到的并非送外卖的而是千惠子,于是,立马用生硬的语气道:"很高兴见到你!"

"我也很高兴地见到你!"千惠子一边鞠躬一边甜美轻柔地说,随后便走进屋内。

正跟千惠子聊得热闹,手机就响了,他懒得去接,但手机响个不停——直到最终自行停止;他正在庆幸之时,手机又响了;他皱着眉头在心里骂道:"真烦!"

同时,他随手按下了接听键,接着,手机里传出了陆地的声音:"老大!干吗呢?"

"没干吗!"谢海福边佯装着打呵欠边说,"在躺着休息!"

"干吗躺着休息——放假了不必担心迟到早退了,咱们的分红款到账了有资本了,应该找个法子乐一乐!"

"乐一乐?你想请哥们儿吃饭?"

"我正要说请老大你吃饭,可还没等我把话说完,老大就打断了我的话!"

"是吗?你如果是当真打算请我吃饭——那还真算你有点儿良心!"

"当然是当真请你吃饭!不仅要请你吃饭,而且还要和你共商下个学期的'创业'计划呢!嗨!我当初真应该多投资一点儿——要是把二十万全部拿出来炒股,那我现在就有小一百万了,下个学期再用这小一百万'创业',翻他几番,就可以买房子了!嗨!有房子就不愁没女人了——咱们这锦都就是房子贵,真可谓'寸房寸金'!"

"谁叫你当初抠抠巴巴的!说不定是不相信我呢!"

"哎!我说老大呀——你别胡猜乱想了,好吗?我怎么会不相信老大你呢!假如我不相信老大,我当初会拿出那么钱来参与'创业'吗?你可要知道那些钱那是我老爸给我用作买房子娶媳妇的呀！现在还会同你谈下个学期的'创业'计划吗？……"

"你当真相信我？那我下个学期再帮你赚一把，争取让你的钱再翻几番……"

"不只是帮我赚一把——是大家一起赚一把翻几番！我下个学期一定倾囊托付给老大——我相信柳赛也会像我一样相信老大像我一样倾囊托付给老大的！我也相信其他所有的人会像我一样的——假如都这样，那咱们就一定会做得更大做得更强！假如咱们持续地做下去，那咱们就说不定会做得像比尔·盖茨、李嘉诚一样好，甚至比他们做得更好！……"

"老二，你说的一点儿都不错——比尔·盖茨、李嘉诚像咱们现在这么大的时候，并不比咱们现在做得更好！只要大家真的像你所说的那样，齐心协力，那咱们一定会比他们做得更好！……"

"老大放心吧！大家一定会像我所说这样齐心协力的——看在钱的份上，能够齐心协力时谁都会齐心协力的！能挣钱能挣大钱，大家肯定会齐心协力的！等一会儿我就和老幺、老三联系——先咱们这几个'齐心协力'，然后让老幺与柳成丝、史玉婷她们联系一下——让她们也和咱们'齐心协力'……"

"对！得让那些女生和咱们'齐心协力'！"

"哈哈！目前只有老大才能这么说这么做呀！"

"老二，你就别谦虚了——你也能！你已经开始两手抓了——而且两手都很硬！……"

"哎！我说老大呀——你别这么抬举我了！

应付完陆地以后，谢海福不无责怪地问千惠子，为什么上段时间总联系不上她。

"唉！一言难尽啊！"

"怎么又是'一言难尽'？这几个月来，我打电话总找不到你，你也从来没找过我电话——你到底怎么啦？"

"唉！真的是一言难尽——在和你的最后那次见面之后，我就因我父亲生病回国了；我本以为我父亲是心脏病的老毛病犯了，回去看望他一下后就可以回的，可谁知回去之后才知道他中风了！我父亲半身不遂，吃喝拉撒都不能自

第二十五章 挣钱了

理，我哥从小与我父亲不睦，我父亲病倒后，我哥对他不管不问，我妈又体弱多病，因此，照理我父亲之事全由我一个人做；一个多月后，我妈也病了，于是，我除了照理父亲外，还得照料我妈！也许是太累的缘故，我父亲去世之后我便病倒了……"

"啊！原来是这么回事！这几个月来，你音信杳无，我还以为你不理我了呢！你大病初愈，应该好好地休息一下——这几天就在我这儿休息……"

"不……不！我还得找点儿活干——我父亲生病及去世，几乎花掉了家里所有的积蓄，我得挣点儿钱……"

"挣钱？你大病初愈，挣什么钱？你在这儿待着，一来休息休息，二来陪陪我——我给你钱，保证给你的钱比你打工挣的钱要多……"

"你给我钱？真的吗？"

"当然是真的！"

"你过去不是在假期也要打工挣钱吗？怎么一下子就有钱了呢？"

"这你就别问了——你现在要做的事情是好好地休息休息！当然，也得好好地补补身子——你大病初愈，不仅需要好好地休息休息，而且还要好好地补补身子！啊！我今天的订餐里面有海参、鲍鱼，你多吃一点儿——这么晚了，肚子也确实有点儿饿了，咱们去吃饭吧！"

"谢海福，你真不是东西！"挂断谢海福的电话后，陆地在心里骂道，"我真心实意地感谢你，你居然不领情！你确实帮我赚了一点儿钱，但即便是这样又怎么样？也不应该以一副颐指气使的口吻对我说话吧！你别这么猖狂——等我赚到了足够多的钱，我就会抛弃破鞋子一样抛弃你的！"

"啊！现在还不能和这家伙太计较！"稍顿之后，陆地又想，"我还需要好好地利用利用这狗杂种！再说，这家伙确实有炒股的天赋——能像变魔术一样地赚钱，这确实值得佩服！他对我颐指气使其实也没什么的——韩信对胯下之辱都能忍受，我对他的一点儿颐指气使有什么不能忍受的？！再说，忍是为了赚钱——看在钱的份上，有什么不可忍的？！一定要忍，把那家伙当作工具来赚钱——国家现在出新政策拉动经济，也应该会出新政策刺激股市的，如果真的是这样的话，股市将会更牛，我把所有的钱都投入股市……不！不能仅仅如此！如果有必要，我也可向老爸借几十万——家里的征地款有好几百万，老爸只给我二十万实在是太说不过去了！再说，老爸如果把其余的钱拿去投资，赚点儿钱，那还说得过去，可老爸却把它们全放在银行里赚利息，这实在太可惜了！要是全给我，让谢海福代为炒股，说不定可以赚几千万呢！唉！老爸太顽固了，想让他把钱全部给我炒股很显然是不行的！不过，如果先让他知道我炒股能赚大钱，并且已经赚了不少钱，然后再好好地求求他，向他借几十万，那应该是没问题的！如果老爸借给了我几十万，再加上我手里的几十万，那我的钱可就不少了；如果我把这些钱全都用来炒股，即使按这个学期盈利率来看，那也会暴富！嗨！有钱了什么事都好说！啊！柳赛——我刚才对谢海福说要与柳赛联系的……是应该联系联系——那家伙这次没我赚的钱多，说不定嫉妒我快嫉妒得疯了，联系一下他安慰一下也好！不！下个学期的'再接再厉'也少不得他——少了谁都会影响气势！"

　　想到这儿，陆地随手按下柳赛的手机号码，拨通柳赛的手机，陆地嗲声嗲气地说："老三呀，你在哪里？"

　　"啊！老二呀！"柳赛在电话上回答陆地道，"我正忙着……"

　　"忙什么呀？"

　　"忙什么？忙打工呀！"

　　"嗨！老三！怎么这么急着打工挣钱？……"

　　"不打工挣钱行吗？我要是这次像你赚了一大把钱，我也不会这么急了！"

　　"哎！老三，你别这么说了，好吗？你虽然这次没赚一大把，但应该赚了不少，也不至于需要这么急着打工挣钱吧？再说，来日方长，咱们现在好好休息，养好精神，攒足底气，下个学期再赚他一把不就得了吗？"

　　"老二，你说的不错——下个学期，咱们是应该再赚他一把！但要赚钱得有本钱呀！可我老爸只有一点儿微薄的薪水，老妈吃低保，我哪里有本钱呀！我这么急着打工，不就是为了挣点儿本钱吗？你家有好几百万的征地款，你老爸给你的零花钱就有几十万，当然不需要一放假就打工挣钱！"

　　"哎！我说老二呀！你别总把自己说成是一穷二白苦大仇深把别人看成是暴发户，好不好？"

　　"嗨！老二，你别污人清白了，好不好——我现在正忙得一塌糊涂，不要说没空泡洋妞，就是想也没空想呀！……"

　　和柳赛调侃完，陆地挂断了手机，随后给牛瑧昱打电话，但打了几次，牛瑧昱的手机每次都占线，于是，他给牛瑧昱发了一条微信——在微信中，陆地先夸赞了牛瑧昱一番，然后，对牛瑧昱的"领导有方"表达了感谢，并虚与委蛇地约请牛瑧昱吃饭，最后，希望牛瑧昱再接再厉，在下学期带领全班同学再创辉煌的同时，也带领创业小组再次辉煌——让大家赚个钵满盆满。

第二十六章　乡村啊乡村

孟爽虽然期末考试考得顺风顺水，但还是十分惦记着考试成绩，因而，上网查看成绩的时间一到，她便立马上网查看成绩。在得知各科成绩均在95以上之后，她长长地舒了一口气，接着又长长地睡了一觉——从晚上八点一直睡到第二天十点。醒来时，她见窗外阳光强烈，意识到时间不早了，便本能地在心里道："糟了！迟到了！"

接着，孟爽又习惯性地叫道："妈——"

孟爽原以为立马就会有应答的，但所得到的是一片寂静。

在孟爽的记忆中，她自小至大，几乎只要她在家，她父母总有一个人在家，所以，在没有得到她妈应答后，她又习惯性地叫道："爸——"

但一声叫过之后，仍然是一片寂静。

"咦！爸妈都不在家吗？"孟爽本能地一惊，自语道，"难怪我睡过头了也没谁叫醒我！"

孟爽随即就意识到放寒假了，不必上学了，便莞尔一笑，自嘲道："嗨！我真是还处在'学生期'，还在被'上学'之事弄得紧张兮兮的！"

"我确实还处在'学生期'——大学生不也是学生吗？"自嘲之后，孟爽又自我解嘲道，"再说，进我们大学的都是全国各地的佼佼者，进我们班的更是各地佼佼者中的佼佼者，与这样的人同学，能不紧张兮兮的吗？同学们尤其是那些来自乡下的同学，如周瑾，不仅简直是人精似的，而且勤奋刻苦，像机器人一样地不知疲倦！这样的人简直让人提心吊胆！总让人时刻感到有掉队的危险！"

"不过，周瑾也确实俊俏乖巧，招人喜爱！"自我解嘲之余，孟爽又在心里心悦诚服地说，"男生们为之心猿意马搔首弄姿，女生们对她趋之若鹜，也情有可原！"

"但周瑾也有挺令人不爽的地方！"稍后，孟爽又想，"她不仅让我平常总如箭在弦上，紧张兮兮的，而且也侵犯了我的情感领空——牛瑧昱和我可谓'青梅竹马，两小无猜'，我俩各自的父母对我俩相当'认可'，甚至曾当着我俩拿我俩'说事'。上高中后，牛瑧昱对我虽看起来是不即不离，但实际上是情有独钟；到锦大来报到的那天，他对我的那种神情所蕴含的情感简直是溢于言表！可自从周瑾出现后，他对我却不即不离了。好几次我约他时，他都说有事，可后来我却发现他和周瑾在一起，这让我实在是难以忍受！读高中那些年，每每一考完，他就会打个电话聊聊考试，并且会约我出去玩玩，放松一下，可现在考试结束好几天了，我也没见他打电话来，甚至连短信或微信也没发一条——这实在让我感到郁闷！他这几天在干什么呢？啊！说不定他俩又泡在一起了呢！"

想到这儿，孟爽猛地一惊，本能地将手伸向搁在床头柜上的手机，拟给牛瑧昱打电话，"核实"一下他的行踪，但拿到手机后，孟爽又放弃了。

"就算他真的是和她在一起，他也未必会如实地告诉我！"孟爽想，"再说，如果他告诉我他和她在一起，那我将会感到更难受！啊！不！我不必难受——想他的人肯定并不只有我一人，我为什么要难受！其实，柳成丝、史玉婷肯定也很想他——那次在植物园游玩时，她俩为了他竟然争风吃醋；平常，柳成丝在班上不避众人地找他'谈工作'，而史玉婷在高中时代就暗恋他……啊！她俩如果知道他和她在一起，一定会比我更难受的……"

想到这儿，孟爽先给史玉婷发了一条微信："婷姐，现在你在忙什么？能否把我们创业小组的成员召集在一起，一来总结一下经验，二来也娱乐娱乐，放松一下？"

给史玉婷发送微信后，孟爽又将微信里的"婷姐"改成"书记"之后发给柳成丝。刚给柳成丝发送完毕，孟爽就收到了史玉婷发来的短信："牛瑧昱是董事长，你应该找他呀！不过，你现在找不着他——他在他老家帮助他表妹，也可能是在帮助我们的幺妹呢！"

看完史玉婷发来的微信后，孟爽本能地一愣，同时在心里嘀咕道："果然不出所料！"

正准备回复史玉婷时，柳成丝的微信来了："爽妹，你的建议很好，请你也给牛瑧昱发一下！"

看完柳成丝的微信后，孟爽在心里笑道："嗨！这两个家伙一个比一个'奸'！不过，这样也好——我可以来他一个'顺水推舟'！"想到这儿，孟爽给牛瑧昱发了一条微信：

"董事长，柳成丝、史玉婷和我都希望你把咱们创业小组的成员召集起来开个会，总结一下咱们的创业经验，也顺便聚聚，你什么时候回锦都？"

孟爽发完微信后，本以为会立马收到牛瑧昱的回复，但过了好一会儿，也未收到牛瑧昱的一字半词，于是颇感失望，但随即她又不无自我安慰地想：

"牛瑧昱也许没开手机……"

与此同时，孟爽按下了手机上储存的牛瑧昱的手机号码，随后，手机便传出了牛瑧昱手机的回应声，但牛瑧昱的手机回应了两声之后便传出了"您所呼叫的手机已关机"的声音。

"看来牛瑧昱是不想回复我！"孟爽满腹悲哀地想，"看来我也是单相思了一场！"想到这儿，孟爽不禁泪水油然流出。

"真想不到牛瑧昱是如此绝情绝义之人！"孟爽一边擦拭着流到耳根的泪水，一边在心里怨恨道，"你无论对她多么专情专义，也不应该对我不理不睬呀！你即使不愿理睬我，也不应该关手机呀！"

"牛瑧昱也许不方便接电话才把手机关掉的！"随后，孟爽又自我安慰地想，"或者是手机没电了，或者是手机丢了……"

想到牛瑧昱有可能是丢了手机，孟爽猛地一惊，下意识地叫道："他要是丢了手机，那可就麻烦了！"

叫声过后，孟爽便意识到了自己的"失态"，随后又想：

"他的手机里肯定储存了不少重要信息，他要是丢了手机，怎么找回那些重要信息？如果碰巧有急事要与外界联系，可又没法找到所联系的对象怎么办？或者碰巧有急事要与外界联系，可又没有手机，而身边又一时找不到手机或座机怎么办？或者生病了……"

孟爽给牛瑧昱发微信时，牛瑧昱正骑着自行车从周瑾家回牛家大湾。由于惦念着杨金环、牛汉卿、艾玉洁、杨显珍、杨雪莲等，他将自行车骑得尽可能的快；同时，由于路面坎坷不平，他不得不集中精力骑自行车，于是，他没有听见孟爽所发微信的提示铃声，也因此而没有回复孟爽。回到牛家大湾时，他首先去见杨金环，但门上一把锁，于是，纳闷道：

"咦！现在是吃午饭的时候了，奶奶怎么不在家？鸭场现在没多少事，祖爷爷那边有雪莲，都不是太需要奶奶，奶奶会到哪里去呢？"

在纳闷的同时，牛瑧昱从口袋里掏出手机打算给杨金环打电话，结果发现手机关机了——没电了，他将手机连上充电宝后随即发现了孟爽的微信和打来的电话，他先是一惊后是一喜，在心里道："嗨！真没想到孟爽也会主动联系我——这些年来从来都是我主动联系她的！更没想到孟爽也关心'创业'的事——她终于长大了，知道关心除学习之外的事情了！"

随后，牛瑧昱给孟爽发了一条微信："孟爽：微信收到，电话也看到了。刚才在路上，手机也没电了，迟复为歉！另外，我需要在老家协助我三伯、三妈、妹妹等做一些事，估计春节之后才能回锦都——聚会的事只能在春节之后了，也请你转告柳成丝、史玉婷一下。"

发完微信后，牛瑧昱正准备给杨金环打电话时，杨金环提着饭篓回来了。

"奶奶——您回来了！"牛瑧昱惊喜地道，"我正准备给您打电话呢！"

"我给三伯他们送午饭去了的。"杨金环说，"今天来了几个鱼贩子，三伯、三妈、莲儿都在渔场上忙……"

"那我去帮一下三伯他们。"没等杨金环把话说完，牛瑧昱便说。

"不必了——捞鱼的事情已经结束。"杨金环说，"三伯他们现在正和鱼贩子们吃饭……"

"那好！"牛瑧昱说，"等他们吃完饭之后，我再去——三伯他们太累了，我总得帮他们做点儿什么……"

"你先吃饭吧！"杨金环说，"我不知道你这个时候回来……不过，我今天做的饭比较多——那几个鱼贩子是你三伯的朋友，过去每次来都是会吃饭，我今天便特意多做了几个菜，本来打算送一趟后再送一趟的，但他们说够了，我就不送了，我们就自己吃吧，吃完之后再去侍候祖爷爷吃……"

"祖爷爷还没吃？"

"还没吃——这段时间以来,祖爷爷在这个时候总在睡觉,我们吃完午饭后再去侍候他吃午饭不迟……"

"那好!我们就抓紧吃吧!"牛瑧昱说,"吃完后,您休息,我来去侍候祖爷爷吃午饭!"

牛瑧昱边说边进厨房去将饭菜端到餐桌上,随后,又与杨金环边吃边聊,由于聊得太投机,一顿饭竟在不知不觉中吃完了。牛瑧昱正准备去侍候杨显珍吃饭时,手机微信提示铃声响了;他随手打开微信,见是孟爽发的——微信写道:"你真是'乐不思蜀'呀!如果真的是春节之后才回锦都的话,可别忘了也去帮咱们的幺妹干点儿活呀!另外,柳成丝、史玉婷都等着你回来,你看着办吧!"

"嗨!看来孟爽真的长大了——现在不仅会关心学习以外的事情,而且还会吃醋了!"看完微信后,牛瑧昱在心里笑道,"真没想到她的观察会是这么细密,感觉会是这么灵敏——居然知道我对周瑾'暗送秋波'了!唉!只怪我真的太不争气了——居然被她看破了,也被她言中了!"

随后,牛瑧昱给孟爽发了一条微信:"我不是'乐不思蜀',而是身不由己、分身无术;对你的幺妹,我是有心无力、爱莫能助——具体情况见面时详告!我也会马上给柳成丝、史玉婷发微信的。"

给孟爽发完微信后,牛瑧昱又分别给柳成丝、史玉婷发了一条微信,感谢她们的提议,也告知她们自己春节之后才能回锦都。

史玉婷回复了孟爽关于创业小组成员聚会的提议后,原以为马上就会收到牛瑧昱的"回应",但从十点多到将近十三点,她一直未能收到牛瑧昱的任何"回应",于是,不禁心生怨恨,暗自愤愤道:"牛瑧昱,你是怎么啦?怎么对我的提议无动于衷?自咱俩高中同学以来,我一直都是时时处处想着你,维护你!甚至为了你,我特地改变了求学轨迹——特地进锦大来陪伴你!进锦大后,我不仅暗中尽全力支持你,帮助你树立威信,而且主动地解囊相助,让你在创业活动中收获多多,从而有能力帮助你的表妹你的祖爷爷!……可你却对我的提议无动于衷!你太无情无义了!"

"咦!按往常的情况来说,牛瑧昱是不会对我的建议无动于衷的!"随后,史玉婷暗自纳闷道,"他虽然平常对我不很'积极''主动',但也很'顺从'!凡是我提出的事情,他总是积极地回应,有时我为了加深在他心目中的印象,特地为难他,他虽然无能为力,但也勉为其难——这次怎么会对我的建议无动于衷呢?"

"该不会是孟爽将我的建议克扣截留了——没有转给牛瑧昱吧?"稍顿之后,史玉婷又若有所悟,"啊!有可能——孟爽比我更早地和牛瑧昱同学,他俩也一直都很默契的,说不定早已'暗度陈仓'了!如果是这样的话,那就不应该怪牛瑧昱了——要怪也应怪孟爽!"

"哼!孟爽,没想到你平常看起来很单纯,像一泓清水似的,竟然这么阴,居然把我的建议克扣截留了!真可恶!真可恨!"再后,史玉婷又在心中恨恨道,"不过,你克扣截留我的建议也没用——牛瑧昱命中注定是属于我的,他怎么也不会属于你!牛瑧昱虽然可以说肯定是人中龙凤,将来必成大器,但如果没有雄厚的经济基础和宽广的人脉资源做支撑,终将一事无成!而我家有的是钱有的是人脉资源,能让牛瑧昱要风有风要雨有雨,你家能吗?我一点儿多余的零花钱就能给他意想不到的帮助、能让他收获过望,你能吗?你要知道,要征服一个男人是要有实力的——仅仅靠装清纯靠耍小花招是没用的!你如果不知道,那我就告诉你——不!我应该好好地教训教训你!你克扣截留了我的建议我不会善罢甘休!"

想到这儿,史玉婷本能地拿起手机,打算给孟爽打电话,但刚准备按下孟爽的手机号时,她又放弃了——

"不行!不能这么唐突!"史玉婷改变主意道,"说不定孟爽已经把我的建议转告牛瑧昱了呢——要是这样的话,那我岂不错怪了孟爽!其实,孟爽确实很单纯的,平常对谁都以诚相待——对我也很友好,不会对我阳一套阴一套的!……要是这样的话,那就是牛瑧昱忘恩负义了!不行!牛瑧昱不能对我忘恩负义!我得问问他为什么要对我忘恩负义!……"

史玉婷正想着,微信提示铃声响了——她收到了牛瑧昱所发的微信。

"牛瑧昱要在乡下过春节?"看完牛瑧昱所发的微信,史玉婷在心里道,"是因为那里的人好?还是因为那里的环境好?啊!那里的空气一定很好——锦都这段时间以来,不是一连好几天雾霾就是隔两天来一次雾霾,不是轻度污染就是重度污染，我何不去那里洗洗肺呢？对！我也去那里过春节——锦都人能在郊区搞什么农家乐，我何尝不能深入农村去搞农家乐呢？我开车去——直接把车开到那里！今天就出发——我要出其不意，给他一个惊喜！我追他追了这么多年，现在大学也上一个学期了，这次也要明确的结果——在乡下，就我俩，无论说什么做什么都可以无所顾忌！"

想到这儿，史玉婷猛地一阵惊喜，随即联系代驾——她打算让代驾把她送到江汉市后她再自己开车去牛家大湾。

像史玉婷一样，柳成丝在回复了孟爽关于创业小组成员聚会的提议后，便开始等牛瑧昱的"回应"，但也像史玉婷一样——她也始终未收到牛瑧昱的任何"回应"。

"或许是乡下信号不好，牛瑧昱没有收到孟爽的微信或短信。"在失望之余，柳成丝在心里自我安慰道，"按常理来说，他是不应该不搭理我的，他从来没有不搭理过我。"

"不错！很有可能是乡下信号不好！"想到这儿，柳成丝下意识地看了一下手机——手机依然没有收到来自牛瑧昱的任何信息。

"那地方如果真的情况很不好，那牛瑧昱为何如此留恋呢？"看罢手机，柳成丝暗自纳闷道，"难道是有什么难言之恋？或者是在那里有一个恋人？他曾多次对我闪闪烁烁地说，他参加'创业'活动在很大程度上是被迫的，那'被迫'的原因是什么呢？"

"他不可能真的在那里有一个恋人！"随后，柳成丝又在心里自我否定道，"他在锦都长大，如果有恋人也应该是在锦都——怎么会在那里呢？再说，那里是乡下，除了经济文化等方面的落后外，就是女孩外流——新闻报道上说，农村的孩子好多小学还没毕业就进城打工了，女孩子更是只要不痴不傻没有残疾的都进城打工了，留在农村的留守男孩好多找不到对象……如果真的是这样，那地方难道还会有一个令牛瑧昱魂牵梦萦的女孩？如果不是因为女孩子，那就是因为那个'被迫'的原因了！但那个'被迫'的原因应该不会是什么亲人——他父母都在锦都，显然不会是父母！他虽然曾多次说他老家有奶奶、伯伯、伯母、祖爷爷、姑姑、小表妹……可如今，好多人连父母都不太在乎，难

第二十六章 乡村啊乡村

道他还会在乎那些人吗？再说，他这次'创业'收获不小，有什么问题应该可以用钱解决！钱解决不了的问题，可以告诉我，我找我老妈——我曾经反复对他说过，我老妈很欣赏他，他如果有什么问题自己解决不了可以找我老妈！他那么聪明不应该听不懂我的话！我妈虽然不是他老家的市长，但我妈的秘书鲍叔叔在江汉市挂职做副市长呀！鲍叔叔对我妈言听计从百依百顺，有什么事，我妈对鲍叔叔说一声不就得了吗？！不！有什么事我对鲍叔叔说一声也行——鲍叔叔对我也是那么好，到江汉市后好几次专门打电话邀请我去他那儿玩……牛瑧昱在他老家如果有什么问题解决不了，我找一下鲍叔叔，肯定能解决！"

"啊！牛瑧昱实在太可爱了——要长相有长相要才能有才能，性格也无可挑剔！我老妈欣赏他也顺理成章！"再后，柳成丝暗自无限欣慰地道，"即使还有其他人爱他或他爱其他人，也无可厚非！……"

但刚想到这儿，柳成丝又立马在心里否定道："啊！不行！牛瑧昱不能再爱其他人！也不能再被其他人爱！他要是因为爱而留恋他的老家，那可不行！以后他如果再去他老家，我就跟着他一块去——不能让人见缝插针！"

柳成丝正想着，微信提示铃声响了——她收到了牛瑧昱的微信。

"啊！你不回锦都过春节！"看罢微信，柳成丝一惊，好像是冲着站在面前的牛瑧昱说，"你不回锦都过春节那我怎么办？难道让我一个人在锦都过春节？不行！你在哪里过春节我就在哪里过春节！我现在就给鲍叔叔打电话，我要到江汉市去过春节！啊！还是给他发条微信吧！他现在不是我妈的秘书了——好歹也是一个副市长，也肯定很忙的！说不定现在正在参加一个什么重要的会议呢！"

柳成丝边说边给在江汉市挂职做副市长的鲍小光发了一条微信——她本来是抱着一种"走程序"的心理给鲍小光发微信的，也没指望鲍小光真的会有什么太积极的"反应"，但她发完微信后还没来得及收起手机，鲍小光的电话就打来了；她随手按下接听键，手机随即传出了鲍小光沙哑的声音："小丝吧！"

"是我！"柳成丝捏着嗓子声音娇滴滴说，"鲍叔叔！"

"你要来江汉市过春节，那太好了！我代表江汉市全体人民，热烈地欢迎你！你今天就来吧……"

"今天可不行……"

"那明天来！"

"明天？"

"就明天吧！这儿南临长江，北靠汉江，空气非常清新……早点儿来吧！……"

"明天来可能也还是有点儿仓促……"

"不仓促！——我现在就让人给你买机票……你现在哪里？我让人把票买好之后给你送去——你和首长的一些信息我都有，票马上就买好！……"

"那……也成……票就送到我家吧……"柳成丝犹犹豫豫地说，随后，又特意嘱鲍小光，让他别把她到江汉市过春节之事告诉她妈。

挂断鲍小光的电话之后，柳成丝兴奋得在心里呐喊般地道："明天就可以见到牛瑧昱了！"

随后，柳成丝便着手准备行囊。

第二十七章　祖爷爷走了

在分别给柳成丝、史玉婷发完微信后，牛瑧昱便着手准备送给杨显珍的饭菜。

"还是我去侍候祖爷爷吃饭吧！"牛瑧昱把饭菜装进饭篓后，杨金环说，"你从岳家店回来，走的路已经不少，该歇一下了！"

"该歇一下的是您呀！"牛瑧昱笑道，"您成年累月忙碌不停——甚至刚才还在三伯他们那里忙，您就歇一会儿吧！……"

"歇一会儿？"杨金环也笑道，"你去侍候祖爷爷吃饭，我就是坐在这儿不动也歇不了呀！我能不想你这宝贝孙子吗？走！祖孙俩一起去侍候祖爷爷吃饭吧！"

杨金环边说边走出餐厅，牛瑧昱连忙提起饭篓跟上。虽然杨金环身材矮小，且年近八十，但牛瑧昱跟在其后还是不敢"怠慢"——否则就会拉开好几步的距离；同时，由于路面凹凸不平且成坡形，路段虽说不长，但有几上几下，因此，牛瑧昱虽然最初本是想与杨金环边走边聊的，但在整个短短的途中却不得不把注意力全部集中于自己的脚上。

"你慢慢地来，我先去叫醒祖爷爷。"快到杨显珍的家时，杨金环转过身对牛瑧昱说，"祖爷爷不知道你这个时候要来，如果突然见到你，他会很兴奋的——而从祖爷爷现在的状况来看，他是不能过分兴奋的，当然也不能情绪过分低落……"

"那好！您先去叫醒祖爷爷！"牛瑧昱顺从地说，"我在门外等——您叫醒祖爷爷我再进去见他。"

牛瑧昱边说边停了下来，并琢磨着如何既给杨显珍一个惊喜又不让他太兴奋，刚想好一个"见面语"时，屋内出来杨金环语带惊愕的叫唤声：

"祖爷爷——您怎么啦？！您醒醒——醒来吃饭呀！祖爷爷！您怎么啦——"

听到杨金环的呼喊，牛瑧昱三步并作两步地走进屋里，边走边语带惊讶地问："奶奶，祖爷爷怎么啦？"

"祖爷爷……走了……"杨金环哽咽着说。

"啊！祖爷爷走了？！"牛瑧昱失声道，"祖爷爷——"

随后，牛瑧昱赶紧给牛汉卿打电话——此时，牛汉卿刚送走鱼贩子，并正准备小憩一会儿；手机铃声响后，他随手按下接听键，手机里随即传出了牛瑧昱的声音："三伯——赶紧来祖爷爷这儿一下！也叫上三妈和雪莲……"

"祖爷爷怎么啦？"牛汉卿纳闷地问。

"祖爷爷不行了……"牛瑧昱哽咽着回答道，"可能……走了……"

"啊！"牛汉卿大声道，以致在数十步之外正收拾着渔具的艾玉洁和杨雪莲都听见了。

"你怎么啦？"艾玉洁纳闷道，"什么事你如此大惊小怪的！"

"你赶紧停下手中的活吧！"牛汉卿语带慌张地说，"祖爷爷那边有事！"

"三伯，祖爷爷怎么啦？"在艾玉洁一旁的杨雪莲慌忙问。

"别问那么多了！"牛汉卿急速地说，"你赶紧和你三妈到前屋去！"

牛汉卿边说边放开脚步向杨雪莲家飞奔而去。在牛汉卿走近屋时，牛瑧昱听到了他的脚步声，匆忙迎了出来。

"祖爷爷……真的……走了吗？"牛汉卿好像不相信杨显珍已经去世了似的上气不接下气地问。

"真的走了！"牛瑧昱无可奈何地边点头边说。

"唉！祖爷爷怎么走得这么快这么突然！"牛汉卿语带懊悔地说，"我虽然觉得祖爷爷这些日子来身体状况确实一天不如一天，但怎么也没想到他今天就走的！要是知道他今天走，我今天就什么事也不去做了！"

牛汉卿刚说完，眼泪便潸然流出。

"祖爷爷确实走得有点儿匆忙有点儿突然！"牛瑧昱说，"奶奶和我本是让他睡一会儿觉后来侍候他吃饭的……要是知道他要走，我们早就过来了……"

牛瑧昱边说边随牛汉卿返回屋里，见杨金环满脸悲戚地坐在杨显珍的遗体旁，牛汉卿一边搀扶杨金环一边冲牛瑧昱说："小昱，你和奶奶到外面去休息，祖爷爷这儿的事我来处理。"

牛瑧昱赶紧走上前一步和牛汉卿一起搀扶起杨金环，走到屋外时，碰到急匆匆走来的艾玉洁和杨雪莲。

"祖爷爷到底怎么啦？"艾玉洁神色慌张地问。

"祖爷爷走了。"牛汉卿语调悲哀地回答道。

"啊！怎么……怎么走得这么快！"艾玉洁说。

"祖爷爷——"听牛汉卿说杨显珍去世了，杨雪莲失声嚎啕，边嚎啕边冲向里屋。见杨雪莲情绪太激动，牛汉卿便连忙冲艾玉洁道："玉洁，你赶快去看莲儿！"

随后，牛汉卿一边将杨金环扶到一把椅子上一边冲牛瑧昱说："你陪奶奶在这儿休息！我去处理屋子里面的事。"

同时，里屋传出了艾玉洁劝说杨雪莲的声音："莲儿，别太悲伤了——克制一点儿！祖爷爷已经走了——你再怎么呼喊再怎么悲伤，他不可能听得见了，也不可能回来了！……"

"莲儿，你听你三妈的话——节哀吧！"走进里屋后，牛汉卿也劝杨雪莲；稍缓一下后又说："你和三妈都出去，出去后我好收拾屋子；接下来，给祖爷爷洗澡、通知亲友等事都需要尽快做，要不，你们去准备一下给祖爷爷洗澡的热水，也把外面的屋子收拾一下……"

在牛汉卿和艾玉洁的劝说下，杨雪莲控制住了情绪，并随艾玉洁一起走出了里屋。随后，牛汉卿打电话向杨显珍的几个子女报丧；在确认杨显珍的所有子女均既不为他办丧事，又不参加他的葬礼后，牛汉卿决定以杨翠兰的名义为杨显珍办丧事，并且打算尽其所能将丧事办得隆重一些。

第二天下午三点，牛瑧昱走出灵堂准备去村头看一个客人是否走错了路时，手机铃声响了。他凭感觉按下了接听键，接着，手机里便传出了史玉婷的声音："牛瑧昱，你现在在什么地方？我到江汉市了……"

"啊！史玉婷！"牛瑧昱大吃一惊，脱口而道，"你到江汉市了？"

"是的！"

"旅游吗？"

"不是——是专门来看你的……"

"啊！那不成——我现在很不方便！"

"有什么不方便的——我开车来的……"

"我是说我家里有事——不方便！"

"你家里有什么事——你爸妈也回江汉市了吗？"

"没有——他们去剑桥大学参加学术会议了……"

"那你家有什么事？"

"我祖爷爷去世了……"

"啊！……"

"我现在忙得一塌糊涂……"

"那我来帮你——我直接到你老家来！"

史玉婷说完，便挂断了手机，但史玉婷的手机刚挂断，牛瑧昱的手机铃声又响了，他本能地一阵反感，但见是柳成丝打来的，又一阵纳闷——在心里嘀咕道："她怎么这个时候也来凑热闹呀！难道也是来这儿？"

牛瑧昱在心里嘀咕的同时也按下接听键，手机随即传出了柳成丝的声音："牛瑧昱，你的手机怎么总占线呀？"

"啊！柳成丝！"牛瑧昱语带兴奋地说，"我的手机没有总占线呀！"

"那我刚才怎么总打不进来呀？"

"刚才……刚才刚好有一个电话……"

"你现在哪里？"

"在老家呀！我前几天来的时候不是对你说过吗？"

"我知道你在你老家——我是问你现在在你老家的什么地方？"

"在家里！有什么事吗？"

"没什么事！我想来玩玩！"柳成丝故作若无其事地说，"想来看看你……"

"不行！"牛瑧昱断然否定道，"现在绝对不行！"

"不行也得行——我已经坐上鲍副市长也就是我叔叔的车了，一个小时左右就到你们汉江县了，县里可能有人陪我去……"

"哎！你怎么不提前告知一声？！"

"我也是一时兴起——再说，我提前告知你你也不会欢迎我的……"

"我现在真的很不方便——我祖爷爷去世了！"

"啊！你祖爷爷去世了？！"

"是的！很遗憾——我现在分身无术，没法接待你……"

"不要你接待我——我来帮你！"

柳成丝说完，便挂断了手机。

"唉！今天到底是怎么回事呀？"挂断手机后，牛瑧昱暗自道，"这两个人怎么都不请而至呀！难道是相约而来的吗？"

"啊！不会是相约而来的——这两个人几乎没有步调一致过。"随后，牛瑧昱又在心里否定道，"也许是各有怀抱而又殊途同归吧！唉！看来现在只好'兵来将挡水来土掩'了——你们要来就来吧，我稍稍准备一下就行了！"

想到这儿，牛瑧昱便立马去找牛汉卿，告诉他柳成丝、史玉婷将要到来之事。

牛汉卿乍听时一惊——贤侄的同学不远一千多公里而来，而且还有市县两级领导一同前来，牛汉卿能不感到吃惊吗？但随后又一喜——自家尊长的丧礼有来自大都市副市长的千金、亿万富婆的千金、市县两级领导人等前来参加，他能不高兴吗？于是，立马准备迎接，并吩咐牛瑧昱什么事也不要做，专门准备接待客人。

刚准备完毕，史玉婷开着一辆光彩熠熠的红色保时捷到了。牛瑧昱赶紧迎了上去，牛汉卿、艾玉洁及一群客人和村里的一群孩子也围了上去。

史玉婷将车停稳之后，缓缓地从车内走出——她身穿白色的大氅，脚穿白色的高跟皮靴，头戴镶嵌着黑白花的礼帽，手里拿着一大束白色的花。

"谢谢你的到来！"牛瑧昱一边从史玉婷手中接过花一边说，并向史玉婷介绍了牛汉卿、艾玉洁等长辈，接着领着史玉婷去杨显珍灵堂给他行礼。礼毕后，牛汉卿吩咐牛瑧昱将史玉婷带到客厅去喝茶吃糕点时，村头传了一阵汽笛声。牛瑧昱意识到是柳成丝等到了，便对史玉婷说："玉婷，你到客厅休息一会儿，我去迎接柳成丝……"

"柳成丝?"史玉婷圆睁着一双眼说,"她也来了?"

"是的!"牛瑧昱语气淡然地说,"她本是来看望她叔叔的……"

"啊!原来是这么回事!"史玉婷若有所悟地说,"那我和你一起去迎接她!"

史玉婷边说边起身,随后,又无所顾忌地拉着牛瑧昱的手向台阶方向走去。刚走下台阶,一辆奥迪轿车便开了过来,随后,两辆桑塔纳轿车和三辆富康轿车鱼贯而到,每辆车的车顶上都有一个硕大的花圈。

奥迪轿车停下来后,司机赶紧下车打开左侧车门,随后,又小跑着绕过车头打开右侧车门;接着,鲍小光和柳成丝分别走出轿车,其他车上的人几乎在同一时间围上前来;牛瑧昱和史玉婷则从另一个方向迎了上去。

下车后,柳成丝一眼就瞅见了牛瑧昱,但同时也瞅见了史玉婷,因而大吃一惊,在心里道:"咦!她怎么也来了!"

史玉婷则大大方方地走向柳成丝,大大方方地说:"成丝,抱歉——我不知道你要来,有失远迎!"

"啊!我也不知道你要来——没有事先告知!"柳成丝也仪态大方地说,"请原谅!"

接着,柳成丝向牛瑧昱介绍了来宾——他们分别是:

江汉市副市长鲍小光,汉江县县长邹正斌、民政局长杨松股,牛家大湾乡党委书记覃云名、乡长石中媛、民政干事吕琦。

柳成丝在介绍来宾的当儿,岳宝、岳强兄弟俩与杨志、杨财兄弟俩不约而同地赶到,并争先恐后地与覃云名握手。

随后,牛瑧昱向柳成丝等介绍了牛汉卿、艾玉洁等。

牛瑧昱介绍完毕后,便带领柳成丝等到杨显珍的灵堂给他行礼。礼毕后,鲍小光即兴从人生经历、对国家和革命的贡献等角度肯定了杨显珍,然后,对邹正斌等人指示了一番,要求他们正确对待参加革命几十年的杨显珍同志,并特地强调要遵守党纪国法,办杨显珍的丧事要从简,但也要遵守民风习俗,做人民群众的贴心人;之后,便上车回江汉市。上车前,鲍小光又十分亲昵地对柳成丝说:"小丝,我今天晚上还有一个会议要参加,现在就失陪了。不过,这里的父母官们都在,他们会安排好你的食宿的。"

第二十七章 祖爷爷走了

邹正斌是从一名乡村兽医成长为一名人民政府县长的——他早年就读于汉江农校兽医专业，毕业后在牛家大湾公社即时下的牛家大湾乡兽医站任专职兽医，由于善于吹牛拍马，便深得时任兽医站站长廖学坤的欢心，廖学坤为了讨好时任公社党委书记的廖启瑞，便牵线搭桥，将邹正斌介绍给时任公社养猪场会计的廖启瑞的女儿廖素琴；本来，廖素琴贵为书记千金，对长相酷似武大郎的邹正斌嗤之以鼻，但无奈自己曾与养猪场场长勾搭成奸，并被养猪场场长的老婆当场抓住了——于是，她便同意下嫁给邹正斌，而邹正斌则认为自己可以借助廖启瑞之力扶摇直上，于是，两人便凑成一对。随后，邹正斌一步一步往上爬，最后爬上了县长的宝座。

邹正斌由于工作关系，与鲍小光打过好几次交道，并且由于与鲍小光性格相仿、情趣相投，深得鲍小光的青睐；同时，他也知道鲍小光是来江汉市挂职的，将来回锦都后要高升的，便刻意逢迎、巴结、讨好鲍小光，于是，一送走鲍小光后，就煞有介事地说："杨局长、覃书记、石乡长、吕干事，来，咱们开一个现场办公会！鲍市长刚才的指示你们都听见了，现在咱们落实一下——这些帐篷太简陋了，我马上给舟桥团的王团长打电话，让他调几顶帐篷来把这些帐篷替换一下，你们则各自根据自己的职责和职权落实一下相关事情！另外，杨显珍同志的一生几乎是一部浓缩的中国革命史，值得我们好好学习！杨显珍对革命做出过实实在在的贡献，如果可以，就参照离休干部举办丧事，给其家属发放抚恤金。"

给杨松股等人下达指示后，邹正斌又情义殷殷地邀请柳成丝下榻于汉江县顶级宾馆维也纳酒店。柳成丝婉拒了，并非常礼貌而又含蓄地要求邹正斌等人尽快撤离。考虑到柳成丝和牛瑧昱的关系肯定非同一般，需要留给他们两人交流的时间和空间，邹正斌便接受了柳成丝的意见，带领着杨松股等人离开杨显珍的丧事现场。邹正斌在临走时要把自己的桑塔纳留给柳成丝，杨松股则争着要把自己的桑塔纳留给柳成丝，邹正斌同意了杨松股的意见。柳成丝本来很不愿接受他们的桑塔纳，但想到如果不接受，自己如果要用车就得用史玉婷的车，便接受了。

邹正斌等离开时，岳宝试图去和邹正斌握手，但邹正斌视而不见，便转而去和覃云名握手道别。

邹正斌走后，覃云名与石中媛、吕琦、岳宝煞有介事地研究有关杨显珍丧事的举办问题。临走时，覃云名"蜻蜓点水"似的与岳宝握了一下手，并再次郑重其事地"指手画脚"了一番。

岳强、杨志、杨财等也想去和覃云名握手，但覃云名已经上了车且车已经启动了。

史玉婷一向自视不在柳成丝之下，但邹正斌对柳成丝大献殷勤，对她却视而不见，因此她深感自尊心受到了伤害，便悄然退到了一侧。柳成丝尽管看在眼里，得意在心里，但还是对史玉婷涌起了一股同情之心，于是，邹正斌等人的车一启动，柳成丝就声音虽不大但又足够让史玉婷听得清楚地说：

"这帮马屁精真令人烦！"

接着，柳成丝又走向史玉婷，并把她拉到一旁小声地说，"看这架势，这丧礼将会进一步隆重的——咱们是不是也应该给班长长长脸？"

"应该——当然应该！"史玉婷回答道，"但这不是在锦都——要是在锦都，咱们都可以各叫来一帮朋友，这样，咱们便可以'人多势众'了！"

"但周瑾曾说过，她离这儿很近，要不把她叫来……"

"不错，把周瑾叫来！啊！也可把咱们班上愿意来的都叫来！"

"不行！不能把咱们班上愿意来的都叫来——班长的人缘那么好，如果得知此事，说不定很多人都愿意来！不过，有的人很可能虽然愿意来，但可能不便，如经济条件不允许……"

"经济条件不允许不要紧——无论是谁，只要他/她愿意来，所有的费用我全出。这次创业我有那么大的意外收获，不用白不用！"

"也不只是经济条件的问题——这次创业，我的意外收获也很大，也能承担同学们的所有费用，但是，如果是全班同学都来，那就是有组织的行为，传出去影响不好……"

"那就把咱们创业小组的人全叫来——咱们的意外收获虽然不能说全归功于班长，但如果没有班长，那很可能就没这意外收获……"

"对！把咱们创业小组的人全叫过来！我现在给每人发一个五千元的红包——五千元够了吧？"

"够了！不过，你给大家发红包，我也发；你发五千，我也发五千——我现在就发！"史玉婷边说边掏出手机，柳成丝也掏出了手机……

柳成丝和史玉婷在一旁叽叽喳喳时，牛瑧昱以为她俩要商量什么私密的事情，便故意地走开了几步；同时，他原以为她俩就三言两语的，但她俩却似乎没完没了，便在心里道："哎！这两个家伙在磨蹭什么——现在可不是在学校呀！"

随后，牛瑧昱又向柳成丝和史玉婷走了过去。史玉婷赶紧迎着牛瑧昱走去，边走边说："别过来！我们这就来！"

与此同时，柳成丝也紧走两步，跟上了史玉婷。随后，牛瑧昱带着柳成丝、史玉婷向客厅走去，但还没走上台阶，杨雪莲便迎了出来——

杨雪莲身着白色的孝服，头戴白色的孝帽，脚穿白色孝鞋，给人一种十分庄重的感觉，而她那一身的纯白又使她那本来就颇显高挑的身材显得更加高挑；满脸悲伤，但那种悲伤又是发自肺腑的悲哀的一种自然呈现，而毫无做作之态；虽然是迎接素不相识的客人，但大大方方，既不忸怩羞怯又毫不矜持。

柳成丝、史玉婷事先均没有想象到会与杨雪莲"不期而遇"的，因而在乍见杨雪莲的一瞬间均略略一愣——她们的"略略一愣"既是因为与杨雪莲的"不期而遇"，又是因为杨雪莲不同寻常的"装束"和气质，也是因为她的长相及神情举止与周瑾的极为神似。在"略略一愣"之后，柳成丝、史玉婷又不约而同地把眼光凝视般地投向杨雪莲。

牛瑧昱觉得柳成丝和史玉婷的眼光有点儿"刺人"，担心杨雪莲被"伤害"，便急忙冲她俩说："这是我妹妹……"

"你好！"柳成丝和史玉婷异口同声道。

"你们好！"杨雪莲回礼道，边说边向前迈进一步。

"我叫柳成丝。"柳成丝自报家门道，边说边向杨雪莲伸出右手。

"我叫史玉婷。"史玉婷也自报家门道，并且也是边说边向杨雪莲伸出右手。

"欢迎你们。"杨雪莲边用两手握住了几乎是同时伸到自己面前的两只手边说，"我叫杨雪莲。"

随后，杨雪莲带着柳成丝等向客厅走去，但刚走了几步，村头便传了几声汽笛声。牛瑧昱本能地向汽笛声传来的方向看去，只见两辆卡车朝他们所在的方位慢速驶来，颇感纳闷，便"指称模糊"地说："你们先回客厅休息，我去看看后再来。"

牛瑧昱说完，便迎着卡车驶来的方向走去；柳成丝、史玉婷则随杨雪莲向客厅走去。

走进客厅后，杨雪莲和柳成丝、史玉婷边喝茶边闲聊；她们聊了一会儿，牛瑧昱便回来了。

"没事！"走进客厅后，牛瑧昱说，"是舟桥团的……"

"舟桥团的？"杨雪莲有点儿吃惊地问，"来干什么的？"

"奉邹县长之命来替换三伯组织搭建的那些帐篷——这样也好，军用帐篷的确比咱们这乡下的帐篷要好一些！"

"啊！也是！"杨雪莲说，"你陪两位姐姐，我去看看能否帮得上忙……"

"不用了——随车来了好些士兵，我插不上手，才回来的……"牛瑧昱说，正说着，他的手机铃声响了，他随手按下接听键，接着，手机里便传来周瑾的声音："牛瑧昱，我快到你们村头了……"

"啊！周瑾——你来了！"牛瑧昱抑制不住惊讶地说，"你怎么……"

"是我们邀请她来的！"牛瑧昱的话还没说完，柳成丝就打断她的话道，"祖爷爷仙逝，咱们创业小组的成员知道了，就应该来送送他——我们也通知了小组里的其他人……"

"啊！"牛瑧昱睁大眼睛道，"你们……"

"我们怎么啦？"史玉婷嗔怪道，"别说什么了，我们去接周瑾吧！"

"对！我们一起去接周瑾吧！"柳成丝说，接着又拉起杨雪莲的手，"走，我们去接周瑾……"

"去接周瑾？"杨雪莲有点儿莫名其妙地问，"我也去？"

"是的！咱们一起去接周瑾！"柳成丝认同道，接着又说，"你不知道周瑾是谁吧？也是你哥的一个同学——长得与你一模一样！"

杨雪莲虽然与史玉婷等刚认识，但因为牛瑧昱的关系，也因为一会儿前非常融洽的闲聊，她便与史玉婷等像老朋友似的，全无拘束之感，加上又听说周瑾长得与自己一模一样，因而心生好奇，于是，自然而然地随史玉婷等去接周瑾。

第二十七章 祖爷爷走了

由于是"有备而来",杨雪莲便在老远就将目光投向周瑾,在发现周瑾的确和自己长得很相像后,便暗自在心里惊叹道:"哇!长得跟我好像呀!"

与此同时,周瑾也发现了杨雪莲与自己的长相酷似,暗自一愣,正纳闷来者为何人时,杨雪莲迎上前去,虽然戚容满面,但语气友好语调轻柔地说:

"谢谢你的光临——我是杨雪莲……"

"啊!你是雪莲!"周瑾满脸惊喜地说,"我听你哥说过你!"

周瑾边说边握着杨雪莲的手,而且好像是见到了一个久违的老朋友似的不想释手。

"走吧!"牛瑧昱说,"咱们回屋子去吧!"

"难怪牛瑧昱平常对你情有独钟!"史玉婷冲周瑾戏谑着说,"原来他有一个根据你复制的妹妹!"

"牛瑧昱对你才情有独钟呢!"周瑾戏谑着说,"平常好长时间不与我说一句,而与你呢,一见面就叽叽喳喳没完没了……"

"他们爱叽叽喳喳是不错……不过,谈的多是工作。"柳成丝说,"也不是没完没了……"

"好家伙——你们这真是官官相护呀!"周瑾笑道,"不过,你们现在官官相护,我一点儿也不怕,因为我也不是一个人——我还有个妹妹!"

周瑾边说边伴着杨雪莲走。

刚走进客厅,牛瑧昱的手机微信提示铃声响了,牛瑧昱见是孟爽发来的微信,连忙随手打开一看,只见微信写道:"我们已买票,明天上午11点到达江汉车站,随后,打车去你老家,请告地址。"

牛瑧昱刚看完孟爽发来的微信,谢海福、陆地、柳赛所发的微信也先后到了——微信的内容与孟爽所发的相同,只是文字稍有不同而已。

牛瑧昱正在看微信的同时,柳成丝等人的手机也接二连三地响起了微信提示铃声。牛瑧昱猜想可能是孟爽等发来的微信,正要开口相问时,史玉婷略带几分兴奋地说:"谢海福他们明天都要来!"

"孟爽明天也要来!"周瑾边看手机边说。

"那太好了!"柳成丝说,"大家都来,一起热热闹闹地送送祖爷爷,也尽尽我们这些做晚辈的孝心!"

"只是让大家远道而来,太辛苦大家了!"牛瑧昱语带歉意地说,"回锦都后,我再好好地感谢大家!"

"要你感谢什么!"史玉婷大大咧咧地说,"你继续做咱们的董事长,让咱们的创业再创辉煌就是最好的感谢!"

……

大家正东扯西拉地聊着,牛汉卿给牛瑧昱打电话来,让他带着同学们到他的房子里休息和准备吃饭——他那房子比杨雪莲家的房子要高大、宽敞、整洁,那边没有客人,也很安静。在一旁的杨雪莲听了牛汉卿的建议后说:"哥,你陪各位姐姐去三伯家去吧——那边比这边要好多了,等一会儿吃饭、晚上休息也在那边吧……嗨!我刚才怎么没想到呢!啊!我也忘了——今天客人多,三伯可能招呼不过来,我去招呼招呼……"

"对!三伯可能忙不过来!"牛瑧昱好像醒悟到了什么似的说,"你现在就过去……"

"你也去……"周瑾冲牛瑧昱道。

"对!牛瑧昱也去!"柳成丝道,"我们这些人不用你招呼!"

"我哥还是陪各位姐姐吧!"杨雪莲说,"我哥对客人不熟——去招呼客人不大方便。"

杨雪莲正说着,一声嚎啕传了过来,杨雪莲连忙说:"哥!是姑婆来了!我去接一下。"

杨雪莲说完便急匆匆迎着声音而去。

"唉!真不巧!"杨雪莲走后,牛瑧昱叹息道,"这阵子,我爸我妈到剑桥大学去参加一个汉学大会去了,我的几位哥哥也到国外出差去了,要不,我三伯、我妹也不会这么累……"

"你三伯、你妹确实够累的了!"周瑾回应牛瑧昱的话道,紧接着又突然想起牛瑧昱托她劝杨雪莲复学之事,便说,"你妹同意复学吗?还用我和她聊聊吗?"

"我妹还是不同意复学!"牛瑧昱语带遗憾地说。

"为什么?"周瑾纳闷道,"你过去说她是因为要照料你祖爷爷,现在……"

"过去也不是全是因为要照料我祖爷爷。"牛瑧昱说,"我妹还要照料我姑奶奶,还要照顾一群孩子……"

"什么?"柳成丝颇感诧异地说,"她还要照料你姑奶奶、照料一群孩子?"

"是的!我妹还要照料我姑奶奶,还要照顾一群孩子!"牛瑧昱说,"我姑姑因救落水儿童牺牲,我姑奶奶便精神失常了——现在还住在精神病医院里,我妹得定时去看她,帮她做一些该由家属做的事情;我们村有一大群留守儿童……"

"你妹妹还要照料留守儿童?"史玉婷不以为然地说。

"你妹真是心肠好——自己虽然困难重重,但所想的却是别人!"柳成丝说,"也真令人敬佩——为了表达我对她的敬佩,我决定把我这次的创业收入全部拿出来支持你妹……"

"我也愿意!"史玉婷说,"如果今后我们还创业还有收入,我也愿意全部拿出来支持你妹!"

"唉!我也很想把我这次的创业收入全部拿出来支持雪莲!"周瑾满脸遗憾地说,"只是……"

"你们的好意我代我妹妹领了!"牛瑧昱说,"但你们的钱我妹妹是不会要的……"

牛瑧昱正说着,牛汉卿的电话打来了——他再次要求牛瑧昱和周瑾到他房子里去休息。随后,牛瑧昱便带着柳成丝等边聊边前往牛汉卿的房子。

第二十八章　梦回伊甸园

晚饭后，前来吊唁杨显珍的乡亲以及路程不太远的亲友回去了，路程太远而不便回去的亲友则被牛汉卿安排住下歇息了。牛汉卿和杨雪莲默默地坐在灵堂守灵，牛瑧昱和柳成丝等到杨显珍的灵前烧香、祷告之后回到牛汉卿的家中。

牛汉卿家的楼房一共五层，每层都是三室一厅——厅的东侧有两间卧室，厅的西侧有一间卧室。因为住一层不必要上下楼，进出方便，因此，牛汉卿、艾玉洁夫妇及杨金环都住在一层——牛汉卿、艾玉洁夫妇住一层最东侧的那间卧室，东侧的另一间卧室则放着衣柜，存放衣物；杨金环住在一楼西侧的那间卧室。三层视野好，而楼层也不是太高，因此，牛瑧昱及其两个堂哥回家时都是住在三层——两个堂哥住在东侧的两间卧室，牛瑧昱住西侧的那间卧室。四层、五层存放的是一些带有"祖传性"但不太实用的物品，如牛瑧昱的祖爷爷、祖奶奶及爷爷、奶奶的雕花婚床、梳妆台，比那些婚床更早一点儿的烛台、太师椅、老式衣柜等。因此，客人总是被安排在二层。不过，如果客人较多，二层的三间房不够住时，有些有怀旧心理的客人如老人或好奇心较强的客人如小孩，也在四层、五层的雕花床上睡过觉。

由于柳成丝、史玉婷不远千里而来，来到之后又未稍稍休息，周瑾这几天也实际上没曾好好休息过，牛瑧昱则自从回牛家大湾后就未曾好好休息，因此，都很疲劳。于是，回到牛汉卿的家中闲聊了几句后，牛瑧昱便提议休息，并向她们介绍了艾玉洁为她们安排并收拾得非常整洁的二层楼的各个房间——柳成丝住最东边一间，接下来的一间是史玉婷住，周瑾住西边那间。

"那你住哪间房呢？"牛瑧昱介绍完毕后，史玉婷忽然问。

"我？"牛瑧昱说，"我的房间在三层。"

第二十八章　梦回伊甸园

"那我们也住三层！"史玉婷说，"我们都住在第三层可多聊会儿天，也可'串门'……"

"'串门'？"柳成丝笑道，"你好浪漫呀——睡觉了还'串门'？"

"睡觉时'串门'是'梦游'。"周瑾也笑道，"你如果是'梦游'千万别到我的房间里来——那会吓着我的！"

"三层就三间房，不够你们三个人住。"牛瑧昱说，"再说，另外两间分别是我两个哥哥的卧室……"

"那我们住四层或五层！"史玉婷说，"那两层有空着的房间吗？"

"那两层楼的房间全空着，但不能住。"牛瑧昱笑道，"让你去住你也不会去住！"

"为什么？"史玉婷颇感好奇地问。

"那里面有好长时间没人住……"牛瑧昱说，"卧具要么是我祖爷爷、祖奶奶睡过的床，要么是我爷爷、奶奶睡了几十年的床，而且都是那种你肯定从来没见过的老式婚床……"

"老式婚床？那更好！"史玉婷笑道，"睡睡老式婚床——搞个'穿越'，'穿越'到你祖爷爷、祖奶奶的时代……"

"你不是想睡睡老式婚床，而是想睡婚床——想睡牛瑧昱！"柳成丝在心里道，但口头上却说，"你今天睡那婚床不合适吧！"

"那就明天吧！"史玉婷说，"我只在古装片里看过老式婚床——我明天要看个究竟！"

"明天就明天！"牛瑧昱笑道，"今天先好好休息——养好精神了，明天爱干吗就干吗！"

"对！今天大家都够累的了——先好好休息！"周瑾说，"我们明天还应该去接接孟爽他们吧……"

"当然应该！"牛瑧昱说，"不过，我一个人去就行了……"

"你别去——我们去！"周瑾说，"家里这么多客人，你还是留在家里协助你三伯、三婶招呼客人吧！"

"对！周瑾、玉婷和我去！"柳成丝认同道，"他们有四个人，我们三个人——我们正好有两辆车……"

"那好！"史玉婷戏谑着说，"咱们现在就'作鸟兽散'——各洗各的澡后各回各的房间去睡觉！"

史玉婷说着便起身离去，柳成丝、周瑾也跟着起身。

柳成丝虽然很疲劳，但就寝后并没有立马入睡，而是不由自主地暗忖道：

"嗨！没想到牛瑧昱老家这边还真的是有事呢！他一放假就'归心似箭'般地回老家来，我还以为他找借口躲我呢——原来是我多虑了！他小时长时间地与他爷爷、奶奶、伯伯、婶婶们生活在一起，他对他们感情深，很顺理成章。他祖爷爷对他父母有大恩，对他则欣赏有加，俗话说，'受人滴水之恩当以涌泉相报'，'同声相应同气相求'……他对他祖爷爷满怀崇敬、感激与向往，也可以理解。而从前来吊唁的人有如此之多来看，也可以想象到老人是多么的德高望重，多么值得尊敬！虽然杨雪莲与他并无手足之情，但她那么小就独当一面地支撑着一个家，着实令人敬佩，他像对待妹妹一样对待她也合情合理！再说，她长得那么俊美，像一朵出水的水莲花，冰清玉洁，楚楚动人，也确实值得人们爱怜！因此，他不管是喜欢她，还是欣赏她都无可厚非！最初见到周瑾时，我简直被周瑾的美惊呆了，真没想到她会长得和周瑾一样美！她俩不仅长得一样美，而且简直长得一模一样甚至彼此可以做对方的替身！不过，她比周瑾要更清秀一些更惹人喜爱一些——不仅异性见了她肯定会有所心动，就是我这个她的'同类项'见了她也喜爱上她了！他当然会喜爱上她！他应该会喜爱上她！……"

和柳成丝一样，史玉婷就寝后也没有立马入睡——

"真没想到柳成丝也会像我一样'深入农村'！"史玉婷在心里自嘲道，"真是'英雄所见略同'呀！不——不只是'英雄所见略同'，而且也是'英雄所做略同'！"

"既然有人和我所见所做'略同'，那我就来他一个'先下手为强'——先把他拿到手！"稍后，史玉婷又想，"这次回锦都后，我就把他弄到家里去——反正我妈常常不在家，机会有的是！我可以进一步地诱之以利——他的老爸、老妈就一点儿工资，他自己又爱'仗义疏财'，一定缺钱，那我就把手

第二十八章　梦回伊甸园

里的零花钱全给他去'行侠仗义'！反正我也不缺零花钱——没有零花钱了我妈自然会给！我把这次的创业收入全部拿出来支持他妹妹，把手里的零花钱给他去干他想干的事情，下个学期如果继续'创业'，那我继续支持他，甚至更大力度地支持他——直截了当地让我妈给我一笔钱'创业'，我拿到手后全部交给他，他爱做什么就做什么爱怎么做就怎么做……当然，从这次柳成丝与我的'所见所做略同'来看，柳成丝也可能这么做，不过不要紧——我比她做得更好些不就得了吗？！就像这次，她是坐别人的车来的我是开自己的车来的……"

她在床上辗转反侧，稍稍安静便屏气凝神地听听周遭的动静……最后，在实在难以静卧时，她便起床进盥洗室冲热水澡……

与柳成丝、史玉婷在床上辗转反侧、"思绪万千"不一样，周瑾一躺下便酣然入睡，好梦连连——

周瑾先在梦中回味了她和牛瑧昱在她家的情景：

当牛瑧昱起身准备离开她家回牛家大湾时，她条件反射似的拦住他搂抱住他，他本能地回应着她的搂抱……他俩回到人类的原初时代，变成了亚当与夏娃……

但周瑾在梦中还没细细品味他俩在"伊甸园"里的生活，就和牛瑧昱来到了岳家店。牛瑧昱向她家投资了五十万，她父母用那五十万承包了"东潭""西潭"。随后，她父母将水面分隔成若干区域，一部分养殖一些名贵鱼，如甲鱼、桂花鱼等，一部分养殖一些大众鱼，如鲫鱼、鲤鱼、鳊鱼、刁子鱼等，年终时各种鱼均大获丰收。他俩通过网络帮她父母把名贵鱼销售到锦都的高档饭店、餐馆，把大众鱼联系到锦都的各大超市和农贸市场，销路非常好，收入大出所望，他们全家及牛瑧昱都一片欢喜，牛瑧昱高兴得留在她家过春节；过完春节后，她和牛瑧昱到美国康奈尔大学留学，改学农学；学成回国之后，他俩注册一个兼营种植与养殖的公司，在岳家店办起了大型的种植场和养殖场……

周瑾正在梦中规划"宏伟蓝图"时，手机微信提示铃声响了。也许是农村夜晚特别安静的缘故，虽然手机微信提示铃声并不大，但周瑾还是被唤醒了。

她随手打开微信，见是孟爽发来的——微信写道："老幺，你在吗？"

她随手回写微信道："在！你怎么这么晚了还没睡觉？"

"他们在下铺斗地主，我在上铺没法睡——你怎么这么晚了也还没睡觉？"

"在想你呀！"

"真的吗？如果是真的，那么我这次就在你们家和你一起过春节！"

"那太好了！班长这边的事一办完，你就到我家去。"

"那好——班长这边到底是怎么回事？"

"一件正常的白喜事——我们农村把老人尤其是高寿老人的丧事叫作白喜事。班长的祖爷爷——好像不是他的亲祖爷爷——年近95岁而逝，周围好远的村民都来吊唁，村、乡、县、市都有领导来吊唁，成丝、玉婷觉得咱们应该给班长长长脸，便让咱们小组的成员都来——她俩都给大家发了一个大红包，说是用作差旅费，你收到了吗？"

"收到了！不过，即使没有那红包，我知道了这事也会来的——班长是咱们的王，他能扬眉吐气，咱们自然也会扬眉吐气！"

"不错——有道是'家主有福，福满全屋'，不说别的，就说这次'创业'吧，要不是他提议要'创业'，我是不会想到要'创业'的！要不是他做董事长，我也是不会参加这次'创业'的！"

"我的想法和你的一样！班长确实很了不起——有头脑，办事能力和领导能力都很强……"

"亲和力也很强……"

"那当然——不然，这次大家是不会这么'闻风而动'的！你这位大都市里的大小姐也不会到咱们这外省乡村来的……"

"嗨！你这家伙——什么'大都市''外省''大小姐'！你再这么说，我这次就住到你家不回去了！"

"那太好了！我家正好缺人手干活！"

"我也可以借此完成假期参加'社会实践活动'的任务！干脆让这帮斗地主的人也去你家干活——他们也得完成假期参加'社会实践活动'的任务！"

"我也把班长和成丝、玉婷叫去——我家那儿这阵子空气格外清新，我家所承包的潭，这个时候水也不大，咱们可以到潭里荡舟捞鱼！"

"那太好了——咱们这次就集体参加'社会实践活动'！"

"那我现在就通知成丝、玉婷——刚才我听见她们房间里有响声。你现在抓紧休息。"

随后，周瑾便给柳成丝、史玉婷发微信，转告了孟爽的建议。

柳成丝、史玉婷都看到了周瑾转来的孟爽的建议，但都没有回复周瑾——因为她们各自都不想让周瑾知道自己还没有入睡。

第二十九章　乡村并不欢迎保时捷

杨显珍是年过九旬而逝的，因此，他的丧事也是喜事——白喜事，于是，牛汉卿在决定尽其所能地把杨显珍的丧事办得隆重一些后，派人向杨家所有的亲戚报丧，并邀请他们出席杨显珍的葬礼。同时，由于杨显珍在其漫长的一生中为牛家大湾人甚至是整个江汉县人做过许许多多好事，确确实实称得上是泽被乡里，因而，在得知杨显珍去世的消息后，许多人不请自到地前去吊唁，其中有不少人还尽其所能地送了奠礼。好些村的党支部书记、村主任在从县电视台看到副市长、县长、乡长等亲自前往吊唁并送了花圈之后，也纷纷前去吊唁和送花圈。因此，虽然丧场由绵延近十家门面的帐篷构成，堪称庞大，但还是不够用。出殡的那天，灵柩所经过的人家，家家户户放鞭炮行送别礼；前去送别的亲友绵延数华里。本来，考虑到杨显珍的一生堪称光荣的一生革命的一生，牛汉卿最初想请村主任岳强出席追悼会并代表村里致悼词，实事求是地肯定杨显珍的一生，以宣扬他的美德，激励后辈，但又担心岳强不给面子；后来，邹正斌等前去吊唁并送花圈时，岳强也去吊唁并送了花圈，于是，牛汉卿便放心了，并打算按原计划请岳强致悼词。但在追悼会即将举行之际，邹正斌、杨松股等为数众多的干部不请自到，并且改由覃云名主持追悼会，由邹正斌致悼词，悼词由县志办公室主任柳书勇起草，邹正斌、杨松股等定稿。悼词全面、充分地肯定了杨显珍的一生，虽然用语华丽，且全为褒义语，但也很实事求是。

杨显珍虽然奋斗了一生但最终却没有一官半职，虽然儿女成群但无一儿一女略尽赡养义务，加上晚年半身不遂，因此，从世俗的观点来看，并不是一个成功者。但是，他在风烛残年之际，先是得到杨翠兰祖孙三代人至诚至孝的赡养，后又得到杨金环祖孙三代人至诚至孝的赡养，仙逝后葬礼隆重空前，这也许就是所谓的"苍天有眼"吧！或者是世人通常所说的"好人有好报"吧！

杨显珍的葬礼结束之后，柳成丝等随周瑾去她家做客。本来，柳成丝等都是很想牛瑧昱和他们一道去周瑾家的，但由于杨显珍的丧事刚办完，杨雪莲并没有完全从失去杨显珍的悲伤中解脱出来，而杨金环、牛汉卿、艾玉洁都因替杨显珍办丧事而精疲力竭，加上按照礼俗，至少应该过完头七，仙逝老人的家人才可放手干其他活，因此，牛瑧昱没有和柳成丝等一道去周瑾家。

虽然是杨显珍的葬礼刚结束，但由于是"白喜事"，加上牛瑧昱也没随行，因此，柳成丝等人一驶出牛家大湾，便开始说笑起来——

本来，离开牛瑧昱家时，柳成丝、孟爽、周瑾三人坐桑塔纳，由柳成丝驾车；史玉婷、谢海福、陆地、柳赛四人坐保时捷，由史玉婷驾车；保时捷在前面，桑塔纳在后。但车刚驶出牛家大湾，柳赛就道："停车！"

"停车？"史玉婷边开车边侧着头白了柳赛一眼说，"为什么？"

"咱们从来没有去过周瑾家，这路况你也不熟——让周瑾她们走在前面。"柳赛说，"再说，今天周瑾是'领导'，咱们得跟着'领导'走……"

"柳赛所言不错！"陆地附和道，"咱们让周瑾她们走在前面……"

"不——让周瑾坐到咱们的车上来就行了！"谢海福说，"咱们是保时捷，走在前面威风一些。"

说完，谢海福就将头探出窗外，朝桑塔纳喊道："停车！"

见谢海福把头伸到窗外，史玉婷本能地放缓车速，柳成丝也放缓了车速，随后，两辆车都停了下来。

"干吗？"柳成丝将头伸出车窗外说。

"让周瑾到我们车上来吧……"谢海福说。

"为什么？"柳成丝纳闷道。

"不为什么——"谢海福笑道，"她过来就知道了。"

谢海福说话间，周瑾下车向保时捷走来。

"我们的老大和周瑾交换坐车……"柳赛笑道。

"为什么？"柳成丝一本正经地说。

"他想加入团组织。"陆地笑道，"要加入团组织，当然就得向你这书记靠拢！"

陆地边说边打开车门把谢海福推下车,等谢海福缓过神来时,陆地已经把车门关上了,周瑾也上车了,于是,谢海福便上了柳成丝的车。

两辆车都行驶起来后,柳赛将头伸出车窗外向柳成丝等笑道:"这也叫'男女搭配干活不累'呀!"

"注意安全!"史玉婷抬高声音道,"一点儿安全常识都没有!"

史玉婷边说边提高了车速。由于路面凹凸不平,随着车速的提高,车也颠簸得厉害起来。

"婷姐,车速可慢点儿——咱们走这条路,路程很短,一会儿就到了!"周瑾一边抓紧前面座椅的拉环一边说,"这路也不好走——不能开快!这路平常很少有小汽车走——平常主要是拖拉机、自行车,偶尔也有卡车……"

"是吗?"史玉婷好像不大相信似的说,但并没有降低车速。

"是的!"周瑾回答道,"前面的路况更糟……"

"但我这车不能开得再慢了。"史玉婷笑道,"这路上空无一人,也空无一车,要是在锦都,在这种情况下,我起码要把车速弄到120码……"

"那可使不得!"周瑾以为史玉婷要把车速提高到120码,慌忙说,"那要翻车的——拖拉机在路上也翻过……"

"我这车翻不了——我只看过别人翻车!"史玉婷毫不在乎地说,"不要说翻车,就是和别的车磕磕碰碰也未曾有过……"

"啊!你这么牛呀!"陆地插话道。

"不是我牛——是我的车牛!"史玉婷得意洋洋地说,"我这车裸车就是260万,平常开的其他车多在200万以上,谁敢碰我——随便一碰下,修理费就在十万以上!"

"这真是叫'惹不起躲得起'呀!"柳赛笑道,"我以后开车要是看到你的车,一定躲着走!"

"没志气!"陆地一副鄙夷的样子说,"我以后要是开车见到史公主的,一定赶紧追上去!"

"追上去?"柳赛道,"是想做护花使者,还是想亲吻史公主……的车!"

"别拿我开涮了——好不好?"史玉婷笑道,"坐好——小心我把你们颠下去!"

第二十九章　乡村并不欢迎保时捷

史玉婷刚说完，车身猛地一抖，她也忽地看到车前有一个足有一轮深的坑，便迅速打方向盘试图躲开那坑，同时踩刹车。由于自开车以来，史玉婷从未在这种路面上开过车，加上刚才十分受用地听着陆地和柳赛以自己为话题打嘴仗，分了心，因此，虽然车最终被刹住了，但左侧车身进了旁边的农田里。

平常，在宿舍里开卧谈会时，只要谈到柳成丝、史玉婷、孟爽和周瑾，谢海福总是以一副戏谑的口吻以"咱们家里的……"相称，比如，说到"柳成丝"时，他便说"咱们家里的柳成丝"……并且每每在谈到柳成丝时，谢海福也难以掩饰自己的歆羡和觊觎之意……正因为如此，陆地才把谢海福推下车，让他去坐柳成丝的车的；谢海福也正因为如此才顺水推舟地去坐柳成丝的车——坐上车后，虽然面带窘色，但在心里很受用，不过，为了掩饰自己的窘色，他一坐上车就说："书记，别听他们胡说八道——我已经21岁了，还入什么团？"

"21岁应该还可以加入团组织吧！"孟爽笑道，"这次'创业'能如此成功，你功劳不小，你要是想加入团组织，咱们这个'创业'小组所有成员都会为你投赞成票的！"

"孟爽说得不错！"柳成丝说，"其实，你只要想进步，什么时间都不嫌晚！"

"谁都想进步——不只是我想进步！"谢海福说，"既然我还可以入团，那我下个学期一开学就写申请书……"

"这次一回锦都就写申请书！"孟爽说，"其实，你很优秀的……"

"是吗？"谢海福说，"可我并没有觉得自己很优秀……"

"孟爽说得的确不错！"柳成丝说，"就像这次吧——你就表现得非常好！"

"不错！"孟爽说，"在班长他爷爷出殡的那天，那么多人——说实话，我当时很发怵！可你却镇定自如，并且当来宾以类为单位出现在送别队伍时，你立马把我们也组成在一起……"

"嗨！别说我了——你们都比我优秀！"谢海福说，"就像书记吧——你在追悼会上代表青年学子的讲话，既内容充实，又饱含情感，加上语音像播音员的一样……"

"也许那天在场的人在听书记即兴讲话时,不是像在出席追悼会,而是像在出席什么朗诵会似的吧!"孟爽说,"嗨!真没想到世上真有人能出口成章!也真没想到丝姐除了其他方面的能力很强外,应变能力、朗诵能力也是这么强!"

"哎!真没想到那天邹县长会要我讲话!"柳成丝说,"太突然了……"

"你鲍叔叔在这儿做市长,那个邹县长敢不请你讲话!"谢海福笑道,"而且对邹县长而言,这也是一个拍你鲍叔叔马屁的绝好机会!"

"可不是吗?仅从这帮家伙的神情就知道他们就只会拍马屁!"孟爽说,"不说别的——就说这路吧!这帮家伙要是真能干点儿实事,这路就不是这样的了!"

"唉!真没想到这路会是这样的!"柳成丝说,"过去听说农村村村都修公路了,没想到所修的公路是这样的!"

"说不定是这帮马屁精把修公路的钱贪了!"谢海福一副义愤填膺的样子说,"现在,国家把农民的农业税免了,乡村的公务开支、教育、基本建设等都是财政拨款——很显然,修这路国家是拨款了的!"

"听周瑾说,他们那儿的路比这儿还要差……"孟爽说。

"会是真的吗?"柳成丝睁大眼睛看了孟爽一眼说,"如果是真的,那就有点儿麻烦了!"

"怎么麻烦?"谢海福随口道。

"这路我都有点儿受不了——如果那儿的路比这更差,那岂不麻烦!"柳成丝说。

"那前几天你来时是怎么走这路的?"孟爽纳闷道。

"前几天来时不是我开的车——是我鲍叔叔的司机开的车!"柳成丝说,"走的也不是这路——而是所谓的'沿江大道'!那路弯弯曲曲凹凸不平,周瑾说那路这几天开始维修,所以我提出换条路走——真没想到这条路的状况比那条路的状况更糟!……"

柳成丝正说着,前面史玉婷所开的车发出了刺耳的刹车声,接着窜到了农田里。柳成丝见状本能地踩住脚刹。

"怎么啦?"谢海福大声叫道,同时打开了车门窜到车下,跑向史玉婷的保时捷。接着，柳成丝、孟爽也下了车。

谢海福等跑到保时捷跟前时，陆地、柳赛、周瑾从车上出来了。

"没什么！"陆地边说边去给史玉婷开车门。

"婷姐！没事吧！"周瑾一边向史玉婷伸出手一边关切地说，"没事吧！"

"没事！"史玉婷长长地喘了一口气道，"不过，我着实吓了一大跳！"

史玉婷边说边拉着周瑾的手走出驾驶室，接着，柳成丝、孟爽也拉住了史玉婷的手或胳膊。

"没事就好！"柳成丝说，"这路也确实不太好走！"

"唉！真没想到快到了会这样！"周瑾语带遗憾地说，"要是没有那个大坑也不会这样！"

"可不是吗？"陆地说，"你们这儿的路怎么会是这样的！过去听说农民种地不用缴地租，农村的什么建设都有国家拨款……"

"不错——现在农民种地确实不用交地租，而且还有补贴！"周瑾说，"农村的一些基础建设，比如，农田水利建设、公路建设、学校建设……国家确实都会拨专款……"

"可这路怎么是这样？"柳赛不解地问。

"这还用问吗？"陆地说，"国家拨的专款被贪官们贪了！"

"书记！你干脆把这儿的情况向你鲍叔叔反映一下！"陆地说，"让你鲍叔叔把这些贪婪的村干部都抓起来——让他们把贪的钱吐出来！"

"用他们吐出来的那些钱把这路修好！"柳赛说，"修好了咱们下次再来时就不会把车开到农田里去了……"

"咱们现在不说这些了——咱们现在要做的是想办法把这车弄上路去！"柳成丝说，"这儿前不着村后不着店的，显然也找不到救援车——只有靠我们自己了！"

"靠我们自己？"柳赛颇有疑虑地说，"我们是能把这车推上去还是抬上去？"

"书记干脆给你鲍叔叔打个电话，让他派人来救援一下！"陆地说，"只要你鲍叔叔指示一下，那个邹县长说不定会亲自来救援呢！"

"那可不行！"周瑾断然否定道，"那太丢人了！"

"周瑾说得很对——那么做太丢人了！"孟爽认同周瑾的意见，"如果传出去，那可不得了！"

"我给我爸打个电话吧！"周瑾说，"这儿离我家不远，让我爸想想办法！"

周瑾边说边给她的父亲打电话，但她父亲的电话始终无人接听。

"咦！我爸怎么不接电话？"周瑾纳闷道，"现在十点都过了——我爸不可能还没起床！"

"不接电话很正常——也许手机静音了也许手机没带在身上！"孟爽安慰道，"再说，现在是农闲时节，你又不在家——你爸如果还在休息也可以理解！"

"别麻烦你爸了——我们自己想办法吧！"柳成丝说，"我们这么多人，应该能把车弄上路去的！"

"对！我们应该能把车弄上路去！"谢海福附和道，"来！我们现在就开始行动——陆地、柳赛，我们三人在车后推，史公主驾车，书记、孟爽、周瑾在一旁指挥！"

"我们也和你们一起推！"柳成丝说，"我们多少也有点儿力气嘛！"

"不用！"谢海福说，"这车就这么宽，没你们使力气的地方！"

"那我们在一旁给你们发口令！"柳成丝说，"为你们呐喊助威！"

"好！开始吧！"谢海福说，"史公主，发动车吧——挂低挡，加大油门！"

史玉婷发动汽车后，柳成丝便大声道："一二三！加油！"

随即，谢海福、陆地、柳赛都使力气使得脸红脖子粗都使得气喘如牛都使尽了浑身的力气……

是呀！三个小伙子在四个妙龄少女面前谁会惜力谁不想露一手呢？！再说，这三个小伙子早已开始暗自争夺这几个妙龄少女了——在这个时候，谁不想自己是鸡群里的鹤羊群里的骆驼呢？！

然而，太可惜了——三个家伙没有一个是鹤，没有一个是骆驼！谢海福使劲使得把裤带弄坏了，陆地把眼镜磕破了，柳赛把门牙磕掉了满嘴都是血，但保时捷仍然在原地转轮！最后，三个人几乎同时瘫坐在地上喘粗气。

"我还是找找我爸爸吧！"周瑾说，并再次给她父亲周慕华打电话，但刚拨通她爸的手机，她父亲就挂断了电话。周瑾以为是她父亲在无意间挂断的，便再次给她父亲打电话，再次拨通后，她父亲便在电话上说："现在正忙！"周瑾的父亲一说完就再次挂断了电话。

"咦！我父亲怎么啦？"周瑾在心里纳闷道，"今天怎么不接电话？"

正在周瑾纳闷之际，从他们村的方向来了一辆拖拉机。周瑾赶紧走到路面上向拖拉机招手。拖拉机驶近时，周瑾认出了开拖拉机的是村主任杨志才的弟弟岳云洲，岳云洲也认出了向他招手的是周瑾。

岳云洲与杨志才同父同母，但因他们的父亲岳兴旺入赘杨家，所以，兄弟俩一个随母姓杨，一个随父姓岳。岳云洲有点儿智障，方向感尤其有点儿问题——离开村子十公里便没法自己独立地回家。因此，当村里的男人纷纷进城打工时，岳云洲没有"与时俱进"；也因为有点儿智障，加上杨志才心狠手辣，想独吞家产，所以岳云洲没成家；后来，杨志才借口要帮岳云洲弄"低保"，把他从家中赶了出去，让他住在"生产队"年代所建的一个仓库里。岳云洲虽然有点儿智障，但是干起农活来却是一把好手——耕种农田、收割农作物、使用各种农用机械设备，样样精通。同时，岳云洲力量大过常人且不惜力，比如，麦收时，常人一般只能挑两捆带穗的麦子，而岳云洲却能挑四捆，赶忙时，他便会挑四捆后再用胳膊夹一捆；又如，农用抽水机的动力机，一般至少要用三个人才挪得动位置，但岳云洲自己一人就能随心所欲地挪动。此外，岳云洲为人憨厚、乐于助人——平常，村里无论谁家有事，只要他不是正在干活，找到他时，他一定会随叫随到；在路上无论碰到谁，只要有需要，他一定出手相助，比如，见人挑东西挑得吃力，他便帮助挑，见妇女抱小孩，他便主动地要求帮助抱，见人的板车、拖拉机陷在路上的坑洼里，他便立马去帮助推或拉或扛。但是，好人往往未必有好报——岳云洲的"好"常常被人恶意利用，甚至其兄杨志才也常常恶意地利用他，比如，凡是自己家的重体力活或者稍有点儿危险的事，杨志才总会支使岳云洲去做。

周瑾家虽然与岳云洲不沾亲带故，但对岳云洲非常友好——平常岳云洲路过她家时，只要她家做了一点儿什么好吃的东西，她的母亲一定把他叫到屋里坐着饱吃一顿；每年春节，他父亲总要送岳云洲一条烟两瓶酒；他父亲只要见到有人恶意地利用岳云洲干重体力活或危险活时，便毫不犹豫且不声不响地帮着岳云洲干；周瑾平常见到岳云洲，总是像见到了自己的亲叔一样亲热……虽然总的来说,岳云洲有点儿智障,但他很知好知歹,平常对周瑾家也非常友好——只要是周瑾家里有一点儿赶紧的活,他便主动地帮助干;周瑾家的东西遭到侵害时,他便主动维护,比如,如果碰到有人私自到周瑾家的鱼塘弄鱼,他一定会不依不饶地让人把私自弄到的鱼放回鱼塘或交还周瑾家为止;见到周瑾时就像一个父亲见到自己的孩子一样满脸慈爱。

在周瑾与岳云洲几乎同时认出对方时,他们也几乎同时给对方打招呼——

"云叔,是您呀!"周瑾十分亲热地叫道,"您好!"

"闺女——是你呀!"岳云洲十分关切地问道,"你在这里干什么?"

"我们遇到了一点儿麻烦——我们的车……"

"哟!车怎么跑到田里去了!"岳云洲边说边从拖拉机驾驶室出来。

"这路不好走……"

"这路从来没人修过——怎么会好走呢!不过,不要紧——你们这么小的一辆车,好弄!"

岳云洲边说边走向保时捷。走到保时捷跟前后,岳云洲冲大家憨憨地笑了笑,然后用一只手把住车后底试着抬了一下,但车纹丝不动,便呵呵一笑地说:"咦!没想到这小家伙还这么重!"

接着,岳云洲又用双手把住车后底,屏住气一用力——车的后半部被岳云洲抬起来了!

放下车后,岳云洲又呵呵一笑地说:"我还以为这小家伙真的有多重呢!来——闺女,你和他们抬前面,我抬后面,把它抬到路上去!"

"抬到路上去?"周瑾说,"他们是我的大学同学……"

"啊!都是读书娃!"岳云洲说,"那他们抬不了——也别把他们累坏了!"

岳云洲说完便向拖拉机走去,周瑾正纳闷岳云洲去干什么时,只见岳云洲从拖拉机车厢里掏出了一根粗绳子,然后走回保时捷,边走边说:

"没法把它抬到路上就把它拉到路上去!"

将绳子的一端拴在保时捷上后,岳云洲便去开拖拉机,把拖拉机开到保时捷的前面后,岳云洲又十分娴熟地将绳子的另一端拴在拖拉机上,然后,缓缓地开动拖拉机,最后,十分平稳地把保时捷拉到了路面上。

在保时捷被安然无恙地弄到路上时,周瑾及柳成丝等不约而同地欢叫道:

第二十九章 乡村并不欢迎保时捷

"啊！成功了！"

周瑾等一边欢叫一边跳跃。

随后，周瑾等不约而同地涌向岳云洲，夸赞他，向他道谢。

"好了！快回吧！"岳云洲对周瑾等说，"村里现在出了一点儿事……"

"什么事？"周瑾颇感吃惊地问。

"死人了！"

"啊！谁……谁死了！"

"几个孩子死了！"

"谁家的孩子？"

"几家的孩子——都在哭，挺吓人的，我受不了，便出来躲一躲……"

"啊？"

听说几家的孩子都没了，周瑾大吃一惊，言不成句；稍稍回过神后，便冲岳云洲说："云叔，您去忙您的——我们这就回。"

随后转身冲柳成丝等说："我们赶紧回吧！"

周瑾一说完，柳成丝等像是火线上的战士接到了军令一样迅速返回车中，接着，车就尽可能快地驶往周瑾家。真是老天保佑——余下的路段虽然比之前的路段情况还要糟，史玉婷把车速提高到 50 码，但没有再次把车开到农田去。在离家还有十几个门面时，周瑾等听到了一声声撕心裂肺的哭叫。回到家后，周瑾得知出事的孩子中有邻居岳家的孩子，随即一阵眩晕，瘫坐在地上。孟爽等一边大声呼喊一边将周瑾扶到沙发上坐下，谢海福等则赶紧给周瑾倒热开水——忙乱成一团。

第三十章 岳家店恳谈会

岳家店虽然规模不如牛家大湾大，但与牛家大湾一样，都属于千湖地区，因此，坑、塘、湖、潭、沟、渠都不比牛家大湾少。每年自初春至深秋，雨水充沛，河、湖、潭、坑、塘、沟、渠均水满欲溢。丰沛的雨水给当地民众带来了诸多好处——各类水产农作物如水稻、莲藕、菱、茭白等和水产品如鱼、虾、鳖等随种随长甚至不种自长，这使当地民众免除了饥馑之虞；每到夏季，随便一个湖、潭、坑、塘都是一个天然游泳池兼浴池，忙完了一天活计的人们往往就近畅游一番，同时也彻彻底底地洗个澡。但是，丰沛的雨水也给当地居民带来了不少麻烦甚至是灾难——一年四季，大多数时候都潮气很重，房屋、家具、衣物等都很容易发霉，甚至常常有一股霉味；每到夏天，总有房屋毁于暴雨，有时还有孩子溺水而亡。而自农民工潮兴起始，村里的青壮年大多外出务工；在外出务工时，务工者往往把孩子交由在家的老人或关系密切的本家老人看护。本来，小孩一般都天性好动，不服管束，而没有父母在家的孩子更容易像脱缰的野马，干什么事都率性而为，因此，留守儿童很容易出事，溺水而亡之事更是时有发生——不仅小孩会溺水而亡，而且到湖、潭、坑、塘洗衣、洗菜的老年人也会溺水而亡。

周瑾从锦都大学回家度寒假后家里有活就干活，没活就看书。一天，隔壁岳家正在做寒假作业的孩子岳芬发现周瑾在家看书，便到周瑾家找周瑾请教作业上的问题。

岳芬是小学三年级的学生，向周瑾请教的问题是小学三年级的算术问题，周瑾便不假思索地回答了岳芬所提出的问题。周瑾不仅回答了岳芬所请教的问题，而且教了岳芬解决问题的思路和方法。在解决了自己所遇到的难题并学到了解决问题的方法后，岳芬一片欢喜，并依依不舍地问了周瑾很多问题；临走时，岳芬还对周瑾说自己长大了也要像周瑾一样上锦都大学。

第二天下午，在发现周瑾又在看书时，岳芬再次去向周瑾请教问题，还带着弟弟岳春、岳夏一起去。岳春、岳夏是孪生的兄弟，虽然七岁了但还没有上学，因而周瑾对岳芬所讲解的内容，他们一点也听不懂。不过，即便如此，他们也一副聚精会神的样子听着。

在回答完问题后，周瑾也逗乐岳春、岳夏一番；最后，周瑾在问岳春、岳夏是不是也想将来上锦都大学时，两小兄弟竟异口同声地说："想！"

听到两小兄弟的回答后，周瑾大笑起来，并且情不自禁地亲了亲两小兄弟。

与其他留守儿童不一样，岳芬三姊弟是由祖奶奶监护的，而祖奶奶又是一个盲人，因此，岳芬实际上既是被监护人又是监护人——一方面被祖奶奶监护，另一方面监护祖奶奶和两个弟弟。岳芬的爸爸是杨志才的堂侄，因此，岳芬的父母在把他们姊弟三人留给她祖奶奶监护的同时，也拜托过杨志才，而且每次在离家之际和回家之时，都会给杨志才送酒送烟。杨志才每次在接受岳芬父母所送的烟酒时都满脸欢笑满嘴信誓旦旦，但从来都未曾践行过一次诺言。

岳芬家与周瑾家毫不沾亲带故，加上岳芬的父母知道自己的堂叔杨志才做过很多对不起周瑾家的事情，因此，岳芬的父母在外出打工时虽然也说过请周瑾的父母关照一下岳芬姊弟之类的话，但说得并不多么刻意。但是，周瑾的父母对岳芬姊弟三人却关心得无微不至——平常吃饭时，只要知道他们还没有吃，周瑾的父亲周慕华或母亲肖桂珍总是会去把他们叫到自己家里来一起吃，吃完之后还给他们的祖奶奶捎一碗饭菜去；每天睡觉之前，周慕华总要在他们的屋外大声叫他们的名字，问他们是否已经睡觉了，从而给他们壮胆……因此，岳芬姊弟三人都很亲近周瑾的父母——每次见到周瑾的父母，都会甜甜地给他们打招呼；进而也亲近周瑾——正因为亲近周瑾，岳芬才主动地请周瑾帮助自己答疑解难。

在赴牛瑧昱的老家参加杨显珍葬礼的那天下午，周瑾像往常一样辅导过岳芬；在临行前，周瑾还特地到岳芬家告诉她自己要离开家几天，并嘱咐她如果碰到了学习上的问题就记下，等她回来后一起解决。

然而，周瑾回家时所面对的不是岳芬所提出的学习上的问题，而是关于岳芬姊弟的噩耗！

　　原来，周瑾等离开牛瑧昱等回岳家店的那天，周瑾家的远邻石竹风的两个孙子石虎、石豹吃完早餐后就在屋前追逐打闹。当他们你追我赶到岳芬家时，岳春、岳夏在似懂非懂地看小人书，岳芬正在南潭边洗衣服——由于南潭水面大风也大，岳芬怕两个弟弟受不了，便在去洗衣服时，拿出几本小人书让他们一边看书一边看家，并嘱咐他们如果祖奶奶有什么需要，就到南潭边去找她。石虎、石豹见岳春、岳夏在翻看小人书，先是凑上去看，看了一会儿一点儿都看不懂，便觉得索然无味，随后，便引诱岳春、岳夏去玩。岳春、岳夏平常总有岳芬在旁，颇感不"自由"，此时，岳芬不在身旁，岳春、岳夏正好可以"自由"一下了，加上所看的小人书也看几遍了，于是，便接受了石虎、石豹的引诱。

　　为了避开在屋前南潭边洗衣服的岳芬，岳春、岳夏便提议到屋后去玩捉迷藏的游戏。随后，岳春等四人便在屋后纵情地捉迷藏。为了隐蔽深一点儿，石虎、石豹趴到后湖边的枯草里，岳春、岳夏在寻找他们的过程中走近他们时，石虎猛地一起身——他本是想吓唬一下岳春、岳夏俩的，结果，却把身旁的石豹吓得掉进水里。石虎见石豹掉进水里了，便慌忙去拉石豹，可最终不但没把石豹拉上湖岸，反而被石豹拉进水里了。石虎落水后，歇斯底里地叫喊着岳春、岳夏，让岳春、岳夏去拉他们，岳春、岳夏平常受过石虎、石豹的欺负，很畏惧他们，于是，本能地去拉石虎——开始是岳春去拉石虎，但岳春一个人的力气不够，于是，岳夏去帮忙。由于受惊吓过度，石虎昏了头，以为自己是在和岳春、岳夏玩拔河游戏，结果，岳春、岳夏被拉进了水里……

　　在石虎等在湖水里挣扎时，岳芬洗完衣服回家了，发现岳春、岳夏不见了，惊慌失措。由于她从屋前的南潭边回，没见过岳春、岳夏，她便一边大声呼喊着岳春、岳夏一边朝后湖跑去；在发现岳春等在水里挣扎后，她先是大声呼喊救命，接着自己去拉离湖岸最近的岳夏，结果，她也被拉到水里去了……

　　周慕华听到岳芬的呼救声后，飞速地循着呼救声传来的方向奔去，但当他赶到岳芬等落水的地方时，除了见到岳芬的一只鞋和岳芬等在水底挣扎时涌起的一串串水泡外一无所见。他断定岳芬等落水了，急忙甩掉外套，准备下水施救，但在周慕华甩掉外套时，忽地一阵刺骨的寒风从水上刮来，他打了一个寒噤，猛地意识到此时是寒冬了，脑海里随即闪现过一个念头："不行！这么下水施救说不定我也起不来！"

周慕华接着转身向家奔去，边奔跑边竭尽全力地呼喊："小瑾——快来救岳芬！"

话音刚落，周慕华立马意识到周瑾不在家，于是，改口呼喊道："桂珍——快来呀！岳芬掉到水里了！"

"桂珍"即肖桂珍，是周瑾她妈的名字。

呼喊肖桂珍之后，周慕华接着又胡乱地呼喊道："云洲——快来救人啦！"

"志才——快来救人啦！"

周慕华一跑回家，便拿起拖拉机车厢里的绳子，紧接着飞速跑回岳芬落水的地方，用绳子系着自己的腰把自己拴在湖边的树上后，周慕华便下水施救。

在周慕华施救岳芬等的过程中，肖桂珍、岳云洲、杨志才等先后赶到，随后，好几个老头子、老太婆也到了。周慕华把岳芬一托出水面，杨志才便接过来，肖桂珍则哭着大声呼唤岳芬，接着，其他几个老太婆也一起恸哭和呼喊；几个老头子则赶紧捡枯树枝生火；岳云洲不知所措，本能地拉了拉系在周慕华腰上的绳子……周慕华把石虎拖出水面后筋疲力尽了，随即沉到水底，肖桂珍见状后，嘶叫般地喊道："孩子他爸——"

岳云洲慌忙拉了一把绳子，肖桂珍、杨志才等也一起用力，随即，周慕华被拉上岸。随后，杨志才等一起把周慕华弄到火堆旁烤火……

虽然杨显珍的丧事是白喜事，但总的来说整个氛围是悲哀的；柳成丝等连续好几天沉浸在那种悲哀的氛围中，实际上是颇感压抑。从牛家大湾到岳家店的途中，开始时，他们说说笑笑，压抑之感随之烟消云散。史玉婷的保时捷跑到农田之后，他们虽然颇感郁闷，但在把保时捷弄到路上的过程中齐心协力，说说笑笑，因而他们也觉得很好玩的；在岳云洲把保时捷弄到路上时，他们更是"乐以忘忧"、雀跃欢笑，不约而同地想尽快赶到周瑾家，去他们家的鱼塘荡舟捞鱼，去他们家的藕塘挖藕，去他们家那儿呼吸那被周瑾说得清新纯净好似被空气净化器净化过了的空气……然而，他们在赶到周瑾家时，所遇到的却是周瑾曾精心辅导过的岳芬以及她的两个弟弟和另外两个远邻的落水而亡。他们不由得情绪一落千丈，为岳芬等悲不自禁，泪流满面。

夜幕降临之时，岳芬等的丧棚里的哀号声停下来了，他们悲伤的情绪也有所缓解，便开始聊天——

"没想到会接连遇到悲伤之事的！"柳成丝说，"而岳芬等小朋友遇难之事简直是人间至悲之事！"

"岳芬等要是有父母监护，或者上学上幼儿园，就不会出事了！"孟爽说，"他们的父母怎么能不照料孩子呢？！"

"他们的父母外出打工了。"周瑾说，"他们的父母也很不容易的……"

"无论多么不容易也不应该对孩子撒手不管！"史玉婷颇为愤愤不平地说，"没有孩子了，再怎么打工有什么用？！"

"是啊！要是有法子能让这里的农民富裕起来，让这里孩子的生活状况好起来，那该多好呀！"柳成丝颇有感慨地说。

"这里有这么多的地这么多的水，要想农民富裕起来应该有法子……"陆地说。

"你以为这里的地这里的水是你那里的地那里的水？"柳赛语带讥讽地说，"这里的农民能像你那儿的农民靠卖地暴富？"

"这里的地这里的水如果卖也可能卖不了多少钱，但如果好好地开发利用是可以'产'出很多钱的！"谢海福说，"我们从江汉市区到牛瑧昱家，从牛瑧昱家到这儿，沿途所见不是成片的田就是成片的水，很适合规模化经营……"

"可规模化经营是需要投资很多钱的呀！"周瑾没等谢海福说完就说，"而我们这里人都很穷，哪里有很多钱呢？"

"只要规模化经营真的能生产出'黄金白银'，钱应该不是问题！"史玉婷说，"我可以让我妈来这里投资嘛！"

"我也可以让我舅舅来这里投资……"柳成丝说。

"你们俩的这想法都很好！"谢海福说，"可是……"

"'可是'什么？"史玉婷不大服气地说，"你是怀疑我妈没有实力还是怀疑我妈没有投资眼光？！"

"我丝毫不怀疑你妈的实力和眼光！也丝毫不怀疑柳公主他舅的实力和眼

光！"谢海福说，"我是说每个人各有各的责任和义务，我们想到要做什么事情那应该是我们自己做，而不是事情还没有开始做，就想到要让别人来做或来替我们做！"

"对！对！如果真的能赚到'真金白银'，这事还是由我们自己来做吧！"柳赛说，"我们自己做……"

"那你们说我们怎么做？"柳成丝说，"我们有用来投资的钱吗？"

"我们当下是没有足够的钱来投资，但是我们很快就会有的！"陆地说，"下个学期就会有……"

"下个学期就会有？"史玉婷语带嘲讽，"你发明了'炼金术'？"

"我们虽然没有发明'炼金术'，但是，弄点儿来这儿投资的钱肯定是没问题的！"陆地说，"我们已经商量好了——也让老幺和你们女同胞商量……"

"你是说牛瑧昱和我们商量吗？"柳成丝问，同时，史玉婷、孟爽、周瑾也一起把视线投向陆地。

"是的！前几天我就告知老幺，可能他因为他祖爷爷的事还没来得及和你们商量。"陆地说，"我们打算下学期继续创业——而且要扩大创业规模……"

"啊！你说的原来是这事？这事还用商量吗？"史玉婷说，"下个学期我把我零花钱的本和利全部用于'创业'，如果需要，我可以再向我妈要点儿……"

"太好了！"陆地兴奋地说，"你的想法与我的相同——我也打算把手里的全部资金用于'创业'，也打算如果需要，再向我老爸要点儿……"

"嗨！你们真是'英雄所见略同'哟！"谢海福语带嘲讽地说。

"老二和史公主如此'积极'，真是羡煞我也！"柳赛酸溜溜地说，"看来我只好'手中无网看鱼跳'了！"

"别这么'垂头丧气'了好不好！"谢海福说，"咱们是团体'创业'——有钱出钱有力出力！咱们齐心协力，争取能创一个'一本万利'的奇迹！"

"是啊！咱们同心协力，争取创一个奇迹！"陆地说，"创奇迹之后，咱们就不愁没钱来这里投资了——只要有钱投资，这里不仅能生产出'黄金白银'，而且还能成为'人间天堂'！"

"那我们的周瑾就成'仙女'了！"孟爽抚着周瑾的肩膀，看着她戏谑着说，"我们也可以经常光顾天堂了！"

"不！不只是咱们的周小姐成'仙女'，你们几位女同胞都会成'仙女'！"柳赛说，"你们不仅可以经常光顾天堂，而且可以住在天堂里！"

"我不求成为'仙女'，但很愿意我们这里能变成'人间天堂'！"周瑾说，"班长前几天来玩时也说咱们这儿如果有投资，肯定能建设好！"

"班长已经来过？"孟爽语带惊讶地说，随后又暗自在心里道，"果然不出所料！但愿他只是来玩了一下……"

"老幺已经来过了吗？"谢海福也语带惊讶说，"真是'近水楼台先得月'，'捷足先登'呀！"

"老幺无论做什么都先咱们一步！"陆地说，"这家伙确实有头脑！"

"可不是吗？"柳赛道，"要不怎么会成为咱们的班长和董事长呢？"

"那咱们将来也公推班长来主持这里的建设！"史玉婷说，"咱们的'创业'不能仅仅限于炒股，也应该增加项目——搞实业！资本市场本来就应该为实体经济的运行提供支撑和保障！过去是'实业救国'，咱们现在是'实业兴国'！"

"咱们绝不能成为新的'东亚病夫'！否则就会像郁达夫小说《沉沦》中的'他'一样窝窝囊囊受尽屈辱！"柳赛说，"刚才书记和老大都说得很对——应该搞实业！咱们将来有钱之后，首先来周瑾这里投资搞实业！"

"那咱们这次一回锦都就着手下个学期的'创业'——赶快挣钱！"陆地说，"我们先各自搜集股市资料，然后发给老大，老大分析研究之后自己做决定！"

"现在政府接连出了一些利好的政策，看来牛市的整体格局肯定能维持一个较长的时间！"柳成丝说。

"'炒股不炒市'，"谢海福说，"只要把握好机会看准了绩优股，是不是牛市都能挣大钱！"

"我完全相信老大！"陆地说。

"我也完全相信老大！"柳赛说。

"但愿咱们的谢同志是一位'股神'！"柳成丝笑道，"时间不早了，咱们今天的'创业''恳谈会'就到此结束吧！"

随后，周瑾便向大家介绍了家里的客房。

孟爽怕生，同时也想了解一下牛瑧昱到周瑾家时的情况，便在周瑾刚介绍完毕就笑着说:"我跟你在一间房吧!趁你还没成为'仙女'之前多跟你待一会儿……"

"我们干脆女生一间房男生一间房吧!"柳成丝说,"这样既省事,又便于聊天!"

"对!对!这么住很好!"谢海福说,"把席梦思垫子放到地上就成了榻榻米——一张床便变成了两张床!"

"榻榻米?"柳赛笑道,"还是老大有经验!走!咱们去做咱们的榻榻米!女同胞们去做她们的榻榻米!"

柳赛边笑着说边推了谢海福一下,随后,大家各自起身准备就寝。

在史玉婷的保时捷跑到农田里的时候,杨显珍的儿女们先后到了杨雪莲家。

杨显珍一共有三个儿子和一个女儿。女儿杨樱桃为老大,三个儿子分别是杨胜贤、杨学贤、杨能贤。杨显珍由于早年一直生活在动荡的年代,居无定所,加上心怀救国救民的大志,忙于"大事",所以成家较晚,孩子也得的较晚——孩子们都长在红旗下、接受新教育。"文化大革命"爆发时,杨樱桃刚好从江汉农业大学毕业并留校任教,杨胜贤、杨学贤分别在楚州大学读大三、大一,杨能贤在江汉中学读高二。姐弟们也许是因为血管里所流的都是来自杨显珍的热血,也许是因为都充分地接受了时代的洗礼,因此,都积极响应毛主席的号召,投身于火热的运动之中,于是,身为青年教师的杨樱桃在学校批斗反动权威的会议上把同一教研室的女性老教师裙子撕掉了一块,头发扯掉了一绺,成了学校批斗反动权威的女悍将;身为楚州大学在读学生的杨胜贤、杨学贤兄弟俩分别参加了学校的红卫兵组织"卫东""卫彪"派,并最终成为各自组织的悍将,参加奔袭孔庙的"壮举";身为高中生的杨能贤则就地闹革命——带领一帮同学把学校各科的权威教师批斗了一个"透",成为江汉中学的"造反英雄"。"文化大革命"结束之后,杨樱桃先是受到隔离审查,后被停止教职,最后被安排到江汉农业大学后勤处工作并在该部门退休;杨胜贤、杨学贤、杨能贤均因在"文化大革命"中的表现而失业,后各自开了一个公司,虽然没有大富,但都过的是小康生活。

杨显珍去世后，牛汉卿打电话向他们一一报丧，他们均表示不参与与杨显珍的丧事有关的任何活动；之后，他们便没有再关心过杨显珍的丧事以及与之有关的任何事情。但是，当他们各自在电视台上看到有关市县领导参加杨显珍的丧事活动以及各种各样的人自发悼念杨显珍的新闻后，都有所"心动"；与此同时，他们又不约而同地想到丧事的规模会很大也会花很多钱，便都止于"心动"。丧事办完后，杨胜贤从小道消息得知有不少社会贤达给杨显珍的丧事捐款，随即把自己所得知的小道消息告诉了平常很少来往的姐姐和两个弟弟，最后，四人一致认为他们才是那些捐款的所有者，于是，各自从自己的家奔赴杨雪莲家去索要那些捐款。在去杨雪莲家之前，杨胜贤等以为丧事是由杨雪莲的奶奶杨翠兰主持的，去之后得知杨翠兰在康复医院没回家，杨雪莲尚小，丧事由牛汉卿以杨雪莲的名义主办，于是，直接找到牛汉卿的家，"吞吞吐吐"地索要那些捐款。由于那些捐款本是"子虚乌有"的，所以，牛汉卿最初对杨胜贤等人的"索要"颇有点儿莫名其妙；在明白了杨胜贤等人的"所指"之后，牛汉卿坦然一笑，随后取出了由艾玉洁和杨雪莲共同记录的"奠礼"账。从账目得知"丧事""入不敷出"后，杨胜贤等人不大相信，并与牛汉卿发生争执，杨能贤还恶语伤人。

最初在见到杨胜贤等人时，杨雪莲本来就本能地一阵反感，但仍然以宾礼相待；在看到杨胜贤等人找牛汉卿"算账"时，杨雪莲又本能地一阵厌恶但只是解释说并无什么"巨额捐款"；在看到杨胜贤等人与牛汉卿争吵时，她再也忍不住了，厉声道："你们几位今天要是来祭奠祖爷爷或是来做客，就是咱们家的亲戚，否则就请回！"

"咦！没想到你年纪这么小还这么凶！"杨胜贤讥笑道。

"凶？我凶吗？！"杨雪莲怒目相视道，"我一点儿都不凶！"

杨雪莲说完便怒气冲冲走了。

杨胜贤见杨雪莲走了，以为她胆怯了，也以为牛汉卿在账目上做过什么手脚，便变本加厉地与牛汉卿"据理力争"，杨学贤、杨能贤助纣为虐，牛汉卿有口难辩，便不再辩解；艾玉洁则委屈的眼泪唰唰地流下——他们为杨显珍的丧事累得精疲力竭耗尽了一年的收入，可丧事办完后却遭到了杨胜贤等人的无理取闹，她怎不委屈地掉泪！但就在艾玉洁要失声痛哭之际，杨雪莲再次出现了——与她同时出现的还有看护鸭场的狼犬"赛虎""赛豹"。

杨雪莲本来就满腹愤怒，在看到他所敬爱的伯伯、婶婶一个满脸委屈地沉默不语一个满脸委屈涕泗横流时，她更是怒不可遏，声色俱厉地说：

"你们这些人，有什么脸面来见我们？有什么资格在这里胡搅蛮缠？祖爷爷卧病这么多年，你们给他喂过一口水喂过一勺饭吗？！祖爷爷去世之后，你们给他下过一次跪烧过一次香吗？！你们是怎么做儿女的？是怎么做人的？！祖爷爷生病这么多年，奶奶、伯伯、婶婶轮流着侍候，数年如一日；祖爷爷去世之后，他们一起为祖爷爷办丧事，夜以继日废寝忘食地忙碌，累得半死；祖爷爷的丧事期间，前来吊唁的宾客多达数百人，绝大多数宾客带来的都是鞭炮、香和冥币，全都给祖爷爷了！你们如果要那些东西，就到阴曹地府找祖爷爷去要吧！……"

"但也有很多人送了钱的……"杨胜贤辩驳道。

"不错！是有一些送了钱的！"杨雪莲说，"但是伯伯、婶婶也是给来宾们回敬了孝品的呀！来宾送钱的人是少数，伯伯、婶婶回敬孝品的是全体来宾！你们想一想，几百条毛巾、几百双袜子、几百件衬衫得花多少钱？还有，招待来宾的酒水得花多少钱？送别祖爷爷的灵车那么多——那些车虽说都是自发来的，但伯伯、婶婶都给人家买了汽油票送给人家一条烟！这账簿上记录得清清楚楚，你们是眼睛看不见了还是没长眼睛？！你们如果长了眼睛或眼睛还看得见，就看一看账簿，就会知道伯伯、婶婶最终倒贴了多少？！"

"我们是说这账目不真实……"杨学贤说。

"什么？！账目不真实？！"杨雪莲提高声音道，"这账目是我亲手记的，怎么不真实？！我们当初做这账，也不是为了供你们查账，有必要作假吗？！"

"谁要你们这么铺张浪费的？"杨能贤说，"你们这么做了你们负责！"

"什么？！铺张浪费？！"杨雪莲说，"什么叫铺张浪费？伯伯、婶婶做什么还需要请示你们吗？！还需要你们批准吗？！你们是什么东西？一帮没心没肝的恶人！滚！赶快滚！否则，我让"赛虎""赛豹"咬死你们！"

杨雪莲边说边松了一下手中的缰绳，"赛虎""赛豹"似乎明白了杨雪莲的意思似的，一边前蹄抬起人立状地站了起来一边向杨胜贤等咆哮。杨胜贤等以为杨雪莲真的会让狼犬咬他们，吓得落荒而逃。

第三十一章　乡村愿景

在杨胜贤等人无理取闹的时候,杨金环和牛瑧昱正在鸭场照料鸭子——由于牛汉卿、艾玉洁、杨雪莲等实在是筋疲力尽了,牛瑧昱便让他们稍稍休息一会儿,自己去鸭场照料鸭子;杨金环心疼自己的宝贝孙子,也是想给自己的宝贝孙子做个伴,便和自己的宝贝孙子一起去鸭场照料鸭子。杨雪莲在"急中生智"地到鸭场带"赛虎""赛豹"去帮忙时,杨金环问她把"赛虎""赛豹"弄去干什么,牛瑧昱也纳闷地看着杨雪莲;杨雪莲一是由于愤怒,二是不想让杨金环、牛瑧昱担心,便含糊地回答道:"有点儿事。"

随后,杨雪莲便带着"赛虎""赛豹"急匆匆地走了。

看着远去的杨雪莲,杨金环颇为担心地说:"该不会有什么事吧?"

"不会有什么事的!"牛瑧昱随口道,边说边加大了给鸭子喂食的速度。

"不管有没有什么事,我也去看看!"杨金环说,"你慢慢地弄,我去去就来!"

"您别去!要去也是我去!"牛瑧昱说,"您走来走去,很累人的!"

虽然牛瑧昱很诚恳地劝阻杨金环,但杨金环还是迈开小脚,碎步走了。于是,牛瑧昱赶紧停下手中的活计,冲杨金环说:"奶奶!如果您一定要去,那我就和您一起去吧!"

牛瑧昱边说边追上杨金环;与此同时,狼犬大吠了几声。

"可能真的有什么事!"杨金环边走边说,"不然,'赛虎''赛豹'不会大声吼叫的……"

"哟!真的呢!"牛瑧昱说,"您慢慢走,我先走几步去看看!"

"你不要急!"杨金环边加快脚步边气喘吁吁地说,"你三伯、三妈和谁都很好——有事也不会是什么大不了的事……"

牛瑧昱见杨金环加快了脚步，说话也气喘吁吁，便连忙放慢脚步，一副轻松的样子说："您说的也是——有事也不会有什么大不了的事！我们慢慢走！"

牛瑧昱边说边搀着杨金环。等他们回到牛汉卿的家时，杨胜贤等已经逃得无影无踪了。

看到杨胜贤等落荒而逃的狼狈样子，艾玉洁忍俊不禁、破涕为笑，接着，牛汉卿、杨雪莲也笑了起来。

杨金环、牛瑧昱本来以为牛汉卿等遇到了什么烦心的事，才扔下手中的活赶到牛汉卿家的，因此，在看到牛汉卿等笑容满面时，杨金环、牛瑧昱都颇感纳闷，杨金环更是直接问道："你们在笑什么？"

"没笑什么！"牛汉卿说。

"我们在笑一帮恶人！"杨雪莲说，随后，她把杨胜贤等人寻衅滋事、无理取闹及狼狈逃窜之事向杨金环和牛瑧昱提纲挈领地说了一下。

听了杨雪莲所说的事情之后，杨金环满面戚容地叹息道："唉！没想到祖爷爷英明一世，却养了这样几个孽种！"

见杨金环颇为伤感，艾玉洁赶紧打断杨金环的话道："妈！您别替祖爷爷难过了！只要我们对得起祖爷爷就行了！"

牛瑧昱虽然非常愤怒，但不想加重杨金环的感伤，便顺着艾玉洁的话说："对！只要我们对得住祖爷爷就行了——祖爷爷本来就把我们视作他的子孙，只要我们对得住他，他的在天之灵一定会高兴的！"

牛瑧昱说完之后，"赛虎""赛豹"齐声大吠，牛汉卿下意识地环顾了一下四周，只见岳强披着一件军大衣，一边抽着烟一边向他们走来，便冲"赛虎""赛豹"道："别叫——对村主任你们也大叫！"

随后，又冲岳强道："哟！村主任来了！请坐！请坐！"

"不坐！不坐！"岳强客套道，接着又说，"刚才嘈嘈杂杂的——发生什么事了……"

"没发生什么事。"艾玉洁轻描淡写地说，"几个人走错了路……"

"嗨！真是活见鬼——大白天的居然还有人走错了！"岳强不以为然地说，"不过，现在人心不古——有些走错路的人说不定是别有所图……"

"可不是吗？"杨雪莲说，"有些走错路的人是想顺手牵羊，有些走错路的人是想打家劫舍……"

"顺手牵羊的人肯定有，但打家劫舍之类的事情，可能还没谁敢做！"岳强说。

"打家劫舍也得选择地方选择对象！"牛汉卿说，"我们这种农村，守在家里的人都是在从地里抠钱，富的能有多富？！"

"哎哟喂！我说牛老三，你可从来都不是只从地里抠钱呀！"岳强说，"你抠钱的门路可多了——无论什么事，只要你做，都能挣大钱！再说，即使是从地里抠钱，你的门路也多——养鱼、养鸭、种粮食作物、种果树，哪样挣钱你干哪样！而且你每次都是看得那么准，把握机会都把握得那么好！"

"谢谢您的称赞！我也很希望能像您所说的这样！"牛汉卿说，"不过，很多事旁人只是雾里看花！就像这次安葬祖爷爷吧——我们本来只是尽尽孝心而已，也尽心尽力了！可旁人还以为我借给祖爷爷办丧事牟利呢！连他的儿女也这么想——刚才嘈嘈杂杂的，就是他的儿女在闹事——他们以为我们挣了多少钱，来向我们要钱……"

"真的吗？你给他们钱了吗？"岳强神情颇为紧张地说，"我还指望你能赞助一点儿村里呢——村里的修路款还有较大的缺口……"

"赞助村里？我们从哪里弄钱来赞助村里！"艾玉洁愠怒地打断岳强的话说，"村里好几千亩地出租的钱呢？那些钱用来修路还不够吗？……"

"玉洁！你少说几句行不行？"牛汉卿见艾玉洁的话语及语气都过重，便急忙打断她的话，接着又冲岳强说："村里的路我们捐过多次款了！我们今年是有些收入，但这次为祖爷爷办丧事很是花了一些……"

"难道你们这次还倒贴了钱不成？"岳强不大相信地说，"这次有那么多捐款……"

"你不信就自己看吧——这是刚才给祖爷爷的几个儿女们看过的！"艾玉洁气冲冲地对岳强说，同时，远远地把记账本递给岳强。

岳强犹豫了一会儿后，走了几步接过了记账本。但接过记账本后，岳强又颇为犹犹豫豫的——既想看又有点儿不好意思看似的，但犹犹豫豫一会儿后，最终还是看了，而且看得很认真！杨雪莲十分愤怒地看着岳强，杨金环担心杨雪莲会得罪岳强，便轻轻地拉了她一下；牛汉卿也不想太拂岳强的面子，便冲岳强说:"村主任!别看了吧——我们说的一点儿也不假!账目一清二楚!村里的路,如果钱不够,我会尽力捐一点儿的!"

听见牛汉卿同意捐款,岳强像在春天里第一次听到了雷声一样猛地一惊,两眼像看到了一堆闪闪发光的黄金一样看着牛汉卿;一瞬之后,岳强冲牛汉卿大声道:"太好了!太好了!有你这句话就行!你家过去每次捐款都比别的家捐得快捐得多,这次再带头捐,那修路款的缺口就好解决了!另外,你也给你家老幺做做工作,让他也捐点儿款——只要他捐款了,我就让咱们村所有在外工作的人都捐……你是知道的,修路是款越多路修得越好,咱们的修路款如果足够多,我就把咱们的路修成国家级公路!……我会向乡政府汇报你们家对咱们村修路所做的贡献的!将来路修成了,我会在路口立一块大石碑,把你们家以及所有捐款数额大的人的名字刻在石碑上!……"

"你的好意我们先领了!"艾玉洁没等岳强把话说完就说,"至于以后的事以后再说——我们还有一大堆事等着要做!"

"那你们去忙吧!"岳强说,"我也很忙——今天至少得逐家逐户地做工作,让大家心甘情愿地为咱们村的路捐款!"

岳强说完,便点燃一支烟,随后,迈着悠悠的步子,一边抽烟一边向牛汉卿的邻居韩家走去;走到韩家门口时,见韩家大门紧闭,岳强又向韩家的邻居敖家走去,随后,走进敖家。岳强一走进敖家,牛瑧昱便看着牛汉卿问:

"三伯,怎么村里修路要村民捐款?"

"你别管。"牛汉卿说,"你好不容易回来玩几天,就好好地玩玩吧——像村里修路捐款之类的事你就别管了!"

"进屋吧!"艾玉洁说,"咱们站在这里本来是闲聊,但别人可能会以为咱们在议论村政大事呢!"

艾玉洁说完便进屋,接着,牛汉卿牵着杨金环的手进屋,杨雪莲、牛瑧昱赶紧走到杨金环的身边伴着她。

"这家伙总欺负咱们家!"牛汉卿等一走进家,艾玉洁就愤愤不平地说,"每次村里要做点儿什么事,总会首先想到咱们家首先找到咱们家!"

"别说了!"牛汉卿打断艾玉洁的话道,"孩子好不容易回来玩几天,就让他安静地玩几天吧!"

"没事！就让三妈说吧！"牛瑧昱说，"咱们家受了欺负，三妈说说是可以的！"

"就是嘛！这家伙能做咱们为什么不能说？"艾玉洁说，"再说，让瑧昱知道一下有什么不好！照我这性子，还应该让他爸知道——他爸知道，给乡里、市里的同学说说，咱们不就少受欺负或不受欺负了吗？"

"幺弟那么忙那么累，为这种事烦他，值得吗？"牛汉卿说，"孩子回来本来可以休息几天，可一回来就遇到了祖爷爷病逝，不但没有稍稍休息，反而还累得疲惫不堪，好不容易可以休息一会儿，你说这些事情，他能休息吗？"

"没事的！三伯！"牛瑧昱说，"咱们家受欺负了，三妈说说，至少可以舒舒闷气！"

"这些年来，咱们家确实很憋屈！"艾玉洁说，"大前年，村里的学校需要维修，这家伙上门来要钱——好像学校是咱们家的，咱们掏钱维修是理所当然的！去年，咱们村的这段大堤要加固，这家伙又上门来要钱——也好像这段大堤也是咱们家的；今年，早就收过好几次款的路还只是说准备动工维修就来要钱……"

"你少说几句行不行？"牛汉卿说，"咱们捐点儿钱，对咱们并没有实质性的负面影响！再说，维修学校、公路、大堤，这些本来是善事！做善事，即使没人来吆喝，咱们也要做！"

"但做善事要做得明明白白，而不能做得糊糊涂涂！"艾玉洁说，"我们的本意是不计功利不计得失地做善事，可有人却利用做善事渔利——咱们村里谁家的房子最好，谁家能既没干什么活，又一年四季美滋滋地生活？听说，有人在市里也买了房子呢！那些人的钱是从哪里来的？！"

"别人家的事咱们还是少管！"牛汉卿说，"别人爱把房子修得多么好爱在哪里买房子那是别人的事！"

"但别人剥削了我们！"艾玉洁说。

"三妈说的对——别人不能任意剥削我们！"牛瑧昱说，"我们也不能任人宰割！"

"你说的一点儿都没错！"牛汉卿说，"但凡事不能得理不饶人！别人愿意出来做领导，多少总牺牲了一点儿时间吧！捞点儿好处可以理解！咱们家你爸爸不在家,你的哥哥们全都不在家,你也不在家——现在就我和你三妈、奶奶在家,有点儿事还得人家帮忙,而人家在帮忙时并不是总要报酬的!如果什么事情都斤斤计较,以后有事人家还会帮忙吗?再说,咱们家也不是过不了日子了,有必要斤斤计较吗?所以,凡事能忍则忍!这也如俗话所说,'退一步海阔天空'!……"

"但不能时时处处事事都忍!"杨雪莲说,"像刚才咱们就不应该忍——祖爷爷尸骨未寒,咱们家的悲伤氛围还没有散尽,可这家伙却上门来勒索,实在不应该忍!咱们不仅不能忍,反而还应该好好地教训他一顿——过去是哥哥们都不在家,不敢惹他;现在咱们家至少有瑧昱哥哥在家,教训他一下,怕什么!可您不但没教训他,反而还答应了他追加修路款,这只能助长他得寸进尺变本加厉的心理——他一定会认为我们一家人都好欺负!……"

"可不是吗?"艾玉洁说,"过去他多少还有点儿畏惧瑧昱和他爸,现在你当着瑧昱的面答应他的无理要求,他一定认为瑧昱和他爸也是好欺负的!还有,你刚才没听清楚吗?他会拿咱们说事的——他也许会对别人说咱们家认同他的做法,也许用咱们家来给别人施压,如果是这样的话,那咱们家岂不成了这家伙干坏事的工具和帮凶了吗?"

艾玉洁正说时,牛瑧昱忽然意识到牛汉卿等需要休息一会儿,便等艾玉洁一说完就说:"三伯、三妈和雪莲都说得很对,但现在事情既然已经发生了,那么就顺其自然吧!另外,这些天你们都忙了个够也累了个够,现在就什么都不要想不要管,好好地休息一下,我则去一下鸭场,看看鸭场的门关好了没有——刚才与奶奶一起回来时,走得太匆忙,鸭场的门可能没关严。"

"哥哥,你在这儿休息,我去吧!"杨雪莲说。

"你在这儿陪奶奶和三伯、三妈吧!"牛瑧昱说,"我去去就来!"随后便离开了牛汉卿等。

"唉!三伯、三妈真难!也真冤!"牛瑧昱在前往鸭场的途中边走边想,"一片好心地给祖爷爷办丧事,送祖爷爷,可连祖爷爷的儿女都不领情!他们不领情已经情不可原,有邪恶的想法就更是罪不可赦!岳强的言行则简直是十恶不赦!"

"真没想到祖爷爷的孩子们是这样的！也没想到当下的村主任是这样的！"稍顿之后，牛瑧昱又想，"难道我们这时代真的是'一切向钱看'吗？难道我们这时代只需要金钱而不需要亲情不需要道义吗？如果真的是这样，那么，人还是人吗？人与其他动物的本质区别，岂不是在于人有感情且讲感情懂道义且守道义吗？如果真的是这样，那么，人们为了钱岂不可以恣意妄为了吗？……"

牛瑧昱正下意识地想着时，忽然听到鸭场鸭声大作，便急忙跑向鸭场；在离鸭场还有二三十米的地方，牛瑧昱看到一只猫一般大小的动物在鸭群中窜来窜去。

"黄鼠狼！"

牛瑧昱本能地想，随即大声呵斥，紧接着，只见一条黄鼠狼从鸭场窜出。

走进鸭场后，牛瑧昱赶紧检查鸭子，看是否有被有被黄鼠狼咬死或咬伤的鸭子；在确知鸭子全都安然无恙后，牛瑧昱便舒了一口气，自语道："真没想到'赛虎'、'赛豹'只有这么一会儿不在，黄鼠狼就趁虚而入了！好在有惊无险！"

随后，牛瑧昱给鸭食槽添鸭食、收拾鸭棚……

牛瑧昱忙完鸭场的活时，时间还不到十一点。由于离吃午饭还有一会儿时间，同时也担心黄鼠狼再次来袭，牛瑧昱便决定在鸭场待一会儿，等给杨雪莲发短信让她把"赛虎""赛豹"放回鸭场之后回牛汉卿的家。给杨雪莲发完短信后，牛瑧昱信步登上蛟龙湾大堤。

虽然是深冬，时值蛟龙湾的枯水期，但蛟龙湾仍然是"烟波浩渺"，牛瑧昱站在蛟龙湾大堤上向北望去，茫茫的水面除了偶尔有掠过的水鸟外不见他物，北岸则是"不辨牛马"。牛瑧昱不禁下意识地想：

"这么好的水，要是搞水产养殖，那产值一定不会小！怎么村主任没想到把村民组织起来开发这蛟龙湾，或者干脆把这蛟龙湾承包给村民，或者在媒体上登招租启事寻求合作伙伴！如果这蛟龙湾被充分地开发利用了，村里的资金充足了，村主任就用不着做什么事都向村民伸手了！还有，这儿有这么多的农田，而且地势平坦连成一片，很适合规模化经营，加上这儿阳光、水源等都很丰富，很适合种植农作物——现在都市里的农产品都比较贵，像锦都的农产品更是贵得吓人，这儿只要能种植恰当的农作物，一定会收获多多的！唉！真不知道村主任为什么不动动脑子！村主任要是动动脑子，把这儿的农田、水面等都好好地规划一下，有效地开发利用，那村民们就会富裕起来，也不会背井离乡，跑到大城市里打工！唉！我要是有钱就好了——我就直接在这里投资！就把三伯的鸭场、渔场、果园都扩大，就把三伯及其他村民的农田以及村里的公田集中起来办一个农场……唉！前几天，我从锦都回牛家大湾时很后悔自己参与'创业'分散了学习精力，可现在看来，我即使不想参与'创业'也不行了！这儿的建设缺的是钱，周瑾家那儿的建设缺的也是钱——不参与'创业'到哪里去弄钱！看来下个学期，我非得更积极、更投入地参与'创业'不可了！一定要挣更多的钱！唉！我真是分身无术——要是有分身术，我就分一身专门参与'创业'……"

牛瑧昱正"意识流"着，"赛虎""赛豹"跑回了鸭场，并且好像是在给牛瑧昱打招呼似的"汪"了几声。

"赛虎""赛豹"的声音打断了牛瑧昱的"意识流"——他循声向"赛虎""赛豹"看去，只见"赛虎""赛豹"摇着尾巴好像是很欢快地向他跑来，同时也看见杨雪莲在不远处向他走来。

"啊！雪莲！你来了！"牛瑧昱语带兴奋地说，"怎么不在家歇歇！"

"歇够了！"杨雪莲笑道，"你在大堤上干什么？大堤上的风大——小心着凉！"

"没事！"牛瑧昱也笑道，"水风能提神，让人头脑清醒！"

"嘿！别人是要'难得糊涂'！你却要清醒！"杨雪莲说，"人越清醒越活得累——你看，祖爷爷的那些儿女多清醒，活得多么累！那么早就跑几十里路到这儿来索要非分之物，结果，'偷鸡没成倒蚀一把米'——要不是我大发慈悲之心，'赛虎''赛豹'即使不把他们咬死，也会把他们吓死的！唉！真没想到祖爷爷的儿女们是这样的！"

"'仓廪实而知礼节，衣食足而知荣辱。'"牛瑧昱说，"那些爷爷、奶奶们可能是家境太贫寒了吧！不然也不会如此的！"

"家境再贫寒也不至于打祖爷爷的主意吧！"杨雪莲说，"祖爷爷活着的时候他们没尽一点儿赡养之责，去世之后没尽安葬之责，可现在却来索要所谓的捐款——岂有此理！"

"唉！只怪我没有足够多的钱——要是有，他们要多少我就给他们多少……"牛瑧昱说。

"为什么？"杨雪莲颇感纳闷地问。

"他们这次兴致勃勃而来，灰溜溜而归，一定会对咱们心怀怨恨的——为了发泄怨恨，说不定会造谣中伤你和三伯、三妈的……"

"身正不怕影子斜——他们爱怎么造谣中伤都行！再说，三伯、三妈在咱们这儿是有口皆碑——他们即使造谣中伤，别人也不会相信！"

"对付爱钱的人，最好的方法是钱——如果给他们钱了，他们不造谣中伤，那岂不更好？"

"可到哪里去弄钱呢？三伯、三妈这次几乎花掉了一年的收入，我这半年来一边侍候祖爷爷一边帮三伯、三妈打打杂，根本没收入，你虽说有钱，但那钱实际上不全是你的——我建议你把别人的钱连本带利还给别人，自己的本金及炒股所得留作学习用；以后你也别再炒股了——一心一意地学习！"

"我也是想一心一意地学习！可是，'人在江湖，身不由己'——我们那几个同学，当时如果有一个人不参加，那其他人也不会参加，这样，我们'创业'活动就搞不起来了！再说，我们的炒股，实际上也是学习——与一般股民炒股不一样……"

"什么不一样——不都是为了赚钱吗？唉！我不知道你们为什么刚进大学就想赚钱！"

"赚钱没有什么不好的——只要不影响学习就行了！再说，我们现在的一切问题不都是因为缺钱吗？"

"可是，我们现在的一切问题也不是有了钱就能解决的——比如，你今天亲眼见到了，村主任寻上三伯的门来欺负三伯，你用钱能让他不欺负三伯吗？"

"我要是有钱了，自己掏钱把路修了——看他村主任还怎么欺负三伯！我要是有钱，把咱们村的土地全部承包下来，让三伯经营——做一个'随心所欲'的村主任，做一个比他这个村主任更牛气的村主任！我一定要有钱！一定要三伯做这样的村主任！"

"三伯要是做这样的村主任,那就太好了!但愿三伯能做一个这样的村主任!"

"三伯一定能做这样的村主任的——我这次回去锦都后,一方面会进一步地好好学习,但另一方面也会进一步地把大家组织起来,把我们的'创业'做大做强,争取挣到足够多的钱,把全村的土地全部承包下来!"

牛瑧昱正说着,他的手机响了——牛汉卿打电话来让他和杨雪莲回去吃午饭。

接完电话后,牛瑧昱和杨雪莲一起把鸭场的门关好,杨雪莲也向"赛虎""赛豹""叮嘱"了一番,让它们好好地看好鸭场;之后,他们一边闲聊着一边向牛汉卿的家走去……

第三十二章　还得继续"创业"

正如俗话所说："光阴似箭，日月如梭。"好似转眼之间，三十多天的寒假结束了！

在寒假结束的前一天，牛瑧昱和周瑾一同返回了锦都。

返回锦都之前，牛瑧昱留给牛汉卿四十万，留给周瑾的父亲周慕华三十万。

牛汉卿的鸭场要改建、扩建，鱼塘要清淤，果园要扩大面积，都需要不少钱；春节过后，鸭场要买幼鸭、鱼塘要买鱼苗、果园要树苗，也要花不少钱；加上生产资料，如鸭食、鱼料等，都"与时俱进""与日俱增"，需要不少钱。此外，还要准备一点儿钱打发村主任的"不时之需"。而牛汉卿这些年的收入并不怎么多——有几年仅仅是收支相抵而已，加上这次给杨显珍办丧事，牛汉卿花了十多万；因此，牛汉卿实际上是很需要钱的。

牛瑧昱本来是想给牛汉卿多留点儿钱的，但考虑牛汉卿在孩子们面前从不叫难、从不向孩子们伸手的个性，因而，他如果给牛汉卿多点儿，那么，牛汉卿是一定不会要的。于是，他便给牛汉卿只留了四十万——十万弥补给杨显珍办丧事的亏空，三十万用于来年的生产。

牛瑧昱在给牛汉卿留钱时，开始，牛汉卿说什么都不要。牛瑧昱谎称炒股风险大——很多人血本无归；他即使不把那些钱留给牛汉卿，也会存到银行里去的——绝不会全部用于炒股；他给牛汉卿留下一点儿钱实际上是让牛汉卿替他保管，也给他留一条退路。见牛瑧昱这么说，同时，也考虑到自己每年贷款都要还不少利息，既然牛瑧昱要把那些钱存到银行里，那他就用牛瑧昱的钱，年底按贷款给牛瑧昱的利息，而且，这样也省却了求人贷款的麻烦，便答应接受了牛瑧昱留下的钱。

随后，牛瑧昱到周瑾家——一是向周瑾父母辞行。寒假里，因为彼此思念，牛瑧昱应周瑾的邀请，去过周瑾家几次，每次去周瑾家都受到周瑾父母的盛情款待，因此，他在回锦都之前去向周瑾父母辞行理所当然。二是兑现曾向周瑾许诺向他们家投资三十万的诺言。他前几次到周瑾家时，每次都想兑现诺言，但每次都没找到合适的机会，因此，在返锦都之前一定要兑现诺言。三是与周瑾一起返回锦都。周瑾在牛瑧昱与她"欢好"之后的第二天，就用手机给她和牛瑧昱订好了返回锦都的火车票，并随即告诉了牛瑧昱——周瑾的"苦心"，牛瑧昱心领神会，同时，他打心底里很渴望接触到周瑾那温暖而又温柔的身体，于是，便同意了周瑾的"先斩后奏"。

牛瑧昱到周瑾家后在与周瑾及其父母周慕华、肖桂珍聊天时，先谈了谈国家的"新农村建设""农村城镇化"的美好前景；然后，谈了谈牛家大湾、岳家店的农田、水面资源潜在的巨大经济效益；再后，谈了谈自己在牛汉卿那儿投资了四十万，并且"捏造事实"地说牛汉卿很高兴、毫不犹豫地接受了他的投资；最后提出了要给周瑾家投资三十万。

像牛瑧昱在向牛汉卿提出"投资"之事时一样，牛瑧昱在向周慕华、肖桂珍提出"投资"之事时，周慕华、肖桂珍也是表示不愿意接受，但是，牛瑧昱表示自己"投资"是为了"双赢"——牛瑧昱和周瑾家都获利：一旦周瑾家从新承包的"东潭""西潭"中获利，牛瑧昱将分成，具体情况将待"获利"之后再定。同时，牛瑧昱也表示，如果新承包"东潭""西潭"产值不丰或歉收，那么就把"投资"权当是自己在炒股时错买了一支劣质股，周瑾家和他本人都不必在意。

周瑾自从第一次与牛瑧昱"欢好"之后，就把牛瑧昱视作她家里人了；后来，牛瑧昱又到过她家几次，她更加把牛瑧昱视作自己家里人，因此，在牛瑧昱"条陈"自己的投资及其理由时，周瑾所想的是如果她周家获利了实际上最终也是牛瑧昱获利了，因此，她是愿意接受牛瑧昱的"投资"的。同时，她经过一个学期的学习，对股市有所知晓，知道股市风云瞬息万变，炒股风险很大，因而，不想牛瑧昱把手中的钱全部用于炒股。此外，她也很想她父母把"东潭""西潭"承包下来，可她父母又没有承包资金和生产资金，因此，牛瑧昱的"投资"能缓解她家的燃眉之急，这对她家来说无疑是雪中送炭，她打心眼里是高兴的。于是，牛瑧昱的话音刚落，她就顺着牛瑧昱的话劝说她的父母接受牛瑧昱的"投资"——周瑾的父母便最终接受了。

牛瑧昱虽然在牛家大湾只待了三十多天，但好像过了好几年似的——成熟了许多，对好多事情有了新的看法或想法：

首先，对农村有了与以前大不一样的看法。他小时在牛家大湾生活了好几年，既受到了爷爷、奶奶、伯伯、伯母们的精心呵护和哺育，又不像那些生活在大都市的同龄人时时处处受到了父母钳制的约束，因而，对牛家大湾的印象极好，进而对农村的印象也极好。读初中、高中时，他从老师、媒体上获得的信息都是改革开放后，农村形势一派大好——到处都是莺歌燕舞，村村都是绿树成荫，小楼鳞次栉比，家家户户都是丰衣足食欢乐祥和，他虽然在暑假里回牛家大湾时的所见所闻对此前形成的"农村形势一派大好"的看法有所"修正"，但对"农村形势一派大好"的看法并没有发生根本性的改变，然而，此次在牛家大湾连续待了三十多天后，他发现农村远非"形势一派大好"，而且实际上可以说得上是破败了——农民的主体都进城当农民工了，剩下的是老幼病残，这样的农村还叫农村？虽然政府大力提倡建设新农村、推行农村城镇化，但是，要真正建成新农村、实现农村城镇化，实际上任重道远！

其次，对杨雪莲有了与以前大不一样的想法。以前，他一心所想的是杨雪莲应该一心一意地学习，应该进锦都大学；认为杨雪莲辍学是大错特错、自毁前程。然而，此次在牛家大湾连续待了三十多天后，他觉得杨雪莲不进锦都大学而留在牛家大湾也未尝不可——她留在牛家大湾，即使再不济，也可以办一个像封建时代的私塾那样的学堂，这样一方面可以教授留守儿童一些启蒙知识，另一方面可以代留守儿童的家长看管他们，使他们免于或减少一些灾祸，而这实际上是功德无量的事！与成为一个锦都大学的学生相比，这绝没有丝毫的"逊色"！同时，他又想："假如我将来真的挣到足够多的钱，把牛家大湾的全部土地承包下来给三伯经营，让三伯做'村主任'，那么，三伯也会离不开雪莲的——且不说三伯年纪那么大了，不应该太劳累，就是思想也跟不上时代的形势呀！雪莲脑子转得快，加上高中实际上快毕业了，人生所需的核心知识基本上有了或者有了基础，她做'村主任'一定会让那些地生金生银的！再说，网络这么发达，哈佛大学、牛津大学的核心课网上都能找到视频，更何况是锦都大学的课呢！通过看视频学习，可以反复学习，加上一个人看视频时更可以一心一意，因此，实际上学习效果会更好一些！"

第三，对自己有了与以前大不一样的想法。以前他一直认为，学生应该一心一意地学习而且学习成绩好才是硬道理，知识就是生产力。然而，此次在牛家大湾连续待了三十多天后，他深深地认识到：很多事情是不能等你有了知识之后再做的——正如《涸辙之鲋》那个寓言所揭示的道理：涸辙之鲋是不能等"西江之水"的！比尔·盖茨也不是等大学毕业了才创业的！而从"铁的事实"来看，他如果上个学期没有参加"创业"活动并挣上一笔钱，那么，这次显然是无法给牛汉卿、周慕华留钱的！如果不继续参加"创业"活动，那么，一旦再有一些"不时之需"，他该怎么办？再说，他在与杨雪莲闲聊时说要挣钱把村里的所有土地承包下来让牛汉卿做一个"随心所欲"的村主任，虽说是一时的戏说，但他随后也确实有了这种想法！而要让这一想法变成现实，就得继续参加"创业"活动！不仅要继续参加"创业"活动，而且要加大力度、提高"质量"——更加深入地介入到炒股之中，多买一些"黑马股"，创炒股的奇迹甚至是神话！

在新的看法或想法的基础上，牛瑧昱调整了大学计划——在大学四年期间，一方面学习好功课，打好专业基础，为以后的专业发展做好准备；另一方面搞好专业知识的"实践"转化，让专业知识尽可能多、尽可能快地转化为生产力，争取在创造物质财富、为社会服务方面有所成就。同时，牛瑧昱也重新规划了人生蓝图——他准备在大学毕业后多方面地发展，做到"一专多能"，力争成为专家型、实业性、政治家型"融为一体"的"复合型"人才。随后，带着调整的大学计划和重新规划的人生蓝图，牛瑧昱参加了新学期的第一次"卧谈会"——

"今天，我非常正式也非常虔诚地感谢各位兄长对我的抬爱！""卧谈会"一开始，牛瑧昱就语气非常严肃、非常"隆重"地说，"各位兄长不远千里奔赴我的老家，参加我祖爷爷的葬礼，也给足了小弟面子，小弟感激不尽，并一定铭记在心，终生不忘！现在刚开学，事情繁杂，千头万绪，等稍稍理出一个头绪之后，我请兄长们吃饭！……"

"吃饭就免了吧!"陆地未等牛瑧昱把话说完就插话道,"在你老家吃的那些东西够好的了,除非有比那更好吃的东西!"

"可不是吗?"柳赛说,"在老幺的老家那儿吃得真好——鱼虾全是野生的,味道真鲜!"

"那是老幺的伯父、伯母单独款待咱们的!"谢海福说,"那种鱼虾,咱们锦都是很难有的,即使有也不可能那么新鲜——一千多公里,即使用飞机运,也不可能那么保鲜!"

"还是老大独具慧眼!"陆地说,"咱们加紧'创业',发财之后,咱们再去一趟牛家大湾,好好地感谢一下伯父、伯母!"

"不只是感谢!"柳赛说,"咱们还可以去那里投资,与伯父、伯母合作,搞野生养殖——那一定会双赢、一定会大赚一把的!"

"这个想法很好,不过是后话!"谢海福说,"当务之急是搞好本学期的'创业',在股市上大赚一把!当下全球经济不景气,国家出台了一系列拉动经济的政策,'两会'也即将召开了,从现在起到两会结束之后一两个周,股市一定很红火,咱们一定要把握好这段时间!"

"我完全同意老大的意见!"牛瑧昱说,"我们一定要把握好炒股的时段——'人无千日好,花无百日红',股市不可能永远是牛市!从上个学期我们炒股开始一直到现在,股市虽然有过萎靡之时,但总的来说,'牛市'的时候居多;现在虽然又是'牛市',但不可能还会'牛'很长一段时间,咱们一定要把握好'两会'这个时段!具体地说,就是在这段时间,咱们除了上课外,把其余的时间用于炒股!除了生活费外,其余的资金全部用于炒股!'两会'结束两个周后,咱们不管是否赚到钱,都撤出股市,中止炒股,静下来研究股市,'等一等''看一看',在确认可以继续炒股后再进入股市。"

"我完全同意老幺的意见!"陆地说,"咱们这段时间一定要全身心、全投入地炒股——一方面,我除了非上不可的课以外,其余的课一律不上,把全部的时间用于搜集股市情报,并对股市情报做出自己的分析,给老大的决策提供参考。另一方面,我除把自己手中的钱全部用于炒股外,再向我老爸借一点儿,争取尽可能地多投资一点儿;如果咱们这个学期还能像上个学期那样翻几番,那我就成富翁了!"

"我完全同意老幺的意见！也赞同老二的想法和做法！"柳赛说，"至于我自己嘛——我只要能不上课就坚决不上，把全部时间用于搜集资料和整理资料，给老大决策做参考。不过，很可惜——我手里包括生活费也没有多少，我家也不像老二家有那么多卖地款，因此，怎么凑也凑不了多少钱……"

"你不是一放假就去打工挣钱了？"陆地说，"和你相好的那个洋妞不是很有钱吗？你可以向她借嘛！"

"老二！你别拿老子开涮了好不好！"柳赛语带不悦地说，"打工能挣多少钱？！那洋妞有钱就借钱给我吗？！世界上老美的美元最多，可谁见老美借美元给他国？"

"老三说得不错——打工挣不了多少钱！我打过工——经验丰富，体会深刻，即使累死累活也挣不了多少钱！洋妞很抠门——'只进不出'，别想从洋妞身上抠点儿什么！"谢海福说，"正是因为这样，咱们要自己干——自己给自己打工，不能给别人打工！当初比尔·盖茨也是从在大学和同学们一起干起家的，现在咱们努力努力，说不定咱们中间会有人成为像比尔·盖茨那样的人呢！"

"老大说得非常正确——咱们不能干打工的活！"牛瑧昱说，"现在的时代、条件、环境等都不错，咱们中间诞生个把像比尔·盖茨那样的成功之人是很有可能的！再说，咱们已经有过'创业'的实践了，虽说咱们不是像马云、马化腾那样快速暴富、一鸣惊人，但是，咱们旗开得胜了！这对于咱们来说，比什么都重要——对于一个诺贝尔获奖者来说，他/她的第一次成功比他/她最终获得诺贝尔奖更重要！"

"我完全同意老幺的说法！"谢海福说，"上个学期的'创业'小胜从根本上改变了我对人生的看法——只要敢想敢干、善于想善于干，总是能干点儿事的！咱们现在天时、地利、人和——国家、学校大力提倡'创业'，将来说不定哪一天把'创业'作为一门必修课呢！也说不定把'创业'业绩的好坏作为评优、评奖的首要标准呢！这是咱们的天时！咱们虽然不是出生在什么达官贵人、富商巨贾之家，但是咱们都是出生在锦都！而对于许许多多国人而言，锦都是其梦寐以求的地方！很多人甚至一谈到锦都就肃然起敬！至于咱们的锦都大学嘛，在许许多多国人的心目中，那可更是了不起的地方——既是天之骄子麇集之地，又是培养领导人甚至是'天子'的地方！这是咱们的地利！咱们上个学期是心往一处想、力往一处使的，这个学期和今后，咱们更会是心往一处想、力往一处使的——在什么时候，钱都是最大的向心力和凝聚力，为了钱，咱们能不心往一处想、力往一处使吗？！咱们能同心协力，不就人和了吗？！更为难得的是，咱们的老幺是咱们班的行政一把手，咱们'创业'小组的柳公主是咱们班团组织的一把手，并且有雄厚的政治背景和经济背景，至于史公主的经济背景嘛，那就不用说了——这些能把咱们的天时、地利、人和拢在一起！咱们焉有不干事、不干成一点儿事的道理！"

"老大说得非常有道理——咱们现在既占天时、地利、人和，又有像老幺这样的领导和像柳公主、史公主这样有背景的人，咱们不可能不干事、不干成一点儿事！"柳赛说，"我建议我们不仅要加大时间和资金的投入，而且要加大领导的领导力度——上个学期，老幺刚当班长，工作头绪多，加上对工作不太熟悉，不得不重点抓班级工作，这个学期得重点抓咱们的'创业'工作……"

"我同意老三的意见——这个学期，老幺重点抓咱们的'创业'工作！班级工作搞得再好有什么用？能对咱们的钱包变大起一丁点好作用吗？"谢海福说，"再说，无论是时间还是资金，都要统筹安排，都要安排得更合理一些，这就需要人领导，咱们上个学期之所以能取得一点儿成绩，除了其他方面的原因外，还有一个不容忽视的原因，就是老幺的领导。刚才，老二、老三都说把所有的资金和课余时间用于炒股，但是，大家也都知道炒股是有风险的！显然，我们想不冒风险是不可能的，但又绝对不能冒灭顶之灾的风险，我们一定要考虑一下如何才能规避灭顶之灾或做好应急措施。我们适当逃课是可以的，但逃课不能授人口实，以为咱们逃课是为了赚钱，也不能太张扬，比如，今天老二请假，明天老三请假，而绝对不要都在同一天或同一节课上请假。另外，我们这几个可以同德同心，把所有的资金用于炒股，可以为了炒股而逃课，但是我们那几个女同胞呢？她们也能把所有的资金用于炒股，也能为了炒股而逃课吗？孟爽、周瑾似乎想争做学霸，她们会为了炒股而逃课吗？柳公主、史公主对钱似乎没有什么概念也似乎不感兴趣，她们可能会把所有的资金用于炒股吗？这些都需要老幺出来'领导领导'——她们本来就是看老幺的面子参与咱们的'创业'活动的,老幺不出来'领导领导',她们是否继续参加咱们的'创业'活动也未可知!……"

"嗨!老大高看我了——咱们的女同胞参与咱们的'创业'活动可不是看我的面子呀!"牛瑧昱笑道,"另外,虽然柳公主、史公主都有钱,但我们没有必要让她们再增加钱——她们上个学期投资的那笔资金够大的了!再说,投资多,赚钱与亏本的可能性也同步增大,一旦她们投入了太多的资金而遭遇熊市,那怎么办?咱们自己的钱好说——愿赌服输嘛!可她们的钱呢?她们如果不是愿赌可结果又输了,那怎么办?老大刚才说咱们要规避风险,我看咱们投资量力而行即是一种规避风险!上个学期,她们记在我名下的那笔钱挣了不少,我曾分别连本带息地退给她们,但她们又退给我了。这次回老家,因为急需,我从里面借用了一些,我打算这几天分别向她们解释清楚,然后把其余的部分分别作为她们这次炒股的本金,而不让她们再出本金,这样,她们实际上没有风险,或者说,即使有风险,那风险对于她们来说,也可以忽略不计。此外,我认为逃课炒股也不可取——学习是咱们的主业,咱们的专业知识是咱们未来发展的基础,不能舍本求末!当然,我这么说并不是说我不打算参加咱们'创业'的活动,相反,我会比过去更加积极地参加咱们的'创业'活动——不管是时间、资金还是体力、脑力,我都会竭尽所有的!至于老三刚才让我'领导领导',其实,'领导'——我是谈不上的!不过,我也愿意做我能做的任何事,比如,'笼络'一下咱们的那几个女同胞——对于我们来说,她们确实很重要,没有她们的参与,咱们最初的'创业'活动是很难开展起来的,即使开展起来了,也很难取得那么骄人的成绩的!对那几个女同胞,相对来说,我认识的时间比各位早一些,比如,孟爽、史玉婷和我在高中时就是同学,柳成丝和我在高中时代一起参加过一些活动,周瑾进咱们锦大时是由我接站的;上个学期,由于工作的需要,我和她们接触得较多;大家觉得我联络她们更方便一些,我也愿意!"

"太好了!"牛瑧昱话音刚落,陆地就语带兴奋地说,"老幺愿意继续领导咱们'创业',加上上个学期咱们都有实实在在的收入,那几个女同胞肯定会更加积极地参与咱们的'创业'的!"

"确实太好了——'男女搭配,干活不累'!"柳赛笑道,"老二也会'财色双收'的……"

"——别拿老子开涮好不好！"陆地语带愠怒地说，"你不要以为自己泡了一个洋妞就可以拿老子开涮！"

"老二别生气！老三说你'财色双收'没有什么不好的——我就想'财色双收'！"谢海福说，"再说，咱们那几个女同胞，虽然不能说个个都是什么尤物，但个个都是应该有资格参加咱们学校的'美女大赛'或'校花'竞选的！而柳公主、史公主不仅有模有样，而且财力雄厚，才能也堪称女中豪杰，你随便劫哪一个，都是既劫财又劫色！"

"老大！你也别拿我开涮，好不好！"陆地说，"要说劫财劫色，只有你老大才有这个本领呀！"

"我是有这个本领，但'兔子不吃窝边草'！"谢海福说，"再说，她俩都对咱们的老幺很感兴趣——古人云'宁可穿朋友的衣，不可夺朋友的妻'，我能像你那么不仗义吗？！"

"现在是一夫一妻的时代，咱们的老幺即使对她们都感兴趣，也不能把她们都娶回家！"陆地说，"再说，咱们的老幺未必会对她们感兴趣……"

"以老幺的'品位'来看，老幺应该对周瑾或者对孟爽更感兴趣一些！"柳赛说，"周瑾、孟爽也似乎都对老幺很感兴趣！"

"三位兄长也别拿我开涮了吧！"牛瑧昱笑道，"我何德何能、何才何貌，能让咱们的女同胞都感兴趣！"

"老幺，这你就别谦虚了！"谢海福说，"咱们的女同胞确实都对你很感兴趣，你不要不承认，更不要掩饰——史玉婷如果对你不感兴趣，会驱车一千多公里到你老家吗？柳成丝会'千里寻夫'似的跑到你老家吗？至于那个周瑾嘛，你问问老二、老三，那天我们到她家去玩时，你没去，她好像失魂落魄似的——车子一启动就念叨你，在她老家游玩时，她也念叨你！还有那个孟爽，别看她平常总不声不响、少言少语，实际上她对你好像是'十拿九稳''志在必得'似的，甚至有点儿好像你已经是她的了似的……"

"一派胡言！"牛瑧昱嗔笑道，"这些日子，你是不是没有把心思放在研究股票上，而是放在研究咱们的女同胞上了？"

"我一点儿都没有胡言！"谢海福自信满满地说，"我对股市有多敏感，对女人就有多敏感！"

"老大对女人经验丰富！"陆地笑道，"如果对女人不敏感，何来经验丰富？"

"老二说得很对！"柳赛也笑道，"不过，对女人，越经验丰富也越敏感……"

"哈！哈！哈……看来三位仁兄都对女人很有研究呀！"牛瑧昱大笑道，"咱们马上就要在学习和'创业'两条战线同时作战，现在应该养精蓄锐——时间也不早了，今天的'卧谈会'就此结束吧！"

"老幺说的也是——今天的'卧谈会'就此结束吧！"牛瑧昱说完，谢海福附和道。

第三十三章　少女心思

回锦都大学后，周瑾一进宿舍就收拾宿舍、整理衣物、查看新学期的课表、从网上订购各种学习用具……忙个不停，等把各种活计都忙碌完毕时，已经是晚上十点多了，加上坐了好几个小时的火车，因此，她感到颇为疲乏，于是，洗漱之后便上床休息。

宿舍虽然并不大，但是，由于史玉婷、柳成丝、孟爽都是家在锦都，没有按时返校，整个宿舍只有周瑾一个人，因而显得有点儿空旷；周瑾虽然躺在床上只是稍稍一动，但感觉声响不小，随之产生了一种"孤寂"感，头脑随即也清晰了起来，心思则像被一根无形的线拴在了牛瑧昱身上——

"嗨！人与人之间的相遇还真是一种缘分！"周瑾想，"我与他本是天南海北，素不相识，可我一进锦都却偏偏遇上了他！我们最初虽然只是'萍水相逢'，但彼此都有一种似曾相识之感！过去读《德伯家的苔丝》，见相知相爱的人那么难逢难合，真为他们伤心、悲哀！也真的以为上帝是不会让相知相爱的人轻易地相逢相合的！嘿！没想到上帝对我俩却特别开恩特别惠顾特别垂青！"

"他真是一个可以相信、相托、相依、相伴的人！"稍顿之后，周瑾又想，"我们初次见面时，他见我只身一人到校，便大吃一惊，一脸担心地问我一路上的具体情况，好像恨不得让我返回家后由他再陪我走一趟似的！我去报到，他好像我的家长似的陪着我！我报到后去宿舍，他手拿肩扛，恨不得把所有的东西由他一个人拿！我们第一次郊游，他一路上对我呵护备至！我参加'创业'活动，我的那点儿'投资'，无论是和他个人的'投资'相比，还是和我们'创业'小组的总'投资'相比，都是微不足道的，可他却看得似乎比他自己的'投资'以及大家的'投资'都重要，隔三差五地告诉我那'投资'的状况！每每增多一点儿，他那种高兴的神情简直像是他自己大赚了一把似的！这次他又主动地拿出那么大的一笔钱来，名义上是'投资'，实际上是看出了我家的难处而出手相助——只是不想让我感到羞窘才说是'投资'的！这次回锦都，他一路上无微不至地关心我——嗨！我长这么大，连我爸妈也没这么关心过我！我因为要与他一起返校太兴奋了，没有睡好觉，便在车上依偎在他的怀里睡着了，可他居然为了不弄醒我，一个多小时，即使胳膊、腿脚麻木了也不动一下！"

想到这儿，周瑾暗自一脸幸福地笑了。随后，她翻了一个身，接着又想：

"啊！依偎在他的怀里睡觉感觉真好！他的身子真让我陶醉——每每一接触就有一种酥麻感！尤其是郊游那次我第一次接触到他的身子，那种酥麻感，好像深深地储存在我的感觉里，只要一想，它便会好像是录音可以重播似的！我真想时时刻刻和他在一起时时刻刻拥有他时时刻刻享受他给我的美好感受！啊！我们要是生活在岳家店那该多好呀！那我们就一起耕种养殖一起收获一起做家务……时时刻刻在一起了，但又不会受到什么作息时间的限制、纪律的限制、人言的限制！那天他提出向我家'投资'时我多想他就留在我们家，我们一起管理渔场、藕塘！……他'投资'那么大，但我爸妈此前从来没管理过那么大的资金呀！我爸妈能否管理得好？我爸妈一下子承包了那么大的水面，会不会引起村主任的嫉妒并因此惹来麻烦？如果惹来麻烦了，那么，那些投资还有保障吗？我们老家春有春汛、夏有夏汛、秋有秋汛，一旦汛大，四野一片汪洋，自家喂养的那些鱼还能保吗？如果自家喂养的鱼不能保，那么，那些投资还能保吗？……啊！最好让我爸妈暂时缓一缓与村主任谈承包'东潭''西潭'之事！"

想到这儿，周瑾下意识地将手伸向手机，但手刚触到手机，便停了下来——

"不行！不能让我爸妈中止承包'东潭''西潭'的计划！"周瑾想，"我爸妈这几年一直想承包'东潭''西潭'，可村主任宁可让'东潭''西潭'荒着，也不让我爸妈承包，这次要不是上面明文规定不准粮田、水面荒芜，村里又无人愿意承包，村主任是不会同意我爸妈承包的！再说，过去资金总短缺，这次有了他的那笔'投资'了，资金不再短缺了——从这个角度来看，也不应该放弃承包！"

想到这儿，周瑾又下意识地握了握拳头，随后翻了一下身子。

"不过，虽然是应该承包'东潭''西潭'，但可缓一缓！"躺稳之后，周瑾又想，"我家那儿一连几年雨水偏少，俗话说，'久旱必有久雨'——今天从春节开始，先后下好几次雨了，说不定今年雨水偏多！如果雨水过多，引起洪涝灾害，那么大的投资岂不泡汤了！如果他的投资泡汤了，怎么对得起他！不！千万不可盲目行事，急于求成！先等一等，看看春汛——如果春汛不大，就让爸妈买鱼苗！否则，让爸妈把钱还给他，需要的时候再向他要！"

想到这儿，周瑾拿起手机，把自己的想法写成一条短信发给了周慕华，随后，像放下了心头的一块石头似的，稍后便入睡了。

从周瑾家回锦都后，柳成丝就期盼着开学——不！准确地说，就期盼着牛瑧昱回锦都！

柳成丝的这次江汉市之行，让她感慨良多，而其中最为突出的有两点：

其一，她感到了农村的落后、农村的一点都不好玩。她过去曾不时在周末或节假日随她妈妈的下属或者她舅舅到锦都郊区过"农家乐"，所见到的农村是绿树成荫，农作物丰茂，小洋楼鳞次栉比，柏油马路四通八达……在去江汉市之前，她一直以为全国所有的农村都是像锦都郊区的农村一样的；过去她曾听说，农民种地不仅不用缴税，国家还给补贴，有医保，无忧无虑、逍遥自在，在去江汉市之前，她一直以为全国所有的农民都是如此；同时，她也一直以为农村的孩子所过的都是像鲁迅《社戏》中所描写的那种欢快的生活……可这次到江汉市，无论是在牛瑧昱的老家，还是在周瑾的家乡，她所感受到的却是"落后""不好玩"。

其二，她更加充分地感受到了牛瑧昱的魅力。在去江汉市之前，她虽然也感受到了牛瑧昱的魅力，而这次，她更加充分地感受到了牛瑧昱的魅力——他的魅力首先来自他的能力。她原以为牛瑧昱仅仅是学习能力强、组织能力强、工作能力强，没想到他待人接物、应变能力也很强——在杨显珍葬礼上，那么多的来宾，且绝大多数都是他素不相识的，可他却接待得有条不紊、周到体贴，而且能遇到什么客人就用什么礼节、语言接待。对于他们这些同学，他能让每一个都感到自己是最受看重的。当然，他自身的魅力也是很大的——对谢海福、陆地、柳赛,她平常认为他们是很野性的、桀骜不驯的,但他们在他面前却都像乖乖儿,这除了与他能力巨大的震慑力有关外,显然也与他巨大的魅力有关;无论是出现在他老家的那些人之中,还是出现在县市官员之中,他都是中心所在!

农村那么不好玩,要不是因为牛瑧昱,柳成丝是一天也不愿意停留的!当然,她也不愿意自己心爱的人过长时间地待在那个地方!同时,牛瑧昱那么有魅力,其吸引力当然强,当然会有很多女孩被吸引,而无论是杨雪莲还是周瑾,都好像特别地被吸引,加上她俩从容貌来看,也具有迷惑性,且一个在牛家大湾,一个在牛家大湾的咫尺,如果牛瑧昱在牛家大湾的时间过长,她俩就有可能"近水楼台先得月",因此,柳成丝回锦都后,时时刻刻都期盼着牛瑧昱回锦都——不是带着对牛瑧昱回锦都的期盼走进梦乡,就是带着对牛瑧昱回锦都的期盼醒来。

但是,柳成丝也知道,女人征服男人最好的方式是"顺毛摸"而不是"逆着干"——对像牛瑧昱那样优秀的男人来说尤其如此,所以,她虽然很期盼牛瑧昱回锦都,但并没有催他,而只是每天主动地和他微信聊天,"无微不至"地关心他,并特别提醒他注意身体。

不过,柳成丝越是不催牛瑧昱回锦都,心里越期盼他回,以致最后期盼成疾——在牛瑧昱回锦都的前一天晚上,她因想着第二天要开车去车站接牛瑧昱而不能入睡,结果在第二天起床时,一阵眩晕,随即无法起床了。

"唉!天天盼望着开学盼望着他回来,可明天就要开学了今天他就要回来了我却没有去车站接他!"柳成丝躺在床上暗自叹息道,"我今天要是能去接他那该多好——那我今天就可以见到他了!这阵子我妈在国外考察,我要是去接他就可以直接把他接到我家来……"

"唉!也许他并不希望我去接呢!"随后,柳成丝又颇为感伤地想,"他在老家有一个貌若天仙的妹妹相陪,一路上又有一个同样貌若天仙的同学相陪——说不定早就把我忘掉了呢!男人都是好色的,也都是爱'见异思迁'、爱'吃着碗里看着锅里'的!说不定他要在他老家过春节就是为了和他那妹妹在一起呢!他和周瑾一起回就是为了与她'耳鬓厮磨'呢!"

想到这儿,柳成丝好像发现了牛瑧昱的真实意图似的,猛地一惊,也猛地一阵眩晕。

　　史玉婷自小与母亲生活在一起，而其母亲又是一个非常精明的商人，因此，她一方面遗传了她母亲的商人基因，天生地带有她母亲的精明；另一方面又耳濡目染了其母亲的许多商业活动，年纪不大便有了"商人头脑"——她在与牛瑧昱高中同学时，她便看出了牛瑧昱的卓异不凡，认识到了牛瑧昱是"奇货可居"，于是，寻找一切机会接近他，采取各种各样的方式讨好他，暗自穷追他以至于放弃去港大读书而与他在锦大同学！这次她甚至追他追到江汉市！这次在江汉市，她虽说没有如愿以偿地把他弄到手，但她自认为找到了把他弄到手的途径或者说是方式、方法——在从江汉市回锦都时，她让代驾开车，自己无目的地看着窗外，当看到车窗外茫茫然的枯黄一片时，她自然而然地想：

　　"没有想到素有'鱼米之乡'美称的地方是如此的落后！其实，这里的农村，土地资源、水资源、物品种类等都很丰富，日照时间长、阳光充足，像牛瑧昱的奶奶、伯父、伯母那样那么勤劳、精明的农民，只要有好的领导，发家致富、过上小康生活应该不是一件难事！可是，这里有些领导并没有真心实意地为老百姓的福祉着想，无论是像鲍小光那样的市级干部，还是像邹正斌这样的县级干部以及像覃云名、岳宝、岳强那样的乡、村级干部，想的都是升官发财，所做的都是溜须拍马、损公肥私——像我们这次来玩吧，本来已经够好够开心的了，比如，吃的是纯野生的鱼、虾、鳖、蔬菜，在茫茫的湖上荡舟，在宽广、平坦、柔软的汉江沙滩漫游、聊天、打趣，呼吸的是在锦都即使花钱也买不到的清甜的空气，可鲍小光显然是为了讨好柳成丝的老妈，以便进一步升官发财，一定要把我们接到市里盛情款待……这些干部要是都把心思和精力用在工作上用在普通民众的身上，那么，这里的经济就不会这么落后，农村就不会如此破败、萧条，普通民众就会过上小康生活了！牛瑧昱在这儿度过了他最初的童年，他的奶奶、伯父、伯母对他的精心呵护给他留下了美好的印象，当然对这里有感情，希望这里富庶起来，希望他的伯伯、伯母、妹妹过上好日子——从他平常对这里的那种魂牵梦绕那种痴迷来看，这也许是他当下最大的心愿。平心而论，他的这个心愿于公于私都无可挑剔，我应该帮助他实现这个心愿！可我能怎样帮他呢？除了一点儿零花钱以及上个学期的那点儿盈利外，我一无所有！除了刚刚学到的一点儿金融知识之外，一无所能！唉！看来我还是得求求我妈了！对！我得求求我妈！我妈掌控着那么庞大的资产，在金融界有那么多朋友，如果她或者她的朋友去牛家大湾投资，开发一个项目，那牛家大湾就很容易'旧貌换新颜'了！他的心愿也就实现了！他那么重情重义，一定会感激我感谢我的！而他怎样感激我感谢我呢？无论他怎么感激我感谢我，我都不接受——我只接受他的人！"

想到这儿，史玉婷颇感得意地笑了，但随即像是怕代驾看透自己的心思似的收敛了笑容，闭上眼睛佯装睡觉。

"对！这次一回家，我就向我妈'吹风'，埋一下在牛家大湾投资的'伏笔'，让她先有点儿心理准备，到时我再向她提要求她就不至于感到'突然'了！"史玉婷刚佯装睡觉脑子就不由自主地想，"再说，这几年，我妈和她的朋友们都没少赚钱，资金应该是大大的、多多的，应该进一步地寻找一切投资机会、拓展投资领域，我让我妈到牛家大湾去投资，实际上是在帮她——她应该不会不同意！"

"当然，我也不能把希望全部寄托在我妈的身上——我无论多么大，在她的眼里都是小孩；我们要做的事无论多么重要多么必要，在她的心目中也许都是微不足道可做可不做的！"稍后，史玉婷又想，"我们还是应该尽量多做做'自力更生'的准备——我把我手里的零花钱及上个学期的盈利无偿地、不加任何附加条件地交给牛瑧昱，让他毫无心理负担地炒股；我的资金加上他手里的资金，已经是一笔不太小的资金了，如果全部投于股市，而今年的股市又还像去年那么牛，我们的本金也是翻几番，那么，我们手里的资金就更会不少了，到牛家大湾那种穷乡僻壤开发个把项目应该不在话下！因此，我这次一回锦都就全心全意地研究股市行情及其走向，争取能遴选一些最可能是绩优股的股票，让牛瑧昱把资金投得准，让我们的'创业'活动'再创辉煌'，让我们能在很短的时间弄到足够的投资款！嗨！我帮助他在领导'创业'和建设家乡两条战线上都战果辉煌了，难道他还会对我无动于衷吗？难道不会心甘情愿心悦诚服地喜欢我爱上我吗？"

一回锦都，史玉婷就落实她的想法——她一见到她妈就比以往热情地迎上去，一有机会就和她妈聊天，并在聊天中半遮半掩地聊及了在牛家大湾投资之事；每次聊到此事时，她妈都既没有明确地反对，也没有明确地答应；她担心最终和她妈"谈不拢"，便在不放弃她妈的同时也"争取"她妈的几个做投资的朋友，但她妈的那些朋友也和她妈的态度差不多——既不明确地反对也不明确地同意，她不由得有点儿失望有点儿气馁！最后，就在她差点儿要放弃之际，她妈的一个朋友明确地表示同意，并在牛瑧昱返校的那一天约她去细谈。她本想去车站接牛瑧昱而改时间去见她妈那个朋友，但她妈那个朋友说不能改时间，并说想尽快见她。她知道商机如战机，机不可失，时不再来！她也知道，这是迈向把牛瑧昱弄到手的重要一步，也是帮牛瑧昱的一次机会，为了不失去好不容易获得的一次机会，她只得放弃了去接牛瑧昱；她虽然为未能去接牛瑧昱而感到遗憾，但也为找到了一个愿意去牛家大湾投资的人而感到高兴。

孟爽生在锦都长在锦都从小到大从来没有离开过锦都，甚至除锦都的少数几个著名的公园、市场、博物馆之外，锦都的其他很多人都去过的一些地方，她也没去过，至于锦都的郊区，她更是没有去过，因而对农村没有什么具体的"概念"，所以，当她到牛家大湾、岳家店时，看到房屋无规划地前一幢后一幢高一幢低一幢时，她以为农村的房屋本来就是这么错错落落、高高低低的；当她看到田野里大片的枯黄之中点缀着一块块浅绿时，她以为农田本来就是这么枯黄之中带着一点儿浅绿的；当她看着堪称汪洋的湖泊除了水以及水面上的"皱纹"外无一人一物时，她以为那汪洋的湖泊本来就应该只有水以及水面上的"皱纹"……所以，她并没有像柳成丝、史玉婷那样"触景生情""浮想联翩"！同时，由于她虽然对牛瑧昱很欣赏、很钦慕，但又仅仅是欣赏与钦慕而不是爱慕甚至是钟爱，因而对牛瑧昱改造家乡建设家乡的志趣并没有太大关注，更没有像史玉婷、柳成丝那样试图通过帮助牛瑧昱实现改造家乡、建设家乡的理想来获得他的青睐，进而最终和他结秦晋之好。因此，从江汉市返锦都之后，她稍稍休息了一下就转而投身到学习之中。

本来，从个性以及兴趣、爱好等来看，孟爽最喜欢的专业并不是金融而是文学艺术，而且她在进高中时，最初的打算是将来进锦都大学文学院或艺术学院，但是，在高二全校重新分班时，她因为成绩好而被分进一班，而从锦师大附中多年的高考情况来看，一班的学生几乎全都考进了金融专业——考进锦都大学、锦华大学、锦都财经大学金融专业的学生几乎各占三分之一，因此，她在被分进一班时颇有点儿犹豫。她的父母看出了她的犹豫后就劝她不要犹豫，甚至说，将来上大学学金融专业也是可以修文学、艺术专业课程的，金融知识对她的文学、艺术爱好也是有帮助的，比如梁凤仪，她写小说那么成功，在很大程度上就得益于她的财经知识……于是，孟爽打消了犹豫，把全部的精力用于学习上，进而考进了锦都大学耀华管理学院。

孟爽自小除学习外，其他所有的事情几乎都是由父母"包办"的，因而几乎很少花钱，对钱也没有多少"概念"——稍稍晓事时，她母亲告诉她有一笔压岁钱，后来又帮她在银行开了一个账户存压岁钱，压岁钱她年年都有、年年递增，她也年年都把压岁钱交给母亲存进她的账户，于是，她考进锦都大学时，压岁钱变成两万多。本来，她上大学了，需要住校，当然也需要零花钱，可当她父母提出要给她一点儿零花钱时，她却不要——理由是她的压岁钱够她花的了，再说，她会经常回家，需要什么都可以从家里带。

虽然学金融并不是孟爽最初的志趣所在，但是，在经过一个学期的学习后，她发现金融专业也是蛮有"味道"的，因而对金融专业也产生了兴趣；虽然对钱没有多少"概念"，但是，在被牛瑧昱等"裹挟"着参加美其名曰的"创业"活动——炒股，尤其是在不时得知她的钱在变多之后，孟爽对钱的概念明晰多了，对炒股也产生了浓厚的兴趣，阅读了不少与炒股有关的书籍。在从江汉市回锦都后，她集中精力"集约"性地钻研了上个学期在学习中所遇到的问题，同时，也围绕着那些问题进行了一些"拓展"性地学习。孟爽虽然学习炒股的时间并不长，但由于别具慧心，加上有上个学期扎扎实实学习所打下的基础，因而收获颇大——不仅掌握了与炒股有关的一些理论，而且在把自己所学的知识"模拟"性地运用到炒股的实践时"屡试不爽"。牛瑧昱从他老家回锦都的那天，她"模拟"着买的几只股票全都因连续三天涨停而停牌。

"太好了！我第一次'实战'炒股就'旗开得胜'并且'大获全胜'！"看着股市行情图，孟爽颇为兴奋地想，"这个学期，我们如果还炒股，那我就不能仍然只是一个被动的合伙人了！今天我也可以不必再关注股市了！"

随后，孟爽带着一种放松的心情关掉电脑，起身去收拾学习用具，准备迎接新的学期。

第三十四章　再起航

新的一个学期开始了，新的一年也开始了。

万物好像睡了一觉之后醒来了似的——

冰封的水面开始解冻，干枯的树枝冒出绿芽，枯黄的草地泛出绿意，鸟儿好像不必再整天躲在巢里避寒，开始在空中自由地飞翔，虫儿也开始从洞穴爬出……

锦都大学的学子在新的一个学期里开始新的一年，在新的一年里开始新的一个学期，似乎身上平添了一股新的力量——

开学的第一天，天还没有完全亮，校园里便随处可见晨练的学子；上课的铃声还没有响，学子们便在教室里"各就各位"，一边预习或浏览与上课有关的学习内容一边等待着老师的到来；图书馆闭馆了，学子们便从图书馆转移到教室继续学习……

第一个周末，牛瑧昱带了两瓶特地从江汉买的江汉老窖在锦都大学创业园餐厅的华兴馆包间宴请谢海福、柳成丝等"创业"小组的全体成员——牛瑧昱的本意主要是答谢他们不远千里去他老家为他"抬桩"，但谢海福、柳成丝等则是想借此机会商讨一下"创业"小组新的创业活动。所以，大家都好像时刻在等待着这次聚餐似的——聚餐的那天，每一个都是提前到达，柳成丝到达时带了两提果汁，史玉婷则带了两瓶茅台年份酒。

"各位同人，我们应该是真正的'同人'——有着相同志向的人！"聚餐正式开始时，牛瑧昱笑着说，"这顿饭周一那天或更早的时间就应该吃，可刚开学，大家都很忙——忙得早晚都很难见上一面、说上一句话，只好一拖再拖，拖至今日！不过，今天也很好——大家忙了一个周，都很累，今天聚在一起吃个饭，正好可以放松一下！"

"对！是得放松一下！"谢海福说，"这个周，我既要忙学习，又要盯股市——两条战线作战，确实很累，如果还不放松一下，就要崩溃了！我看咱们先放松一下——吃点儿东西喝点儿东西！"

"好！大家随便吃喝——喜欢吃什么喝什么就吃什么喝什么！"牛瑧昱说，"如果没有自己爱吃喝的，就把服务员叫来自己点！如果这儿没有，那就请服务员另买！"

"饮料就喝我带来的吧！"柳成丝说，"我带的两提应该够喝的。"

柳成丝边说边打开一个纸袋，随后，漏出一个很精致的纸箱。柳赛两眼盯着那精致的纸箱道："哇塞！是 V8 果汁，太好了！"

"V8 果汁的确不错！"谢海福说，"柳公主今天破费了！"

"没什么！"柳成丝边给身旁的孟爽打开一罐 V8 果汁边说，"这饮料在国外一罐就十五美金左右！"

"不错，这饮料在国外一罐十五美金左右！"史玉婷也边给身旁的牛瑧昱打开一罐 V8 果汁边说，"这饮料味道很不错，营养也很丰富！我们先喝饮料后喝酒——我带了两瓶茅台。"

"哇塞！茅台——这是国酒呀！"陆地满脸惊喜地说，接着又语带好奇地问，"什么时候生产的？"

"随手拿的——没注意！"史玉婷说，"就搁在橱柜里——大概也不是什么好茅台。"

"看一看就知道了！"柳赛说，并起身拿起其中的一瓶看了看，随即说道："1999 年的！年份酒！"

"那我们抓紧一点儿——喝完饮料就喝茅台！"谢海福说，"老幺的江汉老窖也不会让他带回！"

"这就需要你老大努努力了！"牛瑧昱笑道，"当然，也需要我们大家努努力了！来！我现在借花献佛，敬各位一杯！先感谢大家不远千里去为我抬桩！"

牛瑧昱边说边拿起自己面前的那罐 V8 果汁敲了敲桌面上的玻璃转盘。

"其实，我们也应该感谢你！"孟爽喝了一口 V8 果汁后说，"要不是你，我几乎是不可能到你老家那里去的，我的社会实践活动报告写的也不会那么得心顺手的……"

"是得感谢老幺！"谢海福说，"要不是老幺，我们这个假期也不会过得既愉快又充实饱满……"

"可不是吗？"柳赛说，"要不是老幺，咱们是很难那么深入农村的——也很难吃到那么美味的菜肴！来！咱们现在也先吃吃这美味佳肴！"

柳赛边说边拿起一根羊肉串。

陆地随着柳赛拿起一根羊肉串，边吃边说："也呼吸不到那么纯净的空气——现在需花钱买纯净水，说不定哪天会需要花钱买纯净空气的！"

"如果不搞好环境保护，花钱买纯净空气的时间不会太晚！"牛瑧昱说，"像我们锦都，这些年来，每到冬天，空气就常常重度污染，有时候呼吸一口纯净空气好像一种享受似的！如果商店里有纯净空气出售一定很抢手！"

"那咱们将来在你老家建一个纯净空气生产基地……"谢海福喝了一大口V8果汁后说。

"周瑾家那儿的空气也不错！"柳成丝说。

"对！周瑾家那儿的空气也不错！"史玉婷说。

"那咱们将来也在周瑾的家乡建一个纯净空气生产基地！"谢海福笑道，"两个基地一个让柳公主做主任，一个让史公主做主任！"

"别笑话我了！"史玉婷说，"主任只有像你这种有'创意'的人才能做！"

"好！我做！"谢海福说，"只要有机会，我一定做！"

"这种机会要有就有！"柳成丝说，"回头我对我鲍叔叔说说，让他支持一下咱们，不就有了吗？"

"那得赶早！"周瑾不无忧虑地说，"我们那儿也开始污染了，而且污染越来越严重！"

"周瑾说得不错！"牛瑧昱说，"我小时在老家时，口渴了，坑、塘、湖、堰、沟、渠的水都可以随便喝！家家户户的饮用水都是用木桶从坑、塘、湖、堰、沟、渠挑到家里用水缸盛着，随时需要随时取用！可现在呢，人们不得不用自来水厂的水了！"

"确实如老幺所说的——但咱们也不必太悲观！"谢海福放下酒杯后说，"有危机就有机遇——说不定咱们真的能在你们的家乡搞成一个或一些项目，发点儿财呢！"

"对——老大说的对！咱们要抓住机遇！"柳赛戏谑着说，"啊！我们先把眼前的机遇抓好吧——喝茅台！咱们边喝茅台边谈发财的事情！"

柳赛边说边起身去叫服务员开茅台。

"现在这世道，发财才是硬道理！"陆地说，"但发财要赶早——咱们现在就边吃边喝边讨论一下'创业'的事吧！我建议，我们还是像上个学期那样凑在一起炒股一起发财——长袖善舞，多财善贾，咱们炒股则是本金多多益善，本金多了可以随便炒，尤其是在买了一些优质股后在发现后劲十足时可以大量补仓……"

"不只是如此！"谢海福说，"有些股票，比如，开户要求就是500万，所以，咱们还是得团结起来干！"

"新年开盘以来，股市不温不火的，且忽高忽低，剧烈动荡，咱们得先好好地盯一下！"牛瑧昱说，"看准了后再下手——不可急功近利贸然下手！"

"我天天都在盯！"孟爽说，"近来股市虽然剧烈震荡，但也好像存在着一定的规律性……"

"真的吗？"陆地说，"我也是天天都在盯，可直到今天，并没发现什么规律……"

"股市的规律，哪里是人人都能发现的！"柳赛说，"除非有慧根慧眼……"

"那你发现了吗？"陆地反唇相讥地问。

"我也没有发现！"柳赛说，"但我相信孟爽发现了……"

"真的吗？我们的学霸同志！"谢海福看着孟爽笑道，"如果是真的，那么，这个学期由你来操盘！"

"不！那怎么行？"孟爽有点儿急地说，"我没有发现什么股市的规律！即使我真的发现了，我也不能操盘——理论家不等于实践家……"

"是呀！"柳成丝说，"你不能把我们女同胞推到第一线……"

"对！老大不能做缩头乌龟！"陆地说，"我们这个学期还等着你发扬光大呢！"

"要发扬光大就得有更大资金，我刚才说过新三板了——新三板个人投资者开户要求两年以上投资经验且证券账户资产五百万元以上。"谢海福说,"我有两年以上投资经验,但不知这次我们能不能凑五百万元?"

"五百万应该可以弄到!"柳成丝说,"关键是要能稳操胜券!"

"成丝说得不错——五百万应该可以弄到!"史玉婷说,"这次我出两百万。"

"我把我手中所有的钱都拿出来!"陆地说。

"你所有的钱是多少?"谢海福两眼逼视着陆地说。

"这个……这个……"陆地吞吞吐吐地说,"大概三四十万吧……"

"三四十万?真的吗?"柳赛笑道,"你这次可不能像上次说话那样打对折呀!"

"哎!我说老三,你不能总盯住我呀!"陆地说,"你管好你自己——你想想你自己打算拿多少钱出来吧!"

"我嘛——从来都是说话算数!"柳赛说,"我这次还是和上次一样——有多少就拿出多少……"

"你这次可不能只是有多少拿出多少!"谢海福说,"我们这次如果炒新三板,需要大额资金……"

"这次的资金应该会是'大额'的吧!"柳成丝说,"玉婷拿出两百万,我也会拿出两百万的……"

"我拿出四五十万……"牛瑧昱说。

"我拿出五万。"孟爽说。

"我……太惭愧了!"周瑾说,"我没法拿出多少钱……我一定会想方设法凑到一笔钱的!"

"你不必太为难——资金大致有五百万了!"谢海福说,"我们可以炒新三板了……"

"可以炒新三板,但不必一定炒新三板!"牛瑧昱说,"炒新三板可能更容易暴富,但也更容易血本无归!"

"不错——我仔细研究过了,炒新三板危险性太大!"孟爽说,"我们可以重点炒'政策股'……"

"对!可以重点炒'政策股'!"史玉婷说,"国家的好些政策,比如,关于农村城镇化、城市的棚户区改造、城市的基础设施建设、大力发展高铁等，对股市的影响很大……"

"这些我也注意到了——我们上个学期炒的股有些就是政策股，比如，能源股、高铁股……"谢海福说，"我刚才所说的'新三板'也是政策股……"

"那我们干脆成立一个政策研究办公室，研究政府的政策！"柳赛笑道，"吃透了政府的政策再炒政策股，那就更有的放矢了！"

"我们也可以分分工——有的人研究股指，有的人研究K线，有的人研究政策……"陆地说，"柳公主是我们的书记，加上出身于政策之家，我看把研究政策的重任就交给柳公主！"

"别这么抬举我了吧！"柳成丝说，"再说，政策股要炒，别的股也要炒……"

"对！要全面地研究股市！"牛瑧昱说，"我们今天也不必说得太明确、太具体……"

"我们今天最明确、最具体的一是吃饭，二是落实股金。"谢海福笑道，"落实股金的问题我们已经解决了，我们现在就解决吃饭这个问题吧！"

"这个问题好解决——我们只要一起举筷子，问题就解决了！"柳赛也笑道，"来！我们一起举筷子吧！"

柳赛边说边用筷子夹起一只鸡腿，接着夸张地咬了一口。

"别噎住了！"陆地笑道，同时，也用筷子夹起了一只鸡腿，牛瑧昱等也各自夹起了一只鸡腿。

"噎住了也不要紧！"柳赛边嚼边说，"我要是被钱噎住就好了！"

柳赛一说完，大家一起"哄"的一声笑了。

"等着吧！你今年也会被钱噎住的！"笑声停止后，谢海福说，"今年咱们本金这么大，一定会赚得钵满盆满的！"

"那我们就去老幺的老家投资，搞实业！"陆地说，"当然，也去周公主的家乡投资……"

"那我就先谢了！"牛瑧昱笑道。

"我也先谢了！"周瑾也笑道。

"你们两个都说谢——怎么谢？"陆地说。

"来！我再借花献佛敬大家一杯！"牛瑧昱说，接着喝了一口茅台。

随后，周瑾以饮料代酒敬了大家一杯，再后，大家回敬牛瑧昱和周瑾、相互敬酒、相互说笑……餐馆打烊时分，大家都吃够了、喝够了、说笑够了，便在服务员的"提示"下，离开了"华兴馆"。

谢海福、陆地、柳赛虽然酩酊大醉了，一路上得靠牛瑧昱搀扶着，但临近宿舍楼时，忽然都像酒醒了似的，不约而同地撇开牛瑧昱往前跑；牛瑧昱以为他们受到了什么惊吓，本能地追着他们往前跑；追至公共卫生间，牛瑧昱发现他们正比赛似的呕吐着，随即本能地退出卫生间，但刚退出便听见柳赛"啊"的一声，牛瑧昱又本能地冲进卫生间，结果发现柳赛趴在地上。

"老三！你怎么啦！"牛瑧昱像是受到了惊吓似的叫道，随即扛起柳赛往外走。

"老幺！你……别……别管他——他……觉得……觉得这里躺着舒服！"谢海福说，"要抱就抱我吧！……我走不动了……"

谢海福边说边吃力地向卫生间的门走去。

"我也……走不动了……"陆地说，"你来……搀我一把吧！"

牛瑧昱扛着柳赛没走多远，就听到身后传来了两声"扑通"——他意识到谢海福和陆地都倒地了，便加快脚步把柳赛扛进宿舍……

牛瑧昱把谢海福等都扛进宿舍后，又帮他们擦洗了一番，刚刚把他们擦洗完毕，柳赛又像气息奄奄地细语道："水……水……"

牛瑧昱便又弄水给柳赛喝，随后再弄水给谢海福、陆地喝……

子夜一点时，谢海福等鼾声此起彼伏了，牛瑧昱忽地感到一阵放松，脑子也忽地清醒了——他不由自主地想：

"唉！大学本是一个人学习的黄金时代，可我们现在却不能安安静静地学习——一进大学，席不暇暖，就背起行装去参加军训，整整两个星期累得半死，连书皮也无力翻开。军训结束后一返校，学院学生会、团委、学校学生会、团委，学校的合唱团、创新社团、创业社团……纷纷'招新'，即使不想参加'招新'，也有可能'被招新'，弄得人战战兢兢、诚惶诚恐的！各种'招新'还没结束，班委会、团支部选举就开始，又是你即使不想'参选'也可能

'被参选'或'被当选'。再后便是各种检查、评比、比赛,如宿舍卫生检查、文明宿舍评比、体操比赛……一个学期正儿八经的学习实际上才开始,班级、校级、市级、国家级的评优、评奖又开始酝酿了……明明知道应该安安静静地学习,可还是参加了学校学生会和班级的班委会选举,还'恬然'当选!明明时时刻刻记着老爸所说'板凳要坐十年冷''学问是一个读书人安身立命的基础'之类的话,可还是没有沉下心来读书、做学问!而且,这个学期一开始,所想的还是'创业'之事!"

"唉!有什么办法呢?"牛璨昱翻了一个身,暗自叹息道,"国家现在是以经济技术为中心,最急需的是能为国家创造产值、推动经济发展的人——当然要鼓励大学生创业或学习创业,也当然会把大学生创业的情况作为对大学进行考核的一个标准甚至是一个重要的标准;任何一所大学都只是国家的一个'元素',要生存和发展都离不开国家、都需要国家的支持和供给,因此,无论是对学生的考核还是对教师的考核,大学都把国家的需要或要求作为标准甚至是最重要的标准,于是,大学生便按照国家的需要或要求发展——被动地或被迫参与创业就在所难免了!再说,现在真是'钱不是万能的,但没有钱是万万不能'的了——雪莲退学、三伯家和周瑾家要发展生产,归根结底是钱的问题!可不是吗?假如当初有钱给祖爷爷请保姆,雪莲就不会退学!三伯家要扩大养鸭、养鱼规模,要扩大果园规模,周瑾家要承包东潭、西潭,如果没有钱,一切都无从谈起!所以,有钱才是硬道理——我参与创业就无可厚非!我没有潜下心来安安静静地学习也无可厚非了!既然如此,那我这个学期就放开手脚参与创业吧!嗨!这个学期,我们不仅资金增加了不少,而且无论是炒股的理论知识还是实践知识都增加了不少,加上牛市的整体格局没变,因此,一定会大有斩获!也一定要大有斩获!世上没有永远的顺风船,股市也不可能永远是牛市——我们这次如果真的大有斩获了,就马上撤!撤出来搞实业——我老家和周瑾的家乡真的是黄金宝地,无论是发展种植业还是发展养殖业,都会收获多多的!那儿湖泊星罗棋布,长江、汉江'并驾齐驱',沟、渠、河纵横交错,发展水上旅游业也大有作为!对!水上旅游可作为我们将来的一个重点发展的项目!世人都只知洪湖是'洪湖水呀/浪呀嘛浪打浪啊''清早船儿去呀去撒网/晚上回来鱼满舱啊/四处野鸭和菱藕/秋收满帆稻谷香',其实,我的老家与周瑾的家乡何尝不是如此！如此条件，发展旅游业太合适了！客人来了，可以荡舟，可以钓鱼，可以采摘莲蓬菱藕，可以观赏群集的野鸭、水鸟，游趣也一定会大增的！特别是在夏天，湖水碧波荡漾，藕田碧荷连天，野鸭、水鸟纷飞，美不胜收、令人陶醉，游客即使想不喜欢也会喜欢的！"

想到这儿，牛瑧昱的脑海里忽地闪现了自己第一次在碧荷连天的藕田边为碧荷所陶醉的情景，接着，一阵睡意拂来——在睡梦中，他们的"创业"小组挣了一大笔钱，把他的老家建成了集种植、养殖、旅游于一体的国家级基地。

柳成丝、史玉婷、孟爽平常从来都是回家度周末。因此，聚餐结束时虽然已是深夜，但孟爽还是坚持回家，柳成丝、史玉婷也想回家，于是，史玉婷在开车送孟爽回家后自己回家，柳成丝则在开车把周瑾送至宿舍楼下后回家。

虽然宿舍不大，但周瑾由于是一人独居，因而还是有种空荡感；稍稍翻一下身，高低床"吱呀"一声——虽然声音很轻微，但周瑾却感到宿舍里有回音似的，因而莫名地产生了一种寂寥感，并不由自主地想："我虽然与牛瑧昱、柳成丝等同学，他们对我也的确不错，但实际上我与他们是格格不入的！他们全都出生在大都市，即使家庭条件再差，也比我的好——他们至少不需要像我一样牵挂家里！上次集资炒股，我的出资那么少——不仅是所有人中出资最少的，而且不及成丝、玉婷她们的百分之一！这次集资，我连上次那点儿钱也拿不出！唉！我该怎么办？！唉！我干脆退出'创业'小组算了！这样，他们走他们的阳关道，我过我的独木桥——互不相干互不拖累！"

想到这儿，周瑾像是获得了解脱似的，心情放松了许多，下意识地调整了一下睡姿，但刚躺稳，她又随即意识到"不可"，暗自惊叹道："啊！不行！我千万不能退出——否则，我便动摇了我们'创业'小组的军心！无论如何，我也不能退出！"

"唉！我不退出又能怎样呢？"稍顿之后，周瑾又调整了一下睡姿，颇感无奈地想，"总不能拿'干股'吧！不能揩大伙的油吧！"

想到这儿，周瑾好像自己真的拿了干股、揩了大伙的油似的，猛地感到一阵羞愧。

也许真有所谓的"急中生智"吧！周瑾在猛地感到一阵羞愧的同时，随即

"豁然开朗"。她想："我还是得依靠我自己依靠我爸妈！当下，春节才刚过完，买鱼苗、鱼料的时间还早，但这个时候恰值两会召开之际，每年这个时候股市都会红火一阵子的，如果今年也如此，那我看准了股票，就把爸妈手中所有的钱拿过来赌它一把！对！就这么办！今天聚餐时，大家都说在盯股市，孟爽还说发现了股市震荡的规律性，我也好好地盯一下，说不定也能发现股市的一些奥秘呢！如果发现，把握住了，我就把爸妈手中所有的钱挪过来炒他一把！"

想到这儿，周瑾下意识地握紧了拳头，但在拳头放开的时候，她又打退堂鼓了。她想："不！我不能冒险！爸妈手中的钱是不能拿来炒股的！他们每年都是靠贷款在发展生产，这次还接受了牛瑧昱的'投资'！加上炒股是有风险的，如果把那些钱拿来炒股一旦亏了怎么办？！"

"可是，我如果不临时性地挪用一下我爸妈的钱，那到哪里去弄钱呢？！"稍后，周瑾颇感沮丧地想，"总该不能'空手套白狼'似的参与大伙的'创业'吧！……唉！这也不行那也不行，那我该怎么办呀！……怎么办？啊！随他去吧！'船到桥头自然直'——到时再说吧！这个时候不早了，我还是睡觉吧——一切都等睡好觉了再说！"

想到这儿，周瑾屏住杂念，不一会儿就入睡了。

柳成丝回到家中时已是子夜一点了。

本来，聚餐结束时，柳成丝是想借送牛瑧昱回家而把他带到她自己的家来的，但是，当时谢海福、陆地、柳赛都酒醉醺醺、摇摇欲倒，牛瑧昱不得不与他们结伴回宿舍，加上史玉婷也有车，也似乎很想送牛瑧昱；于是，柳成丝便改变了主意，转而送周瑾回宿舍。

由于没把牛瑧昱带回自己的家，柳成丝就颇感失落了，而回到家中时，出差了一周多的母亲仍然未回，偌大的房子只有她一人，她便又陡添了一份孤寂、落寞，于是，不由自主地在心里叹息道："唉！这个时候，他要是在我身边多好！"

随后，柳成丝将手提包放在搁柜上后去泡澡——泡澡，是她这几年去除烦恼、打发寂寞或放松心情的惯用手段。

柳成丝家的浴室有三十平方米，室内除了浴房、浴缸、浴柜等外，还有一套高档音响设备。

　　柳成丝先打开音响设备，输入"班得瑞"后让其按照默认的列表播放；然后，她一边欣赏"班得瑞"一边给浴缸注水。将浴缸注满冷热适度的温水、调好恒温器后，她便躺在浴缸里，头枕在浴缸上的枕头一边欣赏着轻音乐一边浸泡——轻音乐像一股清泉一样在她的心里流淌，温水则像一只神妙的魔手一样抚摸着了她的肌肤，她心头的郁闷随之开始消散。

　　确如柳成丝所感觉的那样——聚餐结束时，史玉婷很想送牛瑧昱家并最终把牛瑧昱弄到她家中来。

　　也许真的是"穷人的孩子当家早""单亲家庭的孩子成熟早"吧，史玉婷成熟得很早——十二岁多一点儿就成熟了！

　　然而，史玉婷对牛瑧昱的"情有独钟""痴心不改"却始终没有得到他的有效回应——特别是进大学后，无论是她资助他参加和主持"创业"，还是她不远千里驱车至他老家，他对她都只停留在同学和朋友的"礼节"上；因此，她颇感挫折和失落。对这次聚餐，她本是满怀希望而去——她最初的设想是让他喝醉，然后借送他回家而把他弄到她的家中和他做个了断的。然而，无论是她们女生以饮料代酒地和他干杯，还是男生们和他实打实地干杯，他最终还是没有喝醉，简直像个不醉翁似的！而谢海福、陆地、柳赛等不仅喝成了醉虾，而且还要他搀扶着回宿舍，从而打乱了她的计划。她满怀希望而去，可最终却两手空空而回，于是，她便不再仅仅是感到挫折和失落了——她倍感失望和沮丧！因此，她一回到家中就火气冲冲，好像要和谁大吵一架似的！可是，她家的所有成员总共才两个——她和她的老妈，而她的老妈平常总不在家，此时也不在家！因此，她即使是想和谁吵架也吵不成！她颓然坐在沙发上，下意识地拿起电视机的遥控，无目的地调换频道……

　　孟爽迟迟不回家，其父母坐立不安，便下楼去等孟爽，但刚走到小区门口，史玉婷的车就到了，接着，孟爽从车中下来了。

　　本来，孟爽的母亲很想嗔怪孟爽几句的，但因有史玉婷在场，便笑脸相迎，同时，与孟爽的父亲异口同声地邀请史玉婷到他们家做客。史玉婷礼貌而又得体地谢绝了孟爽父母的邀请。随后,孟爽伴着她的父母边走边聊地回家。

孟爽由于紧张地学习了一个周,加上又刚刚吃了一个马拉松似的晚餐,因而非常累,于是,一进家门,她就直奔盥洗室,潦潦草草地冲洗了一下就上床睡觉,但躺下之后,却并没有立马入睡,脑海里则不由自主地闪现了晚餐上大家在谈论炒股时的情景。

"哎!这是怎么回事呀!"孟爽颇有点儿自怨自艾地想,"我刚才明明是那么困,可现在却睡不着!我明明对炒股挣钱并不是太感兴趣,可大家在谈到炒股时,我也是那么兴奋——现在还总想到这事!上个学期和寒假,我虽然花了很大的精力甚至是主要精力学习证券理论、研究股市,但实际上收获并不多——既没有发表一篇学术论文,又没有发现什么实实在在的股市运行规律,更没有把所学的知识用于实践,实实在在地操过一次盘,赚过一桶金,为我们的'创业'添光加彩!"

"啊!我也不能过于自责!"随后,孟爽又想,"谈到炒股,大家都是那么意气风发、情绪高昂,对'暴富'都是那么'满怀希望'甚至是'志在必得',我感到兴奋也无可厚非!至于学习嘛,也不可能'立竿见影''一口吃一个胖子'!只要只争朝夕地学,一步一个脚印地学,最终发表一点学术论文,或者选中几只'黑马股',也是非常有可能的!不过,我的目标不应该仅仅是发表学术论文,而应该像本杰明·格雷厄姆和戴维·多德那样写一本名垂青史、泽被后世的著作——他们的《证券分析》写得真好,所提出的投资理念确实具有'穿越性',被称作'投资者的圣经'一点儿也不过分!巴菲特对之推崇备至一点儿都不虚妄!我的目标不应该仅仅是在股市的大千世界里淘几只'黑马股',赚几桶金,而应该是像巴菲特那样,发现并利用股市的规律,挣大钱,成为可为人景仰的金融家!也许我这么想有点儿狂妄,也许我的目标也不一定能实现,但是,我如果连想都不敢想,那还会做吗?如果连目标都不敢定远大一点儿,那还有远大目标的实现吗?"

"当然,我当下最主要的是学习,未来的发展和最终成就也在很大程度上有赖于当下的学习!"再后,孟爽又想,"因此,不能只有狂妄的理想、远大的目标,而且还要有脚踏实地的行为——我自己制订的学习计划才完成了一点点,还有那么多的专业经典没有研读,我得争分夺秒!啊!这周老师们布置的作业还没有做完,我现在得好好休息,养精蓄锐,明天先把那些作业做好!"

　　想到这儿,孟爽好像突然找到了一个解决难题的答案一样,一阵放松,接着,翻了一下身,随着一声哈欠入睡了——在睡梦中,她发现了股市的规律,后来,她又把自己的发现理论化,创建了"孟氏炒股定理";牛瑧昱等把"孟氏炒股定理"用于炒股,屡试不爽,捷报频传,并用所挣的钱把牛家大湾建成了全国的"模范新农村",他们的"创业"小组也成了全国高校的"模范创业小组"!

第三十五章　突如其来的山洪

对于中国人民来说，三月是一个充满喜气的时间——不仅有的年份这个月新年还未完全退去，而且每年的这个月都要召开"两会"，而每年的"两会"都是喜讯频传，全国人民都会为之振奋不已、兴奋不已！对于中国股民来说，三月也是一个充满喜气的时间——新年的股市开门红往往刚刚开始，或者就在这个月开始，而这个月召开的"两会"总会制造一些股市的兴奋点，股市总会因此而掀起几个"高潮"；聪明的中国股民往往会抓住那些"高潮"而"高歌猛进"，大赚海赚。

就智商而言，锦都大学的学子无疑是中国人中的高智商者；就中国股民而言，牛瑧昱等无疑是属"聪明的中国股民"之列，因而，他们不失时机、恰到好处地抓住那些"高潮"而且"高歌猛进"地大赚海赚了

开学后的第二周，牛瑧昱等便将钱凑集在一起，一共533.1万，其中，

史玉婷——200万

柳成丝——200万

牛瑧昱——50万

陆地——40万

谢海福——30万

孟爽——7万

柳赛——6万

周瑾——0.1万

将钱凑集在一起后，牛瑧昱等专门集中在一起开了一次会。在会上，大家议决了买进卖出的一些原则，仍然推举牛瑧昱负总责，仍然让谢海福负责操盘，但是又强调每一位都要尽其所能地搜集和分析股市信息，并将有关信息及

时传递给谢海福,供谢海福参考;谢海福则要注意集思广益,只有在有绝对把握的情况下,才大额地买进或卖出。

在"两会"之前两个多月的经济工作会议上,国家决定在新的一年里将创新投融资方式,消除投资障碍,使投资继续对经济发展发挥关键作用;鼓励和支持新兴产业、服务业、小微企业的发展……随后,国家主流媒体围绕着经济工作会议的精神大做文章,金融板块、新兴产业板块、服务业板块、小微企业板块股票开始升温;"两会"期间,国家关于创新投融资方式、新兴产业、服务业、小微企业等的政策成为人大代表、政协委员们热议的话题,许多重要的媒体开辟专栏刊登了人大代表、政协委员们的观点,金融板块、新兴产业板块、服务业板块、小微企业板块股票飙升,谢海福觉得应该全仓买进,同时,牛瑧昱等不约而同地向他提出了全仓买进的建议,于是,谢海福抓住最佳时机全仓买进几只绩优股,结果,连续三天涨停,最后停牌。停牌期间,谢海福发现了另外几只更加绩优的股,打算一复盘就清仓,然后再改买那几只股,并把自己的想法向"创业"小组的全体创业做了通报。

在接到谢海福的通报之前,周瑾也发现了那几只股,而且断定它们一定会暴涨的,于是,她决定把其父母养鱼的资金挪用一下——她对其父母说,她们"创业"小组临时性借用一下;不过,她最初是想把父母手中的二十万全部"借用",但在电话上对其父亲说时只说了十万。在接到谢海福的通报时,周瑾刚好收到了其父母亲转给她的十万元,于是,毫不犹豫地同意了谢海福的想法,并将刚刚收到的十万元转给了谢海福。

柳赛在看到"创业"小组所买的股连续三个涨停并停牌后,后悔自己的股金太少。开始,他想向家里要点儿钱,增加投资,但考虑其父亲工资微薄,其母长年患病,家里不可能有钱,于是,厚着脸皮向爱丽丝借钱。柳赛本是抱着试试的心理向爱丽丝借钱的,而且只提出了借五万元,但是,爱丽丝不仅毫不犹豫地答应借钱给他,而且立马就用手机给他转了十万元,随后,又买着礼品到他家去看望他父母。柳赛刚收到爱丽丝借给他的钱就接到了谢海福的通报,欣喜若狂,一方面对谢海福的想法表示完全认可,另一方面将爱丽丝借给他的十万元转给了谢海福。

像周瑾、柳赛一样,牛瑧昱、陆地、史玉婷、柳成丝、孟爽等对谢海福的通报也是认可，于是，停牌的那几只股一复盘，谢海福便清仓；随后，瞅准机会，在那几只股股价最低时刻全仓买进；后来，又几进几出……"两会"结束之际，"创业"小组的资产便净增了百分之八十。

"两会"结束后，虽然股市"牛"势未减，但牛瑧昱考虑到"树木不可能长到顶破天"，股市不可能永远是牛市，"创业"小组所买的那几只股不大可能再涨了，建议清仓"休整"一段时间。孟爽根据自己所掌握的理论知识和股市信息，觉得牛瑧昱的建议完全正确，立马表示赞同。周瑾本来就想撤资，把钱连本带息地还给其父母，便毫不犹豫地同意了牛瑧昱的建议。柳成丝、史玉婷本来对赚多赚少就不太在意——她们所在意的只是牛瑧昱，便"异口同声"地赞同牛瑧昱的建议。最后，虽然陆地、柳赛以及谢海福都不同意清仓，但谢海福还是"依依不舍"地清仓了。

也许是牛瑧昱确有先见之明，也许是牛瑧昱的运气巨好，谢海福刚一清仓，"创业"小组所买的那几只股便跌停；接着，整个股市开始走下坡路；再后，虽然也有起起伏伏，但一直到六月中旬，股市的总体"颓势"未改。

虽然春节之后，天气一直阴着，并且持续到了三月底，但是，进入四月之后，天气持续晴朗，周慕华、肖桂珍的心情随着晴朗的天气开朗起来了，发家致富的想法和信心也越来越强旺起来了，于是，把包括周瑾转给他们的借款及其"盈利"在内的近五十万全部用于养鱼——他们追放了鱼苗，换用了养分更加充分的鱼料，为鱼准备了充足的防治病虫害的药剂，添置了足够的用于洪涝灾害发生时防止鱼逃跑的渔网，在"南潭""东潭""西潭"边搭建了看护棚。他们也把全部的精力和心思用于养鱼——他们在看护棚里吃喝、在看护棚里睡觉，他们吃饭时眼睛盯着水里的鱼儿、睡觉时耳朵听着水里的动静，他们既担心水獭伤害他们的鱼儿，又担心村主任之类的人觊觎他们的鱼儿……天公很作美——持续晴朗一段时间之后下一阵雨；持续晴朗的时候，气温并不是多么高；下雨的时候，气温也不太低……他们所喂养的鱼儿也很争气——它们的个儿一天比一天大，它们群集的规模一天比一天大，它们每天都是无忧无虑、欢快自在地在水里游来游去……看着它们，周慕华夫妇好像看到即将实现的希望，感到无比的愉悦，也感到浑身都是力量。

俗话说，"天有不测之风云，人有旦夕之祸福"。自五月上旬开始，天公便不愿再作美了——先是持续好几天地下雨，好不容易太阳露脸了，但一会儿又消失得无影无踪。到五月底，整个江汉大地到处都是水，变成了名副其实的水乡泽国，周慕华、肖桂珍所承包的"南潭""东潭""西潭"更是水满欲溢，于是，他俩便慌忙用事先备用的防护渔网将低洼处网住，防止鱼跑掉；将所有的低洼处都网住之后，周慕华长长地喘了一口气，颇感欣慰地说：

"嗨！幸亏我们早做准备，否则，我今年就有可能白干了！"

"不是幸亏我们早做准备，而是幸亏瑾儿那同学今年借钱给我们！"肖桂珍说，"否则，我们即使想早做准备，也是'手中无网看鱼跳'呀！"

"你说的也不完全对！"周慕华笑道，"小牛并不是借钱给我们，而是向我们投资——你想将来挣钱了不给人家分红吗？"

"谁说我不想给人家分红？我才没那么贪！"肖桂珍说，"不过，小牛好像很喜欢咱们的瑾儿，他的那些钱实际上是送给咱们的……"

"我也知道他很喜欢咱们的瑾儿，他的那些钱实际上是送给咱们的——如果他是借给我们的，那我们将来不管收获如何，都得还钱给他；他说是投资，很显然是说如果有收获有红利，我们就还给他本分给他利，一旦没有收获或亏本，他就不要这些钱了！"周慕华说，"正因为如此，我们实际上责任重大——我们过去挣钱或亏本，那只是自己的事，现在则事关小牛！因此，我们要倍加小心！"

"我也是这么想的——我只是怕增加你的压力，才没有说破的！"肖桂珍说，"既然你也是这么想的，那咱们就得更加小心一点儿……"

"不过，也不必过于紧张——时时刻刻提心吊胆，也会影响咱们的判断和行为！"周慕华说，"比如，我们当初买这防护用的渔网时，如果再提心吊胆一点儿，就会买更多一点儿，如果雨不再下了，潭里水不再涨了，那我们多买那部分就是白买了——雨下了这么长的时间，应该不会再下了！"

"这未必。"肖桂珍说，"今年这天气很反常——往年是六月中旬才持续降雨，可今年从五月初就开始持续降雨……"

"可不是吗？提前了一个多月！"

"这也许就是电视上所说的人类生态环境被破坏所致吧……"

"这是不是瑾儿所说的'厄尔尼诺现象'？"

"不是吧——她说去年的旱灾是'厄尔尼诺现象'……不过，有旱必有涝——说不定这也是'厄尔尼诺现象'……"

"随后就是梅雨时节，而梅雨时节通常会持续降雨的，今年该不会真的会有涝灾吧……"

"如果真的是这样的话，那咱们就麻烦了！"周慕华忧心忡忡地说，"咱们投资这么大，一旦暴雨成灾，那咱们潭里的水就会猛增，需要用防护网的地方就会增多，可咱们现在却实实在在无力增添防护网了……"

"再无力添置也得添置！"肖桂珍说，"我们可向银行贷点儿款——今年我们有小牛的投资，而没有向银行贷款……"

"我们贷款的时机已经错过了！"周慕华说，"春节一过完，银行就打电话给我，问我贷款的事情，我告诉银行，今年不贷款了……"

"那我们可以让瑾儿找找人——上次她说她读高中的一个同学的爸爸是咱们县里农行的副行长……"

"不能找那副行长——我听说过他，据说，那可不是好打交道的主！再说，瑾儿显然不喜欢那同学，否则，寒假那会儿就不会拒绝他到咱们家来玩，也不会把他一进高中就追女孩子的事当笑料来谈了……"

"要不找找小牛——小牛他爸在咱们这里名气很大……"

"也不行——小牛已经在咱们这儿投了那么大的一笔钱，如果知道咱们还得再贷款，那可能引起他的误会……"

"那你说怎么办？如果不增添防护网，潭里一旦再涨水，那后果不堪设想！"

"唉！还真不好办！现在咱们是骑虎难下！不过，我们也不必太着急——我们可以对瑾儿说说，听听她的意见！"

"那好！咱们现在先弄点儿东西吃——今天忙了一整天，也该歇歇了！"

说完，肖桂珍便向就近的看护棚走去，接着，周慕华也跟上。

尽管周慕华夫妇都不希望再下雨了，但是，天公并不以他们的意志为转移——从六月的第二天开始，雨便又开始下了；最初是小雨霏霏，不过，在一连下了两三天后,江汉大地上凡是有水的地方,水位都明显地上涨了,周慕华夫妇所承包的三个潭,凡是地势低下的地方,潭水都外溢——幸亏有渔网防护,否则,一定损失不小!

周慕华夫妇一方面感到庆幸,另一方面又倍感心忧——天公好像没有停止下雨的迹象,而他们添置防护渔网的资金仍然没有筹集到位。正在他们忧心忡忡、一筹莫展之际,周瑾给他们打电话询问家里的情况,并重点询问了渔场里的水位,周慕华先是吞吞吐吐、欲说还休,但后来考虑到如果雨继续下,渔场水位继续上涨,而又没有足够的防护渔网,那么,潭水大面积外溢,潭里的鱼跑掉在所难免,于是以实相告。

得知家里的困境后,周瑾心急如焚,立马就给读高中时的同学穆舟打电话——他的父亲在县农行做副行长,她请他找找他爸爸,给她父母贷点儿款,以解她父母的燃眉之急。穆舟满口答应,并立马向他的爸爸提出了要求;他的爸爸爱子心切,同时考虑给周瑾家贷款也符合国家政策和行里的规定,便答应了。得到父亲的应允之后,穆舟随即赶往锦都大学去见周瑾,在告诉她他老爸正在办她父母贷款之事的同时,也向她表达了爱慕之情。周瑾虽然对穆舟印象不坏,但并不爱他,便拒绝了他,也谢绝了他的帮助。随后,她把她家里的困境告诉了牛瑧昱。

得知周瑾家的困境后,牛瑧昱一方面安慰周瑾,叮嘱她别太为家里的事情操心,并告诉她他会为她家解决好渔场防护网之事;另一方面立马给周慕华打电话,询问渔场对防护网的具体要求,随后便从网上订购,并限期送达;同时,他又请假到周瑾家,雇人把她家渔场的四周全都布上了防护网。

为了不让周瑾产生心理负担,牛瑧昱在给她家订购渔场防护网时,没有告知她;一到周瑾家,就明确地要求她父母不要把他给购买和安装渔场防护网之事告诉她——而只说政府出面解决了渔场防护网之事。

帮周瑾家解决了渔场防护网之事后,牛瑧昱匆匆赶往牛家大湾——一方面,他很想念他的奶奶、三伯、三妈和杨雪莲,他要去看望他们;另一方面,他也想看看他三伯家的渔场和鸭场是否也需要采取一些防护措施。回老家后,他见他的奶奶、三伯、三妈、杨雪莲等的身体和精神都很好;同时得知牛汉卿尽管有牛瑧昱的那笔投资,但在杨雪莲的建议下,又向银行贷了一笔数额与往

第三十五章 突如其来的山洪

年一样多的款；在意识到可能出现降雨成灾的时候，牛汉卿又在杨雪莲的协助下购买许多木架和渔网——木架搁置在鸭场，供鸭子歇息；渔场背离蛟龙湾的那一面全都围上了渔网。

觉得周瑾家和牛汉卿家都应该没事了，牛瑧昱便心情颇为放松地回到锦都大学。然而，牛瑧昱刚到锦都大学，江汉平原上再次开始下雨，并且越下越大，最后，楚山山洪暴发，冲毁了汉江的防护渠——江汉长渠，结果，山洪裹挟着渠水，如脱缰野马，横冲直撞，所到之处，一片汪洋，于是，周瑾家的渔场便与四周的水"融为一体"了——渔场的防护网更是消失得无影无踪了！

楚山山洪暴发的前夕，汉江的水势也大涨，破历史最高水位的记录，江堤则随时有溃口的危险。因此，整个汉江县都处在危机之中！于是，一方面，政府全力以赴地组织力量防洪抢险；另一方面两岸的民众自觉地投入到防洪抢险、卫堤保家战斗中去。

周慕华尽管自家的渔场危在旦夕，但还是"舍小家保大家"——让肖桂珍守护渔场，他自己上江堤与解放军战士一起扛沙包加高江堤。

解放军战士是从集训地紧急调来的。几个月以前，他们还是著名大学甚至是名牌大学里的学子——其中也有锦都大学的学子；要不是为了祖国的利益，自觉自愿地服从祖国的需要，投笔从戎，这个时候，他们也许在政府机关做公务员，或者在大型国企或外国跨国公司做职业，或者注册了一个公司做老板！他们应征入伍后，便进入集训地参加集训。他们本是文弱书生，但加入行伍之后并不示弱，完完全全地按照部队的要求进行训练，并且有意识地进行一些高强度的训练，如负重拉练……短短的几个月，他们便完成了从一个书生到军人的转变，但是，由于经过几个月的训练，他们也疲惫不堪了！然而，当长江、汉江同时水位猛涨，形势危急时，他们还是作为突击队，冲到了抗洪抢险的第一线，哪里最需要冲到哪里，夜以继日、连续作战，把各自的体力用到了极限；同时，他们也精疲力竭，扛着沙包行走时步履维艰、摇摇欲倒。

看到一个个浑身被太阳烤得黑黝黝的疲劳至极的年轻战士，周慕华一阵心酸，浑身也一下子充满了力量，扛着沙包就走，一会儿就将沙包扛到了目的地；有时，他看到有的战士力不胜支，便从那战士的肩上夺过沙包，一个人扛两个……傍晚时分，江堤所要加高加固的地方基本上加高加固了——加高加固大堤的大功基本上完成了；同时，周慕华和战士们也基本上累得到了极限，其中一个战士扛着一个沙包行驶到接近江堤顶部时，突然瘫倒，紧接着，连人带沙包一起快速地向江堤脚下滚落。扛着沙包埋头往上行走的周慕华也几乎要瘫倒了，但发现从上滚落的战士后，连肩上的沙包还未来得及放下就去拦那个战士，然而，由于江堤太高太陡，那个战士滚落的速度很快，因而周慕华不仅没有拦住那个战士，反而被他冲倒，接着，那个战士及其沙包先后从周慕华身上碾过……最后，周慕华被江堤脚下用来加固江堤的石头拦住了，也和那石头撞了个满怀！当周慕华在医院中醒来时，已经是颈椎、脊椎、胳膊、脚腕等多处手术结束之后一个多小时了。

真是"福无双至，祸不单行"——就在周慕华昏迷不醒的时候，肖桂珍被洪水吞没了！

原来，周慕华上大堤后不久，楚山山洪就裹挟着江汉长渠之水冲到他家的渔场前。由于沿途经过了房屋、堤坝等的层层阻拦，加上水中夹杂着家具、木料、房屋的残骸等杂物，因此，洪水虽然水势很大，但流速不大，冲击力也不强。

发现浩浩荡荡的洪水后，肖桂珍先是一惊，接着本能地跳进趸船里。刚一跳进趸船，洪水便奔过来了，看护棚颓然趴入水中，加入了水中杂物的行列；趸船则拉扯着拴在潭岸两根粗壮石柱的缆绳在洪水中苦苦挣扎。肖桂珍知道无处可逃了，便坐在趸船里茫然地看着洪水不慌不忙地流过。不一会儿，她发现远远有一个圆形物旋转而来，慢慢地，她看清那是农村人家年关时节用来办年货的江盆，接着，又隐隐听见江盆里有孩子的啼哭声，随即在心里叫道："啊！里面有小孩！"

随后，肖桂珍本能地跳上渔船旁边的一条划子上，不假思索地解开划子拴在趸船上的缆绳，用尽全身力气向江盆可能流过的地方划去。当江盆即将与划子擦身而过时，肖桂珍飞速地用桨柄勾住江盆，随即用力将江盆拉向自己，攫取似的抓住江盆里的孩子——孩子是一个男孩，三岁左右，颈戴项圈，身穿兜肚，简直像年画的仙子似的。肖桂珍像拾到一个宝贝似的，喜不自禁，将那孩子放进划子里后，像是怕被人抢走那孩子似的将划子划向趸船。划子一靠近趸船，肖桂珍便将那孩子往趸船上放；然而，她刚把那孩子放到趸船上，一股激流便奔腾而来，划子被激流冲离趸船十多米，接着，在激流中猛烈地颠簸、盘旋，最后被激流吞没，肖桂珍随之也消失在激流之中……

本来，周瑾平常就很牵挂父母及家里的事——上锦都大学后，她几乎每个周五的晚上都要给父亲或母亲打电话，向父母问好，也询问家中之事或闲聊其他事情。从网上得知家乡持续降雨甚至有些地方出现洪涝灾害之后，周瑾更是牵挂着父母及家里的事——每两天必给父亲或母亲打一次电话，而在得知家里渔场地势低下之处开始向外溢水后，她更是对父母及家中之事牵肠挂肚、忧心忡忡，常常是一觉得需要就给父母打电话。然而，在她父母双双出事的那天，她先给她父亲打电话，她父亲的手机处在关机状态，她本能地一惊；接着，她给她母亲打电话，她母亲的手机也处在关机状态；后来，她反复给她父母打电话，她父母的手机始终处在关机状态。一种不祥之感在她的心里油然而生，她暗自道："坏了！家里肯定出事了，不然，怎么爸妈的手机都不通呢！"

接着，周瑾赶紧用手机上网查看有关家乡的新闻——为了节省开支，她平常除非特别需要，一般都不用手机上网，一上网，便查到了老家持续降雨，导致洪水泛滥、山洪暴发及军民奋力抗洪的新闻。随即，她便在心里自我安慰道："啊！难怪爸妈的手机均关机了，原来是家乡发生了水灾！发生水灾当然就停电了！停电了，爸妈的手机当然就不能充电了——也当然就关机了！"

但稍顿之后，周瑾又想到她父母的危险，暗自在心里道："啊！爸妈这阵子总住在看护棚里，如果有洪水来袭，而他们又正好在看护棚里，那就危险了！"

想到这儿，周瑾忽地打了个激灵，随之，浑身冒了一阵冷汗。

"不行！我得回家看看！"稍稍安定之后，周瑾又自语道；接着，她便从网上购买了回家的火车票，随后便匆匆赶往火车站。上火车后，她掏出手机，打算给牛臻昱发一条微信，一来把她回家之事告诉他，二来向他请假并请他帮忙向学院里请假。但写好微信后，周瑾又怕牛臻昱为她担心，便放弃了，而把微信略作修改后发给孟爽，把自己回家之事告诉了孟爽，并请孟爽帮她请假，同时，也特意嘱咐孟爽不要声张。

周瑾尽管很希望家里没事希望父母平安，并且一路祈祷，但一下火车，她就得知家乡被淹了，接着从车站内的告示得知开往家乡的班车因水灾而停运了。她心急如焚，但又无可奈何，于是沮丧至极。但就在此时，一队救灾志愿者正鱼贯向一辆卡车走去，她"急中生智"，"混进"救灾志愿者之列，随救灾志愿者上卡车后，她得知救灾志愿者恰恰是赶往她家乡的，她暗自欣喜不已，同时也想："既然我的运气这么好，那我爸妈我家我家乡肯定都没问题的！"

　　随后，周瑾一边与救灾志愿者聊天，一边进一步了解家乡的灾情；在得知汉江大堤安然无恙、家乡的洪水开始减退后，周瑾的心一下子轻松了许多，并且一心以为她还会像往常一样，一到家门口，她爸妈就会出来迎接她！

　　然而，周瑾的期盼、希望，在她一下车时就被现实无情地粉碎了——村子还浸泡在水中，她的爸妈没有了，她也随之昏过去了。

　　牛瑧昱从网络上得知楚山山洪暴发之事后，立马给牛汉卿打电话，询问老家的情况，牛汉卿告诉他，杨金环、艾玉洁、杨雪莲及他本人都安然无恙，鸭场和渔场虽然遭遇洪灾，但鸭子基本上没有损失，渔场里的鱼估计即使有损失，损失也不会太大。给牛汉卿打完电话后，牛瑧昱长长地喘了一口气；随后，他给周慕华打电话，但周慕华的电话关机了；他又给肖桂珍打电话，肖桂珍的电话也关机了；他不由得一惊，暗自道："啊！该不会出什么事吧！"

　　接着，牛瑧昱下意识地再次给周慕华打电话——周慕华的手机依然处在关机状态，他再次给肖桂珍打电话——肖桂珍的手机也仍然处在关机状态。他不由得惶恐起来，本能地拨打周瑾的手机，但号码还没拨完就放弃了，思忖道：

　　"不管是否出了什么事，也不能给她打电话，否则，会加重她的紧张心理的！实在要问她，也得明天见面时取巧地问。"

　　第二天一大早，牛瑧昱连早餐也没吃就赶往第一节课的上课地点，一边看书一边等周瑾，然而，直到上课铃响了，周瑾也没有出现在教室里；牛瑧昱不由得有点儿慌张，嘀咕道："周瑾从来都是提前进教室的——今天怎么这个时候还没来！"

　　牛瑧昱正在嘀咕之际，孟爽悄悄地走到他跟前，递上她代周瑾写的请假条。接过周瑾的请假条时，牛瑧昱暗自一惊，思忖道："啊！周瑾回家了？

她怎么不直接告诉我？！啊！她家肯定出事了！"

随后，牛瑧昱便给周瑾发微信，探问其家中的情况，但发出后不见回复；于是，又给她发短信，可仍然是不见回复；一下课，他又给她打电话——她的电话关机了，他下意识想："周瑾家可能真的出事了！……啊！她本人该不会出事吧！"

想到这儿，牛瑧昱赶紧与汪强联系，向他汇报了周瑾请假回家并联系不上周瑾之事。汪强担心自己作为辅导员，如果班上有学生出什么事，他要负责任甚至要受处分——而他已经受过那么大的处分了，如果再受处分，那他就只有做勤杂工了，于是，赶紧向学院院长做了汇报——学院通过官方渠道得知周瑾家遭遇了不幸。

第三十六章　留守女大学生

六月下旬，周瑾家乡的洪灾终于过去了。

由于母亲杳无音信、无影无踪了，父亲又因脊椎、颈椎、大脑等严重受伤而成了植物人，周瑾悲伤不已，以致整天昏昏沉沉、神志恍惚，无法继续上学，加上父亲也离不开她的照顾，于是她决定休学！

得知周瑾决定休学后，牛瑧昱先是条件反射似的表示反对，但在亲自到周瑾家去了一趟了解了周瑾及其家庭的实际情况后，牛瑧昱便不得不认可了周瑾的决定。

周瑾既是班上的学霸之一，又堪称班上的班花，加上与人为善，亲和力强，因此，全班同学都和她关系极好；平常，同学们进教室或者出教室都会有意无意地看她一眼，好像看见了她，心里才踏实似的。因此，在周瑾因家中遭遇不幸而被迫回家后，同学们在无形中产生了一种失落感；周瑾决定休学之后，同学们更是感到失望。而牛瑧昱呢，则不仅感到失望，而且感到有点儿绝望——他先是有一个自己由衷欣赏的妹妹，因为家庭的原因而高中没上完就辍学了，从而失去了上大学的机会，他也因此失去了一个人生旅程上的潜在伴侣；现在又有一个自己由衷欣赏并和自己关系非同寻常的同学，因为家庭的原因而不得不辍学，而且很可能终止学业，他将失去人生旅程上另一个潜在的伴侣，他能不感到绝望吗？！他先向周瑾家"投资"三十万，后来又给周瑾家的渔场购买和安装防护网——总共花了四十万，归根结底来说，都是为了周瑾——为了周瑾可以不牵挂家里而能一心一意地读书，不希望周瑾不像杨雪莲那样为家庭所累而放弃学业，而周瑾最终却还是重蹈了杨雪莲的覆辙！他实际上落了个"人财两空"——能不感到绝望吗？！

不过，牛瑧昱很快就走出了绝望的情绪，在心里自我告诫道：

"不行！周瑾不能辍学！周瑾不能成为第二个雪莲！我也绝不能让周瑾成为第二个雪莲！我得想办法让她回归正常的学习轨道，完成应该完成的学业！"

随后，牛瑧昱便琢磨着如何让周瑾回归正常的学习轨道、完成学业之事——

"周瑾辍学最根本、最直接的原因一是失去了母亲，二是父亲因公身残、卧床不起。"牛瑧昱寻思道，"我虽然不能帮她找回母亲，但也许可以想办法帮助她的父亲康复！现在的医疗技术如此发达——世界上甚至有大夫打算做头颅移植手术，我完全有可能找到帮助她父亲康复的途径！我先想法把她父亲弄进康复医院进行康复性治疗，如果实在不行，再找其他的治疗途径！虽然可能需要很多钱，但钱的问题是可以想办法解决的——我可以组织一次向灾区献爱心的活动……班上的同学肯定会首先想到她，为她慷慨解囊；接着，学院和其他学院的同学也会为她慷慨解囊！……不过，就周瑾的个性而言，她是不会接受这种'献爱心'的……啊！我还是利用专业知识来解决钱的问题为好——这阵子股市慢慢地'牛'起来了，我们可以再次进入股市……"

想到这儿，牛瑧昱下意识地打开手机，浏览股市行情。然而，牛瑧昱不浏览则已，一浏览则不由得一阵惊喜——股市一片飘红！牛瑧昱随即决定在当晚的"卧谈会"上与谢海福等聊聊进入股市的事情。于是，在"卧谈会"开始时，他就首先发话道："这些日子来，咱们不是太顺——先是股市一直萎靡不振，咱们不得不'鸣金收兵''驻足观望'；后是咱们组的周瑾，家遇不幸……"

"股市已经开始好转了。"谢海福没等牛瑧昱把话说完就说，"今天更是形势一派大好！"

"周瑾家的不幸也过去了！"陆地说，"咱们可以重整旗鼓，鏖战股市……"

"这几天，我也在密切关注股市——股市确实开始'牛'起来，我们可以再赚一把了！"柳赛附和陆地道，"马上就要放假了，咱们要好好地利用这暑假大赚一把！"

"三位老兄的意见我完全赞同！"牛瑧昱说，"不过，我们还得征求一下咱们女同胞们的意见……"

"征求什么?"谢海福笑道,"你的意见就是女同胞们的意见!"

"老大说得很对——老幺的意见就是女同胞们的意见!"陆地也笑道,"史公主、柳公主肯定是唯老幺马首是瞻,孟公主虽然平常很少言语,但实际上和史公主、柳公主差不多——唯老幺马首是瞻!"

"两位老哥就别太抬爱我了!"牛瑧昱说,"我没那么大的魅力!"

"老幺就别谦虚了——老大、老二说的一点儿都不错!"柳赛说,"我们的女同胞确实对你老幺'别抱情怀'——我觉得周瑾对老幺特别垂青!可惜……"

"哎!老哥!我们现在最好别谈周瑾吧!"牛瑧昱说,"她现在可能还没有从悲痛中恢复过来……"

"是啊!那么幸福的一个家,一下子发生了那么大的变故,周瑾是很难接受的!"陆地说,"我们现在应该想法帮帮她!"

"是呀!我们得想法帮帮她!"柳赛说,"我们应该给她捐点儿款……"

"捐款?这事我想过!"牛瑧昱说,"以周瑾的那个性来看,我们通过捐款的方式来帮她不太合适……"

"老幺说的对——周瑾柔中带刚,自尊心强,我们不能以捐款的方式来帮她!"谢海福说,"我们即使要帮她,也应该不动声色,让她不感到尊严受损,比如,假如我们这次如果炒股,给她多分点儿红……"

"可她得有股金!"牛瑧昱说,"她前两次出的股金那么少,这次家遭不幸,股金就更不好说了……"

"周瑾上次追加了十万——不算少了!"谢海福说,"周瑾虽然家遭不幸,但股金的事应该是没多大问题的……"

"她上次追加的十万是她父亲的生产资金……"牛瑧昱说。

"啊!原来是这么回事!太难为她了!"谢海福说,"那咱们这次别再难为她了——咱们给她凑!"

"老大的这个建议好!"牛瑧昱说,"其实,我不仅仅是担心周瑾出不了股金,还担心周瑾不参加这次炒股——她不在学校了,不参加是很有可能的,也是说得过去的。但是,咱们是一个集体,少了谁都不完整!老大这么建议，那我就什么也不必担心了——我们索性直接给她凑股金，让她参加又不惊动她……"

"我完全赞同老幺的这个意见！"陆地说，"我给周瑾出三万——就当上次少挣了三万！"

"嗨！老二够哥们儿！"谢海福说，"我也给周瑾出三万！"

"我……我也给周瑾出三万！"柳赛说，"我们都这么爽快地给周瑾出'份子钱'，不知我们的女同胞们是否也是这么爽快？"

"这事是自愿的！"谢海福说，"我们自己爽快就行了，管人家女生干什么？！"

"是啊！我们就别管那些女生了！"陆地说，"我们是男子汉，也不应该和那些女生一样！"

"女同胞们过去都与我们那么同心同德，这次也应该与我们同心同德吧！"牛瑧昱说，"再说，她们与周瑾还是室友，比咱们更多了一层关系呢！"

"如果真是这样，那就好了！"柳赛说，"她的股金就不少了！"

"再多也多不到哪里去！再多也不为多——她现在太需要钱了！"牛瑧昱说，"她现在不仅家无长物，而且连母亲也没有了！而父亲又伤残在床，不仅需要她的照料，而且需要她筹钱给他治疗！"

谢海福说："周瑾到哪里弄钱给他父亲治病？"

"所以我说周瑾现在很需要钱！"牛瑧昱说，"而且是急需钱！"

"那咱们赶快炒股——我这次不管赚多少，一定全部拿出来给周叔叔治病！只有周叔叔康复了，周瑾才可以无牵无挂地返回学校！"谢海福说，"股市萎靡几个月了，现在应该'牛'起来了——而且就像天气是久晴必有久雨一样，股市'熊'了这么久，'牛'的时间应该不会太短的！因此，咱们这次是一定能赚到足够的钱给周叔叔治病的！"

"我完全同意老大的看法——我也会像老大一样，这次不管赚多少，一定全部拿出来给周瑾她爸治病！"柳赛说，"咱们赶快集资吧——这次我多出一点儿，咱们炒大一点儿……"

"我也觉得咱们炒大一点儿！我将倾其所有！"陆地说，"咱们上次有点儿保守——说好炒新三板的，可结果没有炒！咱们这次如果炒新三板，肯定能赚大钱；如果咱们赚大钱了，就不愁周叔叔的医疗费了！有了足够的医疗费，甚至可以把周叔叔送到国外去医治！周叔叔痊愈了，周瑾就可以复学——那咱们'创业'小组就团圆了，搞什么活动就不会有'遍插茱萸少一人'之憾了！咱们这次也好好地搏一搏吧——该出手时就出手！不要留什么遗憾！"

"咱们上次没炒新三板也没什么遗憾的——咱们照样挣了钱！"牛瑧昱说，"这次如果不炒新三板也能挣钱，咱们也还是别炒新三板——炒新三板风险太大！"

"老幺说得很对——炒新三板风险很大！"谢海福说，"不过，新三板如果转主版会有超高收益，因此，我们如果确实看准了某一新三板，那也可试试！"

"炒股最重要的一是把握好买卖点，二是选股——过去老大这两点都做得很好，而且我们因此赚钱了。"牛瑧昱说，"这次我们更加群策群力，确保这两点，也肯定能挣钱的！如果股市确如老大所预测的那样，这次'牛'的时间会长一些，那我们一定会挣不少钱，因此，咱们除非有绝对的把握才炒新三板！"

"当然！当然！如果没有绝对的把握咱们决不干！"谢海福说，"咱们这次再入股市，虽说是为了挣钱，但在很大程度上也是为了周叔叔，因此，咱们必须稳赚！否则，周叔叔怎么办？！再说，周叔叔对咱们真好——咱们在他家玩的时候简直是倾其所有来招待咱们！仅从这一点来说，咱们也不能对他袖手旁观！"

"那老幺现在就给咱们的女同胞打电话，向她们通报一下咱们的'决议'！"柳赛笑道，"从资金的角度来看，她们不只是半边天，没有她们，咱们至少不能像现在这样风生水起，更别指望炒新三板了！"

"现在这么晚了——咱们就别打扰人家吧！"牛瑧昱也笑道，"总得让人家睡个安稳觉吧！"

"嗨！老幺想多了！"陆地说，"人家女同胞说不定希望咱们打扰呢！"

"自作多情！"谢海福语带讽刺地说，"如果说人家女同胞希望咱们的老幺去打扰，那还差不多！"

"老大说的不完全对！"柳赛笑道，"女同胞有几个，老幺一个人也忙不过来呀!"

"咱们现在不谈女同胞了吧!"牛瑧昱说,"周瑾不在,她们现在心里肯定不好受!"

"那好!咱们的'卧谈会'到此结束!"谢海福说,"时间不早了——咱们抓紧休息,其他事情,明天再说。"谢海福说完,便熄灯睡觉,不一会儿,谢海福、陆地、柳赛像比赛似的打起鼾来了。

牛瑧昱一是因为谢海福等鼾声此起彼伏、节奏均匀,太有韵律,太有"魅力"了,二是因在帮助周瑾这件事情上,谢海福等与他高度地同心同德而感到很欣慰,以至于有点儿兴奋,所以难以入睡,于是,伴着谢海福等的鼾声,思绪飞腾起来——

"嗨!真是'金无足赤,人无完人'啊!老大、老二、老三虽然平常缺点不少,而且有些缺点甚至影响了其形象,比如说老三好色,老二贪财,老大贪财好色,但是,今天却都很仗义——这真是太难能可贵了!"牛瑧昱想,"周瑾真走运——能有这样几位同学不计功利不计得失地帮助她救治父亲!她如果知道,一定会感到很高兴很满足的!我也真是走运——竟然能有这样几位仗义的兄弟!俗话说,'一个篱笆三个桩,一个好汉三个帮',我有几位能仗义的兄弟,即使最终不能成为英雄豪杰成为风云人物也应该成为一个好汉!我应该好好珍惜这几个兄弟!我应该好好努力,争取能有所作为!"

"哟!现在还只是我们这几个男同胞意见一致——不知我们的那几个女同胞意见如何!"稍顿之后,牛瑧昱又想,"虽然兄弟们都认为她们肯定会与我意见一致——她们过去也确确实实几乎在方方面面与我意见高度一致,但是,这次炒股是为了救治周叔叔,就像明星们搞义演一样,不知她们是否还都与我意见观点一致!要是都还与我意见观点一致,那当然好!要是不再与我意见高度一致或有人不再与我意见高度一致,那也无可厚非!不过,按常理来说,她们会仍然与我意见高度一致的——她们也像兄弟们一样,或多或少存在着一些缺点,比如说,成丝仗着自己妈妈的权势和舅舅的财力,有点儿有恃无恐;玉婷仗着自己老妈的财势有一点儿恃财傲物,任财使气;孟爽对什么事都好像不闻不问、不知不晓,既好像不食人间烟火,又好像没长大似的;但总的来说,她们都深明大义,因此,应该都能认识到我们筹款给周叔叔治疗不仅仅出于我们与周瑾的同学情谊，而且也是在支持江汉人民的抗击洪水、保卫家园的斗争！帮助国家解决社会问题！当下社会问题繁多且错综复杂，我们这些青年学子不应该躲在书斋里两耳不闻窗外事一心只读圣贤书！"

想到这儿，牛瑧昱觉得没有必要再担心史玉婷等在救助周瑾的父亲这一问题上和自己意见不一了，心情一阵轻松，睡意随之袭来……

虽然觉得在救助周瑾的父亲这一问题上柳成丝等不会与自己有意见分歧，但是，牛瑧昱还是一觉醒来便给她们一一发微信，向她们通报了前晚"卧谈会"上的"决议"精神。微信发出一会儿后，牛瑧昱便收到了柳成丝、孟爽表示完全同意的回复，但直到早餐完毕，也没有收到史玉婷的回复。牛瑧昱以为史玉婷没有收到微信，便再次给她发微信，而且重复给她发了三次，然而，牛瑧昱仍然没有收到史玉婷的回复，于是，暗自纳闷道："咦！史玉婷今天怎么啦？怎么不回复？不管同意与否，至少应该回复我呀！难道是有什么难言之隐？或者是遇到了什么麻烦？"

想到这儿，牛瑧昱随即一惊，接着加快脚步向上课的教室走去——史玉婷平常虽然不是最早进教室的，但每天都肯定是要早进教室的。然而，牛瑧昱进教室后，并没有发现史玉婷——直到上课铃即将响时，牛瑧昱才收到了史玉婷"生病，请假"的微信。

虽然牛瑧昱与史玉婷除同学关系之外并无其他关系，而且他平常对史玉婷并没有多么亲近，但是，牛瑧昱在收到史玉婷的微信时还是在心里猛地一愣，随后，不假思索地回复微信道："赶紧就医，上完课后来看你。"

但刚发完微信，牛瑧昱就有点儿后悔——他知道史玉婷对他"情有独钟"并持续多年，但他对她并无特殊情感，也不想有特殊情感；他担心她会过度解读他的那条微信……于是，他很想撤回那条微信，但他最终又没有撤回——他担心那会有"欲盖弥彰"之嫌，或者有"做贼心虚"之嫌，或者有"瓜田李下"之嫌……

"随他去吧！"老师开始讲课之后，牛瑧昱自我告诫道，"现在得好好听课！"随后，牛瑧昱便摒除杂念，全神贯注地听讲。

牛瑧昱上、下午都是四节课，中午与谢海福等忙乎了好一阵子"创业"的事，因而感到很累，加上他不是很想去史玉婷家探望她，因此，下午第四节课上完之后，牛瑧昱打算从花店买一束高档的鲜花，然后请花店的工作人员送到史玉婷家，这样既没有"食言"，又没有身心之累。但是，牛瑧昱刚在脑海里产生这个念头，史玉婷的微信就发来了——

"接你的车已在校南门外等候，车牌号码为××××××，费已付。"

"嘿！这个史玉婷可真行啊！"牛瑧昱看完史玉婷所发的微信后，在心里感叹道，"不仅能看到我的心思，而且还能先发制人！看来现在我只有俯首赴宴了！"随后，牛瑧昱便匆匆赶往史玉婷通过"锦都约车"所叫的出租车。

史玉婷患有先天性癫痫，但直到"初潮"时才发作——

那是史玉婷读初一的第一天。在放学后回家的途中，史玉婷感到小腹隐隐作痛；回到家中时，疼痛加剧，且急着要上厕所，于是，一搁下书包，她就直奔洗手间，随后发现自己的"初潮"。由于对"初潮"无知，她以为患上了什么大不了的病，吓得大叫了一声，接着轰的一声倒在地上。正在客厅做卫生的韩丽花听到史玉婷的尖叫和倒地声后，立马跑进卫生间，结果，发现史玉婷倒在地上，满嘴白沫，不省人事。韩丽花吓得魂不附体，立马把史玉婷送至锦都人民医院，最后，史玉婷被诊断为先天性癫痫。在锦都癫痫专科医院长时间地治疗后，虽然得到了有效的控制，但没有根除，并不时发作。为此，韩丽花忧心忡忡，便遍访民间中医，试图用民间偏方根除史玉婷的癫痫。经过一位老中医治疗之后，史玉婷的癫痫得到明显的控制——初三那年一整年没发作一次，但是，那位老中医又建议韩丽花，让史玉婷早结婚，因为夫妻生活对治疗史玉婷的癫痫有益。虽然韩丽花很相信那位老中医的话，也很想让史玉婷早结婚，但是，由于自己多次受男人的欺骗，对男人充满怀疑，加上史玉婷还要读高中、读大学，因此，韩丽花忧心忡忡。在经过一番深思熟虑之后，韩丽花决定对史玉婷进行性教育，引导她释放性压力，于是，本来就早熟的史玉婷进一步成熟起来了，见到牛瑧昱并自认为他是自己的意中人后，便花痴似的单恋上了他，采取各种方式向他示爱。然而，牛瑧昱对史玉婷所发出的各种恋爱信号毫无反应，甚至对史玉婷驱车数千里去追他也没有应有的"反应"，为此，她感到很苦恼，以至于不时失眠；在经过数次失眠之后，癫痫复发了——不得不缺勤。

在接到牛瑧昱"赶紧就医,上完课后来看你"的微信后,史玉婷好像服了特效药似的,感觉好多了——头脑进一步地清醒了,痉挛后的疼痛感消失了。随后,她又想象着牛瑧昱到来后的情景——

牛瑧昱带着满脸关切而来,见她病卧在床后,他俯身察看,他的脸离她的脸是那么的近,他呼吸的气息喷到了她的面部,她感到了一种莫名的欣喜,她一阵冲动,两手条件反射似的箍住他的脖子,猛地一拉,他随之整个身子压倒了她的身上……

在想象中,史玉婷获得了一种"如愿以偿"的满足,随后,又在这种满足中酣然入睡——也许是想象太让史玉婷感到太满足了吧,她这次居然连梦也没做。

接近午饭时间时,史玉婷从酣睡中自然醒来,身体也完全恢复了正常,同时又想到牛瑧昱的到来,于是,草草地梳洗了一下、草草地吃了一点儿东西后,就给家政公司打电话,要求家政人员来做清洁——韩丽花出差几天了,史玉婷天天上学,早出晚归,而韩丽花家的惯例是家政人员做清洁时韩丽花或史玉婷必须在场;之后,给餐馆打电话订餐,给"锦都约车"给牛瑧昱订车……

牛瑧昱所坐的出租车刚在史玉婷家别墅的大门前停下,史玉婷家的室内报警器便响了。史玉婷从监控器看到牛瑧昱从出租车走出后,一边用遥控器打开大门,一边给他打电话让他直接进院坐电梯上三楼。

电梯在三楼停下后门一打开,牛瑧昱就冲站在彩灯闪烁的电梯门口的史玉婷问道:"你现在好了点儿吧?没事了吧?"

"好多了!"史玉婷娇声细语地说,"没事了!"

史玉婷边说边将牛瑧昱迎进客厅,并随手打开客厅里的所有灯——客厅随之该亮的地方亮如光天化日之下,该朦胧的地方朦胧如暧昧的月光之下。

当史玉婷走到灯光明亮之处时,牛瑧昱好像不认识史玉婷似的看着她——原来,为了迎接牛瑧昱的到来,史玉婷精心梳妆打扮了一番:

她在脸上涂抹了一层脂粉,脂粉把雀斑遮得一干二净,但又丝毫不显涂抹的痕迹——脸显得光滑瓷白但又很有肉感;嘴唇上涂着浓浓的淡红色口红,舌头稍稍撩在嘴的一角——透露着一种能让任何男人一见面就会心动神摇的魅力……

看着眼前的史玉婷，牛瑧昱忽地一阵恍惚，心也随之一跳。史玉婷好像看透了牛瑧昱的五脏六腑似的，语带挑逗地说：

"看什么？不认识我了吗？不相信自己的眼睛就用手来摸一摸……"

史玉婷的美丽和用意牛瑧昱岂能看不到、感受不出？但他没有忘记自己此行的目的，没有忘记处在困境中的周瑾，否则很难把持得住……

第三十七章　失学者，也是拯救者

由于是为了救助周瑾的父亲——既动机高尚又目标一致，"创业"小组这次炒股简直是"同仇敌忾"——除周瑾外，全体成员齐心协力地奋战在股市上：

每天股市一开盘，如果没课，大家便各自盯着股市行情图，无论是谁，只要一有新的想法便发在微信群里；如果有课，谢海福、陆地、柳赛便自告奋勇地轮流盯盘。

牛瑧昱身为班长，加上临近期末考试，便没有缺课盯盘或一边听课一边盯盘。但是，他只要一有空就上网浏览股市行情，或在微信群里和大家交换自己对股市的看法，有时甚至直接与谢海福一起盯盘，决定买进或卖出。

史玉婷、柳成丝虽然平常对钱没有多少"概念"，对炒股的盈亏也不太在意，但是，这次都很"上心"——一上网就浏览股市行情，就关心谢海福的操作是否得当；对股市行情一有新的发现，便在群里发布；一得知所买的股大涨，便兴奋不已，在群里点赞……

孟爽一方面关心股市行情，另一方面运用自己所掌握的丰富的理论知识对股市行情以及大家发布在群里的股市信息和意见进行学理分析，而且很多分析都为牛瑧昱和谢海福所认同，对谢海福的操盘起到了直接的积极的指导作用——后来，她把自己的一些分析整理成学术论文，有些在学术刊物甚至权威学术刊物如《金融研究》上发表。

到放暑假时，"创业"小组取得了"阶段性"胜利——盈利百分之一百二十。

牛瑧昱由于时刻牵挂着周瑾及其父亲，知道他们对钱的需求是刻不容缓，加上他认为炒股切忌贪得无厌，一定要见好就收，于是，他建议从炒股的盈利中抽一部分钱给周瑾——他的这一建议立马得到"创业"小组全体成员的一致同意。同时，他也建议暑假暂停炒股——他认为这次炒股的目的是筹集足够的资金救助周瑾的父亲，而这一目的实际上已经实现了，但是，他的这条建议只得到了史玉婷、柳成丝和孟爽的同意——她们三个人都拟在暑假到国外去旅游，而且都想心无旁骛地旅游，谢海福、陆地、柳赛则一致反对——他们都认为牛市还会持续一段时间，他们所应该做的是积极跟进而不是撤退。最后，"创业"小组的集体炒股行动停止，谢海福、陆地、柳赛三人结伙炒股。

史玉婷、柳成丝各自邀请牛瑧昱和自己结伴到国外旅游，孟爽虽然没有邀请牛瑧昱和自己结伴到国外旅游，但她的母亲邀请牛瑧昱的母亲带着牛瑧昱和她及孟爽一起到国外旅游。牛瑧昱觉得无论接受谁的邀请都是对其他人的"不公平"，加上牵挂着老家的奶奶、伯伯、伯母及杨雪莲，同时也牵挂着周瑾及其父亲，便婉谢了史玉婷、柳成丝的邀请，也让她母亲婉谢了孟爽母亲的邀请；之后，他归心似箭般地登上了回牛家大湾的列车。

牛瑧昱本是情意殷殷切切、兴致高高昂昂地回牛家大湾的，但一回到牛家大湾，情绪一落千丈，心情沮丧到冰点——

虽然洪水过去近一个月了，但是，牛家大湾还是一片灾像、了无生气：

到处都是积水，许多积水和不少刚刚消除积水的坑坑洼洼都有鸡或鸭、猪、狗、猫等动物的尸骸，尸骸散发着袅袅的臭味，人经过尸骸时，麇集在尸骸上的苍蝇四散飞腾；田野里或者一无庄稼，或者是裹着一身泥的庄稼，有的已经枯死，有的奄奄一息；不少人家，大门紧闭，了无人声，少数大门洞开的人家即使间或有人声也是老人的咳嗽或小孩的啼哭声或吵闹声……

牛瑧昱到达牛汉卿家时，牛汉卿正与杨金环、艾玉洁、杨雪莲等一起疏浚鸭场的排水道。虽然只有几个月没见他们，但牛瑧昱见到他们时却有隔世之感——

牛汉卿原本身体结实、健壮，可此时却干瘦、枯黑——好像是鲜活的葡萄变成了葡萄干似的；一双眼睛原本炯炯有神，此时则不仅黯淡无光，而且有点儿呆滞；声音原本高亢、洪亮，此时则沙哑、低沉；头发原本密密麻麻，直立挺拔雄赳赳气昂昂犹如精神抖擞的战士，此时不仅稀稀疏疏零零落落，而且

"硕果仅存"的那些也是有气无力趴在头皮上,好像是落荒而逃的败兵在侥幸逃脱后趴在隐蔽地里喘气一样……

艾玉洁原本满头黑发,此时,不仅头发全白,而且稀稀疏疏;原本光滑、饱满的脸颊变得瘦削,颧骨高高凸起;两片嘴唇薄得似乎只有一层皮了;额头皱纹层层叠叠;原本闪闪烁烁表情丰富的一双眼睛,此时所流露的是无奈和哀婉……

杨金环好像被浓缩了似的——比春节的时候瘦小了一圈;原来步履稳健、步速不输年轻人,此时则步履蹒跚,一根拐杖在两手换来换去;说话断断续续、气喘吁吁……

杨雪莲虽然比春节时要更高挑、更成熟了,但又带有明显的"沧桑"气;脸色虽然还是白里透红红里透白,但稚气全无;一件沾着稀稀疏疏泥浆的围兜把全身遮得严严实实的,也把她那浓郁的少女气息"屏蔽"得干干净净……

见牛瑧昱回来了,牛汉卿等不约而同地停下了手中的活,牛瑧昱则向杨金环紧走几步,两手扶着她。

"你回来怎么不给我打个电话,让我去接你?"牛汉卿边放下手中的锹边说,"走!咱们赶快回家去吧——你坐了长时间的车,一定很累的!"

"不累!"牛瑧昱笑道,"要说累,您和三妈、奶奶、雪莲一定都比我累!"

"我们可能确实比你累,但我们习惯了!"艾玉洁也笑道,"现在不仅是累的问题——这儿烈日烤晒,水蒸发在空中,就像一个大蒸笼,既闷又热,你刚回来,一定受不了的!"

"三妈说的对——这儿很闷热!"杨雪莲说,"这儿的空气也不好——你闻到了吗?空气中弥漫着一种臭味……"

"闻到了!"牛瑧昱说,"我一下江堤就闻到了——不只咱们这儿有,好多地方也有,而且比咱们这儿还要浓!"

"可不是吗?"杨雪莲说,"洪水过后,这儿到处都是动物的尸体,幸亏三伯决定果断,我们及时动手收拾,把能找到的动物尸体都埋了,否则,空气中的臭味一定比现在要浓!"

"唉!真难为你们了!"牛瑧昱说,"洪水过后,政府应该很快就会组织民众生产自救,牵头搞防疫,否则,容易出现瘟疫……"

回到家后,牛汉卿让牛瑧昱陪杨金环闲聊,自己去楼顶翻晒棉絮、冬衣、坐垫等。牛瑧昱给杨金环倒了一杯凉开水后就冲她笑道:

"奶奶,您自个儿歇一会儿吧——我去看三伯那儿需不需要我帮忙……"

"你去吧!"杨金环气喘吁吁地说,"你三伯累了大半天……现在又去翻晒那些东西,而现在又是这么热……楼顶上更热!……"

"那我这就去了!"牛瑧昱说,"那儿一完事我就来陪您!"

说完,牛瑧昱便快步奔向楼顶。

牛瑧昱刚走到楼顶,牛汉卿便冲他道:"你来干什么呀!快下去——这儿太热……"

"不要紧!"牛瑧昱说,"我和您一起做总要快一些吧!"

"这些东西都长过霉,现在还有很浓的霉味……"

"没什么……"

"雨下得时间太长,什么东西都长过霉……"

"那就都拿出来晒晒……"

"可不是吗?这些日子总在晒东西!唉!东西霉了都好说——晒一晒就行了,可鱼跑了、鸭子不下蛋了、果树和庄稼死了,就不好办了……"

"也没什么——咱们可以从头再来嘛……"

"没这么容易吧!鱼跑了,咱们的损失太大了!唉!要是平常,我蒙受点儿损失倒不是太要紧,可这次却把你也扯了进来——你投资了那么多的钱……"

"嗨!那没什么呀!就当我炒股亏了——那些钱本来就是炒股挣来的!炒股哪能每次都买到优质股……"

"可这次亏的太多了一点儿……"

"不多!再说,我们'创业'小组这次炒股又挣了一点儿,完全可以弥补这点儿损失!我完全有能力再投资!"

"再投资?那可使不得!我绝对不能再让你来投资了!"

"如果不再投资,那咱们的损失便白白地损失了;如果再投资,那咱们还有翻本的机会……"

"话是可以这么说,但是我不能让你这么做!"牛汉卿边将最后一件厚厚的棉絮翻过面边说,"走!咱们下去吧——东西都翻完了!"

牛瑧昱随牛汉卿一下楼,杨金环便絮絮叨叨地说:"快来!快来!来电扇这儿吹吹风!"

杨金环边说边颤颤巍巍地起身,牛汉卿和牛瑧昱几乎是异口同声地说:"您坐着吧——别管我们!"

牛汉卿和牛瑧昱的话音刚落,杨雪莲便端着一小钢锅热气腾腾的板鸭走向餐桌,牛瑧昱笑道:"这么快就做好了……"

"还没有呀!"杨雪莲也笑道,"还得在这儿继续加工。"

牛瑧昱见机地将餐桌上的电磁炉调整好,随后笑道:"好香!"

"炖一会儿会更香!"杨雪莲说,"厨房的锅要炒菜,只得在这炖——不会影响你们吧!"

"没事!免费闻香,美得很——影响什么!"牛瑧昱笑道,"你们那儿需要我帮忙吗?"

"不需要——马上就做好了!"杨雪莲说,"你和奶奶、伯伯聊聊,我去给三妈做做帮手。"杨雪莲说完便回厨房去了。

杨雪莲刚走出客厅,杨金环就赞叹道:"莲儿越来越机灵了——干什么事都麻利得很!"

"莲儿不仅干事麻利,而且很卖力——干什么事都抢着干,往最好里干!"牛汉卿接着杨金环道,"要不是她,这阵子,你三妈和我说不定都累坏了!"

"莲儿心眼也好。"杨金环说,"祖爷爷去世后,她忙完地里的活不是教村里失学在家的孩子学文化,就是帮一些孤寡老人;洪水发生时,自家的好多事没来得及做来帮我们家!"

"啊!"牛瑧昱赞叹道,"雪莲能这样确实很不容易!"

"不是帮我们家。"牛汉卿说,"是简直把我们家当成她家了——洪水过后,你三妈觉得她跟我们一起过,可以省却我们和她之间彼此的牵挂,也可省得她在我们两家之间奔波,就让她搬过来了!"

"啊!这样很好!"牛瑧昱说,"两家合成一家后,您可以不必操两家心了,事情也可以统筹安排——这样您既可以省点儿心又可以把事情做得更好一些。"

"你说的不错！"牛汉卿说，"但我直到现在都是不太认可这样做的——莲儿还这么小，应该继续上学……"

"对！雪莲应该继续上学——我也有这个想法！"牛瑧昱满脸欣喜地说，"我这次回来之前就曾想过一定要找机会把我的这一想法告诉您……"

"可是，任凭我怎么劝她，她也不答应去上学！"牛汉卿说，"她坚持认为她即使不上大学也可以做事情——现在，家里的活多，她便全心全意地做家里的活；家里的活一干完，她便教孩子们学文化。那些常年在外打工的人，孩子留在家里没人管，越变越野，甚至不上学了，成天东游西逛、游手好闲的，莲儿认为孩子们这样下去会出事的——到处都是水，孩子们一旦掉到水里，便很危险，而过去村里的孩子溺水而亡的事也的确曾发生过多次；同时，她也认为孩子们这么下去，不仅会荒芜学业，而且会变坏，甚至会成为小流氓，就把孩子们召集在她家里学习……"

"那些孩子野惯了，能听她的？"牛瑧昱惊讶地问。

"莲儿很有一套！"杨金环说，"一开始她并不教他们功课，而是给他们讲故事，或者带着他们玩游戏……"

"啊！是这么回事！"牛瑧昱不无赞叹地道，"雪莲还真有一套！"

"那些孩子的家长得知雪莲不仅管住了他们的孩子，而且还教孩子们学文化后，很高兴！好些家长都提出给莲儿报酬。"牛汉卿说，"洪水过后，村里的校舍荡然无存，好多原先在那上学的孩子也到莲儿那儿学习了，现在到她那里学习的孩子有二十多个了——那儿也因此有点儿挤了。前几天，几个人从外面回来看孩子的家长提出愿意拿出一点儿钱把莲儿她家那房子扩修一下，也增添一些教学设备……"

"啊！那就成一所学校了！"牛瑧昱说。

"莲儿这样做，可以说是一件善事，我便没反对，也没再劝她上学了。"牛汉卿说，"但她平常也还要忙她家地里的活，有时，遇到老人们需要帮助，她也毫不犹豫，而我们家里的事，不管需不需要她她都过来做；我见她这样里里外外地做事，特别是地里的事她不是太有经验，而且有些事，比如犁地，确实也做不好，便同意了你三妈的意见，让她住进咱们家，这样，两家的事可以统一做，她那屋子也可以供她专门用来教孩子们……"

"啊！这样做太好了！"牛瑧昱说，"雪莲这样做虽然对于她自己而言是一种牺牲，甚至是其他人不能承受的牺牲，但对社会而言尤其是对于我们这儿而言，则是一件功德无量的事情——她以自己一个人的失学换取了几十个孩子的不失学，真是功德无量！我这次回来之前，原本是想劝雪莲复学的，看来没有必要了！"

"但现在年轻人都往城里奔，莲儿总不能一辈子待在这儿吧！"牛汉卿说，"再说，就莲儿的天资而言，她要进城做一个城里人完全是没有问题的！"

"嗨！您这是什么话呀！"牛瑧昱笑道，"现在是什么时代了——还什么城里人乡里人的！"

牛瑧昱话音刚落，杨雪莲端着一盘做好的甲鱼走进客厅；将甲鱼搁在餐桌上后，杨雪莲笑嘻嘻地说："哥，你刚才在说什么'城里人''乡里人'？是不是三伯在和你讲什么'乡下第一城里第七'的道理？"

"没有呀！"牛汉卿没等杨雪莲把话说完就急忙说。

见牛汉卿掩饰，牛瑧昱立马附和道："没有！没有！"

"唉！三伯，您可真是的！"杨雪莲语带嗔怪地说，"做个城里人未必就比做一个乡里人好！"

"可不是吗？"牛瑧昱又赶紧附和杨雪莲的话道，"城里人肯定吃不到这么香喷喷的菜！"

"应该不会假吧！"杨雪莲笑道，"至少不能想吃甲鱼就有甲鱼吃！三妈有私心——前段时间，三伯累得太厉害，我提出把这条野生的甲鱼吃掉，但三妈没同意，可今天哥一回来，三妈就不声不响地把它给宰了。"

说完，杨雪莲便回厨房去。

"嘿！你三妈确实有点儿偏爱你哥！"杨金环说，"你哥小时候在这里时，你三妈每每有一点儿好吃的东西，总先让你哥先吃……"

"三妈对我确实很好！"牛瑧昱笑道，"三伯、您，还有爷爷、大伯对我也都很好——可惜，爷爷和大伯都不在了……"

说到这儿，牛瑧昱忽地心里一酸，声音随之低了下来，神色也暗淡了下来，牛汉卿见状立马转换话题道："现在不说这些了，准备吃饭吧！"

饭后，艾玉洁和杨雪莲收拾碗碟、桌子，牛瑧昱与牛汉卿、杨金环闲聊。牛瑧昱知道牛汉卿席间很高兴，多喝了几杯，加上累了大半天，因而想让他休息一会儿，同时，也见杨金环颇有倦意，便停止说话。不一会儿，牛汉卿、杨金环微鼾此起彼伏。

"伯伯和奶奶真辛苦！"牛瑧昱情不自禁地想，"让他们休息一会儿吧！"

随后，牛瑧昱忽地想起艾玉洁和杨雪莲也很辛苦，也应该休息一会儿，便决定去厨房替换正在洗锅碗和收拾厨房的她们，于是，轻悄悄地起身，轻悄悄地走出客厅。但刚出客厅大门，就碰到杨雪莲端着一盘西瓜从厨房走了出来，双方不约而同地稍稍一愣，接着，杨雪莲小声道："三妈怕你们口渴，让我给你们弄了点儿西瓜。"

"嘘！"牛瑧昱边做手势边小声道，"奶奶、三伯在打盹，别打扰他们。"

"唉！他们确实太累了！"杨雪莲叹息道，"三妈也太累了！"

"那让三妈也休息一会儿！"牛瑧昱说，"厨房里还有事没事，我来做！"

"没什么事了。"杨雪莲说，"三妈也在躺椅上休息了——三妈刚才扫地时，忽然一阵眩晕，我便慌忙停止洗碗，把她扶在躺椅上躺下了。"

"三妈眩晕？"牛瑧昱语带惊讶地说。

"是的！"杨雪莲说，"近来三妈不时眩晕——长期劳累，近来劳累尤甚，三妈就是铁做的也受不了呀！能不眩晕吗？！"

"那让三妈先静躺一会儿！"牛瑧昱说，"我们到别的地方待一会儿。"

"别的地方？"杨雪莲略作思忖后道，"到我原先住的那房子去——我也顺便把那儿收拾一下。"

"那好！"牛瑧昱满脸欣喜地说，"奶奶、三伯说你把那变成了一个学校，我正想去看看呢！"

"太夸张了吧！"杨雪莲笑道，"我只是把那儿的布局略微调整了一下而已！这几天事情也比较多，我便没空收拾……"

"那我们现在就去收拾！"牛瑧昱说，随后就向杨雪莲家的房子走去，杨雪莲紧跟其后。

到达杨雪莲家的房子跟前时，牛瑧昱发现那儿有点"面目全非""焕然一新"了：屋前台阶上原先的晾衣竿、晒物架等无影无踪了，台阶下原种植蔬菜的那小块地被整得平平展展；墙面上一边贴着汉语拼音字母和用汉语拼音标注的汉字卡片，一边贴着英文字母及一些英文单词。

"啊！真是'旧貌换新颜'了呀！"牛瑧昱情不自禁地说。

进屋内后，牛瑧昱只见一排排桌椅整整齐齐，桌椅的正前方是一块简易黑板和一张讲桌，更是情不自禁地说："这可是一间很标准的教室哟！"

"说不上'标准'吧！"杨雪莲说，"勉强可以供孩子们临时性地学习一下！"

"你做了一件功德无量的事！"牛瑧昱语气严肃地说。

"夸大其词！"杨雪莲戏谑，随后也语气严肃地说，"我只是尽尽心尽尽力而已——那些孩子至少应该能享受义务教育，可现在就只能这么将就了！"

"你这是一种菩萨精神！"牛瑧昱说，"为了孩子们的学业而牺牲自己的学业，实在难得！"

"谈不上多么'难得'！"杨雪莲说，"开始时，我只是随便帮孩子们解决一些作业方面的问题，可后来孩子们却很依赖我；开始时，只是一两个孩子找我问问题，后来找我问问题的孩子越来越多……"

"于是，你便决定做一个教育'义工'？"牛瑧昱说，"我现在真正明白了你放弃学业的原因！我支持你！"

"那太好了！"杨雪莲颇感欣慰地说，"有你的理解和支持，我心满意足！"

"我不仅要支持你，而且还要动员我的同学支持你！"牛瑧昱说，"我会动员我的同学给孩子们捐书籍、捐衣物……"

"衣物倒不是太必要，如果有淘汰的电脑，可以弄几台。"杨雪莲说，"电脑越来越成为人们生活的基本条件，现在，越来越多的农民工用电脑通过互联网买火车票，我们高中老师们讲课也用电脑……"

"你说的不错——现在人们的生活简直离不开电脑了！"牛瑧昱认同道，"孩子们应该学会使用电脑——我也会动员同学们捐电脑的！"

"那太好了！"杨雪莲说，"有电脑了，我可以教孩子们使用电脑了……"

"我这次就把电脑留下来给你用！"牛瑧昱说。

"那倒不必！"杨雪莲说，"你那么好的电脑，这儿也用不着！"

"我的电脑并不怎么好！"牛瑧昱笑道，"在班上，我的电脑可是最老旧的哟！先留下来你凑合着用一下，下次给你带一台好的回来！"

"好的更用不着！"杨雪莲说，"我只是让孩子们见识一下电脑，顺便也教孩子们一些基本的操作而已……"

"你上网也需要电脑——老用手机上网花费大。"牛瑧昱说，"有些事在手机上操作也不大方便。"

"你说的不错！"杨雪莲说，"我们这儿可以通过电话线上网，这应该比用手机上网便宜；还有，我想通过互联网来推销咱们家的产品，有电脑肯定要方便一些！"

"通过互联网推销咱们家的产品？这个想法很好！"牛瑧昱很兴奋地说，"如果通过互联网推销咱们家的产品，不仅可以推销得广，而且可以推销得快！也可减轻三伯的不少体力！"

"我也是这么想的！"杨雪莲说，"咱们家鸡鸭的饲料都没有添加剂，鱼也是自然长成的，鸭蛋和鱼虾味道都很美，一定会很受城里人喜欢的！将来咱们可以为咱们家的鸡蛋、鸭蛋、鱼虾等注册一个商标！"

"对！是应该为咱们的农产品注册一个商标！"牛瑧昱说，"我上次来的那几个同学，都夸咱们家的鸡、鸭及鸡蛋、鸭蛋味美！说到咱们家的鱼虾等更是赞不绝口！咱们家生产的皮蛋尤其可口——我觉得比超市里卖的味道要好多了，完全可以注册一个'牛氏皮蛋'之类的商标！"

"那咱们现在赶快收拾这儿，收拾完之后和三伯、三妈商量这事！"杨雪莲说，"说不定咱们家的产品将来会成为一个名牌产品呢！"

"咱们家的产品如果将来能成为名牌产品，那你的功劳可不小！"牛瑧昱笑道，"看来，你的观点确实不错——不读大学照样能干一番事业，毛主席说得一点儿也没错——农村里大有作为！"

"错不错我不知道！"杨雪莲说，"不过，我知道无论干什么事都应该干出一点儿名堂来！只要踏踏实实地干事，同时也多动动脑筋，不愁干不成事！"

"你有这想法，不愁干不成事！"牛瑧昱说，"对你，我也完全放心了——我再也不会杞人忧天般地为你担心了！"

"你本来就不应该为我担心！"杨雪莲说，"你现在最主要的应该是把心思放在学业上！"

"你说的确实一点儿也不错！"牛瑧昱说，"人往往是明知应该这么做，可就是不能这么做！"

"为什么？"杨雪莲纳闷地问。

"为什么？"牛瑧昱道，"身不由己——比如说，我本来是想在大学阶段一心一意读书的，但时势却迫使我不得不参与同学们的创业活动！又比如，我现在可以不必为你操心了，但还得为我的同学周瑾——上次到我们家来过，你见过她——操心！"

"周瑾怎么啦？"杨雪莲迫不及待地问。

"周瑾家出事了！"牛瑧昱神色凝重地说，随后，较为详细地把周瑾家的事对杨雪莲说了一遍。

听完牛瑧昱的叙说之后，杨雪莲满脸忧虑、语气沉重地说："你明天就去周瑾家——看能不能帮她做点儿什么！你现在放假，加上又回来了，就去帮帮她！现在咱们家里的事还比较多，而三伯、三妈够累的了，我暂时走不开——等暑假结束后你回校了，那时我们也许不像这么忙了，我再去帮她！"

"那……也好！"牛瑧昱稍稍犹豫地说，"现在三伯、三妈有你的帮助都累得快承受不了了，周瑾也一定够累的了！"

"肯定够累的了——你明天就去帮帮她！你自己坐了一千多公里的火车，也够累的了，现在歇一会儿养养精神——明天还得累！"杨雪莲说，"这儿有我一个人收拾就够了！"

"不行！"牛瑧昱说，"我得和你一起收拾——过去我没回来，你一个人辛苦还说得过去，现在我回来了，仍然由你一个人辛苦就说不过去了！"

牛瑧昱说完便动手用擦布擦桌椅，杨雪莲也不声不响地打扫屋里屋外的地面。收拾完屋子时，杨雪莲觉得牛汉卿等应该睡醒了，便冲牛瑧昱说："哥，三伯他们可能睡醒了，我们过去把那边的屋子也收拾一下——这段时间，我们都在忙外面的事，没空收拾屋子，有点儿不成看相，你现在回来了，再不收拾可就不行了。"

"嘿！不是我回来再不收拾就不行了，"牛瑧昱笑道，"而是我回来人手够了再不收拾就不行！"

随后，牛瑧昱和杨雪莲一边说说笑笑一边回牛汉卿的家。当他们走进家门时，杨金环正收拾着屋子，而牛汉卿和艾玉洁均不在家，于是，牛瑧昱便冲杨金环道："奶奶，三伯、三妈呢？"

"他们去疏浚鸭场的那排水道了。"杨金环说，"排水道不通，污水排不出去，鸭子会生病的……"

"啊！那我也去！"牛瑧昱不假思索地说，随后转身就走。

"回来！那儿的活不多了，你去了也做不了什么！"杨金环说，"现在应该准备做晚饭了，楼顶上的东西也要收了……"

"那我去收楼顶上的东西！"牛瑧昱说。

"你不会知道怎么收那些东西的。"杨雪莲说，"我和你一起收吧！收完之后，咱们准备做饭！"

"也好！"牛瑧昱说。

随后，牛瑧昱和杨雪莲便上楼顶收晾晒的衣物；之后，两人又一起去菜园里摘菜、一起进厨房做饭。当日头快要落山的时候，牛汉卿、艾玉洁收工回家了，牛瑧昱、杨雪莲也把饭菜做好了，屋子则被杨金环收拾得整整齐齐，大家高兴得像过节一样地吃了一顿饭。饭后，大家闲聊，在聊到通过互联网销售产品之事时，牛汉卿、艾玉洁兴趣大增，并与牛瑧昱、杨雪莲聊了自己的想法，杨金环则似懂非懂地听着大家的言说。在聊到周瑾家时，牛汉卿、艾玉洁、杨金环感到很吃惊，并你一言我一语地向牛瑧昱问了周瑾的近况；末了，牛汉卿决定第二天和牛瑧昱一起去看望周瑾的父亲，也看看能不能帮一下周瑾。

第三十八章　永远在你身边

牛汉卿劳累了一整天，疲劳和困乏极了，要是往常，他肯定会大睡一觉。然而，在得知周瑾家之事后，他虽然是独自一人在鸭场守夜，四野一片寂静，但在床上辗转反侧了好一会儿也未能入眠；后来，好不容易才入眠，但入眠了一会儿，鸡便叫了，他也随之醒了。他忽地想起该给周瑾家捎点儿什么东西，便起床，从散养鸡的鸡舍里拾了一小筐鸡蛋，然后又分别从腌制咸鸭蛋、皮蛋的缸中捞了一小筐咸鸭蛋、皮蛋，将咸鸭蛋和皮蛋一个一个地洗干净后又分别装入一个纸箱。他将鸡蛋、咸鸭蛋、皮蛋等都准备好之后，时间也还早，而他又不想再回到床上去睡觉，便干原本打算在白天干的活——将鸭场外的一堆鸭粪运往果园，一直干到早餐时分。

早餐过后，牛汉卿虽然很疲乏，甚至头脑有点儿昏昏沉沉，但还是驾车和牛瑧昱一起去周瑾家。

洪水过后，连接牛家大湾和岳家店的路较之前更加坎坷不平了。临近岳家店时，路面坎坷得不宜车再行驶了，牛瑧昱担心会出现像上次史玉婷的车抛锚的事情，便建议牛汉卿停车，然后，两人步行到周瑾家，但牛汉卿还是继续驾车。不过，虽然他驾驶技术高超，并以如履薄冰的心态驾车，但还是不能将车开到周瑾的家门口——进岳家店的那条路被洪水冲得七零八落了，连自行车也没法正常过。于是，牛汉卿和牛瑧昱便下车前往周瑾家。

下车后，牛汉卿手扶着车门长长地喘了一口气——在"蜀道"般的小路上颠簸，一路上提心吊胆，停下车后，他真有种"如释重负"的感觉！牛瑧昱打开后备厢，将装有鸡蛋、皮蛋、咸鸭蛋的三个纸箱一一取出。随后，牛瑧昱提着两个纸箱，牛汉卿提着一个纸箱，一前一后地向周瑾家走去。

虽然离上次到周瑾家不到两月，但牛瑧昱感到此次的所见和上次的所见简直属于两个时代——他好像穿过时光隧道，回到了"解放前"的那个时代：

四野一片灰黄；电线杆、树干上或者挂着塑料袋，或者挂着布片衣物；田间里积水随处可见，积水消失了的地方则咧着大拇指般粗的缝隙；原先分开着的几个潭连在一起，白茫茫一片，水面的漂浮物随波荡漾，仿佛洪水刚刚发生或正在进行中；天空中不时掠过一只或几只小鸟，村里不时传出几声狗吠或苍老的咳嗽；空气中弥漫着植物腐烂和动物腐烂的混合臭味……

牛瑧昱和牛汉卿到达周瑾家时，周瑾正在堂屋门口，微笑着冲躺在身旁的周慕华大声说："爸爸，我来给您洗身子！"随后，周瑾将一条在身旁的塑料盆里浸了水的毛巾贴在自己的右脸颊上试水温。

天气炎热，周慕华一天二十四小时躺着，得不时翻动身子，也得擦拭身子几次，否则，身子会生褥疮。因此，周瑾每天上午、下午、晚上各给周慕华擦拭一次身子。

见到牛瑧昱和牛汉卿之后，周瑾先是稍稍一愣，接着，一边将手中的毛巾放到塑料盆中一边热情中略带羞赧地冲牛汉卿说："啊！是您呀！"

周瑾边说边接过牛汉卿手中的装有皮蛋的纸箱，随后，眼风转向牛瑧昱，满带情感地说："谢谢！"

随后，周瑾给牛汉卿和牛瑧昱端椅子、倒凉开水。

"你别管我们——继续忙你的吧！"牛汉卿说，"你是应该每天叫唤你爸、每天给他洗澡！"

牛汉卿话音刚落，忽地眼冒金花，额头冒出汗珠。他担心牛瑧昱或自己发现自己身体的不适，便掩饰性地说："要不，你休息一会儿，我来做……"

"那不行！"周瑾断然否定道，并将手伸向塑料盆，但牛瑧昱抢先一步从塑料盆中捞起了毛巾，并拧了一下后给周慕华擦拭额头。

看着牛瑧昱给周慕华擦拭身子，牛汉卿暗自在心里慨叹道：

"看来我也得注意身体——昨晚累得稍稍有点儿过头，现在身体就报警！否则，一旦躺下了，不仅自己受罪，而且也给孩子们添麻烦！"

牛瑧昱给周慕华擦拭完额头后，周瑾很自然地从他手中接过毛巾，在塑料盆中清洗了一番后给周慕华擦拭胳膊。由于牛瑧昱、牛汉卿在场，周瑾觉得有点儿不方便，便在给周慕华擦拭了胸部之后，就结束了擦拭。

随后，牛汉卿、牛瑧昱、周瑾闲聊。在闲聊的过程中，牛汉卿了解了周慕华的身体状况和周瑾的生活境况，觉得情况并不像自己来之前预想的那么糟糕，同时也深感疲乏，便决定让牛瑧昱留下来帮周瑾，自己回家。临走时，他把牛瑧昱叫到一旁，不动声色地将一个装有一千元人民币的信封递给牛瑧昱，牛瑧昱则心领神会地接过了信封。

牛汉卿走后，牛瑧昱觉得周慕华不宜在大门口吹过堂风，便冲周瑾道："我们是不是应该将叔叔挪个位置——就这么让穿堂风吹可能不行吧！"

"啊！我忘了！"周瑾恍然大悟似的说，"我过去一给我爸擦拭完身子就关上一扇门……"周瑾边说边关上周慕华近旁的那扇门。

"啊！这样很好！"牛瑧昱说，"不过，也可以把叔叔往里面挪一挪——这样就不必关门了……"

"是呀！"周瑾认同道，"可挪一挪并不是很容易呀！"

"是吗？"牛瑧昱说，"我来试试！"

牛瑧昱边说边去挪动周慕华的床，周瑾本能地凑过去帮忙，两人一起将周慕华所睡的床向内挪到了一尺左右。挪完床站起身时，周瑾和牛瑧昱的手不经意地接触了一下，紧接着，周瑾出其不意地将牛瑧昱抱住，眼泪随之一涌而出，身子也簌簌抖动起来；牛瑧昱稍稍一愣后用力抱紧了周瑾。

"没想到你这么快就来了！"周瑾低泣着说，"太感谢你了——真的！"

"我应该更早一点儿来！"牛瑧昱说，"不过，你也知道——刚放假……"

"我原以为你至少也得和你爸妈待两天的……"周瑾哽噎着说，边说边将脸庞在牛瑧昱的胸脯上摩挲，两臂则更加用力地抱紧牛瑧昱。

"你这边更需要我！"牛瑧昱说，"要不是期末，我早就来了！"

牛瑧昱边说边把周瑾抱了起来，周瑾顺势将嘴凑向牛瑧昱的嘴；随后，两张火热的嘴便凑到了一起……

"够了吧！"两人如饥似渴地狂吻了一番后，牛瑧昱松开了抱住周瑾的胳膊，边试图推开周瑾边说，"叔叔近在咫尺，门也没全关……"

"不够！永远也不够！"周瑾不依不饶地抱住牛瑧昱说，"我爸近在咫尺没什么——我爸就是想看着我们抱在一起！我也多么想让他看着我们抱在一起！门没关也不要紧——让人看见我们抱在一起更好！让人看见了——就没人敢欺负我们家了！……"

周瑾正说着，岳云洲的声音传了过来："小瑾！在吗？怎么大白天的，把门关着……"

"云叔——您来了！"周瑾赶紧松开牛瑧昱道，"我爸怕风吹……"

"这么热的，还怕什么风吹呀！"岳云洲边说边走进周瑾家的大门；看到牛瑧昱后，岳云洲说："哟！来客人了——我说怎么这个时候了还没去呀！"

原来，周瑾与岳云洲约好，把父亲安顿好之后，和他一起去买鱼料。

"是有一点儿晚了……"周瑾很是有点儿歉意地说，"让您操心了！"

"没有呀！都是你说做什么就做什么——我操什么心！"岳云洲大大咧咧地说，"既然来客人了，今天就不去买鱼料吧——反正家里也不是一点儿鱼料也没有了！"

"那好——我们明天去买！"周瑾说，"您现在到渔场去，看看渔场上有什么需要做，如果有什么需要做，就告诉我！"

"好——我这就去！"岳云洲说，说完转身就走。

"让云叔稍等！"牛瑧昱冲周瑾说，"我三伯给你捎皮蛋来了，也让云叔带点儿去吃！"

牛瑧昱边说边打开装有皮蛋的纸箱，两手拿了满满的皮蛋，周瑾赶紧用一个塑料袋将皮蛋装好，随后，跨出门外，一边递给岳云洲一边说："这是我同学带来皮蛋，味道不错——天气太热，皮蛋也能去火；这些日子来太辛苦您了！"

"不辛苦呀！"岳云洲一边接过周瑾递给他的皮蛋一边说，"再说，你爸给过我钱，平常对我也那么好！"

"云叔很知好歹嘛！"岳云洲走后，牛瑧昱笑道，"根本不像有智障的！"

"我也是这么认为的！"周瑾说，"我爸病倒后，我们家好多事都是云叔做的，而且都做得井井有条！"

"是吗？"牛瑧昱说，"那太好了！我总担心你形单影只，无人帮助……"

"我们家过去不时请云叔做短工，今年请了云叔一年。"周瑾说，"我家平常对云叔很好——平常只要有好吃的，我妈总是要把云叔叫过来吃，逢年过节，总要给云叔烟酒；今年我家请云叔时，我爸就按每月一千元给了云叔一整年的工资，还约定，年终如果渔场丰收，再给他封红包……"

"啊！难怪云叔说你家对他好！"牛瑧昱笑道，"原来还真是对他不错！"

"云叔说我家对他好，可能不仅仅指的是这方面的好！"周瑾说，"云叔平常总受人欺负——连他那做村主任的哥哥也欺负他，我家则不但不欺负他，反而还护着他！"

"你不是说你家也经常受村主任欺负吗？"牛瑧昱笑道，"怎么还能护着云叔？"

"我们家只是受村主任欺负过——别的人对我们家都很好，因此，每当别人欺负云叔时，我爸或我妈一出面，别人就收手了。"周瑾说，"村主任欺负云叔时，我家便请云叔给我家干活——让云叔借此躲开村主任……"

"啊！你爸妈心肠真好！"牛瑧昱感叹道，"我三伯这次还带了一点儿土鸡蛋、咸鸭蛋，要不，也送点儿给云叔……"

"没必要。"周瑾说，"云叔现在在我家和我一起吃，平常住在我家渔场料理渔场，给他土鸡蛋、咸鸭蛋，对于他来说没用，再说，给他土鸡蛋、咸鸭蛋，没等他吃，他那村主任哥哥就拿走了，或者还会觉得太少了，以为云叔藏起来了，打云叔……"

"啊！那就不给他了！"牛瑧昱说，"你弄给他吃也是一样！"

"平常确实得我弄给他吃！"周瑾笑道，"你说云叔没有智障，可他怎么都不会做饭……"

"是吗？"牛瑧昱笑道，"我如果不会做饭，该不会也被你看作是有智障吧？"

"你即使有智障，我也认了！"周瑾笑道，"我宁愿你是一个不会做饭的智障——我宁愿一辈子不让你学会做饭！"

"那可不行——我得学会做饭！"牛瑧昱说，"现在到国外去留学的学生，如果不会做饭，那可就麻烦了——总难吃到一顿饱饭，最后也还是不得不学会做饭！"

"这么说，你还是会做饭的啰！"周瑾说，"如果会做，那现在咱们就一起做；如果不会做，那你就帮我做帮手，学着做！"

"那好！"牛瑧昱说，"现在时间不早了，该做午饭吧！"

"是该做午饭了！"周瑾说，"云叔很累，得按时吃午饭；吃完午饭后，我还得给我爸喂鼻饲……"

"那就抓紧一点儿做吧！"牛瑧昱说完，便起身打开装有土鸡蛋、咸鸭蛋的纸箱，取出一些土鸡蛋和咸鸭蛋后，和周瑾一起去做饭。

午饭后，岳云洲去渔场，牛瑧昱协助周瑾给周慕华喂鼻饲。由于有牛瑧昱的协助，周瑾给周慕华喂鼻饲喂得相当顺利。喂完后，周瑾颇为兴奋，脱口而出："太好了！今天插管一次成功！给爸注入温开水和流食都很顺利！"

"叔好像有点儿意识了似的……"牛瑧昱说。

"是吗？"

"很可能是——他像很配合你似的……"

"真的吗？如果真是这样的，那就太好了！"

"但愿是真的！俗话说，皇天不负苦心人——你对叔可谓至诚至孝，最终肯定能唤醒他的！"

"我爸要是醒来了，尤其是看到你和我在一起，肯定会无比高兴的……"

"是吗？"

"当然是！我爸自从见到你之后，就常常叨念你，有几次还明确地要我珍惜你善待你！"

"啊！……"

"也许是冥冥之中有神助，让他知道了你的到来——他才如你所说的很配合！"

"要是真的如此，那我就天天和你一起给叔喂食……"

"那怎么行呢？这么偶一为之就非常难为你了！就令我感激不尽了！"

"没什么为难的呀！"

"说真的——我打心眼里希望能天天和你在一起的，但我又决不能让你天天和我在一起！你现在有学业，将来有事业——我不能太自私，不能拖住你连累你！你现在先到渔场去，我给我爸擦拭一下身子之后也去——上午你和叔来了，我没给我爸擦拭背。天气太热，我得每天给我爸擦拭几次身子，每两个小时给他翻一下身，让他交换着左侧睡右侧睡平躺着睡，还得给他打背部、臀部,以促进他的肌肉轻松血液循环,避免褥疮……"

"啊!你还有这么多事要做——要不,我和你一起做,做完了一起去渔场……"

"没有必要!今天渔场那边的事不少,有些事还得两人做方便些,你去吧——说不定云叔正等着我们去呢!"

"那我就去了!我也把渔场的情况好好地了解一下——潭那么大那么深,说不定咱们并没有损失多少鱼,还可以亡羊补牢呢!"

"你去吧——我把这边的事一做完就去!"

"你不用去——你好好地照料叔吧!忙完之后,好好地休息一下吧——这些日子来,你够累的了!"

"不去也行——我在家里好好地做顿饭给你吃!也把屋子收拾一下——这些日子实在没空,家里乱糟糟的,你来了,如果还不收拾一下,不像话!"

"那我就全权代表你去做渔场里的事了!"牛瑧昱笑道。

到渔场后,牛瑧昱和岳云洲一起把堆放着的渔网散开曝晒,一起将潭坝低矮之处加高,一起划船捞潭里的漂浮物,一起给鱼喂鱼食,并忙里偷闲地用抛洒鱼食的方式与鱼嬉戏……不知不觉之中,晚饭时间到了,他也接到了周瑾让他和岳云洲一起回家吃晚饭的电话。

晚饭后,岳云洲点上一支烟,很满足地去渔场了;周瑾和牛瑧昱则一起收拾碗筷、一起给周慕华喂鼻饲、各自洗漱,最后,两人坐在条发一边看电视一边闲聊。在聊到自己白天与岳云洲的相处时,牛瑧昱发自肺腑地说:"云叔真是一个好人——为人真诚、做事认真,在当今真可谓凤毛麟角!其实,云叔一点儿都不智障,只是有点儿一根筋地'好'罢了!有他帮你,你可以省很多心!"

"可不是吗?"周瑾说,"我爸病倒后,云叔就独自负责渔场守夜;开始那天,我担心他不一定做得好,甚至还担心他自己会出什么事,便去渔场看他,但他老远就发现了我,就大声叫我别去,第二天一大早,我还没起床,他就来问我爸的情况,给我壮胆似的大声叮嘱我什么也不要害怕!有云叔,我不仅可以省很多心,而且好像胆子也大多了!"

"云叔身强力壮，心眼又好，有他，胆子即使不大也得大！"牛瑧昱笑道，"今天和云叔在一起，我的胆子也似乎大了不少！"

"嗨！没想到你也是一个胆小鬼！"周瑾也笑道，"我平常还以为你胆大包天，总把你视为靠山呢！"

"我可不是胆小鬼！"牛瑧昱故作镇定地说，"给你做靠山也是没问题的！"

"是吗！"周瑾戏谑着说，"那我现在就试试！"

周瑾边说边靠在牛瑧昱的身子上，并用力地摇晃……

"我真想时间就此打住！"尽情地欢愉之后，周瑾躺着牛瑧昱的怀里十分动情地说，"要是时间真的就此打住，那你就能永远在我身边了！"

"放心吧！时间就算不就此打住，我也会永远在你身边的！"牛瑧昱用力抱住周瑾道，"你想我给你做靠山，我就给你做靠山，你想我永远在你身边，我就永远在你身边！"

"那可不行！"周瑾很认真地说，"我下午明确地对你说过了——我不能太自私！你现在有学业，将来有事业——总在我身边，那学业、事业怎么办？！"

"我永远在你身边也是你永远在我身边呀！"牛瑧昱说，"你和我一起完成学业一起成就事业，那就不得了吗？！"

"我也想和你一起完成学业一起成就事业，"周瑾很无奈地说，"但以我现在这情形来看，你觉得能吗？"

"怎么不能？"牛瑧昱不以为然地说，"你复学不就得了吗？！"

"复学？你看我家现在这样子我能复学吗？"

"能！当然能！"

"能？我复学了，我爸谁管？"

"在咱们学校周边租个地方，把你爸安置在那里，你一边上学一边照料你爸——带着弟弟上大学的姐姐、带着爸爸上大学的女儿早就有报道了，你为什么不能呢？再说，我们那么多同学都可以帮助你……"

"我家的渔场谁管？"

"云叔！"

"云叔一个人能管得了吗？"

"那就把它退给村里或转包给他人！"

"如果这样,我们家的一大堆债怎么还?"

"我替你还!我们'创业'小组的那些同学也不会袖手旁观的!"

"我完全相信你愿意帮我,但前提是得有条件呀!现在你还是一个学生,在相当大的程度上还是你爸妈的剥削者,怎么帮助我?我们'创业'小组的那些同学也和你一样——是他们爸妈的剥削者,怎么帮助我?!再说,那些同学,未必像你所说的那样愿意帮我——柳成丝平常总自以为高人一等,一副公主的样子;史玉婷总挥金如土、恃财傲物,一个富二代的德性;孟爽好像没长大似的,什么事都很依赖她父母……"他们会帮我吗?

"你说的不完全对!我们的确是爸妈的剥削者,但是,我们都能帮你——在得知你决定休学后,同学们都想给你捐款,但又觉得你是不会接受捐款的,我们'创业'小组的全体成员便决定突击性地炒一次股来帮助你……"

"全体成员?夸大其词!"

"夸大其词?没有!真是全体成员——包括你……"

"包括我?"

"包括你——我们每人给你出了三万……"

"给我出三万?如果亏了呢?"

"我们前两次炒股都大挣了一把,大家便不约而同地认为,如果亏了就当前两次少挣了三万——这次,我们小组简直是全心全意、全力以赴!嗨!皇天不负苦心人——我们终于又挣了一把!这次我把钱全部带来了……"

"全都带了?怎么事先不告诉我一下?!"

"本来是想事先告诉你的,但又怕引起你的误会……"

"误会不误会,我都不能要这笔钱!"

"为什么?"

"我不愿意一辈子背着一个沉重的包袱!"

"什么包袱?这是大家的真诚心愿!其实,你虽然对同学们的个性把握得很准,但对他们的看法并不正确或不完全正确……"

"荒谬——怎么既'把握得很准'又'不正确'?"

"'把握得很准'与'不正确'并不矛盾!柳成丝是有点儿公主的派头,但为人很真诚;史玉婷有点儿富二代的做派,但大方热情;孟爽是不会有多少钱，但帮助你一点儿钱应该是没问题的，更何况前两次炒股，她也挣了一点儿钱；谢海福确实有点儿贪财好色，但是也有豪爽仗义的一面，再说，人为财死鸟为食亡，好色就是爱美，因此，贪财好色也无可厚非！至于陆地、柳赛嘛，确实有点儿恶心，但他们对你还是很不错的……"

"对我很不错？怎么不错？"

"很不错！大家在议到给你出份子钱炒股时，陆地最先响应，柳赛也不甘人后……"

"啊！那是我的错——看人走眼了……"

"这没有什么错或不错的问题——也许你看的是本质，我看的是现象。不过，就他们对你这件事而言，现象就是本质——只要能真正帮上你就成了！"

"你说得很对——他们用实际行动帮助我了，这就足以令我感激不尽了！我也一定会感谢他们的！"

"那我就先把你的谢意转给他们了……"

"我也感谢你！"

"感谢我？咱俩都睡在一个被窝里了——还谈什么谁谢谁？谁还能怎么感谢谁？"

"还能怎么感谢？还能这么感谢！"周瑾说完就身心投入地吻牛瑧昱，牛瑧昱虽然有点儿措手不及，但还是很好地配合了周瑾；接着，双方自然而然地融为一体，并最终获得了一种充分的满足。

"这种感谢还行吧？"双方都恢复平静之后，周瑾笑道。

"还行！"牛瑧昱说，"但我不仅仅要这种感谢！"

"还要什么？"周瑾说，"贪得无厌！"

"还要你和我一起完成学业一起成就事业！"

"唉！你怎么又谈到这事了——刚才不是已经谈过了吗？"

"刚才是谈过了，但你刚才没答应我呀！"

"我不能答应你！我也许可以像你所说的那样带着我爸上学，但我不能那么做——我爸需要静养、需要我的精心照料！我爸的毛病是外在原因引起的，只要静养只要有人精心照料，应该是可以康复的，而且医疗史上，像我爸这种病人康复的也不是没有。虽然同学们都很真诚地帮助我，我也很真诚地感谢同学们，但我不能接受他们的帮助——我爸是工伤，有医疗费、生活费、护理费，如果我再接受同学们的帮助就说不过去了；再说，'吃人的嘴软，拿人的手软'，一旦接受了同学们的帮助，我便欠了他们的债……"

"如果仅仅是这样，那大可不必介意……"

"也不仅仅是这样——这些日子来，我在照料和陪护我爸的同时，也接触了村里的一些孤寡老人和失学儿童，有时还给他们提供了一些力所能及的帮助；我觉得他们都很需要帮助，也觉得我给他们的帮助很有价值和意义……"

"是吗？"

"现在村里的人基本上是老人和孩子，许多人都需要照看或照理，可实际的情况却是要么是没有子女或子女长年在外打工不归，要么是没有父母或父母长年在外打工不归，无人照看或照理。几乎所有的人都有很强的孤独感——好多老人来看我爸时，一来就和我聊这聊那，待好长时间不走；孩子们一见到我，就像见了自家的亲人似的，很亲热，有些则我走到哪里他们就跟到哪里，没话找话地和我说这说那……"

"我老家也有这些问题——我妹妹雪莲现在不上学了，把自家的住宅改造成了一所具体而微的学校，教那些失学儿童学文化……"

"我也想这么做——我家这么宽敞，还有这么大的一个院子，我实际上是可以在家里一边教那些失学儿童，帮他们脱盲，一边照料我爸……"

"你如果这么做还不如一边上学一边照料你爸……"

"非也！我一边上学一边照料我爸得离乡背井得花钱，而我在家里不但不花钱而且还能挣钱……"

"你要照料你爸——怎么挣钱？"

"我只有在家，云叔才可以继续帮我家管理渔场，只要云叔在帮我家管理渔场我家就还有收入……"

"你不在家，云叔也能帮你家管理渔场……"

"我不在，云叔没法管理我家渔场——因为村里人包括云叔他哥都把他看成是一个智障都捉弄他；我在家，不仅仅是只有渔场的收入——我如果教那些失学在家的孩子或者照料孤寡老人，应该也有点儿收入……"

"他们给你报酬？"

"失学孩子的父母或孤寡老人的孩子都会给报酬的——前几天，我辅导过的几个孩子的父母就打电话，对我表示感谢的同时反复强调要给我报酬，我照料过的几个老人的孩子也打电话给我，对我表示感谢，要给我报酬……"

"也就是说，你还是愿意在家教失学孩子而不愿意复学？"

"我更愿意照料那些孤寡老人……"

"为什么？"

"为什么——'老吾老以及人之老'！而且我从照料我爸的过程中深深地体会到了老人实际上比孩子更需要人照料，也应该更需要人照料……"

"为什么？"

"孩子有未来，老人没有未来！况且孩子的幼年孤苦对于孩子本身来说，未必就是一件坏事——历史上好多幼年孤苦的人，如韩信、韩愈、包拯等，后来都干出了一番事业！"

"你说的不无道理，但你不能'从井救人''解衣活友'……"

"我何曾'从井救人''解衣活友'？"

"你如果以自己完全放弃学业来照料老人或教失学孩子便是'从井救人''解衣活友'！"

"我没有说要完全放弃学业呀！"

"你既要照料你爸又要照料孤寡老人还要教失学儿童，怎能不放弃学业？"

"现在网上有视频公开课，我可以忙里偷闲来学习，而且也可以学好……"

"你学得再好也没法拿到文凭——你要知道，现在干什么都要有文凭！"

"不一定吧！我可以参加自学考试！我将来拿到文凭之后照样可以读硕士研究生读博士研究生——啊！你努力一点儿学习，将来留校了，我读你的研究生……"

"别说笑话了吧！你我是同学，现在还睡在一个被窝里，你怎么能考我的研究生？！"

"怎么不能？！你不是有一次和我说过，你爸的一个校友考他师弟的研究生吗？"

"那是他师弟比他年纪大，也做他领导，后来还做了部长……"

"你不也比我大吗？不也是我领导吗？说不定将来也会做一个部长呢！"

"别这么高看我——好不好！也别扯这么远——还是先解决眼前的问题吧！"

"我眼前的问题是照料我爸！如果有暇，也照料一下村里的孤寡老人，教一下村里的失学儿童……"

"唉！我真拿你没办法！……唉！你真要这么做，我也支持你！"

"那太好了！怎么支持我？"

"不知道——你要我怎么支持你我就怎么支持你……"

"别说大话了——你有这么大的能力吗？！比如，我想建一座养老院，你能吗？！"

"只要你真的想建一座养老院，我就帮你建——'百善孝为先'！你不仅对你爸孝，而且把对你爸的孝推及村里的孤寡老人，令我敬佩！虽然我无论是从情感上还是从理智上都不愿意你干这事，但从天理人情从伦理道德上，我又不得不支持你干这事！也支持你教那些失学儿童！"

"那太好了！"

"我这次带回这笔钱留给你爸治病，我再弄一笔钱给你建养老院……"

"我说过了——我爸是工伤，国家发医疗费、生活费、护理费……"

"我知道这些！但我也知道那点儿钱是完全不够用的！"

"你这么肯定？"

"当然这么肯定——我老家离你这儿这么近，我小时在老家生活了几年，后来又多次回老家，听过我奶奶、三伯、三妈讲过不少农村里的事情，也亲眼见过我老家里发生的事情，当然可以肯定政府给你爸的那点儿钱肯定不够你爸开支！再说，政府给的那点儿钱也未必能给到你家！"

"哎！你怎么说得这么准——简直是神机妙算！"

"我说得准吧！"

"准极了——村主任每次都从我爸的费用里抽一部分……嘘！别说了！"

"好！不说了！你也别放在心里——有大伙的这笔钱，你就把那一切都忽略掉吧！"

"好！我听你的！也领大伙的情，打心眼里感谢大伙！当然，我也绝不会辜负大伙对我的好意，一定做点儿成绩来回报大伙！"

"我相信你能说到做到！但你也不能因此而产生心理负担——同学们帮助你绝对是不计功利的！"

"我完全相信同学们——当然也完全相信你！"

"相信我就什么都不说了——现在不早了，咱们睡觉吧！"牛瑧昱边说边把周瑾揽在怀里，"这些日子来，你一定没有睡过一次安稳觉——今天你就睡一个安稳觉吧！"

"平常没你在……我当然没法睡安稳觉！"周瑾边亲吻牛瑧昱边笑道，"但今天有你在……你说我能睡一个安稳觉吗？"

第三十九章　那一团乱麻

谢海福、陆地、柳赛三人决定结伙后，各拿出五十万，并随即开始炒股。

其实，三人本可以各自为政，单独炒股的，但陆地、柳赛各自均没有"实战"能力，因而不得不依靠谢海福，谢海福则认为炒股是股金多多益善，加上还能赚点儿佣金，便一边嘴里不情不愿一边心里一片欢喜地与陆地、柳赛等结伙。

炒股开始后，股市连续红火，加上牛瑧昱及柳成丝等四个女生都没参加这次炒股活动，谢海福放松多了，压力也几乎没有了，于是无所顾忌地炒股——第一天便将三人凑在一起的股金全部买了一只次新股，连续三天涨停后停牌。停牌的那天晚上，谢海福、陆地、柳赛等在锦都大学创业园餐厅的桃园包间聚餐，庆祝首战大捷。开席后，大家一边吃一边聊——

"老大，咱们首战大捷，全归功于你的英明！"陆地首先乐呵呵地说，"现在，我和老三先敬你一杯！"

"哪里是我的英明——是咱们运气好！"谢海福谦虚地说，"咱们共同干杯吧！"

谢海福边说边端起一杯红葡萄酒与陆地、柳赛碰杯，随后，率先一饮而尽，接着，自顾自地用叉子叉了一块凉拌红烧肉塞进嘴里，大幅度地咀嚼起来。

"老大，你确实很英明——是你高瞻远瞩地预见了股市还会牛一阵子，我才放胆继续干的！"柳赛跟着谢海福叉了一块凉拌红烧肉塞进嘴里，一边咀嚼一边满脸高兴地说，"咱们都认定股市还会牛，应该放开手脚大炒一把时，可老幺和那些娘们却都认为应该见好就收，而且真的见好就收了！可现在呢？铁的事实却证明还是咱们——尤其是你——有先见之明！"

"可不是吗？按照当下这股市行情，咱们这次一定会大赚一把的！"陆地咀嚼着一块酱羊排一边说，"老幺和那些女生一定会后悔的！"

"咱们只管自己发财就够了！"谢海福自顾自地喝了一杯红葡萄酒后抓住一根酱肘子一边啃一边说。

"那些娘儿们还是有用的！"陆地笑道，"如果没有用，你当初也不会同意她们入伙！"

"我也没说她们没用呀！"谢海福说，"再说，当初没有那些娘儿们，咱们的活动能启动吗？"

"是呀！那些娘儿们还是有点儿用的！"柳赛喝了一杯红葡萄酒，附和道，"她们有钱有势，咱们还得好好利用利用！再说，男女搭配干活不累——她们和咱们在一起，能调动咱们的积极性，激发咱们的创造力，提高咱们的凝聚力和战斗力……"

"可不是吗？"陆地边咀嚼嘴里的肘子边说，"老幺最初本来不是太投入咱们这事的，可后来也很投入了……"

"老幺后来很投入先是为了他那妹妹，后是为了周瑾！"谢海福说，"不过，周瑾也是咱们一伙的！"

"周瑾确实漂亮——为了她也值！"柳赛说，"只是咱们都当电灯泡了，都为人作嫁了！"

"你还想怎样？"陆地抢白道，"你还想当主角还想人家嫁给你不成？！"

"这似乎也没错！"谢海福说，"只是她好歹也是咱们的伙伴、老幺好歹也是咱们的兄弟——咱们中华民族的传统美德中有一条是'可以穿兄弟的衣但不可睡兄弟的妻'……"

"可她现在还不是老幺的妻！"柳赛说，"再说，那几个女生好像都很喜欢老幺……"

"现在还不是不等于说将来也不是！"谢海福说，"虽然那几个女生好像都很喜欢老幺，但老幺未必喜欢她们……"

"为什么？"陆地疑惑不解地看着谢海福说，"那几个女生无论是论长相还是论智商都不比周瑾差，即使差也差不了多少！就家庭背景而言，周瑾更是无法与她们同日而语……"

"嗨！你真是弱智！"谢海福笑道，"正是因为她们不仅自身条件好，而且家庭条件好，老幺才未必喜欢她们！而且她们都有一个致命的东西——太有主见！"

"也就是说，在你老大看来，就女人而言，有本领有钱有头脑都不是好事！"柳赛笑道，"真是高见呀！"

"当然是！"谢海福一本正经地说，"好像张爱玲说过吧——花男人的钱是女人的一种幸福，做老婆的女人应该是成年人的身子婴儿的头脑……"

"张爱玲所说的从理论上看也许是对的，但在现实中却未必对！"陆地笑道，"据我的感觉，对那几个女生，老大你其实最喜欢的是柳公主，其次是史公主……"

"你别拿我开涮，好不好！"谢海福也笑道，"对那几个女生，我从来没喜欢过——顶多有点儿感兴趣而已！"

"好！好！"陆地大笑道，"我们的老大对柳公主、史公主只是有点儿感兴趣而已！"

"别说我了，好不好！"谢海福道，"对那几个女生，咱们谁爱怎么着就怎么着——都应该是和尚别说光头！不过，咱们谁也不能为了一个女人而伤害兄弟之情！"

"对！老大说的对！"柳赛大声说，"古人早就说过，'兄弟如手足，妻子如衣裳'，来咱们为了手足之情干一杯！"

柳赛别说边与谢海福、陆地碰杯，随后，端起酒杯一饮而尽。

"现在要是老幺在就好了！"放下酒杯后，谢海福说，"不过，咱们最好别吃窝边草，尤其不要沾惹周瑾——老幺真正喜欢的是她，说不定这个时候这两个人黏在一起了呢！"

"老幺也很喜欢他那妹妹！"陆地说，"在我看来，他回老家也是为了看他那妹妹！……"

"在过去很可能是为了看他那妹妹，现在则主要是为了看周瑾！"谢海福说，"而且去看也有顺理成章的理由！"

"可不是吗？周瑾现在身处困境，老幺去名正言顺！"陆地说，"和周瑾黏在一起也名正言顺！"

第三十九章 那一团乱麻

"老幺揣着咱们挣的那么大一笔钱，也容易把周瑾弄到手！"柳赛戏谑着说，"俗话说，受人滴水之恩当以涌泉相报——周瑾受了老幺的那么大一笔钱，怎能不以身相报！"

"是呀！老三说得不错！"陆地说，"我只是不太服气——老幺与咱们同在一个班，和咱们应该是半斤八两的——即使比咱们强，也应该强不到哪里去，可那些娘儿们怎么就只喜欢他！"

"这有什么必要不服气的——萝卜白菜各有所爱，人家有爱的自由，也有爱的权利！"谢海福不以为然地说，"再说，老幺在为人处世、行为举止等方面都确实很不错！"

"不错是不错，但那主要是他的环境所致！"柳赛不大服气地说，"我要是有一个父母都是高级知识分子的家庭，从小就生活在大学校园里，我也不会比他差！"

"别说这些了！吃！吃！咱们吃！边吃边喝边谈挣钱的事。"陆地说完，三人比赛似的吃喝起来。

"要挣大钱，就得有大的投入！"谢海福吃完三勺子鱼翅后说，"现在股市形势一派大好，而且还将会好上一阵子，我建议咱们增加投入……"

"我也是这么想的！"陆地说，"我打算把我手里所有的钱都拿出来，必要时，我再向我老爸借一点儿！"

"我也把我手里所有的钱都拿出来！"柳赛说，"不过，我没法向我老爸借钱——我爸只是一个普普通通的军工机要人员，实在没有钱！"

"那你可以向你的亲朋好友借钱呀！"谢海福说，"只要你是诚心诚意地想借到钱，总是有办法的！"

"我当然是诚心诚意的！"柳赛说，"但我的亲戚都是穷亲戚——不论是姑姑、姨姨，还是舅舅，全都是吃低保的，都希望我赶快学有所成，都恨不得我立马就能帮他们一把！至于朋友嘛，那就更不用说了——我最好的朋友就是你和老二、老幺，你们有钱借给我吗？"

"你最好的朋友不一定是只有我们这几个吧？"陆地笑道，"至少应该还有一个……"

"至少应该还有一个？"柳赛说，"那个是谁？"

"你不是还有一个爱丽丝吗？"陆地大笑道，"我们再怎么和你好，也没和你同吃一锅饭同睡一个被窝吧！"

"对！老二说的对——你可以向你那个爱丽丝借钱！"谢海福说，"再说，你那个爱丽丝也有钱可借给你……"

"爱丽丝有钱不假——但她平常为我家花过不少钱了！"柳赛说，"她平常不时给我爸妈买营养品，请我们全家吃饭，给我爸妈买衣物……"

"看来你那个洋妞不仅有钱，而且还很贤惠！"谢海福说，"我怎么没有碰到这么好的洋妞！"

"你怎么没碰到？你不是也有个千惠子吗？是不是还要个万惠子？"柳赛笑道，"老大你可别贪心不足、欲壑难填呀！"

"我那个千惠子既没钱也不贤惠！"谢海福一脸不满意地说，"跟我在一起，从来没出一分钱，更没给我的爸妈花过一分钱！"

"你那个洋妞没给你花钱并不等于说她没钱。"

"你看到的只是表象！"谢海福说。

"是吗？"柳赛一副大惊小怪的样子问。

"咱们还是谈正事——搞更多的钱投入股市！"谢海福说，"刚才老二你说向你老爸借钱，我看不必向他借钱——咱们干脆成立一个投资公司，向他融资，将来赚钱了返本利给他……"

"成立投资公司？"柳赛满脸兴奋地说，"要成立就赶紧成立——如果成立了一个投资公司，那咱们就能融更多的资金……"

"投资公司肯定是要成立的，但要赶紧成立则是不可能的——现在的中国，要成立一个投资公司，谈何容易！"谢海福说，"我们最好的法子是一边炒股一边谋划或启动成立投资公司——也就是说，现在股市形势这么好，咱们可以边做一些成立投资公司的准备边以那公司的名义融点儿资，比如说，老二以咱们公司的名义向他老爸融资，你以咱们公司的名义向你那个爱丽丝融资，我也以咱们公司的名义向千惠子融资……现在这世道，融资也不太容易，咱们只得先从向亲友融资开始……"

"但咱们既没有办公室，又没有公司执照，我老爸会相信咱们吗？"陆地将信将疑地说，"你那个千惠子和老二那个爱丽丝也会相信咱们吗？"

第三十九章 那一团乱麻

"办公室好说——咱们花点儿钱租一个什么地方就行了！"谢海福一副轻松的样子说，"至于执照嘛，那更好说，按正常程序办就行了！"

"啊！老大你说的也对！"陆地说，"只要我真的挣到了钱，我老爸肯定是不会计较的……"

"那我也试试爱丽丝吧！"柳赛说，"但是，她一旦追问什么，咱们要配合一下……"

"当然！这还用说吗？！"谢海福说，"不过，融资这事咱们都得抓紧一点儿——我今天就找千惠子！不管她是有钱还是没钱，都要找她融资！"

谢海福笑道："我们是三人公司，我看咱们的公司就叫三鑫投资公司吧……"

"三鑫投资公司？很好！"陆地说，"三鑫者，三座金山也！"

"三座金山还不行！"柳赛说，"三者为众，众者即天下也——我们要收聚天下资产，建立咱们的金融王国！"

"好！咱们要建立自己的金融王国！"谢海福说，"来！为建立咱们的金融王国干一杯！干完这一杯，咱们就分头行动——争取在最短的时间融到最多的资金！"

谢海福边说边与陆地、柳赛碰杯，碰杯后率先一饮而尽，陆地、柳赛随之也一饮而尽。随后，各自信心满满地边聊边离开包间。

柳成丝、史玉婷、孟爽等虽说都是在国外旅游，但并没有像谢海福、陆地、柳赛等一样结伙行动——柳成丝在美国旅游、史玉婷在东南亚旅游、孟爽在西欧旅游。不过，三人在旅游时有一个共同的特点——人在国外，心系牛瑧昱。

孟爽自小学时代起就与牛瑧昱相识，而且对他颇有好感。随着年龄的逐渐增大，随着初中、高中、大学的与牛瑧昱的同学，她对牛瑧昱的了解逐步加深，认识越来越清楚，最初的好感也逐步变为爱慕、钟爱。但是，孟爽本质上是一个很传统的女孩，因而，她爱牛瑧昱爱得很含蓄爱得不声不响、无声无息。不过，她也很想向牛瑧昱表白自己对他的爱情，但总是没找到恰到好处的机会，因而让她的母亲向牛瑧昱的母亲发出两家结伴到国外旅游的邀请。牛瑧昱及其母亲未能与她及其母亲结伴同行后，她便与她母亲径直到英国。为了能更为自由自在一些，她们没有找旅行社——她们完全按照自己的意愿旅游，想去什么地方旅游就去什么地方旅游，想在一个待多长时间就在一个地方待多长时间。她和她母亲都具有很强的诗人气质，也具有很强的文学情结，因而，所游览的地方都是一些文学传统深厚、文学氛围浓郁的地方，比如，彭斯的故乡、华兹华斯、柯勒律治、骚塞曾隐居过并开创了湖畔诗派的昆布兰湖区，雪莱学习和生活过的牛津大学、拜伦学习和生活过的剑桥大学等地。她游玩得很尽兴尽情很有诗意，但是，不时也会产生一点儿诗人的忧绪——每次尽兴尽情过后，她都会在心里油然叹息道："唉！这个时候，要是牛瑧昱和我在一起，那该多好呀！"

在剑桥大学游览过拜伦湖、剑河之后，孟爽所产生的诗人的忧绪更为强烈，以至于入夜之后，忧绪未平——

"难怪林徽因当年要在这里与徐志摩相恋——这里的一景一物都催情！"孟爽静静地躺在床上不由自主地想，"要是这个时候牛瑧昱也在这里，我们也会相恋的！不！不仅会相恋，而且会相拥相抱甚至会同床共枕的！可惜——他现在不在这里！"

"在中国历史上，美女才女多如过江之鲫，但最幸运的当属林徽因！"稍静片刻后，孟爽又想，"她竟然能同时得到大哲学家、大建筑学家、大诗人终生的爱，而且爱得那么纯那么无怨无悔！唉！我这生要是能得到牛瑧昱一个人的这种爱也就心满意足了！"

想到这儿，孟爽翻了一个身，随后又想："不过，牛瑧昱实际上兼有哲学家的思想、建筑学家的审美力和创造力、诗人的情怀，我要是得到他一个人的爱实际上就是得到了三种人的爱！如果真能得到，那我就比林徽因更幸运了！我一定要想方设法得到他的爱！可到底怎样才能获得他的爱呢？我们平常都忙得一塌糊涂，加上他总有参加不完的各种活动，身边总有花样的女孩，我和他单独相处的机会几乎没有！林徽因当年无论是与徐志摩相爱还是与梁思成相爱，都是因为有一个与他们单独相处的机会、有一个仅仅属于他们的二人世界！啊！我一定要想方设法创造一个这样的机会、一个这样的世界！我只要能和他一起到国外留学,便有这样的机会这样的世界了!对!我要和他一起去国外留学!去国外留学当然最好是美国或英国——美国经济最发达,金融业最兴旺,金融专业也最发达,但是,美国只有两百多年的历史,实际上只是一个新兴国家,没有文化底蕴或没有深厚的文化底蕴,而且金融专业最牛气的学校并不太像纽约这种经济中心或像华盛顿这种政治中心,不太便于学习与实践的结合;而英国呢,不论是牛津大学、剑桥大学,还是伦敦大学、伦敦政治经济学院都是在伦敦,出校门后便可进金融中心实习,再说,英国不仅历史悠久、文化底蕴深厚,而且金融专业也不在美国之下,因此,学金融,最好是到英国来!对!我们应该到英国来留学!我现在就对妈妈说要来英国留学!"

想到这儿,孟爽下意识地冲对面的床上喊了一声"妈妈",然而,回答她的却是她母亲轻微的鼾声,她也随即意识到她母亲这次是专门陪她来玩的,而今天玩的时间太长,走的路太多,因而肯定相当累,于是没有打扰她母亲——直到第二天再次出游时,孟爽才对她母亲说了自己想到英国来留学的想法,同时,也让她母亲做做牛瑧昱父母的工作,让牛瑧昱和她一起来。

第四十章 "来生债"

就人生而言，学生时代实际上是最幸福的时候——人们在学生时代，虽然有学习压力，但没有生活压力。而且人们在学生时代的人际关系简单，学生虽说也总需要遵守一些规章制度、组织纪律，但是，即使不遵守规章制度、组织纪律也并不多么要紧，甚至触犯了法律受惩罚也要比一般人轻一些。

就学生而言，暑假实际上是最幸福的时候——虽然寒假也是，但比起暑假来，寒假显得太短，同时寒假总是一年之中最寒冷的时候，总有一些推卸不了的应酬，因而总不能让人太放松。而暑假则时间长，没有什么推卸不了的应酬，可以放松地休息也可以放松地做事，作为一个学生，当然会感到暑假是最幸福的时候！这种感受，对这个暑假里的牛瑧昱等而言，特别明显：

牛瑧昱时而在牛家大湾与杨金环、牛汉卿、艾玉洁、杨雪莲等在一起，时而在岳家店与周瑾在一起，孝爱两全——能这样，他能不感到幸福吗？

谢海福、陆地、柳赛等各自融到一笔不小的资金，大张旗鼓地炒股。他们虽说也有马失前蹄的时候，但大多数时候是旗开得胜，而且好像只买进卖出了几个回合，各自的资金就均达到了七位数——能这样，他们能不感到幸福吗？

柳成丝、史玉婷、孟爽等在国外想在哪里玩就在哪里玩想怎么玩就怎么玩——能这样，她们能不感到幸福吗？

周瑾既能照料卧病在床的父亲，又能经营渔场，还能与自己心爱的人在一起——能这样，她能不感到幸福吗？

然而，"幸福的人总是相似的，不幸的人各有各的不幸！"幸福的时候总会过去，不幸的时候总会来到——对于暑假即将结束的牛瑧昱等来说，均如此：

牛瑧昱马上就要离开敬爱的人亲爱的人回锦都了！柳成丝、史玉婷、孟爽等马上就要结束愉快的旅游了！周瑾马上就不能再与心爱的人并肩奋战了！而谢海福、陆地、柳赛等更是碰到了股史上难得一见的"股灾"——千股跌停！连连跌停！跌得许多公司倒闭破产，跌得好多股民倾家荡产！谢海福、陆地、柳赛等不仅把历次炒股赚的钱全部输掉了，而且把原有的本钱也输掉了！不仅把自己的零花钱输掉了，而且把自己所融的资也输掉了！最后，三人约定，学武侠小说上讲义气的患难兄弟，给牛瑧昱发了一条长微信，各自给家人留下了一封信后，抱憾自杀——谢海福跳楼，陆地服安眠药，柳赛投锦湖。不过，三人均自杀"未遂"——谢海福摔断了四肢、摔伤了内脏、摔成脑震荡，在医院割肾、开颅后，性命勉强保住了。陆地在家中服安眠药后被家人送进临近的私人诊所抢救；医生原是农村里的赤脚医生，开始时有点儿六神无主，稍稍缓过神来之后，灵机一动地给他灌肥皂水洗肠洗胃，随后不停地掐捏、揪扯、拍打，在经过好一番折腾之后，他才从昏迷之中醒来。柳赛由于寻死心切，便在投锦湖后猛喝水；当他喝了一满肚子锦湖水沉到湖底时，路旁的一个拾垃圾的人把他捞上岸，随后倒扛着他猛抖，直到将他肚子里的水基本上抖出来把他从昏死中抖醒才罢手。

  收到谢海福等的微信后，牛瑧昱立马赶回锦都，同时给史玉婷、柳成丝、孟爽发微信，告知她们谢海福等给他所发的微信之事。

  回锦都得知谢海福等均还活着，牛瑧昱由衷地感到高兴，随后便去探望他们；回到宿舍时，天色已晚，加上太累，牛瑧昱本拟坐在电脑桌前小憩一会儿，但刚坐下，脑海里便闪现出谢海福等躺在病床上的身影，随后又想到他们不约而同地在其"遗书"中所"遗嘱"的问题——谢海福等希望牛瑧昱看在兄弟一场的份上，不要让他们欠"来生债"。

  谢海福等说的"来生债"即他们所融的资。

  为了大赚一把，谢海福等在商定以三鑫公司的名义融资后，随即便付诸了实践——

  谢海福其实是知道千惠子很有钱的；同时也知道，她总爱占别人的便宜。考虑到"江山易改，本性难移"，谢海福便容忍了她；不仅如此，为了能得到千惠子，谢海福平常还故意迎合她——让她占便宜；每每见她时，他总要买一些她爱吃的食品。

像往常一样，谢海福在从锦都大学创业园餐厅的桃园包间回"金屋"时，特地进超市给千惠子买她爱吃的零食。由于打算向千惠子融资，谢海福在给她买零食时除买了平常常买的香蕉、蛋糕、薯条三兄弟外，还买了很多好吃的。买完食品走出超市后，谢海福忽然觉得这天应该让千惠子占大一点儿的便宜，便返回超市再给她买东西。在超市翻来找去了一通后，谢海福给千惠子选了一套品牌内衣。

当谢海福提着大大的两提东西走进屋子时，轻快地迎上前来的千惠子满脸惊讶地说："哇塞！你今天买了这么多东西呀！"

看清香蕉、蛋糕、薯条三兄弟等食品后，千惠子接着边咽口水边说："哟！都是一些好吃的！"

"不是呀！"谢海福边将手中的东西放到茶几上边说，"还有你喜欢的内衣！"

"是吗？"千惠子满脸高兴地说，"太好了！太感谢你了！"

"感谢我？"谢海福笑道，"你怎么感谢我？"

"怎么感谢你？"千惠子说，"对你更好一点儿！"

"真的吗？我今晚就好好地试试你！"谢海福说，"现在你先好好地吃——吃好了营养补充充足了再说！"

谢海福边说边将香蕉蛋糕打开，千惠子边有滋有味地吃边说："真好吃！"

"真好吃就多吃一点儿！"谢海福说，"这么多，你爱怎么吃就这么吃！"

"不！不！"千惠子说，"虽然好吃，虽然我爱吃，但我今天还是不能多吃……"

"啊！是的！"谢海福斜着眼坏笑着说，"是不能多吃——等一会儿还要吃我的……"

"讨厌！"千惠子皱着眉头说，"看你让我噎着了！"

"哟！对不起！对不起！"谢海福一副怜香惜玉的样子说，"没噎坏吧！"

谢海福边说边轻轻地拍打千惠子的背。

"没事！"千惠子消除哽噎后说，"看把你吓的！"

"没事就好！"谢海福说，"干脆别吃了——试试新衣服吧！"

第四十章 "来生债"

"试新衣服？"千惠子说，"等洗了澡后再试吧！"

"那现在就去洗澡！"谢海福边起身边说，"你先去浴室，我去给你拿毛巾和浴巾！"

激情落潮，谢海福两臂用力地勒了一下千惠子后说，"我会让你一辈子都幸福的！"

"真的？"

"真的！当然是真的！现在股市形势大好，我们已经大赚了一把，同时，也正在想方设法融资，如果融到资了，我们将会赚更大的一把！我如果有了足够多的钱，我会让你更舒爽的！"

"融资？怎么融资？"

"我和我的两个同学成立了一个三鑫投资公司，谁向我们公司投资，我们公司付给他百分之十的月息——目前，我的两个同学一个融资了一百万，一个融资了一百五十万，可是我还没融到一分钱……"

"啊！……那怎么办？"

"我也不知道怎么办！……只是我的两位同学都融到了那么多钱，而我又是他们的老大……加上目前的股市形势又这么好，有时候一天就能挣百分之十……我实在不甘心！"

"啊！一大就能挣百分之十！……如果确实是这样的话，我可以跟我同学说说，让他们投资……"

"让你同学投资？那太好了！我不要他们投太大的资——五十万就够了！"

"五十万？这点儿钱应该没问题——我明天就去找找我同学，让他们向你们公司投资……"

谢海福本来是有气无力地躺着的，但在千惠子答应让她的同学投资后，不由得振奋起来。

与谢海福不同，决定融资后，柳赛直截了当地向"女友"爱丽丝提出了融资一事。与千惠子不同，爱丽丝没有丝毫转弯抹角、没有丝毫吞吞吐吐，爽爽快快地答应出资一百万；当柳赛承诺每月给她百分之十的回报时，爱丽丝明确地拒绝，并说如果他还需要，可以增加投资。随后，爱丽丝较以往更加频繁地去看望柳赛的父母，去时所带的礼物也一次比一次重；同时，以要做论文为由向柳赛的父亲借阅一些资料，开始时所借阅的是一些常见的资料，越往后所借阅的资料越机密，柳赛的父亲有时虽然有所犹豫，但考虑到爱丽丝对柳赛及他和他太太都很好，加上也考虑她只是一个学生只是做论文的需要，便最终还是打消了犹豫，不做任何设防地给爱丽丝提供资料。

陆地没有"女友"可融资，便决定向其父亲融资。但他深知他的父亲视财如命，绝不会轻而易举地向他们那所谓的"三鑫投资公司"投资的，他便采取"曲线"的方式向其父亲融资——

陆地的父亲陆谦"文革"期间做过生产队副队长，"文革"结束后做过村主任。在做村主任时，他因为太贪财——竟然把村里公墓上的柏树当作自家的私产卖掉了，因群众举报被撤职。陆谦不仅贪财，而且吃喝嫖赌抽样样在行，于是，陆地便在回家之前特地上超市投其所好地给他买了一箱锦都二锅头和一条锦都牌香烟；随后，又到临近的烤鸭店买了一只肥壮的烤鸭。陆地回到家中时，其父亲正跷着二郎腿坐在沙发上一副津津有味的样子抽烟。陆地满脸堆笑地冲陆谦道："爸爸！"

"哟！你回来了！"陆谦不冷不热地说，"今天怎么想到要回来的？"

"我好久没见您了，很想您！"陆地边将行李包放在餐桌上边说。

"想我？"陆谦语带嘲讽地说，"嘴巴想我吧！"

"不是嘴巴想您，而是想您的嘴巴！"陆地一边从行李包中取出烟、酒、烤鸭一边笑着说，"您看，我给您买的尽是您喜欢的！"

"知道买东西孝敬老子，看来你的话里还有点儿真意。"陆谦一边像年老的裁缝穿针时凝视着针眼儿一样地凝视着陆地放在餐桌上的烟、酒、烤鸭一边语带戏谑地说，"老子也总算没有白养你！"

"您当然不会白养我的——我还会让您好好享清福的！"陆地一边将打开的一包香烟递给陆谦一边笑道，"不过，现在只能让您凑合着享享口福——来！先抽烟，然后，我去厨房把这烤鸭加工一下，然后咱爷俩喝几口。"

"也好！"陆谦一边接过陆地所递的香烟一边说，"我正想喝几口——冰箱里还有点儿酱猪蹄、卤肉、熟肥肠，你也把它们加工一下。"

"好！"陆地说，"我这就去加工——您歇一会儿！"

陆地自有记忆起便没见过他娘，很小的时候便自己做饭，因而对做饭一事很娴熟——进厨房后，把烤鸭及冰箱里的蔬菜准备好后，煤气灶、烤箱、微波炉等同时打开，烤鸭等或烤或爆炒或加热，不一会儿，一碟碟香喷喷热气腾腾的菜就端上桌了。

"吃吧！"陆谦坐到餐桌旁后一边用筷子夹了一块烤鸭一边说，"你不在家，我难得吃上一顿丰盛一点儿的饭！"

"您以后想吃多么丰盛的饭尽管吃！"陆地说，"我在家我做给您吃我不在家您就到餐馆里去吃！"

"我能想吃什么就吃什么吗？"陆谦喝了一杯二锅头后说，"你以为家里有花不完的钱吗？"

"我知道家里没多少钱！"陆地便啃着酱猪蹄边说，"但我已经长大了，可以挣钱了，您还能愁没钱吃饭吗？"

"你还在念书，怎么挣钱？"

"哎！您不能用过去的眼光看现在的社会呀！现在政府提出大学生创业——边读书边挣钱的大学生有的是，我们有好几个创业小组，我所在的创业小组挣了不少钱……"

"难怪你这家伙这次这么大手大脚地给老子买东西的！说给老子听听——你们是怎么挣钱的……"

"炒股！"

"炒股？"

"是的！我们从上个学期就开始炒股——上个学期就挣了不少钱，我本想告诉您，但又担心您说我不务正业，便没有告诉您；这个学期，我们继续炒股——又大赚了一把！"

"真的吗？"

"当然是真的！您是我老爸，我还能骗您吗？！我如果没挣到钱能这么大手大脚地给您买这些东西吗？"

"啊！如果是真的那就好！那我就算没白养你！"

"我还要进一步地大发——我和我同学成立了一个公司！"

"那公司是干什么的？"

"搞投资的——具体地说就是融资炒股！我们吸纳投资，每月给百分之十的回报……"

"每月百分之十？也就是说每年百分之一百二十？"

"不错！"

"你们不会蒙人吧？"

"我们都是堂堂锦都大学的学生——天之骄子，您相信我们会蒙人吗？"

"不蒙人就好！不蒙人——那我也向你们公司投点儿资！"

"您如果投资，那我们给您更高一点儿的回报！"

"更高一点儿的当然好！不过，你们如果能每年给我百分之一百二十的回报，我就心满意足了！"

"每年百分之一百二十，绝对没问题！"

"绝对没问题，我就绝对投资！我把手中的钱全部投资！我手里还有一百五十多万——征地款一共是二百万，给你了一点儿，花了一点儿，还剩这一些，我指望靠它来养老的……"

"嗨！您怎么要靠这些钱养老呢？您的养老有我嘛！不过，这钱是您的，您爱怎么花就怎么花！您投资到我们公司，一年就会变成三百多万，那时，您的钱不要说是养老，就是周游世界也绰绰有余了！"

"那好！我全部投资到你们公司！"

"那太好了！您把钱投资到我们公司稳赚大钱！来！为您赚大钱，咱爷儿俩干一杯！"

"干！"陆谦大声道，"我今天就把钱全部给你——我年纪大了，也不想管钱了！再说，你这么有出息——我不愁养老了，也不需要钱了！"

陆谦说完，将满满的一杯二锅头一饮而尽，随后便像一滩稀泥一样瘫在地上……

"他们所欠的'来生债'都这么大，而且都得尽快还清，否则便会造成很不好的影响！"牛瑧昱坐在宿舍里的书桌前一边用手指头轻轻地敲打着摞在一起的谢海福等的"遗书"一边想，"可我现在手头上没有多少钱，股市形势也不好——怎么帮他们还呢？"

想到这儿，牛瑧昱不由自主地叹了一口气。稍顿之后，他又在心里自语道："但无论如何也得帮他们还——他们都在极度绝望之际想到我，可见他们是多么信任我！我不能辜负他们的信任！我即使砸锅卖铁即使上刀山下火海也得帮他们还！我现在虽然没多少钱，但可以先帮他们还一点儿——能还多少就先还多少！还上一点儿后，我再想法慢慢地还——无论是老大的那个千惠子还是老三的那个爱丽丝，她们既然能和他们同居能将钱投到他们的'三鑫公司'，那至少对他们比较信任的，我答应替他们还钱，她们应该会相信的！至于老二的老爸嘛，那就更不用说了——我替他儿子还欠他的债，他即使不感激我也至少不应该对我心存疑虑或妄加猜测！另外，当下虽然正值股灾时期，但是官方大力护市，好多机构只准买进不准卖出，降息降准双管齐下，股市转暖应该是指日可待，而且股市在总体的惨淡中也不乏黑马股甚至妖股，像重建河山、东车西车都逆势上涨直至涨停，神化药业更是一再涨停……这些都表明，股灾之中也不乏机遇，只要抓住机遇了，也是能大赚一把的！现在关键的问题是钱——我的一点儿钱，如果拿出来安慰千惠子、爱丽丝、陆谦，就没法炒股了，那就得想方设法再弄点儿钱……可到哪里弄钱呢？家里的钱不会很多——即使有很多钱，以爸爸妈妈的个性，他们是不会给我钱炒股的！更何况，此时此刻，谈股色变、人心惶惶，爸妈不要说给我钱炒股，就是知道我想炒股也是不会同意的！……看来，我只得找别人了……可找谁呢？现在最能找的几个人，周瑾现在不仅无钱，而且我也不能分她的心——她现在能安静下来能把她家里的事情料理好就已经是万幸了！孟爽我也不能找——她家的情况和我家的情况大致相同，她父母平常给她的零花钱也不会太多，加上以她那种性情来看，她手中的钱，肯定是交给她父母保管着的，我显然不能找她！现在能找的就只剩下成丝、玉婷了！唉！平常成丝、玉婷都对我那么好，可我对她们却不冷不热，平常很难主动地想起她们，可我现在有了麻烦，还得找她们——我这人真有点儿无情无义！"

想到这儿，牛瑧昱给柳成丝发了一条微信："成丝，好久没见！明天能见见吗？"

微信刚发出，牛瑧昱就接到了柳成丝的电话："哟！我正准备给你打电话呢——你在哪里？我开车来接你！"

"不！这么晚了……明天见吧！"

"你在哪里？"

"宿舍……"

"在宿舍楼下等我！"柳成丝说完便挂断了电话。

柳成丝一边开车一边说：

"不知是怎么回事，我这几天总心里不踏实，一想到谢海福他们，我更是心惊胆战的！"

"唉！他们确实怪可怜的——谢海福四肢不全，陆地精神失常，柳赛瘦如骷髅；他们当初要是听我的话，见好就收就好了！"

"是呀！他们太贪得无厌了！"

"他们既害了自己，又害了他们的家人……"

"也连累了咱们——咱们'创业'小组怎么都难逃非议！……"

"难逃非议不要紧——要是他们能康复要是他们没有负那么多债，不要说咱们'创业'小组遭非议，就是我本人遭非议也在所不辞！"

"他们或肢体残缺了，或神经出问题了，或肌体出问题，要想康复，要么是不可能，要么非一日之功！至于他们的那些负债嘛，与咱们'创业'小组无关，与你本人也无关！"

"是与我无关，但是他们在决定自杀之际，都想到了我，都遗嘱我不要让他们欠'来生债'，可见他们是多么信任我！他们虽然自杀未遂，但显然无力还债了，而那些债，又是非还不可的……"

"怎么是非还不可？"

"谢海福和柳赛所欠的都是'国际债'，不尽快还会造成很不好的影响；陆地不但把他老爸的养老钱弄得一干二净了，而且把他老爸现在的生活费都弄没了——他老爸一见我就痛哭流涕，哭完之后就一个劲地骂他，'败家子''骗子'……什么话难听什么话解恨就骂什么，骂得歇斯底里，好像神经都快出问题了，如果不尽快弄笔钱给他老爸，他老爸有可能会疯，而陆地本人也有可能会疯；一旦他们父子都疯了，那不仅会给社会添麻烦，而且我们的麻烦也在所难免！"

"那你说怎么办？"

"怎么办？'心病还得心药医'——他们的问题归根结底是钱的问题，那当务之急就是弄钱了！"

"怎么弄？"

"我也不知道究竟该怎么弄钱，但我想来想去，觉得要想短时间弄到钱，堵上他们的钱窟窿，还是得运用咱们的专业知识……"

"你是说炒股？"

"不错！是炒股！目前，虽然股市一片惨淡，但机会也有——我经过仔细盯盘和研究，觉得有几只股肯定会大涨特涨，而且后劲很足……"

"什么股？赶快买！"

"当下好多城市都出现了多雨天气，一下雨市民出门就看海，主流媒体都给予了重点报道，同时，也报道了高层领导很重视的新闻，看来，城市基础设施建设方面的股肯定会大涨，而且会持续涨……"

"你的分析不错——我妈出国之前，就主持召开了一个关于加强城市基础设施建设的会议！"

"那咱们锦都的'重建河山'这只股肯定会大涨……"

"那咱们就买这只股——我手头原有的零花钱加炒股赚的钱共有三百多万，这次出国花了一点儿，还剩两百多万，全部给你买'重建河山'……"

"不能全部买这只股——炒股是切忌买一只股的；城市内涝严重，会引起一些流行病，因此，要防疫——医药股也在涨，像'华佗药业'就涨停了……"

"那咱们也买一点儿医药股！"

"但是，股市是瞬息万变的……"

"变就变——我这钱本来就是零花钱，而且好多都是你帮我赚的……"

"不是我——操盘的是谢海福……"

"但我是因为你才参加炒股的！我这次不仅把手头的钱全给你，而且如果需要，我也可向老舅再要一点儿……"

"那可不行——咱们是同学，可以随便一点儿……"

"那让史玉婷也把钱拿出来——她的零花钱及炒股所赚的钱应该也不少!再说,她平常总在咱们面前说她家多有钱,而且总像要和我比个高低似的——我只要对她说,'班长准备筹钱炒股帮助谢海福等,我出了两百万',她肯定会不甘居我下的……"

"如果史玉婷真的如你所说的这样,如果咱们运气好,选对了股,那么,谢海福他们的问题就好解决了!"

"但愿如此!……哎!不说这些了吧——今天本来是咱们两人聚,可尽是在替他人烦忧!"

"也不全是替他人烦忧——咱们实际上是被拴在一根绳子上的蚂蚱!"

"我可不是和他们拴在一根绳子上的蚂蚱——我是和你拴在一根绳子上的蚂蚱!"柳成丝笑道。

第四十一章 梦境如此真实

为了救助谢海福等，牛瑧昱、柳成丝、史玉婷、孟爽等达成了一致意见——每人尽其所能出资炒股，由牛瑧昱操盘；如果炒股赚了，无论多少，全用于救助谢海福等；如果赔了，谁也不埋怨谁。随后，柳成丝和史玉婷各拿出一百五十万元，牛瑧昱拿出了五十万元，孟爽拿出三十万元。

牛瑧昱综合自己的深思熟虑和孟爽等人的意见，买了"重建河山""愚公移山""华佗药业""锦都药业"等几只股；在买进的当日，这几只股均涨停，随后，连续涨停并停牌；复牌之后又连续涨停并停牌；再次复牌后，牛瑧昱立马清仓；随后，在参考孟爽的意见之后，牛瑧昱另买几只自己所看好的股，结果，又是买进的当天，各股便涨停……经过两个多月的艰苦奋战后，牛瑧昱等用炒股所赚的钱帮谢海福等还清了欠债，谢海福等的身体状况也好了许多。牛瑧昱、柳成丝、史玉婷、孟爽等一片欢喜，并聚餐庆祝。随后，牛瑧昱特地悄悄地去了一趟周瑾家，一来他是想向她报喜——告诉她他这两个多月来的斩获，二来是因为他很惦记她，担心她及她家里的事情。他到周瑾家后，见周瑾很好——她虽然比以前略微黑瘦了一点儿，但也比先前长高了一点儿，显得更苗条了一点儿，浑身上下透露着一股活力；同时也得知周瑾家也很好——她爸爸在她周到的照料下日渐好转，并且很有可能康复；她家渔场的鱼长势很好。他本来就是带着喜讯来的，见周瑾及周瑾家都很好，便感到喜上加喜。

在周瑾家待了整整两天，牛瑧昱带着无比的舒畅无比的满足回到了锦都。他本以为从此以后自己可以"两耳不闻窗外事，一心只读专业书"了，然而，回学校后，他首先得到的却是"噩耗"——柳成丝的母亲被"双规"、舅舅被逮捕了，史玉婷的母亲在机场被逮捕了。

在柳成丝家和史玉婷家出事后，牛瑧昱日夜奔波于她们两家之间，或者陪她们，或者帮她们处理一些问题；在近一个月之后，柳成丝的母亲和史玉婷的母亲的情况都基本明了——柳成丝的母亲涉嫌滥用职权、贪污受贿、生活腐化，柳成丝的舅舅涉嫌金融、能源、房地产等多个行业的犯罪，史玉婷的母亲涉嫌行贿罪和非法经营罪，而且都情节相当严重。柳成丝和史玉婷各自都知道其母亲之事没有周旋的余地了，情绪也便基本稳定下来，但是牛瑧昱却病倒了。

元旦前夕，牛瑧昱陪柳成丝给她的母亲送了一些过节食品后回家。回到家中时，他尽管深感疲倦，但还是给他在美国访学的父母打电话祝福新年；然而刚打完电话，他便一阵眩晕，随即觉得天旋地转，他赶紧坐到沙发上；稍稍好转之后，他起身向浴室走去，准备冲过澡后睡觉，但刚走了几步就又是一阵眩晕，而且比刚才那阵眩晕要猛烈得多；他本能地伸出手想抓扶一下什么东西，但抓了个空，并随即摔倒在地，接着，他觉得他的整个人旋转起来了，头也剧烈地疼痛起来。他一阵恐慌，下意识地想："糟了，该不会是脑溢血吧！"

同时，他又告诫自己："安静！"

在地上静躺了一会儿后，牛瑧昱不觉有所好转，便拿起手机准备打急救电话求助，但无意间触动了孟爽手机号的快捷键。孟爽刚出图书馆，听见手机响便随手掏出手机，见是牛瑧昱的来电后本能地按下了接听键，随口道：

"牛瑧昱，你找我吗？"

"找……你？啊……"

"你怎么啦？怎么说话结结巴巴？"

"没……没……什么……，有……有……点儿……不……舒……服……"

"有点儿不舒服？！怎么不舒服？！你在哪里？"

"在……在……家里……在……地上……地上……"

"在地上？怎么在地上？！是不是摔了？你爸妈呢？啊！我知道——我妈告诉过我，你爸妈都出国了？你稍等——我就来！"

孟爽说完便挂断了手机，跑出校门，坐上一个刚卸完客的出租车后，冲司机急匆匆地说："东院——锦都师范大学东院！"

"唉！怎么拨通孟爽的手机了呢？"孟爽挂断手机后，牛瑧昱颇有点儿懊恼地想，"她要是来了，见我躺在地上那该多狼狈！不行，我得起来！"

第四十一章 梦境如此真实

想到这儿，牛瑧昱随即努力起身，但一坐起来便又觉得天旋地转起来，而且伴随着恶心，于是，他便又躺下。

"不行！不能总这么躺着！"眩晕稍稍缓解后，牛瑧昱又想，"要躺也得先给她开一下门，然后躺到沙发上或床上去！"

想到这儿，牛瑧昱躺在地上慢慢地向防盗门挪动身体。在费了九牛二虎之力之后，牛瑧昱终于挪至防盗门跟前，随后，又在费了九牛二虎之力之后才把防盗门打开。但刚一把防盗门打开，孟爽就到了。进屋后，见牛瑧昱斜倚着，语带惊讶地说："你怎么啦？"

"没什么，"牛瑧昱"随机应变"地说，"不小心摔了一下——不过，现在有点儿头晕。"

"头晕？那赶紧躺一下！"

"也……行！"

"躺在那里？沙发上还是床上？"

牛瑧昱努力地朝紧邻门口的他的卧室努了努嘴。孟爽随即将牛瑧昱搀扶到他卧室的床上。

"现在感觉怎么样？"牛瑧昱躺好之后，孟爽语带关切地问："好一点儿了吧？"

"好多了……"

"好多了就好！这些日子来，你既忙学习，又忙班上的工作，还要忙炒股及柳成丝、史玉婷她们家的事，够累的了——身体当然受不了，以后可不能再这么累了！"

"以后不会再这么忙了——谢海福等人的债务还清了，柳成丝、史玉婷她们家的事情也基本上不用再忙了……其实，这些日子来，你也够忙的了……"

"都是你在忙——我可没忙什么！"

"怎么能说你没忙什么呢？炒股的事名义上是我在做，实际上是你在做——你每天搜集那么多股市信息，还做那么详细的分析、提出那么独到的见解……要不是你，我们这次炒股不会这么战绩辉煌的！"

"嗨！你是高看我了——过去我们不也战绩很辉煌过吗？"

"过去是谢海福具体做的……"

"我知道过去是谢海福具体做的，但你是出谋划策者，你是主心骨！"

"你也高看我了——我只不过跑一下龙套而已！我不能掠人之美——过去主要是谢海福在做！他有很丰富的股市经验，对股市特别敏感，而且很果敢……"

"嗨！别这么夸他了——他弄得不仅自己差点儿丢了性命，而且差点儿让别人也丢了性命，你也受了这么大的累！败军之将何谈勇！"

"谢海福这次是马失前蹄，不能否认他的炒股天才——我平时跟他学了不少，我这次炒股，除了得到了你的宝贵帮助外，也运用了平时跟他学到的一些知识。再说，这次是股灾，是一种覆盖性的灾祸，好多人不仅倾家荡产，而且负债累累！跳楼自杀的人也不少……"

"这个我知道……"

"既然知道，那我们就不要太责备谢海福。再说，这次股灾对我们来说也是一件好事——让我们实实在在地领略了股市的危险性，以后，我们不会再在股市上'冒进'了！谢海福等虽然损失不小，但比起那些工作了一辈子、把全部积蓄拿来炒股的人，他们的损失实际上没什么！因此，他们虽然是不幸的，但实际上也是很幸运的！而且，他获得了一次血的教训——这次血的教训可以让他一生受益！"

"这个可未必——谢海福这个人太贪，他要不是太贪的话，这次也不会栽得这么厉害！太贪的人往往是不会吸取教训的！这个人也太鄙俗——不仅长相猥琐，而且常常说话时手舞足蹈、唾沫四溅，举止也很轻浮……俗话说，'物以类聚，人以群分'，我很不理解，你跟他，还有另外两个，是怎么打成一伙的！"

"人嘛！都是有所长有所短的！人无完人，金无足赤嘛！因此，我对谢海福他们对所有的人都不求全责备！"

"那你与他们多少总得保持一定的距离吧！"

"你说的不错——我是得与他们保持一定的距离！我本来就与他们保持着距离——我这次就没有与他们一起炒股……"

"你幸亏与他们保持着距离，否则这次也栽了！你以后还要与他们保持距离——而且还要保持大一点儿的距离！"

"我以后要想不与他们保持距离也怕不可能了——他们现在或四肢不全，

或精神失常，或肌毁神销、不成人样，要想正常上学怕也不可能了！"

"他们即使能正常上学，你与他们也要保持距离——你现在帮他们还清了债务，已经尽了同学加朋友的情了！"

"谈不上尽了同学加朋友的情——同学之情朋友之情是没法尽的！我只是做了我能做的一些事情！再说，他们现在都这个样子了，他们家里的情况又那么不好，我以后也不能不管不问！只是，我父母都希望我出国学习，我也想出国学习，而我一旦出国了，即使要想帮助他们，也是远水救不了近火呀！"

"我父母也希望我出国学习——我也想，只是我们才刚上大二……"

"前天汪强老师对我说，我们班上有两个到英国伦敦经济学院交换学习的名额，说是要按成绩排名选送……"

"汪强的话你别太当真——你没发现他是一个言而无信的人吗？他平时口口声声说要公平地对待每一个人每一件事，但实际上呢？在全班同学中，他时时处处偏向柳成丝、史玉婷；在所有的事情中，如果事关柳成丝、史玉婷，他总是让她们占尽好处——据说，当初选班干部团支部时，他本打算让柳成丝和史玉婷一个做班长一个做团支部书记的……"

"柳成丝和史玉婷现在都这个样子了，你就别再说她们了吧！再说，汪老师确实有点儿势利，爱见风使舵，现在柳成丝和史玉婷的母亲都出事了，汪老师也不会再偏向她们的！"

"不偏向她们还会偏向我吗？"

"他说了这次按成绩派交换生——班上的成绩你第一，我第二，但如果周瑾能正常学习的话，那周瑾当属第二……"

"周瑾已经退学了——你就别假设了吧……"

"周瑾不是退学了——是休学了……"

"不管是退学还是休学了——总之是不能上学了，也就是不能假设了！如果真的按成绩派交换生，那这交换生非你我莫属了！"

"以现状而言，确实如此！既然汪老师说按成绩选派，那当然就得严格地按名次选派！但我真心地希望你和周瑾去……"

"嗨！你还真是挺关心周瑾的！你怎么对她这么情有独钟？"

"别想多了——周瑾家出事之后，全班同学都很揪心，而且据我的感觉，你特别揪心！"

"我俩同住一个宿舍，情趣爱好也很相同，加上平常柳成丝、史玉婷总有点儿鄙视我们，我俩不得不结成统一战线，关系当然要好！她家出事了，我当然很揪心！"

"嗨！我没说错吧！"

"我没说你说错了呀！我是说你怎么那么关心她！你关心她，其实也无可厚非——你是班长，是我们的'王'，关心我们中的谁都应该，但你不应该厚此薄彼，甚至'舍己救人'！"

"我怎么'舍己救人'了？"

"按你刚才的说法，其实，这次应该派你和我一起去'伦经'做交换生的——该你去，你却想着要周瑾去，这不是'舍己救人'吗？"

"我没有说一定要周瑾去——我是说希望她去，如果她不能去，那我当然会去的！"

"那好！这次可要说话算数呀！"

"嗨！我何曾说话没算数过？"

"我妈和你妈说好我们暑假一起到英国去旅游的，可你却没和我们一起去……"

"啊！你是说这事呀！我老家那边有事，我实在必须回去一下！再说，这次如果能和你一起去英国做交换生，我好好地陪你在英国旅游一番——'将功赎罪'，好不好？"

"那好！英国实在是得好好地游玩一番——当年徐志摩就是因为到了英国，才成为诗人的……"

"不是吧——是因为遇到了林徽因吧！"

"可他是在英国遇到林徽因的呀！"

"但他所遇到的是林徽因呀！嗨！人们常说每个成功的男人后面总有一个女人，但实际上，每个成功的诗人后面也总有一个女人……"

"这也许只是你自己的高见吧！"

"这怎么会只是我自己的高见——这是公理！你看，但丁后面有贝雅特丽齐，彼特拉克的后面有劳拉，徐志摩的后面有林徽因……"

"那你如果成为一个诗人了,你的后面会是谁?"

"会是谁?……会是……"

牛瑧昱突感语噎,同时,脸窘得绯红,接着一阵眩晕,身子也抖起来了,紧挨着牛瑧昱的孟爽发觉了他的异样,猛地一惊,脱口道:"你怎么啦?!"

牛瑧昱由于确确实实很是忙碌了一段时间,体力透支得太厉害,因此才忽地觉得元气大泄,身子像散了架似的,同时也气喘吁吁。孟爽意识到牛瑧昱身体状况的异样后,便嘱他静静地躺着休息。牛瑧昱由于实在困乏,不一会儿就微鼾起伏。

牛瑧昱入睡之后,孟爽也因一路上的紧张而颇感困乏,不一会就进入了梦乡。在梦乡中,她与牛瑧昱一起到英国伦敦政治经济学院金融学院做了交换生。其间,他俩重点选修了企业融资、资产定价理论、资本市场的实证分析、行为金融学、微观结构和财务计量经济学等课程,同时,也不时到金融市场实习,学习既紧张又充实且充满乐趣。学习之余,他俩也在伦敦大学和剑桥大学游览,并特意到当年徐志摩、林徽因游览过的剑河、拜伦湖等处游览了一番,但在游览的过程中,他俩不知怎的,到了维苏威火山,适逢火山爆发,他俩观看熔浆喷发的壮丽景观,同时也因熔浆的高温而热不能忍,以至于感觉像置身火炉近旁似的。她拉着牛瑧昱飞跑,试图远离高温,但熔浆也飞速地在他俩的身后飞速地蔓延,她恐惧极了,大叫一声,随即醒了。但醒来后,她首先觉得牛瑧昱不对劲,用手背探一探他的额头,烫得有点儿烤人,她大吃一惊,失声地叫道:

"牛瑧昱,你怎么啦?怎么这么发烫?"

"发烫……"牛瑧昱睡眼惺忪地说,"啊!是有点儿发烫——也许感冒了!"

"感冒了就上医院去吧!"

"没必要吧!感冒这种毛病还用得着上医院吗?"

"感冒也是病!什么病都不可掉以轻心都应该上医院……"

"要上医院也得等到天亮吧——这个时候上医院不方便……"

"天亮后去?不行!你这么发烫呀!走!现在就上医院……"

"这个时候上医院也只能看急诊——急诊不就应急地处置一下吗？再说，如果要上校外的医院，那么应该先到咱们校医院开转诊单，很麻烦……"

"那就先在咱们校医院让医生看看——咱们校医院的医生对发烧之类的病应该是能治的……"

"嗨！别谈咱们校医院的医生了！"

"为什么？"

"为什么——你没听说咱们校医院的医生是牛医么？"

"牛医？什么意思？"

"牛医——就是把学生当牛来医……"

"怎么把学生当成牛来医？"

"就是不把学生当人来医。比如，那儿的医生从来都是不对学生进行诊断就开药，开药的时候总是开好多种药，有些药甚至是药效相互矛盾的，好像是拿学生来做药物试验似的！每种药都开好多，好像学生是牛似的，需要用大剂量的药……"

"真的吗？"

"是不是真的我不知道，但谢海福、陆地、柳赛他们去看病时，医生对他们都是这么做的……"

"谢海福他们常常生病吗？"

"他们平常都基本上不生病，但常常上校医院看病！"

"为什么？"

"为什么？他们都要给家里人开药！校医院的药是免费的！"

"啊！原来是这么回事！那医生怎么都爱开多种药，都爱开大剂量的药呢？"

"嗨！这还不明白吗？这不是秃子头上的虱子——明摆着的吗？"

到锦都大学校医院时，牛瑧昱感觉发烧更厉害了一些，同时，满脸通红，孟爽便让他在值班室门外的椅子上坐着，她去敲值班室的门找值班医生。但是，孟爽敲了好几下值班室的门，既没有敲开值班室的门，也没有找到值班医生。孟爽很生气，又用力地敲了两下。

"别敲了！"牛瑧昱说，"天马上就要亮了，等大夫上班也等不了多长

第四十一章 梦境如此真实

时间。"

"不行！不能等！"孟爽很气愤地说，"这是玩忽职守！我现在去看看值班安排表，看是哪一位大夫——一上班，我就打校长热线投诉！"

孟爽说完，就气冲冲地走向布告栏去看大夫值班表，看完之后快步走向牛瑧昱，边走边说："今天是院长李大水值班！哼！还是院长，值班时间不在岗！"

"嘘！"牛瑧昱便做了个制止的手势边说，"小声一点儿！被他听见了可就麻烦了！"

孟爽尽管很不愿意小声说话，但还是压低声音道："为什么？"

牛瑧昱把声音压得很低地说："据同学们讲，此人是笑面虎，而且报复心极强——如果你惹了他，他会想方设法报复你的！"

"我们是学生，他能怎么报复我们？！"

"嗨！医生要报复病人，那还不简单吗？比如，你本来是风寒感冒，他却把你当风热感冒治疗；你本来是拉肚子，他却给你用泻药……"

"医生如果这样做，那岂不太缺德了吗？！再说，病人没长眼睛吗？不会看药的说明书吗？"

"你说的不错！但你只注重了一个方面的问题而忽略了另一个方面的问题——假如大夫给你用的注射药，你能看吗？或者同时用口服液与注射药，两者相互矛盾，那你也麻烦了！"

"如果是这样，那咱们就不到这儿看病，直接到其他医院去看病！"

"既来之则安之——我们既然来了，就在这儿看吧！我只是有点儿发烧，再说，我也从来没在这儿看过病，没和这里的任何大夫有矛盾，和这李院长面也没见过……"

"这个人我见过——我陪严敏找他看过病。我同学找他看病的时候，他的嘴特甜，但好像心术不正——他是中医，严敏找他看病时，他二话没说抓住她的手把脉，同时，瞪着眼看我，那眼光很瘆人！把完脉后，他又抓住严敏的手揉搓了一番，说是在给她物理治疗……"

"这个人不止心术不正——据说，他曾因为摸了一名女生不该摸的地方而被其男朋友揍了一顿……"

"啊……"

"这个人还特别会蒙人——他本来是汉语教研室的一名古汉语教师，因为和女生不清白，便被停止教职，到资料室做资料员。后来，他凭着一点儿古汉语知识，辅导校医院的一位中医学习中医古文，恰巧那中医又是学校一位领导的太太，他便利用那位太太，调到校医院工作，最初是打杂，后来是坐诊，最后当上了院长。坐诊时，他声称自己懂《易经》，会阴阳八卦，不仅能看病，而且能算命，能把诊断与《易经》完美地结合起来，于是，很是忽悠了一些病人——对一些患上了慢性病在心理上有点儿问题的病人，他便用《易经》、用阴阳八卦来对付，那些病人听了他一番玄而又玄的'道理'后，心理上放松了不少，病情也缓解了不少，有的还痊愈了，于是，他们到处传播他的'美名'，他的名气也大了起来；后来他乘胜前进，连续围绕着《易经》与中医的问题，申报了几个国家级科研项目并获立项，名气就更大了……"

"如果真是这样的话，那他就是一个骗子……"

"他是不是骗子不好说……"

孟爽话还没有说完，一串脚步声便从二楼的楼梯口传了下来，接着，一个矮胖的身影出现在楼梯口，牛瑧昱意识到此人有可能就是李大水，便本能地捏了捏孟爽的手，边捏边示意她别再说了，孟爽也认出了是李大水，便立马打住了。

"啊！你们好早呀！"李大水边朝着牛瑧昱和孟爽走去边说，"你们是看病的吗？"

"是的！大夫！我有点儿发烧。"牛瑧昱说，边说边试图起身，孟爽暗暗地搊了一下牛瑧昱，冲李大水道："我们来好一会儿了！"

"啊！那怎么没去叫我呀！"李大水说，"你们去叫我，我才知道有人看病呀！"

"我们去敲过值班室的门，也到处找过值班大夫！"孟爽语带不悦地说，"可是没找到任何人！"

"啊！是这么回事！"李大水说，"那我现在就给你们看病！"

李大水边说边掏钥匙。

"来！先给你们量量体温吧——我本来是晨练的，怕耽误你们的病才给你们看病的！"进值班室后，李大水又说："你们在这儿量体温，我去打打太极拳，练练五禽戏——就在这院子里，一会儿就来！来！给你们量体温——谁发烧了？还是都发烧？"

"我有点，发烧，"牛瑧昱说，"我刚才说过了的！"

"那好！我就给你量体温！"李大水说，说完，便将体温表塞入牛瑧昱的腋下，随后走出了值班室。

李大水说是一会儿就来，但十五分钟过后，量体温的时间到了还没来。孟爽要去叫李大水，但牛瑧昱小声制止道："稍等——不要惹人不高兴！"

孟爽便打住了。但又是一个十五分钟过去了，李大水还是没来，孟爽便起身去叫李大水。牛瑧昱本来想让孟爽再等一会儿，但还没开口，孟爽已走出几步了。

孟爽走近李大水时，李大水正像道士作法一样手舞足蹈，对孟爽视而不见，孟爽便说："李院长，量体温的时间够了吧！"

"稍等！我马上就来！"李大水便舞手弄脚，"我再打一遍五禽戏后就来！"

孟爽本想在那儿站着等李大水的，但想到牛瑧昱一个人在值班室，便赶紧回牛瑧昱身边去。

孟爽去叫李大水时，牛瑧昱从腋下取出体温表看了一下，体温表显示他的体温是摄氏 38.8 度。

"啊！不要紧——体温不是太高！"牛瑧昱暗忖道，"既然这样，那我就在这里看病！"

随后，牛瑧昱见孟爽向他走来，为了不让她为他产生不必要的担心，他赶紧不动声色地把体温表塞到腋下。

孟爽坐到牛瑧昱身边后，又是十五分钟过去了，但李大水还是没来，孟爽便很生气地说："这是什么医生！还是院长！我今天一定要打校长热线，投诉他！"

"嘘！小声一点儿！"牛瑧昱边做了一个制止的手势边说，"刚才说了的——怎么又忘了！"

"没忘！"孟爽小声道，"可我为你着急呀！"

孟爽话音刚落，李大水迈着八字步慢悠悠地踱来了。

"来！让我看看体温表！"李大水一边喘着粗气一边说，"你的面部有点儿赤红，估计还有点儿发烧吧！"

李大水边说边从牛瑧昱腋下取出体温表后，见上面显示的温度是摄氏39.8，便说："你确实有点儿发烧！不过，不要紧——现在什么都进步了，人们发烧也越发越高了，发烧超过40度也没什么问题，你这点儿发烧不要紧！天气这么寒冷，显然是受了一点儿寒，感冒了，我给你开点儿药，你回去吃两天，病就好了！"

李大水边说边给牛瑧昱开处方，之后，边将处方单交给牛瑧昱边说："我给你开了几种类型的药，先吃西药，然后吃中成药，最后吃草药，吃完这些药，你的感冒就好了！"

李大水说牛瑧昱是感冒，牛瑧昱也自以为是感冒，便没太在意自己的毛病，回家吃一袋感冒冲剂就没再吃其他药了。孟爽探了一下牛瑧昱的额头后，觉得牛瑧昱仍然在发烧，便又让他服了一片阿司匹林。之后，两人靠在沙发上一边看电视一边聊天，但不一会儿，牛瑧昱感到更不舒服了，畏寒、发抖、腹疼之后，便是腹泻。孟爽大恐，要求牛瑧昱立马上医院，并要拨打急救电话叫救护车，牛瑧昱觉得自己的毛病没有孟爽想的那么严重，便不同意，于是，叫了一个"锦城约车"。但一到锦都大学第一医院，牛瑧昱便昏迷了——在经过一番抢救后，牛瑧昱才醒了过来。

事后，牛瑧昱和孟爽得知，牛瑧昱患的是爆发型伤寒，要不是被李大水误诊，要是能够得到及时治疗，是不会出现昏迷的！当时，幸亏孟爽在牛瑧昱身边，也幸亏孟爽火急火燎地催促并坚持牛瑧昱赶紧上医院，否则，牛瑧昱就不仅仅是有惊无险了！

第四十二章 有一种爱叫放手

牛瑧昱进急救室后，孟爽大恐，以至于六神无主，便不假思索地在"创业"小组微信群里发一条微信——"牛瑧昱病了，现在锦大第一医院急救室。"但发过之后，她又莫名其妙认为牛瑧昱应该属于她一个人的，牛瑧昱的病情也应该只有她一个人知道，便下意识地撤回那条微信，可手机提示道："发送超过2分钟的消息，不能被撤回。"

孟爽的微信刚发出，柳成丝便看到了——当时，她准备给其妈妈、舅舅送午餐。

柳成丝虽然自懂事以来，一直生活在娇生惯养、养尊处优的环境里，但实际上没有多少娇生惯养、养尊处优的习性，而自从她妈、她舅出事之后，她更是忽地像变了一个人似的——知事懂事、善解人意、勤劳刻苦，办事得体周到甚至八面玲珑，对其母亲、舅舅更是至诚至孝——平常总会抽空去看望其被关押着的母亲和舅舅，有时在看望母亲和舅舅时受到刁难甚至是侮辱也能忍受，也无怨无悔，对母亲、舅舅也没有丝毫的抱怨；她虽然前一天在牛瑧昱的陪伴之下看过其母亲和舅舅了，但是考虑到一般人都是"每逢佳节倍思亲"，她便一大早就起床，先简单地吃了一顿早餐，然后开始做饭——打算先按她妈的喜好做一份饭菜，中午给她妈送去，然后再按她舅的喜好做一份饭菜，下午给她舅送去。给她妈做好饭菜后，她小心翼翼地将饭菜装进饭盒，但还没来得及装完，就收到了孟爽的微信，随即失声叫道："啊！他病了！还进了急救室！"

叫完之后，柳成丝随即感到一阵眩晕。她赶紧扶着餐桌，随后慢步挪到近旁的沙发上。好一会儿后，眩晕仍然没有完全消失，而且，她只要一睁开眼，眩晕便接踵而来。她不无悲哀地想：

"唉！这是怎么回事呀！真是'屋漏更遭连夜雨，船迟又遇打头风'——

我妈我舅已经这样了，怎么他又进医院了呢？！这阵子，我忙得晕头转向——特别是在妈妈和舅舅两边跑来跑去，累得精疲力竭，要不是他全力帮我，我即使不被累死，也会被累得半死的！我这眩晕，也肯定是因为太累了的缘故！啊！他进急救室也肯定是因为太劳累了的缘故——是我连累了他！"

"啊！看来以后我得更累了！"眩晕稍稍缓解之后，柳成丝醒悟似的想，"他进了急救室，肯定病得不轻！我以后不能让他为我而累了！我妈很欣赏她那个时代红极一时的《红灯记》，特别是欣赏里面的李铁梅年纪小小的就能独当一面，甚至在我很小的时候，我妈就要我向李铁梅学习，我以后是得好好地向李铁梅学习，独当一面！不能让他因为我而受累了——要是真的把他累坏，我将来也没好日子过！以后，我不仅不能让他为我而受累，而且还得好好地照料他，做他的贤内助，让他没有后顾之忧地忙外面的事情！啊！我现在就去陪护他！"

想到这儿，柳成丝睁开了眼，而且令她感到十分惊奇的是她的眩晕也无影无踪了！

在柳成丝看到孟爽所发微信的同时，史玉婷也看到了。

虽然牛瑧昱自与史玉婷高中同学相识起一直对她没有太好的感觉，但史玉婷对他却像患了花痴病似的，而且还因为他，放弃香港大学特地就读于锦都大学；进锦都大学之后，史玉婷虽然没有正面"强攻"牛瑧昱，但侧面的进攻却不少，比如，出手大方地参与"创业"，并极力让牛瑧昱成为"创业"小组的核心；驱车一千多公里至牛瑧昱的老家，并和柳成丝一起把"创业"小组的全体成员叫到牛瑧昱的老家为牛瑧昱争面子；参与牛瑧昱主持的救助周瑾、谢海福、陆地、柳赛等的活动……因此，牛瑧昱从心底里是很感激史玉婷的；加上牛瑧昱心地善良，又特别仗义，因此，在史玉婷的老妈韩丽花出事之后，牛瑧昱像帮助柳成丝一样帮助史玉婷。因此，在看到孟爽所发的微信后，史玉婷像柳成丝一样以为牛瑧昱的病倒是因为她的缘故，也像柳成丝一样感到深深地内疚，并随即中断与她妈妈的律师的会晤——当时，史玉婷正在与她妈妈的律师商谈如何让她妈妈被判得轻一些，让她家的经济损失尽可能少一些——立马驱车赶往锦大第一医院。

第四十二章 有一种爱叫放手

差不多在柳成丝、史玉婷看到孟爽所发的微信时，谢海福、陆地、柳赛等也看到了。

谢海福右腿裹着夹板，左腿也没有痊愈，行动很不便；陆地平常神志不太清楚，大多数时候不是傻乎乎的就是疯癫癫的，即使在偶尔神志清醒的时候，也是一副浑浑噩噩的样子；柳赛则枯瘦枯瘦病怏怏的。但在看到孟爽所发的微信之后，他们都大吃一惊。随后，谢海福在其父亲的陪护之下赶往锦大第一医院，陆地、柳赛则独自赶往锦大第一医院。

孟爽在微信群里发出牛瑧昱生病的信息时，周瑾正在渔场与岳云洲一起将她家的鱼卖给鱼贩子，忙得不亦乐乎。同时，周瑾认为牛瑧昱白天是不会给她发微信的——牛瑧昱知道周瑾白天很忙，因此，平常总是在她把家里家外的事情忙完了的时候才给她发微信，给她发完微信得知她方便之后再与她微聊，因此，她在听到微信提示声后没有立马看。

像往常一样，周瑾在忙完家里家外的事情之后便洗漱，洗漱完毕后上床靠在床架上准备与牛瑧昱微聊，但打开微信后所看到的却是孟爽所发的微信，她猛地一惊，失声道："啊！他病了！还进急救室了！"

接着，周瑾又喃喃自语道："他在我这里时都好好的都健壮极了怎么回去才一个多月就病了还进了急救室呢？！我得去看他！我得去看他！"

周瑾边喃喃自语边用手机上网购买去锦都的火车票——很幸运，周瑾买到子夜一点的一趟过路车的火车票。她随即不无迷信地想："买票买得这么顺利——看来他应该没事！"

随后，周瑾便起床，在进她父亲的卧室看了看父亲后，便去渔场——她要去见岳云洲，当面拜托他照料她父亲和看管渔场之事。

江汉平原的冬天虽然气温不是很低，但给人的感觉却是特别的寒冷。周瑾一出门便感到了一阵寒冷向她袭来，不禁打了一个寒噤；她本能地抬头看了看天上，天上寒星点点，一弯月牙儿孤悬在深邃的天空，她又打了一个寒噤。随后，她便借着朦胧的月光快步地走向渔场。

"云叔这个时候该睡着了吧！"周瑾边走边想，"这些天来，云叔像是在干自家的活一样帮我家干活，真是竭尽全力的——够辛苦的了！云叔不仅干活卖力手勤脚勤，而且脑子也很勤——时时处处都为我着想为我家着想，很多事情我根本没想到或来不及想，可他却想到了——都说云叔脑子有点儿问题，其实，在我看来，他的脑子儿一点问题也没有！都说他有点儿傻，有些人还欺负他，其实，他一点儿都不傻，而是宅心仁厚！他今天从早到晚累了一整天，这个时候应该入睡了！我不应该去打扰他，但我又不得不去打扰他——我这一去一回最少也得两天，可我爸我家渔场都需要人照看！而眼下能帮我做这事的只有云叔而且我也只对云叔放心！云叔对我太好了——简直像我爸妈一样对我好！我也要像对待我爸妈对待云叔——他无儿无女，我就做他的女儿，将来为他养老送终……"

周瑾走着想着，不知不觉走到了渔场的看护棚前，随即，从看护棚里传出了岳云洲的问话声："小瑾吧！没什么事吧！你爸还好吧！"

"啊！叔！把您吵醒了！"周瑾赶紧道，"没什么事！我爸也很好！"

周瑾的话音刚落，看护棚里便传出一声咔擦声，电灯随即亮了。

"没什么事就好！"岳云洲边走出看护棚边说，"这里也没什么事——你不用担心！"

"我不是担心这里有什么事——有您在这里，我还用担心这里有什么事情吗?！"周瑾说，"我的同学有点儿事，我需要回一趟学校，需要您帮忙照料一下我爸……"

"啊！原来是这么回事！"岳云洲说，"你需要回学校就赶紧回吧——照料你爸的事我来做，你尽管放心地回学校去吧！"

"太感谢叔了！"周瑾满怀感激地说，随后又告诉岳云洲是牛瑧昱病了，自己非去不可，否则是不会劳驾他照料他爸，并告诉岳云洲她已经买好了火车票，得马上动身。

岳云洲见过牛瑧昱好几次，而且享用过牛瑧昱从锦都带给他的锦都蜜饯、锦都二锅头和锦都牌香烟，对牛瑧昱的看法极好，而从牛瑧昱与周瑾相处的言行举止中又意识到了他俩的关系很不一般，因此，一听说牛瑧昱病了，他也颇感吃惊，回过神来之后，他立马道："你现在就去！走，我开车送你到火车站！"

第四十二章 有一种爱叫放手

"不！不！我自己去坐出租车！"周瑾赶紧拒绝道，"再说，这里也离不开您！"

"这么晚了，这儿不会有什么问题的！"岳云洲说，"再说，你一个女孩子，到火车站有这么远的路，我不放心！走吧！我去开车，你去拿东西！"

说完，岳云洲就迈开脚步向周瑾家走去。当周瑾拿上手提包和衣服坐到周瑾家平常用来运送东西的面包车后，岳云洲像突然记起了什么事情似的让周瑾稍等，接着向渔场跑去，不一会儿，岳云洲回到车上，一边将一个纸包放到周瑾的座位旁一边说："你这次去看小牛时，也帮我看看他——这么晚了，我不能给他买点儿什么东西，你帮我给他买点儿吧！这是一点儿钱……"

"啊！您是去拿钱了！"周瑾说，"我一定把您的心意带到，但钱我不能要！"

"不说了——我开车了，坐好！"岳云洲边发动车边说，"小牛每次都给我带好多东西，这次你怎么都得帮我捎点儿东西给他！"

岳云洲说完，车便启动了。考虑到岳云洲心很诚，不宜辜负他的一片好意，加上也怕影响到他开车，同时，也想到自己可以以岳云洲的名义给牛瑧昱买点儿礼物，回来时也可以以牛瑧昱的名义给岳云洲买礼物，周瑾便收下了岳云洲给的钱。

上午八点半，周瑾到达锦都大学第一医院急救室门口。她怀着忐忑不安的心情轻轻地推了一下门，但门是锁着的。她猛地感到一阵恐慌，心好像要从喉咙里蹦出来似的；她急忙给孟爽打电话，得知牛瑧昱已经离开医院回到家里了，便匆匆赶往牛瑧昱的家。一路上，周瑾想象着牛瑧昱病后的状况——他瘦瘦的，黑黑的，身体弱不禁风，只能躺在床上静静地休息，他的家里肯定是安安静静……但是，当她到达牛瑧昱家时，所见的却是牛瑧昱身健如故，牛瑧昱的家里则是语笑喧哗、热热闹闹的——

周瑾按响牛瑧昱家的门铃后，随即从屋里传出一阵哄笑和一串脚步声，接着，门豁然洞开了。孟爽、柳成丝、史玉婷、牛瑧昱、陆地、柳赛、谢海福等像迎接贵宾一样地站成一列，出现在门口。孟爽像攫取一个可能会稍纵即逝的宝贝似的抓住周瑾的手，同时大声道："你终于回来了！"随后，孟爽把周瑾的手递给柳成丝……

周瑾与大家一一握手之后,谢海福沙哑着嗓子说:"嗨!今天咱们总算团圆了!"

"可不是吗?咱们八位同胞一个不少!"柳赛尖着嗓子说,"不过,这得感谢我们的老幺!"

"确实……确实……得感谢老幺……"陆地结结巴巴地说,"老幺……真好……"

"真好?岂止是真好!"孟爽笑道,"班长简直可以说得上是你们的大救星——要不是班长,你们不但仍然负债累累,而且全家鸡犬不宁,甚至会惹上国际官司……"

"孟爽说得一点儿也没错!"谢海福戏谑着道,"要不是老幺,我和老二、老三肯定不能这么轻松地坐在这里了,我和老三说不定被洋女人告上法庭了——老幺确实是我们的大救星……"

"班长也是我的救星!"史玉婷满脸感激地说,"这些日子来,要不是班长帮我,我即使没累死也已经愁死了!"

"是啊!这阵子,我们都遇到麻烦了,多亏了班长!"柳成丝很真诚地说,"班长这次生病,其实是为我们累病的……"

"没这么夸张!"牛瑧昱笑道,"人不是神,谁能不生病?我也不能例外——怎么能说是为大家累病的呢!再说,我偶尔帮一下大家,大家也给了我一个表现自己的机会,我打心眼里感到高兴——一个人做令自己高兴的事是不会感到累的,更是不会被累病的!"

"老幺你就别谦虚了——你确实为我们受累了!"谢海福很严肃地说,"我提议,我们今天大伙凑份子请班长,一来感谢班长,二来庆祝班长有惊无险、康复迅速……"

"我同意!"柳成丝等几乎异口同声地说。

"不!今天大家是来看我,又是在我的家里,还是我请大家!"牛瑧昱语气诚恳地说,"本来,咱们昨天应该聚聚,搞个辞旧迎新的聚餐,可各自忙得不亦乐乎,且各自东西,加上我也遇到了不爽,我实际上是感到很遗憾的……"

"今天与昨天没有太大的区别——今天聚餐和昨天聚餐也一样!"史玉婷

说,"刚才我们已经说了今天我们凑份子——你就让我们凑份子吧!"

"对!还是我们凑份子!"柳赛说,"大家凑份子热闹、喜气……"

"那我们干脆每人叫一份外卖,就在这里吃!"柳成丝说,"咱们在这里吃,既省却了跑来跑去,又可以随便地说说笑笑……"

"成丝这个主意好!"孟爽认同道,"咱们现在就叫外卖——现在叫,外卖到的时候也就差不多到吃午饭的时候了。"

"咱们最好给送外卖的约一个统一的时间。"谢海福接着孟爽的话说,"这样,我们就不必疲于接待络绎而至的送外卖的了!"

"那就约早一点儿!"史玉婷说,"早点儿吃了让班长休息一会儿……"

"大家觉得什么时间好就定什么时间——没有必要考虑我!"牛瑧昱笑道,"我现在的身体状况已经完全恢复到前天的水平了……"

"恢复到前天的水平了也要好好休息一下!"孟爽说,"还有周瑾——坐了一个晚上的车,也一定很累的……"

"大家也不必考虑我!"周瑾说,"我也不累……"

"累不累都早点儿吃!"柳成丝说,"就约十一点半吧——这时间比咱们在学校吃饭的时间也没早多少,咱们现在就叫外卖!"

柳成丝边说边拿起了手机,谢海福等也拿起了手机……

吃完饭后,大家正说说笑笑、东扯西拉地闲聊着时,史玉婷的手机响了。她掏出手机一看,见是看守所打来的电话,猛地一惊,随即起身到一旁去接电话。一接完电话,史玉婷便泪流满面地向大伙告辞——原来,她妈在看守所里上吊自杀,被发现后送往医院抢救,史玉婷得马上赶往医院。

史玉婷离去时,牛瑧昱、柳成丝、孟爽、周瑾都要陪她一起去,但无论是谁,她都没同意。牛瑧昱、柳成丝、孟爽、周瑾便将她送至楼下。

看着史玉婷的车渐渐远去,牛瑧昱等沉默不语,柳成丝更是戚容满面——她的母亲与史玉婷的母亲一样,也是重罪在身,身陷囹圄,她对史玉婷本来就有同病相怜之感,而史玉婷的母亲的自寻短见,又让她产生了对自己母亲的担忧。于是,一回到牛瑧昱的家里,她便一边从挂衣架上取自己的手提包一边向大伙告辞——虽然她没有明说什么,但大伙似乎看到了她的心思,便没加挽留，牛瑧昱、孟爽、周瑾把她送至楼下，默默地目送着她离去。

史玉婷、柳成丝走后，大家都心情沉重，不再言语，屋子里一片沉寂。陆地脑子不清，便在大家沉默一会儿后，大声道："怎么大家都不说话呀？"

"有什么好说的！"柳赛语带不满地说，"史玉婷的母亲真不是东西——什么时候不可以上吊自杀，偏偏在咱们欢聚的时候上吊自杀！太扫咱们的兴了！"

"老三，你别这么说！"谢海福瞪着柳赛道，"史玉婷好歹也是咱们的姐妹，你这么说太不仗义！"

"史玉婷的母亲多少也称得上一个人物，她能自杀也说明她是有勇气的！"牛瑧昱说，"再说，人好死不如赖活——谁愿意自杀！"

"可不是吗？自杀也是得有勇气的！"谢海福振振有词地说，"好多人就没有这种勇气！"

"老大说的没错——好多人就没有这种勇气！"牛瑧昱说，"不过，'留得青山在，不愁没柴烧'，人还是应该珍惜生命——比起生命来，什么都应该是次要的，因此，最好别有这种勇气！史公主性子烈，又执着，对有的问题甚至是一根筋，我很有点儿担心她，我想我还是去陪陪她……"

"不行！你不能去！"牛瑧昱还没说完，孟爽就打断她的话道，"你现在虽然自觉没事，但毕竟昨天有过那事！"

"不错！老幺你今天哪里都不要去——就在家里休息！"谢海福说，"你已经为我们这些人累病了，不能再累了！现在我已经成残疾人了，老二、老三也不怎么行了，柳公主、史公主也是麻烦缠身——我们将来都少不了你，你得好好保重身体！今天就在家里休息！"

"嗨！现在谁不累？谁不需要休息？"牛瑧昱笑道，"再说，我今天已经没事了……"

"没事了也要休息！"谢海福说，"你昨天那事多可怕——把我们大伙都吓惨了！特别是我们的孟公主，我见到她时，她简直成了一个泪人……"

"老谢你别说我好不好？"孟爽脸上像蒙了一块红布似地说，"当时谁不是被吓得六神无主？"

"当时确实不只是孟公主被吓得六神无主！"见孟爽有点儿不好意思，谢

第四十二章 有一种爱叫放手

海福便改口道，"还有柳公主、史公主也是泪流满面！我也是默默地求菩萨保佑你！好在菩萨终于保佑你了，让你回到我们中间来了！不过，你的归来，除了菩萨保佑外，还有孟公主的保护呀——要不是孟公主，你也许就回不来了！孟公主说你是我们的大救星，其实孟公主也是你的大救星！"

"老谢你怎么又说到我了呀！"孟爽嗔怪道，"你刚才说要让班长休息，那你就静一静吧！"

"好！我不说了！让班长休息！"谢海福笑道，"我也要回了——我该回去吃药了！"

谢海福说完，便以一种命令的口吻让陆地、柳赛送他回家。

谢海福话音刚落，陆地、柳赛便像跟班一样地起身把谢海福弄到轮椅上。

牛瑧昱本来想留谢海福等玩一会儿，但陆地、柳赛已经开始把谢海福往轮椅上弄了，他便赶紧去帮助固定轮椅，随后，把谢海福等送到楼下，送至出租车上。

牛瑧昱去送谢海福等时，孟爽很自然地起身收拾餐桌，周瑾也跟着她一起收拾，但孟爽认为周瑾坐了一宿的车，肯定很累，便慌忙说："幺妹，你休息吧！我一个人就行了！"

本来，孟爽是出自一片好心，孟爽和周瑾也一直都关系很好，情同姐妹，无话不谈，无所顾忌，从无芥蒂，可这次孟爽这样一句很平常的话却让周瑾猛地一阵酸楚，眼泪随之夺眶而出。为什么？

原来，周瑾是满怀着对牛瑧昱的关心和担忧而来看他的，可见到牛瑧昱之后，她忽地感觉自己对牛瑧昱的所有关心和担忧都是多余的——牛瑧昱病倒了，孟爽及时将他送到医院，柳成丝、史玉婷、孟爽像她一样忧心忡忡，恨不得以身相替，并且在牛瑧昱病倒后厮守在他的身边……于是，她产生了一种自己是多余人的感觉。当谢海福说到在牛瑧昱病倒后孟爽哭得成了个泪人时，她顿生醋意，忽地觉得孟爽不再是原来那个与自己亲密无间的孟爽了，并偷偷地、恨恨地、狠狠地白了孟爽一眼。当谢海福说到柳成丝、史玉婷也为牛瑧昱泪流满面时，她忽地觉得自己好像陷入了群狼之中似的，深深地感到绝望。当孟爽让她休息时，她以为孟爽是在以女主人的身份对她说话，一股浓浓的悲哀不禁油然而生,于是泪不自禁。

  为了掩饰自己的泪眼,周瑾赶紧转身去收拾茶几、沙发;当孟爽去扔垃圾时,周瑾去收拾牛瑧昱的卧室兼书房,但走进之后,她却发现那里被收拾得整整齐齐——被子叠得整整齐齐、衣服挂得整整齐齐、书码得整整齐齐……她忽地产生了一种无法言状的失落感,随即非常沮丧地想:"他根本就不需要我,我对于他来说根本就是多余的——他说不定已经把我忘记了呢!他无论是家庭条件还是个人条件都很好,无论在什么时候什么地方都是中心,而我呢?本来就出生在穷乡僻壤,出生在贫寒之家,一个地地道道的乡村女孩,而且现在又家遭变故,甚至连学也没法继续上了!我根本就不配他!我和他在一起,会拖他后腿的!"

  想到这儿,周瑾不禁黯然掉泪,随后,在心里自我告诫道:"我不能连累他!不!我要让他一心一意地读书!从今以后——至少在他完成学业以前,我不能再与他往来,我要做得冷酷一点儿——一回去就换手机号不再与他有任何的联系!不再来见他也不再允许他来见我!他即使来见我我也避而不见!我今天就回去今天就离开他!"

  周瑾打定主意后,立马用手机从网上购买了当天下午五点钟回家的火车票。

  周瑾刚一买好火车票,牛瑧昱回来了。孟爽赶紧迎上前去,颇为关切地说:"外面很冷吧!赶快到暖气片那儿去——那儿暖和一些!你才刚好——要注意保暖!要注意休息!"

  "啊!外面确实有点儿冷,不过,我还扛得住!"牛瑧昱说,"倒是你要注意休息——这两天,你够累的了,要注意休息,不要尽想着干活!"

  "我不累!"孟爽说,"也没干什么活……"

  "没干什么活?"牛瑧昱笑道,"这里刚才是一片狼藉,现在却干干净净、清爽宜人——你还说没干活!"

  "这下你就弄错了!"孟爽大笑道,"这是幺妹做的……"

  "啊!是周瑾做的!"牛瑧昱说,随即意识到自己怠慢了,赶紧道,"周瑾呢?"

  "幺妹肯定还在忙什么吧——你去看看!"孟爽笑道,"厨房里还有一点儿事，我干脆'一不做，二不休'吧！"

周瑾本来就很有失落感，听到牛瑧昱与孟爽最初的亲昵对话时，又顿生一阵酸意，眼泪随之油然而出。但在听到牛瑧昱和孟爽后面的对话时，她也感到一阵欣喜，马上擦掉了眼泪，边从牛瑧昱的书房走出来边破涕为笑地说：

"我没忙什么——我参观你的书房了！"

见周瑾从自己的书房走出，牛瑧昱忽地想起前几天给周瑾买了一些书，拟在再次去见她时捎给她，便边走向她边说：

"啊！我记起来——我给你买了点儿专业书，放在书架的最左侧……"

听牛瑧昱这么说，周瑾觉得自己刚才错怪他了冤枉他了——他根本没有忘记她，他还是爱她的那个他，他还是那么可爱，于是又是感到一阵欣喜，但理智告诉她，她不能影响他，她越是爱他越是要远离他且越远越好，便语气很冷地说："我现在不需要书了——你留给你自己看吧！"

"嗨！你说的是什么话？怎么不需要书？"牛瑧昱笑道，"你将来还要复学的呀！"

"我没打算复学！"周瑾继续语气很冷地说，"也不需要复学！"

"复不复学都要看看书！"牛瑧昱语气亲昵地说，"你今天没事，就在我书房里看书——我现在去看看史玉婷的妈，你和孟爽在这里看看书或聊聊天，我看完史玉婷的妈就回来陪你们！"

周瑾本想与牛瑧昱一起去看史玉婷的母亲，但想到自己已经买好了回程票，便说："那你赶紧去——婷姐那边说不定现在很需要人帮忙！我和爽姐也应该去的，但婷姐肯定不希望有太多的人知道她妈这事，更不希望有太多的人看到她妈这事……"

"那好！我现在就去！"牛瑧昱说，"你和孟爽在家里也别看书了——都应该很累了，休息一下吧！"

牛瑧昱刚走，孟爽的妈妈就给她打电话，问她怎么过节也不回家？晚上回不回家？孟爽也忽地想起自己有一个多星期没回家了，很是感到有点儿内疚，便未加思索地说："回！"

孟爽说完便挂断了对话，但一挂断对话，她又有点儿后悔——周瑾来了，她和周瑾是闺蜜,又好久没见面了,晚上怎么都要和她待在一起,于是便拿起手机,准备给她母亲打电话请假,但电话号码还没拨全,她又停下了——她记起自己有两天没洗澡没换衣服了,于是,决定回去洗澡换衣服;她很想让周瑾去自己家玩玩,但又担心牛瑧昱随时都会回来,同时也想到周瑾不会马上就回家,还有机会请周瑾去她家玩,便改变了主意,自己独自回家。

孟爽回家后,周瑾特意再一次进牛瑧昱的卧室兼书房,她像要把这里的一切装进眼里一样仔仔细细地看了一遍,看完之后,她把本来就叠得整整齐齐的被子打开之后重新叠好,再后,把脸部贴在被子上,像是在呼吸新鲜空气一样使劲地呼吸了一口气;最后,她从书架上取下一张 A4 的白纸,工工整整地写道:"牛瑧昱:我回家了。本来应该等你回来了再走的,但火车下午五点开——火车不会等我的,我家里的事情也不让我等你。周瑾。即日。"

写好之后,周瑾将那张 A4 的纸放在餐桌上,并用镇纸压好,然后,穿好外套,拿起手提包,走出了牛瑧昱的家。

第四十三章　恶有恶报，罪有应得

牛瑧昱赶到韩丽花所在的医院时，韩丽花已经脱险了并转到了重症监护室，史玉婷的情绪也已经稳定了。牛瑧昱陪史玉婷在重症监护室门外的座椅上默默地坐了一会儿后，史玉婷说他刚出医院，要他回去休息。他觉得确实有点儿累，同时也想到孟爽、周瑾还等着他回去，便起身回家。但刚走出医院，他的手机就响了，他掏出手机一看，见是陆地打来的，便什么也没想就按下接听键，接着手机就传出了陆地的嗷嗷叫声：

"喂！老幺！快来！快来——老大和老三都被抓走了！快来！快来！"

牛瑧昱知道陆地的脑子出问题了，以为他是在说疯话，便大声呵斥道："老二，你在疯什么！你不是刚和老三从我这里把老大送回家吗？怎么老大、老三被抓走了？被谁抓走了？在哪里被抓走的？"

"被谁抓走了？我不知道！"陆地吐字清楚地说，"反正被抓走了——我和老三把老大送回他家，一下车，老大、老三便被抓走了！"

"是真的吗？"牛瑧昱进一步提高嗓音道，"你不能说玩话呀！"

"谁在说玩话——你赶快过来呀！"陆地神智相当清醒地说，"你过来看一下就知道我不是在说玩话！"

听陆地的口气，牛瑧昱觉得他不是在说疯话，便立马给谢海福打电话，但手机语音提示他谢海福的手机已关机，他再给柳赛打电话，他所得到的是同样的语音提示。他意识到谢海福和柳赛很可能真的出事了，不禁大吃一惊，随后一阵眩晕，他立马扶着就近的电线杆。眩晕过后，他本想赶往谢海福的家弄清楚究竟是怎么回事，但刚一举步就又是一阵眩晕。他忽然意识到自己刚出医院，实际上是大病初愈，不能再过度劳累了，但叫了一辆出租车直接回家，打算先休息一下等身体进一步恢复一点儿后再去理会谢海福和柳赛的事情。

谢海福和柳赛都是被安全局的人抓走的。原来，他们分别被卷入了日本间谍案和美国间谍案——

谢海福所泡的日本小姐千惠子公开的身份是来华学习汉语的留学生，但实际上是一名间谍——她和谢海福最初在源氏酒店相逢的那次就是在窃取有关中国新型潜艇的情报。当时，一位负责研究新型潜艇的高级技术人员正在宴请自己所领导的技术小组成员。那位技术人员曾在日本留学多年，崇日媚日的情结很重——所娶的老婆是日本女人，所生的女儿取的是日本名字，房屋的装修风格是日本风格，家用电器是日本电器，平常进餐馆多数时候进的是源氏酒店。不过，此人的心还是中国的，对中国很真诚，很敬业——工作总是一丝不苟，对自己掌控的资料总是极其慎重地保管，即使是工作小组的成员，他也只让他们知道他们应该知道的那部分内容，即使是专门负责看管资料的机要人员，他也不放心，最重要的资料总是放在机要包里随身携带；他在家里也从不与老婆谈任何与工作有关的事情。千惠子所在的间谍小组刺探到那位技术人员的身份和行事风格特点后，决定对他下手——偷走他随身携带的机要包，但几次都没得手，后来，她所在的间谍小组决定扮作酒店的工作人员接近那位技术人员，但接近了也没得手，于是，他们便想出了"结账"的方式，他们前几次"结账"时故意留下破绽，让酒店"守株待兔"，最后，在谢海福与千惠子相遇的那次，在谢海福等追赶她与她的一个同伙时，她的另外一个同伙成功地偷走了那位技术人员的机要包。她与谢海福相好后，多次与谢海福一起到锦都的一些"机要"地方"参观游览""合影留念"。后来，在一处"行动"中负伤了，便有了后来她对谢海福所说的回国侍候她父母亲之事。谢海福向千惠子"融资"炒股之后，千惠子要谢海福让他在海军服役的同学"陪"他们参观了军港……在掌握了确凿的证据之后，国家安全部门便逮捕了千惠子，最后也逮捕了谢海福。

像千惠子一样，柳赛所泡的美国小姐爱丽丝公开的身份是来华学习汉语的留学生，但也像千惠子一样，爱丽丝也是一名间谍——她主要负责收集有关中国航天技术的情报。在结识柳赛特别是知道柳赛的家庭背景后，她便意识到柳赛是"奇货可居"，于是，对柳赛慷慨解衣、对柳赛的家人慷慨解囊。出于对爱丽丝"慷慨"的回报，柳赛对爱丽丝是知无不言言无不尽、言听计从俯首帖耳，柳赛的父亲对爱丽丝也是有求必应；当爱丽丝以写毕业论文为由"请"柳赛的父亲帮助他查找资料时，柳赛的父亲可谓不遗余力——为了找到她所需要的资料，图书馆、资料室、机要室……能去的地方他都去了；当得知儿子柳赛向她"融资"炒股后，他把自己所掌控的一些机密资料也给她了……爱丽丝被国家安全部门逮捕之后，坦白了自己的所作所为，于是，在同一天，柳赛的父亲及柳赛本人一同被国家安全部门逮捕了。

　　牛瑧昱所坐的出租车刚在自己家所在的楼下停下，另一辆出租车也在一旁停下来，接着，从那辆车里传出了孟爽的声音："牛瑧昱，你回来了！"
　　"啊！是你呀！"牛瑧昱颇感惊讶地说，"你出去了？周瑾呢？"
　　"回了一趟家！"孟爽边下车边说，"周瑾在你家里！"
　　孟爽说完便去打开牛瑧昱的车门。
　　"哦！"牛瑧昱边付出租车车费边说，"她一个人在家。"
　　随后，牛瑧昱握着孟爽伸过来的手下车了。
　　"我本来是想邀请她去我家的，但又不知道你何时回家，便让她在家等你！嗨！幸亏我英明，让她在家等你——要不然，你现在回来，而我又没回来，你连家都进不了……"
　　"不会的——我带钥匙了……"
　　"进家了，找不到我们，你难道不会急吗？唉！你怎么这么快就回来了，婷姐她妈没事了吧？"
　　"应该没事了吧——脱离危险了……"
　　"那好——咱们今天可以放松地玩一下了……"
　　"还不能……"
　　"为什么？"
　　"还有麻烦事——谢海福、柳赛被抓走了！"
　　"啊！他们被抓走了？被谁抓走了？为什么？……"
　　"不知道——先回家吧！回家之后再说。"
　　牛瑧昱说完，便和孟爽向电梯走去。电梯门一打开，孟爽便去按门铃，但室内没有丝毫的动静，孟爽和牛瑧昱都猛地一惊，牛瑧昱赶紧掏出钥匙打开门，接着便看到了周瑾留在餐桌上的留言条。看完留言条后，孟爽颇为自责地说："我不该把瑾妹一个人留在这里……"

"你别多心！"牛瑧昱安慰孟爽道，"周瑾不会是因为这个原因才走的……"

"不管瑾妹是因为什么原因走的我都有责任！走！咱们赶到车站去！"

"来不及了——离开车只有五分钟了！我们就是飞去也来不及了！"

"那怎么办？"

"怎么办？我们把这里的事情稍稍办一下去她家看她！"

牛瑧昱说完便一阵眩晕，于是，赶紧坐到沙发上。

第二天，牛瑧昱弄清楚了谢海福和柳赛是被国家安全部门带走的及被带走的原因。他知道谢海福和柳赛所犯的是灭祖灭宗、不可饶恕的罪，既对他们气愤填膺，又后悔自己交友不慎，为自己间接的助纣为虐行为羞愧不已。他尽管明知谁也没法帮他们救他们，谁也不应该帮他们救他们，但还是试了一下，结果，碰了一鼻子灰。

谢海福和柳赛出事之后，牛瑧昱以为该来的麻烦都来了，不会再有了，便打算去探望周瑾，也放松一下，但还没动身，新的麻烦就出现了——陆地彻底地疯了，柳成丝病倒了。

陆地亲眼目睹谢海福和柳赛被抓走后，大受刺激。回家后，他先和他父亲大吵大闹，他父亲知道他脑子出问题了，便忍让躲避，但他不依不饶，最后对他父亲大打出手，把他父亲打得头破血流。随后，他又摔砸家里的东西，碰到什么就摔什么砸什么，还大嚷大叫要放火烧房子。邻居大恐，便赶紧打110报警。警察把他带走后，由于要处理的警务太多，加上看守所里人满为患，便关进一间土牢般的地下室。他在那间地下室大喊大叫，又蹦又跳，最后，筋疲力尽、头破血流地摊在地上。第二天，警察发现在地上昏迷不醒的他后，把他送往医院抢救；最后，他被送进了精神病医院。

柳成丝是因她的舅舅柳东自杀而病倒的。

柳东毕业于锦都财经大学，本科学的经济管理，硕士研究生学的是金融学。获得金融学硕士学位后，柳东便开始运作融金公司，随后运作系列公司，并利用柳晓琴的影响和帮助，不失时机地抓住一切可以抓住的致富机会，迅速致富，最后荣登胡润中国富豪榜。

柳东在苦心经营下拥有非常灵通的信息和丰富的人脉资源，并能根据不同阶段经济的发展状况和政策环境的变化，适时调整投资策略，而且每一次操作，都准确把握住了中国资本市场发展的脉搏。同时，柳东为人低调，与人为善，遵纪守法，无论在什么地方都与当地关系融洽，人缘极好，并对市场非常敏感，因而能够准确地把握好时机，并形成相应的赚钱模式。

然而，柳东毕竟极其充分地利用过柳晓琴，赚的许多钱，从一个方面来看，是合法的，但从另一个方面来看，则是非法的。同时，一个神秘的人物通过柳晓琴向他的公司注入过巨额资金，持有不小的股份。如果柳晓琴平安无事，那么，那些股份便是那神秘人物的；如果柳晓琴有事，那么，那些股份便是柳晓琴的。因此，柳东虽然事业蒸蒸日上，但时时刻刻战战兢兢如履薄冰。

柳东早年一心扑在事业上，加上生理上有缺陷，便没有结婚成家，除柳晓琴和柳成丝之外，再没有其他的亲人，于是，把柳成丝视同己出，珍爱有加，并将柳成丝定为自己的财产继承人。而柳成丝呢，从小品学兼优，秀外惠中，不负所望，于是，一进大学，柳东就对她的未来做了安排，也对自己的资产做了风险控制——他背着包括柳成丝、柳晓琴在内的所有人以柳成丝的名义注册了一个公司，并出高薪聘请人全权代表柳成丝管理公司。经过一年多的精心运作之后，在被捕前夕，柳东将大部分合法资金转入到柳成丝名下的公司。

被捕之后，柳东自知在劫难逃，而那个神秘人物采取各种方式给他施压，甚至还以柳成丝相威胁，同时，他也觉得整天提心吊胆，实际上是生不如死，于是决定自杀。本来，他是打算在元旦节跳楼自杀的，但看守所的人盯得太紧，他便始终未能找到机会。元月二日，柳东在户外活动时间趁看守人员不注意，便跳楼自杀了。

柳成丝自小受到柳东的宠爱甚至是溺爱，也自小把柳东视若己父，因而在得知柳东自杀的消息时，如遭雷击，随即病倒，住进了医院。

陆地进精神病医院和柳成丝进医院后，牛瑧昱不能再像以往那样随时陪史玉婷处理她妈妈的事情了。而史玉婷从小娇生惯养，自理能力极差，办事能力也极差，因此，她在办一些实在需要人陪伴的事情的时候，比如，追讨她妈妈公司的欠账，便请汪强陪伴。汪强身为辅导员，很便于陪伴史玉婷办事，加上他有丰富的人生经验和办事手腕，于是，史玉婷几次在他的陪伴之下，都把所要办的事情办得很好，比如，她妈妈公司的两笔欠账就是在汪强的陪伴之下成功地讨回的。因此，史玉婷很感激汪强，同时也想得到汪强进一步的帮助，便决定登门感谢汪强。

元月的最后一个周六，史玉婷去探视了她妈妈，也把家里收拾了一番，加上已经放寒假了，没什么其他非要办不可的事情了，她便打算在那天去拜访一下汪强——一来对多次拒绝汪强的邀请表示道歉，二来感谢汪强在她母亲出事之后对她的关心和帮助。随后，史玉婷给汪强发微信，告诉他她将在周日下午去拜谢他，并请他吃饭。

自从那次在西子庄园请史玉婷吃饭之后，汪强对她一直牵肠挂肚，也曾多次想请她吃饭，但每次都刚一产生这一念头，便想到了汪泽林，担心自己把持不住、重蹈覆辙，同时也担心韩丽花会像捏死一只臭虫一样捏死他，于是，他打消了这一念头。但自从韩丽花被抓之后，特别是几次成功地帮助史玉婷讨回韩丽花公司的欠账之后，汪强再次产生了请史玉婷吃饭的念头——他再也不必担心韩丽花会像捏死一只臭虫一样捏死他了，也再也不必觊觎韩丽花的帮助了，他帮过史玉婷几次了，她应该回报他一下了——于是，他几次给史玉婷打电话请她吃饭，但每次都被她以不同的借口拒绝了。在最后一次被史玉婷以要给她妈送饭为由拒绝后，汪强恼羞成怒，破口大骂道："你这娘们，不要老子给你脸你不要——老子今天非要你陪老子吃饭不可！"

随后，汪强便开车到史玉婷的家院门口去堵她，但车就要在她家院门口停下时，史玉婷提着饭盒和牛瑧昱一起从院门里走了出来，随即坐上了一辆通过"锦都约车"叫来的出租车。看着渐渐远去的出租车，汪强在心里嘀咕道：

"看来这骚货确实是要给她的老娘送饭！"

嘀咕之后，汪强悻悻地驱车去西子庄园自斟自饮了一番，并在醉酒后把黎嘉珊想象成史玉婷享用了一番，但在酒醒之后发现自己享用的是黎嘉珊之后，汪强颇为心有不甘，在心里咬牙切齿地骂道："史玉婷，你这贱货！你躲老子躲得过初一躲不过十五——老子一定会让你像这骚娘们一样成为老子的床上之人的！"

随后几天，汪强一直琢磨着如何让史玉婷成为自己的床上之人，但苦无良策，他不由得如丧考妣非常沮丧。然而，皇天不负苦心人——汪强收到了史玉婷的微信！他心花怒放，像喝了兴奋剂一样兴奋不已。兴奋之余，他便处心积虑地准备着史玉婷的到访。

估计汪强会睡午觉，史玉婷便在周日下午两点钟后前往汪强的家。

一般来说，锦都周日是不堵车的，但正如俗话所说，"时来铁似金，运去金如铁"，史玉婷家近来走霉运，她周日开车也遭遇堵车——本来只要半个小时的车程，她却开了一个半小时。她本以为汪强会因为她姗姗来迟而不高兴，但到达汪强家门口后一按响门铃，门便豁然洞开，随即汪强便笑呵呵地道："可把你盼来了——我的公主！请进！请进！"

史玉婷在汪强喜气洋洋的笑声中走进汪强的家后，发现汪强的家虽然并不大，但布置得很雅致，收拾得整整齐齐、干干净净，不禁脱口而道："哇塞！老师的府邸好干净！好漂亮！"

"哪里！哪里！"汪强一边接过史玉婷手中装有两瓶茅台和两条软中华香烟的纸袋一边说，"我只是为了欢迎我们的史公主精心收拾了一下而已——史公主驾到，我怎么都应该好好地收拾一下嘛！"

"啊！老师费心了！老师辛苦了！"史玉婷笑道，"早知道要让老师费心让老师辛苦，我就不来了！"

"没费什么心，也不辛苦！"汪强说，"再说，你能光临寒舍，我就算费点儿心辛苦一下，也没什么！"

"您帮了我好多忙，早就应该来拜谢您了！"

"哪里！哪里——只不过做了一点儿举手之劳的事情而已！啊！现在不说这些了！请坐！请坐！"

汪强边说边将一盘水果端到史玉婷面前的茶几上，然后再去给她泡茶。将热气腾腾的一杯茶端至史玉婷的面前后，汪强说："咱们先歇一歇聊聊天，然后出去吃饭……"

"今天我请客……"

"你请客？那不行——你今天是到我家来做客，当然该我请客……"

"今天是我来看老师，感谢老师，当然该我请客……"

"你说的和我说的都有道理——咱们就不再争请客权了！咱们今天谁也不请谁，一起动手做饭吃！"

"那太费事了吧！"

"不费事——我这儿有现成的材料，一点儿都不费事！咱们自己做饭自己吃，会吃得更香更有情调一点儿！"

"我只求吃顿安稳饭——自从我妈出事之后，我从来都没吃过一顿安稳饭……"

"你今天这顿饭一定会吃得很安稳的——这儿不像餐馆，人来人往、人声鼎沸……这儿就咱俩……"

"那好——我就在这儿借花献佛了！"

"你走了这么远的路，应该有点儿累，时间也还早——咱们先吃点儿东西看看电视聊聊天再做饭……"

汪强边说边从水果盘中拿起一根香蕉，剥开一半之后递给史玉婷。

史玉婷摆手边说："我不吃香蕉——这阵子胃不太舒服，生冷的我都不大吃……"

"那咱们就吃点儿熟的喝点儿的热的。"

汪强说完便进厨房，不一会儿就端出一盘炸糕，随后又冲了两杯果珍。

挨着史玉婷坐下之后，汪强语气亲昵地说："来！随便吃点儿喝点儿吧！"

史玉婷吃了一口炸糕后说："这炸糕的味道很不错！"

"不错？不错就多吃点儿！"汪强面带微笑地说，"也喝点儿饮料吧——边吃边喝便于消化！"

汪强边说边喝了一口果珍，史玉婷随之喝了一口果珍，随后道：

"这果珍的味道也不错！"

"是吗？那也多喝点儿！"满脸欣喜地说，"来！咱们以饮料代酒干一杯——祝你幸福愉快！"

第四十三章　恶有恶报，罪有应得

"谢谢！"史玉婷满脸绯红地说，"也感谢您对我的帮助！"

随后，汪强一饮而尽，接着，微笑着看着史玉婷也一饮而尽。

史玉婷放下饮料杯后，随即感到面部发热、喉咙发干、呼吸上气不接下气，体内有一股躁动像受惊的小蛇一样在体内四处窜动，心头像有一群蚂蚁在爬过似的痒痒的；同时，手不由自主地时而揉捏颈部，时而揉搓心窝；一会儿后，两眼朦胧，像看着自己梦寐以求的白马王子一样看着身旁的汪强，看着看着，忽地像飞蛾扑火一样扑到汪强的身上……

看到史玉婷将一杯热气腾腾的果珍一饮而尽后，汪强在心里像晁盖等梁山泊英雄好汉看到杨志喝下被下了蒙汗药的酒一样心花怒放；看到史玉婷面部潮红、呼吸紧张时，他浑身涌过一阵热流，像奔腾咆哮的洪水一样冲撞着他的臭皮囊；当史玉婷睁着一双像喝醉了酒似的眼睛看着汪强时，他撩拨地对她挤了挤眼；当史玉婷出其不意地扑向他时，他像技艺高超的足球守门员准确无误地接住射向自己的足球一样接过了她……

史玉婷醒来时，发现屋内一片黑暗，接着又发现自己一丝不挂地躺在床上，身边还躺着一个人，随即也意识到发生了什么，不禁满怀悲哀地想：

"完了——彻底地玩了！妈被抓了，家破产了，我也失身了！我一无所有、颜面全无了！以后，谁都可以嘲笑我唾弃我了！我将生不如死了！"

随后，史玉婷借着窗外的灯光下意识地看身旁的汪强一眼——汪强像死尸一样摊在床上，被子像裹尸布一样塌在他的身上。

"这王八蛋该死！"史玉婷愤怒地想，"真没想到这家伙到了黄土埋到脖子的年纪，还如此厚颜无耻如此下作！不仅该死，而且该千刀万剐！"

想到这儿，史玉婷忽然一阵冲动，想用身边床头柜上的花瓶砸死汪强。但在就要动手时，史玉婷忽地停下来了——她想：

"不能这么弄死这王八蛋，否则太便宜他了！也不必弄死这王八蛋——我以后将生不如死，我也应该让他生不如死！"

想到这儿，史玉婷醒悟似的想到了对汪强有力的报复便是干掉他那给她带来致命性的破坏的东西，于是，轻轻地下床，蹑手蹑脚地走进厨房；找到一把剪刀后，她又蹑手蹑脚地走回房间，悄悄揭开盖在汪强身上的被子，小心翼翼用剪刀夹住汪强那让她失去少女身份的东西，然后，一边猛地用力一边闭上眼咬牙切齿地骂道:"去死吧!你这王八蛋!"

随后,史玉婷睁开眼,看见汪强像被剁了头的鸡一样扑腾着从床上掉到床下,蜷缩着在地板上滚来滚去,一边滚动一边嘶声乱叫,同时,血流了一地。在汪强不再强烈地滚动不再刺耳地嘶叫后,史玉婷拿起手机拨通了122;随后,又打了一个110。

得知史玉婷进看守所之后,牛瑧昱大吃一惊,随即赶往看守所,但史玉婷拒绝见他。在给史玉婷写了一封信托看守所的警察转交史玉婷之后,牛瑧昱惘然若失地离开了看守所。

看守所位于锦都西郊,原本是一所废弃的教堂,四周参天的古木连片,树上鸟巢星罗棋布。20世纪80年代初,看守所人满为患,教堂便被借用为看守所,之后一直被借用。虽然也曾有一些教民联名致书宗教局要求恢复教堂,一些"学者"联名致书文物局,要求把教堂作为文物保护起来,一些有点儿文化的导游联名致书旅游局,要求把教堂列为锦都的一个重要景点,但都被否决了。

走出看守所大门后,牛瑧昱先驻足瞅了瞅自己约的出租车,然后径直向出租车走去。但刚举步,一群乌鸦伴随着一片"哑"的声音从树上飞起,快速地掠过天空。牛瑧昱惊悚地朝乌鸦看去,只见那群乌鸦像一只硕大的断线风筝似的飞向远方。牛瑧昱打了一个寒颤,随之本能地加快了脚步。坐上出租车后,随着出租车的启动,牛瑧昱的思绪飘荡起来:"史玉婷家怎么祸不单行!她母亲的事已经够麻烦的了,谁知她又惹了这么大的麻烦!她的事实际上是很好解决的——报个警,将汪强告上法庭对他绳之以法不就得了吗?!可她却做出了如此非理性的事情!唉!这个史玉婷真是太糊涂了——自己已经受到了不小的伤害,可这么一来,又要受到更大的伤害了……"

牛瑧昱正信马由缰地想着,忽地出租车停下了——交通信号灯的红灯亮了。一会儿后,出租车又启动了,牛瑧昱的思绪又飘荡起来:

"不应该怪史玉婷太糊涂——要怪也应该怪汪强太缺德!汪强虽然被停止了教职,但毕竟还是混迹在教师行列,怎么能做出如此禽兽不如的事情!就算不是教师没有在教师行列滥竽充数,也不能能做出如此禽兽不如的事情——就算是禽兽,雄禽兽最多也只不过是强暴雌禽兽而已,而绝不会像汪强这样采取欺骗加暴力的手段！哼！这个汪强真是禽兽不如！史玉婷对他的行为虽然有点儿暴力有点儿血淋淋，但从一个人对一个禽兽而言，却一点儿都不暴力一点儿都不血淋淋！而从史玉婷当时的处境和心情而言，完全合情合理——对于一个未婚女孩来说，贞洁实际上就是她的生命，在她的生命受到伤害时，她无论采取何种行为都是可以理解的！虽然从法律的角度来看，史玉婷应该承担责任，但从道理、道义的角度来看，史玉婷又是可以免责的，因此，史玉婷应该免于刑事起诉，无罪释放！"

想到这儿，牛臻昱忽地像哥伦布发现了新大陆一样似的欣喜，暗自道：

"对！史玉婷应该免于刑事起诉，无罪释放！我应该想尽一切办法使史玉婷被免于刑事起诉，无罪释放！虽然我并不爱她，但她是爱我的，而且为爱我而费尽了心机，加上现在只有我能帮她——她妈生意上的朋友对她妈都视同路人，肯定不会帮她；我们同学，一是能力有限，二是事不关己，估计很难有人帮助她；我们小组的人，老大、老二、老三现在已经是泥菩萨过海自身难保了，柳成丝也自身难保，剩下的就只有周瑾、孟爽和我了，而周瑾又身在外地……也不知她现在情况如何？自从她离开我家后，无论怎么联系她也不见回应，她也许真的生我气了！也不应该怪她生我的气——她千里迢迢来看我，可我却把她一个人晾在家里……我确实不对！她确实应该生我的气！"

想到这儿，牛臻昱下意识地拿起手机给周瑾打电话，但手机提示音道：

"您所拨打的电话已停机。"

牛臻昱猛地一惊，在心里大叫道："停机了？不会吧！"

牛臻昱接着再次拨打周瑾的手机，但手机提示音仍然道："您所拨打的电话已停机。"

牛臻昱在心里纳闷道："怎么停机了？怎么停机了也不告诉我新的号码？"

随后，牛臻昱又胆战心惊地想："她该不会出什么事吧？……"

想到这儿，牛臻昱猛地一惊，随即浑身涌出一阵汗，在心里则像周瑾真的出了什么事似的，一阵恐惧，大叫道："不行！她不能出什么事！柳成丝、史玉婷的家都出事了，史玉婷自己也出事了，周瑾不能再出什么事了！"

随后，牛臻昱让司机把车直接开到自己的楼下。当晚，牛臻昱登上了开往江汉市的列车。

第四十四章　你一定要幸福

登上回家的高铁之后，周瑾如释重负，心情豁然开朗起来了；随着高铁的飞速行驶，她的思绪更是跳跃起来了："牛瑧昱的身体根本没什么事——太好了！可不是吗？一点儿伤寒，无论对谁来说，都不是什么大不了的毛病！要不是李大水那滥竽充数的医生的误诊，他根本不会出现那么吓人的事！唉！李大水这家伙真该死！也真可恶——到了该进棺材的年纪了，可还不积点儿德规规矩矩地做点儿事！不过，出了这事也好——牛瑧昱以后应该再也不会以为自己是铜铸铁打的了！应该再也不会对自己的身体不在乎了！自从认识他以来，我从来没见他清闲过——他老家的事、班上的事、同学们的事、'创业'小组的事、我的事，他只要知道，一件都不放过！如果总这样，他就算真的是铜铸铁打的也受不了！他对我家、对我，已经费尽心机、出尽全力了，从此以后，我不能让他再为我及我家的事劳累了！为了不让他再为我及我家的事劳累，我得少和他联系甚至不和他联系——今后，我绝不主动联系他，他联系我我要么爱理不理，要么干脆不理睬！他现在已经够累的了，他这次生病实际上是累病的——我不能让他再为我及我家累了！对！我得冷待！不！不能仅仅冷待他——要不理睬他！要和他终止一切联系！"

想到这儿，周瑾下意识地关掉了手机，随后又想："回去之后，把一些与渔场有关的事情处理一下后就换手机号！换手机号后绝不让他知道我的新手机号！我要让他对我死心！我要让他一心一意地读书完成学业！"

也许是太累了的缘故，周瑾直到列车快到江汉站时才从梦中醒来！她的梦太美了，她的觉也睡得太香了！她不愿意从美梦中醒来，但最终还是从美梦中醒来了！她渴望从此以后，她的人生像她的梦一样美好，然而，她虽美梦很圆满，但现实很残酷——她回到家后，所见是岳云洲鼻青脸肿，她家的渔网被撕烂了、渔船被砸了、渔场看护棚的门坏了……

原来，周瑾刚离家去锦都，杨志才便到周瑾家的渔场捞鱼。岳云洲发现后坚决制止，但杨志才不但不罢手，反而还认为岳云洲吃里爬外，便对岳云洲大打出手，结果，岳云洲被打得鼻青脸肿。打完岳云洲之后，杨志才觉得不解气，便撕烂了周瑾家的渔网、砸烂了她家的渔船、毁坏了她家看护棚的门。

弄清楚事情的来龙去脉之后，周瑾对岳云洲深感内疚，也对杨志才气愤填膺，但她深知杨志才是一个十足的地痞流氓无赖，心地邪恶、心狠手辣，过去对岳云洲一向是轻则动口，重则动手；对乡里乡亲，凡有不顺眼者，不是明里打击就是暗里陷害；对这家伙，她是既没法和他讲道理又无法和他明着对抗的。思来想去之后，她一方面好好地安慰了岳云洲一番，并劝岳云洲今后不要与杨志才正面冲突，凡事能忍则忍能躲则躲，实在不能忍不能躲时就找政府；另一方面决定登门拜访杨志才。

考虑到杨志才好吃好喝好抽，周瑾便在回家后的第二天特地到江汉市区的家乐福超市买了两只锦都烤鸭、两盒锦都牌炸糕、两条锦都牌香烟、两瓶锦都二锅头。晚饭时分，周瑾将所买的烤鸭、炸糕、烟、酒送到杨志才家。

周瑾到杨志才家时，杨志才正孤身一人地跷着二郎腿坐在门口抽烟。初见周瑾时，杨志才本能地一惊——他尽管毫无人性，但还披着一张人皮，加上考虑到周瑾有不少"能量"不小的同学，因而在做了伤天害理的事之后还是有所忌惮的！但看到周瑾提着大包小包微笑着向他走来，并还在他没反应过来时就恭敬有加地叫了他一声"叔"，杨志才便放松了心情，不失亲切地招呼周瑾道：

"啊！闺女，你来了！"

"我来看您的！"周瑾说，"我前几天去了一趟锦都，回来时，给您捎了一点东西……"周瑾边说边走进堂屋将手中的礼物放到餐桌上。

"是吗？太感谢你了！"杨志才喜形于色地高声道，"请坐！请坐！"

杨志才边说边起身。

"您别起身——我不坐！"周瑾说，"我今日来，一是来看望您，二是想拜托您一件事……"

"什么事？只要是我能做到的事我一定做！"

"那我就先谢您了！是这样的事——我家里情况您是很清楚了……现在云

叔在帮我家,我家也很需要云叔的帮助……"

"他可以继续帮你家呀!虽然前天我和他发生了一点儿摩擦,但那纯属一场误会——我也不会因此而反对他帮你家的!"

"云叔现在身体欠安——这两天,我得不时到渔场看看他,而且晚上总得去看看他,陪他坐一会儿……"

"是吗?那太为难你了!不过,你也不必担心——你云叔没脑子,不会有什么想不开的!再说,他只是受了点儿皮毛之伤——没多大的问题!"

"没多大问题就好!但我更希望以后不要再有什么问题了!"

"他以后不会再有什么问题了——我和他的摩擦已经过去了!"

"那好!您和云叔都是我的叔,我真心地希望您和云叔和好如初!您对云叔好实际上就是在帮我家——您的大恩大德,我们全家是不会忘记的!我这次从锦都回来,因为要带一批书籍回来,没能给您多捎一点儿东西——下次再去时,一定给您多捎一点儿……"

"那我就先谢谢你了!"杨志才一边瞅着周瑾放在餐桌上的大包小包一边说,"我还没吃晚饭,你也没吃晚饭吧——就在我这儿吃晚饭吧!"

杨志才说完便两眼在周瑾身上贼溜溜地溜来溜去,并忽地觉得周瑾特别美。周瑾本能地一阵反感,立马转身,一边走一边说:"吃过了!我爸还没吃,我得回家伺候我爸吃!您自己个儿吃,我改天再来看您!"

看着周瑾迅速远去的背影,杨志才在心理恶狠狠地说:

"你走吧!你今天说来就来说走就走——下次就没这么便宜了!"

周瑾的身影完全消失后,杨志才惘然若失地收回眼光;当眼光落到放在餐桌上的大包小包时,他条件反射般地冲过去,手忙脚乱地把大包小包扯开,随后,拿起炸糕狼吞虎咽地吃起来;被噎住之后,他便打开酒瓶狠狠地喝了一口……吃饱喝足之后,杨志才醉醺醺地倒在床上呼呼大睡起来。第二天下午醒来时,杨志才忽地想起周瑾所送的礼物,也想起了周瑾本人,随即又想到周瑾说她每天晚上都要去和岳云洲聊天之事,于是,一个邪恶的念头在他心里产生了,并在晚饭之后付诸行动——

晚饭后,杨志才叼着周瑾送给她的烟若无其事地来到周瑾家的渔场。岳云洲看到杨志才之后,以为他又来捣乱,暗自一惊,复仇之火随之在心头烧起,但随即又想起周瑾的劝说，意识到不能再给周瑾添乱了，便强忍着怒火，冷眼静观。

杨志才见岳云洲看着自己，虽然明知他两眼实际上是饱含仇恨，但想到自己是冲着周瑾来的，便笑嘻嘻地冲岳云洲道："看什么？老弟！我是来看你的！"

杨志才说完，没等岳云洲答话，便走近他，并递给他一支烟。岳云洲本不想接杨志才的烟，但又担心会激怒他，便接过了杨志才所递的烟。随后，杨志才一边将自己抽着的烟递给岳云洲点燃他的烟一边说："这就对了——兄弟无隔夜之仇！前天是哥不对——今天特地来给你赔罪！"

"不用你赔罪！"岳云洲说，"我根本不在意你赔罪不赔罪！"

"不在意就好——这才像兄弟呢！"杨志才语气亲昵地说，"走！咱们进棚屋里聊聊！"

杨志才边说边将手搭在岳云洲的肩上朝棚屋内走去。在杨志才将手搭在自己的肩上的一瞬间，岳云洲感到一种从来都未曾有过的温暖，觉得自己获得了久违的哥哥的爱，非常欣慰；进棚屋后，本能地给杨志才让座，随后，两人边抽烟边聊天——杨志才把话题时而引到两人小时一起捉蜻蜓、一起游泳的事情上，时而引到自己利用自己村主任特权帮岳云洲弄到低保的待遇之事上……聊着聊着，岳云洲完全忘记了几天前自己遭杨志才殴打之事，兄弟之间好似其乐融融。最后，杨志才提出要代替岳云洲在渔场守夜，岳云洲开始不同意，认为自己是周瑾家所雇，拿了周瑾的钱，不能让杨志才代劳，杨志才则"晓之以理动之以情"，同时，岳云洲因为担心伤口感染，已经有几天没洗澡了，确实想回家洗个澡，加上也确实很累，想在家好好地睡一觉，于是，最终同意让杨志才代他在渔场守夜。

岳云洲走后，杨志才关上灯并扯断了开关上的绳子，随后躺在床上一边抽烟一边等候着周瑾的到来，但等了好一会儿，仍然没见周瑾的踪影，于是在心里着急道："这小娘儿们该不会不来吧！"

稍顿之后，杨志才使劲地抽了一口烟，暗自恶狠狠地道：

"不来也不要紧——不来老子就主动出击，到她家里去！"

随即，杨志才便琢磨着自己"主动出击"之事。像平常琢磨做其他坏事一样，杨志才处心积虑、绞尽脑汁，想出了好几套方案，但正琢磨着要选用哪一套方案时，棚屋外传来了周瑾语带关切的声音："云叔——您在吗？"

"在——"杨志才小声道。

虽然杨志才和岳云洲在思想、品性等方面有云泥之别，但两人的长相和声音等却颇为相似，加上杨志才答话的声音很小，因此，周瑾并没有分辨出棚屋里的人说话的人不是岳云洲，于是，接着问："您睡了吗？还好吗？"

"有点儿不舒服——"杨志才再次小声道，随后又呻吟了一声。

周瑾以为岳云洲真的不舒服，便急忙走进屋子，一边试图打开电灯一边语带担心地说："哪儿不舒服？不要紧吧？"

"心里不舒服！"杨志才一边快速起身一边淫腔淫调地说，"老子想你想得快死了！"接着，猛地扑向周瑾，一把将她抱住。

周瑾像一个在旷野里散步的人遭遇恶狼偷袭一样吓得高声尖叫道："啊——"

周瑾的尖叫声刚落，屋外便传来岳云洲的声音："小瑾——什么事？"

岳云洲边说边冲进屋子里，随即借着手电筒的灯光，看见周瑾被杨志才压在床上。

长期以来，岳云洲一直视周瑾如同己出，珍爱有加，因此，在见到周瑾面临着被伤害时，完全像一个父亲见到自己的孩子面临着伤害一样，不假思索地挺身相救——他猛地将手中粗实的手电筒砸向杨志才的后脑勺，随着一声闷响，手电筒爆裂了，电池蹦到地上；随后，岳云洲抓起杨志才，像扔垃圾一样把他向门外扔去，杨志才"轰"的一声掉在门外水泥地上，像死尸一样四肢朝天地摊着。岳云洲仍不解气，便随手拿起一个条凳，边向门外走去边愤怒地骂道：

"你这畜生该死！老子结果了你算了！"

周瑾猛地清晰了过来，大声道："不！云叔！"

随即扑向岳云洲，出其不意夺下他手中的条凳，随后，又和岳云洲一起将杨志才送进了医院。

周瑾事后得知，岳云洲那天杨志才哄骗回家之后，先洗了个澡，然后洗脏衣服、收拾屋子。觉得没事可做了，岳云洲便上床睡觉，但刚躺下，忽地想起自己自周瑾从锦都回来之后，因一直忙着渔场里的事情而没有去看周慕华，同时,也觉得周瑾自周慕华病倒以来,一直忙着屋里屋外,一定很累,自己正好利用这个时候去帮帮她,于是起床去周瑾家。到周瑾家后,岳云洲没见到周瑾,便估计周瑾到渔场去看他了,于是,在进周慕华的房间帮他把被子调整了一下后就去渔场,结果碰到了杨志才作恶之事。

杨志才进医院后被确诊为重度脑震荡,并一直昏迷不醒,岳云洲因此而被关进了看守所。周瑾除要照料父亲、料理渔场之外,还要去探望岳云洲和杨志才,因此,深感力不胜支、苦不堪言,于是,非常渴望有人能帮她一把。她首先不由自主地想到了找牛瑧昱帮忙,但随即又否定了——她早就决定为了他而与他断绝关系了,并为了与他断绝关系而换了手机号;随后,她又想到了找孟爽帮忙,但随即也否定了——她换新手机号后,不仅没把新手机号告诉牛瑧昱,也没告诉孟爽及锦都大学的任何人,一旦她再次与孟爽联系上了,实际上就是再次与牛瑧昱联系上了。

在周瑾万般无奈之际,穆舟来看她了。

穆舟在向周瑾表达爱情遭拒之后,便出国留学。回国探亲时,穆舟得知了周瑾家所发生的变故及周瑾的现状,便到周瑾家来看她。虽然周瑾仍然对穆舟毫无爱慕之心,但穆舟对周瑾仍然是"一片冰心在玉壶"——他一到她家就协助她处理照料她父亲、料理渔场和探望岳云洲、杨志才之事;在得知周瑾家里的事以及周瑾明确地表示无论如何也不会嫁给他之后,他对她也不离不弃。

牛瑧昱火急火燎地赶到周瑾家时,周瑾刚好在穆舟的陪伴之下回到家里。在礼貌有加地招待牛瑧昱吃完饭之后,周瑾语气平淡地告诉了牛瑧昱,她爱上穆舟了,请他离开。牛瑧昱确信周瑾已经移情别恋了,便在强忍着心酸对周瑾说了一番祝福之话后心灰意冷地离开周瑾家。周瑾则强忍住泪水目送着牛瑧昱一步步地离开她家。

本来,牛瑧昱打算先在周瑾家帮她一下,等帮她把事情做出一个头绪来之后,再回老家去看奶奶、伯伯、婶婶、妹妹的,但此时他觉得周瑾家不再需要他帮助了,便一离开周瑾家,就径直前往汽车站,拟辗转乘汽车回老家,但他没走多远,就忽地一阵眩晕,不由得一惊,暗自道:"糟了!该不会又有什么毛病吧!"

牛瑧昱随即停下脚步，想随便搭乘一个什么车到汽车站，但等了好一会儿也没等到，此时，天色也渐渐暗淡下来了，他便给牛汉卿打电话，请他开车来接他。

接到牛瑧昱的电话时，牛汉卿正好在岳家店收完账后准备回家，于是，接完电话，便驱车牛瑧昱所说的地点。车一停稳，牛汉卿就大声冲牛瑧昱道：

"快上车——外面太冷！"

"外面确实有点儿冷！"牛瑧昱一边上车一边道，"您还好吧！三妈、奶奶、雪莲都还好吧！"

"都还好！"牛汉卿边开车边说，"只是你翠兰奶奶不在了！"

"翠兰奶奶不在了？"牛瑧昱颇感吃惊地问，"我过去每次回来都听说她快好了，怎么说不在就不在了呢？"

"过去是怕引起你不必要的担心才那么说的。"牛汉卿说，"其实，你翠兰奶奶的病情是越来越糟糕，上上个月，她病情加重，不时说要去找你文丽姑姑去，后来便偷偷地溜出了康复医院，掉到水里了……"

"啊！"牛瑧昱很伤感地说，"翠兰奶奶就这么没了……"

"你也没有必要太难过！"牛汉卿语带劝慰说，"其实，这对你翠兰奶奶来说，也可以说是一种解脱——那康复医院里的病人全都是精神有问题的人，那儿的工作人员好多都没把病人当人看，你翠兰奶奶活着实际上是在受罪……"

"但对于雪莲和我们来说，怎么都是一件不好的事啊！雪莲曾多次和我说起翠兰奶奶，每次说起时都非常伤感——翠兰奶奶去了，她一定感到颇受打击吧！"

"你说的一点儿也不错——雪莲在听说你翠兰奶奶去世的噩耗时昏过去了，醒来之后又号啕大哭，一连几天悲容满面、沉默不语，虽然我和你三妈、奶奶都劝慰她，但她的情绪并没有多大的好转，直到上个月她才基本恢复到正常的精神状态。其实，你翠兰奶奶的离去，不仅对她本人是一种解脱，而且对莲儿也是一种解脱——你翠兰奶奶在的时候，莲儿平常无论多么忙多么累，每个月总要去看她几次，虽然去之后也只能远远地看你翠兰奶奶一眼，但她还是要去；你翠兰奶奶的病情加重后，莲儿去得更勤了……"

"啊！雪莲真是太辛苦了！翠兰奶奶的离去对雪莲来说，也确实是一种解脱……"

"不仅是一种解脱，而且也是一种解放——从此，莲儿可以无牵无挂、身心自由地生活了……"

"尤其是可以去读书——她还这么小，怎么都应该读书……"

"不错，她应该去读书——而且，她现在更有条件去读书了……"

"什么条件？"

"她现在遇到了一件喜事……"

"什么喜事……"

"也不能说是一件完全的喜事——前几天，她收到美国那边来的一封律师函，信中说，她爸爸和她后妈遭遇了车祸，要她去继承财产，但她因为怨恨他爸爸，不愿意去，我要把这件事告诉你和你爸，她不同意……"

"她不愿意去，可以理解——他爸爸对她没尽应尽的责任，她怨恨她的爸爸，理所当然……"

"但她爸爸对她没尽应尽的责任，这也是欠她的；因而，她去继承遗产，也是理所当然！"

"您说的也对……"

"我觉得她应该去，不仅应该去，而且应该用那笔钱在美国读书……"

"她是应该读书——她现在可以无牵无挂地读书了……"

"而且可以去美国读书了——律师函上说她要继承的遗产除了房产外，还有八百万美元，这些钱应该够她读书了……"

"啊！有这么多？这么多钱岂止可以在美国读书，还可以在美国无忧无虑地生活！"

"据说，她后妈是一个富婆，她爸爸和她后妈结婚了十几年，两人遭遇车祸后被送进医院，弥留之际指定她继承遗产，并明确地要求她到美国去读书且在美国定居。"

"啊！是这么回事——那她还是应该去继承遗产，而且还应该到美国去读书！啊！我也要告诉您一件事，我很可能要到英国读两年书……"

"是吗？那太好了——咱们家又出了一个放洋的人！什么时候去？"

"下个学期。"

"那你这次好好地劝说莲儿,让她去美国继承遗产去美国读书——你们两个,一个在英国读书,一个在美国读书,这也是咱们村里的光荣!"

"我会好好地劝雪莲去读书的——她即使不去美国继承遗产也应该去读书!但是,雪莲有主见、倔强,如果她已经决定不去美国继承遗产和读书了,那就很难劝她改变主意了。"

牛瑧昱刚说完,车便在牛汉卿的家门口停了下来,杨雪莲、艾玉洁、杨金环先后迎了出来,随后,大家便说说笑笑、热热闹闹地走进屋子,杨雪莲更是换了个人似的——一改近几个月的沉默寡言,主动地和大家说笑。

虽然杨翠兰的离世无论对杨翠兰本人来说,还是对杨雪莲来说,都是一种解脱,但是杨雪莲在情感上还是不能接受——在杨雪莲看来,有一个奶奶,即使是一个疯奶奶,总比没有要好!虽然杨雪莲在心里的确很怨恨她的父亲,虽然她父亲的离世给她带来了意想不到的财富,但是她怎么都不希望她的父亲有三长两短——在她看来,有一个父亲,即使是一个她从来都没见过的从来都没对她尽一丁点义务的父亲,总比没有要好!一个不给她分文的活着的父亲比给她留下巨额财富的去世了的父亲要好!她不愿意去美国继承遗产,虽然的确包含有怨恨她父亲的成分,但更主要的是不愿意接受她父亲去世了的事实!特别是在理性地思考了父亲在弥留之际遗嘱她去继承财产和到美国去读书之事后,她觉得她父亲在骨子里是爱她的,她更不愿意接受父亲去世了的事实!

然而,杨雪莲最终还是接受了她奶奶和父亲都不在了的事实,也在继承父亲遗产的文书上签了字——她想把她父亲留给她的遗产拿来建设她的家乡!她要在这里办现代化的学校、办现代化的养殖场和种植场!她要让这里的孩子能上现代化的学校接受现代化的教育!她要让她可敬可爱的三伯、三妈不再辛苦!不过,她又不想去美国读书更不想将来在美国定居——在她看来,美国,对于她来说,绝对是异国他乡,她在那儿举目无亲,无异于一株浮萍!而牛家大湾呢?是生她养她的地方!她的根在这里!

但她也知道她父亲的遗嘱是两条,而且似乎更强调她要到美国去读书这一条;作为女儿,她不应该违背父亲的遗命,更不应该选择性地执行父亲的遗命!她的三伯也反复要求她去美国读书!她深感左右为难、不知所措!她太需要有人给她"出谋划策"或"指点迷津"了！可是，能给她"出谋划策"或"指点迷津"的只有牛瑧昱了！而牛瑧昱又远在锦都，而且他既要忙学业，又要忙班级事务及同学们的其他事务，也没少为她操心，因此，对找不找牛瑧昱，她实在有点儿左右为难、不知所措！然而，在此之际，牛瑧昱回来了！这对于此时的她来说，简直是喜从天降！她能不高兴得像换了个人似的吗？！

第四十五章　我唯一的爱人

与牛汉卿等一起陪牛瑧昱吃过晚饭后，杨雪莲便去她家——她要去辅导自己约好的几个学生。

杨雪莲走后，牛瑧昱虽然与牛汉卿、艾玉洁、杨金环等你一言我一语地聊天，看起来兴高采烈的，但实际上心里戚戚然——他最心爱的女人已经不再爱他了，已经另属他人了，他最牵挂的女孩很可能会放弃大好机会大好前程，他能不心里戚戚然？！同时，他也觉得牛汉卿等忙了一整天，够累的了，应该早点儿休息，便在与牛汉卿等聊了一会儿后，借口劝杨雪莲去美国读书而去了杨雪莲家。

牛瑧昱到达杨雪莲家时，杨雪莲刚好将所辅导的学生送走——她本拟送走学生后就回牛汉卿家陪牛瑧昱聊天的，于是，见牛瑧昱到她家来了，便不假思索地说："哥——你来了！我正准备去陪你呢！"

杨雪莲边说边把牛瑧昱迎进屋里，随后，便给牛瑧昱沏茶。

"嗨！你别为我忙乎！"牛瑧昱笑道，"你忙了一整天，够累得——先歇歇吧！"

"不累！不累！三伯、三妈才累呢！"

"不错！三伯、三妈他们确实很累！我刚才和他们聊天时，他们虽然欢声笑语，实际上中气不足，而且满脸疲惫！奶奶也像很累的！"

"这阵子，鱼塘里的鱼要卖，鸭场里的鸭蛋、皮蛋、老鸭子要卖，外面的欠账要收，三伯、三妈忙得昏天黑地！奶奶也没闲着……"

"其实，三伯家没有必要铺这么大的摊子——摊子铺大了，要想不累也不行！"

"我也是这么想的，也曾劝过三伯、三妈缩小摊子，但他们生性勤劳，加上总认为不能让这里的地这里的水荒芜,即使明知太累,也还是继续做……唉!只怪我能力太差,不能帮他们多分担一点儿……"

"啊!我知道了,你最初退学,现在又执意不去美国念书,在很大程度上是心疼三伯、三妈,想帮他们……"

"哪里是我想帮他们,是他们一直在帮我——这些年来,我都是在三伯、三妈和奶奶的庇护下生活的!他们不仅庇护我,而且侍候祖爷爷,帮助医治我翠兰奶奶……他们对我对我家简直是恩重如山情深似海!"

"所以你想报答他们……"

"谈不上报答他们——我也无力报答他们!我只是想让他们尽量能按照自己的意愿生活,做他们自己想做的事情!他们在这里生活了大半辈子,热爱这里的地这里的水,想让咱们这里不要辜负'鱼米之乡'的美誉,我要是能帮他们实现这一愿望就好了!"

"那就去读书——知识就是力量就是生产力!现在祖爷爷、翠兰奶奶都不在了——你完全没有后顾之忧了!再说,你现在也有这条件!"

"可是,三伯、三妈这么累……而我一旦去美国读书了,可能也会在那边定居——因为我爸的遗嘱里也有这一点……"

"这些你就不必考虑了——你在美国读好书了还愁没法改变三伯、三妈的辛苦状况吗?你将来在美国定居了也可以回咱们这里投资嘛!"

"啊!我也想把那笔钱拿来咱们这儿投资呢——我已经在文书上签字了,我之所以在文书上签字就是为了把那笔钱拿到咱们这儿来投资!而且我会一拿到手就在咱们这儿投资……"

"那不行——你应该先读书!现在你正处在应该读书的时候——古人早就讲过了,'有田不种仓廪虚,有书不读子孙愚'、'有花堪折直须折,莫待无花空折枝',你现在不能不读书!再说,你现在还没有成熟的投资理念,也没有现代化的经营和管理知识……"

"你说的这些我没有考虑过,我以为有了资金就可以投资了,就可以把三伯家的渔场鸭场果园等都办成现代化的了!看来我还是应该去读书……"

"当然应该去——直接去美国读书!现在帮助留学的机构很多,去美国读书也很容易……"

"那我就去美国读书吧！我去后，你也去吧——我从小在这乡下长大，一下子就到美国去，怕是适应不了！"

"嗨！哪有什么适应不了的？不过，我下个学期会到英国学习……"

"是吗？我怎么从来没听说过你要去英国学习呀？"

"我也是临时决定的——我们学校和英国伦敦经济政治学院有交换培养的计划，我们班有两个名额，按排名刚好排到我了……"

"那太好了！你在英国，我在美国，咱俩虽然不在同一个国家，但同在英语国家——只是你马上就要到英国去了，可我却不知何时才能去美国……"

"应该会很快的——你已经在财产继承的文书上签字了，财产继承的事情应该很快就会办好；现在可以着手办留学的事情了——争取一继承到财产就到美国去留学……"

"如果真能这样，那就太好了！"

"肯定会能这样的——我这次一回锦都，就全力以赴地帮你办去美国读书的事，锦都办这种事的中介机构很多，这种事本来就很容易办……"

牛瑧昱正说着，他的手机响了——电话是负责学生工作的钟萍老师打来的，钟萍老师通知他参加学校组织的交换生出国前的学习班。接完钟萍老师的电话后，他手机的微信提示铃声也响了——微信孟爽发来的，孟爽问他知不知道要参加学习班之事，他随即回复道："知道，马上回。"他也知道，为了确保交换生"永葆中国心"，学校要对交换生进行思想教育，这是不能缺勤的事，他得赶紧返回学校，于是，对杨雪莲说："我明天得回学校。"

"明天就回学校？你才刚回呀！"杨雪莲惊讶地问，"有什么着急的事情吗？"

"没什么着急的事情——只是回校参加学校的交换生学习班而已。不过，这个班向来管理极严……"

"那你明天回吧！我明天一大早就起来做饭……"

"没有必要那么早起来做饭——那个班后天才开课，我可以明天下午走或者晚上走都来得及……"

"那我们今天就多聊一会儿……"

"可你今天累了一整天呀！三伯他们都累，你也应该累了吧！还是早点儿

第四十五章 我唯一的爱人

休息吧！"

"不累！即使聊一夜也不累！啊！对了！我们今天干脆不过去三伯家，就在这里聊一夜，好吗？"

"可以多聊一会儿，但不能聊一夜——你累了一整天，怎么都要好好休息一下！我们也得过去，说不定奶奶还在等我们呢……"

"奶奶年纪大，容易犯困——平常这个时候已经入睡了！但也容易惊醒，而且醒来之后就再难以入睡，所以，平常我辅导学生或者批改作业，如果晚了一点儿，就不过去。"

"哦！那我们就不过去……但我现在得告诉三伯、三妈我明天要回学校，否则，他们明天会感到突兀的！"

"最好不告诉三伯、三妈，否则他们会一夜睡不着的！再说，他们在鸭场守夜，总记挂着鸭子，很难入睡，因此，不宜打扰他们——明天，我替你告诉他们吧！"

"那好！明天我走后，你也注意休息，不要太累！"

"我不会太累的，你放心吧！你也不要太累——你今天千里迢迢而回，一定很累，干脆先去洗澡，洗完澡后，边休息边聊。"

"是有点儿累，但我的内衣在三伯家……"

"我这儿有——快过年了，我给奶奶、三伯、三妈和你每人买了一套内衣，你就把今天当作新年吧！"

杨雪莲说完，就起身去给牛瑧昱拿浴巾、毛巾，并在牛瑧昱洗浴时帮牛瑧昱把床铺准备好了。

牛瑧昱坐了十几个小时的火车，因此颇感辛苦；下火车后，他急切切、兴冲冲地前往周瑾家，可到周瑾家后，所见的却是意想不到、大失所望之事，他大受打击，整个人像是被抽空了似的，以至于离开周瑾家的时候力不胜支，不得不让牛汉卿来接他；坐上牛汉卿的车后，他虽然颇感疲乏，但还是与牛瑧昱一路聊个不停；到牛汉卿家时，他实际上已经疲惫不堪，可他一见杨金环等便忘乎所以，大聊不停，聊到吃晚饭，聊着吃晚饭，吃完晚饭后接着聊；在去见杨雪莲时，他实际上已经筋疲力尽了，但又接着与她聊，因此，在洗完澡后，他一坐到沙发上便入睡了。

杨雪莲洗完澡后回到堂屋时,牛瑧昱已微鼾起伏。她本想叫醒他,让他进房间睡觉,但见他满脸倦容,且睡得正香,顿生怜爱之心,不忍心叫醒他,便蹑手蹑脚地走进房间,轻轻地抱起被子,然后蹑手蹑脚地走回堂屋,轻轻地将被子盖在他的身上。

给牛瑧昱盖好被子之后,杨雪莲关上灯,静悄悄地坐在牛瑧昱对面的椅子上。窗外月华如洗,杨雪莲像欣赏轻音乐一样欣赏着牛瑧昱轻微的鼾声,同时,也有点儿自责地想:"哥坐了老远的车,聊了这么长时间的天,应该很累了,可我却只顾自己尽兴,没完没了地与他东扯西拉地聊——太自私了!"

稍后,杨雪莲又自我原谅地想:"但我也没错——这么长时间没见到他,而且他明天就要回去了!他回去之后,我就是想和他聊也不能呀!"

杨雪莲正想着,牛瑧昱调整了一下睡姿,他身上的被子随即有一半脱落在地上,杨雪莲起身轻轻地帮他把被子盖好。坐下之后,她又想:

"哥这次回学校参加那班的学习时间应该不会太短,接着,就要做出国学习的准备,同时,还要帮我办出国念书的事,看来是没空回来过春节的;春节之后,他就去英国了,而且要在那里学习两年……看来,我再想见他不是很容易了!……唉!哥要是去美国念书,那该多好呀!那我将来要是能去美国念书的话,就容易见他了!不!我将来一定要去美国念书——哥说这次回锦都就帮我办去美国念书的事,他肯定能帮我办成的!我将来若是去美国念书,哥说不定也会去美国念书的,如果那样,我想见他岂不是很容易了吗?"

想到这儿,杨雪莲脑海里随即出现了一幅图景:她在美国上大学了,牛瑧昱也到她所在的大学读书了。平常,两人虽各自上课,但课余随时相见;他们一起进图书馆,一起逛校园,一起做饭,一起吃饭……不知不觉,她也进入了梦乡——在梦乡中,她很快就办好到美国念书的手续,牛瑧昱也很快去美国她所就读的大学念书了,两人手挽着手走进校园,两人同桌听课,两人耳鬓厮磨、卿卿我我……然而,她的好梦还没做完,牛瑧昱"啊"的一声梦魇便把她惊醒了——

原来,在杨雪莲好梦连连的同时,牛瑧昱则噩梦连连:在梦中,他被周瑾抛弃后不肯善罢甘休,留在周瑾家不走,但周瑾不改初衷,执意要他走,两人便发生争吵;在争吵得难解难分之际,穆舟不仅火上浇油,而且越俎代庖地与他争吵，最后两人还大打出手；他为了不使周瑾伤心，便离开了她家，向杨雪莲家跑，但穆舟不依不饶、穷追不舍，一直追到杨雪莲家；在穆舟追打牛瑧昱的同时，周瑾紧跟在穆舟的后面；在穆舟追至杨雪莲家时，周瑾也追至杨雪莲家了，随后周瑾和杨雪莲又争吵起来，相互指责对方抢走了自己的牛瑧昱，最后也大打出手；牛瑧昱为了周瑾和杨雪莲不互相伤害，站在她们之间，想将她们隔离开来，但她俩同时挥拳打向对方，并同时打到他的身上了，与此同时，穆舟偷袭了他一拳，他感到一阵剧痛，便"啊"了一声。

"哥，你怎么啦！"杨雪莲慌忙道，边说边抱住牛瑧昱的头，牛瑧昱并没有醒来，便在睡梦状态下本能地抱着杨雪莲，以为所抱的是周瑾，以为自己的心爱的人失而复得了，接着，深情地亲吻杨雪莲，杨雪莲也不避不让地接受了牛瑧昱的亲吻，并回吻牛瑧昱……牛瑧昱意识到自己所抱的是杨雪莲而不是周瑾时大吃一惊，立马松手，但牛瑧昱却难以入睡、心潮起伏——

"看来，我在内心深处真正所爱的还是雪莲！尽管我无数次告诫自己今后要把雪莲看成自己的亲妹妹，要像一个哥哥关爱妹妹一样关爱她，但在潜意识里还是爱她的！后来，我虽然与周瑾相爱了，但在潜意识里，周瑾只不过是雪莲的替身而已！我虽然也喜欢孟爽，但孟爽实际上也不过是雪莲的替身而已——实际上，在高挑、白皙、聪慧、伶俐、豪爽、大气、敢作敢为等方面是周瑾与雪莲相像，而在妩媚、温婉、机灵、细心等方面，则是孟爽与雪莲相像，也就是说，我爱周瑾和孟爽，实际上是在爱不同层面上的雪莲！雪莲才是我的真爱才是我的至爱！"

想到这儿，牛瑧昱下意识地看了看杨雪莲。随后，牛瑧昱又不由自主地想："雪莲真可爱！今后，我一定要像看待自己的生命一样来看待她！不！一定要把她看得比我自己的生命还要重！我这次回学校后，一定全力以赴地帮她办出国读书之事！一定要办成此事！以她的天资，只要能接受优质的教育，随便学什么都一定会大有所成的！说不定成为当今的林徽因或者居里夫人呢！她将来到美国念书后，我也去美国念书，一定要实现手挽手走进大学、走进图书馆的梦想！我也要支持和帮助她实现建设家乡的理想！不！是我们一起实现建设家乡的理想！家乡沃野千里，自古便是鱼米之乡，可从我爸这一辈的人到我们这一代人，几乎稍稍优秀一点儿的人都考上大学了，几乎凡考上大学者都想留在大都市，即使有为数极少的回来了，也要么是人在曹营心在汉，要么是用非所学，对家乡的建设没有多大的推进作用；没有考上大学的稍稍优秀一点儿的人，也是出外经商或者打工，留在家乡的实际上不是留守儿童就是留守老人——家乡实际上是被抽空了！而且，从一些媒体的报道来看，家乡的这种状况在全国来说，并不是一个特例！因此，建设家乡并不是仅仅建设家乡，实际上是在参与对祖国的建设！自有留学生开始，每一代留学生中都有许多热血者放弃国外优厚的待遇、优越的条件回国参与祖国的建设，我们也应该是热血青年，我们将来在国外学成之后回国也应该是理所当然！雪莲在老家生活的时间长，对老家的感情深，尤其是对奶奶、三伯、三妈的感情深，她总想把家乡建设成名副其实的鱼米之乡，想在家乡办现代化的养殖场和种植场，想让奶奶、三伯、三妈们不再像做苦力一样的劳动，那她最好学农业！康奈尔大学的农学专业很不错，这所大学也很不错，我国农学界第一位女教授曹诚英就毕业于这所大学，雪莲将来也可以上这所大学！我这会回学校后也重点了解一下去该校留学的情况！当然，雪莲上哪一所学校，学什么专业，还是由她自己定，我最多只能给她提出一点儿建议……"

回锦都大学后，牛瑧昱还没回宿舍就去设在学校就业指导中心的留学中介机构咨询有关去美国留学的事情，并特地了解了有关去美国康奈尔大学留学的情况。随后，他将所了解的情况打电话告诉了杨雪莲。在被杨雪莲认可之后，牛瑧昱随即与中介公司签了合同交了足额的中介费。

办完杨雪莲留学之事后，牛瑧昱像考试考了满分似的，非常高兴。随后，一边哼着歌一边回宿舍。刚走出中介机构，牛瑧昱便接到了其母亲傅玉林打来的电话——傅玉林告诉他，她和牛正甫下个学期要到伦敦大学东方学院任教，需要做一些准备工作，不能回国过春节，便要求牛瑧昱到美国去与她和牛正甫团聚后下个学期一起英国。

接完电话后，牛瑧昱一片欢喜，在情不自禁地道：

"太好了！我很快可以见到爸妈了！还可以去一趟美国！"

随后，牛瑧昱兴高采烈地加紧了脚步。进宿舍放好书等物品后，牛瑧昱直奔学习班的所在地，但没走多远，孟爽迎了过来，兴奋地说：

第四十五章 我唯一的爱人

"牛瑧昱，我正要去找你呢！"

"哟！是你呀！"牛瑧昱满脸欣喜地高声道，"有什么事？"

牛瑧昱边说边加快脚步迎了过去，两人同时说道：

"什么事？就是找你嘛——找你不是事吗？"

孟爽说："我正担心你不能及时赶回呢！"

"嗨！这事也让你为我担心——真难为你了！"

"怎么不应该为你担心呢？这事很严肃——不能迟到、不能旷课、除非生病，不能请假……"

"听说过……"

"前年有个同学因为没有遵守班上的规定，便被取消了交换生的资格……"

"也听说过——咱们严格地遵守班上的规定就行了！"

"唉！好不容易熬到放假，本想好好地放松一下去英国，可现在却要进这学习班……"

"这是交换生的'必修课'——咱们当然也不能例外……"

"要不是我妈要带我去美国旅游，上这个班，我也无所谓的……"

"什么？你也要到美国去旅游？……"

"是的——我妈早就对我说了！我暑假去英国旅游了，因此，我妈最初对我说寒假要带我去美国旅游时，我以为她说着好玩呢，没想到前几天又说了一次——还说，这学习班一结束就去……"

"那太好了！我妈刚才给我打电话——让我去美国过春节……"

"那真是太好了——我们一起去……啊！我记起来了——我妈昨天在电话里对一个人说'我会在路上好生照顾你的宝贝儿子的'，我妈肯定是在对你妈说！"

"也许吧！我们这次一起出游也好——我上次没有和你们一起去英国，我妈一直对我耿耿于怀的！"

"那我们一结束学习班的学习就去！"

"没有必要这么着急——学习班的学习结束之后，我还想处理一些事情……"

"什么事情？要紧吗？"

"也没什么要紧的事——主要是看看谢海福、柳成丝等;咱们这次出国,一去就是两年,虽然中途可能会回国,但至少也得半年后才能回国,因此,我想去看看他们……"

"啊!是这些事呀——那我陪着你做!"

"那好!学习班的学习结束之后,咱俩一起看他们,也可以请他们吃顿饭……"

"是应该去看看他们——咱们一起进入大学,一起参加同一个创业小组,可现在却只有咱俩了……"

"也不是只有咱俩了——他们也还在,只是遇到了一些麻烦,嗨!人的一生不可能没有麻烦!先哲们早就说过,人生是'不如意事常八九,可与人言无二三',他们遇到的这点儿麻烦其实没什么的……"

"你说的也是!咱们去看他们时,也要鼓励鼓励他们,你刚才说请他们吃顿饭,我觉得很有必要!"

"那好!咱们请他们吃顿饭!咱们出国之后也要与他们保持联系,如果能够的话,也可帮助他们出国深造——虽然咱们锦大也是闻名世界的大学,但咱们也不可以夜郎自大,有机会到国外大学深造的话,切切不应该放过……"

"也是!啊!说到去国外,咱们得订机票——咱们这学习班的学习就一个礼拜,就让我妈订十天之后的机票吧!"

"行!"

"那我现在就给我妈打电话,让她订机票。"

孟爽说完就给她妈郝洁打电话,告诉她订票之事,还特地交代她妈别忘了给牛瑧昱订票。

在宴请谢海福、柳成丝等之后,牛瑧昱又请一位毕业于锦都大学法学院的律师给史玉婷做辩护律师,并以史玉婷家的名义交了足额的律师费。之后,牛瑧昱和孟爽在郝洁的"率领"之下前往美国。

飞机开始在机场跑道上缓缓滑行,好似一个学子在毕业离校之际作别母校一样依依不舍;然后,不一会儿,速度便迅速提高,接着像鲲鹏一样直冲云霄。牛瑧昱将面部紧紧地贴在飞机舷窗的玻璃上,眼光透过玻璃投向舷窗之下锦都，锦都尽收眼底；牛瑧昱极目锦都的一景一物，仿佛要将整个锦都一股脑儿地装进眼里带走似的。在飞机飞出锦都的域界之际，牛瑧昱情不自禁地在心里暗叫道："锦都！再见了！祖国！再见了！但我一定会回来的！"

随后，牛瑧昱又蓦然想起英国诗人彭斯的名诗《一朵红红的玫瑰》中的诗句：

　　珍重吧，我唯一的爱人，
　　珍重吧，让我们暂时别离，
　　但我定要回来，
　　哪怕千里万里！

是啊！在一个真正的热血男儿的心中，祖国永远是他心中终极的"唯一的爱人"！他无论去哪里无论走多远，最终都会回到祖国来的——"哪怕千里万里"，也哪怕千山万水！

后记

在本小说即将付梓之际,我有很多话要说,但最想说的是"感谢":

我要感谢一位先生——正是因为有这位先生,我才得以有如此美好的人文环境,才得以一边教书,一边搞"科研",一边写作。

我要感谢陈建文兄。我从在北师大读书起,一直得到建文兄的帮助,本小说的创作实际上源于他的"指示"——我在创作完"反思教育三部曲·教师篇"后,在一次见到建文兄时,他建议我写一点儿反映大学生积极上进一面的东西;当时,我正忙着挣单位的科研"工分",便没有立马"践行"他的"指示"。我在挣足单位的科研"工分"后,又要弄一个学科建设方面的东西(结项时,建文兄及白烨老师、钱振纲教授不辞辛苦去帮我"坐镇""助威")……在弄完了工作考核所要求的所有事情之后,我才开始本小说的创作。

我要感谢《湘潭大学学报》的万莲姣、《齐鲁学刊》的赵歌东、《云梦学刊》的余三定、《中国现代文学研究丛刊》的易晖、《南方文坛》的张燕玲、《海南师范大学学报》的毕光明、《文艺评论》的韦建伟、《学术界》的袁玉立、《东方论坛》的冯济平、《当代文坛》的罗勇和夏述贵、《文艺评论》的韦建伟、北京大学出版社的王炜烨、中国社会科学出版社的陈肖静等朋友——这些朋友不嫌弃我"科研成果"的拙陋,用实际行动帮助我完成单位的科研"工分"(冯济平教授还在其所主编的《东方论坛》上发表过一组评论拙作"反思教育三部曲·教师篇"的文章,用实际行动鼓励我创作)!同时,我还要感谢中国社会科学院文学研究所的李建军研究员、清华大学的解志熙教授、北京大学的孔庆东教授和高远东教授,北京大学出版社的张黎明总编辑、《当代作家评论》的主编韩春燕教授等——他们在我挣单位的科研"工分"时都给过我学术上的指导和帮助!孔庆东教授还曾在《教师月刊》上发表《教育腐败在深处》,

后记

评论拙著《招生办主任》，支持和鼓励我创作。如果没有这些朋友的帮助，那么，我就不得不为挣单位的科研"工分"而"奔波"了——最终就不能创作该小说了！

我要感谢我的几位同门。余三定、李家宝是我在做王先霈先生学生时的同门，且都是我的师兄。余三定现为湖南省文艺评论家协会主席、曾任湖南理工学院校长，李家宝现为长江大学副校长。当年，家宝师兄常常关照我，记得我们在武汉一起"逛街"时，烈日炎炎，他专门买汽水给我喝（那个时代的汽水不是这个时代的纯净水，那个时候我们的"逛街"也不是这个时候人们的那种"逛街"），后来——一直到现在——总帮助我，而三定师兄对我的帮助，则是我一时半会说不清、道不完的，我只好另找机会细说了！钱振纲、孟庆澍、李怡、谢晓霞、梁鸿、孔育新、周景雷是我在做王富仁先生学生时的同门。钱振纲现为北京师范大学教授，是我的师兄。钱师兄对我可以说是有求必应、无微不至——当年我们毕业答辩时，购买标语材料、茶叶的费用都是钱师兄帮我出的；毕业之后，钱师兄不辞辛苦，三番五次地到我单位为我"坐镇""助威"，为我的拙著《袁可嘉研究》撰写序。孟庆澍现为首都师范大学教授，李怡现为北京师范大学教授。在我的论文需要修改时，孟庆澍兄、李怡兄都不辞辛苦、"实实在在"地帮我"斧正"——我发表在《中国现代文学研究丛刊》上的一篇文章，先是由李怡兄审读，后是由孟庆澍兄逐字逐句地修改，最后是由李怡兄给文章"安上"题目！谢晓霞现为深圳大学教授，梁鸿现为中国人民大学教授，我的很多琐事都曾麻烦过她们。孔育新兄现为三峡大学教授，平常很关心、关照我——冯济平教授在其所主编的《东方论坛》上开设评论拙作"反思教育三部曲·教师篇"的专栏时，育新兄放下手中的活计专门撰文。周景雷现为渤海大学副校长，从我们同学时一直到现在，他一直帮助我……正是有了这些同门的帮助，我才可以腾出足够的精力来"不务正业"地创作小说。

我要感谢人民日报出版社的陈红编辑及编剧施文雁，导演、制片人陈天爱。本书责编陈红与我素昧平生，但对我却十分热情友好——她一审阅完拙稿就鼓励我出版，同时极力向影视编导、制片人推荐拙稿；施文雁、陈天爱两位美女"影视人"则一审阅完拙稿就鼓励我将拙稿改编成影视作品，并亲自动手改编，施文雁更是不辞辛苦，帮我拟定了小说的小标题。

我要感谢北京联合大学教授王德领、内蒙古作家协会原常务副主席邓九刚、八一制片厂副厂长柳建伟、《粤海散文》常务副主编东方莎莎、湖北文联主席熊召政以及许谋清老师、林夕作家、赵建新博士、杨平教授。德领兄、九刚兄和建伟兄均是我相交多年的朋友，视我如兄弟，平常，我如果碰到稍稍棘手一点儿的事就会麻烦他们，而他们从来没有稍稍推辞过——德领兄曾在北京十月文艺出版社工作多年，是资深编辑，他非常关心拙作的撰写和出版，九刚兄为拙作的出版和影视改编"四处奔波"，建伟兄慨然允诺为拙作的影视改编"捉刀"。美女作家东方莎莎，一收到拙稿，就将拙稿推荐给其"御用"编辑。熊召政老师是获得过茅盾文学奖的名作家，也是我所非常尊敬的老师——我在学生时代就读过他的作品，他的《请举起森林一般的手，制止！》我更是能背诵；我在创作本小说时接到了给"大百科全书"撰写词条的任务，熊老师不厌其烦地帮助我；拙稿完成后，熊老师又表示将推荐出版。许谋清老师于1968年毕业于北京大学，曾任《中国作家》编辑部编辑，著作丰厚，堪称文学界前辈，但许老师却屈尊不辞辛苦，甚至在春节里也不忘拙稿的出版和改编之事。曾经风靡一时的美文作家林夕，现为专职小说作家和编剧，她为拙稿的出版和改编提供了实实在在的帮助。赵建新博士曾任中国戏剧出版社副社长，现任中国戏剧学院教授，多年来，他一直帮助我，我的"反思教育三部曲·教师篇"当年就是经他之手出版的，这次，他又为拙稿的出版和改编花费了不少心血。杨平教授毕业于中国社会科学院哲学研究所，是"扩招"之前的博士；我们两人共一个办公室，朝夕相处，他经常帮我释疑解惑，甚至帮我指导研究生，让我受益受惠多多，这次为了我小说的标题又绞尽脑汁、穷思极虑！

我要感谢陈晓明、陈跃红、沈立岩、张志忠、赵京华等教授。几位教授都德高望重位尊且事务繁忙：陈晓明教授现为北京大学中文系主任，陈跃红教授曾任北京大学中文系主任，沈立岩教授现为南开大学文学院院长，张志忠教授现为首都师范大学现当代文学专业学科带头人，也是莫言、柳建伟等名作家当年在解放军艺术学院读书时的老师，赵京华教授曾任中国社会科学院文学研究所中国现代文学研究室主任、现为北京第二外国语学院特聘教授；但他们都屈尊在百忙之中审阅了拙稿，并赐给了鼓励性文字——为我"呐喊助威"，陈晓明教授还曾为我的其他拙作"呐喊助威"过，张志忠教授、赵京华教授则以

"长篇大文"的形式鼓励我。李建军兄、邓九刚兄、柳建伟兄这次也再次为我"呐喊助威"。

我要感谢王乃萍、杨雪松、王晨雨等学友。本小说原计划于2016年5月底以前完成，但2016年4月，我所在的小区违规施工，导致了一场爆燃事故的发生，弄得我无法静心创作，所以直到2016年12月底才完成初稿。因为"完工"的大大"滞后"，加上我得把主要精力用于向爆燃事故"肇事方"索赔，无暇也无心改稿，便请这几位年轻的学友帮我校稿。她们虽然都很忙，但都没有丝毫推辞，其中，王乃萍、杨雪松更是日以继夜地帮我改稿，而且改得很认真、很到位！我平常如果有一些看不懂或处理不了的文件，便请晨雨帮忙，而每次找她时，她都毫不推辞，而且总能迎刃而解，从而为我解除许多烦恼，让我能静下心来创作。

我要感谢我的三哥、三嫂。我的三哥、三嫂都年近花甲，平常除了总有做不完的体力活之外，还要侍候我八十岁高龄的母亲，代我尽孝，从而让我能安心工作和写作。同时，他们具有中国农民的优秀品质，让我"心悦诚服"地敬佩。正是他们给了灵感，我才能轻松愉快地塑造了牛汉卿、艾玉洁这一对农民夫妇形象——这两个人物是作品中最完美的人物，也是我最喜欢、最满意的人物。

我要感谢生活。我曾经在中央财经大学工作过十年，现在北京第二外国语学院工作。我的学生绝大多数既具有远大志向又脚踏实地，正是这些优秀的学子给了我创作的灵感和激情！否则，我这个平常只能照本宣科地完成课堂教学任务的教书佬是不敢"创作"的，更不会创作多部高校题材小说（此前，我创作过"反思教育"三部曲·教师篇——《招生办主任》、《教授变形记》和《大学校长》，现在正在创作"反思教育"三部曲·学生篇——《校花》、《压寨夫人》和《剩女》）。巴尔扎克自称是法国社会的"书记员"，实际上，凡作家都只不过是自己所处社会的一个"书记员"而已——他所创作的作品从根本上来说，只不过是生活的一种"记录"而已，永远不及生活精彩！我的这部小说也只是我对生活的一种"记录"，而且是一种"浮光掠影"的"记录"！不过，我无论是在主观上还是在客观上，都只记录"好人好事"——小说中的非"好人好事"均是我杜撰的，与生活无关，恳请读者诸君切勿"对号入座"！

十专家推荐语

☐ 北京大学中文系教授、博士生导师、系主任　　　　　　　陈晓明

　　四平先生的《青春合伙人》书写校园里的青春梦想，那些爱情与奋斗、追求与信念、失落与挫败，都写得跌宕起伏、峰回路转，却又清纯可人、妙趣横生。同时，小说能抓住人生、抓住人心、抓住人性，故而读来感人至深，阳光俊朗。

☐ 北京大学中文系教授、博士生导师、原系主任　　　　　　陈跃红

　　学业志业，情爱兼爱；悲欢离合，生死忧患；故事曲折，启悟人生；《青春合伙人》，不妨夜读。

☐ 首都师范大学文学院教授、博士生导师　　　　　　　　　张志忠

　　在小说的艺术上，这本书同样取得了显著的成就。概而论之，一是切中时代脉搏，具有当下性、时代性；二是文本的精心营造，具有浓郁的学者小说、教授小说的神韵。

☐ 南开大学文学院院长、博士生导师　　　　　　　　　　　沈立岩

　　同学在歧路，多故少年时。当代大学里的悲喜故事，社会剧变中的青春挽歌。

☐ 南京大学文学院教授、博士生导师、原院长，
　　中国现代文学研究会会长　　　　　　　　　　　　　　　丁帆

　　从抽象思维形象思维的转换始终是一个好的小说家千古之困惑，我始终认为从形下到形上再到形下，才是高手的笔法，而《青春合伙人》作为学者小说正在用这种二度循环的方法直抵人性的深处。

☐ 北京第二外国语学院特聘教授、中国社会科学院文学
研究所研究员、博士生导师　　　　　　　　　　赵京华

《青春合伙人》所反映的生活虽然大致局限于大学校园，但这里一样是中国当下社会的一个缩影，其中有总总的人生和对世态炎凉的感悟，更有励志向上对未来的憧憬，读来温暖而有力量。

☐ 中国社会科学院文学研究所研究员、文学批评家　　李建军

这是一部主题复杂的文本。沉重的现实背后隐含着诡异的历史，欲望化的生活图景上映现着人性的善和美好，细致的话语描写下面蕴蓄着作者冷静的观察和热情的态度。我们可以从廖四平的叙述中，看到过渡时代的幽昧而清晰的面影。耐心和细致，是这部小说在描写上的一个突出特点。当然，还有温暖的诗意，这是心灵之光，像暗夜的烛光，照亮了文本内外的生活场景。

☐ 茅盾文学奖得主、八一电影制片厂副厂长　　　　柳建伟

这是一部《青春之歌》式的小说——小说以青春四溢的笔调，描写了一群朝气蓬勃的青年学子的奋斗与爱情，感人至深。

这是一部"才子佳人"类小说——小说里的人物有才有貌，属典型的帅哥美女、才子佳人，但又阳光向上、有作有为，不仅令人爱慕，而且令人钦佩，属典型的时代青年。

这是一部思想性和艺术性完美结合的小说——小说弘扬了主旋律，充满着正能量。同时，人物鲜活，可感可触；情节曲折，跌宕起伏；结构完整缜密；语言纯正流畅。

☐ 国家一级作家、内蒙古作家协会原常务副主席　　邓九刚

作者兼教授与作家于一身，理论与想象并举。《同学少年》延续作者此前的小说《招生办主任》等的风格，故事环环紧扣，语言准确生动，实为不可多得之佳作！

☐ 湖南省文艺评论家协会主席、原湖南理工学院校长　余三定

这部书描写的大学生创业生活与现今上面的文件要求并不一致，书中的描写更独特、更真实、更鲜活、更具诗情画意，更有魅力！